你是千堆雪
我是长街

易术 著

中国友谊出版公司

图书在版编目（CIP）数据

你是千堆雪我是长街 / 易术著. — 北京 : 中国友谊出版公司，2018.4
ISBN 978-7-5057-4321-2

Ⅰ. ①你… Ⅱ. ①易… Ⅲ. ①长篇小说－中国－当代 Ⅳ. ①I247.5

中国版本图书馆CIP数据核字(2018)第047649号

书名 你是千堆雪　我是长街
作者 易术　著
出版 中国友谊出版公司
发行 中国友谊出版公司
印刷 三河市冀华印务有限公司
规格 880×1230 毫米 32 开
13.5 印张 424 千字
版次 2018年4月第1版
印次 2018年4月第1次印刷
书号 ISBN 978-7-5057-4321-2
定价 46.80元
地址 北京市朝阳区西坝河南里17号楼
邮编 100028
电话 （010）64668676

赤　子

——我想和十八岁的自己谈谈

1999 年 9 月 4 日的晚上，十八岁的你坐在湖南师大 5 舍 626 的房间里，室友只来了两个，此刻他们应该已经睡着了。你一个人坐在桌前，手里转着一支水笔，窗外隐约可见岳麓山的轮廓，像只沉睡的巨兽卧在不远处，你有些害怕。这或许是你人生中第一次失眠，年少的你并不知道，长大以后，这样的失眠将是常态。你看着窗外的星空发呆，正想着如何度过这孤独的漫漫长夜。

别着急，请等等，等我穿越这十八年的时空，穿越层层星光与云朵，穿越北京西客站、东四环北路、橘子洲头、樟园、爱晚亭……抵达那一个平淡无奇的夜晚，坐在你面前。

然后，我想和你谈谈。

我听说，时空穿越并不能改变一个人的命运，无论我说什么，未来的你一定避不开即将遭遇的沮丧、挫折和伤痛，所以不要试图从我这里提前得到任何警示。尽管如此，在这有限的时间里，有三件事我依然要小心翼翼地叮嘱你。

第一件事，是关于你爸妈的。

今天下午，你赶走了他们俩，你总觉得大学新生报到就像一个成人礼，正式向世界宣告了你的长大，而他们在你的成人世界里似乎是多余的，所以你迫不及待地让他们回了常德老家。我现在还记得，那辆车开动了几秒钟，突然停下，你妈妈下了车，跑过来，又朝你手里塞了几百块钱。她总担心你的钱不够花，你却一脸嫌弃地催促着：“好了好了，你们快走吧！”你并不知道悔恨会来得那么快，我没说错吧？不知所措的你，想必已经知道了这个举动有多幼稚与浑蛋，因为在这个晚上，你开始想家了。

亲爱的少年，不是我说你，你真应该多留他们一会儿，一起吃个晚饭再让他们回去。你甚至可以要两瓶啤酒，你爸一定不会骂你，说不定他也挺想跟你喝一杯。不要小看这简简单单的一顿饭，两年后，他们会离婚，从你二十岁开始，你们一家三口再也没有在一张桌上吃过饭了。很惊讶吗？听我说，不要去挽救什么，他们早就决定分开了，只是之前觉得你还没有长大。不过……别伤心，后来的你并不会像你以为的那么伤心。他们分开后，各自有了新的伴儿，从两个人疼你，变成了四个人疼你。多好啊，你没有失去任何人，他们会把对你的亏欠变成更多的爱。唯一的遗憾是，你曾经那个完整的家，并没有贯穿青春的始终，而你在家人面前的撒娇与任性，随着你的长大，慢慢变得有一些客气。逢年过节，在哪个家里过，变成你未来无法回避的矛盾。除此之外，爱你的依然爱你，没有任何差别，至少一直到你三十六岁，他们依然身体健康，以你为荣。

那么我要说的是，接下来的两年，请多珍惜你们三人每一次的相聚，哪怕那顿饭全是爸爸的数落和妈妈的絮叨，也不要急着放下筷子。因为……可能太多年了吧，我已经忘记我们一家三口一起吃饭的画面了，我原本以为那会是根植在我心中的记忆，但怎么也想不起来了。我不得不面对一个事实，那就是……这个画面再也不可能出现。很难过，也很无奈。

现在跟你说这些，不是在责怪什么，这是你的命运，接受吧。

说点儿有趣的吧，关于你的青春。你一定不知道青春是什么，这很正常，青春是一种美好而不自知的东西，你身在其中一定不会懂的。没到老的时候，谁会去惦念青春啊？

十八岁的你多美好，春风扑面，与日月同辉。尽管你步入大学后的第一个夜晚看起来有些孤单与漫长，但我得提醒你，其实这是你人生中最短暂的时光。这样的孤单还会延续一段时间，第一个学期，你很自闭，班上的同学议论起你都以为是个哑巴，你惆怅地以为大学四年都得这么形单影只地过了。放心吧，不会的，不久以后，一切都会被改变。

但你一定要听我的，记住了，我现在要说第二件事——1999 年圣诞节前一天，也就是三个月之后，你一定要去河东买礼物给家人，一定要！千万别一时犯懒把自己关在宿舍。因为这一天，你会遇见两个很重要的朋友，涛涛和童童，他们坐在 5 舍楼下，也计划着去河东逛街。你们会在这里相遇，他们会对你打招呼，然后你加入了他们的小队伍，从此改变你的人生——他们带着你走出桎梏，去参加辩论赛，让你勇敢地站在众人面前说话；去电台做主播，倾听人情冷暖，这会是你未来写作的重要素材；他们还带着你偷偷搬离宿舍，去校外租房子，认识粟智、认识黄瑾、认识一些将在你生命中扮演着重要角色的人。他们俩的出现，像多米诺骨牌助推的那一下，总之，你会从那一天开始发现，原来大学生活是这么缤纷，而你从此不再觉得孤单。

当然你们后来也会有矛盾、冲突、不堪，甚至到最后大家分崩离析，各安天涯。你们还会有一段仇视对方的日子，但也没有关系，时间会让你们放下所有的枷锁，你也会渐渐明白，不是每个人都可以陪伴你走到最后。所以我很负责任地告诉你，我从来没有后悔那一天走到 5 舍楼下。我知道，他们是我青春里的太阳。倘若再来一次，看见他们热情的招呼，我依然会选择坚定地走向他们。

在你开学的第一天跟你说毕业，似乎是一件特别滑稽的事儿。但你曾以为永远不会到来的毕业散伙饭，一瞬间就到你面前了。

亲爱的少年，我要跟你说的最后一件事，是一定要去北京、一定要去北京、一定要去北京！重要的事说三遍。毕业之后，你会听到很多声音，你也会犹豫，是不是留在湖南更惬意、更舒适，毕竟去一个庞大又陌生的城市会让人胆怯，而在此之前也有各种关于北京的传闻——北风冰冷，竞争惨烈，很多人像一叶小舟，在浪涛里漂泊多年，最后也只能打包好行囊，回到老家这个最安全的地方，陪伴父母的老去。但你记住了，那些都是平庸的人，你不是，你是不平凡的那一个，你只有在这个城市才会变得强大，超乎想象地强大。

现在的你一定无法想象自己会成为一个什么样的人，年少的你，脑中有限的素材拼凑不出自己未来的样子。那么让我来告诉你——你会在这个城市出版你的作品，如你自小期待的那样，成为一个被一些人喜爱的作家，用你的文字温暖他们；你也会创办自己的公司，与你最好的朋友粟智一起尝遍个中辛酸；你会买车、买房，获得世俗眼中的成功；你甚至还会拍电影，成为一名导演，把文字变成迷人的影像，变成更多人的期待。

所以，你必须去北京。

当然，你可能有过后悔的念头，因为你写的书，常常不被看好。为了销量，出版商们杜撰着各种营销的谎言，你被包装成一个取悦市场的商品，写作因此在相当长一段时间里成为让你痛苦的事情。你害怕自己的文字在这样一个物欲横流的时代被轻薄、被评论、被比较，于是你把自己关起来，不与任何人来往，经过漫长的思考，最后你会在2008年做出一个决定——无限期地中止写作。你偷偷隐匿起来，离群索居，渐渐被人们遗忘，如你所愿，终于又回到了一个不被人所知的纯粹的你。

你误打误撞地开始创业，做了一家公司，有了不少员工。你不让任何人知道你曾是一名清高骄傲的作家，收起了那些可笑的自负。你开始写PPT去向甲方提案，鼓起勇气介绍你的项目，就像大学时你勇敢地站在辩论赛的讲台上一样，但你很痛苦，因为你并不想做这些，你也不知道，除此之外，还可以做什么。你是一个有责任心的人，既然开始了，就不得不如履薄冰地向前走，可每一步都那么疼。那段时间，你很讨厌周末，无比期待周一的来临，因为你认为到了工作日，正在洽谈的项目或许会有进展，新的项目或许会到来。摩羯座的你要面子，憋着一口气想要做好。我想如果“魔鬼的契约”真的存在，让你用活着的日子来交换公司的顺利平安，你一定会答应。可惜的是，你的努力并未得到尊重，你低估了创业者的卑微与艰难。那些年，你遭遇了各种挫败，被诋毁、被伤害、被背叛……你遍体鳞伤，却没有人懂你的疼痛。

让我意外的是，你比我想象的更加乐观、豁达，你学会了用自己的方式疗愈伤口，云淡风轻地面对人们的不理解。你昂着头，一年一年地熬了下来。

当然不会一直如此，命运总会给你馈赠。2013年，你会在网上遇到一个名叫红豆的读者，她从你的第一本书就开始喜欢你，多年来从未忘记，她带着你的旧作去了美国，她的信漂洋过海抵达你的手中，那封信记载了这些年你每一篇文字对她人生的影响。她问你，还写不写？你在那一瞬间意识到，文学的力量竟然这么绵长而强悍，于是你决定重新开始写作，带着你蛰伏多年后的巨大激情，带着你这些年的历练与勇敢，写出了更美好的文字。

回归创作后的你，有了新的梦想——拍电影。这在很多人眼里，是多么滑稽的梦啊。在一片质疑声中，你破釜沉舟，放弃了公司，一点一点地去接近这个梦想，用能力去征服那些不相信你的人，最后依靠自己的力量抵达了目的地，从此你又多了一个备感光荣的身份——导演。你不再迷茫，写作、电影以及少数几个你深爱的人，将占据你未来全部的生活。

我知道，说到这里，现在的你一定目瞪口呆，你不敢相信未来会发生的一切，但它真真正正地发生了啊！此刻，我很认真地告诉你，如果没有来北京，你一定不会收获这些。三十六岁的我，不止一次地庆幸，还好我选择了漂泊，尽管现在依然没有靠岸，但每一次航行都如此快乐，那么就这样无止境地漂下去吧！

想要跟你说的话还有很多很多，可是，未来那么多惊喜与反转，是不可以剧透太多的，等待着你自己去感受、去拥抱吧，不然又何来生命的趣味呢？总之，接下来的十八年，你会过得很精彩，你会拥有一段意想不到的青春。你或许会忘记我今天说的话，没有关系，此刻能看到十八岁的你，依然如我记忆中那样安静地坐在626的桌前，我无比感动。

如今我已三十六岁，当我意识到青春是什么的时候，它已经渐渐离我远去了。但幸运的是，回想起这些年的过往，心中无怨无悔，因为我曾经那么热烈而澎湃地活过。

我接下来要出版的这本《你是千堆雪　我是长街》，讲述的便是这十八年的故事。今天是你离开家的第一个夜晚，从明天开始，书里的故事就要发生了。我曾经写过很多很多关于青春的文字，但这是我最后一次写青春，因为这是我最完整的一次记录，写完这本书，我知道是时候向青春道别了。我也明白，不能永远沉湎于回忆之中，十八年过去了，我要用一种更加笃定的姿态去迎接下一个十八年。我已经做好准备了，你呢？

天快亮了，故事的序曲已经响起。

亲爱的少年，我要走喽，早点睡吧。

最后，谢谢你的笨拙与赤诚，让你跌跌撞撞地度过十八年，最后成为三十六岁的我。我很满意。

易　术

2018.1.15

Contents

目录

你是千堆雪
我是长街

暮霭沉沉雪漫山

南方的秋天，潮湿又闷热。

木兰路上已经有了落叶，薄薄一层，像一件巫女的披风，带着某种使命感似的保护着这条路。清洁工不厌其烦地把落叶扫成一堆，再用铁锹铲进垃圾车。原本写意的画面，就这样被破坏了。不应该被扫走的啊，许愿悻悻地想。

这条从宿舍通往联大文学院的必经之路，他每天都会走好几次。踩在落叶上的感觉让他觉得无比踏实，偶尔踩到一片干枯的叶子，刹那“碎掉”的触觉从脚底如电流般直抵内心，一种怪诞的满足感。这种感觉似曾相识，于是他低着头专找那些看起来枯败的叶子，一脚踩上去，清脆地粉碎。但此刻，路上被清扫得干干净净，连这点小小的幸福都被剥夺了。

许愿叹了口气，自言自语地说：“唉，我还真是矫情啊。”

入校已经快两个月，浑浑噩噩的一个月军训结束后，他每天都徜徉在这条路上。学校有个传统，大一新生要请大二学长吃饭，报名那天晚上，一群人在食堂二楼吃小炒，边吃边听学长滔滔不绝地说着联大的历史与传说，说春天的时候木兰路两旁茂密的木兰树会开花，落一地的白色花瓣；在女生宿舍楼底小道上把花瓣摆成“I love U”的形状跟心爱的女孩子表白，几乎没有失手过……还真是个老土的方法呢，许愿听到这里的时候不屑地撇了撇嘴。既然是传说，便是从来没有见过。学长说，还没到春天呢，再等几个月这条路“开花”了，大家就可以跟心爱的姑娘一诉衷肠了。他们用这样廉价的老套故事骗来了学弟的宴请，估计这也算联大的传统吧。

其实如果昂首挺胸，许愿还真是个俊朗明媚的男孩儿，但他永远低着头，不与任何人对视，假装什么都看不见，这样不想打招呼也不会得罪人了，他常常暗自为这点小聪明而骄傲。

他来自临近的一座小城市，那里离长沙差不多有两小时车程，秋天也一样潮湿闷热，从家走到高中念的那所学校，也要经过一段像木兰路一样的小道。小道两边种了高大的香樟，茂密浓郁，秋天的时候也有落叶掉下来，厚实的一层，骑自行车碾过，一路听见噼里啪啦清脆的叶子粉碎的声音，那是属于少年时的幸福感。

那时候，许愿并不是个孤独的人，放学时都有郑小苔跟他结伴而行。骑自行车在那条香樟小道上飞驰，他们的头发像柔软的蒲公英一样随着风飘动。她停下车回头，对身后的许愿说："喂，跟上来啊，掉队了可没人等你哦。"

郑小苔是他青梅竹马的同桌，许愿原本也没什么朋友，寡言少语，活泼的郑小苔主动跟他成为朋友，带他去机场滑冰，深夜偷偷溜出来去街边的卡拉OK唱歌，趁着午休的时光在学校后门的水塘钓鱼。甚至连选科时，许愿想读文科，爸爸想让他学理，犹豫不决时是郑小苔眉眼一横说："我读文科，你看着办。"许愿这才鼓起勇气，瞒着爸爸填了文科。

少年时的美好仿佛是不会失去的。那时两人心比天高，约好一起考去北京，两人的成绩永远是班上的第一、第二，到最后班主任害怕批评他们影响高考，甚至分别找两人谈话，要求他们千万不能在高考前分手。结果郑小苔家在高考前给她办了出国留学，手续办完后她就急匆匆地去了"日不落"，留下他茫然地扎在书堆中，独自一人奋战高考。

1999年，在通信并不发达的年月，一个人一旦消失，简直可以做到让人寒冷彻骨。永远没有人接的座机号码，像个诅咒，"嘟嘟嘟"响着，仿佛在向你昭告一段关系的结束。原来失去一个人是那么容易，许愿第一次感受到人生的无可奈何。

许愿在浑浑噩噩中迎来了高考，那一年的语文，作文考题是"假如记忆可以移植"。他咬着笔头，脑海里忽然全是郑小苔的模样，绑着高马尾，头一偏，认真地对他说："喂，你不许记得我。"许愿不解地皱着眉问："为什么？"她等了半天，才说："因为我要出国了，以后天各一方，你把关于我的记忆都清空了吧。"说完这句话，她就那么定定地看着他。她的脸越来越模糊，最后消失不见。等他回过神来，离交卷时间只剩十五分钟，他潦草地码了一堆文字，铃声响，卷子交上去。同学们扎堆咒骂这坑人的作文题，问许愿：“你作文那么好，你怎么写的啊？”许愿一愣，竟然忘了自己写的什么。

反正是砸了，许愿叹了口气。

他记得那天打电话查分数，那冰冷的人声从听筒里传来，他不相信。他反复拨打了五遍，还是那毫不留情的声音：总分——534分。他有些无奈，去北京是无望了。无所谓吧，既然郑小苔出国了，去不去北京也变得不那么重要了。有些事，只有和有些人一起做才有意义。

许愿的爸爸许志新曾小心翼翼地问过他：“要不要复读？再努力一年，搞不好能上个更好的大学。”

许愿不是没有犹豫过，连老师也劝他复读，最后还是爸爸帮他做了决定。

许志新说：“只有这么多分，也就别抱太高指望了。长沙也没什么不好，回家也方便。”

这句话有点刺激到了他，尽管他也同意去长沙念大学，却非要倔强地回一句：“你当然希望我早点离开家，眼不见为净嘛。”

许志新正要发火，许愿恹恹地回了自己房间，关上了门。

客厅的墙上挂着爸爸和罗素梅的结婚照，两人笑得甜蜜，像在嘲讽着这即将离开的尴尬的家。接下来，这个高考失利的男孩儿就像任何一个高中毕业生那样经历着煎熬的暑假。放榜，他考上了联大，不好也不坏，也算是个体面的大学，说出去不丢人。收到通知书后他便每天倒数着开学的日子。许愿自我疗愈的方式之一——把某个时间节点当作分水岭。比如开学第一天，那么之前所有的悲伤与伤痛，仿佛一笔勾销，我们重新开始，对命运在这一天之前给予的不堪既往不咎。

一天天过着，终于到了开学这一天，爸爸和罗阿姨开车载他来到了长沙。他手忙脚乱地变成了联大中文系的学生。

能读中文系，大概是他高考失利后唯一的安慰吧，他从小爱写作，初一就开始看《红与黑》，上作文课时永远是被老师点赞，读自己文章作为范文的那一个。能与一群文友吟风弄月地度过四年是他曾经的梦想。可让人懊恼的是，入校后他才发现，原来大部分中文系的学生并非真心热爱文学，基本上是分数不够上法学系与新闻系而被调配过来的。中文系招生多，毕业证也好拿，所以看似是联大第一大系，其实集结了一大群郁郁不得志的少年。在宿舍夜夜笙歌，练吉他的、喝酒打牌的，人人都像是要把高三耽误的欢乐一股脑儿捡回来似的。大家日复一日地混着日子，毕业好像遥遥无期。许愿只能像现在这样，孤独地走过木兰路，去文学院看书。他挨到快要熄灯才回宿舍，洗漱之后往床上一躺，拉起蚊帐自成一个世界。

他倒也没有觉得特别难过，爱写作的人很懂得自我安抚——我经历的一切都是素材，生活的考验都是创作的源泉。他在自己的日记里称王称霸，真实世界里的不如意，也统统消失不见了呢。

“还没准备好，就要一个人面对人生了。”许愿在日记里这样写道。

以上的一切都发生在许愿的十八岁生日之前。

1999年10月28日下午6点23分。这一天是许愿十八岁的生日，其实他是一个很喜欢过生日的人，可能生活中的nobody都喜欢这个专属他的日子吧，哪怕是一些俗套无趣的仪式感，都会让他觉得，这一天我好歹是个主角。可是联大寂寥的生活，让他只能孤独地度过这个生日。

这天，他多买了只鸡腿，然后坐在食堂靠窗的位子，落日的余晖洒在窗边，像是给这腐朽的木头窗棂贴了一层薄薄的金箔。

窗口正对着的是女生宿舍1号楼，女孩儿们走去澡堂就一定会经过食堂的窗边。他抬起头，突然看到了三个女孩儿端着脸盆从宿舍走出来，左边那个短发、瘦弱，眉眼清澈，穿一身素色的棉质长裙，看起来有些眼熟，像在哪儿见过；右边那个虽然也美得利落，但一看就是个张扬跋扈的主；中间那个长发、高挑，棱角分明，像一只鹤一样骄傲地昂着头。三人把这个暗淡的黄昏瞬间点亮了。

他的目光落在中间那位长发女孩儿身上。她就像有着巨大磁场，“啪”的一下把黄昏时所有的光亮都吸了过去，仿佛整个世界跌入黑暗，只有她仍然熠熠生辉。这一束光亮幻化成一只温暖厚实的手，伸过来，把郁郁寡欢的他从深渊里捞了起来。那一瞬间，他感觉自己得救了。他甚至并不急着去知道她是谁，就这样静静地看着，仿佛就已经满足了。

许愿呆呆地看着，长发女孩儿扭头看了看他这边，他赶紧低下头吃饭。再抬头，只见陌生的人群，那三个女孩儿已经消失不见。

这算生日礼物吗？下午 6 点 23 分，他记住了这个时间。

接下来的一个星期，这个时间，许愿都坐在食堂的这个位子上，等着那三个女孩儿出现，可他不敢上前打扰。窗棂就像一个画框，那个长发披肩的女孩儿，就是这幅画的魂。每天这短短的几秒钟，成了许愿最期待的事情。什么也不做，就静静地看着她，已经足够美好了，女生宿舍 1 号楼，住的也是大一的新生。我至少可以看四年呢，许愿开心地想着。

又一天，他早早地坐在这里，狼吞虎咽地吃完饭，托着腮等着她们的出现。

耳边传来一个男孩儿的声音："你是在等苏暮雪吗？"

许愿紧张地扭头一看，是个高大帅气的男孩儿，满口长沙腔，没有恶意地嬉皮笑脸。他和许愿隔了一个座位，喝着可乐，腿搁在餐桌上，一副玩世不恭的模样。

许愿脸红了，继续埋头吃饭，嘟囔了一句："你说的那人是谁？"

他又笑了笑，答非所问道："我叫柏千阳，也是99级中文的，住622，你住626吧？"

许愿看了看他，迅速地在脑子里过了一遍这柏千阳的模样。好像在宿舍水房遇到过，满嘴刻意的长沙腔，声调拉得很高，很爱说话，跟谁都能聊上一阵儿。看这吊儿郎当的样子，恐怕也不是什么好人。许愿一贯把陌生人先当作敌人，假设你会伤害我，如果没有，那么算我走好运啦。

柏千阳继续说："注意你好几天了。说实话，文秘班的苏暮雪，学习部部长，喜欢她不丢人，不过我可告诉你，听说咱们学校有一半单身男青年用她的照片做电脑屏保，上至博士后，下至少年班，到处都有她的粉丝。"

许愿刚想解释，柏千阳放下可乐，眼睛望向窗外："我靠，来了。"

她们三个再次出现在窗外。

许愿假装毫不经意地问："你刚才说的那个人，是哪个？"

柏千阳："长头发的啊，最高的那个，听说她还单着呢！"

许愿瞥了一眼柏千阳，心虚地说："我不是看她。"

柏千阳目不转睛，喋喋不休地说："你不会口味重到看沙璇吧？兄弟，我劝你一句，那姑娘你搞不定的。"

许愿："我……我是看那个短发的，有点眼熟。"

柏千阳有些意外："哦？她叫应晓雨，新闻系的，她们住一个寝室，那姑娘也不错，但太瘦了，一把骨头，不好生养，你们小朋友就喜欢这种。"

三人消失在人群中。

许愿："你真像个数据库。"

柏千阳站起身，把喝完的可乐罐瞄准垃圾桶一扔，准确无误。他走过来，拍了拍许愿的肩："别着急，哥帮你，我住622，有空来找我玩儿。"说完，他哼着跑调的小曲，扬长而去。

许愿看着他离去的背影，默念着刚听来的名字："苏——暮——雪，暮霭沉沉雪漫山，好听。"

离开食堂时，他看见那扇油漆斑驳的大门上贴了一张手写的海报——联大校报诗歌特刊征稿。

走过622宿舍，柏千阳正在里面抱着吉他大声唱着《恋恋风尘》，几人围绕着他，弹着并不标准的和弦，唱得不好也不坏，没有走调但也并不动听。只是他大胆地唱着，那种热情瞬间感染了许愿，这个挺平常的画面似乎正是中学时在电视上看到过的大学生活，这才是该有的样子嘛。他放慢脚步，忍不住朝622瞄了一眼。柏千阳看见了他，挥了挥手："哥们儿，来，一起呗！"

只差一点点，许愿真的要走进去了，他甚至恍惚地觉得自己已经跟他们围坐在一起，肆无忌惮地唱着歌了。但他最终没有走进去，不熟悉的人超过三个，他就没有安全感。他脑子里闪现一个画面，万一他觉得很别扭，又已经坐在其间，如何开口说要离开呢？

于是他踌躇几秒，挤出一句："不了，谢谢，我还有事。"说完快步朝前走，身后继续传来他们的歌声，青春洋溢。他心里又开始懊恼，怎么就不能勇敢一点儿，大方地走进去呢？这磨磨叽叽的个性，真让人痛恨呢。

依旧嘈杂的626，许愿拉起蚊帐，躺下。

半天睡不着，他轻声自言自语："暮霭沉沉雪漫山……"

然后他拿起一支铅笔，在墙上一笔一画写了一个"雪"字，盯着这个字，聚精会神地看了好半天。

许愿的诗

女生宿舍比男生的要更乱。桌上一堆杂物中，一台破旧的老款收音机正卖力地贡献着最后的力量。电台在播放王菲唱的《出路》：“听说 1999 年是世界末日，到时候我们一定要结婚，并且有个孩子，在他还没做太多坏事之前，让上帝把他带进天堂，也许我们也能沾光……”

那时候王菲跟窦唯离婚不久，全世界都在议论这段娱乐圈里最著名的婚姻。这首歌被电台反复播放，像是对这个情路坎坷的女人的嘲弄，又像是对这段爱情慌乱收场的扼腕。

苏暮雪赤脚坐在宿舍的窗边，手里拿着校报，看着诗歌特刊的一首诗——

雪

午后某一刻
风声在窗外厚厚地堆集
被冬天
一束一束地捆扎

记忆的时空以外
鸟还不曾来过
唯有风喋喋不休

一切耳语恍如隔世

水滴中的夜晚
心跳出奇地厚重
一片叶子飘进来
我听到了鸟飞的声音

系着缎带的百合
以最沉默的方式
述说一份蒙尘的祷告
我已无法聆听

请问那个守候的人
在约定的地方还能等多久
是停留
还是会马上走

最后一瓣雪
跌进交错的掌纹
趁它还没融化成眼泪
赶在日出之前拥抱你

她边给身边的君子兰浇水，边小声念着作者的名字——许愿。

苏暮雪从来不乏追求者，但她并不是一个自恋的女孩儿，但这一次，她总觉得这首诗跟自己有关。没有任何的蛛丝马迹，毫无来由的猜测，学校里两万多人，名字里带“雪”字的肯定不止她一个，但她依然有种预感。这位名叫许愿的作者是不是为她而作，这个“雪”，是不是苏暮雪的“雪”？但她没有任何线索，甚至不知道许愿是个男孩儿还是女孩儿，这么细腻的字眼，如果真是个男孩儿，想必也是个眉宇忧郁的人吧。

她靠着窗发呆，心里还想着前些天和应晓雨、沙璇去洗澡时，路过食堂看见的那个男孩儿。那天是个黄昏，她们每天这时都会结伴去澡堂，食堂窗边是必经之路，沙璇突然用胳膊撞了撞她，说："苏暮雪，有人看你。"

她看了过去，那男孩儿慌张地埋头吃了起来。但那一秒钟的四目相对，她看到的是一张干净的孩子气的脸，真是清澈啊，她甚至想多看一眼。少女的矜持作祟，她望天三秒，有些不好意思地说："你怎么知道是看我？说不定是看应晓雨、看你。"说完，加快步伐朝澡堂走去。沙璇不屑地看了看那男孩儿："相信我的直觉，他看的就是你。"

一连好几天都看见那男孩儿，怎么会这么巧，莫非他每天都坐这个位子是为了等着见她一面？如果是这样，倒真是个痴情的小男孩儿。

那么，这首诗的作者许愿，就是那个男孩儿吗？

苏暮雪摇摇头，天底下哪有这么巧的事？随即她又想，如果真是他，那便可以确定了，他的这首诗一定跟自己有关。

还在苦思冥想着，她的思绪却被门外吵吵嚷嚷的声音打断了。

沙璇和应晓雨回来了。

沙璇大大咧咧地把门推开，见苏暮雪坐在窗台上，大惊失色："我的亲姐姐啊，你怎么了？要跳楼吗？你可不能死啊，我的摇钱树！"

苏暮雪笑而不语，不接茬儿。她曾经评价沙璇是个榴梿一样的女孩儿，她简单直率，又有股子仗义的女侠范儿，但满嘴砒霜，常常得理不饶人，如果喜欢她，就会非常喜欢；如果不喜欢，那一定是敬而远之。

沙璇："你给我下来，有好东西给你。"

苏暮雪一脸疑惑："什么好东西？"

应晓雨边收拾自己桌面的书，边插嘴："今天有三个人托沙璇给你递情书，被她狠狠宰了一顿，扎堆来啊，撑死我们了。"应晓雨捂着肚子，夸张地做了个鬼脸。她只有在这两个姐妹面前，才会如此放肆。相比沙璇，苏暮雪更心疼应晓雨，常形容她静若处子，像朵清晨绽放的睡莲，不胜凉风的娇羞，是一个需要守护的纤弱女子。

沙璇趴在床上，一封封拆，一副司空见惯的模样："第一个是历史系的马学长，哎哟，这写的都是古文繁体字呢。跟他谈恋爱，天天过得跟考古代汉语似的，长的吧，像一小老头，递信的时候我还以为他是谁的爹呢，我做主，这个 out 了。”

应晓雨倒水吃药：“还有一个经管系的，长得不错啊。”

沙璇：“得了吧，那哥们儿我知道，也是个奇葩，听说他前女友找他借 20 块钱，他居然让人给他写借条！今天托我送信，我说给姐买点儿好吃的呗，姐帮你跟苏暮雪说说好话。他说行啊，我讲客气说，千万别买多了，一点点就好，你猜怎么着，他从口袋里给我掏了一把葵花子，你说气不气！这个也不行，out！”

苏暮雪和沙璇笑得前仰后合。

“还有一个呢？”苏暮雪很喜欢听沙璇吐槽这些奇葩追求者。

“这个好，”沙璇神道道地凑过来，把信给苏暮雪，“柏千阳，中文系的，长沙人，独生子，帅，有诚意，今天请客去食堂二楼吃了大盘鸡。”

苏暮雪看了看柏千阳写的情诗，不禁莞尔。

沙璇：“怎么样？”

苏暮雪没好气地把信扔进垃圾桶：“前半段抄了舒婷的，后半段抄了席慕蓉的，席慕蓉的这首诗还是写给她妈的。”

应晓雨一口水差点儿喷出来，沙璇一脸失落的神情。

沙璇：“你想找个什么样的呀？柏千阳要追我，我肯定答应。抄首诗算什么，诗能当饭吃吗？”

苏暮雪想了想，其实她从不相信择偶标准，爱情是没有道理的，她说：“我要找的那个人，是一个能在心灵上满足我的人。他可能不那么出色，也不是什么盖世英雄，但他一出现，我就非常确定，就是他。你知道那种停泊靠岸的踏实感吗？我一直在等待有个人可以让我拥有这种感觉，有时候我们给自己未来的 Mr.Right 设定了很多标准，但那个人真的出现了，这些标准一定会被忘得一干二净。”

沙璇撇了撇嘴：“我很实在，像我这种好不容易从小地方考来长沙的，可不能再回老家了，我得找个条件好的，他至少得能让我留在长沙，人往高处走，水往低处流，晓雨，你呢？”

应晓雨放下水杯，认真地说：“我还没打算谈恋爱呢，初恋都是支离破碎的，明知不得善终，还不如不要开始。要做，就做他最后一任。”

沙璇搂住应晓雨："哟，开学典礼那天，应该由你上台演讲，学校那帮像从封建社会来的爷爷、奶奶肯定爱死你了。"

两人玩闹起来，有沙璇在，宿舍里总是无法安静。

苏暮雪又沉入思索当中，一不留神手里的报纸滑落，从窗口掉了出去。一个男孩儿经过，捡起报纸。苏暮雪挥挥手，正要说话，见到的竟然是那个在食堂窗口对视过的男孩儿。显然，那个男孩儿也非常惊讶，两人就这么隔空对视着。那男孩儿示意了一下手里的报纸，她马上点点头。

苏暮雪慌张地穿上鞋，冲出宿舍门，走到楼底路边，那个男孩儿却消失不见了。宿管科大妈拍了拍她的手，递来刚才的那张报纸："一个男同学说你掉的，以后注意了，这次是报纸，下次要掉了花盆砸了人，麻烦可大了。"

她接过报纸，急切地问："他人呢？"

"走了。"

她走出去，看了看，已不见他的身影，转身又问："他叫什么？"

"我怎么知道？"

走在光秃秃的木兰路上，许愿的心还在超速跳动着。

他怎么也没想到会这样突然地在食堂之外的地方偶遇苏暮雪，他捡起报纸抬起头时，看见坐在窗台边的苏暮雪，惊讶得差点儿叫出声。巧合的是，她正在看校报，想必也看到了他写的那首诗。短短一分钟，许愿的大脑飞速运转着——她会不会觉察到了自己的偷窥？会不会觉得自己是个变态？会不会猜到了这首诗是为她而作？额头上冒出汗珠，他拿着报纸，尽管非常迫切地想很认真地对苏暮雪做一次正式的自我介绍，但最终还是决定把报纸交给宿管科大妈。唉，这个不争气的自己，竟然落荒而逃。躲起来，是许愿最擅长的方法，他转念一想，其实并不是懦弱，总感觉和苏暮雪的相遇应该在一个更为庄重正式的场合，而不是像现在这样，如此潦草地就碰了面。

他走回宿舍，上楼梯时，遇见刚打球回来的柏千阳。

"许愿，快六点半了，去吃饭吧！"他热情洋溢，一点儿也不像是客套的邀请。

"不了，今天在宿舍吃。"许愿仍惊魂未定。

“不想见你的应晓雨了？”

许愿一怔，挤出一点儿笑容：“我还有事呢。”然后加快步伐，走上楼梯。

柏千阳抱着球，看着急匆匆离开的许愿：“小样儿。”

一回宿舍许愿又被室友刘科科缠上了，他手拿一份校报，像只精瘦的猴儿一样从上铺蹿下来，一屁股坐在许愿的桌上。

“许愿，看不出来啊，我还以为咱们宿舍都是一群文盲，没想到还出了个诗人。”刘科科摇头晃脑的，他是计算机系的“弃儿”，宿舍分满了，被调配过来跟中文系混住，但他活泼好动、古灵精怪，跟大家相处得也亲如兄弟。

许愿抬头看了看他，从抽屉里拿出一包饼干，不声不响地拆开吃。

“总得请个客吧。”刘科科不依不饶。

许愿拿着饼干，把手一伸：“请！”

“真小气。”刘科科伸手拿了块饼干，失落地塞进嘴里，正嚼着，瞥见许愿的饭卡放在衬衣胸口的口袋里，他机灵地抢了过来，在许愿眼前晃了晃，“谢了！我只吃两荤一素。”刘科科穿着拖鞋、拿着饭盆，欢天喜地地冲出了宿舍。

许愿懊恼地回头，没一点儿办法。

坦白讲，许愿并不讨厌这个宿舍。一共六个人，除了刘科科，其他都是中文系的，大家彼此照顾，虽然每天活得无精打采，但还算团结友爱。而且六人都来自五湖四海，没有一个是长沙人。最初知道了大家的籍贯，许愿有点庆幸，来长沙念书前，有个关系还不错的同学热心地交代他，去长沙念书一定小心点，别得罪了长沙人，他们脾气挺冲的，南门口天天打群架的，都是一群长沙的年轻人，然后是一番绘声绘色的描述。许愿对长沙人最初的印象都来自这位同学，仿佛长沙男孩儿都脚踩一双人字拖，嚼着槟榔，吐着烟圈，就像……对，就像柏千阳那样，玩世不恭，吊儿郎当。柏千阳那口音，是长沙人准没错了，但又好像并没有想象中的长沙男孩儿那么讨厌，他的热情不像是装的，也许是本地人的缘故，看起来大方、自信，那咧着嘴坏笑的样子，竟然让人有种奇怪的信赖感。而这些，都是许愿缺少的。

许愿想，如果跟柏千阳成为朋友，也挺好的呢。

想着想着，他便睡着了。

他做了个梦，还是在那条从老家去上学的小路，旁边长满香樟，地上铺了厚厚一层金色的落叶，阳光透过香樟的枝丫斑驳地染在地上，他骑着自行车，追赶着前面那个女孩儿。阳光让她的背影变得耀眼，他终于追了上去，那女孩儿扭头看着他，原来不是郑小苔。是苏暮雪，是那个坐在窗台浇花的苏暮雪，她迎着阳光，灿烂地对他笑着。

敲门声阵阵，许愿睁开惺忪睡眼。

隔着蚊帐，看见窗外蒙蒙亮，原来已近黎明。

“谁啊？”其他人都睡得死死的，许愿伸个懒腰，问了一声。

不出声，只是继续轻轻敲着。

“我来开。”上铺传来刘科科的声音。

刘科科正要上厕所，他掀开被子，穿个裤衩，一跃从上铺翻身而下，先踩在桌上，又跳到地上，准确无误地踩在拖鞋上，跟个体操运动员似的。打开门，刘科科瞬间清醒，面前是个打扮滑稽怪异的女生，烫了一头不合时宜的卷发，戴个硕大的黑色太阳帽，一袭绿色碎花连衣裙，肉色丝袜配白凉鞋。最可怕的是那张布满青春痘的脸。为了遮盖痘痘，她扑了一脸白得瘆人的粉，却越显得痘痘呼之欲出，感觉使点劲儿，里面的脓汁就要喷薄而出了。

大早上的，怕是见了鬼了。

刘科科吓得捂住下身，又矫健地跳回桌上，翻身回到上铺，迅速钻进被子。

“请问许愿在吗？”门口那姑娘清了清嗓子，然后操着不太标准的普通话问道，那种迷之自信的普通话，把“在”读成了“债”。

刘科科把手从被子里伸出来，朝下铺指了指，许愿见状警觉地朝身后挪了挪。

那姑娘开心地径自走了进来，毫不客气地在许愿床边坐下了。

许愿不自觉地裹紧了被子：“你是谁？”

姑娘害羞地笑着，环顾四周，揭开许愿的蚊帐，好半天才回答：“我是你们中文系的学姐。”

许愿：“学姐好。”

姑娘：“我姓屠……呵呵。”

许愿自言自语的：“屠……”

姑娘："嗯，南京大屠杀的屠。"

许愿倒抽一口凉气，这时宿舍又有几个人醒来，大家屏住呼吸，静待故事如何发展。

"屠学姐，您……您有事儿吗？"

"我看了校报，看到了你写的《雪》，觉得你特别有文采。"

"谢谢。"

"你真不知道我为什么来？"

"不知道啊。"

"我住2号楼，每天晚上去洗澡，路过食堂的时候，都会发现你在窗口偷偷看我。一次就算了，两次，三次，好多好多次，这一定不是巧合，是你在努力遇见我。我打听了很久，才知道你的名字，昨天又在校报上看到了你为我写的这首诗。"屠学姐微微娇喘，急切地诉说着这一切。

"为您？"

"你是不是也偷偷打听了我的名字？我叫屠雪娇啊！"

"啊……"

"两个人打听着彼此，却总是错过，真是一件忧伤又美好的事。昨天我没有等到你，今天我来了，我迫不及待地来了，我们不用躲躲藏藏了。"

"屠学姐，我想您误会了……"

"什么也别说了。"屠学姐打开包，拿出一袋吃的，有包子、茶叶蛋和烧卖，她笑眯眯地看着惊慌失措的许愿，"吃吧，你们男生都爱睡懒觉，不吃早点可不行……嗯，你不用太感动，是你先感动了我，我只是投桃报李。"

对面铺的室友醒来，见这一幕，有些茫然："这位女士，您是早上刚来还是昨晚没走啊？"

宿舍一阵哄然大笑。

这样一来屠学姐便觉得有些羞涩，缓缓起身，小声地说："我得走了，不能一直待下去，这样对你对我都不好，再说……我也不是那种随便的女孩子。"她捋了捋头发，慢慢走到门口，有些不舍地离开。宿舍随即一片安静。五秒后，门又被猛地推开，屠学姐探头进来，微微一笑："今晚食堂老地方见。"又礼貌地拉上门。

宿舍里一阵爆笑。

几位室友鱼跃而起，瓜分了屠学姐送来的早点。

刘科科咬着烧卖，坐在许愿床边，娇嗔地靠在他膝边说：“是你先感动了我的，我只是投桃报李。”

一群人笑得人仰马翻，许愿一把推开刘科科，忍不住也笑了。

不想过圣诞的圣诞老人

快圣诞了，长沙的冷风像把不留情面的刀子。寒风起，便“锥心刺骨”。

许愿缩在一件大棉袄里，木兰路的树已经没有叶子，地面被扫得干干净净，还有一条条细腻的扫帚扫过的痕迹。他深吸一口气，冰冷的空气让他瞬间清醒。快圣诞了，孤独的人都害怕过节，平常的日子得过且过也就罢了，圣诞节想必是锣鼓喧天，满大街成双成对。好好的中国人，过什么洋节，没劲。许愿撇了撇嘴。

这些日子，许愿依然是一个人，他没再去食堂偷看苏暮雪，一来为了避开屠雪娇，自从她上次光明正大地闯进许愿的宿舍后，又约了他好几次，他每次都婉言谢绝，听几位学长提起这奇葩女子，啧啧称奇，说她留了两次级，有点走火入魔，经常骚扰不同男生，手段如出一辙，还是躲为上策；二来，上次在苏暮雪宿舍楼下的偶遇，让他有些担忧，如果被她发现自己经常偷偷看她，还为她写了一首诗，会不会在相识之前就留下极不好的印象呢？刚有了这样的想法，又迅速地自嘲起来，他这样的小透明，人家真会这么在意吗？归根结底，还是自己想太多。既然柏千阳也是苏暮雪的拥趸之一，那么应该在不同的场合，比如教室、宿舍、小卖部等，还有更多的人在偷偷关注着苏暮雪。美好的事物，都是全世界一起分享，哪里轮得到他独自占有呢？就像小学时，班上有女生买了林志颖的明信片，在背后写上“男朋友”，信誓旦旦地说长大后要嫁给他，幼稚得可笑。这种出类拔萃的鹤，或许只能遥遥相望吧，而孤独的自己，命中注定是要一辈子孤独下去的吧。

许愿走在这些枯萎的灌木丛中，踢了一脚一根已经毫无生气的树枝。这该死的冬天，让好不容易快要缤纷起来的大学生活，瞬间又变得如此枯败。那么多的希望，就像刹那璀璨的烟火，刚刚“砰”的一下盛放，然后马上被扼杀在头顶那灰暗的天空中。

就在这天空中，传来了苏暮雪的声音。

校广播站开始广播，他第一次听见她的声音，跟想象中没有差别：“各位同学，大家好，我是文学院文秘班的苏暮雪，也是学校学习部部长。下学期学校将举办辩论赛，每个学院都将成立辩论队，希望同学们踊跃参加。用你的语言魅力赢得属于自己的掌声，为你所在的学院争光……”

许愿呆呆地站在那里，广播已经在播放音乐，苏暮雪的声音仿佛还萦绕在耳边。此刻，他多希望她真实地站在面前，告诉他，我看了你的诗，我很喜欢，你不用再偷偷看我，我们可以每天一起吃饭、一起散步、一起点燃这个无聊阴郁的天空。

他继续孤独地朝前走，一如从前。

许愿最近都在一家小店吃馄饨。这家店在学校食堂附近的半山坡上，位置偏僻，人不多。他一直对大食堂的人海心有余悸。军训时实在太饿，只能跟着宿舍的兄弟们挤进这动辄上千的人群中，伸出手大喊着“要三两饭”。跟大饥荒时的难民一样，导致他每次到了饭点都开始焦虑而恐慌。后来有段时间，他都挨着饿，等到人群散去，再走进空荡荡的食堂，不疾不徐，伸出饭盆，打点儿剩菜剩饭，然后坐在一角狼吞虎咽。看着头顶一盏一盏熄灭的日光灯，许愿想：孤独什么滋味儿，我算是吃出来了。后来要不是为了偷看苏暮雪，他才不会在人潮汹涌的饭点去凑热闹。

现在好了，安安静静地在这家无人光临的小店吃着馄饨，无人打扰。

他喝完最后一口热汤，馄饨店的门被粗鲁地推开，撞在墙上，清脆一声响惊得许愿抬起头。他看见屠雪娇带了三个男生闯了进来，其中一个威武雄壮，像个蒙古套马的汉子，有种力拔山兮气盖世的架势，只是穿着土气，粗布棉袄上还有一片片煞风景的油渍。另两个，精瘦矮小，一个斜视、一个龅牙，明显是来凑数的。

许愿缓缓放下碗，跟屠雪娇对视。

屠雪娇对着身边那“套马”的汉子说：“哥，就是他！”

汉子开始撸起袖子，边撸边走上前：“你就是许愿？”

许愿点点头，很奇怪，他也不怕，有点死猪不怕开水烫的勇猛。他已经对这波澜不惊的大学生活死心了，偶尔来点风波，竟然有点兴奋。只是这汉子块头大，真要打架怕是赢面太小，但他一听这质问声，跟他高大魁梧的身材却极不般配，难道他不应该是粗犷放肆的大嗓门吗？听起来却有点娘呢。

汉子："你为什么玩弄我妹妹？！"

许愿还没咽下的馄饨呛了出来，他擦了擦嘴："玩弄她？"

屠雪娇配合着汉子的节奏，号啕大哭，汉子又开始数落起来："你每天在食堂偷看她，又在校报上写诗公然挑逗她，现在我妹喜欢上你，你又躲了起来，你说，你什么意思嘛！"果然是亲兄妹，汉子也把"在"读成了"债"。那神情，不像是恶汉问罪，反倒像泼妇骂街了，感觉最后那两句，他激动得快要叉腰跺脚了。

许愿："我没偷看过她，也没给她写诗，她误会了。"

屠学姐停住哭声，看了一眼汉子，又哀号起来："哥，他撒谎，我去过他宿舍，我还坐过他的床，当时他都承认了。"

汉子和两位随从气急败坏地冲过来，按住许愿，馄饨店的服务生小妹见状赶紧躲在柜台后。

毕竟对方有三个人，许愿挣扎不得："你们想怎么样？"

屠雪娇边哭边嚷嚷："你如果要抛弃我，就赔钱！"

汉子应和着："对，赔钱！"

突然一个可乐罐扔过来，砸在汉子的头上，汉子"啊"的一声捂住头。柏千阳和满毅从二楼走了下来，柏千阳叼着烟，大摇大摆的架势，一副看戏的神情："赔多少？"许愿抬起头，他兴奋起来，打死他也没想到，在这个学校竟然还可以遇见救星，在此之前他一直以为，如果自己有天突然消失了，估计都要很久很久以后才会被人发现呢。

汉子咬牙切齿："少说一千！"

柏千阳脸色一沉，用力吸了口烟，扔掉烟头："给你一千万怎么样？"

汉子和屠学姐面面相觑，不解其意。

柏千阳猛一脚踹过来，汉子撞在墙上，没站稳，瘫坐在地上了，众人震惊。"一脚一千万，要不给你凑一个亿？"柏千阳晃了晃脚，"欺负我哥们儿，找死！"说完再次抬起脚。

汉子吓得叫唤着逃了出去，眼角飞溅出泪水，随从迅速放开许愿，一阵风似的便消失不见。剩下屠雪娇一脸惊恐，随即又恢复了羞涩的微笑，她走过来，冲着柏千阳眨眼睛：“你也是中文系的学弟吗？留个电话呗。”也许是刚才惊恐的表情太过浮夸，导致她脸上熟透的痘痘更加“生机勃勃”，像个定时炸弹随时就会爆炸。柏千阳一阵反胃，他挥起拳头：“我数三下，马上给我消失，不然女人我也打，二！”

屠雪娇如闪电般冲出了馄饨店。

柏千阳看了看许愿，指了指门外：“你跟那女的……”

许愿连连摇头。

在622，许愿换上了一身圣诞老人的装束，滑稽的红帽、茂密的白胡子，还有肥大的外套和大肚子。他极不自在地站在镜子前，柏千阳在身后鼓掌，连声说真像、真像。许愿又看了看镜子里的自己，真搞笑，这身装束，谁穿上不像呢？

为了报答柏千阳，许愿决定和满毅一起扮演圣诞老人，配合柏千阳在三天后的文学院圣诞晚会上表演一个节目。许愿在宿舍看过晚会的节目单，表演嘉宾都有名有姓，并没有柏千阳的名字。镜子里看到他坏笑的模样，真不知道他脑子里想要什么花样。

“圣诞老人”转过身，看着柏千阳问：“我需要做什么？”

柏千阳点了根烟，吸一口，吐个烟圈儿：“到时候你就知道了。”

许愿：“可我不会跳舞。”

柏千阳：“不用你跳舞。”

许愿：“我也不会唱歌。”

柏千阳：“也不用你唱歌。”

许愿：“那我需要做什么？”

柏千阳：“到时候你就知道了！”

许愿很清楚，其实不仅仅是为了报答柏千阳为自己解围。他太需要朋友了，在此之前，扮演圣诞老人在晚会上表演节目这种事，对许愿而言简直比杀人放火还可怕。但当柏千阳提出这个邀请时，他想也没想就答应了，他似乎在渴望着柏千阳提出点什么要求，仿佛一起去做点什么、去完成一个目标，哪怕是一件毫无营养的事，都会离他理想中的大学生活更近一点儿。这些日子，每当在宿舍楼遇见柏千阳，看见他前呼后拥地招摇过市，许愿是有些羡慕的，他甚至幻想变成柏千阳身后的小跟班，一群人呼朋引伴，俗气吗？但多青春啊。

可他不知道要穿着这身衣服做什么，满毅也是一问三不知。他有点紧张，不知是期待，还是害怕那一天的到来。

震耳欲聋的音乐声，文学院的圣诞晚会在大礼堂举行。文学院是联大的第一大院，师资力量和学生数量都排全校第一，否则，平安夜这么重要的日子，大礼堂怎么轮得到他们占用。说是学生活动，其实也挺讲究，辅导员梁文彬最喜欢筹办这样的活动，一来锻炼院学生会的组织能力，二来上下齐心，培养各系的感情。

两个“圣诞老人”尴尬地躲在后台的黑暗角落，等待柏千阳发号施令。

满毅：“我的亲哥，什么时候上场，我们需要做什么？”

许愿扭头看了看舞台，现在是一个舞蹈节目，激情万丈，台下的掌声一浪高过一浪。他回过头，看了看满毅，紧张得发抖。

柏千阳也瞄了一眼舞台，说：“差不多了。”他从背包里拿出两个袋子，分别放在两人手中，看着他们的眼睛笑了笑。

许愿伸手进去抓了一把：“糖果？”

满毅也伸手进去，拿了一颗准备吃。

柏千阳一巴掌过去，满毅赶紧把糖放回口袋。

柏千阳：“听着，一会儿你们跟着我上台，站我两侧，当我挥手，就往台下撒糖。”

满毅：“老大，你有啥喜事啊？”

柏千阳白了他一眼：“没有，但快有了。”

音乐结束，舞蹈节目结束了。主持人走到舞台中央，拿起话筒：“谢谢由98级中文系带来的节目《渔舟唱晚》，曼妙的舞姿让人惊叹，真不敢相信这么完美的表演是出自我们文学院。接下来我们将邀请文学院组织部部长、97级学生韩家阅为大家带来一首歌曲《深秋的黎明》，让我们掌声有请！”

台下掌声雷动，看得出，大家都非常期待这个节目。

后台的韩家阅整了整领带，正要上场，突然柏千阳伸手摁住他的肩，韩家阅回头，一时摸不着头脑。柏千阳使了个眼色，两位“圣诞老人”紧跟其后，三人快步走上舞台，站在中央，台下一片哗然。

柏千阳接过主持人手中的话筒，“喂喂”试了下音。主持人一脸茫然，踮起脚张望，不远处幕布旁的韩家阅耸了耸肩，表示不知所以。

柏千阳：“大家好，我是中文系99级的新生柏千阳，大家圣诞快乐！”

众人议论纷纷，都不知道柏千阳葫芦里卖的什么药，好在他高大挺拔，外形尚算养眼，大家觉得新鲜好奇，不但没人轰他下台，反而被这突发事件吸引，再度鼓起掌来。而柏千阳身边的许愿，此刻真是度秒如年，他尴尬地拿着口袋站在柏千阳身边，还好那大胡子挡住了他已经滚烫通红的脸，只能自欺欺人地想，反正没人认识，今天就当为交个朋友豁出性命了。他看了看一旁正享受着掌声的柏千阳，再望向观众，腿一软，差点儿摔一跤，那人群中分明站着苏暮雪三姐妹啊，她们交头接耳，想必也在猜测台上三人是要演哪出吧。

柏千阳伸手晃了晃，示意各位停下掌声：“小弟初来乍到，能遇见各位都是缘分，听说今天从大一到研三的兄弟姐妹都到齐了，想拜托各位为我见证一桩大事。”说完他故作神秘地顿了顿。

沙璇在台下大喊：“你倒是说啊，什么大事？”

数百人被沙璇逗乐，一片哄笑。

柏千阳：“听咱们文学院的师兄说，文学院历来出美女，刚入校的时候我不信，我还反驳他说，你当联大艺术学院是空气啊，军训第一天，我就彻底沦陷了，我……爱上了一个人，她也是新生，她们连队就站在我们连队的对面，我正好可以看见她的脸，那是一张非常美、非常动人的脸，我一瞬间就被她征服了。那天我们去岳麓山拉练，她的连队里有个女生中暑，烈日当空，这姑娘二话不说跑去买来药和冰水，上山下山，分秒必争，及时地协助教官稳住了那女生。这事儿让我特别感动，后来我常去打听她，却不敢打扰她，这几个月，她变成了我最熟悉的陌生人。我知道她喜欢王菲，知道她爱看张爱玲，知道她身高174厘米、体重98斤，双眼视力都1.5，我还知道她养君子兰，知道她用海飞丝，知道她单身，知道她——就在现场！”

大礼堂内立刻沸腾了，此刻的苏暮雪有些不知所措，她已经认出了眼前舞台上的这个男孩儿。她经常在不同的场合偶遇他，他们很多次擦肩而过，现在看来，那都是这男孩儿精心设计的邂逅吧。她并不反感他，相反觉得他勇气可嘉，尤其是他提到的军训中暑的女孩儿，就是应晓雨，当时他还过来帮了一把。但此刻，这大庭广众之下把自己内心的爱意公之于众，这不是爱，只是表演爱啊。

柏千阳大手一挥："她就是99级文秘班的——苏暮雪！今天我要昭告全天下，苏暮雪，我喜欢你！我要追你！"

满毅打开口袋，掏出糖果朝观众撒去，许愿却木然地呆在那里。他脑子里嗡嗡作响，眼前这喧嚣的画面似乎变得静止。他仿佛置身于一个奇幻的几何图形中，四周都是硕大的LED屏，那些挥着手喝彩的观众，那些撒向台下的糖果，那些闪烁的五彩霓虹交织其间，旋转变幻着。一切都那么光怪陆离。

柏千阳一巴掌拍过来，许愿缓过神来，听见台下疯狂的尖叫，他也赶紧掏出糖果撒下去。

苏暮雪被众人围观，她有些厌烦地看了看台上，转身正欲离开。

突然有个声音响起："文秘班的姑娘容不得你如此亵渎！"苏暮雪看过去，观众席内有个高个子男孩儿搭了把板凳，踩上去，义愤填膺地喊了一句。

她认识，也是文秘班的，名叫孟繁华，长沙本地的，看穿着就知道他家境不错。之前他三番五次地假借联谊活动的名义，约苏暮雪宿舍的女生们吃饭、唱K，混熟之后开始单独约她，她去过两次，都带着沙璇。沙璇也心领神会，每次都大吃大喝毫不客气，而且对苏暮雪寸步不离，让孟繁华好生尴尬。就在两天前，孟繁华还打电话给苏暮雪，约她去录像厅看片，说是他办了包厢的会员卡，一年能看两百部。学校附近有不少商家开了录像厅，那包厢又小又闷，根本不是用来看片的。苏暮雪当然知道孟繁华的用意，当机立断就拒绝了，末了还加上一句，快期末考试了，大家都以学习为主。没想到今晚被柏千阳点燃了这气氛，看来没办法轻松收场了。

柏千阳被这半路杀出的程咬金惹得很不开心："你谁啊？"

孟繁华："本人99级文秘班孟繁华，文学院乃联大第一大院，岂容你个搅屎棍在这儿搞得乌烟瘴气，识趣的，给我下来！"

柏千阳："我要不下来呢？"

屠雪娇穿越重重人海，差点儿把孟繁华从凳子上撞倒，她叉着腰，使出她的"蛮荒之力”大吼一声：“不下来，就给我打！”

孟繁华：“打！”

一群文秘班的男生涌上前去，爬上舞台，跟柏千阳打成一片。大礼堂刹那变成一锅沸腾的热粥。两个“圣诞老人”被文秘班的男生揪下舞台，满毅力气大，挣脱开来，朝大门逃去。柏千阳见状，拿着话筒对着台下大喊：“许愿，你快跑啊！”

许愿。

正被沙璇和应晓雨拖着要逃离的苏暮雪，心脏像被电击了一样，她停下脚步，回头望过去。许愿原本倒在地上，他起身推开身边的人，慌乱中他的红帽子和白胡子被蹭掉了，一转身与苏暮雪四目相对。

两个人在这一片不堪的场景中，看到了彼此。

柏千阳跳下舞台，一把抓住许愿：“你发什么呆，跑啊！”他拽着许愿朝大门跑去，许愿回过头，看见人海中的苏暮雪，一切又好似安静了。他好像又置身于那个奇怪的几何图形，双脚悬空着奔跑，而不远处的苏暮雪也是静静地悬浮在半空中，周围的人都变成了 LED 屏幕里晃动跳转的画面。

沙璇抓住苏暮雪的手：“走不走？”

苏暮雪回过神，点点头。

许愿，真的是他。

校团委办公室，团委书记孟思思大发雷霆。她拍着桌子，那精心设计的发型也因为她的激动而稍稍有些乱了，她把滑下些许的眼镜推了推：“梁文彬老师，学校把礼堂批给你们文学院不是为了让你们搞事情的！”

梁文彬看了一眼柏千阳，连连点头称是：“孟老师，这几个学生是我教导无方，还请原谅，我保证再也不会出这样的问题了。”

柏千阳、许愿和满毅贴着墙老老实实地站着。

孟思思不屑地叹了口气：“梁老师，昨天这个事情，校领导还不知道，往小了说，是学生淘气，导致晚会出了意外，但风波已经平息；往大了说，这是一场恶性的寻衅滋事啊。你们文学院，素来严苛律己，遵守校纪校规，怎么会出这样的学生啊？真是一粒老鼠屎坏了一锅粥啊！你们必须深刻地检讨，好好反省，不然我没办法跟领导交代呀！”

柏千阳没好气地说：“孟老师，是孟繁华先打人，我们是正当防卫！”

梁文彬：“柏千阳，你给我闭嘴！”

孟思思冷笑一声：“孟繁华是代表同学们制止恶性事件的发生，好好一台晚会，被你们折腾得乱七八糟，你们对得起梁老师的良苦用心吗？你们知道为了争取大礼堂，他费了多少口舌吗？这倒好，因为你们破坏纪律，导致了这么严重的后果，你还有脸怪孟繁华？”

梁文彬：“孟老师，您放心，这几个学生我一定严加管教。这事儿，希望就到此为止，您也给我个面子，校领导问起来，就说晚会流程出了问题，但同学们反响不错，顺利平安地结束了，改天我请您吃饭。”

孟思思白了他一眼：“行了行了，一人记一个小过，这事儿就这么算了。梁老师，这几个孩子，以后你给我看着点，搞三搞四的，不晓得以后还会犯什么事。”

梁文彬点点头：“好，知道了。”

说完，梁文彬带着三个垂头丧气的输家，走出了团委办公室。一人在前，三人跟随其后，在校道上走了许久。

柏千阳鬼笑着：“梁老师，给您添麻烦了。”

梁文彬停了下来，在一旁的石凳上坐下，喘着气：“柏千阳，我上辈子欠你的啊？你没给我添麻烦，你就是一个大大大麻烦！”

梁文彬这么说是有原因的。柏千阳刚入校时，同宿舍的满毅上楼梯时，被大三的学长恶作剧浇了一头水，柏千阳为了给他出头，冲上楼以一敌三，把三个学长打趴下了。那三人中，有个学生的家长是在省里当官的，死咬着非要学校开除柏千阳。梁文彬调查之后，认为四人都有责任，顶着巨大的压力跟学生家长谈判，最后才留住了柏千阳的学籍。从那天开始，柏千阳就好像跟梁文彬杠上了，经常给他惹麻烦。梁文彬其实比他们大不了多少，研究生刚毕业，留校任教，被委派做99级中文系的辅导员。他打心眼里喜欢柏千阳这样的学生，成绩不赖、敢作敢当，不像一些学生干部，过早地就沾染了社会气息，言谈举止像极了谙熟入世之道的成年人。

柏千阳：“可不就是嘛，估计您还没还完呗。”

梁文彬：“你给我听好了，再有这样的事情发生，我不管了，我也管不了，学校没你想的那么简单。你如果不在乎这个学籍，大可不必听我的，随便去闹，反正最后被开除的不是我，到时候后悔了，有你哭的。”

柏千阳不吭声了，也意识到自己的确过分了，原本只是想出出风头，当众表白，搞不好群情激昂，大家一怂恿，苏暮雪就答应了呢。谁知道来了个孟繁华搅局，不但让梁老师难做，苏暮雪还半途逃走，好好一个深情表白环节，最后落得惨不忍睹。

满毅：“梁老师，柏千阳他不敢了，他跟您闹着玩儿的。”

梁文彬无可奈何地摇摇头，看了一眼许愿，皱起眉头：“你是六班的许愿吧，你什么时候跟他们混一起了？你是天堂有路你不去，地狱无门你非要挤进来啊！”

许愿低着头沉默不语，他不像柏千阳，死猪不怕开水烫，从小到大他就没怎么被老师批评过，更没犯过如此弥天大错。面对梁文彬的指责，他的确有些手足无措，可奇怪的是，他内心却在暗喜，好像一起被打、被骂、被罚，成了他们新故事的开始。原来做一个循规蹈矩的好学生是那么无聊，偶尔这样扮演一次捣蛋鬼，竟然变成了男主角。他回味着昨晚那短短几秒的凝视、那个无比另类的邂逅，好像一切都满足了，好像连柏千阳大胆的表白都无法影响他对她的喜爱了。

柏千阳见许愿挨批，心里有些过意不去，人家好好一秀才，被逼得当了兵，还一同做了输家。他想了想，说：“梁老师，这事儿真不怪许愿和满毅，都怨我，一开始都没跟他们说实话。我这人就这样，爱虚荣、爱逞强，但最后闹成那样我是真不想啊，我更没想到把哥们儿拉下水跟我一起受处分。我跟您诚恳地道个歉，也跟我俩哥们儿道个歉，以后一定不再闯祸了，您要不信，我发誓，如果我再犯错……”

“行了行了，净说废话！”梁文彬厌烦地摆摆手，“你们多参加点活动，期末考试也用心考，争取毕业前把这个过给消掉。”

“遵命！不过，梁老师，为什么学校只处分我们三个？孟繁华先打人的呀，要记过，咱们四个一起记，不然太不公平了。”柏千阳突然想到这儿，有些不服。

梁文彬瞪了他一眼：“学校有学校的处分决定，你管好你自己！”

柏千阳：“不行，梁老师，您必须告诉我其中原委，不然我回去找孟老师理论去。”说罢他便做出要走的架势。

梁文彬又无奈又生气：“你给我站住！柏千阳，我叫你一声哥行不行，行不行？要不叫你一声爷！你就别给我添麻烦了，孟思思是孟繁华他姑，一家人帮亲不帮理这不是人之常情吗？孟思思已经说了既往不咎，这事儿到此为止，大家各退一步吧，我一定想办法把你们的过消掉行不行？行不行？您就行行好，别再让我难办了！”

柏千阳谄媚地笑笑，摸着后脑勺：“行行行，您都叫我哥，我还能不给您面子吗？原来如此，难怪孟繁华这么嚣张，原来有皇帝老子撑腰啊。不过，梁老师，这孟思思不会口是心非，面儿上饶了我们，背后又把这事儿捅给校领导吧？”

梁文彬站起身，摇摇头：“不会，这事儿闹大了对她没好处。她是团委书记，是直接责任人，况且，孟繁华的确脱不了干系，领导追查下来，无非是多个人被处分，她没那么傻。”

柏千阳伸手搭着梁文彬的肩：“我就知道，跟着彬哥有肉吃。”

他扭头冲着满毅和许愿坏笑，好像从来没有输过一样。

洗漱完，刚熄灯，许愿正要睡觉，柏千阳溜进了626。他就穿了背心、短裤，许愿还没来得及打招呼，他便飞快钻进了许愿的被子。

“老大，你干吗？”许愿往里挪了挪，给柏千阳让出一点儿空间。

“今晚睡这儿，一个人睡冷。”

“床太小了，挤。”许愿有些尴尬，他可从来没跟其他人睡过，也从来不懂得如何跟朋友表达亲昵。

“挤就挤，比冷好。”

“那睡吧。”许愿犹豫片刻，也钻进被子。过了一会儿，宿舍归于寂静，他扭头看了看柏千阳，月光透过脏脏的玻璃窗，落在柏千阳的头发上，他的眼睛还睁着，仿佛在等许愿扭过头来，许愿吓得一哆嗦：“你吓死我了，跟鬼似的。”

“聊会儿呗。”

“聊什么？”

“你觉得苏暮雪喜欢我吗？”

“我怎么知道？”

“你帮我分析分析嘛，昨天我宣布喜欢她的时候，你注意到她的表情了没？我当时太激动了，眼神儿飘了，没看着，她是期待呢，还是惊喜呢，还是害怕？我觉得她肯定不害怕，苏暮雪一看就是见过世面的姑娘，大气，不拧巴。可能也不期待，追她的人不少，她早不新鲜了。不过我觉得她可能觉得有点惊喜，因为我跟她其实见过很多次，为了能假装偶遇，我可真是费尽心机啊。每次我都点到为止，从不搭讪，从不多看第二眼。她这种姑娘，不能急，一步一步，让她心里纳闷儿，怎么老跟这个男生见面啊，真是神了，真有缘分。然后我在这么多人面前宣布喜欢她，她得多有面儿啊，你说，她是不是惊喜？”

“我没注意。”

“你真没劲，你是不是净顾着看应晓雨了？”

“没有。”

“你撒谎，被打了也不跑，就盯着应晓雨。我跟你说，我觉得有戏，那应晓雨啊，也一直盯着你。真的，沙璇拉她们走，她也不走。我建议你啊，先按兵不动，这姑娘跑不了，你学我，慢慢来，时不时出现在她面前，晃啊，晃啊，让她开始煎熬了、开始纳闷儿了，这男生怎么回事啊，怎么还不找我啊，你再找她，说你喜欢她。我跟你说，她心都化了，赶都赶不走。”

“睡吧，老大。”

“再聊会儿嘛，你说要是没有孟繁华那一出，苏暮雪是不是就投降了？”

“……”

“喂！喂！许愿，喂，没劲。”

许愿侧着身，面对着墙，他睁着眼，并没有睡着。隐约的月光让他能够看到墙上写的那个“雪”字。还好是晚上，柏千阳看不见，当然他就算看见应该也不会想到这个字跟苏暮雪有关。他还沉浸在自己伟大的表白里，安安静静地睡着了，也许梦里他正把那天舞台上的一幕重演呢。许愿想，如果有一天，苏暮雪选择了自己，他会失去柏千阳吗？如果她选择了柏千阳，自己是不是就失去了她呢？

人生最可怕的就是选择题，而更让人无可奈何的是，人生从来没有多选。

孤独者的无聊游戏

圣诞晚会过了没几天，一切又归于平静，很快就要迎来千禧之夜。

联大实在太大，学校就像一座城，十几个院“各自为政”。许愿怀念中学时那栋小小的教学楼，任何风吹草动都逃不过人们的眼睛，当你想见一个人，就一定可以见到。那时候偶尔跟郑小苔闹脾气，不出一小时一定会和好，因为他俩同桌，扭头就能见到彼此。而在联大，如果不是特地去制造偶遇的机会，想要碰巧遇见是一件概率极小的事。这几天他们都没有见到苏暮雪，圣诞晚会那惊天动地的一幕，也迅速被大家遗忘。

千禧夜，宿舍的同学都出去找各自的老乡和同学聚会了，只剩许愿一个人。他摸了摸口袋，饭卡又被刘科科抢走，还没还回来，只能出去找吃的了。

他把厚重的几本书从书包里拿出来，背好书包正要出去，抬头看见门口站着柏千阳。

他挎着吉他，手拂过琴弦，自嗨地唱了起来：“青春的花开花谢，让我疲惫却不后悔，四季的雨飞雪飞，让我心醉却不堪憔悴；轻轻的风青青的梦，轻轻的晨晨昏昏……”他陶醉其中，技法显然更纯熟。

手停下，柏千阳说：“这么美好的千禧夜，你准备一个人在宿舍念经吗？”

许愿被逗乐了：“我要不在，你连个观众都没有。”

柏千阳说：“走，来622，就我和满毅。”

圣诞之后，如许愿所期待的那样，他们三人走得更近了。柏千阳是个聪明人，他也察觉到许愿的习惯，害怕陌生人，正巧今天千禧夜，宿舍的人都出去玩了，只有他和满毅没节目，所以过来叫上许愿。

许愿点点头，扔下书包，跟柏千阳去了622。两个宿舍隔得不远，刚走出626就能闻到一股香味儿。推开622的门一看，原来满毅正在煮火锅，他们用了个电饭煲烧着水，里面加了火锅底料，桌上整整齐齐摆着切好的肉和蔬菜。

许愿看了看柏千阳："真行！"

柏千阳扬扬得意地说："我跟你说，跟天下人绝交，都得留住满毅这个朋友，他爱吃如命，想吃什么都能给你变着法子做。"

许愿："用电饭煲会不会把线给烧了？宿管科大爷很凶的。"

柏千阳不屑地挤了挤眉："你就放心吧，保险丝被我换了，你就是连开十个电饭煲也烧不了。"

许愿摸了摸肚子，真饿了。

柏千阳："吃！"

满毅递来一个塑料碗和一双筷子，许愿便大快朵颐起来。

那火红的油汤沸腾着，三人吃得满头大汗。

柏千阳："今天就咱们仨落单了，要不玩个游戏吧？"

满毅："三个人能玩什么游戏啊？"

许愿边嚼着牛肚，边抬眼看着柏千阳，心里有些期待。

柏千阳跳上桌，盘腿坐着："为了增进感情，互相了解，我们三个人一起做三件事，分别是我们各自一个人无聊的时候会做的事。"

满毅："啥意思？"

许愿："我明白了，我们各自一个人的时候经常做的事，在千禧夜，有两个人陪着做。"

柏千阳："聪明。今天千禧夜，千年难得一调，我们有缘能聚在这儿，以后再也不会孤孤单单一个人了。"

许愿："可是，老大，你也有孤独的时候吗？"

柏千阳："当然有。我觉得，孤独不仅仅是指一个人的时候，有时我们在狂欢，我会突然觉得心是孤独的。一群孤独的人凑在一起，那些看似热闹的欢呼声其实代表不了什么。打小我就明白，人终究是要孤独地面对这个世界的……哎呀，我今天怎么这么矫情，说这么多。好了，满毅，从你开始。”

满毅：“我一个人的时候做的事儿，现在咱们正在做啊，不就是吃呗！柏千阳，你呢？”

柏千阳嘿嘿一笑，起身从床底下拿出一大箱啤酒，搁在桌上：“我一个人的时候，经常把自己灌醉，喝到个海枯石烂，什么忧愁都没了。”

许愿：“喝酒，我不会呀！”

柏千阳：“会喝水吗？”

许愿点点头。

柏千阳开了一罐，自己先喝了起来：“就像喝水那样，张开嘴，一口，又一口，不过，比喝水有意思。”

许愿和满毅接过柏千阳递来的酒，打开，许愿尝试着喝了一口，皱起眉头。

许愿：“苦。”

柏千阳：“许愿，酒这个东西，刚开始喝是苦的，喝着喝着就觉得甜了。不像生活，小时候我们过得无忧无虑，觉得什么都是甜的，过着过着，发现都是苦的了。人生啊，太苦了，还好有酒。”柏千阳并不劝酒，只是自顾自地喝了起来。许愿注意到他说这番话时，并不像平常那样玩世不恭，却是心事重重的模样。

许愿又喝了一大口。

柏千阳：“怎么样？”

许愿不想扫兴：“没那么苦了。”

柏千阳听了高兴起来，举起酒杯：“咱们兄弟三人碰一杯，为我们的友情干了！”另两个人也举起酒杯，三个杯子响亮地碰在一起。

一杯接一杯，昏黄的小灯晃晃悠悠，三人热烈地喝着。

许愿有些眩晕：“老大……你别说，酒真的是甜的。”

柏千阳：“听我的，准没错。”

其实许愿不知道，酒不是甜的，只是一个人孤单的日子太乏味了，所以现在他才觉得甜入心脾。只是没想到，他酒量还不错，三瓶下肚，虽然有些眩晕，但毫无醉意。

许愿：“老大……”

柏千阳：“说。”

许愿："你和苏暮雪……怎么样了？"

柏千阳又开了一罐，笑了笑："许愿，你信不信，我跟苏暮雪是迟早的事儿。"

许愿不置可否，也喝了一口。

柏千阳："我这辈子从没这么爱过一个人。"

满毅被烫得直哈气，他举起酒杯跟柏千阳碰了一下："老大，你才十九岁，这辈子还早着呢！"

柏千阳没喝醉，但他喝酒上脸，已经变成个"红关公"了："你们不知道，我中学的时候，可是我们学校的风云人物。你们别笑，我不吹牛，初中开始，给我写情书的女孩儿就没断过。那时我有个外号，叫'柏三周'，因为身边的莺莺燕燕，让我眼花缭乱，所以我每任女朋友都没有超过三周。高三的时候我结识了一社会姐，姐们儿爱我爱得死去活来，三周后，我提出分手，她不同意，我快刀斩乱麻，迅速就跟学校初中部的小姑娘好上了。结果这姐们儿下了全城通缉，一群小混混满城追杀我，我现在这副好身手就是那时候练出来的。嘿，扯远了，说到苏暮雪，从今年 9 月 2 号第一次见她，我就知道了，就是她了，她必将打破我'柏三周'的魔咒。一开始我也以为，跟以前一样，对一个女孩子的新鲜感维持不了多久，结果，三周，四周，两个月，直到现在，一个学期快过完了，我越来越笃定，大学我绝不找女朋友，除非她答应我。"

许愿默不作声，喝着酒。他有些失落，又为柏千阳这番话感动，按理说，先来后到，其实是柏千阳先遇见苏暮雪，也是柏千阳先大胆地说出"我爱你"。自己算什么呢？充其量只是一个路人，一个磨磨叽叽、矫情地写情诗、假扮圣诞老人、出尽了洋相的路人而已。

满毅："你怎么没有乘胜追击呢？"

柏千阳："胜你个头，全让孟繁华给搅和了。但我不着急，路漫漫其修远兮，苏暮雪不是一般人，红军二万五千里长征，我连联大都没走出去呢。"

许愿："老大，祝福你，干！"他举起酒杯，一饮而尽。

满毅："老大，需要我们做什么，一声令下，唯你马首是瞻！"

柏千阳："听说苏暮雪是今年学校辩论赛的组织者之一。"

满毅："怎么？是让我们在辩论赛的时候继续发糖吗？"

柏千阳："你傻啊，拿下苏暮雪，只有一个办法，就是跟她朝夕相处，既然我们不在一个班，那辩论赛就是最好的机会。如果我参加了，还拿个大奖，苏暮雪岂不是会对我另眼相看？"

许愿和满毅对视，一脸佩服。

满毅："那万一输了呢？"

"我不会输，从小到大，我想做成的事情，就没有失败过。"说完，柏千阳像是突然想起了什么，"对了，许愿，你一个人的时候都会干吗？"

许愿看了看表，十一点，说："宿舍是不是关门了？"

柏千阳："对啊，这帮龟孙子肯定都去网吧包夜了，不会回来了，这个千禧夜咱们仨注定得厮守一起喽。"

许愿："跟我来。"

三人趔趔趄趄地下了楼，宿管科大爷已经熄灯入睡。他们走到铁门旁，许愿搓了搓手，抓住铁门旁的栏杆，矫健地飞身翻了过去，使柏千阳和满毅目瞪口呆。他站稳了，转过身，对着两人说："来，轮到你们了。"

柏千阳："好你个野小子，看不出来还挺堕落的啊。"

许愿："快，一会儿学校巡视的保安看到就不好了。"

柏千阳也顺利地翻了过去，倒是满毅，个头太大、略胖，卡在围墙上方下不来。这时，几束光亮照了过来，想必是路过此地的学校保安。

其中一名保安大喝一声："谁爬围墙？！"

这一声吓得满毅摔了下来，压在柏千阳和许愿二人身上。三人倒地，惨不忍睹。眼看着保安就要追上来了，他们爬起来，朝附近的小路跑去。

大约跑了十五分钟，确认保安没有追上来，柏千阳气喘吁吁地问："喂，我们要去干吗？"

许愿抬头看了看公交车站牌，又看看他们："就在这儿，等着。"

五分钟后，一辆公交车停在他们面前，车上已经没有乘客了，许愿上了车，对还一头雾水的二人招手："上来啊！"

三人坐上公交，打开窗，冷风吹进来。

柏千阳："许愿，你一个人就干这个啊？"

许愿回头：“对，如果睡不着，我就爬墙出去，一个人坐末班车，绕着全城走一圈，很矫情对吧？我也这么觉得，但是，你会看到不一样的长沙，是一个不那么浮躁、喧嚣过后的城市，很特别。你们一定没有见过零点的长沙吧，千禧夜，总比窝在宿舍好。”

这有点作的举动，反而让柏千阳有些兴奋。他不觉得矫情，他一直认为许愿身上有种不一样的气质，有点拒人千里但又渴望亲密的吸引力。

这辆公交在街道上行驶着，走过大桥、走过五一路，在这个城市里穿行。他们看见已经收摊准备回家的小商贩，孤独地挑着扁担，筐里装的想必是没能卖出去的手工品；他们看见刚从解放西路走出的落寞女子，晃晃悠悠地走在光秃秃的梧桐树下，她应该有着不愿诉说的心事吧，否则怎么会在深夜一人独醉呢；他们还看见街头唱歌的流浪艺人，偶尔有人走过，但没有人向他的储钱罐里扔硬币，他的歌声划破长空，让街上的行人不那么害怕。满城都是孤独的人，他们三个安静地看着车窗外倒退的城市夜景。

许愿想，以后不会一个人了吧，木兰路上有没有叶子，有什么所谓。

零点到。

五一广场的大钟响起，2000年了。

三个人在公交车上拥抱欢呼，好像这样过了今夜，接下来的一千年都不会无聊了。

千禧夜，好像宿管科的人都是睁只眼闭只眼，女生宿舍集体夜不归宿，也没人查。苏暮雪跟宿舍姐妹们出去喝酒，女生喝起酒来比男生更生猛，沙璇沿路吐一地，折腾了一宿没怎么睡。第二天元旦，本来还想着好好在宿舍过个节，睡到自然醒，结果大清早苏暮雪接到韩家阅的电话，说文学院学生会要开会，梁文彬老师组织的，不去不行。

沙璇眼睛还没睁开，听到韩家阅的名字就嚷嚷开了：“什么会啊，我能不能去啊？”

韩家阅是组织部部长，圣诞晚会上本来要表演独唱《深秋的黎明》，结果被柏千阳一闹，晚会到此结束。柏千阳进校之前，他才是文学院的风云人物，不过，尽管他高大俊朗，意气风发，走在木兰路永远是昂首挺胸，时刻保持着热情，打招呼时都用他一贯的低音炮一样的嗓音，并且乐于助人，永远能拿一等奖学金，但苏暮雪就是不太喜欢这人。她觉得韩家阅太完美了，完美得像个机器人，缺少了人味儿。

但是，沙璇喜欢他。她一直吵闹着让苏暮雪带她去，没辙，只好带着她一起去梁文彬的办公室开会。

苏暮雪是最后一个走进办公室的，她看了看钟，没有迟到。她跟梁老师点点头，顺便介绍了一下她身后的沙璇："梁老师，抱歉，我来晚了，这位是我宿舍的沙璇，入党积极分子，今天想来学习学习。"

梁文彬微微一笑："小苏，我就不啰唆了，开门见山地说吧，下学期学校将举办千禧年最大的一个活动——辩论赛，这个想必你们都知道了。这个比赛，据说教育电视台会直播总决赛，这是一个展现联大学生精神面貌的好机会，所以校领导非常重视。每个学院都在紧锣密鼓地选拔、筹备，但不知道怎么回事，作为学校第一大院的文学院，报名者却寥寥，这可能和辩论赛压力大、耗时长有关系，我作为文学院团委书记兼你们的辅导员，'亚历山大'啊！"

说完，众人议论纷纷。

有个学古典文献的研究生举手发言："梁……梁……梁老师，事……事……事关文学院的荣誉，我……我……我义不容辞，算……算……算我一个。"这位口吃严重的学长没有愧对他的专业，长得就够古典的了，要不是因为都是学生会的干部，早已相熟，还真以为是哪个院的老教授过来凑热闹呢。

梁文彬瞥了他一眼："你？算了吧，你这一上场，等于文学院自动弃权。"

韩家阅清了清嗓子，依旧是他的低音炮："梁老师，您别着急，最近大家可能在备战期末考试，所以没有引起足够的重视。这还有几个月，我们抓紧时间准备，加大宣传力度，尽快把团队组建起来。这样吧，我申请担任文学院辩论队的队长，我挑头儿，全力以赴把比赛拿下。"

其他几位学生干部听到韩家阅这么说，稍稍踏实了点儿。其实文学院人才众多，只是本院的社团活动已经太多，大家一听到辩论赛这么吃力不讨好的校级活动，内心都有点儿排斥。谁也不想扛着这么大的压力代表学院去比赛，万一输了，浪费时间不说，还会被人指责没本事还出风头。

苏暮雪听完韩家阅的发言，思考了一会儿，抬头说："梁老师，韩师兄既然第一个表态，我也不能落后，辩论赛……我也参加。中学时我代表母校参加过长沙市的中学生辩论赛，我拿过最佳辩手，这次的比赛我并不陌生。接下来我会和韩师兄一起认真准备，辩论赛需要五名成员，四个辩手、一个替补，现在还差三个，期末考试之前，我们一定把团队组建好。"

说完大家鼓起掌来，梁文彬也嘘了口气。

梁文彬："如果各位还有什么优秀人才推荐，都可以提出来，文学院的事儿，希望大家都能贡献力量！"

大家开始低声讨论，韩家阅对着苏暮雪点点头，一副革命战友春风扑面的神情。苏暮雪只好微笑报以回礼，其实她内心对于跟韩家阅合作充满了担忧。她眼中的辩论队，得是一个充满激情的、青春的队伍，韩家阅那副老气横秋的模样，跟她想象中的战友形象格格不入。

一直躲在苏暮雪背后的沙璇趁机插嘴："梁老师，我能报名吗？"

苏暮雪瞪了她一眼："沙璇，你别捣乱！"

沙璇头发一甩："我哪儿捣乱了？为文学院争光人人有责，不就是吵架嘛，吵架谁不会啊？你去我老家调查调查，我沙璇活了十八年，就没输过。从我高中班主任到楼下卖爆米花的大爷，哪个赢过我？梁老师，虽然我不是学生会的，也没给学院争过什么奖，但不拘一格降人才嘛，你觉得呢？"

梁文彬被她逗乐了："行啊，行啊，你也可以作为备选之一嘛。"

沙璇得意忘形地瞥了苏暮雪一眼："我跟你们说，我可是湘潭韶山人，有毛主席保佑，这比赛有了我这个吉祥物，偷着乐吧！"

原本严肃的会议，沙璇像投入水中的钠元素，迅速沸腾起来。

看着活泼热闹的沙璇，苏暮雪转念一想，或许她还真是个不错的选手。

梁文彬又叮嘱了几句，会议便结束了。

韩家阅走过来，问苏暮雪："苏同学，咱们几个要不要一起吃个饭，顺便商量一下接下来的工作计划？"换作是别的男生，苏暮雪可能会猜测他是不是有别的心思，但韩家阅绝不会。他的语气永远如此，听起来觉得热情洋溢，其实骨子里是冷冰冰的场面话。

沙璇期待地看着苏暮雪。

苏暮雪："不了，谢谢韩师兄，宿舍还有点事儿，咱们下次再约。"说完拉着沙璇转身离开，朝着楼梯口走去。

沙璇气不打一处来，小声说："宿舍能有什么事儿啊？这千载难逢的好机会啊，我下半生的幸福啊，苏暮雪，我恨你！"

苏暮雪笑了笑，面前被柏千阳挡住了。

苏暮雪："又是你。"

柏千阳："苏暮雪同学，我有事想跟你谈谈，能赏脸请你吃个饭吗？"

苏暮雪："抱歉，我今天有约了。"说完她扭头对着不远处的韩家阅，大声说："韩师兄，刚才不是说一起吃饭吗？我觉得很有必要抓紧时间讨论讨论，咱们走吧。"

韩家阅挥挥手："好，我去食堂二楼餐厅等你。"

沙璇一阵窃喜。

柏千阳一把拦住苏暮雪："喂，你先别急着走啊！"

苏暮雪："柏千阳，今天观众比较少，把你浮夸的表演收起来，我要去吃饭了。"说完拉着急不可待的沙璇，大步流星地离开。

柏千阳看着她的背影，大声喊道："我要参加辩论赛！"

苏暮雪停下脚步，回头看着柏千阳。他一脸诚恳的样子，不像在开玩笑。她小声对沙璇说："你先去吧。"然后扬起头，一字一顿地说，"你刚才说，你要参加辩论赛？"

柏千阳："对，我要参加辩论赛。我口才不错，人越多我越嗨，苏暮雪同学，请答应我的请求，我一定可以成为一个优秀的辩手！"

苏暮雪："去哪儿吃饭？"

柏千阳："可你不是跟韩家阅约了吗？"

苏暮雪："沙璇并不想我去，我们边吃边聊。"

柏千阳笑得很灿烂。

半山上的馄饨店，人依旧不多。

两碗馄饨上桌，南方的馄饨精致讲究，小小的，一口一个。苏暮雪很喜欢这家简陋的小馆，她和柏千阳面对面坐着，两人一度有些尴尬。毕竟距离那场闹得满城风雨的圣诞晚会还不到一星期，柏千阳再厚的脸皮，也无法做到若无其事。

苏暮雪放下调羹，很认真地看着柏千阳："你靠谱吗？"

柏千阳："绝对靠谱，一言既出，驷马难追，我可以跟你签个合同。"

苏暮雪："辩论赛的战线拉得很长，下学期所有的课余时间都得搭进去，你能扛得住吗？不会临阵脱逃吧？"

柏千阳："没有什么比这个比赛更让我兴奋的事儿了。"

苏暮雪："柏千阳，我相信你，希望你不会让我失望，也……谢谢你的馄饨。"

柏千阳满脸堆笑，他才不怕呢，所有课余时间搭进去，都是跟你苏暮雪在一起啊，这不正合我意嘛。

苏暮雪正欲起身要走。

"喂，等等！"柏千阳有点急了。

"怎么了？"

"还有个事儿想跟你商量下。"柏千阳点了根烟，那么跋扈的他，竟然有点手抖。

"你说吧。"

"圣诞节那天，我鲁莽了，请原谅。"

"已经过去了，你也别放在心上，当然我希望那样的事情以后不要再发生了。"

"那……那我有机会吗？"柏千阳顺势从包里拿出一束花，是一束香槟金的玫瑰花，很耀眼，苏暮雪那一瞬间竟然多看了一眼。

"柏千阳！"

"到！"

"你给我听好了，如果你是因为这个才加入辩论队，我劝你早点退出。你是个成年人，希望你可以对自己的决定负责。"

"对不起，对不起！我就问问，我是那么狭隘的人吗？咱们一码归一码，辩论赛，我必须参加；追你，我依然不会放弃。我相信你也不是那么狭隘的人吧，不会因为我喜欢你，就不让我参加辩论赛吧？"

苏暮雪被问住了，哭笑不得地看着柏千阳。

他继续说："不管怎么样，我很荣幸有机会跟你一起完成这个任务，但也请你相信我对你的爱是真心的。”

苏暮雪停顿了几秒钟，用非常确定的口吻说：“我有喜欢的人了。”

这句话屡战屡胜，是苏暮雪击退历届追求者的“撒手锏”之一，她倒想看看听到这话的柏千阳作何反应。柏千阳想了想，说：“那又怎么样？只要你活着，我活着，我就会一直追你，你不爱我，我就等你爱我；你谈恋爱了，我等你分手；你结婚了，我等你离婚。总之我是不会轻言放弃的。”

苏暮雪无可奈何地笑了：“你慢慢等吧，我真要走了。”

柏千阳依然捧着那束玫瑰花：“这花……”

苏暮雪：“这么好看的花，你应该送给有心人。”

她刚起身，许愿推门进来，三人撞个正着。

许愿看了看两人，不知所措，只能呆站在原地。柏千阳高兴地招招手：“许愿，来来，介绍一下，这是苏暮雪，你……你们见过，这是我哥们儿许愿。”

许愿：“你好。”他不敢正眼看她。

苏暮雪：“你好。”她大方地伸出手，许愿见她如此坦然，也伸手握了一下。

柏千阳：“苏暮雪，我哥们儿相中了你们宿舍的应晓雨，你什么时候给做个介绍呗！”

苏暮雪有些惊讶，看着许愿：“真的？”

许愿连连摇手：“没有没有，他瞎说的。”

苏暮雪：“不打扰你们，我撤了。”

说完她便离开了这间馄饨店，柏千阳傻笑着对她的背影挥手，一直目送她完全消失在他的视野里。许愿点了碗馄饨，不声不响地吃了起来，柏千阳回味了刚才和苏暮雪的对话，点了根烟，这才想起对面坐着许愿，一口烟吐到许愿脸上：“喂，你怎么这么㞞啊？多好的机会，临阵脱逃了。”

许愿咽下一口馄饨：“我真不喜欢应晓雨。”

柏千阳：“那你天天偷看她！”

许愿一时语塞，不知作何解释，他看见桌上那束玫瑰花，赶紧转移话题：“这花……”

柏千阳仰天三秒，尴尬地哈哈一笑：“呵呵，她送我的。”

许愿："她送你玫瑰花？"

柏千阳吐了口烟："你不信？"

许愿："不太信。"

柏千阳："不信拉倒，她邀请我加入辩论队，我答应了，一束鲜花以表敬意。"

苏暮雪回到宿舍，见沙璇躺在床上敷面膜，收音机里放着王菲的《浮躁》。她放下背包，脱下外套，随口问："你们吃得还不错吧？"

沙璇想嘚瑟又怕表情夸张面膜掉落，她说："我敬爱的苏姐姐，谢谢你给机会，我的终身幸福快要来了。"

苏暮雪；"怎么？不是就吃了顿饭嘛，发生了什么？"

沙璇神道道地说："他约我晚上去 KTV，他是谁啊，韩家阅！中文系的姑娘们谁不是他的拥趸啊，现在他邀请我去唱歌！天啊，我得好好练练，得唱一些有品位的，比如杨千嬅的还不错，可惜我粤语不标准，不过也无所谓，韩家阅不是广东人，听不出来，或者唱许美静的也不错，有点忧郁神秘，他会更想了解我。"

苏暮雪换上睡衣，倒在床上："你好好做梦吧，我得补个觉。"

沙璇："梦想还是要有的，万一月老瞎了眼呢？"

沙璇敷完面膜，也欢天喜地地钻进被窝，下午睡一觉，晚上才能精神百倍地大展歌喉，想到这儿，她的脸上都藏不住笑意。她估摸着，今天是元旦，能在这个重要的日子邀请她唱歌，至少没把她当个普通朋友。回忆着中午吃饭的场景，她原本有点局促不安，担心缺少话题导致一顿饭吃得彼此尴尬，所以她拼命找话题，手舞足蹈地说着自己中学时的趣事，气氛不错。吃完饭，韩家阅就开口邀请，末了还加上一句，一定要来哦。

韩家阅那低音炮一样的嗓音，还萦绕在她的耳畔，她在这甜美的回忆中睡着了。很少做梦的她，这次做了个长长的美梦——他们一起去 KTV，韩家阅唱着《深秋的黎明》，当着所有人的面正式宣布沙璇是他的女朋友，两人从此变成连体婴，出双入对，惹得文学院的女生为之醋意漫天，他们毕业后双双留校，韩家阅边读研边做新生辅导员，沙璇在联大图书馆工作，户口终于不用打回原籍。两年后，沙璇生了一对龙凤胎，学富五车的韩家阅给孩子取名韩一蓦、韩一然，大概意思是蓦然回首，灯火阑珊……

她是被苏暮雪摇醒的。

苏暮雪："沙璇，你不是说跟韩家阅去唱歌吗？"

沙璇睁开眼，猛地坐了起来："几点了？"

"8点。"

"8点？8点！我迟到了！你怎么不早点叫我呀！"

"我又不知道你们约的几点。"

沙璇急吼吼地换上一套衣服，甚至都来不及弄头发，趔趄地冲出去，边跑边看自己的呼机，韩家阅已经把地址和包厢号发给了她。

苏暮雪在身后喊了一声："你还没吃饭呢！"

"不吃了！"

沙璇一路小跑，到了学校附近的公交车站，等了好几分钟也不见公交车来。一狠心，只好拦了辆出租车，一路看着计程表在跳动，沙璇心都要碎了，不过一想到下午的梦境就要变成现实，就不顾一切了，这点钱，算作给幸福投资了。

到了那家KTV，沙璇看见那缤纷闪烁的招牌，激动地说："到了到了，就这儿！"

司机笑着说："这么着急，去见男朋友吧？"

沙璇愣了一下，笑道："对，对！"她掏出五十块钱，朝司机手里一塞，丢下一句"不用找了"，然后朝大堂飞奔而去。

302包厢，沙璇站在门口，深吸一口气，推开门。

热闹的气氛、震耳欲聋的音乐，把沙璇震得倒退了两步，像极了一股气流轰她出去。这是只能容纳二十人的大包，里面却挤了三十多人，沙璇小心翼翼靠边，目光搜索着韩家阅。

音乐把她的心震得扑通扑通跳，她找到了韩家阅。

韩家阅正搂着一个女孩儿，喂她吃水果，他看起来微醺，所以动作略有些夸张。这画风，跟中午那个斯文、正直的韩师兄截然不同。沙璇蒙了，不知该走上前，还是一直这样傻站着。但韩家阅看见了她。

韩家阅走过来，热情地说："你来了，我给你介绍一下，这是我女朋友菁菁，今天元旦，我们班一起搞活动。"

沙璇心里堵得慌，但她依然抱有希望：“你们班搞活动，叫我来干吗啊？”

韩家阅笑了笑，拿起话筒：“大家安静一下，安静一下。”有人按了静音，包厢里瞬间“冷却”下来，他继续说，“给大家介绍一下，这是我跟你们说的中文系小师妹沙璇，也是我辩论队的队友，今天邀请她来，保证不让大家失望。”

大家鼓起掌来，沙璇不知所措地站在那里。

韩家阅突然把话筒递给沙璇：“来，给你。”

沙璇看了看周围，所有人望着她，都是一副期待的神情。

韩家阅：“表演个节目呗，有你在，气氛更热烈。来，你唱什么，我给你点，你要不唱，就给大家讲个笑话呗。你今天中午说的那个跟卖爆米花的大爷吵架的段子，笑死我了，你们想听吗？来一个！”

“沙璇，来一个！”

“沙璇，来一个！”

“沙璇，来一个！”

大家的尖叫声一浪高过一浪。

沙璇接过话筒，那一瞬间她突然不尴尬了。她甩了甩头发，说：“我唱首歌吧，范晓萱的《我爱洗澡》，哪位哥哥帮我点上呗！”

音乐响起，大家又狂欢起来，没有人注意到沙璇眼角泛着泪光。

沙璇边唱边跳：“噜啦啦噜啦啦噜啦噜啦咧噜啦噜啦噜啦咧，我爱洗澡乌龟跌倒，哦哦哦哦，小心跳蚤好多泡泡，哦哦哦哦，潜水艇在祷告……”她搞怪夸张的表演让大家笑得前仰后合，韩家阅带头为她鼓掌。

沙璇忘我地唱了一首又一首，还和其他不认识的师兄师姐跳舞、拥抱。韩家阅在一旁借着酒劲也扭动起来，他像被偷换了灵魂，操控着他原本“刚正不阿”的躯体，“搔首弄姿”地跳着奇怪的舞姿。沙璇想他可能只是喝多了。

包厢像个烧红的煤球，噼里啪啦地喷射出火星。

满毅刚参加完元旦的老乡聚会，快走到宿舍楼才意识到，晚上一直顾着聊天，没吃几口饭，肚子饿了。他走到路边的小摊买了四个茶叶蛋，剥开一个边吃边走。路过宿舍附近的学校体育馆，他听见旁边传来哭声。

他抬头一看，是沙璇。她一个人在学校体育馆的台阶上抱膝而坐，路灯的光像一层薄薄的灰尘，落在她的周围。

满毅走过去，小心翼翼地问："你怎么了？"

沙璇见有人问她，哭得更凶了。

满毅："谁欺负你了，告诉我，我去揍他！"

沙璇："呜呜呜，你谁啊？"

满毅天生一张好人脸，虽然普通话不太灵光，但眉宇间显得真诚可靠："我叫满毅，跟柏千阳一个宿舍的，圣诞晚会那天咱俩见过，我是那个撒糖的圣诞老人啊。"

沙璇："呜呜呜，我失恋了。"

满毅在她身边坐下："你不是没男朋友吗？"

沙璇停住哭声，看着他："你怎么知道？"

满毅一口茶叶蛋差点儿噎着，咽了好半天才吞下去："我……我猜的，你不老跟你们宿舍的苏暮雪在一块儿吗？"

沙璇："我喜欢我们中文系的学长韩家阅，今天才知道他有女朋友，平日里是个正人君子，原来背地里是个风流浪子。我还自作多情地以为他喜欢我，谁知道他根本只把我当个小丑。我就知道这种好运是轮不到我的，好好一个元旦节，被我过得乱七八糟，太丢脸了，我都不好意思回宿舍了。"

满毅注视着沙璇这无辜的模样，竟然有些心疼。

沙璇闻了闻，低头一看满毅手里拿的茶叶蛋，一把抢过来，塞进嘴里："饿死我了，卖了一整晚的唱，连口热饭都没的吃，什么世道！"

满毅："其实韩家阅不怎么样，我早觉得他是个伪君子。"

沙璇白了他一眼："你少在这儿马后炮，他再差，也比你好。"

满毅："比我好的多了，何必单恋一枝花呢？"

沙璇："曾经沧海难为水，除却巫山不是云，听过没？大学报到那天，就是他接待的我，帮我拎箱子、找宿舍、办饭卡，多亏有他，不然我一个人，真搞不定。"

满毅："为什么一个人？你爸妈呢？"

沙璇叹了口气，也许是满毅的眼神足够真诚，抑或是郁积太久的心渴望被呵护，这一瞬间，眼前这个自己并不太熟悉的男生，似乎成了她的救命稻草："他们根本不管我，我有个弟弟，我爸妈所有心思都在他身上。他们没读过什么书，总觉得女孩子读完高中，可以了，得去工作赚钱了，但我成绩还不错，上了联大，我苦苦哀求他们才让我来念书。听说如果毕业后不能落户，户籍就要被打回原籍，我再也不想回去了，在他们眼里我就是个不孝的败家子。我不能再忍受那样的目光，韩家阅那么优秀，又是本地人，如果我们在一起，就可以不用回老家了。今天他约我的时候，我还天真地以为，这么多年的坎坷，现在总算开挂了，谁知道都是痴心妄想。”

满毅：“干吗找本地人，你完全可以靠自己。”

沙璇：“我一个女人，靠什么自己。”

满毅：“韩家阅就是一只大尾巴狼，装腔作势，不值得你爱。”

沙璇站起来，怒气冲冲地说：“我不许你说他！虽然我跟他现在没缘分，但我依然喜欢他，你也不照照镜子，看看自己什么德行，轮得到你对他说三道四吗？”

她说完扭头就走。

满毅也站起身，心想这姑娘怎么说翻脸就翻脸啊，他唤了一声：“喂！”

沙璇回过头来，在路灯下显得俏皮可爱：“别以为给我吃了个茶叶蛋，我就得听你的，就算韩家阅看不上我，我也不会将就，我一定会努力让他喜欢我。”

走了几步，她又回头，扬起头大声说：“他一定会喜欢我的！”

满毅傻傻地站在那里，虽然她已经消失在远处浓郁的黑暗中，但他还沉浸在一分钟前她站在路灯下回头的那个画面里，缓不过劲儿来。

“真好看。”满毅自言自语地嘟囔了一句。

除夕夜的问候

一学期临近尾声，没几天就要过年了。期末考试拖得比较久，不像中学时，三四天就考完了。十几科考试，前后拖了近一个月。联大中文系的风气并不好，虽然是个大系，但大家对中文系的认知有限，都认为中文嘛，就是什么都学，但又什么都不学，基础学科没什么技术含量，天天不上课，等到考试月了才来临时抱抱佛脚。长期留下的传统如此，许愿这一届也不例外。这个月大家都出乎意料地爱学习，用来弥补一个学期落下的功课，虽然最终结果是有人欢喜有人忧。不过这帮新生早就向学长们打听过，中文系的补考是出了名地轻松，一科交二百块钱重修，补考只要人到场，卷面填满，基本上会让你过。许愿属于平常有积累的好学生，考试时认真看看书，及格完全没问题。柏千阳全靠小聪明，他基本上没怎么上过课，好在他双商均高，和老师也处得好。临近考试这一个月，宿舍熄灯后，他每晚都拿着书坐在楼梯口的照明灯下复习，颇有点头悬梁、锥刺股的意味，实际上《文学概论》那本教材就在两周前还是崭新的呢。

考试月，生活突然变得充实，关于苏暮雪的一切，许愿都只能靠听说。柏千阳说辩论队已经确定了人选，韩家阅、苏暮雪、沙璇，还有他，只差一个替补，但梁老师觉得如果实在没有合适的人选也不必勉强，于是，他们四人约好先备战期末考试，过完年，寒假归来，再开始辩论队的集训。柏千阳现在这么努力，也是不想辩论赛准备期间还得想着补考的事儿，他跟许愿说："先放下儿女情长，反正接下来有一整个学期朝夕相处呢！"他说这话时，满怀期待，那眼神里散发的光芒，甚至让许愿都为他高兴。

许愿很羡慕他，也只能羡慕而已。他自认笨口拙舌，更不敢像柏千阳那样在众目睽睽下高谈阔论，否则他也报名参加辩论赛，或许那个一直悬而未定的替补就是他了。这样，他也能有一整个学期陪在苏暮雪身边。

考完最后一科，爸爸和罗阿姨来接他，许愿收拾好行李去622跟柏千阳道别，只见到满毅一个人在。

许愿探头进去，说："满毅，我回家了，帮我跟老大说一声。"

满毅端着一碗泡面，他家比较远，订了第二天的火车票回去，他挥挥手："好嘞，一路平安。"

"再见。"许愿想了想，又随口问了句，"他人呢？"

"不知道，这不刚考完嘛，听说他们辩论队聚餐。"

"哦。"

宿舍楼下不让一直停车，在爸爸的催促下，许愿赶紧上车了。

许志新在老家的一个事业单位做总经理，干了大半辈子，买了辆雅阁，太好的车，没钱，也没胆儿买，这在小地方算是很体面的了。许志新是个细致的人，车保养得很好，他很少去洗车行，经常自己提着一桶水擦洗。罗素梅坐在副驾上，一直碎碎念着说晚上不要在家吃了，许愿出门读书第一次回家，去吃点好的之类。

罗阿姨一点儿也不讨厌，比起爸爸的沉默寡言，许愿甚至是很喜欢罗阿姨的。她在老家的市中心开了个药房，自给自足，有个儿子，判给他父亲抚养。她嫁给爸爸之后，心思也都在这父子俩身上，不但家务活全包了，对许愿也非常大方，第一次见面就送了一台电脑。那年月，能拥有一台电脑是很招人羡慕的。许愿有时候想，真不知道罗阿姨图什么。

刚好路过苏暮雪的宿舍，许愿看到了窗台上的那盆君子兰。便是在这里，两人第一次四目相对。还没缓过神来，车已经离开了。

正要拐弯，他看见了柏千阳和苏暮雪站在路边，像是在等着谁。

许愿摇下窗，对他们挥手："喂，我走了！"

他注意到苏暮雪脸上的表情，就像一个老朋友一样，淡淡地笑了笑。

柏千阳："要不要一起吃饭啊？辩论队聚餐。"

许愿："不了，我赶着回家。"说完他又摇上窗。

他们的身影变得越来越小。

罗素梅问："许愿，他们是你同学吧？要不要请他们吃个饭，我们可以吃了再回去，一年级跟大家把关系搞好一点儿总不会错，出门靠朋友嘛。"

爸爸不说话，但从他的表情可以看出非常赞同罗阿姨的建议。

许愿说："不用了，阿姨，其实……我跟他们也没那么熟。"

车向前疾驰而去。

今年过年，罗阿姨把儿子小翼接过来了。在此之前，爸爸曾反复征求许愿的意见，并再三强调小翼非常乖，一定可以和他相处愉快。许愿并不反对，他只是不喜欢爸爸每次都小心翼翼地跟他沟通，好像他是个不讲道理的孩子一样。他见过小翼几次，刚满十二岁，其实许愿挺喜欢他的。也许是从小缺少母亲的陪伴，而父亲又过于严厉，小翼显得谨小慎微，礼貌客气得让人有一些心疼。

家里有两个卧室，小的那一个让给小翼。爸爸果然没说错，小翼非常乖，可能内心总觉得寄人篱下，所以做什么都轻手轻脚。湖南过年必须燃着烤炉，在烤炉上放个桌子，桌上铺一床被子，一家人围在一起边吃零食边聊着这一年的趣事。爸爸问小翼："小翼，过来一起吧。"他摇头："叔叔，我玩游戏机，会吵到你们。"爸爸又说："那你吃点儿啊，怎么什么都不吃？"他只好过来抓一小把水果糖，小跑回自己房间，轻轻关上门，房间里隐约传来游戏机的声音。罗阿姨全程都不作声，她可能是不想让许愿觉得自己太宠儿子，所以故意这样冷漠。每次看到这样的情景，许愿心里就有点儿愧疚，就会想："罗阿姨图什么呢？"

许愿的妈妈跟爸爸离婚八年多了，那时候许愿还在上小学。妈妈很疼他，从不批评他，但也不溺爱，每次都用全世界最温柔的声音跟他讲道理。印象中，妈妈虽然是大学生，但好像一直没有工作，带孩子、做家务，妈妈为了家庭放弃了工作。在他眼里，这样的妈妈似乎是永远不可能离开他的。

直到有一天，妈妈跟许愿说："儿子，妈妈想出去工作了，你支持吗？"

许愿不理解，妈妈不是一直都在家吗？为什么还想工作，难道不用工作不是一件很好的事情吗？他问："好啊，那以后谁来做饭啊？妈妈做得这么好吃，我不想吃别人做的饭啊。"

许愿记得妈妈当时听了这话，眼眶里泛着泪光，她笑了笑，摸摸许愿的头：“其实爸爸也可以做啊，总有人可以做的，妈妈做了十几年饭，有点儿累了，你不心疼吗？”

那天之后，爸妈开始进入无休止的争吵。爸爸正处于事业发展的阶段，每天忙工作，回家也不跟妈妈说话，自从知道妈妈有了出去工作的想法，便开始处处阻挠。许愿从来没想过他们最后会离婚，他想，谁做饭不是一件很简单的事吗？不至于会分开吧。但他们真的分开了，妈妈收拾好行李离开的那天，是个风和日丽但极其普通的下午，妈妈说她跟同学一起去深圳工作，跟许愿交代了几件生活琐事之后，拖着行李便离开了。妈妈的同学开车接她，停在小区门口，许愿送妈妈上车。车开走的一刹那，许愿突然意识到，之前那个家真的没有了，妈妈不会再每天早上叫他起床、给他热牛奶，也不会追着他把汗湿的衣服脱下来洗，她真的自私地为了自己不要他了。他突然站在原地哭了起来，记忆里他从来没有这么用力地、大声地哭过，一直哭到没有力气了，浑身颤抖着，爸爸才走过来牵着他的手回去了。

妈妈走了之后，一开始爸爸还能应付，后来才发现原来在他眼里那么不起眼的家务活，真要做好也是很辛苦的。后来因为爸爸工作太忙，只好给许愿办了转学，找了家寄宿学校念书，大部分时间在学校度过。爸爸更加勤奋地工作，也做到了公司高管的位置，许愿想，家里条件好了，应该可以把妈妈接回来了吧，很多人家里爸妈都有工作，不也挺好的吗？大不了找个保姆来嘛。那时他真的太小，小孩子的世界都是加减法，成人的世界才有乘除那么复杂。没多久，罗阿姨就出现了。而妈妈也从一个月回来看他一次，变成了一年回来看他一次，每次都急匆匆地给许愿一大堆礼物，没待两天就回了深圳。许愿记得拿到大学录取通知书的当天，给妈妈打了个电话，妈妈似乎正忙着，她说：“儿子，妈妈现在有事，你让你爸准备好学费，生活费我给。”说完还没来得及等许愿说再见，她就挂断了。

小时候的他，绝不会相信上大学之后给他打电话最多的是罗阿姨。她每两三天就会打到宿舍嘘寒问暖，每次都问“想吃什么，我给你寄”，末了还要特地强调“你爸很想你，要面子不肯说，他今天还偷偷哭了”。许愿根本不信，但他很感激罗阿姨的出现，她一个人似乎代替他父母二人做了所有事。

这是小翼在他家过的第一个年，之前或许是担心许愿不肯接纳，现在许愿已经出去念大学，又满了十八岁，应该可以用一个成年人的心态来面对一个突如其来的弟弟了吧？

大年三十一大早，爸爸开车载着一家子去爷爷、奶奶家吃年饭。湖南的团圆饭一般是中午吃，赶到奶奶家时，其他叔叔、阿姨都到了，差不多到了吃饭的时间。

爷爷、奶奶之前见过小翼，他们拿了两个红包，一个给许愿，一个给小翼，然后就招呼大家上桌吃饭了。许愿看着这一大桌丰盛的饭菜，竟然毫无胃口，还没几天就开始怀念食堂的“黑暗料理”了。因为人多，有点拥挤，罗阿姨给小翼拿了筷子和碗，小声对他说：“小孩子自己夹点菜去旁边吃吧。”小翼懂事地点点头。

许愿见状，把椅子挪了挪，说：“小翼，你坐过来吧，坐得下。”

小翼站在原地，不敢动弹。罗阿姨和爸爸对视了一眼，有点意外，但看得出他们很高兴。奶奶见小翼不动，马上发话了：“挤一挤，挤一挤，吃团圆饭哪儿有不挤的？小翼坐过来，挨着你哥哥坐。”

小翼有些害羞地坐过来，看了一眼许愿，许愿冲他笑了笑。

团圆饭在一如既往的热闹中吃完了。

晚上放烟花，小翼很快跟其他弟弟、妹妹打成一片，他们在户外晒谷坪上玩得很开心。许愿跟大人们一起在屋内烤火，看春晚。扭头看着外面小翼的身影，许愿有些感叹，想着自己十二岁的时候，也跟他一样，爸妈分开了，偶尔会觉得自己跟其他小孩儿不一样，骨子里的自卑就是那时候长出来的。许愿心想，他应该也像当年的自己一样害怕孤独，但又不敢奢望拥抱吧，因为总是不愿承认但内心又那么笃定——自己是一个不被爱的人。不过，还是十二岁比较好，小翼应该还不知道未来还有更多的孤独等着他吧，此时的他，仍然是个容易满足的孩子。不像许愿，磕磕绊绊总算是长大了，却不停地缅怀着少年时的自己。

真想做个孩子。至少，如果还是个孩子，是可以很自私、很任性的，只要管好自己的喜怒哀乐就行，管他是不是世界和平。小翼现在似乎就忘记了刚来奶奶家时的不自在和疏离感，欢快地奔跑着，在烟花的光影里穿梭，像个精灵。而许愿，虽然跟大人们聊着天，内心却在反复地想着，同样是在过除夕夜，柏千阳在干什么呢？苏暮雪又在干什么呢？他们会不会也有着各自的苦恼，只是自己不知道呢？

爸爸递了杯擂茶给许愿，许愿接过，顺势问：“爸爸，你的手机借我一下。”

爸爸：“打给谁？”

许愿：“我给同学拜年。”

爸爸点点头把手机塞他手里，他找出电话本，翻到柏千阳家的电话，打了过去，响了很久才有人接，正是柏千阳。

许愿：“老大，老大是你吗？我是许愿。”

柏千阳像是刚从睡梦中醒来：“许愿啊，你好，新年好。”

许愿：“你家怎么那么安静啊。”

柏千阳：“哦，我爸妈早睡了，我无聊，也睡得早。”

许愿：“那你睡吧，对不起，不知道你们睡那么早。”

柏千阳：“你还有事吗？”

许愿：“没事，就问问你在干吗。”

柏千阳：“拜拜喽。”

他本来还想问问，你和苏暮雪怎么样了啊。但他没敢问，他害怕柏千阳得意扬扬地回答，我们已经在一起了啊。大过年的，何必那么闹心。转念一想，如果他们真在一起，柏千阳那么爱嘚瑟的人又怎么会不说呢？想到这儿，许愿又开心起来。

春晚结束，爸爸问要不要住这里，罗阿姨低声说：“别守岁了，孩子们熬夜不好，人太多、床少，住得近的不如回家睡吧。”爸爸也同意，于是，尽管爷爷、奶奶舍不得，浓浓夜色里，一家人还是启程回家。

接完许愿的电话，柏千阳干脆把家里的电话线拔掉。他怕一会儿还有其他人打电话来说新年好，他不是不想接受这样的祝福，只是这个除夕对他来说，真的不太好。他放好电话，扭头看了一眼床上的爸爸，眼眶有些湿，但他是个哭点很高的人，伤春悲秋可不是他的范儿，更何况，他刚接到好兄弟的祝福，还是有些欣慰的。

柏千阳不是长沙人，他那口长沙话是学来的。他只是看起来像长沙人而已。

柏千阳是湘西人，从小吃苦长大的。爸妈都在工地上做工，长沙有个包工头是湘西老乡，爸爸跟着一起过来，妈妈帮工友做饭，两人这么搭档，在长沙干了五年多。柏千阳是独生子，家里很看重这个孩子，所以即便条件不允许，他们也没让柏千阳做留守儿童，而是一直把他带在身边，初中开始就在长沙借读。没想到这孩子聪明，虽然调皮、贪玩，平常没见他多用功，女朋友一个接一个，考试却总能轻轻松松考个第一名，高考时顺利上了联大，跟父母在同一个城市，还能时不时照看着，简直皆大欢喜。高考之后，有次一家子回湘西老家，父母兴高采烈地炫耀着儿子的优秀，还说，运气不错，没走远，大学也在长沙读，命中注定独子不离家啊。只有柏千阳自己知道，他是不忍心考去外省，离父母那么远念大学，他不安心，所以尽管他估分超出外省重点很多，填志愿时还是毅然决然地报了联大。父母带着他长大，他决定要带着他们变老。

这是属于他的秘密，甚至连满毅和许愿都不知道。他来长沙比较久，口音适应很快，说着长沙话，至少很难被本地人欺负。至于穿着打扮，父母虽然挣钱不易，但对儿子是大方的，买不起什么名牌，至少穿得干净得体，让柏千阳看起来，像个教养不错、家境优越的小孩儿。

这个除夕对他们一家来说，不是很太平。一家人本来是决定一起回湘西过年，但临近除夕，做包工头的老乡带着一群人的工钱跑了。四十多个工人一起去找建筑公司讨薪，人家公司也无可奈何，谁不想安安静静过个年，但薪酬早付了，你们头儿跑了啊，这个锅没人肯背。所以工友们吃了闭门羹，不但没要到钱，回来路上爸爸气得脑溢血，还好工友们都在，抢救及时，住了几天院，稍好了些，为了省点住院费，除夕当天便离院住回了家。

没看春晚，没有压岁钱，也没有一家子热闹地围坐在一起，爸妈很早就睡了。只有柏千阳一个人坐在阳台上发呆。看着远处的烟花，他此时变得很安静，无比羡慕那些在烟花下面奔跑着的孩子。他们应该很开心吧？本来嘛，大过年的，应该开心点。

没想到这时，电话响了。

他接到的唯一一个新年问候的电话，是刚认识不久的好兄弟许愿打来的。短短的几句话，他已经很感动，没想到随便抄在许愿电话本上的电话，他还真打来了。只是柏千阳不敢聊太久，家里很小，随便说点什么，都听得见。他只好快快地收线，放好电话，轻手轻脚地回到阳台上。

不知道苏暮雪在干吗，柏千阳满脑子都是她。

可惜他又不敢打给她，想必是阖家幸福、万事如意吧。就像许愿那样，电话里听到他的声音，能感受到他的开心，旁边那么吵闹，应该也不会觉得太孤独。这个世界上像他这么苦恼的孩子，毕竟是少数，所以哪怕是这么张扬跋扈的柏千阳，在此刻，也不敢打给苏暮雪。他怕听到她欢快的声音，视野里又是家里这一番景象，挂了电话应该又会难过好一阵子吧。

他就这么呆呆地坐在阳台上，假装是在守岁。

新年快乐，柏千阳对自己说。

半个小时后，许愿一家子到了家。凌晨两点多，小翼、爸爸和罗阿姨很快洗漱睡了。许愿拖拖拉拉最后一个洗澡，洗完又打开电视看了会儿春晚的重播，拿遥控器的时候在茶几上发现一包香烟。

许愿拿着烟，烟盒打开过，里面还塞了只打火机。

他有些纳闷，这是谁的烟呢？爸爸是不抽烟的，小翼更不可能，难道是罗阿姨的？他拿出一支，点着，试着抽了一口，被呛得直咳嗽，但并没有想象中难受。

他从没抽过烟，刚进大学时，宿舍个个都是老烟枪，大家要拉许愿入坑，逼他抽，他死活挣脱就是不抽。从小到大，在他的认知当中，抽烟是不好的行为，所以很抗拒。但久而久之，耳濡目染，上铺刘科科不但经常跟他说抽烟解乏还消愁，还有个怪理论，说，这烟啊，肯定是个好东西，不然为什么那么多人抽呢？存在即合理，相信大自然创造烟草的意义吧。慢慢地，他也不认为这是什么坏事了，只是依然没有抽过。

他又抽了一口，再一口，渐渐掌握了技巧。客厅里烟雾缭绕，他挥手扇了扇，然后走到阳台，关上客厅的玻璃门，有些享受地抽了起来。

2000 年的除夕夜，夜空中散落着明亮的星星，空气冰冷得让他很清醒。

许愿没想到自己竟然抽起烟来。

这时罗阿姨起来上厕所，她见到了在阳台上抽着烟的许愿，有些疑惑地喊了一声：“许愿？”

许愿回头，有些愕然，手里拿着的烟不知该掐灭还是扔掉。罗阿姨笑了笑，自己也点上一根，推开玻璃门，站在了许愿身边。

罗阿姨抽了两口，说：“你抽吧，我不告诉你爸。”

许愿点点头，继续抽，但仍是一脸疑惑。

罗阿姨似乎看懂了许愿的心思："我刚跟小翼他爸离婚时学会抽烟的，神经衰弱、失眠，每晚都得抽，不然好像挨不到天亮，后来抽得少了，但戒不掉。不过，我在你爸面前不抽，虽然他知道，但他不喜欢女人抽烟，所以只好等他睡着了再抽。"

许愿："罗阿姨，我能问你一个问题吗？"

罗阿姨满脸笑容，点点星光下，看起来比平常更年轻："你问啊。"

许愿："你为什么会跟我爸在一起呢？为什么愿意为他付出这么多？"

罗阿姨："为什么会这么问？"

许愿："总觉得，好像不太值得。"

罗阿姨看着天空，沉默了片刻，说："这个问题很多人问过我，最初那几年，我总是搪塞，说你们不懂。其实那时候我是不知道怎么回答他们，因为我自己也不懂，后来这些年，没什么人问了，我自己也就懒得想了。我只知道跟你爸在一起的时候特别开心，好像为他付出也是一种快乐，不是为他，不是为你，是为我自己，因为我真的很享受身为这个家庭一员的感觉。这些年当然有一些遗憾，比如你爸爸太忙了，不能经常陪我，比如小翼不在我身边，我常常想念他。但是没有办法，人生有很多不如意的事情，上天让我拥有现在的一切，我也没什么怨念了。今天你问我，如果需要一个很明确的答案的话，我想，可能是遇到你爸之前的几年，我太孤独了，那时候我没工作，小翼被法院判给了他爸爸，我一个人的时候很绝望，好几次觉得可能挨不下去了，但又担心如果死了，小翼问他爸，妈妈呢，那他爸该怎么回答他啊？做妈妈的都有种使命感，我不想我儿子背负着这么惨痛的回忆过一辈子，这在当时成了我活下去的力量。于是一天熬过一天，直到你爸出现，我突然就像获得了新生一样。所以，你爸救了我，是我的恩人，我付出这点儿，算什么呢？"

罗阿姨娓娓道来，许愿听得很认真，几年来，他们是第一次这样聊天。抽完一根，罗阿姨问他还要不要，他摇摇头，说："我觉得我爸真走运，我妈那么爱他，换了你，还是那么爱他。"

罗阿姨笑了笑："你长大了也一样，也会遇见一个值得你爱的人，如果你刚好也爱她，那就太走运了。"

许愿："其实，我现在就有个喜欢的人。"

罗阿姨："真的吗？是个什么样的人？"

许愿："她跟我是一个院的，跟我一级，她……其实我说不上她是个什么样的人，因为我根本不了解她，我们还不算真正意义上的朋友。但是就像你刚才说的那样，我看见她，就想为她做点什么，不是为她，是为我自己，我觉得如果可以为她做点什么的话，我会很开心的。"

罗阿姨："去追她，阿姨支持你。"

许愿："这不现实，我和她没有可能。"

罗阿姨："有什么不可能的？当初我刚开一家小药店，入不敷出，你爸已经是大公司领导，我都敢直接问你爸，我说：'老许，你什么想法给我一个准信儿啊，别碍着我找下家啊。'结果，你爸就输了。所以啊，你得主动出击，这个世界上没有不可能的事。"

许愿："可是……我的好兄弟也喜欢她，而且，他比我优秀，也比我先认识她，他们现在是一个辩论队的队友，下个学期天天一起训练，而我，就像个 nobody，可有可无。"

罗阿姨："那他们在一起了吗？"

许愿："还没有，但我觉得那是迟早的事儿。"

罗阿姨又点了根烟，她不屑地说："阿姨知道你是个讲义气的孩子，但是爱一个人，是没有办法逃避的，你要活得自私一点儿，既然那个女孩儿是一个可以给你带来快乐的人，你就应该去接近她。既然你喜欢她，你就应该努力让她感受到你的真诚，只有让她成为你的女朋友，你才有机会去保护她、呵护她，而不是像现在这样，口口声声说喜欢她，却不敢迈出一步。"

许愿："但我兄弟也是我生命中很重要的人，我不想失去他。"

罗阿姨："你怎么知道会失去他呢？或许你有办法处理好呢？你现在，可什么也没做啊。再说了，换位思考，你确定你好兄弟会为了你放弃这个女孩儿吗？如果你犹豫了，说明你已经明白阿姨的意思了。"

许愿看着罗阿姨的脸，回味着她说的话。

许愿："那我该怎么办？"

罗阿姨："你要去接近她，让她看到你有多好。小愿，记得一点，所有追求得来的爱情，都是非常脆弱的，最坚韧美好的爱，应该是一瞬间的，两个人各自优秀，他们遇见了，被对方吸引了，就这么简单。”

许愿点了点头，两人相视而笑。

远处不知谁家在放彩珠筒，一连串彩色烟火冲上夜空，在无边无际的黑暗中绽放成一朵朵绚烂璀璨的花，若隐若现的光影映在许愿稚气未脱的脸上。

新年快乐，许愿对自己说。

少年们

新学期开学第一件事，放好行李，许愿去了622找柏千阳。但宿舍门紧闭，想必大家都不如许愿那般期待开学，估计都想拖到最后一刻才返校呢。许愿只好下楼去走走，心里纳闷，柏千阳应该比自己更着急开学啊，他一定迫不及待想尽快开始辩论队的集训工作了吧？走着走着，到了公交车站，一辆公交车停下，柏千阳背着书包从车上走下，只见他面容憔悴，两个黑眼圈比熊猫还扎眼。

许愿开心地迎上前：“老大，你来了！”

柏千阳也笑了笑，伸手搭在他肩上：“新年过得怎么样？”

许愿：“还不错。”

柏千阳：“走，咱们吃馄饨去。”

许愿：“我请你。我爸说了，满十八岁，压岁钱不用上交，发财了，哈哈！”

柏千阳：“早知道我饿三天啊。”

两人来了馄饨店，柏千阳点了两碗，狼吞虎咽起来。时隔一个月，短暂的分别仿佛让大家的友谊更迅猛地发展了。许愿喋喋不休地跟柏千阳数落着老家过年的无趣，无非是大人打牌、小孩儿看碟。有一天许愿在叔叔家，大人打麻将，他跟表哥、表姐去租了一盘徐克导演的《青蛇》碟片，还以为是一部普通的仙侠片，结果全程缠绵，各种喘息声和叫床声，画面也暧昧得不行，看得几个小孩儿无比尴尬。一旁的大人叫嚷着：“你们几个小孩儿都看的什么片啊？不是三级片吧，赶紧给我关了。”最后只好关了VCD，看电视台重播《还珠格格》。

柏千阳顾着吃，时不时抬头看看许愿，然后应和着。

吃完，他又点了两杯可乐。

许愿犹豫一会儿，突然说："老大，你能推荐我去你们辩论队当替补吗？"

柏千阳有点诧异，眯着眼想了想："你做替补？为什么？"

许愿的脸"唰"地红了，他努力让自己不那么紧张地撒了个谎："我……我想跟你一起，学点东西，大学生活太无聊，其他的社团活动没什么意思，你们不在，我也不敢去。你看辩论队，这几个人我也都认识，就让我跟着你，哪怕打打杂、查查资料也行啊。"

柏千阳依然有点顾虑："可你……你胆儿小，行不行啊你？"

许愿："我只是做个替补，不用上场嘛，辩论赛又不像球赛，随时罚下场换替补上，反正不是没找到合适的人嘛，空着，也是空着。"

柏千阳眼珠子一转，嘿嘿笑了笑，放下调羹，凑过来小声问："你能帮我写辩词吗？瞎侃我会，辩词太费劲了。"

许愿想也没想："能！"

柏千阳得意地点点头："行！我去跟苏暮雪他们说，你跟着我。"

许愿兴奋极了，突然提高音量："好！"

柏千阳继续埋头吃着，他真饿了。今天返校之前，他一早带了爸爸去医院复诊，拿完药送他回家，然后代表工友去跟建筑公司交涉。对方怕把事情闹大，所以又补发了一部分工钱，下午他急匆匆赶到学校时才想起来一天什么也没吃。许愿主动要求加入辩论队，说实话一开始他是有点惊讶的，但他寒假接了个酒吧服务生的工作，每天晚上八点上班，凌晨才收工，如果想开学后继续做，的确需要一个信得过的帮手在身边。

柏千阳突然像想起来了什么似的："对了，一会儿辩论队在文学院后山的枫亭开会碰面，我差点儿给忘了，你跟我一起去吧。"

苏暮雪是长沙人，但她提前一天返校了，因为答应了应晓雨第二天陪她一起去医院。应晓雨身体不好，家族遗传哮喘，高考之前的体检，学校放水了，所以她隐瞒了病史来念大学。军训时她跟着其他所有人一起受训，差点儿出事，多亏了苏暮雪才及时稳住病情。两人的感情也越来越深，一个学期下来更是胜似亲姐妹。

第二天一早，两人一起从学校出发去了医院，刚挂完号，两人正要从南侧上楼，看见另一侧的楼梯有个熟悉的背影，他扶着一个老人。

应晓雨指了指，对苏暮雪说："那不是柏千阳吗？"

苏暮雪顺着她的手看过去，果然是他，他应该没有看见她们。只是相比他在舞台上表白时的张扬与跋扈，还有那种挥洒自如的豪迈，此时的他就像另外一个人。他小心翼翼地搀扶着那位老人，另一只手还重新整理了一下老人皱起来的衣领，看得出，那应该是他非常亲近和疼爱的人。苏暮雪说："真是他，走吧。"

应晓雨："不要打个招呼吗？"

苏暮雪摇摇头："他那么骄傲的人，一定不想在这个时候遇见我们。"

说完，两人上楼。等待应晓雨检查的时候，苏暮雪坐在诊断室外的椅子上发着呆。她回忆着柏千阳刚才的模样，竟然有些心酸。原来每个人都有被藏起来的另一面，那么，那个在食堂窗口偷看自己的男孩子许愿，他又藏了些什么呢？不知道谁说过，爱情其实就是一个互相探索的过程，最爱一个人的时候，就是渴望了解他的时候。现在自己对他这么好奇，会不会是已经爱上他了呢？刚这样想，便马上在心里否定了，苏暮雪从不相信一见钟情这样的桥段会发生在现实中，两个人除了互相吸引，还需要建立起一种强大的信任与默契，这哪是一朝一夕可以做到的？

应晓雨检查完，她拿着药单坐在苏暮雪身边，说："大夫说还是老毛病，控制很好了，但还要继续吃药，拿完药就回学校吧。"见苏暮雪并无反应，伸手拍了拍她。

苏暮雪回过神来："哦，好，大夫怎么说？"

应晓雨无奈地笑了："他说还行，继续吃药。"

回到宿舍，她们发现沙璇在对着镜子试新衣服。沙璇的品位总是令人着急，她总是可以从一堆廉价的、花花绿绿的衣服里挑出最可怕的第一名，更可怕的是她意识不到这一点，省吃俭用就为了买衣服，美其名曰"为幸福投资"。苏暮雪曾跟她说过，幸福是不需要投资的，幸福应该是世界上最便宜的东西，但是它不能买、不能找，只能看你有没有缘分遇见。沙璇从不赞同这种理论，不打扮漂亮，谁会注意你？你连幸福的入场券都没有，又如何遇见幸福本人呢？

沙璇从镜子里看见二人回来，转身面向她们，问："好看吗？像不像伊能静？"

苏暮雪："哪个伊能静？"

沙璇不耐烦地解释道："唱《流浪的小孩》的那个伊能静啊。上次去 KTV，韩家阅的女朋友一直点她的歌，他们都夸她唱得像伊能静，长得也像。原来韩家阅喜欢这款，我上次好像有点太妩媚了，不合他的口味，我要改变一下自己的路线。"

应晓雨冲着苏暮雪做了个鬼脸，然后拿着热水瓶出去打水。

苏暮雪说："你还没死心啊，他都有女朋友了。"

沙璇又换上一件："我干吗要死心？我调查清楚了，那女的根本不是统招生，是自考班的，我觉得她配不上韩家阅，他就是一时鬼迷心窍。等他们分手了，我一定是他的第一人选，我得做好准备，随时无缝衔接。"

苏暮雪没好气地摇摇头："你可得多穿点儿，一会儿我们去枫亭开会，那儿在山腰，现在倒春寒，冷得厉害。"

沙璇："我不怕冷，我是妖精。"

苏暮雪拿出一面镜子照向她："给我现出原形。"

沙璇翻个白眼，抢过镜子，顺势仔细照了照自己的脸，又忧郁地叹息："我如果再瘦点就好了，'伊能静'比我脸小，看起来楚楚可怜，我这样……看起来，那是相当地霸气啊。"

苏暮雪懒得再搭理她，继续摆弄着窗台上的君子兰。

沙璇："对了，替补你找好了吗？"

苏暮雪："没有，谁肯来做替补啊，不能上场，还得天天陪着训练。"

沙璇："总得有个人选啊，不然一会儿韩家阅该不高兴了。"

苏暮雪："这才几天就胳膊肘往外拐了？"

沙璇又翻了个白眼，找出一支眉笔对着镜子全神贯注地描画着。这时应晓雨拎着热水瓶走进来，沙璇跟苏暮雪对视了一眼。

苏暮雪："晓雨，加入我们辩论队吧！"

应晓雨是新闻系的，因为新闻系人不多，所以并入了文学院。晓雨当时并不怎么想读新闻系，但湖南媒体行业发达，新闻专业好就业，于是也就随大流第一志愿填了联大新闻。新闻系的女孩儿们个个都风风火火的，学校什么活动都有她们的身影。只有晓雨，是一个存在感极低的人，不争不抢，也不爱抛头露面。其实她面容秀丽，清汤挂面的头发，干净清爽，要不是总躲在光芒万丈的苏暮雪身后，早就成了联大那群洪水猛兽的目标了。

应晓雨听了连连摆手："我不行，我不行，辩论赛太需要伶俐的口齿和清醒的头脑，我上课时回答问题，老师都总说听不见，让我大声点，我去不是给你们添麻烦嘛。"

苏暮雪把应晓雨拉过来，坐一块儿，她说："晓雨，其实替补并不用上场，但一个完整的辩论队一定需要一个替补，以备不时之需，你平常陪我们训练，帮我查资料，到时候比赛赢了，你也是辩论队的一员，毕业履历表里多一道光彩，怎么看都是好事啊。"

沙璇耍着无赖："去嘛去嘛，咱们三个一起多好，你们都在，我在韩家阅面前就更自信，去嘛去嘛，晓雨，等我跟韩家阅好上了，请你们吃海鲜。"

应晓雨看看沙璇又看看苏暮雪，一脸为难。

苏暮雪："不出意外，上场的肯定还是我们四人，如果你担心的话，可以先参与进来，如果实在不喜欢，也不勉强你。但我还是希望你试试，你是新闻系的，三年后得迈上工作岗位，你不是想当记者吗？我觉得这是个很好的锻炼机会。"

这句话打动了应晓雨，她想了想，决定试试。沙璇高兴得手舞足蹈，有两位姐妹陪伴，她在韩家阅面前就没了最初的那种自卑感。苏暮雪也很开心，总算是了却一桩心事，又可以与好姐妹并肩作战，何乐不为？

傍晚时，她们三个一起去了文学院后山的枫亭。

这是文艺青年的聚集地，湖水碧绿如玉，四周围绕着茂密的丝杉，正是春意盎然的时候。沿路种植的美人蕉也开出火红的花朵，与映在湖面的晚霞相映生辉，成了一片独有的美景。她们提前十分钟到了枫亭，发现韩家阅已经到了，他像一尊雕像似的坐在石凳上看书，神情专注。沙璇心想，还真是切换自如，给女朋友喂葡萄时的风骚劲儿哪去了？想必是个双子座吧？一撇嘴，一声"切"脱口而出。

苏暮雪小声问沙璇："怎么了？"

沙璇说："没什么，我在猜韩师兄是不是双子座。"

韩家阅放下手里的书，站起来迎接她们，脸上带着意外的表情："沙璇，你怎么知道我是双子座？"

沙璇嘀咕着："唉妈呀还真是，没有没有，我就瞎猜的。"

韩家阅又看了看应晓雨，问："这位是……"

苏暮雪正要介绍，柏千阳带着许愿到了，柏千阳吃饱喝足精神也好，大声嚷嚷着："各位新年好，新年好，给大家拜年了！"许愿趁机偷偷看了一眼苏暮雪，谁知与她四目相对，他赶紧移开目光，却又看见应晓雨，发现原来应晓雨也在看着他。晓雨害羞得低下头，朝苏暮雪身后挪了挪。

韩家阅看了看许愿，礼貌地问柏千阳："这位是？"

柏千阳："队长，这位是我哥们儿，叫许愿。"

许愿鼓足勇气："大家好。"

柏千阳："咱们不是缺一个替补嘛，今天我给带来了，小伙儿挺不错，长得帅不说，文笔一流，在校报上发表过文章，绝对能给我们辩论队添光增彩。"

苏暮雪和沙璇对视了一眼，表情略有尴尬。

沙璇不等苏暮雪解释，自己冲上前先嚷嚷了："柏千阳，你怎么没跟我们提前说啊？替补人选我们早有了啊，这位，应晓雨，新闻系榜首、高才生。我们早来跟队长汇报了，队长也同意了，对吧，队长！"沙璇对韩家阅挤眉弄眼，韩家阅好不尴尬。

应晓雨见状，越发紧张，抬头看了看许愿，不想又与他四目相对。许愿戳了戳柏千阳，小声说："要不算了吧。"

柏千阳没理睬许愿，他稍有些激动地说："替补人选不讲先来后到，讲的是能力。你们要不相信我兄弟，可以比比看！今天咱们这里几个人说了都不算，可以把选择权给院领导，梁文彬说行，就行，不然我不服。"柏千阳把梁老师抬出来，是有足够的自信梁文彬会挺自己。他越想越觉得许愿很有必要加入辩论队，不然一个自己人都没有，跟一群姑娘训练，多没劲啊。

韩家阅做和事佬："别急别急，这点小事，还不至于要去麻烦梁老师，咱们好好说。"

苏暮雪伸手握住应晓雨的手："大家都别争了，既然要一起作战，怎能还没开始就起内讧呢？让人笑话。其实替补只是一个名分，真正上场的还是四个人，既然柏千阳同学有自己推荐的人选，我们可以都吸纳进来嘛，谁规定辩论队的替补只能有一个呢？依我看，配合我们工作的人越多，赢面越大，我先表态，我同意许愿和应晓雨都加入辩论队。”说完，她伸出手，脸上洋溢着自信的微笑，那笑容让人信服，也让人觉得这春寒料峭的枫亭，竟然不那么冷了。

韩家阅赶紧伸出手，搭在苏暮雪手上：“我也同意，苏暮雪同学，大气！”

沙璇见韩家阅伸了手，马上效仿，轻轻把手贴在他手上：“我听队长的。”

柏千阳嘿嘿一笑，心想只要许愿入队，管你两个替补还是二个替补，他也伸出手：“行嘞，少数服从多数。”他看看许愿，撞了他一下，许愿也赶紧伸出手。两个替补，更没了负担，应晓雨也愉快地伸出了手。

韩家阅：“预祝我们文学院辩论队打遍联大无敌手！”

苏暮雪：“加油，不负众望！”

大家齐声喊着：“加油！”

穿着薄衫的沙璇终于忍不住一个响亮的喷嚏——“阿嚏！”

惊起枫亭旁的一群水鸟，它们从火红的湖面掠过，疾速地飞向天空。

一支六人的辩论队就这样成立了，枫亭成为他们的根据地。

韩家阅有着极强的领导力，成为让他们心服口服的队长。他们每天下了课就腻在一起，组成两个小分队模拟比赛，两个月下来已经成了一支默契的队伍——苏暮雪做一辩，开场陈词需要她的大气与生动；二辩柏千阳，没别的原因，他死乞白赖说自己适合站在一辩身边，大家只好同意；沙璇三辩，她攻击性强，可以在比赛过半时再次煽动现场气氛；韩家阅沉着稳健，自然成为总结陈词四辩的不二人选；应晓雨和许愿二人，这个团队破例吸纳的两位替补，对于这个比赛也丝毫不敢怠慢，为了能让文学院的辩论队在辩论赛上一鸣惊人，他们每天都泡在图书馆查资料。

一切都如柏千阳想象的那样进行着。他每天跟辩论队混一块儿，与苏暮雪低头不见抬头见，苏暮雪再也没有理由把他撵走。只是每天晚上七点整，他都会找个理由离开，洗把脸，跑去车站，搭乘公交车去附近闹市区的酒吧，换上工作服开始干活。这个酒吧因为离高校区不远，平价消费，生意很好，所以柏千阳也偷不了懒。他很累，但人的心力是可以战胜体力的，有时缺觉，昏昏欲睡，只要看到身边的苏暮雪，他就打起了精神。而苏暮雪与许愿也逐渐熟稔起来，但她对校报上那首名为《雪》的诗，绝口不提。她害怕听到许愿说，这首诗与她毫无关系。或许，这首诗真的与她毫无关系，那又怎样呢？命运让他们在此刻走到一条战线，若有一天，命运安排他们越走越远，那首诗是为谁写的又有什么关系呢？

学校一共十六个院，比赛按金字塔淘汰制，分为四个阶段。初赛抽签，文学院抽到了生物科技学院，辩题是“大学生在校期间是否适合谈恋爱”，文学院是正方——适合。

枫亭里，六人有些垂头丧气。

柏千阳把笔往石桌上一扔：“得了，直接弃权吧，尽管我无比赞同正方，但作为辩题，这太不公平了。在大众的传统认知里，我们完全处于劣势，校领导们怎么会让我们获胜？”

沙璇无精打采地说：“就是，大学生在校期间适合谈恋爱，如果这能成立，算什么导向？校领导天天念叨，联大是个学习的地方，不要只顾着卿卿我我，现在让我们说服评委，可能吗？”

韩家阅紧锁眉头，其他人沉默不语，倒是苏暮雪有种云淡风轻的冷静。

沙璇：“队长，怎么办啊？如果我们初赛就输了，梁文彬会不会把我们开除了啊？堂堂联大第一大院，还是文科院，结果辩论赛初赛就输给一个理科院，说不过去吧？”

韩家阅：“大家冷静冷静，学校准备这样一个辩题，我们考虑到的，他们一定也考虑过，既然无法改变，就从容应对吧。”

柏千阳一脸不屑：“队长，如何从容？我柏千阳真输不起，不想丢这个人。”

许愿与应晓雨对视一眼，他们不敢随便发言。

苏暮雪：“你们太悲观了，我反而觉得，我们赢面挺大的。”

其他五人面面相觑，不解其意。

苏暮雪站起来，走到湖边，思索半晌，回头说：“你们觉得辩论赛赢的那方，在一般情况下，为什么会赢？”

韩家阅：“逻辑。”

柏千阳：“配合默契。”

许愿：“辩词精彩。”

苏暮雪：“你们说的都对，但我们至少可以明确一点，在辩论赛上，赢家之所以赢，一定不是因为他们说服了评委自己的观点是对的。因为世间万物都有其两面性，没有哪一个观点是绝对正确的，也没有谁可以真的说服谁，这才给我们提供了可辩的空间。那么靠什么赢呢？靠的是你们刚才说的——每个人阐述观点时是否表达准确，在自由辩论时是否锋芒毕露，团队协作是否默契。他们可以不赞同我们的观点，但只要他们认同了我们在这次比赛中的表现，我们就能赢。反过来说，专业的辩论赛，不会因为赢家赢了，他们的观点就被理解为成立。这次的辩题，恰恰给我们提供了一个很好的机会，如何将一个大家都认为必输的论点，说得有理有据。辩论赛的结果，是正反双方交锋的结果，辩题本身并没有结论。”

柏千阳：“有道理，那我们该怎么做？”

苏暮雪：“大学生在校期间适合谈恋爱，这个辩题，我看到的不是‘恋爱’，而是‘适合’，爱情的三要素是什么？性爱、理想和责任，大学生作为成年人，是绝对适合的，但适合并不代表必须为之，适合是一个客观事实，不是要求，更不是绑架，我们只要阐明为什么适合即可。”

韩家阅：“说得好！我这个队长真是自愧不如。”

几人兴奋得鼓起掌来，不再愁云密布了。

苏暮雪：“与其抱怨，倒不如马上开始行动。距离初赛只有两个星期的时间，按照这个思路，我们分头准备三天资料，写好各自的辩词初稿，两天后我们枫亭再见。另外，我觉得，还有个对我们有利的重要因素。”

韩家阅：“是什么？”

苏暮雪：“如同我们在这儿怨天尤人，对手一定觉得自己稳赢，在抽到辩题的时候就开始轻敌了，我们好好加油，打得他们措手不及！”

“加油！”大家伸出手，大喊一声，声音里充满了力量。

凌晨，敲门声。许愿爬起来打开，是柏千阳。

许愿有点意外，已经很久没有在晚上见过柏千阳了，他小声问：“你怎么来了？”柏千阳把书包朝椅子上一扔，脱了上衣和牛仔裤，钻进许愿的被子，他伸出头，笑眯眯的模样：“睡觉，快，困死了。”

许愿轻轻关上门，怕吵醒室友，也爬上床：“你才回来，这都几点了？”

柏千阳："没怎么，想跟你聊会儿了呗。"

许愿掀开被子，天气渐热，已经是初夏了。他又问："你最近怎么总是神出鬼没啊？只有一周就要初赛了，天天晚上都见不着你人，我还得跟苏暮雪撒谎，说你一个人闭关修炼，你到底去哪儿了呀？"

柏千阳："初赛算个屁，不是有你嘛，把稿子给我写好，我照背就是。"

许愿："你不跟我说实话，我不写。"

柏千阳："你小子怎么说话不算数呢！"

许愿："是你没把我当兄弟啊，我总得知道你在干吗，不然怎么帮你圆场？我答应你的一定写，但你也必须告诉我，你晚上都去哪儿了，不然我不痛快。"

柏千阳沉默了一会儿，说："我去赚钱了。"

许愿："赚钱？你缺钱？"

柏千阳："缺不缺钱都得赚钱，辩论赛能当饭吃吗？"

许愿狡黠地说："你去哪儿赚钱？不是干坏事吧？你别话只说一半，别害我睡不着，我睡不着就写不出辩词，那你辩论赛就得开天窗，看谁着急。"说完一脸坏笑，这一招，怕是跟柏千阳学来的吧。

柏千阳一把掐在许愿腰上："你开始玩儿阴的了是不是？要挟我是不是？臭小子，看我不收拾你！"许愿怕痒，两人打闹着抱成一团。

上铺刘科科突然被吵醒，迷迷糊糊把头探下来："许愿，你是一个人，还是两个人啊？"

柏千阳伸出脚，把刘科科一脚踹回去："622 柏大爷，你给我好好睡。"

上铺迅速传来鼾声，许愿捂嘴笑个不停。

好不容易安静下来，柏千阳说："放心吧兄弟，我赚的干净钱呢，就在飞轮酒吧当晚班服务生，寒假就开始了，我一个哥们儿在那儿当经理，叫我去帮忙。大学嘛，锻炼锻炼，体验一下人生百态，又不是坏事，不然我怎么做你们老大？保证不影响辩论赛，他们按日结钱，比赛的时候我请假，对了，那儿钱给得挺多，过几天请你吃火锅，说真的，我翻宿舍围墙，还是跟你学的呢。"

许愿有些崇拜地看着他："你真行，偷偷摸摸竟然上了几个月的班，对了，那你今晚怎么会想到过来找我呢？"

柏千阳："这不好久没跟你聊天了嘛。"

许愿："瞎说，白天都在一起啊，天天一起，我都看你看烦了呢。"

柏千阳："那不算，每天一群人一起，都说不了几句知心话，晚上我又要上班，今天正好回来得早点儿，所以来找你。"

许愿："不过，你别太累了，才大一呢，别把自己熬成老头儿了。"

柏千阳："放心吧，哥体力好着呢，现在我每天都过得很开心，白天恋爱、晚上赚钱，哈哈哈，真想一直这么下去。"

许愿："你恋哪门子爱了？"

柏千阳："苏暮雪啊，天天腻一块儿，跟恋爱有什么区别？她没男朋友，我没女朋友，全世界都知道我喜欢她，如果她讨厌我，干吗邀请我加入辩论队呢，对吧？我早说过，我和她在一起，那是迟早的事儿。现在这样的感觉也挺好，充实，两个人一起为一个目标前进！"

许愿："什么叫两个人，辩论队有六个人。"

柏千阳："你这人怎么这么较真儿呢？我眼里只有她行了吧，要不是她，谁参加这个破玩意儿比赛？有那工夫，还不如去网吧包夜呢。"

许愿："重色轻友。"

柏千阳仰着头，陶醉其中："许愿，你不懂，等你遇到了，你也会跟我一样。"

许愿沉默片刻，说："我不会跟你一样。"

柏千阳："你等着吧。"

突然两人就沉默了，过了一会儿，都以为对方睡着了，于是便不再说话了。其实他们都失眠，许愿其实很舍不得现在的状态被打破，所以内心期待辩论赛永远不要结束，他同时拥有着苏暮雪和柏千阳。三人间仿佛存在着一股奇怪的力量，莫名地制约着彼此，竟然完好地保持着一种理想中的生态平衡，或许不进一步，就是恰当的距离了吧？而柏千阳，却巴不得辩论赛快点结束，一个学期的奋战，相信辩论赛结束的时候，再度表白就十拿九稳了吧？对于当年显赫一时的"柏三周"，这可是一次最艰难的拉锯战啊。

他们都能看见窗外闪烁的星星，都在想，苏暮雪这时应该睡着了吧？她心里是在想着谁入梦的呢？

联大辩论赛的初赛第一场——文学院对决生物科技学院，在图书馆的多功能会议厅举行。总算到了这一天，或许是集训的方法得当，步入会场时，四人丝毫没有紧张的感觉。反倒是台下的许愿和应晓雨，手心出汗，不敢随着台下观众一起欢呼，直到满毅端着几杯饮料进来，挤在许愿旁边，他刚坐下便挥手示意，大喊着："文学院必胜！文学院必胜！"感染了许愿和应晓雨，他们才稍稍放松，也向台上的四位招手。

苏暮雪果然没猜错，坐在他们对面的反方辩友，四人都是男生，一副趾高气扬的架势，一脸轻蔑，像是无奈地坐在这里，不懂这样的辩题为何还需辩论。

沙璇小声说了句："瞅瞅他们四个那德行，难怪反对大学生谈恋爱。"

其他三人扑哧一笑。

苏暮雪看了看三位队友，大家镇定自若，估计都看出了对方的轻敌，再看向台下观众，发现许愿也在看她，于是微笑着点了点头。这个眼神，似乎是这几个月来，第一次属于她与许愿两人之间的交流。这时许愿也笑了笑，他伸出手对着苏暮雪比着大拇指。苏暮雪正要也伸出大拇指回应，这时柏千阳猛地抢先伸出手，一个大拇指举起来。显然他错把许愿的手势看成了与他的互动，场下文学院的观众配合着柏千阳欢呼起来。

第一排坐着的梁文彬，可没有那么轻松。他听过四人的赛前汇报，讲真话，他不担心四人辩词的精彩，只是比赛现场变幻莫测，谁也不知道对方辩词里有什么难以攻破的论据，辩论更多的是看临场的反应。而这个反应，不到现场是无从判断的。他皱着眉，心里默默祈祷着。担心归担心，他很期待看到四人的表现。

主持人介绍完台上的八位选手，马上宣布正方一辩表明立场和发言。

正方一辩苏暮雪起身，她在学校拥趸不少，获得了热烈的掌声。相比美女，在联大的传统里，似乎才女更容易被青睐。而苏暮雪这种才貌俱佳的女生，自然是万众瞩目的焦点。

在起身发言的前三分钟，苏暮雪临时决定改变策略，一辩决定了整个队伍的气质与方向，所以她开口的第一句话非常重要，开场白必须迅速得到评委们的好感。她的目光横扫全场，看见几位面带微笑的评委正充满期待地看着她，淡定而礼貌地点点头，说：“谢谢主持人，大家好！我是正方一辩苏暮雪。爱情是美好的，我特别向往爱情，相信在座的每一位都是如此。联大向来是个宽容而开放的学校，虽然从来没有公开支持过我们谈恋爱，但我相信，联大的领导们从来不会否认青春时爱情的美好，所以我方的立场是，大学生在校期间适合谈恋爱……”

苏暮雪很自信，说话的方式并不激动，反而有种娓娓道来的优雅，每一句言简意赅，点到为止，但字字铿锵，台下的掌声更热烈了。

梁文彬凝视着台上的苏暮雪胸有成竹的模样，他嘀咕着，这个十八岁的女生，为何拥有如此强大的内心？

苏暮雪发言完毕后，主持人宣布由反方一辩发言，是个瘦弱的眼镜男，这男生逻辑思维能力极强，吐字很有力量，语气咄咄逼人，似乎在气势上不逊于苏暮雪。

沙璇悄悄问柏千阳：“咱们能赢吗？”

柏千阳瞥了她一眼：“稳赢。”

沙璇：“我怎么这么没信心呢？”

柏千阳：“等着瞧。”

柏千阳在对方发言时，注意到了苏暮雪手里的笔流畅地在稿纸上滑动。她目光锐利，死死地盯着眼镜男，那种目光像把长剑，仿佛一不留神就能刺穿对方的心脏。就是在这一瞬间，柏千阳觉得，苏暮雪开挂了。

眼镜男还未说完，苏暮雪推了张纸条过来，柏千阳看了看，是她找出的几点反方陈词中的漏洞。他心领神会地笑了笑，目光迅速扫过纸条，聪明的他根据苏暮雪的提示马上想到了对策。

正方二辩发言，柏千阳骄傲地站起身：“谢谢反方一辩，各位老师、同学，刚才反方二辩一直在强调，大学是一个学习专业知识的地方，我想补充一点的是，大学不应该只是狭隘地提供专业知识，还要培养我们成为品格高尚、有教养的人。大学的功能与使命，与大学生在校期间是否适合谈恋爱，是两件事情。我方认为，接受正确的引导与教育后的大学生们，是适合谈恋爱的，比如我们联大的同学们，你们说对吗？”

全场爆笑。

眼镜男刚才还桀骜的神情，瞬间变为大惊失色。

此句一出，梁文彬暗暗叫好。观众们被他点燃，掌声刚涌动，满毅回头"嘘"的一声，全场肃静。

掌声响起，反方四人明显有些焦躁不安。接下来的对垒中，牙尖嘴利的沙璇又让正方呈现出一种强大的气场。

自由辩论环节，是八分钟的唇枪舌剑，全靠大家临场发挥，每人发言的时间不能超过八秒。最轰动的一个部分，是反方一辩质问正方："如果对方辩友认为在校期间适合谈恋爱，那你们都恋爱了吗？"他问完后，扬扬得意地坐下，正期待着掌声，柏千阳慢条斯理地起身回呛："请问对方辩友，今天的天气适合裸奔，要不要试一下？"一句妙语，柏千阳的抑扬顿挫惹得全场笑得人仰马翻。眼镜男目瞪口呆，竟然冷场五秒，无人应答。这个环节中，反方再度被击得溃不成军。

最后的总结陈词，四辩韩家阅成熟稳健的发言，赢得了评委们的好感。柏千阳偷偷跟苏暮雪说："韩师兄天天跟校领导打交道，马屁功夫不是盖的，他天生一副好人相，讨喜。"苏暮雪不禁莞尔，但也必须承认这四人的布局是非常科学的。韩家阅在自由辩论环节不算精彩，但陈词时，有种极强大的亲和力和征服感。临近结束时，台下的满毅跟许愿说："反方应该放弃了，他们刚刚在瞄准门在哪儿，可能是怕宣布结果时太丢人。"

双方发言完毕。十分钟的评委讨论过后，主持人宣布最终结果，没有意外，自然是文学院代表队大获全胜，最佳辩手由苏暮雪夺得。观众津津乐道地讨论着比赛时的金句，反方四人灰溜溜地逃跑了。

梁文彬松了口气，他走上前，对韩家阅说："你带大家吃个消夜，我请客，庆祝我们初赛告捷，我明天一早有会，大家玩得尽兴点。"韩家阅点点头："好嘞，放心吧，梁老师。"柏千阳偷偷把许愿拉到一旁："你帮我请个假，我现在赶去飞轮，还能再上半个晚班，消夜我不吃了，你帮我多吃点。"说完，他趁着人多，偷偷溜走了。

大家到了学校附近的火锅店，却不见柏千阳。

韩家阅故作恼怒状："太不给面子了吧？本来还想好好敬他一杯，'拿起屠刀'可把我笑惨了，结果刚结束人就没影儿了，是不是去泡妞了？"

许愿赶紧解释："不不不，他家里有点事儿，赶回去了，让我帮忙请个假。"

大家还沉浸在喜悦的情绪之中，没人在意柏千阳的缺席。

热气腾腾的火锅里，辣椒红油翻滚跳跃着。

沙璇倒了满杯啤酒，举起来："队长，我敬你，谢谢你给我这个机会参与辩论赛，不比不知道，这可比跟卖爆米花的大爷吵架难多了。"

韩家阅也高兴地举杯："你们每个人都很棒，反倒是我，有些惭愧了。"

苏暮雪："队长千万别这么说，最后的陈词，可提升了我们整队的气质，如果没有你，我们就像个无证经营的杂牌军团了。"

韩家阅："还得谢谢许愿和晓雨，没有你们，我们的表现一定逊色不少。"

许愿有些羞涩地举起酒杯，晓雨却略有些犹豫："我……我喝不了。"

韩家阅："没关系，不勉强，咱们就意思一下，接下来如果顺利，还有三场硬仗呢！"

沙璇像是突然想起了什么一样，问："队长，你女朋友怎么没来欣赏你的飒爽英姿啊？我还以为你会让她在台下为你摇旗呐喊呢！"看似玩笑，其实这是几个星期以来，沙璇最担心的事儿。经过这些日子的朝夕相处，大家已经建立了深厚的情感，沙璇一直默默祈祷这样美好的关系不要被打破，更祈祷正式比赛的时候，韩家阅的女朋友千万不要出现，省得自己见了她不自在而导致发挥失常。

韩家阅有些尴尬地说："她啊，对我的事儿不是很感兴趣，而且听说她明天考试呢，没时间来。"说完，其他人也犯嘀咕，作为一群人中唯一有"家室"的韩家阅，这几个月里，女朋友从未现身，这叫哪门子的谈恋爱呢？

沙璇不屑地说："明天考试？他们自考班这么忙啊，没想到呢。"

韩家阅有些尴尬，苏暮雪瞪了沙璇一眼，举起杯："来，咱们干杯，为我们的友谊和努力，感谢命运让我们走到一起！"

那清脆响亮的碰杯声，像一声令下，让许愿顿时激动起来。

在此之前，许愿从未想过可以拥有如此热烈的青春。那么未来，应该是明媚而美好的吧？希望这样的热烈久一点儿，再久一点儿。

大家正酣畅淋漓地吃着，门口进来一个女生，她环顾四周，目光锁定这五人，然后径直朝他们走来，站定在桌边。

这女生柳叶眉、丹凤眼，跟苏暮雪一样留披肩长发，她穿一件干练的白衬衫，搭配浅色发白的牛仔裤，还未开口说话便能感觉到她骨子里的清高、桀骜。大家交头接耳，不知她是谁的朋友。沙璇看了看这女生，心想，这谁啊，来者不善呢。

女生扫视一圈，眼神落在苏暮雪身上，说话了："你就是苏暮雪？"

苏暮雪："我是，请问你是……"

她冷冷地一笑，双手抱在胸前："不过如此嘛。"此言一出，众人错愕。

沙璇拍着桌子站起来："你怎么说话的？"

她瞥了一眼沙璇："据说今天晚上的辩论赛，文学院的苏暮雪大放异彩、一战成名，我特地来见识见识，你这种小喽啰，一边儿去。"

沙璇气不打一处来，撸起袖子差点儿要干架。苏暮雪拉住她，依然保持温婉和煦："这位同学，我好像并不认识你，有什么得罪之处，还请提醒。"

女生的眼神直勾勾地盯着苏暮雪，有些瘆人。

她的嘴角动了动，像是要发出一阵阴森森的笑，突然转身离开，回头说了句："外语学院大一的夏舟，去问问柏千阳，他会告诉你们我是谁。"

说完，她大步流星地走出火锅店的门，消失在浓郁的夜色中。

狠角色夏舟

枫亭，烈日当空。

几人围绕柏千阳坐着，一副审问的模样。

柏千阳那神色像是遭受了多大的委屈，他几乎是用哀求的口吻对队友们说：“几位爷爷奶奶，我是真想不起来外语学院还有个我认识的女生，还叫‘下周’，还‘下下周’呢！什么莫名其妙的名字。”

沙璇满脸都是“我看你怎么瞎编”的表情，她说：“人家说得清清楚楚，让我们问柏千阳，说你会告诉我们，你不会干了什么见不得人的勾当吧？或者，是你某一任不得宠的前女友，杀回来寻仇了？怪只怪你处处留情，连人家的名字都记不住。”

苏暮雪：“我看她不像在撒谎，大一，跟我们一届的，可能打听打听就知道了。”

柏千阳脑子里灵光一闪：“等等，夏舟，瘦、高、长头发？”

沙璇鸡啄米似的点头。

柏千阳：“眼带杀气，双眉上挑？”

沙璇：“对！说起话来一副要人命的劲儿。”

柏千阳眼睛微眯着，自言自语道：“这个妖孽，原来考来了外语学院，怎么阴魂不散啊？！”刚说完，大家便凑过来，八卦面前人人平等，大家都对昨晚那个神秘的女生充满好奇。

这个夏舟，说来话长。

她是柏千阳高中的校友，同一年级，却不同班。夏舟家境优越，在学校趾高气扬，独来独往，追她的人不少，无奈她目空一切，心比天高。原本两人并无交集，直到有一天午饭时间，热爱摄影的夏舟拿个相机在学校取景，突然在镜头里看见不远处的二楼有个倚靠在栏杆上抽烟的男孩儿，只见他眉头紧锁，有种不羁的、超脱这个年龄男孩儿的气质。夏舟忍不住多拍了几张，却被柏千阳发现自己正被偷拍。

柏千阳走下楼，走到夏舟面前，毫不客气地问："你刚才拍我？"

夏舟平时受万千宠爱，哪儿受得了一个男孩儿这么严肃地跟她说话。她扬起下巴，一副挑衅的模样："对，见你人模狗样的，所以拍了几张，怎么着？"

柏千阳："你给我删了。"他讨厌这种横行霸道的女孩儿，好像全天下的男孩儿都得惯着她。

夏舟："我这不是数码的，删不了。"

柏千阳："我再说一遍，你给我删了！"

夏舟："你嚷嚷什么，有什么了不起，不就拍了你几张照片吗？你又不是明星，有什么不能拍的，又没要你的命，大不了洗出来把照片和底片都给你，行了吧？真没见过你这种叽叽歪歪的男人，跟娘们儿似的。"

柏千阳听罢，把相机一把抢来。她还没反应过来，他便打开盒盖，扯出胶卷，瞬间曝光，夏舟辛辛苦苦拍的几十张摄影作品，变成了一堆垃圾。他把胶卷朝地上一摔，再把相机挂回目瞪口呆的夏舟脖子上。

夏舟捡起这堆胶卷，长这么大头一次受这种气，眼眶一下红了："你叫什么名字？"

柏千阳："高二 03 班柏千阳，记好了。"扭头就走。

夏舟："你给我等着！"

柏千阳头都不回，扔下一句："奉陪。"

两人从此结下梁子。第二天夏舟就召集了十几名校外的流氓在校门口等着柏千阳放学，刚出校门，一群人涌上来，柏千阳把书包扔给一旁的同学，拔腿就跑。追了几公里，实在跑不动了，精疲力竭的他被人摁倒在地上，带头的"花臂"朝着他的脸狠踹几脚，见他动弹不得，说："你去跟夏舟道个歉，这个事儿就算了了。"

柏千阳回头，满脸是灰，嘴角出了血，他咬牙切齿地盯着"花臂"，说："行，你先过来，我跟你说。”

“花臂”将耳朵凑过来，想听听他要说什么，结果他猛地挣扎着起来，一口咬住“花臂”的耳朵，瞬间血淋了一脸。“花臂”火冒三丈，又是一顿毒打。但柏千阳就是不服软，死活不肯答应道歉，最后他们打累了，把他朝路边垃圾箱一扔，散去。柏千阳好一会儿才从垃圾箱爬出来，他擦擦脸上的灰，同学赶来把书包还给他，他背好书包，回家。

在家养了几天伤，去上学，路上竟被夏舟拦住。

夏舟捋了捋头发，有点不好意思地解释：“柏千阳是吧，那个……我其实只是想找人教训教训你，没想到他们出手这么狠，对不起啊，我根本不知道他们居然把你打成这样。你看你也毁了我的照片对吧，那你能不能别追究这事儿了啊？如果你跟学校说了，他们肯定会告诉我爸，那我就完了，你能不能答应我，就当这事儿没发生过？”

柏千阳瞥了她一眼，厌恶地吐了口痰，然后绕道离开。

夏舟：“你什么意思啊？答应还是不答应你说句话啊，你别以为我不知道，你是个借读生，你个穷鬼不就是想要钱吗？你告诉我，多少钱可以封你的口。”

柏千阳依然朝前走，他想尽快远离这个女孩儿，不想听到她聒噪的声音。

夏舟：“你不会真去跟学校告状吧？柏千阳你是不是爷们儿，是爷们儿你冲我来！”

他依然没有搭理她。

当然，他也并没有跟学校告状。柏千阳倔起来，十头牛都拉不回来，但冲动过后，他想了想，这事儿如果跟学校说了，就没完没了了。夏舟是长沙人，想必还是个有钱人家的闺女，自己只是个借读生，学校指不定会向着谁。再说了，有那工夫去扯皮，不如留点时间念书，这一天天的课时，都是爹妈在工地上赚的血汗钱买来的，浪费时间，就等于浪费爹妈的命。他忍气吞声地让这个事情就这么过了。

意想不到的是，这个夏舟竟然缠上柏千阳了，三天两头往他班上跑，无论对她多冷淡，她都毫不退缩。可能夏舟自己也不明白，为何会爱上这个浑不吝的借读生，可能是娇生惯养滋生的征服欲吧，他越是不理她，她越想征服他。

直到有一天，她再一次拦住他，问：“柏千阳你什么意思，我哪点不好，你谈过的女的没一个比我条件好，你是不是眼瞎？”

柏千阳笑了笑：“我就算真眼瞎，也看不上你啊。”

两人对视了很久，这一次夏舟突然认输了。

她两腿一软，竟然瘫坐在地上哭了起来。她从小到大都没这么委屈过，想要什么家里都会给，没想到这次竟然输给了这个浑小子。柏千阳见状也有些不忍，他走过来，伸出手把她拉起来，说：“你这么漂亮，干吗缠着我呢？”

夏舟说：“我就是喜欢你啊，我也想不喜欢你啊，如果能做到我早就解脱了，还用得着你说吗？”

那一瞬间，柏千阳竟然有些心疼，他伸手擦了擦她的眼泪，说：“大家别闹了，你还是个小孩子，我不喜欢你这样的，听说过我的外号吗？‘柏三周’，你这样的小妹妹，也就三周激情，大家不如做个朋友，留点儿体体面面的好印象吧。”

说完他便离开了。从那一天起，夏舟再也没找过柏千阳，也许是彻底死了心，也许是柏千阳最后那句话对那么骄傲的夏舟起了作用。后来，柏千阳回湘西高考，两人便全无联系，再后来，柏千阳直接从湘西来了长沙报名，确实不知道夏舟竟然也考来了联大。

或许是柏千阳连说带演太生动，大家听得入神。

许愿问：“老大，开学一个学期了，夏舟都没出现过，怎么会在这个时候才突然出现呢？”

沙璇：“就是，我觉得她肯定知道柏千阳在联大，换作是我，肯定一开学就杀过来了啊，等这么久，是在下一盘多大的棋啊。”

苏暮雪：“外语学院比较远，如果不特地约好，真有可能一年到头碰不到面。我唯一纳闷儿的是，她找我干吗？”

柏千阳跳上石桌，盘腿坐下：“喂喂喂，我得事先声明啊，我对这姑娘可没半点儿意思，对苏暮雪同学，绝无二心，至于夏舟干吗选在这个时候出现，我不知道，也不想知道。”

许愿：“或许是……”

大家看向许愿，问：“是什么？”

许愿："或许，她在等待某个契机，结果发生了一件事——圣诞晚会。"

大家七嘴八舌地议论开，许愿说得有道理，可能夏舟一直计划着要找柏千阳，结果圣诞晚会上，柏千阳对苏暮雪的大胆表白闹得沸沸扬扬，这件事，夏舟不可能不知道。而昨晚的辩论赛，再次让苏暮雪浮出水面，夏舟才想着来看看竞争对手是谁。

柏千阳害怕这个议题继续讨论下去，破坏苏暮雪对他的印象，赶紧说："行了行了，咱们好好研究一下接下来的辩题吧，大家好好备战复赛，别讨论这些没有营养的八卦。"

这时，一直沉默不语的韩家阅惊讶地叫了一声："哎呀，各位！"

大家看着他，他拿出手里的辩论赛赛程表，其中有一张是各院辩论队队员的名单。

他们清晰地在外语学院辩论队的名册上看见了一行字：夏舟，联大外语学院英美文学专业99级，辩论队队长，一辩。

他们猜得都对，只是没想到，夏舟之所以考来联大，完全是因为柏千阳。高三时，原本家里要送她去新西兰，但她死活不肯，费尽心思知道了柏千阳报考的联大，于是也坚持报了联大。家人对她"还不想这么早离开家"的理由也很满意，独生女在同城念大学，周末还能回家吃饭，当然是好事。

来联大报名后，夏舟没有第一时间去找柏千阳，是因为对他那句"你还没有长大"耿耿于怀，一直等到圣诞节她满了十八岁，她计划着用怎样的方式出现在柏千阳面前，给他一个惊喜，被同学拉去观摩文学院的圣诞晚会，结果目睹了柏千阳当众表白那一幕。她怎么也没想到时隔半年后，竟然在这样的场合遇见他——舞台上灯光灿烂，他在数百人面前说出了另一个女人的名字，他依然那么玩世不恭地坏笑着，却比中学时更硬朗帅气了。后来现场发生了斗殴事件，夏舟也在一片慌乱中离开。

当她得知柏千阳加入了文学院辩论队，很快也答应了外语学院辅导员的邀请，成了外语学院辩论队的队长。她要在赛场上遇见柏千阳，两人用这样的方式来一场唇枪舌剑，应该能让柏千阳记住一辈子了吧？想到这儿，夏舟就暗自为自己的计划兴奋。让人意想不到的是，初赛时文学院辩论队大出风头，而最佳辩手竟然就是被柏千阳表白过的苏暮雪。一时意气，夏舟才冲去火锅店，想看看传说中的苏暮雪到底是何方神圣。

就在第二天，初赛第二场，由外语学院对决物理学院。前者是清一色的“娘子军”，后者则是“罗汉团”，这是学校男女比例失调最为极致的两个学院。极具攻击力的夏舟率领的外语学院辩论队轻松赢了物理学院，她也成了当晚的最佳辩手。领奖的那一刻，夏舟脸上表情冷漠，她知道，初赛对她而言毫无意义，不值得欢呼。她迫不及待地想杀入总决赛，跟苏暮雪斗个你死我活，碾压文学院，让柏千阳看到这个十八岁的夏舟已经不再是中学时那个任性的小孩子了。

赛后，辩论队姐妹们试探着邀请她：“夏舟，一起去庆功吧！”她们总觉得夏舟跟每个人都保持着或远或近的距离，好像她并不打算融入任何集体，尽管拿到了初赛的最佳辩手也并无热情，仿佛这一切都只是照着她的计划在进行。

夏舟果断地拒绝：“不去了，我有点累，要休息。”

姐妹们似乎还陶醉在胜利的喜悦中，并没有因为她冷冰冰的回应而扫兴，二辩雅雯继续游说她：“去吧，去吧，我们去喝酒，你是队长，你不去有什么意思？”

夏舟竟然被说动了，进入联大以来，她的精神一直紧绷着，需要放松一下。

一群人来到了离学校不远的飞轮酒吧。

没想到几人酒量不错，一打啤酒迅速一扫而光，想必是几个月的集训，大家处于高压的状态，初战告捷后大家都比较放松。客人比较多，服务生似乎有点跟不上。雅雯大喊了几声，仍然没人搭理。夏舟摆摆手说：“我去拿酒。”说完穿过人群找到一个服务员，拍了拍他的肩膀：“你好，再给我们一打啤酒。”

服务员转身，没想到是柏千阳。两人都蒙了。

柏千阳假装没看到，拔腿就走。

夏舟大喊一声，在震耳欲聋的音浪中，竟然都能清晰听见：“你敢躲我，我投诉你！”

柏千阳回过头，朝夏舟走近了两步：“你想怎么样？”

夏舟：“我要一打啤酒，没想怎么样。”

柏千阳：“哪桌？”

夏舟指了指她们的卡座，然后问：“你怎么在这儿工作？”

柏千阳："一会儿给你送来。"

夏舟拦住他："我问你为什么在这种地方工作？回答我，这么久没见，你就这个态度？"

柏千阳站定，没好气地回答："这种地方？哪种地方？我为什么不能在这儿工作？不偷不抢，我赚我的钱碍着谁啦？你以为谁都跟你一样有个有钱的爹？你如果同情我就多来喝酒呗，记得找我，我有提成的。"

夏舟："柏千阳，你堕落！你那么优秀，应该好好念书，不应该在这里浪费青春。"

柏千阳："喂，你怎么知道我没有好好念书？你现在不也在这儿吗？凭什么你喝酒就行，我卖酒就是浪费青春？再说了，大小姐，就算我堕落，跟你有关系吗？你是我什么人啊？给我让开，我忙着呢！"说罢转身离开，去招呼其他客人了。

雅雯见状跑来，问夏舟："没事吧？"

夏舟摇摇头："没事，这人挺像我认识的一个朋友，可能认错了。"

雅雯惊讶地看着她："朋友？怎么可能，你怎么会有朋友在这儿做服务员？"

夏舟懒得解释，自言自语地说："活该没出息。"说完拉着雅雯回到卡座。刚坐下，柏千阳拎着一打啤酒走过来，放在桌上。

柏千阳："小姐，你们要的一打啤酒，一百二十块钱。"

夏舟拿出一百五十块钱，塞在柏千阳手里："不用找了。"

柏千阳拿着钱，看了看夏舟。

夏舟阴阳怪气地盯着他："给你的小费，见你长得挺不错的，要不坐下来陪我们一起喝呗？"身边的姐妹们一阵哄笑。

"对不起，我还在工作，领导有规定，不能喝客人的酒。"柏千阳把一百五十块钱塞回夏舟的手中，"好久不见，算我请你，你们玩得开心。"说完便走开了。

夏舟望着他离去的背影，站起来，大喊一声："柏千阳！"

他回头，看了看她："死了这条心吧，大家体体面面的，不好吗？"他的声音并不大，但即便是在这吵闹的酒吧里，夏舟依然清晰地听清了每一个字。

然后他消失在人群中，嘈杂的音乐像在嘲笑他们的重逢。

夏舟依然站在原地发呆，不知不觉，两行眼泪流了下来，身边的姐妹们吓坏了。

苏暮雪晚上偷偷去看了夏舟的比赛，她站在会议厅后排的人群中，一直看到最后夏舟上台领走最佳辩手的奖杯。很奇怪，尽管她并不喜欢夏舟，却渴望了解她。几乎所有人都是如此，容易原谅自己讨厌的人，但很难接受讨厌自己的人。苏暮雪隔她数十米远，也能强烈地感觉到这个女孩儿身上有种玩命的气场，这种气场将人拒之千里，仿佛时刻在昭告天下：我不需要朋友，我只要柏千阳一个。

苏暮雪想，如果不是因为这样，或许自己是可以跟夏舟这样的女孩儿成为朋友的。讲真话，自己的内心是很羡慕她的，那么勇敢地去表达自己的爱，那么疯狂地去爱一个人，虽然总是失败，但活得好热烈、好洒脱。再看看自己，却不敢勇敢地去问："许愿，你是不是为我写诗？是不是喜欢我？"她一直回味着昨晚比赛时，引用完康德的名言后，和许愿的对视。那一刻，许愿并没有逃避她的眼神，而是给了她一个肯定的微笑。

从图书馆会议厅走出来，她一个人走在校道上，踢着地上的石子，任由自己胡思乱想着。临近女生宿舍时，她看见许愿和应晓雨并肩从通往枫亭的小路上走下来，他们今晚约好去枫亭整理复赛的资料，约她一起，但因为自己要去看夏舟的比赛所以撒了个谎，没想到正巧遇到。她正要跟二人打招呼，却看见他们已经在路口道别，许愿挥了挥手便离开了。而应晓雨站在原地，一直没有离开，她的眼睛，很明显一直凝视着许愿的背影。

就这样过了几分钟，应晓雨依然没有走，她一个人望着空落落的许愿离去的路，发着呆。苏暮雪走上前去，拍拍她的肩膀。

苏暮雪："发什么呆呢？"

应晓雨吓一跳，见是她，尴尬地笑了笑："没有，刚跟许愿开完会，透透气。"

苏暮雪："上去吧。"

应晓雨点点头，两人如同往常那样，挽着手走进宿舍楼。

刚走进宿舍大门，她们便看见满毅跟宿管科大妈在争论。

满毅手里拿着一个饭盒，又着急又委屈地跟大妈说："您不让我上去也行，但我就把它搁您这儿，我让她下来取，都是吃的，不是炸弹！"

大妈戴着老花眼镜，边玩手机边回应："你让她下来取。"

满毅："她没有手机，宿舍电话占线，等我打通了她就会下来，我就搁这儿，不碍您事儿。”

大妈干脆不再搭理他。

苏暮雪走上前，问：“这不是柏千阳宿舍的满毅吗？怎么了？”

满毅像见了救星似的：“苏同学，你好你好，想拜托你一件事儿，这是我给沙璇做的夜宵，她说想吃小龙虾，我自己给她做的，卫生、新鲜，而且没放她讨厌的花椒，但你们宿舍电话一直占线，她没法儿下来拿，宿管老师不让我上去，又不肯帮我保管，我怕一会儿凉了不好吃，你们能帮我带上去吗？”

苏暮雪接过饭盒，笑道：“你还真痴情啊，如果我们没来，你该冲上去了。”

满毅：“感谢感谢，我差点儿就真冲上去了。”

宿管大妈瞥了他一眼：“你敢！”

苏暮雪：“放心吧，我猜是电话没放好，我马上把小龙虾送到她嘴边。”

满毅兴高采烈地与她们道别。

上楼梯时，应晓雨叹了口气：“我觉得满毅好可怜。”

苏暮雪问：“为什么？”

应晓雨：“现在哪有这么细心又痴情的男生啊，可惜沙璇看不上他。沙璇喜欢韩师兄，还在等着韩师兄跟女朋友分手呢，就算不分手，退而求其次，她也要找个长沙人，家底好，又能帮她在长沙找工作的，满毅，她一定不满意。”

苏暮雪：“我倒不这么看，也许哪天沙璇突然发现，还是简简单单的爱情最朴实呢？爱一个人，本身是一种力量，力量是没有对错的。”

应晓雨耸耸肩：“那就祝福他吧。”

两人推开门，果然是沙璇霸占着电话。她见两人回来，对着电话说：“不跟你说了，你好好的，别惹爸妈生气。”说完挂断电话。

苏暮雪：“跟谁聊这么久？一直打不进来。”

沙璇伸了个懒腰，撇撇嘴说：“我弟呗，不想读书了，爸妈都快急死了，让我劝劝。我能怎么劝啊？现在的小孩儿主意正多，早就跟同学约好了去广州学美发，我爸急得要吐血，女儿上了大学，儿子居然去学美发，镇上的街坊邻居听了还不得笑掉大牙？我跟我弟说半天，也没用，他不爱读书，让他考大学也没戏，就他那脑子，你让他开卷考，他也不知道抄哪儿。怎么，你们给宿舍打电话了？”

苏暮雪递来饭盒："不是我，是满毅，他为你做的爱心夜宵，小龙虾，是不是要感动得掉眼泪了？"

沙璇白了她一眼，嫌弃地看了看饭盒："我不吃，你们吃吧。"

苏暮雪："人家一片真心，你闻闻，挺香的。"

沙璇："我不吃，我有点过敏，怕吃了长痘。"

苏暮雪："那你干吗跟人说想吃小龙虾呀？"

沙璇扑哧一笑："我就随口那么一说，因为听说韩家阅的女朋友爱吃小龙虾，我就说我也爱吃。他真行，这也听进去了。"

苏暮雪只好把饭盒放在桌上，自己打开台灯，开始看书。

应晓雨拿着热水瓶："没热水了，我去隔壁借点热水。"

苏暮雪："对了，晓雨，复赛辩题有新的资料了吗？"

应晓雨刚走到门口，回头说："在我桌上，那都是。"

苏暮雪翻阅着应晓雨准备的资料，内心感叹着她字迹的娟秀，一页一页，突然看见一沓资料最下方是应晓雨的笔记本，不知笔记本里有没有摘抄新的资料。于是她顺手翻了一下，最后一页上，她看见了一幅手绘的漫画，是一个男孩儿在窗口，正在吃饭，他抬着头，眼神有点迷茫。她迅速猜到，画中的主人公是许愿。这幅画生动、准确，让苏暮雪迅速想到了第一次偶遇许愿的画面，那天她跟应晓雨、沙璇去洗澡，沙璇发现了这个男孩儿在食堂窗口偷看她。

应晓雨在笔记本里，画了许愿。

苏暮雪正发着呆，沙璇辣得直吐舌头："哎呀，真好吃，辣就辣吧，你也来吃呗，帮我分担一点儿这万恶的小龙虾！"原来她还是禁不住诱惑。

放下笔记本，苏暮雪再把那沓资料盖在上面，之后若无其事地走过来，坐在沙璇身边，拿起一只小龙虾："真有心。"

沙璇："好辣好辣，好吃好吃！"

借完热水，吃了药，洗漱完毕，应晓雨躺在床上，没多久就熄灯了。窗外的月光淡淡地包裹着窗台上的君子兰，她刚好可以看到，她就这样傻傻地看着，直到睡着。

应晓雨第一次遇见许愿，并不是在去澡堂的路上，而是在开学那天。头顶灿烂骄阳，她办好一堆复杂的入学手续，感觉有些中暑，晕沉沉地坐在宿舍外的台阶上喘着气，汗水湿透了衬衫。那时她还是长发，粘在脖子上和胸前，她靠着墙，缓一缓。她是在这时看见许愿的，他刚好路过，看见她的气色不太对劲，放慢了脚步，问：“同学，你没事吧？”应晓雨还没做好准备接受一个陌生人的关心，只好摇摇头，　句“没事”到了嘴边，却没有说出口，咳嗽起来。许愿赶紧在旁边小卖部买了瓶水，拧开，递到她面前。她接过，喝了几口，风吹过，觉得好多了。她看了看身边这个陌生人，有些不好意思地说：“谢谢，请问多少钱，我给你。”许愿也羞涩地笑了笑：“不用了，我还有事，得走了，如果一会儿你还觉得不舒服，可能得去校医院看看，在外语学院后面，有条路，两百米就到了。”说完他便走了。

为了方便军训，应晓雨剪了短发，一个月下来，就留下了这个好打理的发型。她再次遇见许愿，便是与苏暮雪、沙璇一起去洗澡的路上，沙璇说食堂窗口有个男孩儿在偷看苏暮雪，她也顺势看过去，又见到了那张干净清秀的脸。

大家成为朋友后，应晓雨没有跟任何人提及开学那天与许愿的邂逅。这些秘密，她希望有一天只跟许愿一个人分享。她在心里默默地回忆着食堂窗口的许愿，也在想，他应该不是真的在看苏暮雪吧？或许他是在心里思索着，这个短发的女孩儿为什么这么眼熟？想来想去，她更加肯定自己的猜测，于是，偷偷地在自己的笔记本上画下窗口旁他的样子。

应晓雨真正坚定地加入辩论队，是在苏暮雪说出可以同时接纳两名替补的那一刻。她想，命运在这一刻让她与许愿走到一个战队，自有它的道理。她甚至想，许愿会不会是为了她才来辩论队的呢？他会不会一直想要解开谜底，知道眼前这个短发的女孩儿，是不是在哪里见过？寻思来寻思去，她满心欢喜地想，一定是，不然没有别的原因了。

每天一起查找资料、研讨辩题，是应晓雨这些年来最幸福的时刻，哪怕是像刚才，站在路口，目送许愿离去，也是无比美好的吧。

月光如水。

许愿翻来覆去地睡不着，十一点半，早已熄灯。

他突然做了个决定，起身，穿上衣裤和鞋，轻声开门，合上，快步下楼，一跃翻过围墙，一路小跑来到车站。他上了辆公交车，今晚不是孤独游戏，他想去一趟飞轮酒吧，去看看柏千阳。连他自己也不知道是出于好奇，还是想确定一下他没有撒谎，很早就有过这样的念头，他想见识一下在这个与校园截然不同的小世界里，柏千阳是什么样子。

总之，他决定今晚去看看。

柏千阳打了个哈欠，看着头顶的镭射灯发呆。

他看着一拨又一拨醉客，自言自语道："天天来、天天喝，有劲吗？"这时，有桌客人挥手，他整整衣服，走过去。

冤家路窄，这人正是在圣诞晚会上与他大打出手的孟繁华。

柏千阳："先生，您要什么？"

孟繁华愣了几秒，随即浮夸地哈哈大笑，身边三五个同伴不解，他拍了拍柏千阳的胸脯，阴阳怪气地说："柏千阳，咱们真是有缘哪。"

身边人问："华哥，你们认识啊？"

孟繁华："认识，这是我们文学院的亲兄弟啊，大名鼎鼎的柏千阳。"

柏千阳："你们要什么？如果没需要，我走了。"

孟繁华拉住他的手："别别别，给我来一瓶芝华士、一桶冰块。"

柏千阳点点头，照吩咐拿来，问："需要我帮你开吗？"

孟繁华一副大爷样："开了！"

柏千阳刚打开，孟繁华故作惊讶状说："这是什么，芝华士？小伙子，你是不是聋了，我刚才要的明明是黑方！"

柏千阳放下酒："你刚才点的就是芝华士。"

孟繁华问身边众人："是吗？我点的是芝华士吗？"大家应和道："没有啊，你点的黑方啊。"他挑衅地盯着柏千阳，笑道："不好意思啊，他们都听到了，我点的不是芝华士，给我换黑方。"

柏千阳忍住怒火，换来黑方，把酒放好，说："先生，我手扭伤了，开不了，你自己开酒吧。"

刚说完，孟繁华故意撞翻了冰桶，砸在柏千阳脚上。

柏千阳：“孟繁华，你别太过分！”

孟繁华：“过分？对你这种湘西来的土鳖，怎么都不过分。你们知道嘛，这货天天在学校扮演风流浪子，其实我查了他的档案，原来爹妈都是湘西的打工仔，就凭你，还想泡苏暮雪？癞蛤蟆想吃天鹅肉啊！”

众人人笑不止。

柏千阳哪受得了这种气，他拾起冰桶，手用力一挥，砸在孟繁华头上。几人上前，开打起来。酒吧瞬间便一片狼藉，音乐声停掉，保安冲进来劝架，怎么也拉不开。许愿正在这时走进飞轮酒吧，见状也冲过来，试图拉开孟繁华。

总算将两人分开，柏千阳看了看许愿：“你怎么来了？”

许愿低下头，小声说：“我想来这儿看看你。”

孟繁华甩开身边劝架的人，恼羞成怒地指着柏千阳开骂：“我要投诉你，殴打顾客，我要你赔钱！敢跟我斗，湘西土鳖，弄死你！”

柏千阳双眼通红，像头被激怒的公牛，他一个拳头再挥过去。孟繁华躲开，顺手拿起个玻璃杯朝柏千阳的头砸去，许愿上前一步，抱住柏千阳，用力一甩，那玻璃杯砸在许愿头上，伸手摸了摸，见红了。

柏千阳：“你伤我兄弟，我要你的命！”

他让其他服务员照看好许愿，甩开阻拦，揪住孟繁华一顿拳脚相加，但很快便被人拉开，对方人多，柏千阳渐渐处于劣势。

只听见清脆的一声响，夏舟拿着一个碎了的啤酒瓶走过来，站在孟繁华面前。

她举起酒瓶指着孟繁华：“住手！”

孟繁华愣住了，他看着眼前这女孩儿倔强的眼神，竟有些着了迷，他示意手下把柏千阳放开，问：“你是谁啊？”

夏舟说：“柏千阳是我的朋友，今天你放他一马，当什么都没发生过，这里所有的损失我来赔，你可以安全地出这个门。如果你要硬来，我保证跟你死磕到底，我是盛茂投资夏总的女儿夏舟，你有工夫跟我玩，我保证让你玩得很精彩！”她一字一句都透着一股狠劲儿，仿佛一言不合，便会拿酒瓶刺穿孟繁华的喉咙。

孟繁华一声不吭，呆在原地，半天才嘟囔出一句：“柏千阳，今天我放过你，给这姑娘面子。”他又偷瞄夏舟，她一双细长的眼睛像极了古代仕女图上的画中人，颈下的锁骨分明，长发垂在胸前，美得让人觉得恍惚。

保安在一旁喊道："再不散报警了！"这才有人拉着孟繁华离开。

柏千阳扶着许愿："走，去医院。"

"柏千阳，你连声谢谢都不用说吗？"夏舟站在他们身后，扔掉手里的酒瓶。

柏千阳回头看着她，有些服软地回答："谢谢你，今天这里的损失不用你赔，我自己造成的我会承担。"

夏舟："你拿命赔啊？行了行了，你要面子我知道，算我借你的。"

柏千阳："嗯……谢谢。"

说完，他带着许愿离开，那背影甚是沮丧。

包扎完伤口，两人坐在宿舍楼梯口的台阶上。墙角的灯忽明忽暗，闪烁着微光，几只飞蛾围着灯光扑扇着翅膀。

柏千阳："还疼吗？"

许愿摇了摇头，其实还有点疼，但能忍得住。

柏千阳："那种地方你就不该去。"

许愿："你也不该去。"

柏千阳沉默了一会儿，说："今晚这么一闹，我以后想去也去不了了。"

许愿："那怎么办？"

柏千阳："不去了呗，反正接下来的事情多，比完赛就该期末考了，多点时间跟你们在一起也挺好。"

许愿："那个夏舟……"

柏千阳："怎么了？"

许愿："好像对你挺好的。"

柏千阳："那又怎么样？不喜欢就是不喜欢，对你再好都是累赘，我倒是宁愿今晚跟孟繁华拼个你死我活，也不想欠夏舟这个人情，怎么还啊，难不成肉偿？"

许愿："你就嘴硬吧，马后炮。"

柏千阳被戳中，有些不好意思，耍无赖地搂住许愿："你个龟孙子敢顶嘴了！"

许愿护住伤口："当心！痛，痛，痛！"

柏千阳松开手，才意识到今天闯了祸：“你不是说不痛吗？”

许愿：“开了个口子，缝了十三针啊大哥，要不你试试？”

柏千阳不出声，半天才唤了一声：“许愿……”

许愿看着柏千阳：“怎么？”

柏千阳：“以后谁敢欺负你，我就要他的命！”

许愿：“如果以后欺负我的人是你呢？”

柏千阳：“怎么可能，我柏千阳会欺负自己的兄弟？你不信？我发誓，如果有违誓言，不得好死。”

许愿笑得很开心，那微光映在他脸上，依然像个孩子。

最佳替补

5 月的长沙，骄阳似火。

辩论赛如旋风般席卷整个联大，成为那一年大学城风靡一时的事件。除了联大，临近的几所高校也都狂热地讨论着联大的几位风格迥异的辩手，在食堂、科技馆、篮球场，甚至澡堂等一切肉眼看得见的地方，都张贴着关于辩论赛的海报。

馄饨店内，墙上的小电视正播放着教育电视台的《教育新闻》：“在历经三场比赛之后，联大文学院辩论队一举击败生科院、艺术设计学院以及原本最被看好的冠军战队法学院，成为终极之战的参赛者，韩家阅、苏暮雪、沙璇和柏千阳也因为出众的语言魅力在高校区备受关注。而在昨晚最后一场半决赛之后，由夏舟领衔的外语学院辩论队也杀入总决赛，这支娘子军在长达两个月的赛季中也为人称道。大家都很期待看到苏暮雪与夏舟两位热门选手的巅峰对决。我台将在 5 月 30 日对总决赛进行全程直播……”

满毅仰起头，手端一碗馄饨，一脸自豪地看着电视屏幕：“哈哈哈，老大，你红了！”

柏千阳不屑地眯着眼，对准满毅的后脑勺拍了一巴掌：“吃你的吧，红了，又不是炒螃蟹，红什么红，我只关心什么时候跟苏暮雪结婚。”

许愿一口汤差点儿没喷出来，赶紧擦擦嘴，他说：“对了，我在学校论坛看见有人建了关于你的帖子，说你超帅，长得像《甜蜜蜜》里的黎小军。”

柏千阳点了根烟，看样子他对许愿说的话非常认可：“这倒是说了句实话。”

满毅：“你说总决赛咱们能拿冠军吗？”

许愿："难说，我去看了昨晚最后一场半决赛，外语学院对历史学院，夏舟发挥得很稳定。历史学院是他们研究生班的欧阳健带队，杀气腾腾，结果被夏舟杀得片甲不留，感觉外语学院这次铆足了劲儿要拿第一名。"

柏千阳一口烟喷在许愿脸上，呛得他直咳嗽。掐灭手里的烟，他说："喂喂喂，你别长他人志气、灭自己威风，就外语学院几个泼妇骂街的女流之辈，想赢我们，门儿都没有。"

许愿："但夏舟她……"

柏千阳有些不耐烦了："能不能别给我提她？烦死我了，就算她真那么牛，苏暮雪跟她一对一，抵消，剩下几个姑娘赢得了我和沙璇吗？提韩家阅那是欺负她们，放心吧，她们的路数我知道，侥幸赢了历史学院，这运气不会一直有的。"

许愿吐吐舌头，继续吃馄饨。

柏千阳："快吃，一会儿在枫亭开会。"

宿舍只剩苏暮雪一个人，距离在枫亭开会的时间还有半小时，她正整理几份资料，传来敲门声。她应声道："门没关，请进。"

门被推开，她抬头一看，是姑姑。姑姑是个精致但节制的女人，头发梳得整整齐齐，衣着素雅得体，熨烫得没有一丝褶子。她气质温婉，透着一种知识分子的洁净，举手投足非常利落，有种不容侵犯的庄重。

"姑姑！"苏暮雪面露欣喜，但也有些意外，她知道姑姑一定是无事不登三宝殿，但她并无慌张的神色，想必也不是什么急事。

"我路过你们学校，过来看看你。"姑姑笑了笑，"你不忙吧？"

"过来坐，我不忙，但也聊不了太久。"

"我就看看你，都还好吧？"姑姑坐下，张望着这间不大却被布置得很温馨的宿舍。

"姑姑，什么事情，您说吧。"苏暮雪握住她的手，也许是这样直截了当的开场白让姑姑有些不自在，两人彼此沉默了许久。

"小雪，我今天……去看了你爸，他老了很多，很关心你的近况，一直念叨着，却绝口不提让你去看他。我跟他说你长高了，比我还高，他手里比画着、比画着，一下老泪纵横，我也没忍住，要有机会……你也去看看吧。”姑姑的语气甚至带着一点儿哀求。

“我就知道您有话跟我说。”

“不管怎么样，他是你的爸爸，他就你一个女儿。我知道你是怕丢脸，其实偶尔去看看，别人不会知道的……”

“姑姑，您别说了，我会去看的。”苏暮雪捋了下姑姑的头发，她有点心疼姑姑，这是个对自己的生活极其严谨的女人，为了来学校找侄女谈谈，还特地梳妆了一番，“我并不怕丢脸，他生了我，给了我生命，我有什么资格嫌弃他呢？我只是……现在过着非常积极、乐观的生活，我害怕见到他之后，又想起很多从前……那些我不想去面对的从前，我害怕又掉进那个不见底的深渊。”

“好，姑姑不勉强你，只是这就是命啊，生来就是一家人，逃不了的命数呢。”姑姑握紧苏暮雪的手，两行眼泪从脸颊滑落，滴在苏暮雪的手背上。

苏暮雪的爸爸是曾经声名显赫的商人苏世杰。苏暮雪九岁前，过着童话公主一样的生活，苏世杰富甲一方，为人热情、儒雅，就像一座雄壮的河堤，守护着苏暮雪和妈妈。妈妈常跟苏暮雪说，爸爸是天，妈妈是天下面撑起来的伞，而小雪，就是伞下的精灵。那是多么美好的画面，是不是太美好的事物，注定脆弱得不堪一击呢？如果不是入狱前爸爸跟她坦陈一切，她绝对不会相信这么令人敬重的爸爸会是一个经济诈骗犯，他平日里礼貌、善良，也一直教育苏暮雪要做个正直而纯粹的人。原来一切只是假象，他被判了二十五年，妈妈在爸爸入狱两年后，郁郁而终。姑姑是个生活艰难的单身妈妈，姑父在姑姑刚怀孕的时候就遭遇车祸去世，她坚持把孩子生下来，独自带着他。她在少年宫教钢琴，收入尚算稳定，自告奋勇承担了抚养苏暮雪长大的责任，不但事无巨细地照顾，也保护了苏暮雪不被流言蜚语所影响，一路坎坷，总算熬到了她上大学。这些年，日子过得拮据，但只要不提及那些灰暗的过往，苏暮雪觉得自己还是一个幸福又幸运的人，她一直在努力摆脱童年时的巨大伤痛给她带来的阴暗面。

看了看表，时间差不多了，她拍拍姑姑的手背，说：“我要去开会了，最近参加了学校的一个比赛，忙起来，感觉很开心，还认识了一帮新朋友，都是一群有趣的人。”

姑姑听到这儿，欣慰地笑起来，起身与她一起下楼。

送姑姑上了车，苏暮雪快步赶往枫亭。走到上山的小路上，她停下，顿了顿，深呼吸，她不想被任何人看到心事重重的模样，她极力维护着自己内心的尊严，假扮了一个沉着、人气的苏暮雪，像一只骄傲的青鸟一样，高贵地活在这个干净又不被打扰的校园里。

她是最后一个到的，跟大家行个注目礼，彼此已经默契得不需要寒暄了。

韩家阅见人都到齐了，清了下嗓子，说："先恭喜大家，我们已经进入了总决赛。这几个月的努力没有白费，从初赛到复赛，再到半决赛，我们一路赢过来，甚至完成了一个被很多人不看好的任务——战胜大热门法学院辩论队，大家都很不容易。距离总决赛还有两周，我们的对手是外语学院，这次的辩题，对我们来说又是一次考验。"

沙璇问："是什么？"

韩家阅："这次的辩题是——逆境出人才。我们很不幸，抽到的是反方，我们的观点是顺境出人才。梁文彬老师很担心，他希望我们抓紧时间，多做准备。"

柏千阳："顺境出人才……能举个例子吗？"

苏暮雪："一定有，比如……一时半会儿还真想不起来，似乎每一位伟人与学者，人生都是历经坎坷的，没有真实案例，这次的确有点困难。"

沙璇："我诅咒出辩题的老师一辈子吃方便面没有调料包。"

大家又进入了怨声载道的循环播放时间。

许愿看了看大家，小声插了句嘴："我倒觉得这个辩题挺好的。"

柏千阳："吹吧你，说说看，别站着说话不腰疼。"

许愿："这个辩题，看似非常刻薄和绝对，其实提供了很多有意思的空间来讨论，但是，首先我们要重新定义几个关键词。一个是'人才'，什么样的人是所谓的'人才'？另一个，是'顺境'和'逆境'，什么样的境况是顺境或者逆境？如果我们没有把这几个词琢磨透就跟人辩论，那充其量只是诡辩，因为从字面上来理解，我们的确没有优势。可是，你们有没有想过，或许我们可以赋予这几个词新的意义呢？"

柏千阳："说得容易。"

"我明白了。"苏暮雪接着许愿的话继续说，"我们听到的很多典型案例，无一例外，都是古今中外的伟人、学者、英雄，其实真要赢这场比赛，我们要在阐述我方观点时，让在座的评委们接受我们对于'人才'新的理解，他们可以不是伟人、不是学者，甚至也不需要成为英雄，只要是自己努力过、对这个世界做过贡献的普通人，都算人才。许愿，我的理解没错吧？"

大家聚精会神地听着，柏千阳认同地点点头。

许愿："没错。当这个新的定义成立了，那么对于在座的评委与观众，我们的观点就是最有代入感的，毕竟，世上伟人何其少，真正的大多数人其实是普通人。我们不提倡全民做英雄，但至少我们要做一个有用的普通人，谁敢说这样的人不是人才呢？"

柏千阳竖起大拇指，略带兴奋地说："许愿，你给我们打开了一扇窗啊！我刚才换位思考，假设我是评委，大脑一定会被这个观点迅速占领。毕竟你不是李白，我不是贝多芬，他也不是爱因斯坦，大家都是生活在联大，普普通通的人。那么对于我们这些普通人的成长，需要的究竟是顺境还是逆境，这才是我们要去讨论的议题。"

韩家阅："总算找到了方向，大家被传统理解中的'人才'误导，其实这是全民价值观的偏离，好像人人都要争当伟人，其实关心普通人的发展与未来，才是大学教育里最重要的一笔。"

沙璇偷偷白了韩家阅一眼，心想："被你一说，就跟背大学章程一样了。"

许愿："我们要怎么说，他们完全不知道，但他们如何引经据典，我们绝对都能猜到，比如，有一句话他们一定会说——"

柏千阳："宝剑锋从磨砺出，梅花香自苦寒来。"

许愿："对，我们把他们有可能提到的经典名句一一列出来，然后找出破绽。"

苏暮雪："这样吧，今天的会就到这里吧，很有收获，大家分头消化一下。晓雨，会议记录都做好了吗？"

应晓雨看了看自己速记下来的笔记，说："今晚我打印出来，发给大家。"

韩家阅："方向都有了，许愿功不可没。"

许愿这时露出了他羞涩的笑容，枫亭里一阵热闹。

相隔两百多米的外语学院教学楼，其中一间的窗口正对着枫亭。夏舟站在窗口，看着他们在枫亭挥手道别，阳光透过蒙了灰尘的窗子粘在她脸上。

雅雯走过来，顺着夏舟的目光看了看远处，问：“文学院那几个？”

夏舟点点头。

雅雯：“有你在，他们一定是咱们的手下败将。”

夏舟：“不能这么说，这几个人挺厉害的，韩家阅深得校领导喜爱，他就像辩论赛的吉祥物，有冠军风范；那个沙璇，嘴像挺机关枪，煽动力一流；柏千阳，机智过人，每场的自由辩论都有惊艳表现。不过，要说这个队的核心人物，还是苏暮雪，一副知书达理、假惺惺的模样，一字一句都是带着刀来的。”

雅雯：“你怕她啊？”

夏舟瞪了雅雯一眼，说：“我谁都不怕，我是怕你们太糟糕，我若死咬苏暮雪，就算跟她同归于尽，剩下那三个，你们几个吃得消？”说完便走开了，留下雅雯尴尬地站在窗口。

澡堂里很多人，苏暮雪匆匆洗完澡，在更衣室擦头发，换上衣裤，发现身边有人盯着自己，扭头一看，是夏舟。

“身材真好，难怪柏千阳为你着迷，以前他叫‘柏三周’，爱女孩儿的热度超不过三周，恭喜你破了他的纪录。”夏舟倚靠在储物柜边上，轻轻拍着手。

“谢谢，你的身材也不赖。”苏暮雪心一沉，真是冤家路窄，她继续擦着头发。

“苏暮雪，我讨厌你，看见你我就恶心。”

“谢谢你注意到我，你可能以为我会说：‘夏舟，我也讨厌你’，很抱歉，我一点儿不讨厌你，甚至觉得你有点可爱。听柏千阳说过你的故事，我佩服你，但这跟我没有半点儿关系。柏千阳是一个成年人，你也是，你们应该用成年人的方式处理你们的关系，而不是像现在这样质问我。我是一个外人，有没有我，对你们的关系而言，不会有什么改变。”苏暮雪收好毛巾和洗发水，抱着脸盆准备离开。

“我就讨厌你这种永远高高在上、一副淡定自若的样子。你到底有什么本事，把柏千阳弄得五迷三道的！”

“柏千阳到底又有什么本事，把你弄得五迷三道的？”

“你！”夏舟在这儿巧遇苏暮雪，本来还想盛气凌人地给她来个下马威，结果被怼得无言以对，“辩论赛你会死得很难看。”

“我很负责任地告诉你，总决赛，你赢不了。”

“你凭什么这么说？！”

“你太紧张了。有句话说得很好，欲速则不达，你越想抓住，离你越远。”苏暮雪走到澡堂门口，面对夏舟这种不好惹的，她一贯的作风是走为上策，但她实在太跋扈，让苏暮雪今天也忍不住想教训她两句，“我们辩论队的成立，是为了拥有一段美好的回忆，大家一起努力完成一个任务，一起去享受这个过程。看看你，你太想赢了，可赢了又能怎样呢？柏千阳是一个人，不是一个筹码。人生有很多比输赢更值得尊重的事情，不过很可惜，你还没有找到。”

苏暮雪拉开澡堂的布帘离去，留下夏舟在更衣室里气得杏眼圆睁。

夏舟落寞地走在校道上，有那么一刹那，她甚至觉得苏暮雪说得挺有道理的，但她依然无法接受这个对手的存在。看着路边三五成群的人，自己却形影相吊，一个人洗澡、一个人吃饭、一个人看书，参加辩论赛也只是为了得到另一个人的认同。她拒绝所有人的关爱与情感，到头来却不知道到底想要什么。她悻悻地想：“苏暮雪，你怎么可以把我看得这么透？我就像光着身子站在你面前，毫无自尊可言！”

忽然身后有人大声呼唤着：“夏舟！夏舟！”

很少在学校里听到有人这么叫自己的名字，她一回头，竟然是那晚在飞轮酒吧与柏千阳干架的孟繁华。

他跟了上来，热情洋溢地自我介绍：“我叫孟繁华，文学院文秘班的，上次不打不相识啊，原来你也是联大的，好多人讨论你啊，宿舍楼下都挂了你们的海报，咱们交个朋友呗。”

夏舟看了眼他谄媚的脸，胃里一阵翻腾，一言不发地往前走。

孟繁华死缠着不肯走，跟随着她的步伐，继续说：“原来你爸是盛茂投资的老板啊，失敬失敬。上次我出手有点狠，你可千万别怪我啊，男人嘛，打打架也是为了增进友谊嘛。对了，你爸的公司很厉害，我好几个学长都想方设法地去盛茂实习呢！”

夏舟停下脚步，孟繁华心头一喜，谁知她满脸厌恶地说了句：“滚。”

孟繁华尴尬地站在原地，看着夏舟越走越远。

突然她停了下来，回头看着孟繁华：“喂，你过来。”

孟繁华一路小跑，在夏舟面前站定，说：“有何吩咐？”

“你刚才说，想跟我交个朋友？”

“对啊！对啊！”

“朋友找你帮个忙，帮不帮？”

“赴汤蹈火，万死不辞。”

“十天后是辩论赛总决赛。”

“我知道啊！”

夏舟顿了顿，上前一步，咬牙切齿地说：“我要让苏暮雪，上不了场！”

眼里的寒光吓得孟繁华心里直发毛。

苏暮雪推开宿舍的门，听到收音机音量调到最大，见沙璇正蹲在地上，电磁炉上放了个锅，热气腾腾。苏暮雪见状，叮嘱道：“小心把线给烧了，最近查得严。”

沙璇摇着扇子，满头大汗：“放心吧，我找柏千阳偷偷把保险丝给换了，烧不了。”

苏暮雪：“柏千阳？他偷偷来女生宿舍啦，你怎么跟他说的？”

沙璇：“我跟他说，苏暮雪想吃火锅，宿舍又不让用电磁炉。”

苏暮雪没好气地说：“拜托，别老拿我去忽悠人家，你这炖的是什么？火锅？”

沙璇神道道地说：“瘦身汤。”

苏暮雪：“你已经够瘦了。”

沙璇：“告诉你，韩家阅跟女朋友分手啦，而且，还是那个自考班的‘伊能静’甩他。他现在每天泡在图书馆，用辩论赛来疗伤，我要陪他熬过难关，接下来就能转正了，他女朋友比我瘦，我一定要减下来。”

苏暮雪把从楼下信箱拿到的信分别放在每个人的桌上，路过沙璇的书桌，看见上面放了一张女人的相片，以及一张美容医院的传单。她好奇地拿起照片，看了看，问：“这个女孩儿是谁啊？”

沙璇赶紧起身，一把抢过照片和传单，塞进抽屉里：“这……这不就是那个自考班的‘伊能静’吗？怎么样，挺一般的吧？我觉得我调整调整，比她好看。”她压低声音，边说边摸着自己的脸颊。

“你要整容？”苏暮雪瞪大眼睛。

“嘘！”沙璇生怕被其他人听见，“有什么大惊小怪的？微调一下，不是大手术。”

“靠不靠谱啊？这种传单上的广告词，什么让男人有种换了新娘的惊喜，听起来就挺危险的，你还是别去吧。沙璇，我觉得你挺好看的，没有必要照着韩家阅前女友的样子整吧，更何况，离总决赛可没多久了，你也不想脸上带着疤上场吧？”苏暮雪有些担心，这沙璇平常咋咋呼呼惯了，万一出点什么问题，女孩子的脸可比命还重要啊。

“你们这种大美女啊，根本不知道我们的心酸。我要长得跟你一样，给我钱我也不整，不过还好，那个大夫说，我只要割个双眼皮，再打个瘦脸针，就比‘伊能静’还美了。放心吧，他们跟我保证了，一周就能拆线，总决赛我就能美美地出现了，到时候教育台直播，全省人民都能看见一个全新的我，想想就觉得太开心了。”

“我觉得你还是再考虑考虑吧，万一不用整容，韩家阅依然被你俘虏了呢？”

“我已经决定了，等我变美了，韩家阅就算不要我，我也无所谓，一定还有更多人喜欢我。”沙璇蹲下来，拿勺子盛了一勺汤，尝了尝，做了个鬼脸，“真难喝啊！”

“可是……”

“我钱都交了。”

女生宿舍六楼的楼顶，女孩儿们拉起无数根线，竹竿把它们支起，上面晾晒了床单和衣物。这阳光明媚的天，风吹得这些花花绿绿的床单飘摆着，甚是好看。沙璇一脸绝望地穿过层层障碍物，坐在了楼顶边缘，一不小心碰到了一粒小石子，顺着脚边滑落。六楼还是挺高的，沙璇往下看了看，有些害怕。不过此刻的绝望超过了害怕。

不一会儿，楼下就聚集了很多人，大家对着楼顶的她指指点点。她有些失望，来大学快一年了，今天却以这样的方式成了女主角。

东拼西凑了四千多块钱，已经是沙璇的全部身家，她也算是孤注一掷了。等沙璇交了钱，满心欢喜地期待着外貌能脱胎换骨，跟医生约时间，却发现怎么也联系不上那个医生。可在制订计划的时候，他看起来是非常诚实可靠的啊，而且还不停地夸她，说她底子好看，不需要动太多地方，对照着她的脸形给了一个非常科学的方案。她找到那家坐落在城东一栋大厦里的诊所，发现早已人去楼空，地上散落着那些传单，估计上当的不止她一个。四千块钱，联大一年的学费也才这么多，她厚着脸皮找爸妈预支了大二的学费才交了这笔钱，她知道自己能上这个学，家人已经做出了巨大的让步。如果知道她为了整容而被骗，这书怕是都读不成了。她心一横，干脆死了算了，这么多闹心的破事儿，一了百了。

楼下有人大声叫着："同学，别想不开，危险，快下来吧！"

也有好事者，认为这不过是一场恶作剧："喂，要跳赶紧的啊，都等半天了！"

沙璇看着那嬉皮笑脸的围观群众，心想："臭小子，一会儿我就跳下来，死在你面前，睁着眼盯着你，等我死了，每天晚上去宿舍找你谈心。"

很快，沙璇要自杀的消息传遍了文学院。梁文彬带着苏暮雪和应晓雨赶来楼顶，隔着层层飘扬的床单，梁文彬急着要冲过去。

沙璇："梁老师，你要过来，我现在就跳下去！"

苏暮雪一把拉住梁文彬，示意他先稳住，然后掀开两层床单，说："沙璇，发生什么事了？咱们先商量，别意气用事，有什么困难告诉我，我们都在啊。"

沙璇："你不会明白的！我爸妈一直反对我念大学，大一的学费是我一天天求来的，磕头磕来的。现在好了，他们提前把大二的学费给我，我拿去整容，结果全被骗光了！我去报警，结果人家说，这诊所根本没有在工商局备案，属于非法经营，都不知道上哪儿查。我已经没脸再活下去了，干脆死个痛快，什么都不用想。"

苏暮雪："你的未来还这么长，区区几千块钱，连命都不要了，值得吗？"

沙璇："你当然觉得不值得，因为你什么都有啊！"

这时柏千阳带着满毅和许愿也冲上了楼顶。

柏千阳："喂喂喂，沙璇你搞什么鬼，马上要总决赛了你给我玩自杀！你给我过来，死什么死，你以为死很酷啊，一会儿你摔得耳鼻开花、满地鲜血，吓不吓人！"说着说着，竟然笑场，苏暮雪回头瞪了他一眼，他赶紧闭嘴。

沙璇："你们别劝我了，我已经决定了。"

满毅突然哭号起来，那声音响彻云霄，把众人吓一跳："沙璇！你不能死啊，你死了我怎么办啊？你太不爱惜自己了，你知道你对我来说有多重要吗？沙璇！"

沙璇："你安静点行不行？我还没死呢。你这人怎么那么自私啊？你让我活着还是为了图自己开心，你要真喜欢我，就让我死吧！"

说完，她站了起来，脚一滑，差点儿踩空。大家都捏了把汗。

梁文彬："沙璇，你别激动，先过来，我们好好商量。"

沙璇依然不为所动，大家就这样僵持着。

这时，一直沉默的许愿突然掀开眼前的床单，大步朝前走去，步步逼近沙璇。还没反应过来，许愿已经站在了沙璇身边，两人并肩站在楼顶边缘。应晓雨吓得捂住嘴，苏暮雪和柏千阳对视一眼，谁也不知道许愿到底要做什么。

"你……你要干吗？"沙璇有些看不明白，"许愿，你给我回去！"

苏暮雪正要喊许愿的名字，柏千阳"嘘"了一声。

许愿坐下，扭头看着沙璇，说："不干吗，陪你一起跳楼啊。"

沙璇："你开什么玩笑，我是走投无路了，你瞎凑什么热闹！"

许愿："走投无路？比比看，谁更惨？"

沙璇突然变得平静下来，眼眶里竟然有些湿了，就像跟一个老朋友倾诉一样地说："我从小就被人看不起，而且是被我爸妈看不起。有了弟弟之后，他们觉得我的存在是多余的了，我只好拼命读书，考上了联大。别人的父母看见小孩儿考上大学，普天同庆，巴不得全天下都知道，他们却百般阻挠。终于来了联大上学，我便下定决心，离开了老家就一定不会回去，所以，能留在长沙是我的目标。但我知道这很难很难，直到遇见韩家阅，我想，也许这会是我的人生一个新的开始。我承认我很傻，为了让他喜欢我还跑去整容，可是为了自己喜欢的人去做一些改变和付出，这没有错啊！只怪我什么也不懂，白白交了四千多块钱学费，你知道这些钱对我家来说有多不容易吗？"

众人屏住呼吸，像约好了似的，都不敢打扰他们二人的对话。

许愿看着远方，小声得像在自言自语："那也不用死啊。四千多块钱，没了就没了，命多重要，还有那么多美好等我们去慢慢发掘。"

沙璇："其实我不是为了这四千多块钱，我是对自己太失望了。回头看看，原来我是一个这么糟糕的人……对了，你在这儿干吗，你有什么好死的？”

许愿：“你说完了？那我告诉你吧，如果连你都是一个糟糕的人，那我更应该跳楼了。我小时候，爸妈离婚了，我妈口口声声说爱我，但她很少来看我。你说你爸妈觉得你是多余的，好歹你们是一个完整的家，你能天天看见他们，哪怕是嫌弃的眼神，那你伸手也能摸到他们。自从我爸妈离婚后，我很少能见到我妈，我有一种……一种仿佛被抛弃的感觉。后来，高中时我恋爱了，对方给了我很多信心，结果在高考前，她突然出国了。你知道一个真真切切的身边人，凭空消失的感觉吗？会让你开始质疑世界上的一切，我有很长一段时间，根本不敢相信任何人，我害怕当我付出了信任与爱，她就会像我的初恋一样，像个空气中五颜六色的气泡，‘啪’的一下，伸出手再也摸不到了。我很羡慕你，其实你是一个勇敢的人，你敢主动报名参加辩论赛，你敢大胆地去告诉全世界你爱一个人，你甚至敢为他拿出一年的学费整容，你一点儿也不傻，你只是太勇敢。看看我，我也爱上一个人，但我根本不敢让她知道，我害怕当我说出‘我爱你’，我可能会失去很多，甚至包括她。所以，我才是应该跳楼的那一个。”

苏暮雪认真地听着许愿说的话，偷瞄了一眼应晓雨，发现她的脸颊泛红。如果许愿说的是真的，那个女孩儿到底是谁呢？应晓雨发现苏暮雪在看她，竟有些不好意思。

柏千阳瞥了一眼争着要跳楼的二位，对苏暮雪说：“好个许愿，看不出还有这口才，能当谈判专家了。”

沙璇似乎有些被说动，她缓缓地站起来：“听起来，你也挺惨的。”

许愿也准备站起来，这时沙璇脚一哆嗦，朝后翻下去，许愿伸手一把抓住她的手，另一只手死死地握住栏杆。众人冲上前协力拉住沙璇的手。

沙璇悬在空中，杀猪似的喊叫着：“我不要死啊，我还没谈过恋爱呢，你们千万别松手啊！我还不想死啊，我还有桶衣服没洗呢！”

折腾半天，沙璇获救，像条死鱼似的瘫在地上。

楼顶的门被用力推开，韩家阅终于赶到了：“发生什么事了？沙璇，他们说你要跳楼？”

沙璇抬起头，指了指许愿，喘着气：“许愿要……要跳楼，我刚才救……救了他。”

哄笑一片，沙璇不好意思地吐了吐舌头。

一场闹剧，幸得许愿化解。

馄饨店里，柏千阳试探着问："喂，今天你跟沙璇说的话，是真的吗？"

许愿埋头吃着，回了句："真的啊。"

柏千阳："我就知道你喜欢应晓雨，其实你俩挺合适的，要不哥帮你撮合撮合？"

许愿放下汤勺，抬头看着他，一时语塞。

柏千阳："肥水不流外人田嘛，内部消化。喂，跟你说话呢，发什么呆？"

许愿："我……我不喜欢她。"他继续塞了个馄饨进嘴里。

柏千阳环顾四周，馄饨店只有他俩在："那你说的是谁？不会也是沙璇吧，许愿我跟你说，满毅可早就预订了，你要这么干，可别怪我们兄弟都没的做。我说你为什么不敢说出口，沙璇不适合你，太……太次了，再说了，人家喜欢韩家阅……"

"那个……我是瞎说的。"许愿喝完最后一口汤，"我现在没有喜欢的人，走吧。"说完他起身，朝门口走去。

"嘴硬。"柏千阳皱着眉头说。

文学院的会议室，桌上细心地摆放了茶点，院领导与辩论队的选手们齐齐入座。梁文彬为了给大家打气，特地组织了这次辩论赛总决赛的动员大会，各位第二天就要光荣登场。他其实没想过进总决赛，只祈祷不要在初赛就出局，在校辅导员大会上不要太丢份儿就行。谁知他们一路凯歌，竟然成为学校热议的话题，所以院领导们也相当重视，一个不落地出席这次动员会。

梁文彬见人到齐了，便开始慷慨激昂地发表演说了。这次文学院辩论队的表现让他此刻说话时都扬着眉，简直就像在竞选总统。

柏千阳小声对苏暮雪说："真无聊，一会儿咱们去吃什么？"

苏暮雪："安静点儿，这种场合不给梁文彬面子，小心他吃了你。"

柏千阳："吃了我？梁文彬他不敢，看谁做二辩。"

苏暮雪拿出一个水杯，里面是她泡的茉莉花茶，她喝了一口，不再理会柏千阳。柏千阳伸手端走苏暮雪面前的水杯，这是会议给每个与会人员准备的茶水，他刚坐下就把自己的喝完了，会议室没空调，吊扇像个无精打采的老弱病残，缓慢地转动，他渴得不行，又不敢在梁文彬讲话的时候偷偷去倒水。他问：“你不喝，我可喝了？”苏暮雪点点头：“喝吧，学校每次开会都泡这种普洱，我喝不惯。”柏千阳一口饮尽。

梁文彬的发言接近尾声：“接下来，有请我们辩论队的队长，同时也是院学生会干部的韩家阅同学，为各位领导汇报我们的准备工作。”

韩家阅接过梁文彬的话筒，意气风发地起身鞠了个躬，自然又收获了一个来自沙璇的白眼，然后他便开始发言。

沙璇低下头小声说：“韩家阅，就是年轻版的梁文彬。”

苏暮雪差点儿扑哧笑出声，忍住笑，看了眼柏千阳，发现他脸色苍白，有些不对劲。

“你怎么了？”苏暮雪问。

“我……我想拉屎了！”柏千阳想必不是装的，看他忍得很痛苦，豆大的汗珠顺着脖子往下滴。

“快去吧。”

“不行，这正开着会呢，而且……”

“而且怎么了？”

“这回来得特别迅猛，好像我一站起来，就会泄洪。”

韩家阅正眉飞色舞地说个正欢，却也觉察出柏千阳的不对劲儿了，他有些担心，却又不敢停下来。只好边说边朝柏千阳看看，心里祈祷着下一眼看过去的时候他会有所好转。

可是柏千阳的脸色越来越难看，韩家阅停了下来，梁文彬不解地看着他，又赔着笑脸看看各位领导。

韩家阅：“梁老师，柏千阳好像不舒服。”

梁文彬望过去，也意识到事情的严重性，问：“柏千阳，你怎么了？”

柏千阳举起手：“报告老师，我要去上厕所。”

韩家阅舒了口气，梁文彬说：“赶紧去吧。”

只见柏千阳起身，闪电一般冲出会议室的大门，苏暮雪对许愿使了个眼色，许愿起身追随其后，冲了出去。

许愿一直跟着柏千阳跑到厕所门口，他推开门，突然不动了。

许愿问："老大，你怎么不进去？"

柏千阳缓缓回过头："我怕是不需要进去了。"

柏千阳低头看了看，一副生无可恋的表情。

瞬间传来一阵恶臭。

许愿捂住鼻子。

深夜，校医院的灯还亮着。

柏千阳洗了一次胃，稍有好转，但依然病恹恹地躺在病床上，往日的张扬全然不在。从下午动员会直到现在，他一共拉了十五次，医生判断他吃坏东西了，诊断结果是急性肠胃炎。可他怎么也想不出到底吃坏了什么，这几天每顿饭都跟许愿、满毅一起吃，为什么他俩没事，自己却遭了罪？

大家围在他身边，愁眉不展。

梁文彬："怎么办，明天的比赛还能上吗？"

柏千阳："能，一定能！"说完又摆摆手，下床朝厕所跑去。

梁文彬："这副样子，明天肯定没办法比赛，学校很重视，又有电视台直播，我看他至少得休息两天才能恢复。"

苏暮雪："要不冒个险？"

沙璇："直播要出了问题，梁老师的乌纱帽……"

韩家阅："有没有什么特效药？"

苏暮雪："该吃的药都在这儿，他现在已经没有比赛的状态，这样上场，几乎是自动弃权。"

这时柏千阳上完厕所回来，躺下，虚弱地回答："我怕是逞不了英雄了，想想别的辙吧。我很清楚自己的身体，明天就算能上场，也是废人，我不想让全省人民看到我这个样子，宁愿我们弃权。"

韩家阅："如果我们弃权，对学校的声誉也有影响。"

柏千阳捂着肚子："别着急，别忘记我们还有两位替补呢。"

大家望向一旁的许愿与应晓雨。

应晓雨："不……不不，我不行，明天就总决赛了，我都还没熟悉辩词，而……而且，听说明天在大礼堂，那么多人，还有直播，我……"

苏暮雪："许愿，你……"

许愿看了一眼柏千阳，犹豫不决："我……"

柏千阳斩钉截铁地说："他可以！"

苏暮雪："许愿，你真的行吗？"

柏千阳："就他了，行不行就他了！"

许愿又看了看柏千阳，柏千阳眯着眼睛做了个鬼脸。其实以他的身体条件，并不是完全不能上场，可就在刚才大家讨论的时候，有个念头突然在柏千阳的脑子里闪过，他想让许愿勇敢地站出来。一个学期下来，许愿为辩论队贡献不少，其实二辩的辩词都是他写的，而光环都给了柏千阳，与其自己冒险上场，还不如把这个机会留给自己的兄弟。至于结果怎样，柏千阳并不关心，他要的只是跟苏暮雪朝夕相处的过程，结果如何，对他而言并不那么重要。

许愿点点头。

梁文彬依然有些不放心，临时换人，风险太大，但好像又没有更好的办法："许愿，你今晚能拿下来辩词吗？"

许愿："梁老师，放心吧，我可以，一定可以！"铿锵有力，掷地有声。他当然没问题，只有柏千阳知道，没有人比许愿更熟悉二辩的辩词了。

梁文彬："那就这么定了，由许愿代替柏千阳出战总决赛。许愿，辛苦你了。"

柏千阳伸出手，满心欢喜："兄弟，加油！"

大家都伸出手叠在一起："加油！"

突然成了英雄

距离晚上的直播还有三个小时。

不少外校的学生也闻讯而来，转播车已经开到了联大的大礼堂，外景记者随机采访着路人对辩论赛的评价。少年的热血很容易激荡，大家把海报上的八个辩手奉若英雄。在那一年，能当众站起来表达自己想法的人，是非常值得尊重的。那些海报被连夜修改，许愿代替了柏千阳，不知缘由的同学们猜测着其中的故事，文学院临时更换队员变成了总决赛的卖点。

校道上，夏舟拿着一张传单，八位将登场的辩手赫然纸上。反方一辩依然是苏暮雪，而二辩不再是柏千阳，换成了他身边的小跟班许愿。夏舟气得把传单揉成一团，扔进垃圾桶。她曾无比期待在总决赛与柏千阳交锋，甚至认为这场备受瞩目的辩论赛，是属于他们两个人的比赛，一场等了一年的对决。可是，今晚他不会出现。

孟繁华搓着手，出现在夏舟身边，他一脸愧疚的模样，难以启齿。

夏舟："这点事都办不好，蠢货！"

孟繁华："我明明按你的意思给苏暮雪下了药，我非常确定她会坐那个位子，谁知道最后中招的是柏千阳，我以为万无一失，苏暮雪命太好了！"

夏舟警觉地看了看周围，走上前，低声说："我不知道你说些什么，我可没让你给人下药，你自己干了什么，别跟我扯上关系。"说完扭头便走。

孟繁华傻傻地站在原地，看着她渐远的背影，大喊一声："我们还是朋友吗？"

夏舟回头，冷笑一声："我爸不让我养狗。"

孟繁华气得浑身发抖，他冲上前一把拉住夏舟："你骗我！"

夏舟："骗你又怎么样？"

孟繁华："你不怕我把事情全抖出来？"

夏舟："好啊，我现在陪你去广播站，把你昨天做的事儿一五一十说给全校同学听。孟思思的侄子、文秘班的孟繁华，给文学院辩论队的队长苏暮雪下药，导致柏千阳中毒住院，你敢说吗？今天晚上总决赛直播，我是外语学院的队长，学校一定会保证我平平安安。再说，谁能证明是我让你干的？孟繁华，你给我听好，我还没追究你把柏千阳送进医院这事儿，你少威胁我！别以为你是孟思思的侄子，就真把自己当什么皇亲国戚了，你最好给我老实点儿，不然一定让你吃不了兜着走，我夏舟说话算话。"

夏舟甩开他的手，昂首阔步地向前走去。

孟繁华像个雕塑一样站在原地。

总决赛在一阵掌声之中正式开始了。对于许愿他们而言，这样的流程已经再熟悉不过，只是今天换了一个更大的场地，而舞台也稍做了陈设，能清晰看见"教育电视台协办"的字样，灯光也更讲究。当主持人介绍每位选手的时候，许愿开始有了紧张的感觉，他回想起昨晚冲动地、不经大脑地说出那句"我可以"，那是一句没有回头路的承诺，也不知是哪来的勇气。他想，可能是除夕夜罗阿姨的鼓励吧，这一个学期的磨砺，他希望在最后的时刻散发光芒。对于他而言，不是救场，而是一个机会，是一个让他在苏暮雪面前展现自己强大一面的机会。可是，这个时候，为什么腿开始微微地颤抖了呢？

主持人介绍道："反方二辩，是来自99级中文系汉语言文学专业的许愿同学。"掌声响起，伴随着众人的疑惑与议论，大家期待的柏千阳并未出现在舞台上，换上了这位无人知晓的替补。许愿发着呆，迟迟没有站起来。

苏暮雪也愣住了，沙璇赶紧拍了拍许愿："叫你呢！"许愿这才回过神来，站起来向在座的观众鞠躬。

这一细节让台下的梁文彬陷入焦虑，他了解柏千阳，若不是深知身体无法负荷，他一定会坚持上场的。让许愿顶替，是没有办法的办法，也是唯一可行的办法，但他并不了解许愿。这个孩子从大一入校以来，一直默默无闻、不争不抢，学院的任何活动都不见他的身影。第一次注意到他，还是圣诞节假扮圣诞老人而被请进校团委办公室，加入辩论队之后他也只是协助辩手们进行案头的工作，这次这样赶鸭子上架，不知会是一个怎样的结果。但他转念一想，柏千阳那么好强的人，能同意让许愿上场，说不定这孩子的确有什么不为人知的过人之处呢？只是刚才他的走神，明显是因为害怕这样的大场面而紧张啊。梁文彬深呼吸，安慰着自己，既然是没办法改变的事实，就死马当活马医吧。

正方一辩夏舟发言，一如既往地沉着稳健，但她冷静得过了头，反而让人觉得有些压抑。苏暮雪盯着对方的眼神，手上的笔在稿纸上游走。跟大家猜测的一样，正方对于辩题的理解中规中矩，没有去钻研其中藏有的玄机，这样显得她的辩词乏味而普通，就像一个从小到大写过很多年的议论文主题，没有出彩之处。还等着后面有什么难以攻克的论据，夏舟却结束了她的发言。观众们以热烈的掌声配合，更期待的是接下来的反方一辩苏暮雪如何应对。

主持人："接下来我们有请反方一辩苏暮雪来陈述她的观点。"

苏暮雪起身，这次她又临时改变了策略，写好了几个关键点给许愿，而自己，则是用娓娓道来的方式为反方的观点做铺垫。她着重解释了什么是"人才"，并强调了无论是在顺境还是逆境中，培养出的人才不应该只是书本上看到的那些享誉全球的伟人，每一个为社会服务的公民，都应该是值得敬重的人才。接着，她又指出，所谓顺境与逆境都是相对而言的，不能简单理解成没有传统意义上的波澜与伤害就是顺境，也不可以把历经艰难才到达彼岸就当作逆境。这几个全新的观点很明显让正方有些措手不及，她们在预先的材料里压根儿没考虑到这些，而是一味地搜罗中外名人战胜逆境的案例。而评委们也迅速进入讨论当中，梁文彬心里有底了，苏暮雪用这样舒缓的方式赢得了评委的好感，并提供了一个新的价值取向。

正方二辩雅雯的发言，无功无过，她甚至无法针对苏暮雪的发言作出回应。只是照本宣科地完成了自己的陈述，最后她引用了那句最常见的励志名句——宝剑锋从磨砺出，梅花香自苦寒来。

主持人："我们有请反方二辩许愿来陈述他的观点。"全场的目光齐刷刷地望向许愿，这一刻，许愿仿佛听不见任何其他声音，只有自己的心跳声，他呆呆地望着台下，眼神涣散。

主持人："有请许愿！"

台下观众纷纷议论起来，这位替代柏千阳登场的替补，到底有何能耐?

梁文彬着急得要站起来了，刚欲起身，又意识到这样不妥，只好坐下。

苏暮雪伸出手，握住许愿的手："许愿，到你了。"

仿佛一股电流从手上直通脑门，许愿听到了主持人的再次邀请。电视台的导播正焦虑地想着要不要切入广告的时候，他终于站了起来，鞠了一躬，缓了缓，然后开始发言："谢谢主持人，谢谢各位观众。刚才对方辩友一直在强调，古人云'梅花香自苦寒来'，以此证明逆境才能出人才。我想告诉各位的是，古诗只能用来激励人生，并不能作为我们生活的指导。我相信古人，但我更相信科学。在1994年出版的《植物学报告》中介绍，梅喜温暖气候，耐寒性不强，在年平均气温16～23摄氏度地区生长发育得最好，40摄氏度的条件下也能生长。没有调查就没有发言权，科学告诉我们，温暖的顺境，更容易出人才，这就是我方观点。接下来我将会从三个方面论证这一观点……"

评委们迅速被许愿的发言吸引，聚精会神地听完了他的每一句话。梁文彬更是惊讶万分，没想到这个看起来腼腆而内向的男孩儿，竟然有这么大的力量。

许愿获得了全场最热烈的掌声，他坐下，松了口气，扭头与苏暮雪相视一笑，看了看台下，应晓雨大声喊着："许愿，加油！许愿，加油！"

紧张激烈的辩论赛在两个小时之后，全部结束。

主持人上台，拿着比赛结果，神秘地一笑："各位观众朋友，我宣布，这次联大辩论赛的获胜方是——文学院代表队！最佳辩手由首次登上辩论赛赛场的许愿夺得！让我们用热烈的掌声为他们祝贺！"

四人站起来大声欢呼着、拥抱着，应晓雨不顾一切地冲上台，对许愿说："许愿，恭喜你，恭喜你们，我太激动了！"梁文彬也上台拥抱了每个人，能拿到总冠军是他想也不敢想的事，没想到这支情急之下组建的杂牌军团，竟然取得了这样的好成绩。

谁知许愿突然拿着奖杯，走到舞台正中央。

台下一片安静。

他对着话筒，很认真地说："谢谢各位老师，我还有话想说。"他看了看主持人，得到了对方的许可，于是继续，“其实，这个奖杯不仅仅属于我，我只是一个替补，是我的兄弟柏千阳给了我信心，他相信我可以，这种信任给了我很强大的力量。本来这个奖杯应该是他的，但他生病了，所以由我代替他来。虽然他今天没来现场，但我希望大家记住他的名字，他叫柏千阳，是联大文学院中文系 99 级的学生，也是我们辩论队永远的二辩，谢谢！”

大礼堂再次爆发热烈的欢呼声。

躲在礼堂后台偷偷看着这一切的柏千阳，擦了把眼泪：“臭小子，有心！”

夏舟已经走下了舞台，她扭头看了一眼台上众人激情澎湃欢呼的画面，失落地自言自语道：“至于吗？这么高兴，没见过世面。”

雅雯拉了拉她：“夏舟，我们走吧。”

夏舟甩开她的手：“比赛结束了，大家各自安好吧。”雅雯有些错愕，并未明白她的意思，她问：“夏舟，你怎么了，没事吧？”夏舟平静地说：“如果我做了什么让你们误会我们是朋友，我跟你们道个歉，我没什么兴趣交朋友。”说罢她离开了喧闹的大礼堂，一个人走向那散落着零星路灯光亮的校道，又恢复了她往日的骄傲和孤寂。

细雨飘飘，但不需要打伞，湿漉漉的地上倒映出路边的灯光，煞是好看。刚才大礼堂的欢呼声似乎还在耳边回响着，梁文彬请大家去吃夜宵，许愿却先跑来附近的电话亭，因为答应了罗阿姨不管最后是赢是输，都打个电话回家。他拿起电话，插上卡，隔着玻璃门看着远处稀疏的人群发呆，却迟迟没有拨号。他犹豫着，是直接打爸爸的手机，还是打家里的座机？其实他很想直接打爸爸的手机，他也想做一个无论欢喜还是沮丧都是第一个向爸爸报告的小孩儿，那个号码应该是他在没有安全感的时候，一个解救的咒语，只要拨通了，一切都平息了。但他与爸爸之间总像隔了什么，不知道是因为妈妈离家后造成了彼此的伤痕，还是这些年两人之间的淡漠，总之，他对这个身为他父亲的人，似乎一直有着淡淡的、解不开的怨恨，他越长大，这种怨恨越深刻。他最后还是打了家里的座机，接电话的果然是罗阿姨。

罗阿姨：“许愿，一直都等着你打过来的，我们都看了直播，真是太激动了，阿姨没想到你的表现这么好，出乎意料啊。”

许愿："谢谢阿姨，我自己也没想到，小时候《宇宙的巨人希曼》看多了，那一瞬间还以为自己变身了呢，现在回想起来，还觉得有一点点不真实。"

罗阿姨："看样子你的大学生活过得很精彩嘛，我们还一直担心着，你这么不善言辞，不爱跟人交流，以后怎么办，现在好了，不担心了。对了，今天小翼也过来跟我们一起看呢，来小翼，跟哥哥打个招呼。"

小翼在电话那边，大喊了一声："哥哥，加油！"

许愿傻笑着，他更庆幸自己当初的决定，勇敢地迈出第一步，从替补到最佳辩手，似乎并没有想象中那么艰难。家人对于这个比赛的认真与自豪，也让他有些意外，原来自己的一举一动他们是如此在意的。他跟小翼打完招呼，又问道："那个……爸爸呢？"

罗阿姨偷笑了两声，说："你爸像个小孩儿，刚看完就不停地问我，怎么还没打来，还一个人躲在房间里，用手机打你宿舍的电话，但没人接。我跟他说儿子比赛，宿舍的兄弟们肯定都去现场支持了啊，咱们许愿的人缘可没那么差，可把他急得啊，现在你打过来，他又假装在厕所，他惦记你，又要做出一副无所谓的样子。"

许愿："那……要不要让他接电话？"

"你儿子的电话你听不听？不听我挂了！"罗阿姨还没回答他，已经呼唤开了，听筒里听见脚步声，她小声说："来了。"

爸爸的声音从电话里传来："许愿啊，不错不错，我都看了。"

许愿的眼睛有点酸，他这些年很少与爸爸交流，面对面的时候一言不合就冷战，没想到因为一场比赛，竟然得到了爸爸的肯定。他也兴奋地说："爸，没想到吧，给我打多少分啊？"许愿这么问是有典故的，从小到大，无论他考多少分，只要不是满分，爸爸都一副极不满意的样子。有一次他考了全班第一，拿着成绩单去邀功，爸爸看了眼成绩单，不屑地说了句："班上整体水平不行，拿第一又有什么值得骄傲的？"一盆凉水从头淋到脚。

爸爸的兴奋劲儿还没过，语调都比平常高了一些，他用非常肯定的语气说："今天爸爸给你打满分，刚才家里几百年没联系的远房亲戚都打给我，说在电视上看到你了。"

许愿："爸，谢谢你，我会继续努力的。"

爸爸："累了吧，早点回宿舍休息。"

许愿："一会儿还要跟辅导员去庆祝呢，他们在等我。"

爸爸："快去吧，是得庆祝一下，但是少喝酒，量力而行。"

许愿："知道了。"

挂断电话，他靠在玻璃门边上发呆，今晚的一切都那么不真实。硕大的海报上自己的脸，发言结束后台下一浪高过一浪的掌声，从主持人嘴里念出许愿获得了最佳辩手，以及刚才与家人这个短暂的通话。当然，还有比赛时，从桌下伸过来的苏暮雪的手，轻轻地握住他的手，那一瞬间，他仿佛被一股强烈又温暖的力量从深渊里打捞起来。他在脑海里反复回忆着这一幕，一遍又一遍地确认这是真的。他感叹着，如果剧本是这么编写，那么后面的剧情又会是怎样的呢？好想提前翻到最后那一页，却又害怕事与愿违。

满毅跑过来，突然把脸贴在电话亭的玻璃门上，吓了许愿一跳。他敲了敲玻璃："喂，许愿，都到齐了，快点儿啊。"

许愿点点头，整了整书包，推开门。

推开火锅店包厢的门，一股热浪扑面而来。柏千阳激动地挥着手，招呼他坐在身边，许愿见到他还是有点意外："你身体好了吗？"

柏千阳拍拍肚子："咱们大获全胜，我兄弟还拿了最佳辩手，这顿庆功宴我无论如何都得来啊，大不了以茶代酒嘛。对了，许愿，今天可把我感动坏了，当即决定，从医院翻墙出来跟你们庆祝，我要在第一时间跟你们分享。"

许愿有些不好意思地笑了，直播时有感而发，是因为内心一直感念着柏千阳。

沙璇举起酒杯："我们先一起敬梁老师一杯吧！我先说啊，谢谢梁老师给机会，让我能参与辩论赛，我爸妈今晚看电视，估计都傻了眼了。"沙璇没猜错，她爸妈盯着电视机，害怕错过任何一个镜头，他们没想到眼中那个"赔钱货"女儿，竟然如此光芒万丈。

柏千阳边给自己添满酒，边调侃道："梁老师可贼了，把我这样调皮捣蛋的坏学生招安，一整个学期没给他添麻烦。"

苏暮雪："话可不能这么说，其实一支队伍里有不同个性的成员，才让我们显得与众不同。遇见大家我很幸运，这段回忆会成为我在大学最值得纪念的一笔。”

韩家阅：“梁老师，这次辩论赛是我入校以来，参加的最让人兴奋的活动，虽然很辛苦，但今天宣布我们获胜时，我觉得一切都值了。”

许愿又回到那个羞涩的模样，想起发言前自己紧张得几乎无法呼吸，现在还有点后怕：“感谢梁老师的信任，差点儿给人家拖后腿。”

梁文彬举起酒杯一饮而尽：“真心地感谢大家，说多了就矫情了，但我想说的是，其实人生的每一次相遇都很不容易。大学是一个很特别的地方，它可能会让你遇见改变你一生的人，也会让你结识人生中最重要的朋友。我是一个宿命论者，今天我们相对而坐，命运如此安排总有它的道理，希望这段缘分能够长长久久，也希望在座的各位能像今天比赛时一样，永远意气风发，永远斗志昂扬！”这番话说得动人，大家各怀着心事，细品着这段话。

柏千阳：“梁老师，说得好，大家干吧！”他一杯喝得底朝天，然后摸了摸肚子，自己竖起个大拇指。

沙璇问：“你行不行啊？”

柏千阳：“别管我，今天我就是废了，也得陪各位喝个尽兴！来！”

大家都举杯痛饮，连应晓雨也破例喝了酒。

酒过三巡，大家聊得更是起劲。

梁文彬：“大学四年，一转眼就没了啊，你们接下来都有什么计划、什么梦想，说来听听吧。”

韩家阅：“几位都是我的学弟、学妹，入校才一年，太多美好的可能性，对于我来说，马上要步入大四，不得不考虑毕业后的去向了，我暂时还没有决定，是考研还是去北京找工作，走一步算一步吧。”

沙璇：“北京？为什么是北京？你不是长沙人吗，为什么不留下？”

韩家阅：“正因为我是长沙人，才想出去看看呢。从幼儿园到大学，我都没有离开过这个城市，如果毕业后继续待在这里，我根本不知道世界是什么样子，所以，即便是考研，我也希望考去北京的大学呢！”

沙璇听得入神，心生佩服却又不舍，本以为韩家阅毕业后会在长沙工作，听他这么一说，看样子怕是很快就要分隔两地了。喝了点酒的缘故，沙璇一下眼眶湿润了，她举起酒杯："师兄，我敬你，不管你留在长沙，还是去北京，我都支持你！"

柏千阳挤了挤沙璇，坏笑着说："人家用不着你支持，人有爹妈。"自然是被沙璇狠狠地瞪了一眼。

韩家阅："谢谢沙璇师妹，当然需要你的支持，跟你在一起很开心，这个学期多亏有你了。说说你们吧，马上就大二了，其实大学就是一瞬间的事儿。"

沙璇开心地笑着，额头上的汗滑落，眼眶里的泪水也不那么分明了。

苏暮雪："我应该不会考研，因为……"

"因为我们打算一毕业就结婚。"柏千阳插了句嘴，苏暮雪一掌劈过来，他机灵地躲开，大家都笑得很大声。

梁文彬："苏暮雪，你为什么不考研啊？"

苏暮雪想了想，说："其实从小我就是个比较反叛的孩子，但一直对长辈言听计从，我很渴望早点步入社会，像韩师兄说的那样，去看看、去掂量一下靠自己的力量能过上什么样的生活。"

柏千阳假装乐呵呵地给大家倒酒，其实一直琢磨着苏暮雪说的话。他很赞同，以他的家庭状况来说，他也想尽快工作减轻父母的负担。但他并不理解苏暮雪，因为她一看便是个家境优越的女孩儿，这样家庭的孩子不都是能读多久是多久，像个公主一样一直保护起来的吗？

梁文彬："沙璇，你呢？"

沙璇端起酒杯，犹豫了一会儿，说："我啊，我也想去北京。"

大家很意外，柏千阳问："你不是一直想留在长沙吗？"

沙璇："人往高处走水往低处流，留在长沙还是去北京，对我来说其实都一样，只要不回老家。我见过那些中专毕业的同学，他们在老家工作，过着一眼就能望得到头的日子。"

话音刚落，柏千阳突然端起酒杯站了起来，他喝酒不客气，已经有点上脸，说话声也越来越大："各位，我在这里敬大家一杯，谢谢各位给了我一段美好的回忆，让我未来提起自己的大学，内心是骄傲的。我特别想说的是，谢谢苏暮雪，其实最初加入辩论队，是为了追你，为了拥有一个可以理所当然天天缠着你的机会。但一个学期相处下来，你让我更加敬重，也让我知道自己之前的行为是多么无知可笑，就像个小丑一样。你是我的女神，小丑是配不上女神的，而之前那些追求你的行径，现在看来是如此滑稽和庸俗。所以我今天有个决定，我要晚一点点再追你，我要让自己变得更优秀、更有力量，这样才有资格拥有这么美好的你。最后，我真诚地拜托你，这段日子千万别轻易答应做别人的女朋友，再给我一点点时间，只有把你交到未来更加优秀的我手里，我才放心！”

柏千阳这番话迎来一片掌声，苏暮雪站起来，拿起酒杯：“柏千阳同学，你这番话我非常感动，说什么都是多余的，只希望无论未来怎样，你都可以变得更优秀。”

酒杯热烈地碰在一起，两人一饮而尽。

大家肆无忌惮地聊着未来。他们都不到二十岁，梁文彬看着他们青春飞扬的面孔，心里无比羡慕。因为在这个年纪，你可以举起酒杯大言不惭地说着任何不着边际的梦想，而且，你真的有可能成为任何想成为的人。未来还没有到来，所以有着无限可能。他曾经也像在座的每一位一样，想去北京、想出人头地做一个可以改变世界的人，但最后依然选择了在高校任职，从事这样一个在长辈眼中平稳踏实的工作。

包厢里没有空调，结着蛛网的吊扇卖力地转动着，高温没有影响大家的兴致，桌上觥筹交错，大家借着酒劲大声喧哗，空气中弥漫着浓郁的酒精味，许愿突然觉得有些窒息。他放下筷子，借口去厕所，走出了包厢，刚走出去呼吸了几口新鲜空气，胃里却一阵痉挛，他没有醉，可能是喝得有些急，想吐了。问了一下服务员才知道厕所在二楼，他上了二楼，推开厕所的门，对着马桶一阵呕吐。用冷水拍了拍脸，他觉得舒服多了。

他走出厕所，发现二楼有个安静的小阳台，走过去，靠着阳台的栏杆，望向远处。那深邃的夜空下，可见岳麓山的轮廓，许愿静静地发着呆，淅淅沥沥的雨水沾在他的头发上。突然，他想起了什么似的，从裤子口袋里掏出一包香烟、一个打火机。自从在除夕夜偷偷抽了罗阿姨的烟之后，他竟然有些着迷了，不算上瘾，但身上会经常备着一包，一个人的时候偶尔点上一根。

看着吐出的烟在空中慢慢扩散开来，消失不见，他想，其实抽烟就像是让一个孤独的人可以做点什么，做着做着，就不那么孤独了。可能这就是烟的意义吧。

“许愿。”背后传来苏暮雪的声音，“你一个人在这儿干吗？”

许愿正放空着，被这一声打断，手一抖，烟头从二楼掉了下去。

苏暮雪走了过来，站在他身边，她问："你也抽烟啊？"

许愿尴尬地笑笑，像个做错事的孩子一样解释道："我偶尔抽，其实都不算抽，他们很多人一天一包，我可能得一个月、两个月，这个学期我就抽了两包。"

苏暮雪："我不讨厌抽烟，只是有点意外你居然会抽。"

许愿："一个人，闷的时候就抽一根，没人教我，有天在家里桌上看见一包烟，很好奇，就拿来抽了。"

说完,两人又陷入沉默。似乎都能猜到对方的心思,可没有一个人敢开口去确认。

两人同时说了句："你……"

许愿："你先说。"

苏暮雪："他们……还在吃呢，我们……要不下去吧？"

许愿点点头，苏暮雪正欲离开，他唤了句："苏暮雪……"

"怎么了？"

"你……"

这时柏千阳从二楼的厕所出来，他看见二人在阳台上，便大摇大摆地走了过来："喂喂，你们两个，在这儿干吗呢？楼下喝得正热闹，我一个病人都不逃酒，你们这就不对了啊！"

许愿有些紧张："我……"

苏暮雪倒是镇定自若："里面太闷了，我在这儿透透气呢，谁知道许愿也在，马上就下去。今天说好了的，一醉方休。"她笑了笑，先下楼了，许愿却傻站在原地不动。其实他是不敢动，倘若这时他跟苏暮雪一起下楼，那两人的默契也太明显了点。

柏千阳："喂，还站着干吗，走不走？"

许愿："我……我再待会儿，刚才喝多了，有点想吐。"

柏千阳凑过来，也站在栏杆边，神道道地伸手搭在许愿肩上，说了句："你，好样的。"

许愿："什么好样的？"

柏千阳："别瞒我了，我都知道，想趁机拉拢苏暮雪，帮你追应晓雨对不对？

小样儿还偷偷摸摸的，一眼就看穿你的心思了。”

许愿：“没有，我……”

柏千阳仍然自顾自说着：“我跟你说啊，找苏暮雪没用，她哪有空理你们啊？依我看，你应该找沙璇，她嗓门大，每天在她们宿舍号两嗓子，应晓雨就懂了，明白吧？现在你们的关系，就差捅破那层纸，哥们儿，我看好你！”

许愿不敢直视他的眼睛：“我们下去吧。”

柏千阳：“你这小子怎么不听劝呢？拿了个最佳辩手你要上天了是不是？我这都是血与泪的经验啊……”

沙璇正陪着应晓雨上厕所，见两人在阳台聊天，也来凑个热闹：“喂，两个大老爷们儿躲这儿干吗呢？”

柏千阳见状，一把拉过沙璇，回头对应晓雨和许愿扔下一句：“你们好好聊，楼下我们去应付！”沙璇丈二和尚摸不着头脑，反应过来时，已经被柏千阳拖下了楼梯。

夜风起，许愿的白衬衫衣角缓缓飘动，他看起来略有些单薄。两人就这样相对静默了好一阵，原本熟稔的二人，被柏千阳这么一闹，顿时变得尴尬起来。

应晓雨先开口说：“你……你们刚才一直在这儿聊天啊。”

许愿点点头。

应晓雨：“我以为你醉倒在厕所，刚才还想看看来着，没事就好。”

许愿：“喝得的确有点多……”

应晓雨：“还没好好恭喜你，表现得这么好。”

许愿：“谢谢。”

两人有一搭没一搭地聊着。

其实许愿内心是很感激应晓雨的，只是被柏千阳这样乱点鸳鸯有些局促而已。一个学期的并肩作战，应晓雨算是继郑小苔之后，许愿生命中第二熟悉的女性朋友了。两人性格相仿、配合默契，走在路上时，若不知情还真以为是一对小情侣呢。可应晓雨心里却五味杂陈，她很明确自己喜欢上了许愿，但总觉得这个男孩儿身上有种说不清的力量。两个人朝夕相对，却总觉得走不进他的内心，她一直想知道在他们之间到底隔了什么。眼看着总决赛结束了，未来的日子不知还有没有机会常常在一起。

应晓雨："许愿……"

许愿有些紧张地抬起头："怎么了？"

应晓雨："以后……我们能经常见面吗？"

许愿："当然能，比赛结束了，但好朋友没有散嘛。"

应晓雨："我……"

许愿："我们下去吧，他们等……等太久了。"

应晓雨："好吧。"

许愿先一步迈下楼梯，应晓雨嘘了口气，跟着他走下去。

细雨在微风中飘动着，像人们捉摸不透的心。

在雨中

考试结束，一个漫长的暑假到来了。说是漫长，是因为要与他们分开两个月，这对于刚刚爱上大学生活的许愿来说，真是一件令人沮丧的事。满毅与沙璇留在学校，帮梁文彬筹备新一年的招生与新生入学工作，他们不知不觉就要成为大二的学长、学姐，身份的转换让他们兴奋不已——终于可以牛气哄哄地以过来人的身份给学弟、学妹“上课”了。柏千阳又回了飞轮工作，酒吧经理很喜欢他，也调查清楚上次的事件是孟繁华一方惹事。他很高兴，因为飞轮的工资挺高的，一个暑假下来，来年的学费不用伸手找父母要了。苏暮雪也留在学校宿舍，因为她在附近找了一个家教的兼职，给一名初中生辅导英语和语文，每天两小时，很轻松，距离学校也就十五分钟的车程。她大一上学期就给这孩子辅导过，下学期因为辩论赛就没去了，正好暑假来了，便又跟对方续约了。应晓雨则申请去了学校打印社工作，之前的负责人去了外地度假，让她帮忙看着，工资不多，但想着每天晚上下班，能跟沙璇和苏暮雪一起吃吃喝喝，在盛夏的校园里大摇大摆地晃荡，她就很开心。只有许愿，收拾好行李，又得跟各位告别。

他婉拒了爸爸和罗阿姨来接他，过完暑假就要满十九岁了，他觉得要真正地做一名成年人，首先得学会自己回家吧。他在电话里跟罗阿姨解释了半天，不是怕麻烦他们，也不是交了女朋友想给他们惊喜，真的是想一个人背着包从长沙回趟家。想想柏千阳他们，已经在自己打工挣钱，而自己还像个孩子一样被家人嘘寒问暖，心里有些惭愧。

他选了坐火车回去，三个小时不到，路上也很安全。罗阿姨千叮咛万嘱咐说火车上如果人很多，一定要把双肩包背在胸前，小心扒手。他上了车，却发现没什么人，这是一列从广东始发的火车，途经湖南。路上风景不错，许愿拿出一本书，悠闲自在地看起来。

不一会儿，他看见一个熟悉的身影去了前方的洗手间，放下书，他看着那个方向。那人上完洗手间，走过来，两人对视，都愣住了。

许愿："妈……"

妈妈惊喜，她见许愿对面的座位是空的，便坐了过来。她从包里拿出一瓶冰红茶，拧开，递给许愿："儿子，这么巧碰到你。"

"你回老家啊？我都不知道。"

妈妈："是啊，正好你放暑假，回去看看你，没想到跟你坐同一班车。你爸呢，怎么没来接你？"她语气里有点责备的意思。

"我没让他来，这么大了，其实不用接啊送的。我刚刚自己买票、上车，也不难啊，何必让他跑一趟。"许愿喝了一口冰红茶，便拧上盖子，他早就不喝这种甜得腻人的饮料了，但妈妈不知道。他倒没什么埋怨，毕竟妈妈喜欢喝什么，其实他也不知道。

"说是这么说，还是得接一下，你才大一呢，他就你这一个儿子，车子买了干吗使的，不接儿子接谁去，难道天天开着接小姑娘啊？"妈妈有些不高兴，拿出两个橙子剥皮。许愿小时候她就闲不住，恨不得把所有吃的往他嘴里塞。那时候家里条件普通，爸爸还没升职，也没买车。现在总算买了车，自己不坐，儿子总得多坐几回吧。

"你又来了，我不想他接我，我的同学都自己回家，我每次让家里人接，别人还以为我是个什么身娇肉贵的富二代呢。"

"儿子长大了，挺好。"妈妈说完递来一瓣橙子。

"妈，你这次回来真是来看我的？"许愿毕竟是个孩子，想什么就说了出来。他很开心在火车上偶遇妈妈，因为至少有两个多小时是完全属于他们俩的，印象里已经很久没有跟她坐下来聊聊天了。

"是啊，待两天就走，给你买了个手机，寄回去怕丢了。"她起身从包里翻出一个崭新的盒子，打开，是一部银白色的手机。她开机，教许愿如何使用。

"太好了，现在用手机的不多呢，那他们真要把我当成个身娇肉贵的富二代了。"

“当妈的谁不想让自己的儿子过得像个富二代？”

“像不像富二代没关系，我就希望你多来看看我。”许愿玩着手机，随口一说。

“儿子，妈妈知道你一直有气，怪我不太管你。”妈妈之前欣喜的神色渐渐沉了下来，“我也想在你长大成人的过程中，尽最大的努力扮演好一个母亲的角色，参与你的人生，帮助你一起做决定。可能就是命吧，我是一个太好强的女人，当年因为一腔热血，要跟你爸走，你外公、外婆都不同意。你想，我是独生女，他们俩把我养大，念了大学，家里条件也不差，为什么要去跟一个潦倒落魄的下岗工人好呢？我当时不懂，年轻的时候觉得为了爱情什么都可以牺牲，义无反顾地嫁给了你爸。但后来的日子太难过了，生完你，你爸来医院看了一眼你，问都没问我一声就去加班了，后来我得了产后抑郁症，每天看什么都像蒙了一层灰，整宿整宿地失眠，总算是熬过来了。我当时想，你三岁了我就开始工作，我必须出去见见世面，多跟人相处、交流，不然天天窝在家里我会疯的。你终于三岁了，我发现还是做不到，照顾好你、伺候完你爸，我连喘口气的时间都没有。于是我只好把计划延后，想等你上小学了再说，就这样一天天、一年年，我做了好几年的家庭主妇。实在受不了了，我才决定离婚的。哪个女人愿意放着好好的日子不过非要一个人跑去深圳打工啊？我是没办法了，再待下去可能会崩溃，所以离开那个家，是救那个家，更是救我自己。这么说可能有点自私，但是儿子，妈妈一辈子没自私过几次，那可能是唯一的一次吧。去了深圳才知道，从没工作过的我，要学会上班、与人相处，并不是一件简单的事，这家公司是做药品销售的，很谨慎，出不得半点差错，经常加班到深夜一两点。可我没有回头路可以选，只能全力以赴地去做，再苦再累也得扛下去。每当想你的时候，我也想跑回去带着你旅游玩上一阵子，但我只能忍住，不能打电话给你，因为一打给你，我就没办法专心工作。我想，既然我做了这样的选择，既然回不去了，那就总得做一些取舍。”

许愿静静地听着，这种感觉很奇妙，耳边是火车轰轰作响，窗外大片绿树疾速倒退。眼前是很久不见的妈妈，不断讲述着这几年的经历，她的声音不大不小，仿佛在这空气中，慢慢流淌着。这些年自己内心对妈妈的责怪，竟然就这样慢慢地融化了。

“儿子，你要怪我，我都理解。”妈妈的眼睛也看着窗外，她并不像是在解释什么，却有种一吐为快的释然。这些年她从来没有机会跟儿子说这些，而今天，在这个偶遇的场合娓娓道来，她继续说着："等你以后步入社会，你会明白的，做一个成年人，真是不容易。妈妈现在能做的，就是竭尽所能给你更好的条件，让你晚一点点见识到成人世界的残酷，可以更久地做妈妈眼中的一个小孩儿。"

许愿看着妈妈的眼睛，又想起那天晚上在电话亭与爸爸的通话，突然觉得，这两个与自己最为亲近的人，其实也是两个普通人。他们也有自己的爱恨情仇，也有自己的任性与不甘心，他们只是比自己年长而已，只是刚巧是他的父母，而自己，也因为孩子气的自私与脆弱，错怪了他们好多年。

"妈，我知道，我不怪你。你不要太辛苦，我不要做富二代，也不稀罕一直做一个小孩儿，我只希望你过得开心幸福！"许愿握住妈妈的手。

那轰轰作响的火车一阵呼啸而过，窗外翠绿的田野一望无垠。

在家待了一周左右，吃完午饭，趁着爸爸和罗阿姨都在悠闲地看电视，许愿很认真地跟他们说："爸，我想回学校了，跟你们商量一下，我能不能明天就走？"

爸爸把电视音量调小，他有点意外，原本以为出去念了一年书，儿子会非常想赖在家，没想到这才几天，就已经留不住了，他问："回学校干吗？"

许愿："暑假在家也挺无聊的，与其这么耗着，还不如去找点事做。我想去柏千阳打工的酒吧工作，几个好朋友都在长沙兼职，倒不是说挣多少钱，我觉得早点体验一下也不是什么坏事。而且那个酒吧挺正规的，柏千阳在那儿做了一学期了，我想打个短期工，行吗？"

"你已经决定了吗？"爸爸放下遥控器，看着眼前这个一脸稚气的孩子，已经十八岁了。作为他的父亲从来没想过十八岁意味着什么，因为无论多大他都是自己的儿子，都是一个应该被家人庇护的小孩子。但没想到这一年，许愿已经有了自己的思考和决断，大人们似乎再也左右不了他的想法，他不再眷恋这个家，想朝更新鲜、更有挑战的地方飞去了。可是作为父亲，他内心又是多么希望儿子一直被自己藏在羽翼下，不需要去飞翔、去受挫啊。这都是没办法的事儿，既要接受孩子大了，也要接受自己老了。

"决定了，但还是想问问你们的意见，因为我也不敢肯定自己的决定就是正确的。”许愿说完这句，不敢看爸爸，反而看了看罗阿姨。

“决定了,我们就支持。你都十八岁了,站着比你爸都高。”罗阿姨不等爸爸说话，抢先投了赞成票。

爸爸沉默了一会儿，说：“我很高兴，因为虽然你决定了，却依然尊重我和罗阿姨的意见，那我们又有什么理由不尊重你呢？你已经是一名大学生了，很快就要真正步入社会了，家里人能力有限，不能一直陪伴你，但会始终如一地支持你。我只提两点要求，第一，洁身自好；第二，开学以后就回到校园，继续学业。”

“没问题！”许愿按捺不住地笑了，“这两点对我来说太简单了。”

晚上罗阿姨做了些好吃的菜，算是为他第二天回学校饯行。许愿却觉得，这顿饭似乎是家人为自己准备的成人礼。其实从火车上遇见妈妈开始，他就有了这个念头，打电话给柏千阳试探着说出这些想法，得到了他的大力支持，柏千阳说酒吧暑假生意好，经理跟他关系不错，打个招呼就能来上班了。但因为他没做过，所以工资不高，一个月八百块钱，做到开学能有一千多块钱的收入。许愿算了算，想给爸爸买条领带、给罗阿姨买个钱包、给妈妈买双鞋，竟然发现这点钱远远不够，不禁感叹道，做个大人还真是不容易呢。

第二天，他再次婉拒了爸爸要送他的要求，又一个人背上书包去了火车站。想起大学报到的那一天，爸爸开着车载着万般不情愿的他，他看着高速公路上的飞驰而过的景色，心里曾担忧着不知要面临一段怎样的人生。

到了长沙，他先办了张手机卡，兴奋地冲去宿舍，站在宿舍楼梯口拨通了622宿舍的电话。

柏千阳估计正睡午觉，接了电话问：“谁啊？”

“我呀，许愿，你在干吗呢？”

“你还在家啊，什么时候出发？不是说今天晚上带你去见下经理办入职吗？”

“哦，还没出发呢，你等会儿。”

说罢他拿着电话，小跑至622门口，敲了敲门。

“你等会儿，有人敲门，估计满毅回来了。”柏千阳在电话里说。

打开门,见许愿站在门口,柏千阳目瞪口呆,见他手里拿着手机,顿时明白过来。

“我天，富二代啊！”柏千阳一把抢过手机，搂着许愿，“谁给你买的？”

"我妈，我的呼机终于可以淘汰了。"

两人一阵打闹后，柏千阳帮许愿搬到了622住。许愿宿舍其他人都不在，晚上一个人住有点害怕，跟柏千阳一起住晚上还能聊天。

晚上他们一起去了飞轮酒吧，许愿的兼职生活便正式开始了。柏千阳先带他见了一下酒吧经理，经理也挺喜欢许愿，笑话柏千阳说，要把自己的优等生好兄弟拖下水。其实许愿的工作无非是跟着柏千阳跑跑腿、帮忙拿拿酒、加一下冰块。柏千阳时不时教他一些行规，比如看见一群人喝得东倒西歪了，要及时找其中相对清醒的那位埋单，不然一会儿都醉倒了，都不认账，引起争端最后倒霉的还是自己。两三天后许愿便适应了服务生的工作，他们每天睡到中午起床，一起吃饭，下午去图书馆或者网吧打发时间，那时刚流行聊天软件，OICQ刚刚变成QQ，两人都注册了账号，彼此的好友里都只有对方。晚饭两人会约上苏暮雪、满毅他们一起，学校专门提供了食堂给留校不回家的学生。吃完晚饭，两人便坐上公交车，去酒吧换上服务生的衣服，开始一晚上的别样人生了。

这天客人不多，两人一时间竟然闲了下来，靠在吧台聊起了天。

"感觉怎么样，富二代？"自从许愿有了手机，柏千阳便常把这绰号挂在嘴边，"不好好在家过你的大少爷生活，非得跟着我受苦受难，不知道你怎么想的。"

"出乎意料地好。"许愿边擦杯子边回答，"暑假如果在家，那才叫煎熬，每天不管多晚睡，阿姨必须7点喊我起床。我真不明白，在他们大人眼中，不吃早饭真的有那么十恶不赦吗？还有呢，有一次我赖床睡到11点，她逼我吃了一碗面条，才刚刚过了一个小时，又要吃午饭。我说我刚吃呢，吃不下。她说，刚吃的那是早饭，没让你多吃啊。"许愿边说边笑，内心倒是挺感激罗阿姨对他无微不至的照顾。

"因为他们把你当孩子嘛，你还不懂……"柏千阳说着说着，突然语速变得缓慢，眼睛望向不远处。

许愿顺着他的目光看过去，一张熟悉的面孔就在临近的散座。她一个人坐在那里，眼睛也直勾勾地望着他们。

"夏舟……"许愿碰了下柏千阳的胳膊。

"知道，别理她。"

话音刚落，夏舟朝他们挥了挥手。

柏千阳无动于衷，假装手里在忙活着，许愿只好走上前，问：“你……你好，请问要喝什么？”

“轰动联大的最佳辩手许愿，怎么也跟着柏千阳在这儿自甘堕落了？你们中文系怎么回事，我真有点看不懂了。”夏舟显然对柏千阳的无视很是不满。

许愿继续问：“你要喝什么？”

“我要一杯长岛冰茶。”夏舟看了看吧台那边的柏千阳，语气稍稍变得温和，“麻烦你让他送过来，放心吧，我不是来搞事的，我有话跟他说。”

许愿点点头，看了一眼夏舟，竟觉得她的神情有些哀伤。他走去吧台，告诉了柏千阳,或许是担心这姑娘一点就炸,柏千阳点点头,随后端着长岛冰茶走了过来。

柏千阳：“三十块钱。”

夏舟打开钱包，把钱递过来，柏千阳收好钱，正欲转身。

“等等！”

“还有什么需要吗？”柏千阳有些无奈地看着夏舟。

“明天晚上你有空吗？”那些属于夏舟的锋芒，此刻全都不见。

“没有。”他想也没想。

“后天呢？”

“也没有。”

“那你什么时候有空？”

“暑假都没空，我都在这儿上班，不过夏舟同学，我非常诚恳地请你……不是，哀求你，请不要来酒吧闹。这是我工作的地方，我不像你，什么都不用干就有钱花，上次已经让我丢了一次工作了，我很珍惜这个工作机会，我求您，行行好，放过我，如果我哪儿得罪您了，真诚地向您道个歉，我是个一文不值的草包，不值得。”柏千阳一字一顿地看着夏舟的眼睛说，如果在此之前夏舟还认为柏千阳只是不愿承认喜欢她，那么这一刻，她真的相信了。柏千阳不是躲她，不是觉得她孩子气，他就是不喜欢她，他甚至还很讨厌她。

“上次你丢工作不是因为我，我救了你。”夏舟将眼神看向别处，小声说。

柏千阳刹那有些惭愧，上次与孟繁华打架，最后还是夏舟出面才平息了风波，那次给店里赔了不少钱，都是夏舟出的，她不说还真忘了自己欠了这么大个人情呢。

他只好说："那你什么意思啊？上次赔了多少，我开学了还你。"

"我不是来讨债的。"

"那你是来干吗的啊？你别告诉我你还喜欢我啊，你到底喜欢我什么，我改行不行？"

"我想约你吃顿饭，仅此而已，你就当我是满毅、是许愿，或者是沙璇、应晓雨，当个普通朋友，约你吃饭，好吗？"夏舟的声音竟然有些哭腔，眼睛里满是期待，等着柏千阳肯定的答复。

柏千阳回头看了一眼许愿，许愿假装没看见，继续擦着玻璃杯。

"只吃饭？"

"只吃饭。"

"下周三吧，我每周三休息，这周三我有事儿。"

夏舟高兴地点头。

"对了，"柏千阳又补了句，"上次赔了多少钱，你得告诉我，我不欠人钱的。"

"赔了三十块钱。"

"三十块钱？你骗小孩儿？"

"就是三十块钱。"夏舟从柏千阳手里抢过刚才付的那三十块钱，说，"今天你请我喝酒，你欠我的一笔勾销，怎么样？"

柏千阳无奈地看了看夏舟，说："随你。"然后转身离去。

他走到吧台，许愿悄悄问："她跟你说什么了？"

柏千阳不耐烦地回答："上次赔酒吧的钱，她垫的，今天来要债。"

"哦。"

夜更深了，许愿的声音淹没在酒吧狂躁的音乐声中。

这周三是苏暮雪十九岁的生日，柏千阳早算好了这个时间，他每周可以休息一天，他毫不犹豫地选了周三。

周三下午，她照常去给孩子补课，小朋友名叫金驰，是单亲家庭，母亲去世几年了，父亲金岳是一家投资公司的老板，这两年在长沙投了两个大项目，因此驻扎于此，带着儿子来了。转校生总是不太适应，听不太懂老师浓重的长沙腔，所以才想到找家教中心推荐一位品学兼优的大学生来。金岳第一次见苏暮雪的时候，她刚大一，但早已把资料挂在联大的家教中心。苏暮雪谈吐得体，气质有种不卑不亢的硬朗，她的表现让人觉得很舒服，金岳没见第二个，当即便跟她谈妥了酬劳。中间因为辩论赛，她有半年没能来，金岳找过几个人来替代，但始终觉得不太如意，暑假一到，谁知她主动打来电话，问能不能继续教金驰，金岳自然是马上答应了，担心她变卦，还主动加了工资。出乎意料的是，苏暮雪婉言谢绝了金岳的好意，她说自己请辞一个学期，很是抱歉，现在能把工作捡回来已经很开心，倘若再涨工资有些失礼于人，还是按照之前的来。金岳很感动，顿时觉得自己提出涨工资的行为显得庸俗不堪，对这位年轻的苏老师更是肃然起敬。

苏暮雪从小便不贪多，可能因为生来是个公主，要什么有什么，很少与人争抢，养成了这种对利欲无感的个性。其实她觉得金岳给的酬劳已经超出了她的预期，而金驰聪明可爱，不像别家的熊孩子爱哭闹，语文和英语教起来也不费脑子，实在是个轻松的活儿。

上完课，苏暮雪给金驰布置完作业，看看表，已近午饭的时间。她摸了摸金驰的头，说："今天就到这里吧，作业可以晚上再写，明天我会来检查，老师先走了。"

金驰咬着笔头，回答："苏老师再见，生日快乐。"

苏暮雪有些诧异，随即想起自己在家教中心的资料上有身份证复印件，想必是金岳嘱咐儿子给她送上祝福，于是笑了笑："谢谢。"

走到门口，苏暮雪的手刚放在门把上，金岳从他的书房走了出来。

"苏老师，下课了？"金岳问。

苏暮雪松开门把，转身说："金总好，金驰进步挺大的，很难得这么小的孩子，对学习不抗拒，比我小时候好多了。"

金岳四十岁上下，相貌普通的中年男子，但温和得体，穿着也讲究，下巴留有刮过之后的青色胡根，或许是学识与阅历使然，他看起来比同龄人更洁净、更有活力。他拿出一个红包，双手握着，递过来："苏老师，一点儿小意思，请收下。"

"金总，还没到结工资的时候啊。"

"今天你生日，太忙了没能准备什么像样的礼物，只能俗气一把了。"金岳的声音厚实而温暖，他尽量让自己看起来不那么像满身铜臭味的商人，但又觉得明知她的生日，不表示一下敬意有点过意不去。

“不不不，您太客气了。”苏暮雪赶紧推回去。

两人几番推让，金岳还是坚持把红包塞进她手里，说：“拿着吧，也是我们对老师的一点儿心意，没别的意思，也请体谅做家长的苦心。”

苏暮雪拿着钱，无可奈何地说：“金总，能教金驰我很开心，就当认了您这个朋友了，如果这算是朋友的心意，那我收下了，谢谢您。”

金岳说：“当然，当然，朋友之间不言谢，生日快乐。”

金岳这才放心，他很感激暑假有人陪着儿子，对这个青春正好的女孩儿也着实喜爱，看她顶着大太阳来给金驰上课，心存感激。

苏暮雪道过谢，便离开了。

出门正是烈日当空，她并没有打伞，天生丽质得连老天爷都眷顾她，让她生来是个晒不黑的美人。太阳下来来去去，从不需要遮挡，皮肤依旧白得晃眼。

苏暮雪挤上公交车，掏出那个红包，打开一看，足足一千块钱。她赶紧放回书包，有些后悔收了这笔钱。

答应了姑姑回来吃顿饭，她赶到家的时候，菜刚上桌。从小到大，她每年的生日都没落下，小时候跟爸妈过，后来跟姑姑过，无论再忙，生日的时候做一顿家宴是姑姑最在乎的事。苏暮雪看着满桌的佳肴，感叹着：“姑姑，你做这么多，怎么吃得完？”

姑姑还在厨房忙活着：“怎么会吃不完，你弟弟那么能吃！”

表弟墨墨正在房间写暑假作业，他大声回应道：“你怎么什么都怪我！我不吃，你怪我浪费粮食；吃，你就怪我只吃饭不干活！”

苏暮雪笑着说：“墨墨快出来吧，姐姐不怪你。”

墨墨从房间冲出来，一把抱住苏暮雪，大声祝福姐姐生日快乐，两人从小玩闹，感情很深。姑姑小心翼翼端上最后一道墨鱼炖排骨，嘴里念叨着：“让开让开，小心别碰着。”

三口之家，其乐融融。

苏暮雪手拿着鸡爪啃着，全然不顾形象，姑姑拿张纸巾，伸手过来擦了擦她的脸：“全是油，慢点吃，你生日没人抢。”

“谢谢姑姑。”

姑姑试探着问：“上次跟你说的那个事儿……你怎么想的？”

“放心吧，我会去的，但不是现在。”

姑姑边盛汤边问：“为什么？那什么时候去？”

“我知道他很想见我，但我还没做好准备去见他，我希望等来一个契机。”

姑姑又问：“契机？你是他女儿，这还需要什么契机吗？”

苏暮雪想了想，吮吸了一下手指，说：“契机……比如，如果我谈恋爱了，第一时间就会去看他，我希望是带着高兴的消息去见他的，而不是两人相对而坐，说起那段我不愿面对的历史。我现在很好，但姑姑你知道的，为这个，我用了很多年。”

“谈恋爱？什么时候谈？”

“我哪知道啊，不过，我觉得快了。”

“快了？”

苏暮雪看了下表，着急地喝了口汤，开始擦手：“快到时间了，我约了人。”

“约了谁？”

“同学，女同学。”

“你就吃这么点？”

“留着墨墨吃。”

苏暮雪风风火火地收拾完，背上书包便出门了，剩下姑姑和墨墨在餐桌前。

坐了一个多小时的公交车，苏暮雪才赶到城东的一条老街，在一家宠物店门口下车。她在一棵大梧桐树下等着其他几人，正是梧桐花季的尾期，地上散落着白色泛黄的花瓣，不时有花瓣毫无征兆地掉下来，打在她的头上和肩上。那花瓣有的似巴掌大小，像是有人轻拍她的身体。不一会儿，柏千阳、许愿、满毅、沙璇和应晓雨五人都到齐了，韩家阅马上要大四了，闭关复习准备考研，与他们短暂地断了联络。

沙璇刚下车就嚷嚷开了：“来这儿干吗啊，过生日不是应该热热闹闹吗？”

苏暮雪：“保证让你们热热闹闹的。”

苏暮雪昨天便一个个打电话，约大家齐聚于此，路途虽远，但今天她过生日，所有人都得听她的。沙璇还以为是来参加一个光彩照人的生日派对，换了身自认为最炫酷的新战袍，谁知折腾这么远，并没有任何开派对的迹象，她有些失望。

柏千阳："来，现在大家开始交钱了，每人五十块钱。"

邀请大家来的时候，苏暮雪特地交代，所有人都不许买礼物，但要求每人准备五十块现金。这让原本为生日礼物发愁的许愿，松了口气，他为这份礼物彻夜难眠了好几天，琢磨着买一份什么样的生日礼物既拿得出手，又不会太显山露水，以至于让人一眼看出他的心思。可苏暮雪这人，平常对待物质的态度寡淡如水，没人知道她的喜好。这样一来，倒简单了。大家都伸手掏钱，以为是要 AA 制吃饭。

苏暮雪摆了摆手，笑着说："现在不用了，钱足够了，你们来了就好。"

大家正疑惑着，苏暮雪已经推开那家宠物店的门，指着货架上的狗粮问："这种狗粮，多少钱一袋？"

"八十块钱一袋。"

"我要十二袋。"

说完她把金岳给的红包打开，拿出一千块钱付钱。货架上的储量不够，店员用小推车从仓库运来几袋。大家瞠目结舌，并没有听说苏暮雪养狗，更何况即使养狗，也用不着储备这么多啊。

柏千阳忍不住问："苏暮雪，你这是要干吗？"

苏暮雪笑而不答，说："你们站着干吗？来，帮忙一起搬一下。"

他们一头雾水，但也凑过来把十二袋狗粮搬了出来。苏暮雪拦了两辆三轮车，每辆给了十块钱，招呼着大家上了三轮。柏千阳心里琢磨着，这姑娘，真让人猜不透。

十多分钟后，三轮车停在一个小院门口，苏暮雪跳下来，背上两袋狗粮朝小院里走去。其他几位搬下狗粮，也跟随苏暮雪走进去。

大家莫名其妙地朝里走着，当苏暮雪推开小院的门，数十条不同品种的小狗朝他们跑来，后面跟着几个衣着朴素的女孩儿。小狗们绕着他们叫唤，那几个女孩儿与苏暮雪热情地打招呼，看得出她们很熟悉彼此了。

苏暮雪见众人惊讶的表情，说："这里是一家没有名字的流浪狗救助站，几个志愿者一起建立的，他们都是附近几家宠物医院的员工，因为爱狗才走到一起。

这些狗，有的是弃儿，有的是走丢了，城东一带特别多，没东西吃，还经常被附近的居民驱赶、殴打。这几位租了这个地方，把这些无家可归的小狗带过来，给它们洗澡、喂食。它们本来每天都活在绝望中，现在有家，也有了自己的名字。我在电台里听到他们的故事，很感动，来看过几次。小时候我养过狗，是一条很听话的比熊，后来因为一些变故，没能继续养。今天是我生日，就想，不如大家别送我礼物，把钱凑起来买点狗粮捐赠给救助站，反正我什么也不缺。但这里，很缺狗粮，光靠志愿者的力量，其实微乎其微，不过……今天提前发了工资，钱够了……”说完她抱起一条棕色的泰迪，它被照顾得很好，看起来不到一岁，不知为何会流落街头，“看，这条叫叮咚，它刚被收养的时候才两个拳头大，估计被自行车撞伤了，躺在路边，现在已经好了。”放下它，它又欢快地蹦跳起来。

沙璇站在狗狗中间，一时不知所措，她蹲下来抚摸着这群毛茸茸的小东西：“苏暮雪，你可真行，一开始不说，是怕我们不肯来吗？我喜欢狗，多可爱啊，宿舍不让养，不然我真想领一条回去。”沙璇坐在地上跟小狗们玩耍，看得出她乐在其中。

志愿者们拆开狗粮袋，开始喂食，小狗们一见开饭了，更是兴奋。

苏暮雪说：“其实没有第一时间告诉你们，是觉得，这不是什么值得去炫耀的事情，举手之劳，但可以帮助这么多生命，未来的我想起这个十九岁生日，应该会非常怀念吧。”

应晓雨也抱起一条柯基，笑得很明媚：“暮雪，以后你来，一定叫上我。”

许愿与满毅也蹲下协助着志愿者喂狗，柏千阳则在一旁帮它们洗澡，苏暮雪见朋友们满头大汗地忙活，内心自然是感激的。

柏千阳正给一条顽皮的斑点狗洗澡：“我从小就想养，我妈不让。每次我一提出养狗的想法，她就说，我们家只养一个畜生，你和狗，自己选，我只好选自己了。”众人大笑，这时斑点狗猛地甩头，溅了柏千阳一身泡沫，大家再次被逗得大笑。

许愿偷看了苏暮雪一眼，不巧又与她的目光对视，他赶紧移开自己的视线，参与到柏千阳给狗狗洗澡的工作中去。眼前这一切，让他对苏暮雪心生敬意，他默默地拼凑着这一年来对苏暮雪的记忆，从食堂窗口见到她，在她宿舍楼下的偶遇，一起参加辩论赛，直到今天与她一起用这个特别的方式庆祝她的十九岁，更加坚定了自己对她的爱。洗完后擦干，苏暮雪把叮咚抱到一旁，用吹风机给它把毛吹干。

许愿时不时地偷瞄苏暮雪专注的神情，暗自发誓，未来如果有机会，一定要让这个善良的女孩儿永远保持此刻的纯真。

院子四周种满了梧桐，梧桐花被风吹到院子里，纷纷落在他们身上。苏暮雪朝着空中伸出手，轻易地便抓住了一片淡黄色的花瓣，厚实绵软，她握在手里，满心欢喜。

大家在流浪狗救助站吃完饭，天渐黑。他们乘车到湘江大桥边，准备再换乘中巴到一江之隔的联大。不料突然下起雨来，他们站在公交车站躲雨，但这雨看起来连绵不绝，南方落雨便是一周，但中巴一直没有来。苏暮雪突然提议："敢不敢走回去？"

沙璇一听便泄气了："走回去？离我们宿舍两千米，还下着雨，怎么走？"

其他人听完倒是赞同这个想法，一直等车也不是办法，况且也不是什么倾盆大雨。柏千阳说："等会儿，我去旁边看看有没有雨衣卖，你们女生别淋感冒了。"说完带着满毅跑去附近的小巷。沙璇一时内急，拉着应晓雨陪她去找厕所，于是车站只剩许愿与苏暮雪。身边等车的乘客众多，人声喧哗，于是二人便这样站在屋檐下，看着面前下落的雨滴。

车站隔壁有家精致的小店，苏暮雪站得有些无聊，于是扭头跟许愿说："你在这儿等他们，我去那儿看看。"指了指那家小店，随后便冒着雨小跑过去。

这家店卖一些创意独特的小玩意儿，苏暮雪被一台复古风格的小收音机吸引，它做工精细，墨绿色的亚光漆，还有手工缝制的皮套，她爱不释手地摆弄着。她想起宿舍的收音机已经有些老朽，时不时得拍打一下才能出声，便想买下来，一问价钱，才知需要一千多块钱，她倒抽一口凉气，买这么贵的收音机，有点不值吧，自嘲道，要是今天不买狗粮，倒是可以买得起，想必是命里无缘带它回家了，便依依不舍地放下。小店侧门有个卫生间指示牌，她从侧门走出去找卫生间。在门口偷偷看着苏暮雪的许愿，这时走了进来，也拿起那个收音机，也问了下价格，柜台小妹有些不耐烦，告诉他要一千多块钱。许愿拿着它，心想，她想必是很喜欢的，开学的时候就能拿到工资了，买倒是买得起，只是那时她的生日已经过了，有什么理由突然送一份礼物给她呢？不管了，送礼物还要什么理由呢，大不了到时候告诉她，苏暮雪同学，我喜欢你，这是我的礼物。就这么办了，他抬头也见到那个卫生间的指示牌，放下收音机，愉快地朝着指示牌走去。

应晓雨从门口走进，顺手拿起那个收音机，望向许愿离开的方向，然后问柜台小妹："您好，请问这个收音机怎么卖？"

小妹不高兴了，破锣嗓子嚷嚷道："一千零八十八块钱，今天怎么回事，都来问，没一个人买！"

沙璇叫喊着应晓雨的名字："晓雨，走吧，他们都好了。"

两人回到公交车站，其他人都已到齐。柏千阳抱歉地拿出三件透明的雨衣，说："几家店都找遍了，对不住各位，只买到三件，要不都女生穿，我们男生淋个雨不碍事。"

沙璇："要么都穿，要么都别穿，这点雨，又不是下刀子。"

苏暮雪："要不这样，我们谁也别穿，但可以把雨衣举起来，当成伞来用，两个人一件，这样谁也不会被淋到。"

柏千阳："好主意。"

开始分发雨衣，可哪两个人一组便成了问题，大家各怀心事，谁也不好意思启齿。但很快便解决了，因为满毅想跟沙璇一组，沙璇一把拉过应晓雨，组成一组，柏千阳把雨衣往许愿手里一塞，将他推至满毅身边，说："你俩一起。"他便顺理成章地和苏暮雪一组了。雨水淅沥，六个人三件雨衣，开开心心地出发了。

尽管雨水飘到脸上，打湿了头发和衣领，但许愿内心是激动的。青春的时光，永远不会狼狈，那每一帧画面都是刻骨铭心的记忆。

走在前方的苏暮雪时不时回头看看身后的几位，许愿知道，苏暮雪看的是他一个人。

苏暮雪："我们唱歌吧！"

柏千阳："唱什么？"

苏暮雪："《追梦人》会唱吗？"

大家都说会，于是苏暮雪起了个头，开始唱了起来："让青春吹动了你的长发，让它牵引你的梦，不知不觉这城市的历史已记取了你的笑容，红红心中蓝蓝的天是个生命的开始，春雨不眠隔夜的你曾空独眠的日子……"

很多年后，许愿依然记得那一天，苏暮雪十九岁的生日，他们几人冒着雨前进。两边是雨中江水，城市的光亮倒映在江面，他们大声地唱着歌。他记得每个人都很用力地唱，好像是为了盖过雨声，好像是想让江面上渔船里的人也能听见；又好像是因为兴奋，每一个人都很兴奋。对了，他还记得柏千阳走在最前面，回头大声说了一句："我们六个，永远不要分开哦！"他在心里第一时间回答了柏千阳："这么美好，谁会想分开呢？"

这天中午，许愿还在梦境中，被柏千阳叫醒。

柏千阳："我今天回家吃午饭，爸妈做了好吃的，去不去？就叫了你一个。"

许愿其实很想去，认识这么久，还从来没有去过柏千阳的家，他一直在猜测：柏千阳这样的人，到底出自一个什么样的家庭呢？总之，被邀请去家里吃饭，应该算是好朋友之间最高的礼遇了，而且他强调，只邀请了许愿一个人。可是他前一天晚上很晚才收工，实在困意难耐，就想多睡一会儿，于是闭着眼睛回了句："我还想再睡会儿，你自己去吧，求你了。"

柏千阳不放弃，伸手挠痒痒，惹得许愿东躲西藏，大叫道："你多大了啊，怎么这么幼稚，再让我睡会儿嘛，饭哪天不能吃啊！"

柏千阳突然停下，认真地对许愿说："今天我满二十岁。"

许愿呆住了，脸上流露出怀疑的神色："你生日？我不信……"他想，柏千阳这么浮夸的人，过生日一定是要大张旗鼓，恨不得全世界都知道的啊。

柏千阳拿出身份证，指了指生日那一栏："骗你是王八蛋。"

许愿："好吧……我信，那干吗不叫苏暮雪他们？"

"我从来不过生日的。"柏千阳顺手帮许愿叠了被子，"从小就不过，只在家里吃顿饭，今天也不例外。但我想叫你一起，也没别的意思，你去不去嘛？"他见许愿无动于衷的样子，言语间竟然有些撒娇的意味。

"去去去，马上起床，生日快乐。"许愿跳下床，穿好衣裤。

许愿很意外，他没有想到平常喜好热闹的柏千阳，竟然会如此平静地过一个生日，但见他也并没有打算向自己解释，也就没有问。两人上了公交车，半小时左右就下车了。更让许愿意外的是，他原本以为柏千阳是个隐藏的贵公子，至少也是个小康家庭的少爷，谁知他家竟然住在湘江附近的群居楼里，下车后走了好一阵，才到他家楼下。许愿知道这个地方聚集了不少外来务工人员，居住环境很差，公用厕所要走两百米，洗澡也只能提着热水去厕所冲洗。

柏千阳看出了许愿的不解，他坦然地说：“我从小过生日都是跟爸妈一起，长大了他们也老了，所以更觉得要跟他们在一起。但家里是这样的环境，所以也不好意思叫其他人来，我倒不是怕丑，主要是怕亏待了大家。”

“你不怕亏待我？”许愿学着柏千阳坏笑道。

“你是我亲弟弟，我怕什么？”

上楼开门，许愿眼前一亮。柏千阳的爸妈把家里布置得美好而温馨，一看就是为了儿子的生日精心设计的——五彩的气球，用蓝色的贴纸做出了一个生日快乐的横幅，他妈妈还做了一个小皇冠，戴在柏千阳头上。柏千阳戴着皇冠，无奈地看着许愿，露出羞涩的表情，说：“他们觉得一年就一次，每次都是一样的套路，我都习惯了。”许愿心里充满了羡慕，想起过去的生日，每次都是匆匆地跟爸爸和罗阿姨找个饭馆吃顿饭，像是完成任务一样地吹蜡烛切蛋糕，然后爸爸就去忙工作。眼前这一切，多美好。

柏千阳：“妈，别折腾了，吃饭吧！这是我跟你们说的许愿，我最好的朋友。”

阿姨满脸笑容：“好好好，许愿你好，千阳经常提起你，你可是他第一个带来我们家的朋友！”说完招呼着上桌吃饭。

不得不说，许愿长这么大也没吃过这么丰盛的生日宴。四个人十三道菜，色香味俱全，鸡鸭鱼肉应有尽有，看得出阿姨和叔叔应该忙活了一上午。柏叔叔不善言辞，但看起来也淳朴和善，不知如何表达自己的好客之情，只能抢过许愿的碗拼命给他夹菜。柏千阳伸手抢回来，说：“爸，人家吃饭不用夹菜，自己人，繁文缛节都丢掉吧。”许愿端着碗，看着这热热闹闹的一家人，大口地吃起来。

吃完饭，两人坐在狭窄的阳台上聊天。

许愿：“谢谢……谢谢你让我成为第一个来你家的客人。”

柏千阳：“是不是觉得跟你想的不一样？”

许愿：“是有点不一样，但比我想的更好。其实你挺幸福的，你爸妈很疼你，你拥有的爱，已经比大多数人都要多了，我很羡慕你。”

柏千阳："我很感激我爸妈，虽然小的时候也常常抱怨，为什么我没生在一个有钱人的家里，想要什么就能买什么，然后……爸妈穿着时尚，看起来年轻，去学校看我的时候让我倍有面子。慢慢长大了，反而觉得生在这个家里，我很幸福，真的很幸福。他们虽然能力有限，但一直在尽最大的努力让我接受最好的教育、过最好的生活，让我看起来跟城里这帮孩子没什么两样，所以我一点儿都不自卑，不觉得自己低人一等。我知道他们内心觉得愧对我，其实我很害怕他们这样想，越是这样想，我越觉得自己太贪婪，何德何能拥有这些啊？但我现在改变不了什么，只希望有一天能出人头地，让他们不用再觉得愧对我，而是很骄傲地说，我们虽然穷，但养出了一个很棒的儿子。"

许愿："你可以的，我一直相信你可以。"

柏千阳孩子气地笑了笑："我非常肯定，我们以后会过得很好。"

许愿："我也希望。谁也不想庸庸碌碌地活一辈子，可是好像每个人都这样想，最后大多数人都对命运妥协了。我不敢奢望太多，只想以后我们可以做一辈子的朋友，不管是光芒万丈，还是像只蚂蚁，渺小地过一生，都不要分开。"

柏千阳："可我觉得我们几个注定是与众不同的一群人，总有一天我们可以让这个世界因为我们而变得有一点点不一样。这才是老天爷安排我们遇见彼此的原因，也是我存在的价值，如果不能很热烈地活一次，我宁愿从一开始就没有出生在这个世界上。"

许愿点点头。

他并不完全认同柏千阳的话，也懒得去做那个改变世界的人。当然，如果柏千阳可以做那个人，许愿也会很开心的。他已经满足于此，之前觉得漫长得难挨的大学岁月，现在每一天都变得转瞬即逝，未来还没到，他只想好好地过着当下的每一天。

他们抬头看见天空有一群鸽子，疾速地从阳台边飞过，朝更远的楼宇飞去了。

周三，柏千阳下午洗了积攒了几天的脏衣服，想起上周答应了夏舟一起吃饭，心里默默祈祷对方忘记这件事，刚把最后一件衣服晾好，宿舍电话响起。

果然是夏舟。

柏千阳没好气地说：“我记得，记得，晚上见，吃什么？”

夏舟：“我们去吃西餐吧？”

柏千阳：“吃不惯，要不吃串串香吧？堕落街有一家还行。”

夏舟有点犹豫，随即马上回答：“好，那就六点，堕落街南口见。”

柏千阳一早就想好了去堕落街。这是一条坐落在几所学校交界处的商业街，原名叫“麓山文明商业街”，卡拉 OK 和各种小吃店密密麻麻地聚集在这条街上。之所以被叫作“堕落街”，顾名思义，因为街道里也有一些简陋又便宜、只卖钟点房的小宾馆，是谈恋爱的学生情侣们的最佳去处，常年在学生中流传，成了被更多人知道的这条街的别名。柏千阳打着算盘，在堕落街这种廉价的小巷里，没有空调又脏乱的串串香，夏舟这种千金大小姐一定按捺不住，草草吃完早点走人，大家落个相安无事，最好的结果。

六点整，柏千阳穿着短裤背心，踩一双掉了色的人字拖，头发像个被鞭炮炸过的鸡窝一样张牙舞爪，大摇大摆地到了约好的地点，发现夏舟早已经在那儿等着了。他瞥了一眼，从她身边走过，说了句：“走啊。”他并没有停下脚步，夏舟赶紧跟着他朝前走。

小店里人多，燥热，刚坐下便满头大汗。两人一直没说话，直到东西点好了，柏千阳把涮好的毛肚塞进嘴里，问：“喂，你怎么不吃啊，不喜欢吃吗？”

“没有啊，不太饿。”夏舟看见这家店墙角的苔藓，还有桌面上厚厚的油渍，有些反胃。

柏千阳看了看她，埋头吃起来，不再说话。

“一会儿吃完，你有别的安排吗？”夏舟试探着问。

“没啊。”柏千阳刚说完又有点后悔，“可能要去趟飞轮，怎么了？”

“我们找个地方坐会儿吧，喝杯咖啡什么的。”

“这儿不行吗？”

“这儿太吵了，说什么都不方便。”

“你想说什么就说吧，没什么不方便的。”说完柏千阳继续吃着，因为有点烫，所以不停吹着气，显得有些狼狈，但那专注的神情像是在做一件天底下最重要的事情。

夏舟突然不说了，眼眶瞬间红了起来。其实她知道，爱一个不爱自己的人，就好像在沙漠里等待一艘船。从小到大她想要什么，一定有人摘星弄月地送到她面前，只有眼前这个看起来吊儿郎当的男孩子，他不但始终与她保持着距离，而且，他碗里的这块毛肚，似乎都比她更加重要呢。

柏千阳见她不说话，抬头看了一眼，她眼眶的泪滴似乎随时都要掉下来。

“哎呀，你真麻烦。”柏千阳放下筷子，擦擦嘴，一见女孩儿落泪便有些于心不忍，“行吧，我不去飞轮了，跟你一块儿吧。但别去喝什么咖啡，太闷了，要不去看个片子？”

“好。”夏舟忍住，没让眼泪夺眶而出。

“走，去环球。”

柏千阳起身埋单，两人一起来到临近的环球影院。虽然有个高大上的招牌，其实这就是堕落街里的一家录像厅，除了大厅用投影放映电影，还有几个包厢可以自己选片观看。这也是学生情侣们的好去处，包厢只要十块钱看一部片子，很多情侣会选个爱情片，情到深处便可搂抱在一起，还省了去宾馆开房间的钱。但柏千阳选这里是想一起看个片子，相对无言，时间打发了，看完就可以说：“不早了，我该回宿舍了。”

他挑了《阿飞正传》，两人坐在这不到十平方米的小包厢里，壁灯忽明忽暗。

他嗑着瓜子，片子开始了。

柏千阳看着屏幕，夏舟却看着他。他转眼一看，说：“你能不能认真看啊，看我干吗？吓我一跳，你这样我也没法看。”

夏舟不说话，继续看着他。

屏幕的光影投射在他们的脸上。

柏千阳皱了皱眉，心想，随便你，我看我的，然后干脆脱了鞋，盘腿坐在沙发上，目不转睛地盯着屏幕。夏舟突然抢过他手里的遥控器，“啪”的一声关机了。柏千阳又抢过遥控器，“啪”的一声开机。看了两分钟，夏舟又伸手抢遥控器，柏千阳藏背后，不给她。两人打闹了起来，好似两个仇家的厮杀，全然不是情侣之间的嬉戏，屏幕里正播放着张国荣扮演的阿飞暴打他养母的情人，光影晃动，配合着柏千阳和夏舟的打闹。见她一直拽着遥控器不放，柏千阳终于忍不住了，大声吼道：“你有完没完？！”

“我不是来陪你看片子的！”

“你来环球不看片子能干吗？！”

夏舟喘着气，恶狠狠地盯着他的双眼，突然把遥控器抢来，朝茶几上一扔，然后以迅雷不及掩耳之速脱去了自己的上衣，穿着内衣坐在柏千阳面前。她倔强的脸，挑衅一般地继续看着面露惊讶的柏千阳。

“你……你干吗？你穿上！”柏千阳眼睛望向别处，号称“柏三周”的他一下脸红了，手忙脚乱地拿起扔一旁的衣服朝夏舟手里一塞。

“柏千阳，你为什么不喜欢我？”夏舟不穿，继续盯着他的脸。

“那苏暮雪为什么不喜欢我？这能说得出原因来吗？”

“你必须喜欢我。”

“我凭什么必须喜欢你？我就不喜欢你，我喜欢苏暮雪！”

“你不喜欢我，明天就等着给我收尸，我会写封遗书，告诉全世界是你把我害死的，我说得出做得到！”那一瞬间，夏舟觉得自己赢了。当她发现把自尊像扔衣服那样扔掉之后，眼前的这个男孩儿立刻像个举着白旗的输家，有些可怜巴巴地看着她。谁不怕一个豁出去了不顾后果的人？

“夏舟，够了啊！你把衣服穿上，你这样只会让我更讨厌你！”

“够了？什么叫够了，我已经不要脸了，你现在跟我说够了？柏千阳我告诉你，只要我愿意，我能找到一百个、一千个比你优秀，比你有种的男人，可能我被人下了降头了，就是喜欢你。我也不知道是发了什么疯，你越讨厌我，我越喜欢你！我今天就要你喜欢我，哪怕只有一天、一小时都可以！”夏舟说完把内衣也脱了，上身袒露在柏千阳面前。她一把抓住柏千阳的手，用力按在自己的胸脯上。柏千阳触了电似的挣脱，却发现这一刻，夏舟力大如牛，拼了命似的不肯放手。

“放开我，你真的够了！你看看你这样，还像个女人吗？你觉得我会喜欢你这个样子吗？我求求你饶了我吧……”柏千阳趁夏舟发呆的时候抽回手，突然呜呜大哭起来，“你别欺人太甚，从中学就折腾我，我好不容易熬到了大学，你还这么咄咄逼人，我只想安安静静把大学念完，我跟你不一样，我没那么多时间陪着你作！”

柏千阳也没想到自己突然就哭了，他委屈地坐在那儿，像个孩子一样地哭着。

夏舟慢慢凑过去，轻轻抱住他，抚摸着他的背，这一刻他没有躲开。他们就这样拥抱着，好一会儿，柏千阳擦干了眼泪，站起身，夏舟不再缠着他，他走到门口停了停，然后头也不回地走掉了。

屏幕上是张曼玉扮演的苏丽珍和阿飞躺在床上，苏丽珍低声下气地问，能不能搬过来跟阿飞一起住。

夏舟依然光着身子，发着呆坐在原地。

暑假过完了，许愿领了工资。经理不舍地问许愿是不是真不能来了，许愿说答应了家人只打短期工，道过谢，他欢天喜地地坐上公交车。

到了桥头公交车站附近的小店，他冲了进去，站在柜台前扫了一眼，没看见那个收音机。

“你好，请问之前放这个位置的收音机哪儿去了？”许愿急切地比画着，“就是那个墨绿色亚光漆的，这么大，一千多块钱那个。”

“那个就进了一个，昨天刚卖出去。”柜台小妹头也不抬，全神贯注地在涂指甲油。

“请问还有哪儿有卖？”

“不知道。”

“那你们还会进货吗？”

“不知道。”

生日快乐……吗

开学便是大二了。

木兰路上的人渐渐多了起来。韩家阅刚返校就约了辩论队的队友一起吃了顿饭，并宣布了自己未来的动向。他决定暂时不找工作，集中全力考北师大的研究生。他滔滔不绝地说着人生规划，大家并没有什么共同语言，但也感觉到一丝毕业的危机。他还叮嘱每一位队友，千万不要以为毕业很遥远，更不要把自己当成一个孩子，毕业像蓄势待发的箭，闪电一般就到了。所以现在他班上大多数同学都认为自己并没有准备好，他也是其中一个，选择考研，其实是一种变相的逃避，因为一想到离开校园，开始面对社会，真的有些恐慌和退缩了。说到这儿，更是让他们有些害怕，因为他们都没有考研的打算。末了，韩家阅还是例行公事一般地"正能量"了一下，他说："你们已经是这一届学生的人中龙凤，未来不可限量。"

他们中最有干劲的是柏千阳，为了兑现上学期的承诺，刚开学就申请加入文学院学生会。他想从离自己最近的开始做起，慢慢地成为一个足够优秀的人，一个能吸引苏暮雪的、有魅力的人。遗憾的是，上学期他挂了一科，按照联大的规定，考试挂科的学生是不能参加学生会干部选拔的。他恼怒地骂了一天学校的规定，觉得这让他距离自己想成为的人，又远了那么一点点。

吃完饭，苏暮雪回到宿舍给金岳打电话，告诉他已经开学，所以接下来没办法每天都去，但她可尽量保证每周去三次。金岳在电话里爽快地答应，简单地商量了时间的安排之后，她挂断了电话。苏暮雪瞥见隔壁桌上放了一本《当代歌坛》，封面是王菲，她翻了翻，十多页全是关于她与谢霆锋牵手的新闻，沸沸扬扬闹腾了几个月。破旧的老收音机卖力地工作着，而电台里最近从早到晚只放这两人的歌。沙璇感叹了一句：“真是个疯狂的女人。”苏暮雪翻着杂志，说：“大胆地追求自己爱的人，有什么不好？作是作，但我好喜欢。”沙璇转着呼啦圈，气喘吁吁地说：“不是每个人都可以这么作的，她可是王菲啊！”

开学两天后，全校大二的学生都集中在学校大礼堂。这是学年表彰大会，会针对上一年他们的考试成绩发放奖学金。许愿只是刚好及格，苏暮雪拿了个三等奖，而应晓雨考了全系第一名，拿了校级的一等奖学金。

全体师生就座，庄严肃穆。

一拨又一拨冗长的领导讲话，柏千阳都梦了几个轮回。终于到了宣布奖学金获得者的时刻，也意味着活动接近了尾声。团委书记孟思思上台，宣布完名单，邀请所有一等奖学金的获得者上台，应晓雨在掌声中走上台去。

应晓雨刚站定，接过奖金与奖状，孟思思请她留步，然后拿起话筒说：“接下来我们有请一等奖学金获得者、学生代表应晓雨为大家讲几句。”应晓雨一下蒙了，此前从没有人跟她说需要讲话，突如其来的邀请让她不知所措。台下第一排坐着的梁文彬也有些意外，应晓雨是他比较在乎的学生，不仅仅是因为她在上学年的辩论赛中做了个默默无闻的替补，还因为，大一报名之前，为了了解新生的情况，梁文彬看到了应晓雨的档案，得知了她特殊的家庭背景。但他一直严守秘密，没有让任何人知道。

应晓雨依然在原地站着，孟思思看了她一眼，面带愠色，为了缓解尴尬，她继续说：“应晓雨同学这次获得了新闻系全系第一名的好成绩，是个值得全校学习的楷模。大家可能不知道，应晓雨同学在中学的时候，父母都因病去世了，她是一个孤儿，但她从未因此自暴自弃，反而以高分考入我们联大。我相信，大家一定觉得很意外，今天说这些，是希望在座的各位，有着健全家庭的各位，以此为榜样，更加努力学习。来，晓雨同学，为大家介绍一下自己自强不息的学习经历吧！”

大礼堂涌起一阵阵掌声。大家为台上这个命运坎坷的女孩儿而感动，可他们并不知道，这掌声就像一把锋利的剑，一次次扎入应晓雨的心窝。

苏暮雪早已知道晓雨的身世，这一年来都小心翼翼地保护着她，谁知孟思思竟然在众目睽睽之下，揭开她的伤疤。她气得浑身发抖，抬头看了看梁文彬，他也握紧拳头，却又不知如何是好，毕竟学校几位领导都在，无法当众指责孟思思的行为。否则真中断会议，她可以倒打一耙说自己是为了鼓励全校学生认真学习，并没有原则性的错误，最后吃亏的还是自己。他忍住自己的怒火，只祈祷台上的晓雨可以坚强地面对此刻的这一切。

应晓雨双腿在抖，她已经说不出话来了。她藏了多年的伤痛，好不容易建立起来的自尊，一瞬间被击得支离破碎。

孟思思见她纹丝不动，又不客气地催促着："晓雨同学，大家都在等你，相信你的经历能带给大家更多的正能量，我们一起鼓掌，晓雨加油！"

热浪般的掌声再度响起，几位领导也被这看似温暖的画面感动。

苏暮雪正欲站起来，被柏千阳一把摁下，他使了下眼色，暗示她先坐下。柏千阳知道倘若在这样的场合与孟思思叫板，最后一定会死得很难看，他不敢，也不希望苏暮雪冒险。苏暮雪正欲摆脱柏千阳的手，却惊讶地看见许愿站了起来。

许愿毫无征兆地站了起来，礼堂的目光聚焦过来，大家议论纷纷，这不是辩论赛的风云人物许愿吗？那个一直藏在背后、在总决赛一鸣惊人的最佳辩手。

许愿没有想太多，他觉得如果这个时候再没有人帮助应晓雨，她一定会崩溃的。他也是在这一刻知道了晓雨的身世，内心对她更是多了几分敬佩。一个学期的并肩作战，应晓雨已经成为他非常重要的朋友之一，他不会让自己的朋友受委屈，哪怕在这种场合，他真的不应该逞能地站起来。

众目睽睽下，他离开自己的座位。

柏千阳小声喊了句："许愿，你干吗呢？快回来！"

许愿置之不理，他昂着头，大步走向前，走到了舞台正下方。

孟思思："许愿，你干吗？会还没开完呢，有事儿晚点再说。"

许愿镇定地抬起头，说："孟老师，我有几个问题想问您。"

孟思思见领导们都望向这边，心里焦急似火："你有什么问题我晚点回答你，先把会开完，你别给我搞事！"

许愿装作没听见，继续说："第一个问题，应晓雨考多少分来的联大，是不是因为她的家庭原因，所以学校特殊照顾了？"

大礼堂霎时变得安静，仿佛都在等孟思思的回答。

孟思思：“具体分数不记得了，好像考了接近六百分，是新闻系的榜首，所以没有什么特殊照顾，是她考上的，你问这个干吗？”

许愿：“第二个问题，应晓雨这次拿一等奖学金，学校有没有特殊照顾？”

孟思思：“没有，她考了第一名。”

许愿：“第三个问题，应晓雨这次拿的是学校设立的普通文化成绩奖学金，还是照顾特困生的特殊奖学金？”

孟思思：“是普通的，特困生奖学金需要单独申请，她并没有申请。许愿，你搞什么鬼，还有完没完？”

许愿：“孟老师，您别着急，我还有最后一个问题，应晓雨入校之后，交学费了吗？学校有没有因为她的特殊身世，而减免她的学费？”

孟思思犹豫了一会儿，回答：“她交了学费。”

许愿：“一分不少？”

孟思思：“对。”

许愿问完，转身面向大礼堂所有师生，说：“我问完了。应晓雨是我的好朋友，也是我在辩论队的好战友，我们相识近一年，甚至连我都不知道她的身世。这样的身世，并不是什么谈资，而是一个人的伤痛，她把这个伤口遮掩得这么好，甚至放弃了原本有资格申请的特困生奖学金，说明她根本不愿触碰这个已经在渐渐痊愈的伤口。她是一个成年人，我认为学校应该尊重她的决定。刚才孟老师回答了我的四个问题，晓雨从入学到今天拿奖学金，并没有因为特殊的身世而要求学校给予任何优待，她自己也一直是用普通学生的身份来定义自己，绝不占用学校给予特困生的资源。既然如此，今天我们凭什么要求一个普通学生，以亲手撕开自己伤疤的方式，贴着‘特困生’的标签去做大家的榜样呢？我相信在座的每一位，都不想用自己的伤痛来勉励他人。孟老师，己所不欲，勿施于人，今天，作为一个普通的联大学生，我抗议你的所作所为，并要求你向应晓雨道歉！我说完了，耽误大家的宝贵时间，很抱歉。”

应晓雨闭上双眼，两行眼泪滑落。在舞台上的每一秒对她来说都是煎熬，她很痛恨“特困生”的标签，更痛恨要她以这样的身份去当众演讲。

梁文彬目瞪口呆，他看了看领导们，大家似乎并没有对这个学生表现出不满。

孟思思在舞台上缓了好一阵，才又拿起话筒："许愿，你别以为拿了个'最佳辩手'就可以为所欲为，今天这么重要的表彰会，被你搞得乌烟瘴气，你这样违反了校纪校规，我可以给你记大过的！"

许愿回头，笑着面对孟思思的怒目圆睁，淡然地说："孟老师，如果今天我被记过了，那么联大，就会成为一个不值得我留恋的地方。"

柏千阳终于忍不住，站起来大喊一声："道歉！向应晓雨道歉！"

上千名学生被煽动了，都起身大声喊："道歉！向应晓雨道歉！"

孟繁华从人群里冒出来，指着柏千阳，恶狠狠地咆哮道："柏千阳，你给我闭嘴！"但他的声音迅速淹没在人潮里，以至于柏千阳根本没发现他的存在。

苏暮雪趁乱上台，拉着晓雨走下台。孟思思冲着梁文彬怒吼道："梁文彬，管好你们文学院的学生，太离谱了，我要报警！"

梁文彬也赶紧起身，挥着手要求学生保持肃静。

这时，台下一位戴眼镜的白发老人站了起来，他面容祥和，一看就像是经历过大风大浪，见这状况也不疾不徐。他示意大家安静，现场果然安静了下来，连激动的孟繁华也退了回去。

孟思思神色慌张，小声念了句："张校长……"

这白发老人便是联大的校长张书宁，他曾是文学院的院长，因此对文学院一直怀抱一份不一样的情感。

他走上舞台，拿起了话筒，孟思思识趣地闪到一边。

张书宁："谢谢大家，我耽误大家几分钟，很抱歉。首先，让我代表联大校委向文学院的应晓雨同学道歉，许愿同学说得好，己所不欲，勿施于人，这是学校的过错，未征得你的同意而将你的个人隐私公之于众，给你造成困扰，实在对不起。"

张校长的话让大家再度沸腾，应晓雨向舞台上鞠了一躬，表示接受他的道歉。

他继续说："蔡元培先生曾说过：'大学者，囊括大典，网罗众家之学府也。'大学是一个特殊的教育机构，我一直很赞赏刚才许愿同学的批判精神，尽管成为我们表彰大会小小的风波，但在刚才，他勇敢地走出来，及时地阻止了学校对应晓雨同学的伤害，我要向你表示感谢。因为你刚才的举动，很有可能拯救了一名联大的学生，你及时地给了她温暖和希望，你是好样的。我还要感谢在座的所有同学，刚才大家虽然情绪比较激动，但都没有离开座位，没有给现场造成混乱。但你们刚才的呼喊声，让我这个老年人都觉得热血沸腾，这才是我心目中的联大学子，很荣幸在我这个年纪，能看到这令人振奋的一幕！我讲完了，谢谢。”

梁文彬握紧拳头，举起双手，大喊了一声：“耶！”

全场沸腾了。

柏千阳冲上前，紧紧抱住了许愿。苏暮雪为应晓雨擦干眼泪，对于晓雨来说，这或许是一个契机，可以让她不再背负着沉重的过去。沙璇在一片掌声中兴奋地抱住了满毅，意识到是满毅的时候又一把推开了他。

孟思思灰溜溜地下台，白了孟繁华一眼，然后一路跟着张校长离开，低声下气地解释着。她怎么都没想到，今天败在一个毫不起眼的大二学生手里，而且落得如此狼狈。

柏千阳：“哥们儿，你太牛了！”

许愿害羞地笑了笑。

应晓雨从人群中走来，对许愿说：“谢谢你。”

许愿挠了挠后脑勺儿，看了一眼柏千阳。柏千阳一把搂住许愿，挤眉弄眼地对应晓雨说：“晓雨，你不用感谢他，这都是他应该做的，谁叫他喜欢你呢！”

许愿推开柏千阳：“你不要乱说话！”

柏千阳嘿嘿一笑，说：“我可没有。”

苏暮雪牵起应晓雨的手，对他们说：“走吧，我们去吃饭。”

一句话解救了正尴尬的许愿。

一瓢冷水浇下来，柏千阳发出杀猪般的惨叫声，接下来便开始大声唱起了《单身情歌》，歌声伴随着水流声，从水房里传来。

这种天，男生很少去澡堂洗澡，一般都在宿舍水房洗冷水澡。虽然第一瓢水下来有点冷，但两三瓢之后就适应了，而且不用花钱，也不需要排队。许愿是认识柏千阳之后才开始在水房洗澡的，澡堂虽然排队、限时，每次还要三块钱，但好歹有个塑料的帘子，水房连隔断都没有，大家赤裸相见，他不好意思。但柏千阳想省钱，每次都拉着许愿陪自己去水房洗，水房不但人少，“音响效果”还很好，歌声显得洪亮动听。

又一瓢水下来，泡沫顺着水流淌到地上。柏千阳边打肥皂边冲着身边的许愿说：“你今天很牛啊，我这么个上天入地的浪荡子，那一刻都有点尿了，你居然当着校长的面怼孟思思，哥哥我佩服你，我要是应晓雨，非你不嫁啊！”

许愿拧干毛巾，擦干身上的水，他说：“总得有人救她吧，我当时也没想那么多。”

“爱情的力量真伟大啊。”柏千阳继续调侃着他。

许愿有些不耐烦地说：“我真的只把晓雨当朋友。”

“你跟我也不说实话——”

还没说完，许愿已经穿好短裤，拎着塑料桶走了出去，转身进了626，开学后他又搬了回去。水房只剩柏千阳一个，他又接了一桶冷水朝头上淋下来，洗免费澡他总是乐意多洗两遍，水房里又传来他洪亮的歌声。

国庆节之后，许愿一直为去哪儿过生日发愁。

相比柏千阳，许愿是一个比较在乎生日的人。他觉得人生应该多一些仪式感，这是一种面对无趣与平淡生活的抵抗。而且做了一年的nobody，只有在自己生日这一天才会踏踏实实地觉得自己是男主角。想起去年的10月28日，他的十八岁生日，一个人孤单地坐在食堂窗边，只是在饭盆里多加了一只鸡腿，那么今年的十九岁生日一定要过得好一点儿。

生日这天，起床后，他如常地给爸妈、罗阿姨打了电话，他们像是约好了似的，当他提到要用暑假做短工的工资给他们买礼物时，异口同声地拒绝了，说这些钱就留着吃点儿好的。在水房刷牙时，许愿碰到柏千阳。他问，去哪儿过生日比较有气氛呢？柏千阳说：“你要气氛，不如去飞轮，小酒一喝，音乐响起来，想不嗨都不行。”许愿盘算了一下，太贵了，好不容易暑假在飞轮挣的那点钱，刚开学就还给他们了。柏千阳想了想，说不如去吃串串香，一家人不用讲什么排场，无非是开开心心聚一下，而且这种小脏店，六个人怎么山吃海喝也花不了几个钱，人挤人围坐一圈，多好。许愿表示赞同，于是约了大家晚上去堕落街的串串香吃饭。

六人差不多同样的时间到达，推开串串香的玻璃门，正好有个小圆桌是空的。

刚坐下，柏千阳拿起菜单，发现夏舟坐他们隔壁。她一个人，面前的火锅正冒着热气，面前只剩竹签，看样子刚吃完。她见到柏千阳，也愣住了，片刻之后，她放下筷子，那看起来温柔的笑容竟有些瘆人。

柏千阳冲她点点头，小声跟许愿说："冤家路窄，走吧。"他满脑子疑问，夏舟不是很嫌弃这种地方嘛，怎么一个人来这儿。顾不了那么多，他只想逃离。

沙璇："来都来了，凭什么我们走？又没做亏心事。"

苏暮雪也说："是啊，现在换别家还不一定有位子，各吃各的，不碍事。"

柏千阳便不好坚持要走了，他喊来老板，熟门熟路地点菜，最后加上一句："先拿十二瓶啤酒，不够再加。"

等着上锅的时候，夏舟出乎意料地搬了把椅子，自然地坐了过来，紧挨着柏千阳，那举动像是跟大家很熟一样。

夏舟的脸上是有些讨好的笑："我坐会儿，你们没意见吧？"

无人应答，大家都不知道她葫芦里卖的什么药，倒是正在给各位倒水的苏暮雪，坦然地给夏舟倒了一杯："好久不见。"

夏舟接过来，礼貌地说："谢谢，好久不见。"

柏千阳："你又想搞什么？今天许愿过生日，你别发疯。"

夏舟："我没有想干吗啊，只是有段时间没见你了，想看看你好不好。"

柏千阳："你怎么知道我今天会来这儿？"

夏舟："我不知道你会来呀，但我每天晚上都在这儿，刚好碰见了而已。"

柏千阳："你每天来？"

夏舟旁若无人地说："对啊，上次跟你来过之后，知道你喜欢吃这个，但是我不理解你为什么喜欢吃，这儿这么脏，涮锅感觉也不健康。后来我就天天来，吃你喜欢吃的东西，慢慢地我也喜欢上了，所以，我能跟你们坐在一起吃了，对不对？"她的语气平静得有些不正常，像个定时炸弹在爆炸前的温柔。

自从上次录像厅一别之后，柏千阳一直躲着她，消停了好些日子，还以为终于可以摆脱她了。

上了锅、上了串，啤酒也摆好。

夏舟抢走开瓶器，说："我来开我来开，我刚才已经吃过了，不饿。"

柏千阳只得任由她去，只是看不懂她的行为。但她全程有礼有节，似乎没做错什么，所以也没有理由赶她走。大家小心翼翼地对视，生怕一不小心就点燃她的暴脾气。

夏舟给每人斟酒，自己先端起酒杯："许愿，生日快乐！上次比赛我输得心服口服，之前我跟大家有些误会，今天既然这么巧，我借花献佛，敬大家一杯，也为上个学期的鲁莽道个歉。"碰杯之后，夏舟便起身了，她说，"我先走了，不打扰你们聚会，但我真诚地希望，未来我们再遇到，可以友好地打个招呼。"

夏舟看了看柏千阳满是疑惑的脸，笑了笑，推门出去了。

满毅松了口气："妈呀，吓死我了，我以为她要放什么大招了。"

沙璇："我怎么觉得她在向我们示好啊，是不是换了策略追柏千阳？这姑娘对你真是执念，比我对韩家阅还一往情深，佩服佩服！"

柏千阳一挥手："吃起来，管她呢，今天许愿生日，咱们聊点开心的。"

大家热热闹闹地开吃。柏千阳心里却有些翻江倒海，他是个敏感的人，能感受到刚才夏舟冷静的外表下，内心经历了一场怎样的风暴。他当然知道夏舟之所以每天来，无非是想在这里偶遇他。录像厅分别之后，柏千阳有些愧疚，夏舟因为爱他连女孩儿的尊严都不要了，回想起来，尽管方式太偏激，却让他有种怪诞的感动。可是，他该如何告诉夏舟呢，所有需要用力去得到的爱，都是不堪一击的啊。正如他爱苏暮雪，他之所以选择止步不前，正是明白了这个道理，若不是两情相悦，用感动得来的廉价的爱情，配不上这么一个执着的女孩儿啊。

柏千阳不知道的是，此刻的夏舟，正走在回宿舍的路上，满脸泪水。

这家对他而言普通的串串香，夏舟却把它当作了两人真正意义上重逢的纪念地，尽管这里看起来那么简陋，油渍与苔藓布满墙角。那次潦草的一顿饭，因此也变得意义非凡。她每天都在，成了这里的常客，她不再害怕这家店的燥热与肮脏，反而迷恋上这里的一切，因为只有在这里，她才会有种柏千阳坐在她对面的错觉，而她恰恰是享受这种错觉的。谁知道这一天，她真的偶遇了他，她用了很大的力气才扼制住内心的激动，她希望这次偶遇变成一个崭新的开始。她不再是那个嚣张跋扈的夏舟，既然连尊严都不害怕丢弃，又何必害怕做一个温和诚恳的女孩子呢？这些日子，她反复论证，只得出一个结论，那就是——她真的不能没有柏千阳，只要他和她都活着，她就改变不了。她走在堕落街拥挤的小路上，背后的串串香灯光明亮，她暗暗地想："爱一个人，不是应该开心的吗？怎么会这么难过啊？"

店里的人们自然是看不见这些的，他们依然开心地过着生日。

苏暮雪拿出一张DVD，是宫崎骏的《幽灵公主》，她说："许愿，生日快乐！愿你童心永存，像阿西达卡那样，有一天能遇见你的幽灵公主。"

许愿接过DVD，不小心触碰到苏暮雪的手指，她迅速把手收回。大家纷纷拿出礼物，柏千阳送的是一支钢笔，沙璇拿出一个可爱的便笺本，满毅有些惭愧地拿出一瓶墨水，柏千阳一掌拍在他的后脑勺上："你也太敷衍了吧！"满毅解释道："实在不知道买什么，知道老大买的笔，我就配合一下他喽。"应晓雨拿出一个包装好的盒子，许愿接过，觉得沉甸甸的。他想拆开看看，又觉得当面拆不太礼貌。她看了一眼他，那眼神有些炙热，让许愿有些不好意思。

所幸其他人并未注意到这些，柏千阳边帮许愿收好礼物，边说："说到送生日礼物啊，我们宿舍有个哥们儿真是奇葩，他追大一的师妹，师妹过生日，他在人家楼下打电话，说礼物到了，有点儿重，可能需要两个人来抬。师妹一听兴奋了，心想，不会给我买了台电脑吧，才认识没多久就送这么贵重的礼物也太不好意思了，带着室友欢天喜地地下楼，结果那哥们儿给她送了一块浏阳特产菊花石，三十几斤重，那师妹拎着那块不值钱的大石头上楼，心里问候了一百遍那哥们儿的祖宗。"

大家被逗得大笑，许愿趁机躲开了应晓雨的眼神。

喝得微醺，大家回到宿舍。许愿拿出应晓雨送的礼物，拆开一看，竟然是那个雨天，在桥头商店里见到的收音机。他想起应晓雨把礼物递过来时，那个眼神，又想起庆功宴那晚，在火锅店二楼她的欲语还休，开始不安起来。这个收音机要一千多块钱，她怎么会买这么贵的礼物？为什么正巧是这个收音机？他又想起那天晚上，他捧着这个收音机，爱不释手的样子，莫非她刚好看见了？

他把收音机放回包装盒，心想，无论如何是不能收的。

他抱着这件礼物，走到了女生宿舍楼，打电话，沙璇说应晓雨去半山腰的研究生楼找学姐拿资料。许愿想了想，女生宿舍门口人多，不如去半山腰等她。他小跑过去，台阶有些陡，尽管并不远，但也气喘吁吁。他刚到，跟应晓雨撞了个满怀。

她很意外在这儿见到他，半山腰的台阶有路灯，能清晰地照出他紧锁的眉头。

应晓雨："你怎么来了？我正要回去呢。"

许愿伸出手，是那台收音机："你送的礼物，太贵重了，我不能收。如果可以的话，去退了吧。"

"你过生日，送你的礼物，哪有拿回来的道理？"

"因为太贵重了，我们都只是学生，我真不能收，退了吧。"

"肯定不让退的，没有质量问题不会退的。"

"一定可以退，我们一起去，你退，我再买，他们没有理由不让退。"

"那不成了你花钱买的了吗？"

"就当是我买的，你再随便送个别的都行，总之这个，我不要。"

应晓雨有些着急了，她的语速从未这么快过："当我感谢你也不行吗？我没想那么多，就想买了给你，你实在不想要就扔了吧，总之我已经送你了，怎么处理是你的事。"

许愿把盒子塞进应晓雨手里，两人推搡之间，收音机从盒子里掉了出来，顺着山坡滚了下去，黑漆漆一片，也不知落到了哪里。许愿一下呆住了。

应晓雨："你就那么讨厌我送的礼物？"

许愿摇摇头："不是……天亮了我捡回来，但我……还是不能要。"

应晓雨的眼眶红了，只是夜太黑，许愿看不到。她的呼吸声突然变得急促起来，她的手颤抖着，讲不出话。许愿有些不知所措，伸出手要扶住晃晃悠悠的她。结果她倒下得太快，还是没能抓住她的手，只见应晓雨沿着台阶滚了下去。

许愿连滚带爬地冲下台阶，抱着已经昏迷的晓雨，朝着校医院跑去。

10 月底的初秋，长沙已经不热了。

窗外的叶子开始黄了，木兰路的清洁工们又开始勤劳地打扫着落叶。校医院的病床上，应晓雨坐了起来，她额头上有伤，应是昨晚从台阶上摔下来时磕的。身边的苏暮雪小心地问："是不是要上厕所？"她摇摇头，说："不是，我想喝口水。"沙璇赶紧递过来。

许愿像个做错了事的孩子，站在一旁。柏千阳俨然是这位孩子的家长，带着孩子来负荆请罪，他嬉皮笑脸地说着冷笑话，试图打破这尴尬的局面。

见无人应答，柏千阳只好小声说了句：“我们都不知道她有哮喘。”

苏暮雪没理睬柏千阳，径直走过来，小声对许愿说了句：“你过来。”许愿看了柏千阳，然后跟着苏暮雪走了出去。

走过医院长长的走廊，他们在一楼门口的香樟树下停下脚步。

许愿：“对不起……”

苏暮雪叹了口气，说：“没告诉过你们她的身体状况，这个事情不应该怪你。只是这个收音机……应该是晓雨工作了一整个暑假，收到工资后去买的，你执意不要，她当然很难过，她这个病，不能太激动，表彰大会那天她都扛住了，可昨晚却……”

许愿低着头，心里满是愧疚：“正是因为太贵了，我才觉得不能收，她好不容易攒的钱，何必买给我。”

“你真不知道？”苏暮雪面带愠色。

许愿一声不吭，他不愿去面对这个原因，抬起头看了看苏暮雪，然后摇了摇头。

“她喜欢你。”

尽管许愿已经猜到这个答案，但听到苏暮雪那么肯定地说出来时，还是有些惊讶。

“难道……你看不出来？”她又问。

“那我该怎么办？”许愿不知道是在问自己，还是在问苏暮雪。

“你……喜欢她吗？”

“我只把她当朋友。”许愿很肯定地回答她，他甚至差点儿脱口而出，我喜欢的其实是站在眼前的你啊，但他没有说。他承认是害怕了，明明是如此美好而平衡的关系，没想到终于因为他的生日而打破了，这会不会是个开始，接下来像多米诺骨牌那样，一切都分崩离析呢？他继续说：“她是我非常非常重要的朋友，我想看到她开心、健康，我现在很恨我自己，我有什么值得被喜欢的？如果她不喜欢我，什么事都没了。”

“你打算怎么办？也许……她也在等你告诉她。”苏暮雪小心地问，她渴望许愿非常坚决地告诉她，他喜欢的是自己，但同时她又如此害怕，原本大家不必捅破的关系，现在被应晓雨戳开了一个小孔，如果事情愈演愈烈，最后这一船人会不会彻底地翻在汹涌的海上呢？

“我需要一点儿时间想一想。”

想一想，一直是许愿逃避的方式。不用直面突如其来的难题，能躲一天是一天，好像拖延得久一点儿，事情就不会变得那么糟糕。可是他知道，无论拖多久，他的答案都很清晰，他喜欢的是苏暮雪。但这个答案能告诉应晓雨吗？她那原本如同木兰路的落叶一样脆弱的心，能够承受这样的答案吗？

“那你想想吧，无论……无论你怎么选择，你都应该……勇敢地告诉当事人。”苏暮雪淡淡地说出这句，看着头顶的香樟，一片叶子悠悠地落下。她也不知道这句是在对许愿说，还是在对自己说。

树下隐忍的两个人，在沉默中结束了这段对话。

许愿捡回了收音机，边角上有些破损，但依然可以使用。他调试了一下，电台主播的声音从中传来，点评着近期娱乐圈的新闻，提及王菲如何回应与谢霆锋牵手，她说，既然男人都是花心的，不如找个帅点儿的。主播声音浮夸，让午后的宿舍显得有些心浮气躁。

许愿关了收音机，心想，我明明不花心啊，为什么最后还是弄得一团糟？

两个人不等于我们

晓雨下午 3 点出院，许愿自告奋勇去接她，也想趁机跟她单独聊聊。他推开门，见她已经穿戴整齐，站在床边看着半山腰茂密的常青树，它们依然绿意盎然，无视秋天的存在。

“你来了。”听见门响，她回头笑了笑，气色不错。

“我来接你出院，现在可以走了吗？”

“我在等护士把学生医保卡拿给我，一会儿就可以走了。”

许愿走过去，站在她身边。窗户是开着的，风吹进来，淡蓝色的窗帘轻轻飘动，时不时碰到许愿的脸。

“我把收音机捡回来了，对不起，既然是生日礼物，的确没有还回去的道理，我把它收下了。”许愿看着窗外，缓缓地说着，“但它的确太贵了，不过我想这是你的一片心意，说明你看重我这个朋友，大不了，你的生日我送个更贵的给你。”

“谢谢你愿意收下它。”

“这么说，又让我惭愧了。”许愿笑了笑，却不知如何进行这段对话了，难道他要主动地告诉她，我知道你喜欢我，但我们不可能，我喜欢的是苏暮雪？这分明是一把开了刃的刀，难道亲手用它插入应晓雨的心脏？这一刻，他在辩论赛场上的勇气不见了，他像个胆小鬼一样等待某种裁决。

“许愿……”

“在。”

“我……”

“你说吧。”

“我喜欢你。”她终于说了，她如此坚定地说了，这句藏在心底的表白，这一年来如同一艘沉在海底的邮轮，重重地压住她的心，让她变得像一只失去了壳的河蚌那么毫无抵抗力，稍有碰撞，就会粉身碎骨，“很久很久了，我本来以为，偷偷地、默默地喜欢着你，一直这样下去也是美好的。但我软弱了十几年，这些年，我一直在等待别人施舍我，从未伸手说，我要。那么今天，我想在这一刻变得强大一点儿，等不到你说，那么我先说。许愿，我想做你的女朋友，可以吗？”她的眼睛里闪烁着极有力量的光彩，许愿知道她在等待他说出那句肯定的答案，她用了全身的力气在等这个答案。可是，如果等不到，会怎样呢？

“我……”许愿不敢再看应晓雨的眼睛，他害怕多看一秒钟，会被她此刻的勇敢而感动。

“我数十下，如果你拒绝我，我希望你在这十秒之内告诉我；如果你接受我，请不要说话，我知道沉默比所有的答案都有力量。”

“嗯……”

“一、二、三、四、五、六……七……”应晓雨轻轻闭上眼睛，缓慢地数着。她的心在祈祷，祈祷不要被许愿恶狠狠地打断，说不用十秒，我现在就可以告诉你，我们是不可能的，“八……九……”

她睁开眼睛，偷偷看了一眼许愿，他也闭上了眼睛。

她小心翼翼地说出最后一个数字：“十。”

他心慌意乱地什么也没说，他知道自己又做错了，但他真的不知道怎么做才是正确的。只能默默地站在这里，就像等待命运的审判一样，要我如何，便如何吧。

他什么也没说，眼神清亮地望着她。她反复地确认，眼前这个人并没有拒绝她，然后伸手激动地抱住了他。她等这一天等了很久，觉得自己不再是那只没有壳的河蚌了。她抱住了眼前这个如同一株永不凋零的玫瑰一样的少年，觉得自己从此穿上了世上最坚硬的铠甲。

许愿的手也不知所措地，慢慢地抱住了她。

秋天的午后，宿舍里另两个女生都没回来，只有应晓雨她们三人在。

应晓雨在说出她与许愿恋爱的消息时，脸上泛起从未有过的幸福感。她本来想哪天大家一起吃饭的时候，由许愿宣布这件事，但还是想先私底下跟姐妹们分享这个秘密。她说起了那十秒的煎熬，每数一下时内心的念白，她甚至希望一直数下去，永远数不到十，这样就听不到他拒绝的声音，而自己也可以一直存着希望。可是最后，他默默地接受了她，两个都是不爱说话的人，这一刻倒是符合她的期待，只是没想到一切来得这么快。

沙璇仰天长啸，嚷嚷道："哎呀，真羡慕你，我听说许愿家条件挺好的，以后你毕业不用愁了。"

应晓雨坐在床边，拉着苏暮雪的手说："其实，我要感谢暮雪，要不是你坚持，我就不会加入辩论队，可能一辈子都没有机会跟许愿朝夕相对。"

苏暮雪笑了笑，也握住她的手。

沙璇："你们接吻了吗？快交代！"

应晓雨害羞地说："没有接吻，只是站在窗边抱了很久，一直到护士来了，她咳嗽了两声，我们才不好意思地松开。那个拥抱，跟我想象中的一样，许愿虽然看起来有些瘦弱，但他很用力，让我很有安全感，真想一直这样抱着。"

沙璇跳过来，一把掐住应晓雨的脖子："你这个小贱人，快告诉我，你什么感觉，他有没有趁机摸你的胸？"两人在床边打闹起来。

一阵吵闹之后，应晓雨又沉浸在初恋的想象当中，说："他很木讷，只是这样抱着我，一动不动，闻着他身上那种香皂的味道，使我有一种从未有过的踏实的感觉，我希望一切都慢点来，让我的心可以跟得上来。"

苏暮雪："晓雨，恭喜你。"

应晓雨灿烂地笑着，秋日的阳光从窗外钻进来，淡淡地映在她的脸上。

中午吃完饭，应晓雨和沙璇约好去上选修课，苏暮雪便落单了。她坐在桌前，突然想起很久没给爸爸写信了，于是拿出一张纸，在桌上铺平，打开抽屉拿出她最心爱的那支冰蓝色的水笔，打开，不小心把笔盖弹了出去，掉进了床底。她蹲下来，伸手，发现够不着，再用力，还是够不着，肩膀卡在床沿，还差一点点。她只好趴下，跪在地上，上半身探了进去，好一会儿才拿到笔盖。把头伸出来的时候，她狠狠地磕在床沿的铁架上。钻心地疼，她捂着头，那一阵疼的感觉像极了深山寺庙里晨钟的回音，震荡了好半天。

那一瞬间，她突然变得没有力气，坐在地上起不来，也不知道为什么，就这样毫无征兆地失声痛哭起来。她紧紧握着笔盖，像个小孩子一样，大哭着。

怎么回事，最疼爱的晓雨有了男朋友，不是应该为她高兴吗？而那个男孩子，也是值得将晓雨托付的啊！可是为什么这个时候，听到他们拥抱，会这么难过呢？真的已经不可救药地爱上这个男孩儿了吗？他到底做了什么，他不过是在食堂偷偷看过她，不过写过一首诗，不过一起参加了辩论赛，他与她小时候对于爱情的向往，根本不一样啊！怎么会在突如其来的一个秋天的下午，让她心痛得如此猝不及防呢？

哭了很久，直到眼泪流完了，苏暮雪起身在脸盆里倒了热水，洗了把脸，然后收好笔和纸，背着书包出门了。

“我必须做点儿什么，不然我就完了。”她这样想。

苏暮雪坐上公交车，车上没什么人。湖南的秋天是很美好的，不冷不热，时不时看见落叶贴在车窗上，她伸出手轻轻一拨，那叶子又朝后方飞走了。

在车上，她像整理书信一样，把这一年来的记忆反复梳理，竟然有些错愕。原来自己是如此深爱许愿而不自知，他纯洁的心，还有孩子一样的面容，不知不觉早已经吞噬她的心，并霸道地占据了全部空间。她本以为这不是爱，那是因为她很确信他不会走远，也因为他无害的性情，让她毫不设防。而今天她才知道，这个世界上不会有人一直等你。

她想：“我是不是应该假装什么都没有发生，像杂志上写的那样，用时间的流逝来抚平一切呢？可是……好像也没有别的办法。”

车开了很久，终于到了城东，她下了车，买了一袋狗粮，又坐上一辆三轮车来到了救助站。

推开门，她跟志愿者打着招呼。

“叮咚呢？说好了今天我给它洗澡的。”她问其中一位志愿者。

“你朋友来了，在给它洗呢。”对方回答。

她顺着对方的手看过去，许愿正蹲在不远处，叮咚浑身泡沫，在他手里变得很乖。

许愿抬头，也看见了她。

她走过去，对着许愿笑了笑："你怎么来了？"

"我有空都会来，今天下午没课，就来了。"他用水给叮咚冲洗身上的泡沫，"需要你帮一下，冲水和吹干的时候它就调皮，老想跑走。"

苏暮雪也搬来个小板凳，坐下，接过许愿手里的莲蓬头，顺着许愿的手给叮咚冲洗。

"听晓雨说，你们在一起了。"她小声说着。

"算是吧……"许愿拿来一条毛巾给叮咚擦身子。

"恭喜你。"

"谢谢。"许愿抬起头，跟苏暮雪对视着，他拿来一个吹风机，示意苏暮雪把叮咚摁住。吹风机声音有点大，叮咚很害怕，朝苏暮雪的怀里钻，两人费了很大劲才把它哄得服服帖帖。关掉吹风机，他说："我也不知道这样的决定是不是对的，但是，可能这是唯一的选择吧，唯一的选择，应该就是对的吧。"

"晓雨是个很好的女孩儿，既然选择了她，就好好对她。"

"我会尽力的。"

两条雪纳瑞凑过来，苏暮雪抚摸着它们，不再说话。

"你是不是想跟我说点什么？"许愿没有看她，轻声地说出这句。

"谢谢你来这儿。"苏暮雪抱起其中一条，把它头上沾的杂草摘下来。

"我挺喜欢狗的。"

救助站院子外的梧桐树，已经没有了梧桐花，比手掌还大的梧桐叶，也已泛黄。

深秋了。木兰路的木兰树，叶子都掉光了。

沙璇和满毅经常一起走这条路，像一对情侣，但其实不是。韩家阅开始上考研班，与他们疏于联络。沙璇偶尔去看他，带着精心设计的零食礼盒，韩家阅总是礼貌地点点头，把礼盒放一旁。沙璇便识趣地离开了，她知道毕业给一个大学生带来的恐慌，她猜想自己大四的时候或许也会变得这么冷漠。幸亏有满毅一直陪着她，心甘情愿地做着她的跟班，一起自习，一起吃饭，旁人都觉得他们在谈恋爱，但他们却默契地矢口否认。

许愿和应晓雨也经常一起走这条路，他们已经是一对情侣，像很多情侣一样牵着手在这条路上“招摇过市”。天渐冷，许愿经常穿一件米色的风衣，手会放在风衣兜里，晓雨便挽着他的手臂，也把手放进他兜里。两人偶尔遇见宿舍的刘科科，他常嘲笑二人是连体婴。许愿每次都笑笑不说话，应晓雨心里则是满满的幸福，热恋的时候，都渴望这种善意的嘲笑，仿佛这是另一种形式的认可与嫉妒。

他们当然也会偶遇苏暮雪，每次一见苏暮雪迎面走来，许愿就会把手从兜里掏出来，挥挥手，然后垂下，不再放进兜里。一切都非常自然，就好像遇见一个普通的朋友。他们也得到了很多祝福，比如柏千阳，在得知两人恋爱之后，他送了他们一套红色的卡通情侣卫衣，款式挺适合他们，但只有应晓雨在穿，红色衬托得她肤色很健康。她每次问许愿为什么不穿，答案永远是“红色太夺目了，不适合我”。应晓雨只当是他羞于晒恩爱，他那么内敛的人，也是可以理解的。

苏暮雪能感觉到许愿见到她以后的紧张，尤其是他迅速地把手从兜里掏出来，这个细节她也注意到了。她觉得可能是自己想多了，他们是恋人，她才是外人，人家凭什么在意她的感受呢？想到这里，她会强迫自己就此打住，命运这么安排自有道理，那么又何必自怨自艾呢？她一个人的时候，常常这样安慰自己，想到命运，心里就好受多了。

大二的课比较多，苏暮雪常一个人躲在图书馆，一直坐到图书馆快要关门了才离开，回到宿舍，和应晓雨、沙璇有一搭没一搭地聊聊天，就各自道了晚安。她觉得可能这样也挺好的，大家相安无事，尽管曾有风浪，毕竟这艘载着他们六人的船，依然朝着前方航行。

柏千阳有时会跟苏暮雪一起在图书馆上自习，因为这里是个安静的场所，两人也极少交流。他们每天都默契地坐着同样的位子，谁先来就由谁放本书在身边占位子，到齐之后便看着各自的书，到点了，又各自散去，互不打扰。

有天下午，在图书馆，闲来无事，苏暮雪翻了翻学校出版的校报作品合集，不承想又看到了许愿写的那首名为《雪》的诗。她默念了一下这首诗的作者名：许愿。这么熟悉又陌生的名字，原以为可以慢慢忘掉那种痛的感觉，但只要一碰到这两个字，那种感觉，额头磕到床沿的痛，又回来了。

放好书，背好书包，她对身旁的柏千阳说：“我先走了。”

柏千阳抬起头时，她已经离开了。

她漫无目的地走着，最后来到了枫亭。这里的植物比较杂，有常青树，也有火红的枫树，还有一些已经枯黄的香樟，于是形成了一片红、黄、绿纵横交错的独特景致，像一盘颜料被打翻在水里。

她坐在石凳上，看着这种景象发着呆，回想着在这里讨论辩题的时候，偶尔会有错觉，好像许愿还坐在对面，手里拿着资料，啃着笔头，认真思索。

“我猜你就在这里。”柏千阳的声音传来，她回头，他站在她身后。

“很久没来了，想起上学期，天天在这儿。”苏暮雪看着宁静的湖水，有鱼游过，湖面不时泛起波纹。

“你最近好像不太开心啊。”

“有吗？或许吧。我一直都不是一个很会表达开心的人呢。”

“是因为许愿和应晓雨的事吗？”

“为什么，难道我不应该祝福他们吗？”苏暮雪心里一咯噔。

“别否认，我可什么都知道。”

“你知道什么？”

“我知道，你喜欢许愿。”柏千阳坐在苏暮雪身边，他嘴角上扬，但眉宇间似乎藏着一丝愁绪，“我还知道，许愿也喜欢你。辩论赛总决赛那天，我在后台，那个角度刚好可以看到你握住他的手。那一刻我突然有种感觉，或许当初他在食堂偷看的那个人，并不是应晓雨，而是你。你给了他面对众人的力量，在此以前，我一直以为是我给的。”

苏暮雪看着柏千阳那得意扬扬的样子，并没有惊讶，她有些自嘲地笑了笑，说：“原来这个世界上，这么多敏感的人，任何一个人在想什么，都逃不过另一个人的眼睛。”

“敏感真是一种可怕的能力，活着还是糊涂点比较好。”

“为什么？”

“当我知道最好的兄弟跟我喜欢的是同一个人的时候，那种感受，你一定能明白。我很难过，但又很欣慰，难过的是，非要和我的兄弟争个你死我活吗？我爱你，所以我不能像让出总决赛二辩那样把你让给他；欣慰的是，那个人不是别人，许愿也是我很疼的人，他身上有种不一样的光芒，我比任何人都希望他好。总决赛那天，当我看到你们的手握在一起，我便决定，不再像个傻子一样追你了，我在等，等最后的裁决，我想知道命运最后会如何安排。因为你和他，我都不能失去。”柏千阳捡起一颗小石子，朝湖面扔去，溅起一阵涟漪，慢慢扩散开来，一会儿又恢复了平静。

“那你等到了吗？”

“等到了。”柏千阳犹豫片刻，说，“苏暮雪，让我重新开始追你吧。”

“千阳……”

“你说。”

“我们是不可能的。”

“为什么？许愿已经和应晓雨在一起了，你不是说要祝福他们吗？难道你还对他念念不忘？别傻了，这是故事最好的结局。”

“千阳，爱一个人，不是一定要在一起的。当我确定我爱许愿的时候，就已经是故事的结局了，这跟他有没有和应晓雨在一起没有任何关系。爱本身是一种创造力，它让我变得更好、更勇敢、更有担当，我很感谢许愿给了我这种力量。所以，虽然我们没在一起，但我会一直爱着他，这是我的决定，虽然很痛苦，但我认为这是我需要的方式。所以，我不会跟你在一起，因为我不爱你。”苏暮雪缓缓地说，她的声音在枫亭流淌着，有时甚至会有错觉，像是从很远的地方飘来。其实她很欣赏柏千阳，但命运如此，总是让那些受了伤的人，把所有的痛苦都在另一个人身上如数奉还，仿佛是要让自己多一个疼痛的同伴。

“你一点儿希望都不给我？”他的声音有些颤抖，这么久了，终于等来了一个非常明确的答案。哪怕是呼风唤雨的柏千阳，也赢不了一个不爱自己的人，就像还没有开始战斗，他就已经牺牲了。

“还记得我们刚认识的时候吗？那个没心没肺、打不死的柏千阳，我还能不能再见到他呢？”

“谁说我不是呢？”柏千阳突然又像当初那样大声笑了起来，“好吧，做不了恋人，就做哥们儿吧，咱们做一对长长久久的哥们儿，恋人分了就变仇家，哥们儿是一辈子的，对吧？”

苏暮雪看着他傻呵呵的模样，很是欣慰。

柏千阳也看着苏暮雪的眼睛，笑啊笑啊，好像从来不曾悲伤一样。

晚饭时，食堂一下涌进上千人。许愿和应晓雨也在其中，好不容易挤到打饭的窗口，许愿伸出饭盆，说："三两饭，一个西红柿炒鸡蛋、一个宫保鸡丁。"他回头从应晓雨手里拿来她的饭盆，问："你吃什么？"晓雨站在人群里，大声说："二两饭，你吃什么我吃什么！"看着许愿在窗口忙活，她的心无比甜蜜。

每次打完饭，许愿都折腾出一身汗，晓雨掏出纸巾给他擦了擦，他接过纸巾说："我自己来吧。"

两人端着饭菜，走到窗口的位子，面对面坐下。许愿朝窗外看了看，人来人往。

应晓雨说："其实那次你从窗口看我们，不是我第一次见你。"

"是吗？我们之前见过吗？"许愿对这个话题并不是很感兴趣，大家同处一个校园，低头不见抬头见，肯定经常会遇到，有什么好说的呢？但他想，晓雨这么说，一定是很想聊这个事，所以只好这样问。

"报名那天，我中暑了，坐在宿舍楼下，你给我买了一瓶水，只不过那时候我是长头发，军训的时候才剪短。"她饶有兴致地说着，期待着许愿惊讶的表情。

"是吗？难怪当时看你这么眼熟。"他的语气稍显平静，一定与晓雨的期待有些差距。

"你那天，偷偷地看过来，其实是在看我对不对？觉得像在哪儿见过我，对不对？"

"嗯，是啊……你怎么不吃呢？吃饭吧。"

应晓雨得到了这个满意的答案，才开始吃起来。

"对了，今天吃完，我们别回院里自习了，去散步吧？"她边吃边说。

"好啊，去哪儿？"

"去体育场吧。"

"体育场？"

吃完饭，天黑了。他们一起来到学校的体育场，有个铁门的锁坏了，一直没人修，学生们经常偷偷进来踢球。但这天，偌大的体育场只有他们两个人。

他们绕着跑道，一圈一圈走着。

“你为什么想来这里？”许愿问。

“嗯……你跟我来。”

应晓雨拉着许愿走上了最东侧的主席台，俯视着整个体育场，头顶是深邃高远的星空。秋风吹过，有点凉。

应晓雨：“你看，在这个位子这儿，是不是很美？”

许愿点了点头，站在这里，有种心胸开阔的感觉。

“我一个人的时候，偷偷来过。”晓雨松开牵着许愿的手，走到主席台最前面，“我经常会幻想台下人山人海，就像我们大一入校时的开学典礼一样，我记得那天我们都在下面站着，张校长在主席台上，就是站在这个位置说话的。”

许愿笑着说：“你是想假扮张校长吗？还是想体验一下君临天下的感觉？”

应晓雨也冲着他笑，然后转过身对着空旷的体育场大声喊道：“我——谈——恋——爱——啦！”

边说边笑着，风吹乱了她的头发，她笑得那么放肆。

许愿：“一会儿该把保安招来了。”

“不会，我经常这么干。”说完，应晓雨走到许愿身边，一把抱住了他，她的嘴唇贴住了许愿的嘴唇。

这是她的初吻，她从来没想过，自己的初吻竟然是主动去亲一个男生。但她已经不再顾虑，只想深深地吻着许愿。她用力地呼吸，闻着许愿身上那好闻的香皂味道，而这个期待已久的吻，竟然比想象中更甜美。她贪婪地吮吸着许愿的唇，浑身颤抖，仿佛快要被这短暂的炙热融化了。

许愿突然抓住她的双臂，把她轻轻地移开。她不解地看着他，她还没有吻够，她原本做好了准备，她想，如果许愿要更进一步的话，她可以与他在主席台上疯狂一次，就在这里幕天席地，把自己交给他。

但他是怎么了？

许愿放开手，朝前方迈了两步，走到栏杆处。风刮得更大了，他打了个哆嗦。

“对不起，我还没有准备好。”他想了很久，回头说。

应晓雨傻傻地站在那里，有些不知所措。

“应该我说对不起……”她突然想找个地洞钻进去，“的确太快了，我……我也不知道为什么会这样。”

许愿笑了笑，伸出手：“走吧，天冷了。”

她赶紧牵着他的手，一起迎着秋风，朝着体育场大门走去。

路灯下，沙璇坐在长凳上，跷着二郎腿，时不时伸手一拍，心里暗骂着：“这秋蚊子太毒了，打死你们一个个的。”

满毅捧着几个卤蛋跑过来，紧挨着沙璇坐，把卤蛋递给她：“趁热吃。”

沙璇第一次见满毅，就吃过他在男生宿舍楼下买的卤蛋。那一天她刚跟韩家阅唱完歌，饿得前胸贴后背，因此对满毅的卤蛋印象深刻。这些日子，几乎每天晚上他都会买卤蛋给她吃。虽然不是她的男朋友，但满毅想，韩家阅和沙璇之间肯定没戏，若能守得云开见月明，哪怕久一点儿，那也是值得的。

她接过，一口吃掉半个，边嚼边说：“今天的有点淡。”

满毅咬了一口：“我觉得还行啊，是不是你嘴太淡了？”

沙璇没精打采地念叨着，说：“可能是吧，最近吃什么都没味道。”

“你是不是病了啊？”满毅伸手要摸沙璇的额头，被她躲开。

“你才有病，我是因为好几天没看见韩家阅了。一想到他快要毕业，我就吃不好、睡不好。”咽得太快，她有点被噎着了。满毅赶紧拧开一瓶矿泉水递给她，她喝了口水，神道道地说：“对了，你说奇不奇怪，他跟那个自考‘伊能静’分手之后，一直没找女朋友，他不寂寞吗？喂，你们男生……如果那方面有需求了，怎么解决啊？”

“要解决……总有办法的喽！”满毅有些不好意思起来。

“唉，你们男人，真是捉摸不透。”

“只有两个月就期末考了，你还是操心操心自己吧。”

“我需要操心吗，大哥？上学期我打通关呢，挂科的可是你啊，语文和英语两科都没及格。”

“我那是个意外，本来我也能拿奖学金的。”

"吹吧你，你说说，怎么个意外法。"

"你说这语文吧，我都考得不错，偏偏作文给我零分。"

"零分，怎么可能？"

"骗你是小狗。"

"你们中文系的作文题是什么？"

"作文题是——水灾之后，请你以田鼠的口吻来讲述这场灾难。"满毅手舞足蹈地描述着，给沙璇讲段子是他最热衷的事儿。

"你怎么写的？"

"我是这样写的：吱吱吱，吱吱吱吱，吱吱，吱吱吱……"

沙璇笑得差点儿呛到，咳得脸都红了，她追问："那英语呢？"

"英语的作文，我也是零分，作文题是用英文写一段王子与公主的对话。"

"你又是怎么写的？"

"我第一句就是，王子对公主说：Can you speak Chinese？"

沙璇被满毅逗得开心起来。

满毅看着她笑，也被感染了，好一会儿，他才吞吞吐吐地说："沙璇，跟你商量个事儿……"

"你说。"

"你看你……跟韩师兄也挺不现实的，我想……"

"你想都不要想啊，我是不会跟你在一起的，你现在充其量就是我的男闺密，你不断了这个念想，明天我们别见面了。"沙璇的声音立马变得高八度，迅速打断了他。她早已决定了，从小县城考来长沙多不容易，找男朋友必须高标准。她想：我可不是来搞慈善的，我还得别人来救济救济我呢。

"我……我知道，我是说啊，干脆啊，你别指望他了，万一陷得太深……我是怕你以后会受伤。"

"行了行了，我有数，走了啊。"

沙璇起身，拍了拍屁股，哼着小曲走开了。

满毅见还剩一个卤蛋，拿起来一口咬掉一半。

他看了看长凳上自己的书包，打开它，拿出来一束玫瑰花，本来想送给沙璇，然后趁机跟她说点什么，算了，再等等吧。他借着路灯的光看了看这束花，塞包里一整天，都有些蔫了。他把花扔在长凳上，也哼着小曲儿走开了。

晚上一帮中学同学来联大玩，约上柏千阳。其实他并不爱参加同学聚会，因为每次聚会的主题都是各自吐槽现在读的大学，他有点腻歪了。但这次他们约在学校附近的啤酒屋，他也有点想买醉，正好今天不用去飞轮上班，于是就答应了。去了才知道，原来是有两个老同学谈恋爱了，跟旧友们知会喜讯，他一高兴几瓶啤酒下肚，有点喝高了。他从啤酒屋出来时，突然想起，净顾着喝酒，一口饭都没吃，饿得腿软，看了看时间尚早，便朝堕落街走去。

秋风扑面，他打了个哆嗦，酒醒了不少。

因为是同学聚会，他稍稍打扮了一下，下半身是一如既往的牛仔裤和球鞋，但上身穿了件格子衬衫，套了件薄薄的藏青色毛衣。他肩宽，手臂有肌肉，这样穿显得神采奕奕，又多了点书生气。只是已是深秋，这身打扮在夜里自然是有些冷的，又懒得再回宿舍加衣，见串串香的灯亮着，香味和热气从门缝里钻出来，想着吃串串会很暖和吧？

推开门，他找了个靠墙的位子坐着，要了个麻辣锅，转身随手拿了一堆串串，等着汤沸了就可以涮了。

他四处看了看，只见夏舟又坐在之前那个位子上。

她穿着一件褐色的风衣、一双黑色的靴子，很干练的样子，只是面容看起来有些憔悴。奇怪的是，这样瘦削、苍白的夏舟，没有了平日里的那种凌厉与桀骜，反倒显得更美了。她走了过来，问："我可以坐这里吗？"

"我说不可以，你会走吗？"柏千阳涮了些牛肉，大口吃了起来。

"你喝酒了？"她顺势坐下。

"喝了不少。"

"为什么？"

"你管不着。"

夏舟不作声了，她能感觉到柏千阳有种悲壮的气息。

"你怎么不问了？"柏千阳突然抬起头，"你不咄咄逼人地追着问，我倒有点不习惯了。”

“我问多了，你又嫌我烦，我想重新跟你开始，得好好表现。”

“你现在还是天天来这儿？老吃串串香不好。”

“我没天天来。”夏舟突然笑了起来，没想到柏千阳竟然也会关心自己，或者，他只是不想老在这里遇见她吧，“今天真是偶遇，我也几天没来了，怪想念这里的味道。”

“喝点儿？”他埋头吃了半天，说了这句。

“行啊。”

于是又叫了几瓶啤酒，两人像朋友一样，大口喝了起来。真是匪夷所思的感觉，柏千阳想，明明那么厌恶这个女孩儿，为什么此刻，反而觉得像一个值得信赖的人了呢？在她面前，似乎不用伪装、不用设防，或许是因为无论怎么邋遢、怎么不堪，她都不会离开吧。

“你不能喝了就说，醉了我可抬不动你。”夏舟说完，喝了一大口。

“我酒量比海深，你别小看我。”

“我从来没有小看过你。”她看着柏千阳的眼睛，很认真地说。

他们陷入一片静默之中，店里充斥着嘈杂人声。

柏千阳突然哭了起来，毫无征兆地哭了起来。

夏舟握住他的手，什么也不说。

“夏舟，我现在懂你了。”他擦了把眼泪，“我怎么对你的，是会还的，你的那些痛，我一五一十全部经历了一遍，真的，太痛了！”他歇斯底里地哭得像个三岁的小孩儿，但他丝毫没有觉得丢脸，因为苏暮雪不在、许愿不在，他不用扮演强者，而他无论多么懦弱，眼前的这个女孩儿都是不会笑话他的。

“可我现在不痛了，一点儿也不痛。”

“为什么？”

“柏千阳，我发现，爱你已经变成了我的一个理想，崇高的理想。爱你这件事，已经跟你没关系了，我图的是自嗨。因为爱你，让我觉得自己越来越牛了，哈哈哈。”夏舟笑出声，笑着笑着眼泪也掉了下来。

柏千阳伸手把她揽在怀里，嘴唇凑上去，用力地吻了起来。夏舟也配合地抱住他，两人在火锅边激烈地拥吻。

周围的顾客起着哄，老板过来敲了敲桌子："喂喂喂，这里是吃饭的地儿，要干事去别处啊。"

柏千阳松开手，从兜里掏出钱，桌上一拍，起身拉着夏舟往外走。

两人东倒西歪地走在堕落街的巷子里。

"我们去哪儿？"夏舟问。

"除了回宿舍，去哪儿都行！"

他们像一支打输了仗的队伍里的两个逃兵，一前一后趔趄地前进着。

路过一家小旅馆，他们停了下来，对视了一眼。柏千阳拉着夏舟往里走去。

房间里，他们疯狂地吻着。他健壮的身体袒露在夏舟面前，她用尽全身力气地抱住他，指甲仿佛要扎进他的肌肉里，她害怕下一秒他会消失不见。他像头狮子，沉重地喘息着，她在他耳边颤抖着说："柏千阳，我愿意为你去死！"

凌晨，天将亮未亮。

柏千阳醒了过来，掀开被子，看见一个赤身裸体的自己。夏舟抱着他，睡得很熟的样子，月光很明亮，从窗外洒进来，落在她洁白的胴体上。借着月光，他清晰地看见了床单上红色的斑点，有些诧异。他轻轻地把夏舟的手拿开，光着身子坐在床边，从地上的裤子口袋里摸出一包烟和打火机，点燃一根，回忆着昨晚发生的一切，似乎已经忘了是怎么来的这家旅馆、谁提议的、谁付的钱，全然不知。

他自言自语道："我是发什么疯了？"

他穿好衣裤，离开了。他从旅馆门口出来的时候，不小心绊到脚，一个趔趄差点儿摔倒，那模样就像是被人一脚踹了出来一样。

翻墙进了宿舍，他没有回 622，而是敲了敲 626 的门。好半天，半醒着的许愿才来开了门，见是柏千阳，有些意外。还没来得及问，他便闯了进去，迅速脱得只剩短裤，钻进被窝。

"你今天怎么了，一身酒味。"许愿关门，上了床。

"不臭吧？"

"臭倒是不臭，你跟谁喝酒了？"

柏千阳转过身，抱住许愿，像个刚被训斥过的小孩儿一样。

“喂，”许愿拍了拍他的肩，“你干吗呢？”

“让我抱会儿呗，我有点害怕。”

“好吧。”

上天可能眷顾自私的人

圣诞节开始，连续下了几天的小雪。南方的雪很难厚积成堆，地上薄薄的一层，却冷得刺骨。宿舍不允许用电烤炉，也不让自己烧煤，像个冰窖。罗阿姨给许愿寄来一个保暖包，每天烧一个煤球，放进这袋子里的石棉袋里，能发热一个通宵。他每天都提前把保暖包放进被窝，半小时之后上床，已是暖烘烘的了。连续好多天，柏千阳都赖在许愿的床上，其实他自己也有个保暖包，但他说懒得烧煤球，直接睡这边更省事。

天晴后的第一天晚上，他又来了。熄灯后，许愿拉上蚊帐，面朝墙侧躺着。

柏千阳戳了戳他的背，悄悄凑过来："喂。"

"怎么了？"许愿转过身。

"问你个事儿。"

"什么事儿？"

"你和应晓雨那个了没？"

"哪个？"

"你别装傻，就那个，一起睡过没？"

"还没。"

"真的假的，骗我拿不到毕业证。"

"骗你干吗？我天天都跟你睡着呢！"

"嘿嘿，行，信你。"柏千阳被逗乐了，伸了个懒腰，语重心长地说，"最好别轻易跟她睡了，别惹麻烦。"

"她怎么了？"

"她啊，一看就是个处女，麻烦，睡了，缠你一辈子。"

"真的？"

"真的，听哥一句劝。"

许愿没再回应了，他不知道柏千阳为什么会突然这么问，但他和应晓雨恋爱以来，的确从未有过更进一步的亲密。快两个月了，他丝毫感受不到恋爱的甜蜜，他开始怀疑当初的动机是不是正确的，却又没有更好的解决办法，于是只能一天天别扭地过着。用自己的快乐换来一群人的和平，还挺划算的，他幼稚地想："也许总要有一个人牺牲吧！"

柏千阳也没有睡着，自从他从小旅馆离开之后，这两个月一直没见过夏舟，夏舟也没有找过他。他尽量避免出现在任何她可能出现的地方，于是这个人真的就像凭空消失了一样，偌大的校园，杳无踪迹。他想，可能夏舟觉得那不是什么了不得的事，甚至可能那天她醒来之后压根儿就不记得他是谁，不过，那分明是她的第一次啊。还有一种可能，或许她只是一时的执念，一旦得到了他，觉得不过尔尔，就将从前清空，一切翻篇了。"那我还在这儿杞人忧天个什么劲儿呢？"一这样想，他便心安理得地睡着了。

早上醒来时，因为是周末，柏千阳约了人打球。许愿在宿舍写东西，校报又找他约稿，希望他每周能交一篇散文，宿舍没有人，比图书馆更适合写作。他打给应晓雨，说今天哪儿也不想去，决定在宿舍待一天。她答应得爽快，但听起来似乎仍有些失望，他只好说："跟你在一块儿我写不出来。"应晓雨听了，觉得是满意的答案，于是默许了他这个决定。他下楼买了两个卤蛋，草草应付一下肚子，便继续写了。

突然宿舍电话又响了，他有些烦，猜测又是应晓雨打来的。

"喂。"

"626 许愿在吗？"原来是一楼宿管科的大爷。

"我就是。"

"下来一下，有人找，一个女孩儿。"

"她……"

还没等他说完，电话便迅速地挂断了。他有些懊恼，觉得一定是应晓雨找来了。每一次跟她见面，他都要鼓起很大的勇气，却没有理由苛责她，作为他名正言顺的女朋友，想要时刻跟男朋友黏着，本身没有错，怪只怪他给了一个错误的开始。只是这刚挂完电话，她又杀来宿舍，实在让人喘不过气。

他慢悠悠地穿鞋，对着镜子拨弄了一下头发，无精打采地下楼了。

到了一楼，宿管科大爷房间的窗开着，他指了指门口，许愿看过去，是一个女孩儿的背影。马尾辫、鹅黄色的羽绒服，仿佛点亮了这个灰蒙蒙的一楼大厅。

那矫健、挺拔的站姿，分明不是应晓雨。

他走过去，一脸疑惑地问："你……"

她回头了，带着阳光明媚的笑容，是郑小苔。

那个消失得彻彻底底的郑小苔。

"许愿，好久不见！"她的声音依然这么清澈响亮，神采飞扬，好像她从没去过英国，昨天两人还是同桌。

"你怎么来了？"

"学校放圣诞假，回来看看，路经长沙，给你个惊喜。"

在宿管科登完记，郑小苔跟许愿来了他的宿舍，她一进来，环顾四周，一眼就认出了许愿的床。

"坐吧。"许愿背靠窗站着。

"你还是那样，有洁癖，容不得半点不整洁，一丝褶皱都没有。"她坐在床边，似乎是要在极短的时间内审视完前男友的全部生活，"你们宿舍还行，不脏不臭，刚路过那几间，简直是狗窝。"

"你还好吗？"

"还不错，我在伯明翰，先读了一年语言，所以我现在才大一。"

"哦。"许愿犹豫了一会儿，说，"你走以后，我去找过你。"

"我知道啊。"

"啊？"许愿有些意外，但这陈年旧事，他也懒得去追寻个解释了，只是他很好奇，为什么她连一句正式的道别都没有，"那……你干吗不联系我？"

“因为……”她想了想，脸上始终洋溢着一种奇怪的热情，一种亲切却又拒人于千里之外的热情，“因为没有必要呀。我要去英国，是不可能改变的事实，我们的未来注定是没有交集的，索性长痛不如短痛，你看，现在不是挺好的吗？我们各在一座城市，彼此安好，谁也没损失什么，对吧？”

“我总觉得，应该有一个认真的道别，默默地看着你离去的那种，心里充满了不舍的伤感，最后追着车跑一段。”许愿半开玩笑地说。他已经不在乎了，伤口已经愈合，再见到郑小苔，不但不怪她，甚至还有种他乡遇故知的感动。

“许愿，你啊……就是太在意形式感，这样很累，分开就是分开了，多此一举，反而是两个人的负担。人只有一生，要节约时间，享受生活，因为命运总是在你前头，你要不停地奔跑去追赶它。”

“你还是活得那么洒脱，感觉谁也伤害不了你。”

“是啊，可能我这样很自私吧，但是，我很开心啊。我愿意做一个开心的自私鬼，也比做一个伤春悲秋的圣人要好，对吧？上天比较眷顾我们这些自私的人。”她突然想起了什么，又问，“对了，你……有女朋友了吗？”

许愿听了这个问题，变得吞吞吐吐起来，眼神在宿舍里飘忽不定。

“有了？”她问。

他依然不说话，他在犹豫要不要把进入联大之后的故事讲给她听。

“还是……没有？”她歪着头俏皮地问。

许愿抬起头，滔滔不绝地讲了，抑扬顿挫地讲了，长篇累牍地讲了。他把从拿到联大通知书那天开始，一直到大学报到、偷看苏暮雪、认识柏千阳、参加辩论赛，再到过生日时收到应晓雨的礼物，最后他们谈恋爱了，一五一十全部讲给了郑小苔听。他第一次用这么系统的叙述方式把自己的生活与情感讲给另一个人听，他不想落下任何细节，每一个篇章都完完整整地呈现给眼前这个女孩儿。他们一年多没见了，但那种信任感是不可取代的。今天她又出现了，仿佛是带着某种使命来的，就像当年他犹豫不决，到底读文科还是理科的时候，她拍着桌子说：“我选文科，你看着办。”除此之外，他知道她明天就要走了，她会带着他的秘密去另外一个国家，他不必担心她会因为听了他的秘密而干预他的生活。

“大致就是这些，你在听吗？”末了，他说。

“我在听，很精彩。”她全神贯注地听着，好一会儿才缓过神来。

“所以，你觉得我该怎么办？”

“你下午干吗？”

“我没事，事实上本来有点事，但不做也可以。”

“我们去一个地方吧。”

“去哪儿？”

“游乐场。”

他们之间仿佛没有时间的断层，依然像中学时那样，郑小苔冲在前面，拉着身后犹豫不决的许愿。两人上车，公交车穿越整座城市，到了游乐场。

她跑在前面，回过头，说：“喂，跟上来啊！”

他们来到过山车的入口。

“你敢不敢坐？”郑小苔问。

“没坐过，但没什么不敢。”许愿有点心虚，但见郑小苔无所畏惧，也只好硬撑。

“我说的，可是坐三遍哦。”

“啊？”

他被她推了上去，两人并排坐着。过山车开动，从高点往下俯冲，起起伏伏，好几次他都觉得快被甩出去了，耳边是呼啸的风声，他闭上双眼不敢看那旋转的四周。

真的坐了三遍。第三遍结束后，他在厕所吐得翻江倒海。

走出来，坐在游乐场的长凳上，他已经精疲力竭，看着眼前那些拿着气球和风车奔跑的小孩儿，画面恍惚。郑小苔递来一杯热牛奶，他接过，手竟有些抖，牛奶洒了出来。他喝了一口，把牛奶放在身边，喘着粗气。

“你真疯。”好半天，他才说了这么一句，看了一眼郑小苔，她像没事人一样坐在一旁。

“你身体不行啊，才三遍就蔫了，我能坐八次。”

“坐这个，有什么意义？”

“你知道嘛，有一次在美国，过山车坏了，有个人被甩了出去，摔得粉碎，当场毙命。”

"真的吗？"

"对，听到这个故事后，我更喜欢坐了。"

"你变态啊！"

"自从我知道过山车不是百分之百安全以后，每次坐上去，飞驰的瞬间，我都告诉自己，这可能是我活在这个世界上的最后一秒，因为每一次转弯、每一次悬空，都很有可能让我命丧黄泉。我会把这些一刹那的刺激记录下来，当成我与这个世界的告别。然后过山车停下来，我都感叹，哇，我捡回了一条命，下车之后，便会对自己的选择和决定更坚定。所以，每当我遇到难题时，不知如何选择，我就会去坐过山车，它会给我答案。"

"你的意思是……"

"许愿，刚才那三次过山车，你都与死神擦肩而过呢，你总以为很遥远，但死亡随时都在，我们根本不知道意外会在什么时候降临，那么现在，捡回来这条宝贵的命，你还打算委屈自己吗？"

"嗯……"他聚精会神地盯着郑小苔的眼睛，那双眼睛闪亮而锐利。

"去找苏暮雪吧，如果你确定爱她，不要浪费自己的生命，我们只能过一次的。"

"那应晓雨怎么办？"

"你打算将就着跟她过一辈子？带着不甘心与对她的愁怨，跟她一直拧巴地过下去？别傻了，你以为你在救她，其实你在害她。等哪天她无法抽离了，你再全身而退，那才是真正要她的命呢，到时候你不但当不了好人，还有可能是杀人凶手。"

"可是我……"

"这是我的意见，你看着办。"

郑小苔在游乐场便与他分别了，她打算去探望几个也在长沙念书的老同学，所以，许愿并不是她此行的唯一目的。他固执地让她先上车，他看着车渐行渐远，挥挥手，心里想着，这才算是我们正式的道别吧，也算是了却了一桩心愿。

到了宿舍，他才发现手机早已经没电关机了，刚充上电，就接到了应晓雨的电话。

"你去哪儿了？"

"我没去哪儿，写得有点闷，就出去散了散心。"

“真的吗？”

“嗯。”许愿想了想，决定不做一个撒谎的人，只好说了实话，“一个老同学来找我，一年多没见，她从英国回来，在长沙停留了一小会儿，我跟她出去了。她突然到的，我也很惊讶，本来我的确打算在宿舍写东西。”

“这还差不多，沙璇说看见你和一个女生上了公交车，我还说她肯定看错了，你明明在宿舍写作啊，没关系，你没事就行。我们晚上吃什么？”

“晓雨，我好累，今天不想出门了。”

“那好吧，要不我带点吃的去你们宿舍？”

“不用了。”

他挂了电话。他没有骗她，真是有点累了，躺在床上，像跌进水里一样下沉着，迅速进入了梦乡。

上午出发去图书馆之前，苏暮雪接到了柏千阳的电话，他说约了人打球，所以今天不去图书馆了，挂了电话之后才反应过来，他要去打球就打球啊，跟我有什么关系？我们只是经常不约而同地一起去图书馆而已，这并非一个日复一日的约定。更何况，已经跟他说得清清楚楚，我们只是一起自习，这不是谈恋爱。

吃过午饭，她和沙璇一起走出宿舍。路过车站的时候，她们看见了许愿和郑小苔一起上车。两人看起来熟稔的模样。

“晓雨不是说他在宿舍写稿吗？”沙璇问，满脸福尔摩斯般的疑问。

“谈恋爱也不是不可以有异性朋友啊，那个人可能是他同学，或者亲戚之类，不要太紧张了。”苏暮雪说完，眼睛却一直盯着那辆离去的车。

“那也不能撒谎啊，不行，一会儿我得告诉晓雨。”

“行，你让他们自己解决。”

说完沙璇与她分开，她一个人来了图书馆。

她拿出教材，突然有点昏昏欲睡，在稿纸上写写画画，突然有个身影出现在她眼前。她抬头一看，是夏舟，站在苏暮雪正前方，正欲说什么。

她脸色苍白，但看得出梳妆得整洁，上一次见她还是许愿生日时在串串香偶遇。

她说：“苏暮雪，你能出来一下吗？”

“什么事？”

“耽误你一小会儿时间，好吗？”

苏暮雪点点头，把书放进包里，背上包跟着夏舟往外走。她们走过图书馆的长廊，下楼梯，一直到了后门的草坪，夏舟才停下来。

苏暮雪看着她，等她说话，她甚至有点期待这个女孩儿的举动。

夏舟从包里掏出两张纸，递给了苏暮雪。她接过来，一看，是一份验孕报告，上面写着：孕酮 23.00nmol/L，人绒毛膜促性腺激素 547.1mU/ml。

她惊讶地抬起头看着夏舟。

“我怀孕了。”夏舟平静地说。

“是……谁的？”

“柏千阳。”

两人相对静默。

“两个月了。”夏舟把验孕报告拿了回来，放回包里，“我们就那一次，第二天醒来他不在，我还以为是做了场梦。”

“他知道吗？”

“我已经两个月没见他了。其实我还挺开心的，说明那天晚上不是一场梦，我甚至想把他生下来，这样我和他之间就有了一点儿联系，他就不会再对我避而不见了。”她摸着肚子，有些陶醉其中的模样。

“你疯了，你还在念书！”

“那又怎么样？这是条命呢，不念就是了，也不能杀人啊。”

“你应该马上让他知道这件事。”

“你把他还给我吧！”夏舟突然手足无措，低着头，眼泪一颗一颗往下滴，但能感觉到她的隐忍，因为听不见哭声，只见她的肩膀微微抖动着，“求求你了，我从来没有这么害怕过！”

“我跟他只是朋友，他是一个活生生的人，我拿什么给你呢？”

“要不你跟他说说，他喜欢你，肯定听你的！我求你了，我也没有别的办法了。”她的声音像将断未断的丝线，那种哀求的神态让人不忍卒看。

“我们去找柏千阳好不好？我陪你去。”

夏舟点了点头。

苏暮雪带着夏舟去了篮球场附近的花园，让她坐在路边的长椅上等着。她走到篮球场旁边，隔着围栏向柏千阳挥手。他穿着短袖，满头大汗地朝她跑来，脸上抑制不住喜悦的心情，毕竟有这么光彩夺目的女孩儿来篮球场看自己打球，是一件挺有面子的事儿。

“你怎么来了？”他很兴奋，上气不接下气地擦了把汗。

“你把外套披上，这么冷，别感冒了。”

“好。”

他披好衣服，跟苏暮雪走到花园旁的围墙边。

“夏舟来找我了。”苏暮雪小声说。

“她找你干吗？”

“她怀孕了。”

“怀孕？！”

“我看了验孕报告，她说……是你的。”

“什么？！”柏千阳仿佛被当头棒喝，他不敢看苏暮雪的眼睛，脸一下通红，像是自言自语地说道，“不可能，她肯定在撒谎，那种验孕报告是可以伪造的吧？”

“不像是假的，她说……两个月前……”

“没有，她撒谎，我跟她之间什么也没有，我们只是又在串串香碰到了，吃完我就回宿舍了，从那以后再也没见过她。对了，那天晚上我跟许愿睡一张床，不信你可以去问他！”

“那为什么她……”苏暮雪这时也有点迷糊了，不知该相信谁。

“她那种女孩儿，经常去飞轮，谁知道是不是跟酒吧的什么人好了，人家不负责，就来冤枉我。”柏千阳斩钉截铁地说，心却方寸大乱。

“她在花园里，你们先见面再说。”

“不用了。”夏舟从围墙背后走了出来，眼睛直愣愣地盯着柏千阳。

原本就寒风入骨，此刻的空气凝结成冰，仿佛都能听见冰块崩裂的声音。

柏千阳：“她……她说你怀孕了。”

夏舟笑了笑：“没有，我骗她的，因为你躲着我，我想让她带我去找你。”

苏暮雪见状，眉头一皱：“你们俩真是够了。”说完转身便走了。苏暮雪有种被耍的感觉，其实她原本对夏舟是有些好感的，得知她怀孕，也是真真切切地关心。这一刻却发现自己像柏千阳与夏舟的闹剧中即将结束戏份的女配角。

柏千阳看着苏暮雪的背影越来越远，又问夏舟：“你真怀孕了？”

夏舟看了看他：“对啊。”

“到底是谁的？”

“是条狗的。”

夏舟整了整衣服，也转身离去，那神情像只骄傲的鹤。

她调整着自己的步伐，一步一步走得坚韧又洒脱，事实上她的双腿就像是两根枯萎发黄的稻草，稍有重压，便会碎成灰烬。她尽力让自己离开得如往常那样骄傲，好像从来没有在这段感情中失败过一样。

冬天的江边，风吹得猛烈。夏舟走在江岸，任由冷风吹着。

她好像感觉不到冷，可能心是冰的，肢体的冷就不算什么了吧。这两个月，她不敢找柏千阳，她害怕因为那一夜的激情而被误会她就此缠上他了，但她始终不相信柏千阳对她一丁点儿感情都没有。她很清楚地记得那个晚上的一切，难道男孩儿的热烈与激动是装出来的吗？她不相信，她依然每天都去串串香，但是柏千阳再也没去过。直到她发现身体有些异样，检查出来竟然已有了身孕。

那场雪还未完全融化，江边依然有着薄薄的一层，像一层难看的霉。

她一不小心，踩到了一块冰，重重地跌倒在地上，顺着江岸陡峭的土坡翻滚了下去，停在了江边，挣扎着想起来，突然发现裤子里渗出了鲜血。

她很害怕，拿出手机，却先打到了柏千阳宿舍。她颤抖的声音在风中听起来断断续续：“柏千阳，我摔伤了，孩子怕是要没了……”柏千阳着急地对着电话大声喊：“你在哪里，你在哪里？！”那鲜血越来越多，她只得挂断，拨打急救电话，在电话里哭着喊道：“你们快来！就在江边，我的孩子要没了！”

救护车到后，她被就近送到了校医院。

孩子自然是没保住，作为在校生，能保住也是不能要的。夏舟怀孕的事，医院通知了外语学院的辅导员。因为关乎学生名誉，辅导员将她安顿好之后，再三跟校医院交代，她是外语学院保研的最佳人选，要把这事隐瞒下去，既然已成定局，好好休息即可，对外就说是在江边着了风寒，在校医院住几天院。

辅导员问："你跟院里谁比较好，我通知她们来照顾你。"

夏舟摇了摇头："我没有朋友。"

"那怎么办？"

"没事，我妈一会儿过来。"

辅导员见她状况稳定，先行离开。天色渐暗，她一个人躺在病床上，回想起刚才锥心般的疼痛，竟然很踏实。身体的痛算不了什么，越是痛，越说明这是真的。那个孩子是真的存在过，无论他有没有存活，她和柏千阳之间有过这样一段联系，她觉得也无悔了。

门推开，是夏舟的妈妈，她看起来很年轻，不像是这个年纪的女人。

她见女儿这般憔悴，眼眶瞬间泛红，握着夏舟的手，问："告诉妈妈，是谁的？"

"我也不知道是谁的。"

"你怎么可能不知道是谁的呢？别赌气，妈妈去找他算账！"

"我真不知道是谁的，酒吧里那么多人，就其中一个的呗。"夏舟看着窗外，眼神空洞得如同此刻长沙的天空，"算了吧，妈，孩子都没了，还较那个真干吗？"

"你这样自甘堕落，是因为恨妈妈，对不对？"

"我没有恨，只是心疼你不应该把我生出来，不然你可以过得更好。没有我，自然我就感受不到现在的这些痛苦了。"

"夏舟，妈妈这辈子为很多事后悔，但从来没有后悔生下你。虽然你爸没让我们进夏家的门，但好歹他认你这个女儿。"夏舟的妈妈泣不成声，"错在我，明知你爸是个有妇之夫，还要飞蛾扑火地去爱他，还以为怀了孩子一切都会有转机。妈妈遭了这些罪，不想你重蹈覆辙啊，你要爱惜自己的身子，知道吗？"

夏舟从小就一直跟着妈妈在外租房生活，爸爸对她来说，是一个既熟悉又陌生的人。他偶尔会来看看她们，留下一些钱和物品，但从来不会在出租房里过夜。初中的时候爸爸接她去过一次他家，那是一个非常完整的家庭，她第一次见到了自己的爷爷、奶奶，还有爸爸的妻子，他们还有个正在念高中的儿子，她应该叫他哥哥。

她听说为了让她能去吃这顿饭，爸爸费了很多心思，给家人做了很多工作，尽管如此，她依然能感受到他们内心对她的抗拒与厌恶。从那次起，她再也没有去过爸爸家。

“妈，我想喝酸奶。”夏舟伸手擦了擦妈妈的眼泪。

“好，妈去给你买。”

夏舟的妈妈放下包，急匆匆地出门。门外的柏千阳见她已经下楼，便侧身走了进来。病房里太静，以至于他的脚步声变得那么清晰。

两人这样对视着，谁也不开口说话。

她看着柏千阳的样子，想起中学时第一次见到他，她拿着相机，偷偷拍他。那时的他还没有现在这么高、这么壮，眉眼之间甚至还是个孩子。现在眼前的这个男孩儿，他颀长的身材、健硕的肩，还有他好看的锁骨，她从没见过男孩儿的锁骨这么迷人。也就是这个男孩儿，在那个夜晚疯狂地亲吻她，让她在那一刻决定沉沦。她以为会恨他，但她恨不起来，现在剩下的还是爱。她只是后悔，为什么自己爱拍照，为什么要拍二楼的那个男生。如果当时没有拍他，他就不会下来撕烂她的胶卷，那后面的一切应该都不会发生吧？

柏千阳：“对不起。”

夏舟淡淡地笑了一下：“你走吧，我不怪你。”

柏千阳缓缓转过身，朝门口走去。

她突然叫住了他：“柏千阳！”

他回过头。

“要是哪天你后悔了，记得来找我。”

柏千阳没有点头，也没有摇头。他叹了口气，离开了。

今年院里没有办圣诞晚会，倒是举办了一个跨年舞会，阵仗比较大，把食堂二楼布置成了一个舞池，自助酒会的形式，每人交二十五元，可以随便吃。听说舞会没有老师和校领导参加，于是全院的情侣们几乎蜂拥而至，吃这便宜的自助餐。说是自助，可选择的也不多，感觉就是把食堂的饭菜换了个包装。不过好在现场气氛不错，有伴的跳舞，没伴的找伴。还有人穿着西装，端着一杯汽水，四处游走，把那种机打的纸杯装廉价汽水喝出了高大上的红酒气质来。

柏千阳提议一起参加的时候，大家都挺兴奋，许愿觉察到应晓雨是有些犹豫的。前一天，有外省的同学约跨年夜去放孔明灯，她提出过也想跟许愿一起去，把自己的愿望写在上面，看着它升向天空，漫天星星点点的美好愿望，自己的也在其中，想想就觉得浪漫。但许愿推辞说湖南并没有这个风俗，便一直没有应允。直到柏千阳提议去舞会，许愿想也没想就举手赞成，晓雨便不说什么了。

他们占据了一个最佳位置，距离舞池和自助餐都比较近。许愿走到哪儿，应晓雨便跟到哪儿，他去拿了一点儿水果沙拉和白糖糕，见应晓雨两手空空，问她："你怎么什么都不吃呢？"她有些撒娇地笑了笑："吃你拿的就够了。"他能感觉到，应晓雨在这样成双成对的场合，内心的骄傲与满足。

沙璇和满毅端来一大盘曲奇和火腿，柏千阳笑着说"你们二位是饿了一天吗？"

沙璇："你猜错了，我从昨晚开始就没吃了，太不划算了，二十五块钱，我能在食堂点八荤二素，现在打着舞会的旗号，反而只能吃点冷餐。"

啤酒免费，满毅做苦力，又搬来了一打啤酒。柏千阳给大家倒上酒，提议说："喂，咱们来玩个游戏怎么样？"许愿第一个举手赞成，他害怕如果再坐得久一点儿，应晓雨会拉他去舞池中央跳舞，像那些情侣一样，搭着对方的肩，迈着自创的舞步，笨拙又陶醉地穿梭在人群中。

苏暮雪口渴，端起来喝了一口，问："玩什么呢？这里也没色子。"

"要什么色子啊。"柏千阳不屑地笑着，"玩点刺激的呗。"

"真心话大冒险？"沙璇嘴里的火腿还没咽下去。

"比那还刺激！我们来石头剪刀布，两两对决，最后的赢家可以选择在场你喜欢的那个人亲一下，被亲的那个人必须配合，敢不敢玩？"柏千阳说完，坏笑地看着苏暮雪。

"好好好！"满毅鼓掌，瞥了沙璇一眼，遭遇了她的白眼。

"好你妹啊，你不就是想亲我吗？"沙璇一巴掌扇过去，满毅躲开，她又往嘴里塞了一块曲奇，"柏同学，我觉得这个游戏对我不公平，在座的几位没有一个我喜欢的，韩家阅又没来参加，敢情我出了二十五块钱，饭没管饱还得献出我的香吻？"

许愿与苏暮雪不约而同地沉默，既不敢应和着同意，也不敢强烈地反对，好像一不留神，自己内心的秘密便会公之于众了。

柏千阳一脚踩在椅子上，举起酒杯说："大过节的，别扫兴嘛，那就开始了啊。沙璇你要实在没人亲，你就亲满毅，你真亲了，他能给你洗一年衣服。"满毅对着沙璇傻笑点头称是，沙璇扶额做生无可恋状。

应晓雨笑着说："我反正不怕。"说完她握紧了许愿的手，许愿自然地抽出手，在桌上拿了一杯酒，壮胆似的喝了一口。

柏千阳："说好啊，一个原则，君子游戏，撒谎的五雷轰顶！"

满毅兴奋地拍着桌子："绝不撒谎！"

舞池的音乐突然换成了俗气的快歌，现场的气氛瞬间热烈起来。

第一轮，满毅一路过关斩将，成了最后的赢家，他激动地大笑。沙璇瞪了他一眼，随即把脸凑过去，说："来来来，快点儿啊！"满毅响亮地亲了一口沙璇的脸，然后激动地拥抱了柏千阳，柏千阳小声说："我床底下有两双鞋，你明天给我刷了。"满毅一挥手："小意思。"

"再来再来！"满毅吆喝着，他一个人最积极。

第二轮，竟然又是满毅赢了，他兴奋得满场飞，跑回来先亲了一口柏千阳，柏千阳避之不及，然后准备再亲沙璇，却被她一巴掌挡住："你刚才亲了柏千阳，没机会了。"满毅懊恼得不行，嚷嚷道："再来，再来，今天手气好！"

第三轮，应晓雨赢了，她自然地亲了一下许愿，害羞地看了看大家。沙璇逗她："你反正随时都能亲，不如把机会让给满毅嘛。"大家笑成一团。

第四轮，柏千阳赢了，他看了看苏暮雪，笑着摊开双手，一副无可奈何的模样。满毅和沙璇一唱一和地尖叫着，怂恿柏千阳亲上去。苏暮雪笑笑，大方地迎来了他的吻。柏千阳轻轻地把嘴贴在苏暮雪脸上，他舍不得分开，多停留了两秒。沙璇一把拉开苏暮雪，说："柏千阳，你这得算两次了！"

第五轮，许愿连赢数把，他的心剧烈地跳动着，他甚至有点猜不透自己的心了，不知是想赢，还是想输。一直到最后对决柏千阳，好几把他们出的都是一样的，最后许愿胜出了。沙璇拍拍桌子："快快快，没什么惊喜。"应晓雨原本正拿着一块曲奇要放入嘴中，见许愿赢了，害羞地放下曲奇，等待他的吻。

许愿微微低着头，迟迟没有亲。柏千阳看了看应晓雨，似乎有着不祥的预感，他催了句："喂，许愿，快亲啊，亲了开始下一轮。"

舞池里，音浪强烈。

应晓雨看着许愿，不明白他为何还纹丝不动。场面僵持了好一会儿，许愿终于站了起来，他向前走了两步，在众人的一片疑惑当中，亲了苏暮雪的脸。

舞池里的情侣们依然忘我地跳着舞，那音乐像是静止了一般。

他终于亲到了她的脸，在此之前，他曾幻想过无数次会在一个怎样的场景下留下这个难忘的吻。回到座位上，他看着发呆的应晓雨说："对不起。"

应晓雨："你开玩笑的，对不对？"

柏千阳拍了拍应晓雨的肩说："晓雨，他逗你的……"

"对不起。"许愿一字一顿地说，"我喜欢苏暮雪。"他也不知道是在跟谁说，是应晓雨，还是柏千阳，还是他自己。他只知道这一刻他要说出来，既然之前那个稳定和谐的局面是由他来打破的，那么他也不介意成为继续粉碎它的那个人。

满毅瞪大眼睛，沙璇往后退缩，心里默念着，完了完了。他们怎么也没想到，这个游戏最后居然演变成这样。

苏暮雪一时也不知如何是好，她尴尬地看着许愿。

应晓雨："什么时候开始的？"

许愿："从一开始，我就喜欢她。"

应晓雨无助地看了看周围的人，柏千阳低下头沉默不语，苏暮雪满脸慌张与错愕，似乎得不到任何支援，她又问："你在食堂看的到底是谁？"

"苏暮雪。"许愿说出这个名字，竟然有种解脱的感觉。

应晓雨起身冲了出去。

柏千阳看着她的背影消失在那闪烁的彩灯中，回头对发着呆的许愿大声说："你还愣在这儿干吗？快去找她！"

许愿赶紧起身冲出去。

苏暮雪把书包朝沙璇手里一塞："给我拿好。"起身看了柏千阳一眼，也跟着许愿冲了出去。

许愿推开大门的时候，已经不见应晓雨的身影。他朝宿舍附近的小道走去，一路呼喊着应晓雨的名字。两边的路灯形状很奇怪，像两排昂首挺胸的武士，那灯罩便是他们夸张的笑脸，在嘲笑着他的慌乱。终于在小道与通往校外大马路的交会处见到了她。她站在那里，旁边是来来往往的公交车。

许愿走过去："晓雨……"

应晓雨回过头，与他对视着，说："为什么选在今天？"她的声音不大，几乎要淹没在周围聒噪的汽车声中，但许愿还是清楚地听见了每个字。

"我也不知道，可能是明天，也可能是后天，但突然就变成了今天。"

她沉默许久，又问："你忍了很久，对不对？"

"我以为我可以，但我高估了自己，我不能再这样下去了，这种痛苦也会变成另外一种力量，不知不觉地伤害你。"

"为什么不早说？"

"我总以为……或许再久一点儿就会好了。"

"你是个笨蛋！"

"对，我是个笨蛋。"

"难道你不知道，越久，我会越爱你吗？"

"对不起。"

"算了。"应晓雨有些哽咽，却并没有掉眼泪，或许是长久以来的隐忍与猜疑，也在这一刻得到了释放。她终于明白他们之间到底隔了什么，只是没有想到，隔着的那个人竟然是苏暮雪，"他们说，跨年如果不开心，接下来一整年都会不开心，你回去吧，我想一个人静一静。"

许愿站在原地，像一个站在讲台边罚站的学生，他没有往前，也没有离开。

一辆公交车停下，2000 年的最后几个小时，大街上人来人往，川流不息。一大群想在今夜逃离校园去市区疯狂的学生见车门打开，蜂拥而上，应晓雨跟着人群上了车。许愿隔着车窗，看见她跟他挥了挥手，那车迅速关了车门，伴随着沉闷的噪声扬长而去。

他依然站在那里，直到苏暮雪找了过来。

"你找到她了吗？"她在他面前停住脚步。

"她说想静一静，坐车走了。"

"你为什么不跟上去？"

“我……没来得及。”

“她出事了怎么办？”

“对不起。”他记不清今天说了几次对不起。他甚至开始疑惑，自己是不是真的做错了，他明明很努力地想让一切变得更好，但每一次都事与愿违，有时面对这些意想不到的错过、巧合和矛盾，人的力量真的好微弱。他越来越怀念还是个孩子的时候，无论犯了多大的错，只要眼泪汪汪地说一句对不起，一切便春风化雨了。大人的世界真的很难懂，而此刻的他，除了能说句对不起，还能做什么呢？

“你今天……为什么这么做？”苏暮雪看着来往的车流，其实她更想问的是这句。

“柏千阳说的，撒谎五雷轰顶。”

“哦……”苏暮雪竟有些语塞，觉得自己刚才问了句废话，她明明知道答案，她跟眼前的这个男孩儿早已深知彼此的心思，只是没想到命运安排在这个晚上破解了密码，“我现在也不知道怎么办了。”从来都很有决断的她，想了半天，说出无可奈何的一句。她突然觉得他们几人，就像被粘在一张蜘蛛网上的几只虫子，动弹不得，不知道蜘蛛先吃哪一个。

“我一个朋友跟我说，上天会眷顾比较自私的人。”

“所以呢？”

“苏暮雪，我们在一起吧！我不管之前错过了什么，现在是2000年最后一天，我不想又错过一年。”许愿又向前迈出一步，离苏暮雪更近了。

“你疯了吗？”

“为什么？”

“我怎么面对晓雨？你怎么面对柏千阳？你怎么可以这么自私？”

“我就是因为不自私，所以错过了你！”许愿突然激动起来，他想要大声地说出这句话，可以盖过四周的噪声。

苏暮雪不回答，定定地看着他的眼睛。

她看着这个男孩儿，想起刚才他在她脸上的那个吻，他凑过来的时候，她闻到了应晓雨说过的那种好闻的香皂的味道。她多想这个吻可以停留得久一些，然后伸出双手搂住他的脖子，哪怕是跟那些庸俗的情侣一样在舞池里搭着肩跳那种奇怪的舞，只要是跟这个男孩儿在一起，又有什么不可以？

“我做不到。”苏暮雪冷冷地扔下一句，像逃亡一样转身跑开了。

许愿回到宿舍，空无一人。他在窗边坐了一会儿，舞池的音乐隐隐地传来，想必很多情侣都等待着迈入新的一年那一秒，然后拥吻吧。他起身脱了外套，冻得打了个寒战，然后拿起脸盆和洗浴用品，走进水房。

他听见了那熟悉的歌声，走过去一看，原来柏千阳也在洗冷水澡。他对着柏千阳点头打了个招呼，然后在旁边脱个精光，打开水龙头，正鼓起勇气要把冷水淋在身上。

“今天才5摄氏度，你不要命了？！”柏千阳哆嗦着说。

“你不也在洗吗？”

“我干吗你就要干吗啊？我喜欢苏暮雪，你也喜欢苏暮雪，净学我！”

许愿不作声，接了一脸盆冷水从头浇下来，他大喊了一声。他喘着气，又来了第二盆，身体的热气冒了起来，总算适应了这样的寒冷。

“你为什么不早点告诉我呢？”柏千阳问。

“你没问过我。”

“我不问你，你准备什么时候告诉我？”

“今天不就说了吗？”

“那……你们，怎么样了？”

“没怎么样，她……不会跟我在一起。”

“真的？”

许愿应了一声。

“嘿，兄弟，咱俩同病相怜啊。”柏千阳笑了下，不知是安慰，还是幸灾乐祸，他抬起一桶水浇下，泡沫在地上流淌，“别难过，你有我呢！”

“谢谢。”

“客气了！”刚说完，柏千阳一桶水泼过来，水花四溅，许愿措手不及。他哈哈大笑着，又被许愿泼来的水迎面击中。

两人又像从前那样肆无忌惮地玩闹起来。

公交车开过湘江大桥，应晓雨漫无目的地跟着人群下车，走到解放路一家名叫"城市英雄"的电玩城。看着招牌缤纷夺目，很多小孩儿抱着夹来的娃娃进进出出，她好奇地走了进去。

她第一次来，被里面千奇百怪的游戏机吸引了，像进了大观园一样一路看过来。走到了售币台，她发着呆，突然想起只带了公交卡，没带钱。突然有个面容清秀的男孩儿在离她两三米远的地方跟她打了个招呼。她看了看身边，确定没有其他人，然后一脸警惕地望着他。

那男孩儿说："Hello，你也是联大的吗？"

"你怎么知道？"她有点后悔来了这家电玩城，竟遇到这来路不明的人。

"我跟你一起上的车啊，"那男孩儿眼睛大而机灵，圆寸看起来精神又可爱，人畜无害的样子，"交个朋友吧，朋友都叫我蜗牛，联大新闻系00级的，你呢？"

"我也是新闻系的，是你师姐，我叫应晓雨。"

"你就99级新闻系第一名的应师姐啊！幸会幸会！"

两人在一旁的休息区坐下，因为同系的缘故，应晓雨对这男孩儿便没了设防之心，反而觉得在这个痛苦孤独的跨年夜，他的出现就像是她挣扎在水里时送来的一根救命稻草，让她没有继续下沉。

蜗牛说，原本他约了女友一起来电玩城，女友是中学同学，在长沙另一所大学念书，中学时他为了给女友夹娃娃，一个人偷偷练成了高手。结果他等了一晚上，等来了她说分手的电话，语气决绝，不留余地。他在宿舍落单了，只好一个人来这里玩，在热闹的地方沾沾人气，来年图个好彩头。

"中学的时候，我觉得情比金坚，绝不可能分开，来了长沙之后，我和她明明只隔了一条江的距离，却觉得再也走不近了。还好我早有预感，所以也没有太难过，只是有点……不甘心。"蜗牛从包里掏出两瓶绿茶，拧开一瓶递给应晓雨。想必这原本是给他的女友准备的吧。

她拿着那瓶绿茶，犹豫着要不要喝，听过各种女学生被下迷药的传闻，害怕自己就是中招的那一个。

"怎么，不敢喝？"蜗牛又笑了，"怕喝完醒来之后，睡在酒店房间的浴缸里，然后少了一个肾？别怕了，要不咱俩换？”他伸手，把自己那瓶递了过去。

“不……不不，谢谢，我没那么想。”应晓雨被猜透了心思，瞬间脸红，她马上喝了一口，像是宣布自己对他的信任。

“对了，你为什么会一个人来这里？”

“我……我没来过这里。”她答非所问，并不打算跟一个陌生人讲述这段剧情复杂的历史。

“走，我带你玩点儿刺激的！”蜗牛站起来，笑得阳光灿烂，是那种让人见了就很开心、极具感染力的笑容。

蜗牛买了一堆币，拉着应晓雨来玩“生化危机”，一人一杆冲锋枪，对着屏幕里的僵尸一顿扫射。她从没玩过电玩，瞬间被这真实感所感染，兴奋地跟蜗牛并肩作战，全情投入地打起僵尸来。

“左边！左边！开枪啊！”蜗牛急得跳脚。

“右边！我没子弹了！小心！”应晓雨从未这么痛快地大声叫喊过。

喧哗的电玩城里，她短暂地忘记了两个小时前，那个让她措手不及的男孩儿。他们打过了一关又一关，逐渐配合得默契。

“赢了一局！耶！”蜗牛兴奋地跳起来，伸出手，与应晓雨来了个响亮的击掌。

回来的出租车上，她心里有些自责，在她看来，跟一个陌生的男孩儿深更半夜玩电玩，已经是大逆不道的行为了。“但我失恋了啊。”这么一想，她又有点心安理得了。

一路上，蜗牛见她沉默不语，便戴上耳机听音乐，拿下一个耳塞，问她要不要一起听，她赶紧摆手说不用了。他们回到学校已是凌晨，因为跨年的缘故，所以宿管科开了个小门，大妈躺在宿管科的沙发上睡着了。应晓雨在门口跟蜗牛道别，然后偷偷摸摸地钻进小门，绕过大妈，走进宿舍大厅。回头一看，蜗牛还站在外面，她挥手示意他快走，蜗牛笑了笑，转身离开了。又是那人畜无害的笑容，应晓雨感叹道：“这么好的男孩儿，情路也坎坷啊，我也没什么好抱怨的了。”

蹑手蹑脚地进了宿舍房间，她轻声倒上热水洗漱，借着月光爬上床时，隔壁床铺传来苏暮雪的声音：“晓雨……你回来了？”

她吓一跳，小声应了一句。

苏暮雪换了个边，与应晓雨头挨着头，说起了悄悄话："你去哪儿了？"

"我……我跟中学同学去电玩城了。"

"你还好吧？"

"我没事的。"

"对不起……"苏暮雪也不知道为什么要道歉，但感觉事情因她而起，总是有些歉疚。

"你说对不起干吗？你们个个都说对不起，其实你们都没做错，错的是我，我让大家难做了，如果要许愿一直为我委曲求全，也太自私了。"

"你真的没事？"

"这不好好在你身边吗？"

"那就好，你是我最好的朋友，这个永远都不会改变的。"

"小雪……"

"怎么了？"

"如果有天你真的跟许愿在一起了，你们就在一起吧，我会祝福你们的。"

"为什么？"

"因为……你也是我最好的朋友，这个永远都不会改变的啊。"

苏暮雪伸出手，摸了摸应晓雨的脸。

第二天是元旦，苏暮雪答应了流浪狗救助站的志愿者，跟他们一起过节。在图书馆待到五点，她在路边买了点水果便乘车上路了。

坐在公交车上，她从包里拿出一个 CD 机，这是考上大学后姑姑送的礼物。她戴上耳机，依然是王菲的歌："害怕悲剧重演，我的命中命中，越美丽的东西我越不可碰，历史在重演，这么烦嚣城中，没理由，相恋可以没有暗涌……"

苏暮雪从王靖雯时代就开始喜欢王菲了，这个特立独行的女人，每个造型都令人注目，有次竟然剃了平头。而她的感情更是如此，每一段都那么惊世骇俗。想到这儿，苏暮雪又有些自怨自艾了。初中时看娱乐杂志，提到过王菲的偶像是冰岛女歌手比约克，还说一个人倘若有一个偶像，大概也是发现了偶像与自身有某种共通之处。她还曾暗自得意，觉得或许心灵深处也藏着一个像王菲那么我行我素、执着纯粹的灵魂，现在看来，自己对于爱的怯懦，真是惭愧拥有这样一个敢爱敢恨的偶像呢。

到了流浪狗救助站，她推门进去放下水果，跟大家打完招呼，见到许愿也坐在其中，她卓卓地行了个简短的注目礼。走来一个编麻花辫的女孩儿，她是这里年纪最小的志愿者，她碰了碰苏暮雪的手，说："你同学真有心，今天给狗狗买了一些衣服，天冷了，很实用。"苏暮雪看了一眼许愿，他正蹲着给叮咚穿上一件红色的毛衣，叮咚穿上之后像个鲜艳的火龙果，跳来跳去很是喜欢的样子，她被逗笑了。麻花辫女孩儿顺着她的眼神也看了看许愿，小声问："你们怎么每次都一前一后来啊，真默契。"苏暮雪耸耸肩，没有回答。

大家凑钱一起吃了顿简餐，聊的话题也都与狗有关，无非是这些日子它们又有哪些趣事。好几次苏暮雪与许愿的目光交会，她都迅速移开。见天色已晚，她说快考试了，要先赶回学校复习，匆匆道别后走去车站等公交车。许愿紧跟在她身后，保持了不远不近的距离。车到了，他们一起上了车。

车上没有座位，人太多，他们之间隔了好几个人。他们各自抓紧扶手，摇摇晃晃地站着。她偷偷地看了一眼许愿，他正看着窗外缓慢倒退的楼房发呆。他有种很干净的气质，那种气质甚至带着一种强烈的感染力，仿佛无论在多污秽不堪的地方，他一出现，那里就会变得清澈起来。比如现在，她似乎能感觉到在这辆有些腐朽的老式公交车上，尽管人群拥挤，仍然能闻到一阵淡淡的、香皂泡沫的味道。

车又在桥头停下，刚下车，谁知下起了倾盆大雨。街上的人们都慌张地冒雨小跑着，桥头也开始堵了起来。

他们要换乘一辆中巴过桥去学校，但久等不来，而堵车的状况愈演愈烈，放眼望去，像是一片巨大的、停满了车的停车场。估计车来了也过不了桥。

"走回去吧。"这是许愿今天对她说的第一句话。

苏暮雪朝远处张望，因为大雨，桥上可能出了车祸，整座桥都被堵死了，若要等到通车，晚上就荒废了。她点点头，准备迎着雨朝桥上走去。

"你等会儿，我去买雨衣。"他冲进雨里，朝附近的小巷跑去。他一会儿便回来了，浑身湿透，手里拿了一件雨衣："你穿着吧，就剩一件了，我反正已经淋湿了。"

“不用了，这么大的雨，穿了一样淋湿，反而碍事儿。”

苏暮雪朝雨中走去，许愿拿着雨衣紧跟她身后，不到几秒钟，便已经如同在河水里浸泡过一样了。

雨太大，两人一前一后，许愿甚至有些看不清苏暮雪的背影。

“你还是穿上吧！”他大声喊着，无奈雨声与汽车喇叭声瞬间吞没了他的声音。她快步朝前走着，雨水打在脸上，连呼吸都变得有些困难。她朝远方望去，漆黑的夜空压抑得似乎要垮塌下来，张口想说点什么，雨水却灌入喉咙。

他们就这样狼狈地朝前走，无法交流，也看不清彼此。

也不知走了多久，或许快到了吧，苏暮雪突然停了下来，许愿也只好停下来。

她转过身来，大喊一声他的名字：“许愿！”

“你怎么不走了？”

“你昨天说的是不是真的？”她的声音穿透雨水，铿锵有力地落在他的耳朵里。

“哪一句？”

“舞会那句。”雨实在太大了，拍在她的脸上、额头上，她每一个字都说得很艰难，但还是一字一顿地说完了，“你说从一开始就喜欢我！”

“撒谎五雷轰顶！”

“今天几号！”

“2001年1月1号！”

“我不会让你错过一年的！”

苏暮雪冲上前抱住了许愿，他手里的雨衣滑落在地上，他随即也紧紧地抱住了她。身边的路人行色匆匆，都冒雨赶路，无人顾及这两个在雨中拥抱的奇怪的人。他捧着她的脸，用力吻住她的嘴唇。

他们就这样抱着，舍不得分开，竟也不觉得冷。直到雨渐渐小了，看着落汤鸡一样的彼此，不禁发笑。

“做我的女朋友吧！”他终于可以清晰地说出来了。

“刚才已经是了啊。”

雨停了，柏千阳晃晃悠悠地去了622，想约许愿去澡堂洗个热水澡，见他还没回来，便拎着桶独自下了楼。路过女生宿舍的时候，他看见许愿送苏暮雪回来，也看见他们的手是牵着的，难舍难分的样子。穷人家的孩子，擅长察言观色，那一瞬间他就知道了，他们的关系已不再是前一晚在舞会时的挣扎与隐忍了，他们不管不顾了，是一定要在一起的。

他把桶扔在一旁，大摇大摆地走过去，说："喂，这么好的消息难道不应该第一个告诉我吗？"

两人略有些拘谨，许愿说："老大，也就是刚才的事儿，正要跟你说。"

"祝福我们吧。"苏暮雪面带笑容，湿漉漉的头发搭在胸前，被雨淋湿的脸在微黄色的路灯下，晶莹得有种不可名状的美。

"恭喜恭喜！"

"谢谢。"许愿回答。

"来，让我沾沾你们的喜气，也祝福我早日脱单。"柏千阳张开手。

许愿面露难色："我这一身都湿透了。"刚说完，柏千阳便紧紧地抱住他，他的手在许愿背上拍了拍："许愿，我希望你好，比任何人都希望你好。"许愿的下巴搁在他肩上，内心的歉疚慢慢消失不见，取而代之的是厚实的温暖。

柏千阳放开许愿，转向苏暮雪，又张开了手："不介意吧？"

苏暮雪大方地与他拥抱。她自然是没什么介意的，看到柏千阳心胸坦荡的模样，她反而踏实了，之前最担心的局面，想必是不会出现了。

一秒，二秒，三秒。

他知道再多一秒，就有点过分了。他礼貌地松开手，但踏踏实实地记住了这三秒，这是他与她最亲近的三秒，是他期待了很久的一个拥抱，终于在这个冬天的雨后，以这样的方式到来了。他多想一直这样抱下去啊，但还是松开了手。想着许愿可以得到这个女孩儿长长久久的拥抱，他心里一阵绞痛，但好像也没有别的办法，只能任由它那么肆虐地痛着，然后还要面带轻松的微笑，说："我不打扰你们了，还有事，你们小心感冒。"

他依然大摇大摆地走了，都忘记拾回不远处被扔在地上的塑料桶了。

他走在木兰路上，路上稍显冷清。临近考试，大家都窝在某个暖和的地方复习，这是一条他们每天都会走过的路，却很少去留意它。路边的木兰树叶子掉光了，春天才会发出新芽，这枯败的模样，尽管只是暂时的，但看起来是多么悲伤啊。

柏千阳停下脚步，站在一棵木兰树下，那光溜溜的树干就像个落魄的士兵。

他突然跑了起来，耳边的寒风呼呼作响。

跑过木兰路，跑上陡峭的坡，跑到了外语学院的女生宿舍楼下。他站定，喘着粗气，大声喊道："夏——舟！夏——舟！"

三楼正中间的宿舍窗口，窗子被推开，夏舟探出头，满脸意外。

他的声音变得更大了："做我女朋友吧！"

夏舟没有回答。

他又喊了一遍："我后悔了，做我女朋友吧！"

夏舟关上窗，冲下楼，用尽全身力气紧紧抱住了他。

对着流星许愿的许愿

期末考结束后，许愿订了第二天的票回家。晚上苏暮雪打来电话，说是因为她做家教的小孩儿期末考得不错，他父亲答应带他去“世界之窗”玩，结果临时要开会，所以想请她带小孩儿去，她不好推辞，便无法陪许愿一起去火车站。许愿倒无所谓，尽管刚在一起没多久就要分开一个寒假的确有些不舍，但他觉得彼此的心是踏实的就好了，接接送送那些形式上的东西大可不必那么在意。安抚了一下她，他便挂了电话。

宿舍的人今天考完就迫不及待地回去了，他习惯了凡事都缓一缓，每次放假都会晚一天回家。又一个学期结束了，他坐在空落落的宿舍里思考着，这半年失去了什么，又得到了什么。

他在考试期间几乎没怎么见过柏千阳，不知他是不是刻意在回避什么，有次在食堂吃饭碰见了他和夏舟，过去打招呼，见他表情似乎有些不自在。也不知道柏千阳和夏舟是从什么时候开始的，可能比他知道的时候要更早一点儿，这样便可以解释为什么他见到许愿与苏暮雪牵手的时候，并没有表现得很偏激。许愿在那晚还担心着，是否需要一个正式的场合好好跟他谈谈，让他可以心平气和地接受这件事。但他挺大方地与二人拥抱，毫无异样，之后没几天，便听说他和夏舟在一起了。许愿总觉得怪怪的，倒是苏暮雪很平静地说，柏千阳和夏舟注定是要在一起的，他们上辈子是冤家，这辈子得把对方作得半死，然后才会好好相爱。现在看来，他们已经精疲力竭，柏千阳终于缴械投降。许愿觉得她说得很有道理，只是自己在明知的情况下，还公然与兄弟喜欢的女人在一起，这事儿对柏千阳来说似乎过去了，但他自己并没有翻篇。他也不想失去柏千阳，他希望除了他与苏暮雪谈恋爱，其他的一切都不要变。这有点自私，但郑小苔说过，上天眷顾这样的人。

这个晚上，星斗满天，想必明天是个好天气。

宿舍已经熄灯了，他决定在今晚再玩一次孤独者的游戏。许愿翻墙出门，校道上已经没什么人了，他站在公交车站，等末班车的到来。

车到了，他上去，投完币，却发现柏千阳坐在窗边，两人都有些惊讶。

许愿坐了过去："这么巧碰到你，我下来的时候路过622，还以为你回家了。"

"没有，我今年回湘西过年，订了明天的火车票。"柏千阳说，"那个……你的这个游戏还挺好玩的，我时不时也一个人出来坐车，放空一下，蛮好的。"

"这个不是叫作孤独者的游戏吗？你应该不孤独啊。"

"你呢？你现在谈恋爱，应该也不孤独啊，还不是上了末班车。"

"有时候孤独跟这个没关系，可能是在心底长了根，哪怕是很开心的时刻，也会觉得自己是孤独的。"

"有道理。"

"老大，一直想跟你说对不起。"

"对不起我什么？跟苏暮雪谈恋爱？"

"嗯，"许愿点了点头，"我本来还天真地以为如果我跟应晓雨在一起了，就什么事都没了，后来发现……害人害己，跟一个不爱的人在一起，真的很难受，比不能跟爱的人在一起更难受。"

"蠢蛋。"

"你能原谅我吗？虽然这个道歉来得有点晚。"

"我压根儿就没怪过你啊。我现在和夏舟挺好的，命运总是会把很多错的东西慢慢归位，总之最后的结局一定是好的……至少，是合理的。"

"谢谢你。"

"我们之间没什么谢不谢的，你和她命里有，我和她没有，这是没办法的事，你好好对她、好好对你自己，就行了。"

"那我们还能像以前一样吗？"

"一样，一样。我今晚睡你那儿去。"

"好啊。"

柏千阳并没有食言，接下来一整个学期，他时不时来找许愿一起洗澡，晚上也常在他的宿舍待很久，聊着各自白天发生的事情与学校暗藏的八卦，偶尔也会在626留宿。白天在校园里，每次遇见许愿与苏暮雪，他都表现得很开心，手舞足蹈地跟他们瞎聊一通，然后就急匆匆地离开了。看得出，他也在很努力地维系着“我们是好朋友”这样的关系，让一切看起来还跟从前一样。只是这个学期大家都有点忙，课业繁重，还要考英语四级。柏千阳更忙，他报名参加了三个不同的社团，并当上了其中两个社团的领导，还被夏舟的摄影协会拉过去做模特。他每天风风火火地在校园里奔波着，每次校道上碰到许愿和苏暮雪，他都正焦急地一路小跑赶去另一个地方，跟他们说完话后回头朝气蓬勃地扔下一句：“回头吃饭啊，我忙着呢！”但他一直没有同时跟他们俩吃过饭，许愿一度担心他是不愿同时见到他们俩，但要么是他演技太好，要么真是日理万机，否则怎么会一整个学期都没约过他们俩吃饭？但久了，许愿也觉得，可能真是很忙吧。

许愿在苏暮雪的鼓励下，继续开始写作了，省内几家报纸的副刊都刊登过他的作品。她时常说：“中文系的不写东西，那不是废了吗？”言下之意她并不认同柏千阳的生活，她认为写作是许愿很有光芒的地方，不能荒废掉了。她一直想问许愿，校报上那首《雪》是不是为她而作，之前是想确定他是不是那时就开始留意她了，在一起之后觉得是不是也无所谓了，于是也就没问过了。她想，反正现在谈恋爱，他以后可以为我写很多东西呢，何必在乎当年那一首诗呢？梁文彬找过许愿几次，都是鼓励他好好写下去。他还偷偷地跟许愿表达过自己的观点，他说，中文是个很惆怅的专业，在所有学科里处于金字塔最底端，读书的时候吟风弄月好像挺充实，实际上真的到了就业的时候会发现好像什么都没学过，不像法学、新闻、外语或者理工科，有明确的技能与就业方向。现在许愿爱写、能写，就应该不停地写下去，以后可以干出版、杂志，以及一切与文学相关的职业。许愿并不太赞同梁老师的观点，但觉得不无几分道理，其实他并没有因为这些就更用心或者更刻苦，读中文系本来也是他的梦想，旁人有没有认同和鼓励，于他而言不太重要。

应晓雨应聘上了校报的记者，她也渐渐敢于在众人面前讲话了。校报的记者说白了其实没什么具体的工作，毕竟一周才出一期，而且刊登的大多是学校的官宣稿，副刊则登几篇学生投的文艺作品。但校内大小活动和会议众多，总需要校报的代表出席与采访，这种苦差事基本上是应晓雨做。起初苏暮雪担心她是为了忘掉许愿而硬撑，慢慢地发现她的确乐此不疲，从一个窝在宿舍看书、没课绝不出门的姑娘，变得忙碌起来。对于许愿与苏暮雪恋爱的事，她表现出超出想象的冷静，还开玩笑说："也好，苏暮雪没有被孟繁华追到，许愿没有落入屠雪娇的魔掌，皆大欢喜。"她开这玩笑的时候，苏暮雪有些惊讶，这个永远藏在她背后不出声的小姑娘，何时开始学会了自我解嘲？就连去医院复诊，她也没有再让苏暮雪陪她去了，每次问起都说，现在恢复得很好，用药物维系，慢慢地也就跟正常人一样了。

总之，一切都没变，但好像又在慢慢地变。也难怪，时间在推移，世界上的万事万物都在变化，想要一切都像从前一样，这原本就是幼稚的想法。"至少我们现在还是好朋友。"许愿这样想，内心也是无比坚定的。

大二结束时，柏千阳突然邀请各位暑假去湘西玩，庆祝自己21岁的生日。他原本是不打算给自己过生日的，但听说今年夏舟非得给他过，还提议让几位好朋友都来湘西度假。柏千阳禁不住她念叨，又想到几人已经很久很久没有聚一起了，便答应了。于是大家约好，一周后各自从自己的老家坐火车去凤凰县，在那儿集合。

许愿跟苏暮雪说，这一定不是夏舟的主意，应该是柏千阳为了修复大家的友情做出的努力。想到这儿，他的心情就很好。

沙璇本来订了第二天的火车票回老家郴州，结果接到了韩家阅的电话，说他第二天吃毕业散伙饭，想邀请她一起参加。沙璇觉得这是个重要的日子，便把日期推迟了一天，想了想，散伙饭应该会喝酒的吧，于是她又往后延了一天。

韩家阅已经一整个学期没出现过了，中文系大四时基本上没课，他很少来学校。听说他并没有考上北师大的研究生，这个消息还是从别的师姐那儿得知的，可能是他之前夸下了海口，结果却不遂人愿，不好意思面对他们。他辞去了学生会的工作，渐渐消失在大家的视野里。以往这类优等生的毕业去向会被学弟学妹们热议，但一直没有传来任何关于韩家阅的消息，但大家都忙，也没有人去刻意打听。只有沙璇还天天惦记着他，所以接到这个电话，她很激动。她像是炫耀一般地打给了满毅，说："老韩叫我陪他去吃散伙饭，估计有什么重要的事要跟我商量呢。明天我不回去，你不要送我了。"满毅在电话那边有些沉默，只是"哦"了一声，便说了再见。

第二天她睡到了自然醒，中午在食堂吃了一份青菜、一份藕片，没吃米饭。她心想这韩家阅约人也太突然了，至少提前两个月，好准备减肥啊。下午回了宿舍她便开始琢磨穿什么，可是冬天好像穿什么都不好看，她先穿了件绿色的连衣裙，又对着杂志上的照片梳了个丸子头，照镜子一看，像极了外来务工的女服务员。她皱了皱眉，心情一下低落了，于是把连衣裙脱下，换上玫红色的衬衣，配齐肩的长发，但她的头发有一点儿自来卷，所以这样就很像一个不爱收拾的女孩儿偷穿了隔壁小姐姐的衣服。她把衣服脱了朝床上一扔，有点泄气了。折腾了几个来回，时间差不多了，因为怕迟到——她不想错过见韩家阅的任何一秒——索性拿个皮筋扎了个简单的马尾，穿上一件白色的 T 恤，喷了点香水就出门了。

天不热，下着零星的雨滴，地上有些湿润。她快步走着，没多久就到了学友餐馆。这家餐馆口味一般，但足够大，平常她是不太去吃的。不过这里每逢毕业季便异常热闹，这段日子天天都有喝醉的学长、学姐从里面抬出来。学友餐馆就像是联大学生的一个分水岭，在这里吃过了，就要告别了。

她以前体验不到这样的伤感，今天站在门口，听见里面传来一群人喝醉后带着哭腔的吹牛、祝福、哀号，突然闻到了离别的味道。她想起了一个重要的问题，她还不知道毕业后韩家阅去哪儿。

她推开门，一股夹杂着酒精、烟味、汗味以及空调味的怪味扑面而来。她很快便找到了韩家阅所在的包厢，里面坐着十来个人，都是男生带着女生，只有韩家阅一个人单着，他站起来，热情地迎接她："来了啊！"

沙璇有些不好意思地跟大家打个招呼，便在韩家阅身边坐下了。

韩家阅："这都是我宿舍的哥们儿，有的你之前见过。沙璇，你们都认识吧，我们辩论队的，当时坐我边儿上。"

一个大胖子正吃着凉菜，他抹了把嘴上的油说："当然知道啦！中文系学妹！真有你的，一直藏着不带出来。"那胖子身边有个跟他体重相当的胖姑娘，看他们的互动应该是情侣。沙璇再扫视一下，觉得这应该都是情侣，只有她和韩家阅不是。

沙璇刚想解释"我们不是两口子"，却见韩家阅笑着端起酒，并不打算说明什么，只说："来，今天不醉不归，我们先走一个！"

因为是最后一顿饭，吃完就要散了，所以每个人都抱着必醉的决心，一口一杯，毫不客气。大家边吃边聊，说着大学四年最值得怀念的事情，沙璇在一旁听着，觉得这些话题好熟悉，又好陌生。虽然大家经历的不一样，但其实大同小异，都是生活在联大校园里的过客，都走过那条木兰路，都约姑娘去过枫亭，都在文学院的木地板上噔噔噔地跑来跑去过，而此刻都坐在学友餐馆的包厢内。说着说着，喝着喝着，大家的声音越来越大，也越来越伤感，他们开始抱怨联大给他们带来的一切。每个人在入校的时候都觉得自己是天之骄子，不可一世，好像全世界都是他们的，这个时候才发现，他们只不过是一群普通得不能再普通的年轻人。他们匆匆地在这里停留，四年的驻足在人生长河里不算什么，面对马上到来的未知的人生，当年的骄傲与荣誉不值一提，大一报到时的意气风发已经不在，取而代之的是对现实的憎恶与迷茫。他们什么都说了，唯独没有人提及韩家阅的毕业去向，这是沙璇最想知道的，她硬撑着没有喝醉，就是想在他们的只言片语中听到韩家阅的去向——因为这可能决定了两年后她的去向啊。她不敢直接问，毕竟她知道韩家阅考研失败，主动问像是揭人伤疤。可他们也没有人提，不仅没有提他的，而且他们没有提及任何一个人的毕业去向，好像这个时刻，大家未来会去哪里、留在长沙还是去外面闯一闯、会不会混成人上人，已经不重要了。他们只明确了一件事，那就是他们马上要面临分离了，而且可能是一辈子的分离。原来这才是毕业散伙饭亘古不变的主题。

有个脖子很长、精瘦的眼镜男，拍了拍桌子，震得啤酒瓶一颤，他指着韩家阅大声说着醉话："你……兄弟，不老实，天……天天说要复习，躲起来不跟我们混，现在答案揭晓了，难怪你没考上，肯定跟沙璇厮混去了，重……重色轻友的下场啊！"

如果只有胖子一人这么说，沙璇觉得倒不意外，毕竟叫一个学妹来陪自己参加宿舍的散伙饭，确实有点奇怪。但这个眼镜男这么说之后，她看了看大家的反应，似乎都认为她是韩家阅的女朋友，她不解地看了看韩家阅，想听听他如何争辩。

韩家阅依然没有解释，可能是因为喝多了，也可能被戳到了痛处，他把酒杯往桌上一搁，说："我……我想跟谁厮混，你……你管得着吗？"

眼镜男借着酒劲，把筷子扔了过来，砸到了韩家阅的脸。他一冲动，起身扑过去就是一拳，打飞了眼镜男的眼镜。眼镜男也不示弱，起身扑过来，但无奈体格没有韩家阅好,眼镜掉了也看不清,所以扭打起来渐渐处于下风。两人很快被拉开了,沙璇死命地摁住韩家阅，不让他再冲过去，因为刚才那一拳，看起来打得挺狠的。她无暇顾及被误认为他的女友这事儿了，她不希望这顿饭变成韩家阅的一个遗憾。未来几年里,如果想起跟兄弟们的最后一顿饭是一场恶战,论谁也不会高兴的吧……

韩家阅突然站了起来，对着沙璇说：“我们走！”

沙璇还没反应过来，他已经走到了门口，几个人冲上前拉住他，好说歹说，想留住他，但都被他挣脱了，无奈只好任他离开。

沙璇追了出去，韩家阅走得很快，两人走到了堕落街门口。

“对不起，让你见笑了。”他并没有回头，突然说了一句。

“我倒无所谓，他们几个都是你的兄弟，这样会不会不好？要不你休息一下，清醒了回去跟他们接着喝？”

“我不去了，没什么好去的。”

“为什么？”

“谁知道未来还能不能再见面，都是一群过客，我自己也是，我不想记得他们，他们也没必要记得我。”

“谁说的？大学时结交的兄弟是人生一辈子最重要的朋友。”

“那是入校时欺骗新生的谎话！”

韩家阅停下脚步，转身面对沙璇站着，用几乎可以说是咆哮的语气吼出了那句话。身边经过的路人用一种害怕的眼神看着他，然后赶紧躲开了。

他的头发有点乱，眉宇之间也没有从前的英气，好在他身材高大，五官端正，依然有种斗志昂扬的正气。沙璇没有再说话，而是认真地看着他的脸。她从来没有这么仔细地看过他的脸，如果说最初喜欢上他是因为虚荣，那么此刻她非常确定自己喜欢的是他这个人。她想了想今晚看到的一切，猜测今晚这一切发生的原因，或许是毕业时的遭遇让韩家阅承受了巨大的失落感，考研失败又使他错过了最佳的择业期，可能都不太如意吧。所以在吃散伙饭的时候才拉她过来作陪，想证明给其他人看，他考研失败并不是因为自己能力不济，而是他偷偷地谈恋爱去了，那么即将离开校园的他至少有个女朋友,并不是一事无成。这样一想,沙璇竟有些伤感起来，如果是以前被误会是情侣，她肯定会觉得特别有面子，但今晚这样的误会，却让两人的关系蒙上了一层悲剧色彩，挥之不去的悲剧色彩。那一刻她决定，不管怎么样，爱他到底了，哪怕他可能不再像大学时那么优秀与夺目，她也不管了。

雨突然大了起来，堕落街的路口无处躲雨。

“走吧，你该好好休息了。”沙璇低下头说，她对今晚的相聚有些失望。

“我们别回宿舍吧……”

“什么？”她抬起头，有些意外，“那我们去哪儿？”

“我们……住宾馆吧。”

沙璇设想过一百次与韩家阅第一次做爱的场景，但绝对没有想到是在堕落街的小旅馆。她最想去的是韩家阅在长沙的家里，趁他爸妈不在的时候，在他从小生活的地方，那里充满了他成长的气息。她猜想他的床上应该铺着藏青色的格子床单，旁边的椅子上搭着几件他常穿的衣服，床头或许还放了一个相框，里面是八岁的他大笑的样子……她觉得应该在那样的地方把自己的第一次交给他，像是一种宣告——她正式进入了他的生活。

可现实与理想总是有出入的。雨大了，她来不及提议，很自然地被韩家阅拉着跑了起来。他们随便走进巷子里的一家旅馆，交了钱，上楼，推开门便拥抱着亲吻了。她本来还有一点儿抗拒，不是欲拒还迎的那种抗拒，这是她的第一次，她总觉得是不是需要一些交流与确定，然后才能放心地把自己的身体完全袒露在这个男人面前。但那个期待已久的吻太美好了，她想他应该是被那个自考班的“伊能静”调教过的吧，这样一想，心底的欲望竟然潮涌上来。

“我爱你……”沙璇不停地重复着这句话。

他只是沉重地喘着气。

她紧紧地抱住他的背，只感觉整个世界只有他们两个人，他正带着她往天堂的方向飞去。

醒来时，已经是第二天中午，沙璇庆幸自己延了一天火车票的时间。

阳光刺眼，屋子里没有空调，他被热醒了，微眯着眼，说：“你起来了？”

沙璇冲他笑了笑，说：“起来一会儿了，看你睡这么好，不忍叫醒你。”

他意识到自己正赤身裸体，赶紧穿上内裤和T恤，赤脚去了卫生间，然后拆开一次性牙刷开始刷牙。

“我等这一天，等了很久呢。”沙璇望着虚掩着的卫生间的门说。

“哪一天？”他从洗脸池的镜子里能看到坐在床上的沙璇。

“我们在一起的这一天啊。”

“沙璇……”

“怎么了？”

“我们还是别给对方这样的负担吧，毕竟我毕业了，未来什么样谁也不知道，出于对你的负责，我们可能还不能在一起……”他平静地说完，漱完口，开始洗脸，好像昨晚发生的事情并不是那么神圣。

“长沙就这么点大，未来我们可以一起去创造啊，为什么会不知道？”

“我……明天去北京。”

“去北京？”

“我舅舅帮我找了个小公司上班，先干着，慢慢来。”

“你怎么没告诉过我？”

“现在不是告诉你了吗？”

韩家阅洗完脸，走出卫生间，沙璇呆呆地看着他，他的眼神仿佛在说：“你怎么了？这不是很正常吗？我还以为你挺无所谓的呢，早知道不跟你上床了。”两人这样相对沉默了一会儿，然后找到各自的裤子，穿上，默契地一起走出了门。

他们在堕落街门口分别。

“有缘再见吧，祝你一切顺利。”韩家阅恢复了从前的气宇轩昂，这句祝语说得很客气，就像他无数次在木兰路碰到她，有礼有节，挑不出任何毛病。

“谢谢，一路平安。”

沙璇看着他离开的背影，想起自己的头发还像稻草一样披着，从口袋里摸出一根皮筋，扎起了马尾。然后往宿舍走去。

走了很久，她才发现自己走错了，去了相反的方向，只好折返过来，继续走。

路过男生宿舍的时候，沙璇遇见在楼下买卤蛋的满毅。满毅见到她，立刻满脸堆笑地跑过来：“你昨晚去哪儿了？我给你宿舍打了一晚上电话，都没人接。”沙璇无精打采地走了，没有搭理他。他毫不气馁，跟着她的脚步走着，又问：“你吃饭了吗？吃吗？”他把手里的卤蛋递给她，沙璇看了看这刚出锅的卤蛋，停了下来。

两人在宿舍楼下的台阶上坐着，沙璇这才意识到从昨晚到现在还没吃饭，饿得四肢都开始抖了，顾不上烫，赶紧往嘴里塞。

“慢点吃，别噎着。”满毅递来一瓶水。

“你不是今天走吗？”沙璇从嗓子眼里憋出一句话来。

“你说不走，我也退了票，怕万一你找我有事呢。”

沙璇嘴里塞满了卤蛋，突然胸口堵得慌，她看着地上爬来爬去的蚂蚁发呆，突然号啕大哭起来，嘴里嚼碎的卤蛋顺着口水也一起流了出来。她顷刻间哭成了一团杂乱无章的毛线，整个人狼狈不堪。

满毅手足无措，从包里翻出一卷筒纸，紧张地递给沙璇。

沙璇面露嫌弃地一把推开他，边哭边说：“拿开，这是你擦屁股用的吧？！”满毅听完赶紧去商店买来一包餐巾纸，拿出一张帮沙璇擦眼泪。

“你……你怎么了？”他小心翼翼地问。

“他走了。”说完她又号啕大哭起来。

“韩家阅啊？”

她点点头。

“走就走呗。”满毅朝自己嘴里也塞了个卤蛋，“我早说过，他不是什么好鸟，走了也不可惜。”

沙璇的哭声越来越小，这次她没反驳他。

“他走了，你不是还有我吗？”

“满毅……”

“到！”

“谢谢你。”

“谢啥啊，我会一直在你身边陪着你的。”

“一直是多久？”

“呃……如果你嫁人了，我就撤。”

“如果我三十岁还没人要，你还要我吗？”

“要，当然要！三十，年轻着呢！”

“骗我王八蛋。”

“骗你王八蛋！”

沙璇擦了擦眼泪，从他手里拿过那瓶水，看着满毅真诚的眼神，忍不住笑了起来。

因为跟柏千阳约了去湘西玩，所以苏暮雪有好些天不能来，于是今天补完课，金岳便留她在家吃饭。金岳是北方人，特地在长沙找了个北京的厨师来家里烧了一桌北方菜，他尝了尝说很正宗，然后开玩笑说这些在清朝时都是宫廷里的人吃的，今天让苏暮雪当一次格格。苏暮雪被逗乐了，习惯吃辣的她原本担心吃不惯，结果尝着还不错。她喜欢那道四喜丸子和红烧海参，金岳见她喜欢，便开始滔滔不绝地介绍着这些菜的由来，一开始她还在认真听他说，后来电视里的新闻说三天后有流星雨，她便稍稍有些走神了。

苏暮雪跟许愿约好了，她先从长沙坐火车去他家，玩几天之后再一起去湘西与柏千阳碰头。她有点担心这么快就见家长不好，但并没有说出来，因为她也很想去许愿长大的地方看一看。而且，如果三天后真有流星雨，她想跟许愿一起看。

吃完饭，她看着保姆在收拾这满桌的剩菜，不好意思地说：“好浪费啊。”

金岳说：“我和小驰在家还能吃，他在北京长大，难得吃一次北方菜，你要喜欢，下次我再叫厨师来做。”

苏暮雪正欲告辞，金岳请她留步，从柜子里拿出一个盒子，说是送她的礼物。她接过来一看，是一部手机，赶紧递回去，连声说不能要。

“拿着吧，你对小驰尽心尽力，家长不送点什么，觉得惭愧。”他每次想送她点什么，都会拿金驰做借口。

“金总，您平常对我已经很照顾了，我这请几天假，已经很不好意思，您还请我吃饭，然后还送我这么贵重的礼物，我真不能要。”这一次苏暮雪很坚持，尽管买一部手机的确在她的计划中。学校现在正在推行电话校园卡，打电话很便宜，接电话免费，比买 201 卡和 IC 卡都划算。她在放假前已经办了一张卡，正想暑假拿了工资，给姑姑贴补家用之后买一部便宜的手机。

“苏老师，今天你必须收下，这部手机也是别人送我的，我已经有两个手机了，这个闲置在家里跟一块破铜烂铁就没区别了。再说，你拿着手机，平常有事联系起来也方便，这个就当是你给小驰做家教，我提供给你专门沟通工作的。你以后要不想教他了，就还给我，这样总行了吧？”

苏暮雪一时语塞，金岳每次的理由都让人无法拒绝。她有些犹豫了，看了看盒子外手机的图片，香槟金的诺基亚8850，很好看的样子。如果真的收了这个手机，我出门就可以把包里的电话卡装进去，到了火车站也不怕联系不上许愿。或许对人家来说，送一部手机真不是什么大不了的事儿，而且，可能我真的做得还不错，苏暮雪心里涌上这样一个念头。

“收下吧，真不是什么贵重的大礼，手机这东西，总有一天会变得人手一个。”金岳笑得很温暖。

“那我先拿着了，谢谢金总，万一哪天您家里有谁用得着，我马上还您。”苏暮雪接过盒子，觉得有些沉甸甸的。

“办了卡，发短信给我。”金总拍了拍她的肩，他的举止很有分寸感，总让人觉得很舒服，然后他又半开玩笑地说，“现在好的家教老师不容易找啊，这好不容易逮着一个，可不得想尽办法留下来嘛。”

苏暮雪笑了，听金岳这么一说，便觉得收下这手机也是心安理得的。

从金岳家出来，苏暮雪直奔火车站。

刚在火车上坐下，她便迫不及待地装上卡。手机里有余电，她研究了一会儿，发出了第一条短信：金总，这是我的号码——苏暮雪。

他回了句：真快，以后找你更方便了。

她收到这条短信，心里有些后悔，觉得不应该这么快发给他，显得她好像早就备好了卡，就等他送她手机。她想了想，再发了一条：火车站刚好有办卡的，谢谢金总。

她握着手机，看着窗外，短信铃响，她赶紧打开。他回了句：一路平安，祝好。

她看着这条短信发了一会儿呆，才想起来给许愿发了条：我是雪，这是我的号码。

许愿秒回：哇，刚买的吗？

她决定跟他说实话：不是，是家教的家长送我的。

许愿：这么好?

她想了想，回了句：也没有，算是奖金吧，羊毛出在羊身上。

许愿：那也挺好，我在火车站了，等你。

她把手机合上，猜想着几天不见的许愿会穿什么样的衣服来接她。这个男孩儿让她有一种多年不见的安全感，她说什么他都会信，她随时都能找到他，她也非常确定，他会一直跟她走下去。这种彼此深信不会分开的爱，对苏暮雪来说，就像一道治愈伤痛的良方。

到了车站，苏暮雪远远地就看见在出站口的许愿。他剪短了头发，显得更像个孩子。他穿着一件白色的短袖衬衫、泛白的牛仔裤和一双匡威的运动鞋，在人群里像一片白色的羽毛。他兴奋地挥着手："小雪！这里！"

她像奔向太阳那样飞奔过去，和他拥抱在一起。

晚饭是在餐厅吃的，因为罗阿姨要去小翼爸爸家接小翼，来不及准备。但为了盛情款待儿子的女友，许志新特地提前预订了一个吃农家菜的小院，看似朴实无华，实则内有玄机。这是老家最难订位的餐厅之一，专吃土菜，外表看起来很田园风，还挂着辣椒和干笋，里面的包厢其实很讲究，而且没有菜单，大致告诉老板预算和忌口，他们负责配菜。

罗素梅的热情很快让苏暮雪没了拘束感，她边给大家倒茶边说："我和老许都担心，小愿这个性格，恐怕以后得我们操心相亲的事儿，谁知道大学二年级就有了女朋友，我们可以安度晚年了。"

罗素梅看起来很年轻，说完这话，把沉默寡言的许志新也逗笑了。他们二人看着苏暮雪，很是喜欢，早在辩论赛的时候他们就在电视上见过她，觉得她落落大方、口齿伶俐、长得漂亮，而且是那种没有压迫感的干净的美，没想到成了儿子的女朋友。

上菜了，有卤水猪脚、三杯鸭、野生鲫鱼等好几个菜。许志新举起茶杯："小苏，我以茶代酒，欢迎你来我们家做客。许愿给你添了不少麻烦吧？"

苏暮雪赶紧回敬，说："谢谢叔叔，客气了。我们俩互相麻烦，可能他照顾我会多一点儿。"说完她看了一眼许愿，两人相视一笑。

罗素梅故意逗小翼："儿子，你哥带回来的这个姐姐漂亮吗？"

小翼的脸一下红了，低着头说了句：“漂亮。”惹来一片笑声。

一顿饭吃得轻松热闹，其间许志新也照例问了问苏暮雪的父母是做什么的。她避重就轻地讲了一下家庭的状况，大概是，母亲因病去世，父亲在外地工作，所以她大部分时间跟姑姑住在一起，简明扼要，除此之外的信息她也没有多说。这套说辞在此前也跟许愿说过一遍，这是她对许愿唯一保留的部分，她不是不愿意面对，只是觉得还没有到和盘托出的时候。她还不了解他们，无法判断当他们得知她有个曾经富甲一方的父亲，正遭受牢狱之灾，会用怎样的态度来面对她。因此她决定做一次鸵鸟，忽略父亲的事情，先享受恋爱的美好。

因为苏暮雪来了，所以客卧便给了她，小翼只能跟哥哥睡。罗素梅问许愿行不行，要不让小翼打地铺。许愿说那有什么不行，夏天床上铺的是凉席，也不会抢被子。倒是第一次跟哥哥睡的小翼非常害羞，他这几年从未试着与许愿这么亲密地相处。他们躺在床上，都没睡着，许愿突然开口问：“小翼，过几天有流星雨，你知道吗？”

小翼好奇地侧过身，借着月光，看着许愿：“听说了，真有吗？”

“有啊，但不知道我们能不能看见，就是那一瞬间的事儿，错过就错过了。”

“那我们就一直等着。”

“你不怕累吗？”

“不怕，看见流星雨了，可以许愿。咦……哥，你就叫许愿啊。”他像是发现了什么新大陆似的，开心地笑了起来。

“你想许什么愿啊？”

“挺多的。”

“随便说一个听听。”

“我想早点儿长大，学会开车。”

“为什么？”

“这样我想什么时候见我妈，就能什么时候见，不用等她有时间了才来接我。”

“想来你就说啊，我让我爸去接你。”

“唉，但我老来，我爸爸又会觉得寂寞的。”

小翼说完，惆怅地叹了口气，然后困得闭上了眼睛。许愿看着他倔强的眉眼，有些感叹，原来这个小孩儿内心也藏了这么多的愁绪，而大人们总觉得他什么都不明白。想起自己的童年，爸妈刚分开的时候，有很长一段时间，大人们分成两派攻击着对方，用各种方式争取着许愿的爱，他们从来没有想过，这对于一个小孩儿的成长有着多么深刻的影响。他在心里祝福着面前这个像极了自己的小男孩儿，等你长大，要比哥哥更坚强、更豁达，最后能拥有比哥哥更美满的人生。

短信铃响了，他拿起手机，是隔壁客卧的苏暮雪发来的：睡了吗？我想你。

他笑了笑，回了句：阳台见。

他们蹑手蹑脚地到了阳台，许愿回头轻轻拉上门，转身便抱住了苏暮雪。几天未见，自然是一个绵长而甜蜜的吻。半年来，他们只是亲吻，两人都无比克制地未越雷池一步。他们很享受亲吻，这是他们对爱情最好的表达。许愿有些激动地轻轻拨开她的衣服，正要把手伸进去，她看了看客厅，伸手“嘘”了一声。许愿有些难为情地放下手。

苏暮雪笑着看了看他。两人趴在栏杆上，许久都不说话。

许愿：“我家还好吧？”

苏暮雪：“你们家，很温暖。”她很羡慕许愿，尽管他的原生家庭并不幸福，但父母给他的爱一点儿也不比别的家庭少。或许父母离异给他带来过痛苦与不理解，但他的成长是健康的、不扭曲的，或许这就是他虽然性格内向，但内心始终保持纯净、乐观的原因之一吧。

许愿：“他们都是很简单的人，我以前不懂事，总觉得家里的变故伤害了我，所以有些自怨自艾，回头看看，真是‘为赋新词强说愁’。”

苏暮雪：“许愿，你知道嘛，越了解你、越走近你，我就越爱你。”

许愿：“真的吗？我可从没想过我有这么好。”

苏暮雪：“真希望我们一直这样好。”

许愿：“一定会的，你要不放心，过几天对着流星许愿。”

她又紧紧抱住他，像是下一秒就会失去他一样。

这几天的行程安排得很松散，无非是许愿带着苏暮雪去他长大的地方走了走。他们一起去了他曾经的中学，他像个导游一样，一路讲解着——他在这间教室上过课，坐的便是靠窗的位子；那时候他也爱听电台，经常晚自习的时候把耳机塞衣服里，再从衣袖里露出来，左手捂住左耳，右手拿着笔，假装在思考的样子，其实是在听电台节目，那主播絮絮叨叨的可也比无聊的自习要精彩；他还带她去了学校附近那条长长的、青葱的路，像极了木兰路，当年他就在这里，骑着单车追着郑小苔。他喋喋不休地讲着那些琐碎的往事，好像恨不得把所有苏暮雪不知道的故事一次性讲完。一些涉及的人和事，苏暮雪并不清楚，所以没有听懂，但她依然很认真地听着他讲话，他的声音很好听，像泉水一样愉悦地流淌。她有时觉得自己根本没在听他讲什么，只是沉醉在他的声音里，一些好闻的植物香味在炎热的空气里弥漫，好像这就是这个夏天的全部。

最后他们坐在中学教学楼对面的人工湖畔，四周是茂密的银杏树。许愿看着苏暮雪，有些遗憾地笑了笑，说："曾经以为很漫长，结果也就是一转身的时间，就到了现在。"苏暮雪握住他的手，靠在他的肩上。他不再说话了，两人安静地依偎着，看着一只蜻蜓在半空中忽高忽低地飞着，最后它停在了湖面的睡莲叶子上。

离家去湘西的前一天晚上，是流星雨到来的时间，预告说大约在凌晨时分。罗素梅在楼顶铺了竹席，买了饮料和零食，点了蚊香，一家子坐在楼顶等着那盛世美景的出现。他们聊着天，东一句西一句，没有主题，但依然聊得兴致高昂。

罗素梅："不会没有吧？现在新闻都不爱说真话。"

许志新："应该不会，多少家都等着看呢，如果骗人不是找骂吗？"

许愿："爸，你打算许什么愿啊？"

许志新："我就看看热闹，以前的愿望都实现了，现在无非就希望你们身体健康。"

许愿心里一阵暖。

苏暮雪的手机调了震动，突然响了起来，她拿出来一看，是金岳。

许愿："谁啊？"

她不好意思地对大家笑了笑，起身去另一处接，回头说了句："我姑姑。"

她走到楼梯口，才翻开手机盖："金总，您好。"

"苏老师，你听说了吗？今天有流星雨。"

"我听说了，正跟朋友一起等着呢。"

“早知道就多留你几天了，金驰也吵着要看，我正陪他在阳台上等着呢。”

“代我跟小驰问好……金总，您还有事吗？”

“对了，你什么时候回长沙啊？”

两人正聊着，外面传来许愿的呼喊声：“小雪快来，流星！流星！”

夜空中有星星点点的流星划过，美得像童话，只可惜转瞬即逝，短短几秒便消失不见。

“金总，流星来了，不说了！”她不等对方说再见便挂了电话，从楼梯口跑了出来，但这时空中已经什么都没有了。

许愿一脸遗憾：“没了……”

苏暮雪：“许愿，你快许愿，帮我一起许！”

许愿赶紧双手合十，问道：“你的愿望是什么？”

苏暮雪：“我随便，你多许一个就行！”

许愿闭上眼睛低头默念着，然后抬起头：“我许完了。”

苏暮雪：“你许的什么？”

罗素梅：“小雪，许的愿说出来就不灵了。”

苏暮雪：“不说我也能猜到。”

许愿一副被看穿的样子，傻傻地笑着。

小翼：“许愿对着流星许愿，像绕口令一样。”

许志新听了笑个不停，他显然对自己给儿子起的名字十分满意。看着眼前比自己还要高大的儿子，许志新很是欣慰。也不知从何时起，儿子与自己的关系逐渐得到了改善，或许是成年之后，离开家的他变得更成熟，更懂得生活的不易了吧。也有可能是因为苏暮雪吧，从许愿与她一起参加辩论赛开始，似乎越来越爱跟家里交流学校的见闻了，一个男孩儿总是因为一个女孩儿而开始真正意义上的成长的。许志新许的愿，便是希望这个看起来大方懂事但有些心事重重的姑娘，能与儿子长长久久地走下去，哪怕未来不如预期，牵着手的时候，也要用力地握紧。

跟家人道别后，两人马不停蹄地赶往湘西，一路颠簸，晚上才到凤凰县。柏千阳开了个拖拉机来接他们俩，说其他人都已经到了。又过了半小时左右，终于到了柏千阳家，他们被安顿在家附近一个农家院里，不少游客也住这里。柏千阳问：“没多余的房间了，给你俩安排一间行吗？两张床的。”

许愿有些羞涩地看了看苏暮雪，又问：“满毅一个人住吧？”

“对啊。”柏千阳边说边帮忙把许愿的行李从拖拉机上搬下来。

“我跟满毅住吧，苏暮雪可以一个人住。”

“没关系，我也可以去跟沙璇和应晓雨挤一挤，”苏暮雪接过自己的行李，“我东西也不多，一个人住有点闷。”

“反正房间留着，你们自己调配。对了，吃完饭，都别急着睡，今天晚上电视台直播国际奥委会投票2008年的奥运会主办城市，咱们一起看。”柏千阳交代着，然后又冲着对面餐厅大喊一声，“夏舟，好了没有？他们都饿了。”

“马上，可以过来了！”对面传来夏舟的声音。

安顿好，柏千阳拍了拍手，介绍道：“这是我家亲戚开的一家小旅社，其实就是农家乐，便宜，暑假很多学生来这儿住。夏舟非要来这里看看，说是故地重游。我问她为什么是故地啊，她才告诉我。原来高考之后，她按照我在长沙中学借读的资料查到了我的原籍，一路找来了凤凰，当时也住在这里，从我亲戚嘴里打听到了我填报的志愿，然后把自己的志愿也改成了联大。所以，她提出想来玩玩，看看我生活过的地方，我觉得没有理由拒绝她，正好想起咱们也好久没聚了，干脆组织个湘西游，弥补一下这个学期的遗憾。”他淡淡地说着这一切，却隐瞒了自己内心最真实的想法——他并不想单独跟夏舟一起过生日。时至今日，柏千阳依然没有那么爱夏舟，但好像也没有比现在更好的办法，于是便将就着爱了。

今年暑假，柏千阳的爸妈也回了湘西，按理说他带夏舟见爸妈，一家子一起过生日合情合理，但他心里总觉得别扭。口口声声从不在乎生日的柏千阳，其实比谁都在乎，去年的生日他只带许愿去了长沙的家，因为他始终认为，平时的伪装已经很辛苦，生日这一天应该跟自己最想见的人一起过。夏舟显然不是他最想见的人，但又不可能只约许愿和苏暮雪，所以干脆把大家叫过来。

“夏舟是个勇敢的女孩儿，柏千阳，要好好对她哦。”苏暮雪听完，也不再责怪当初夏舟欺骗她说自己怀孕的事了——当然，她并不知道那是真的。

“老大，一会儿再为你感动吧，我饿得前胸贴后背了。”许愿搭着柏千阳的肩，孩子气地撒着娇。

到了餐厅，看见沙璇、满毅和应晓雨都已经上桌了，夏舟系着围裙，忙前忙后，他们才知道原来这顿饭是夏舟下厨。看着满桌佳肴，苏暮雪悄悄跟许愿说：“这么一比，我在你家真是头好吃懒做不懂事的猪呢。”许愿笑着握住了苏暮雪的手。这小小的细节被应晓雨和沙璇见到，应晓雨有些尴尬地移开视线，沙璇见状拍拍桌子：“行了行了，别秀恩爱了，开吃吧，饿得我刚才看到鸡毛掸子都流口水了。”大家哈哈大笑，夏舟端上来最后一道菜，也紧挨着柏千阳坐下了。

“夏大小姐，你太能干了！”沙璇拿起一个鸡腿就啃，都是熟人也就不顾形象了。

“我跟我妈学的，做饭其实蛮好玩的，就是洗碗比较麻烦，所以就交给柏千阳了。”她满怀幸福地看着柏千阳。

“喂，满毅，这光荣的任务就拜托你了。”柏千阳怪笑着，看了看满毅。

“遵旨！”满毅爽快地回答。他对柏千阳叫他和沙璇一起来湘西感激不已，想想人家谈着恋爱还不忘帮忙撮合他和沙璇，洗个碗算什么？

寒暄几句，大家便都开始狼吞虎咽。昏黄的灯光旁围着几只蛾子，扑扇着它们的翅膀。

手机信息铃响了，苏暮雪拿出来一看，是金岳发来的：到了吗？祝平安。

她回了句：到了，在和同学们吃饭。

夏舟看见了苏暮雪手里的手机，惊讶地放下筷子，大喊一声：“苏同学，真牛啊你，诺基亚 8850！”

她走过来拿起这手机看了又看，爱不释手的样子。苏暮雪有些尴尬，夏舟举着手机说：“这个行货现在得卖五千多元，就水货也得四千多元，你们文学院女生真有钱，我那个摩托罗拉 A288 都不好意思拿出来了。”

苏暮雪：“这是我做家教的家长送的，我要知道这么贵，就不收了。”

夏舟：“那这家长对你挺好的啊，他还缺老师吗？介绍我去呗。”

“行啦！吃饭吧！”柏千阳瞪了一眼夏舟，她识趣地坐回来，嘴里还念叨着：“现在做家教这么赚钱啊，改天我也去。”

“你去呗，没人拦着你，搞不好给你送一个手机专卖店，全是你的。”沙璇大口吃着肉，还不忘怼夏舟两句。

夏舟想呛回去，看了看柏千阳暗淡的脸色，埋头吃了起来。

原本尴尬的局面，迅速被室外晒谷坪的热闹打破了。另一群学生已经燃起了篝火，搬来了啤酒，架了台小电视机，大家唱歌跳舞，等候着萨马兰奇宣布投票结果。他们也参与其中，忘记了刚才饭桌上的不快。

10 点左右，电视屏幕上，萨马兰奇宣布了 2008 年的奥运会主办城市是北京。院子里马上变成了一个狂欢的派对，他们拿着脸盆，用牙刷“当当当”地敲得锣鼓喧天，男生们大口喝着啤酒，女生围成一圈跳着舞。柏千阳见酒不够了，起身去附近的小卖部买酒。

绚烂的火光映在苏暮雪的脸上，她有些不安地对许愿说：“我真不该收这个手机，没想到这么贵。”

许愿：“你还惦记着这个事儿啊，夏舟那人就那样，别往心里去。”

他轻轻握住苏暮雪的手，拇指在她的手背滑动，一下又一下。她忍不住盯着他的脸，这张她无论如何都看不够的少年的脸。

许愿：“看我干吗？”

苏暮雪：“我想吻你了。”

许愿：“现在吗？”

苏暮雪点点头，她轻轻握住手背上他的拇指。

许愿：“这儿人多，去你房间。”

他们像约好似的，似乎一直在等待这一刻。除了应晓雨，没有人意识到他们俩的离开。他们从那火光之中悄然退去，朝房间里走去。那一刻，应晓雨的心又猝不及防地被击中，在这之前她一直以为自己可以洒脱地面对一切了。

他们合上门，开始接吻。远离自己所在的城市，他们就像两只放飞的鸽子，找到了一片无人看管的天空，而鸽子为了这一刻的翱翔早已经做足了准备。

许愿：“今天我想要你！”

苏暮雪：“我喜欢你说这句话。”

许愿：“今天我想要你，今天我想要你，今天我想要你……”

苏暮雪：“别说了，要吧！”

许愿开始笨拙地脱苏暮雪的衣服，突然被她摁住手，她问：“没有避孕套吧？”

许愿："有。"

苏暮雪："你哪儿弄来的？"

许愿："我在长沙就买了，一直偷偷放在包里。"

苏暮雪被逗笑了，迫不及待地帮许愿解开扣子，心底的情欲瞬间燃烧了起来，比院子里的篝火还要热烈。

他们应该在各自的脑海里演练过无数次这样的场景，当他们赤裸相对时，没有丝毫的犹疑与羞涩，取而代之的是贪婪地索取。他们再也不要做什么君子和乖孩子，任由欲望如同漫天的烟花一样肆意地绽放。

许愿的额头布满汗珠，他低声说："我来了……"

苏暮雪："我是你的了。"

许愿俯下身，苏暮雪抱住他颤抖的身体。

院子外依然是一片喧闹，那火光还隐约地映在了窗上，像是配合他们的欲望，熊熊燃烧着，张扬而跋扈。

柏千阳是在回房间拿开瓶器的时候，刚巧看见苏暮雪合上房间的门。他靠在门口听着他们之间的对话，感觉自己的腿像被人抽空了力气，差点儿跪了下来。这些日子他说服自己接受这件事，慢慢地，好像真的可以接受了。但他从没想过他们会有肉体上的结合，他好像自动屏蔽了这件事，只把许愿与苏暮雪当作小孩子过家家。就在刚才，他听到了房间里发生的一切。

他走了出去，融入热闹的人群中，把开瓶器交给了满毅。

他坐在夏舟身边，小声说："我想要你。"

夏舟正喝着啤酒，她以为自己听错了："你说什么？"

"我想要你。"

"现在？"

"对。"

"别发疯，大家正嗨着呢，突然走，像什么样子。"

柏千阳站起来，拉着夏舟就朝里屋走去，关上门，然后把她抱起来放在床上。

夏舟哈哈大笑着："你干吗？吃春药啦？"

他面容冰冷，她却突然害怕起来，抓住他的手臂，大喊着："柏千阳，等等！"

他像头失去意识的困兽，捆绑他的铁链突然崩裂。他用尽全身力气激烈地索取着。汗水从他的脖子上流下，滴在夏舟的胸前，她伸出手抱紧他，在这样的慌乱与害怕中，她竟然得到了前所未有的快感。

他瘫在了她的身上。她依然抱着他，不想他离去。

她看见窗子上若隐若现的火光，良久，对他说："千阳，如果这大火蔓延过来，我们逃不了，死的前一刻一定要疯狂做爱，好吗？最后他们找到烧焦的我们，两具尸体还保持着做爱的姿势，多酷！"

她抚摸着柏千阳，等待着他的回答，却发现他已经睡着了。

院子里，认识的、不认识的，都混成一片。旁边有个女生拿来一个玻璃罐，里面装了几只萤火虫，像一盏闪着微光的灯，很好看。他们告诉沙璇，院子后的山林里有很多萤火虫，她马上拉着满毅朝后山跑去，只剩下应晓雨独自一人坐在篝火边。她撇了撇嘴，心想，好好的萤火虫被你们关起来，等第二天死了，发不了光，又被你们扔掉，有什么意义？

除了应晓雨外，全场其他人在几个女生的带领下一起跳"兔子舞"，那是一种看起来很滑稽的舞步。应晓雨无聊地坐在原地，并不想参与，这时其中一个男孩儿冲她伸出手，说："一起吧，同学！"

她抬起头，两人对视一眼，都惊呆了。

"蜗牛！"应晓雨大叫起来。

"晓雨师姐！"

像是在无边无际的黑暗里握到了一只温暖而厚实的手，她站起来融入跳舞的人群，也跟着他们迈着奇怪的舞步。

一首曲子结束，大家坐在火堆旁休息。

"你一个人来的？"蜗牛开了瓶啤酒。

"当然不是。"

"我看你一个人坐在这儿。"

"他们成双成对，我被落下了。"

“哈哈！我们同病相怜呢。”

“怎么？”

“我也被落下了，全班都有家有口了，除了我。”蜗牛依然笑得阳光，丝毫没有抱怨的意思，好像他永远不会遇见什么人生难题，“我陪着你吧，不过可惜这里没有电玩。”他做出一个拿着冲锋枪扫射的姿势，应晓雨想起了那个跨年夜的邂逅，两人一路斯杀闯关，忍俊不禁。

“这么久了，你怎么还一个人啊，没找女朋友？”

“我还没有遇见那个对的人啊，但我想，肯定能找到的。”

“这么有信心？”

“当然！”蜗牛微笑着，他的语气变得缓慢，好像在说一件无比神圣的事儿，“我一直相信，这个世界上每个人都有一个为他量身定制的另一个人。你悲哀的时候，她也不会欢喜；你想哭了，她的心也会难过；当风把沙砾吹向你的脸，她也会不自觉地揉眼睛。但她在一个未知的地方，命运会考验你们的耐性，不会让你们从一开始就相遇。但是你们总会相遇，你所有等待的煎熬、无法解答的困惑，在那个人出现之后，一切都豁然开朗了。所以我不找，我慢慢地等，如果能等到那个为我而存在的人，多久都是值得的。”

耳畔是篝火燃烧的噼里啪啦声，蜗牛的声音在其间缓缓地响着。应晓雨没有再说话，但心里觉得好受了很多。

她想，如果蜗牛说的是对的，那个为她量身定制的人此刻又在哪里呢？想必他也像她一样，孤独地坐在某处，等着某天与她相遇吧。

她站了起来：“我去休息了，很高兴再见到你。”

“等等！”

“怎么了？”

“我觉得，今天的你，跟上次见到的你，好像有一点点不同。”

“什么不同？”

“我也不知道。”

应晓雨笑了笑，转身离开了，剩下蜗牛坐在原处，一个人喝着酒。

他们回长沙的前一天，是柏千阳的二十一岁生日。爸妈在家门口的晒谷坪上，摆了个大圆桌。这是平常年夜饭才会拿出来的家伙什，为了招待一群远道而来的客人，柏妈妈还找来了他的舅妈帮忙一起做饭，扎扎实实做了一大桌。大家吃得很开心，聊得也热闹，老两口很喜欢夏舟，对这帮看起来谈吐得体、落落大方的同学也是满口称赞。柏千阳沉浸在这片热闹之中，偷偷想，这一定不是他最开心的一个生日，但很奇怪，突然觉得这样的关系也挺不错，大家好像进入了另一种相互制约的平衡当中。不知道这是不是绝望之后的一种本能——对生活的改变做出妥协与接纳。总之，他开始有些害怕这样的平衡被打破，他甚至想，哪怕不能跟苏暮雪在一起也无所谓，至少能随时看见她，大家开开心心围成一桌，尽管没有得到谁，但也没有失去谁。谁都控制不了命运，谁都不知道它接下来会让大家变成什么样子，最好的结果便是，什么都不要变，维持现状，至少一切看起来都是美好的。

夏舟碰了碰他："你发什么呆啊？你的主场，你得招呼大家。"

柏千阳回过神来，举起可乐，说："谢谢大家来到凤凰陪我过生日，我的生日愿望只有一个，那就是，希望现在这么美好的时光，可以一直一直陪伴着我们，一切都不要改变。"

那一刻他有点恍惚，眼前他们的谈笑风生似乎有些不真实，但又好像很清晰。

他想，未来不管怎么样，也只能硬着头皮过下去了吧？

还有什么会永垂不朽

大三开学的第二天，苏暮雪去探望了她的爸爸。苏世杰兴奋地跟看守的狱警说：“看，那就是我女儿！”

探监室的小圆桌边，他们面对面坐着，已经好几年没有离得这么近了。

“爸，你还好吧？”她想了很久，决定用这样的话作为开场白。

“好好好，我什么都好，你呢？你姑姑说你已经大三了，真快！”他像是自言自语地念叨着，头发已经花白，举手投足变得唯唯诺诺，与苏暮雪记忆中的他相去甚远。

“我谈恋爱了。”说完，她笑了笑，这是她如今最愿意与人分享的事情。

“真的啊？他是个什么样的人？家里是干什么的？”苏世杰心里一阵感叹，被抓进来的时候，女儿才九岁，如今已经是个成年人，也有了自己的爱情。他还有些遗憾，倘若没有进来，那么这应该是家里的一桩大事，他一定会对这个未来有可能代替自己照顾女儿的男人要求很高,他都能想象第一次考核这个男孩儿的时候，会是怎样傲慢的架势。

“跟我一个学院的,一个干干净净的男孩儿,挺老实的,很上进,家里也不错。”

“你都见了他家里人了啊？那我们家……”

“我还没有告诉他我们家的事，我想再等一等，等更合适的机会再告诉他。”她说到这儿，有点担心父亲会自责，便补了一句，“其实也不是什么多大的事，只是他和他家里没有主动问过，所以我也没有机会主动说，毕竟才交往没多久。”

“你爱他吗？”

"很爱。"

"他爱你吗？"

"也很爱。"

"那就好，那就好，别的都不重要。"苏世杰不停地点头，眼眶有些湿润，女儿长大了，有一个疼她、爱她的人在身边才是他最大的愿望，"爸爸对不起你，什么都帮不到你，这些年都靠你自己……"

"爸，都过去这么久了，还提它干什么呢？"

探监的三十分钟很快就过去了，令苏暮雪难过的并不是父亲现在颓唐的样子，而是他们相对而坐，却好像没什么话题可聊。这些年，她的生活都与他无关，她用自己的方式去长大，去慢慢触碰这个世界，而这一切，他都没有参与。对她来说，他只是一个年过半百的老人，他对于外面世界是什么样一无所知，必然也无法给她提供好的建议与鼓励。

苏暮雪离开监狱后，一个人走了很长一段路，她想着这些年的孤独与苦难，内心是无比感谢许愿的。因为他的出现，真的让她有一种停泊靠岸的踏实感，未来的路不用一个人走，这可能是她内心最大的力量了吧？

短信铃响了，她拿出手机一看，是许愿发来的：你在哪儿？晚上吃什么？

她回：我回来看姑姑，吃馄饨吧。

这个手机，她回长沙之后曾打算还给金岳，思来想去，觉得既然已经大大方方地接受了，倘若因为得知了价钱又要还回去，显得自己很作。到时候金岳又得费很大口舌劝她收下，一来二去，特别不给他面子，所以她决定继续用着。

看了下表，已经下午五点了，她走到车站，刚好有辆车到学校，她便上车了。

大三了，她对接下来的每一年都很期待。

大三这一年，联大慢慢在经历一些变化。比如，木兰路开始翻修了，不知什么缘故，学校把木兰树换成了冬青，却并没有把这条路改名叫冬青路；真如金岳说的那样，随着校园电话卡的流行，传呼机成了历史，手机成了人手一个的通信工具，已经不再是什么遥不可及的东西；录像厅被淘汰了，取而代之的是电视吧——像网吧那样，一人一台电视机。沙璇每天泡在那里，戴着耳机看《流星花园》，哭得死去活来，逢人就说自己长得这么像杉菜，为何碰不到道明寺。总之，一切都在变，但好在他们没有变，像柏千阳期待的那样，他们依然维持着一种奇妙的平衡，相安无事。

这一年，他们好像跌入了一条奇怪的时空隧道，每一天都过得飞快。对于忙碌的柏千阳来说尤为如此，他渐渐开始理解当初韩家阅说的那种迷茫，大三了，已经没有了新生的憧憬与好奇，却又没有大四那种站在悬崖边的迫切，既不能任性，又不够豁达。唯一能做的事情就是让自己忙起来，不管忙什么、不管做的事情是不是自己喜欢的，总之他每天都要做很多很多事，让自己没空去胡思乱想。夏舟是外语学院最有可能保研的，她每天在柏千阳耳边念叨的，就是让他也去争取保研，要不留校任教也行，既然他跟梁文彬关系那么好，机会不是没有。她希望俩人一起继续待在学校，做一对不离不弃的联大伉俪，这是夏舟短期内最大的梦想。柏千阳总是应付了事，保研也好，留校也罢，这件事根本激发不了他的兴奋点，他完全不嗨这一口。他并不认为像梁文彬那样一辈子窝在联大能有什么乐趣，可他也并不知道未来能够做什么，于是只能听夏舟唠叨。

大三第一学期临近结束的时候，长沙史无前例地冷。柏千阳经不住夏舟的软磨硬泡，终于答应了她搬出去住，这样可以朝夕相对，提前体验夫妻生活，学校很多人这么干。他曾经的确很想自己租个房子，更自由，也不必跟宿管科的大爷斗智斗勇，但他并不想跟夏舟一起住。她喋喋不休地念叨了一个学期，他终于缴械投降，说看好房子马上搬。谁知当天下午，夏舟就在学校附近看好了房子，价格和位置都无可挑剔，然后她以迅雷不及掩耳之势交了押金和半年的租金。第二天，柏千阳去看房的时候，夏舟已经打扫得干干净净，并且布置得很有生活气息了。一室一厅，墨绿色的绒布沙发，是那种坐上去就深陷进去的懒人沙发；新的床单是纯褐色的；桌上养了一盆生机勃勃的绿萝，她还扯了几米蓝白相间的格子棉布，钉在窗沿上做窗帘，简洁但不失写意。柏千阳见了，还挺期待搬进来的，他称赞道："速度啊！你要去建委上班，长沙现在可能比上海还好了。"

夏舟一把抓住柏千阳的衣领，故作邪魅狂狷状："那你是不是要肉偿啊？"

柏千阳本来打算看看房子就回学院办事的，所以有些心不在焉地说："今天别了，养精蓄锐，搬进来了好好伺候你。"哪知夏舟根本不搭理他，自己一件件脱了起来，最后只穿内裤在他面前晃荡。

“你穿上，冷！”柏千阳无奈地劝她穿衣，手却不听使唤地在她身上抚摸起来，最后干脆把她扔到床上，自己也脱了衣服跳上去。

一阵激情过后，夏舟翻过身来，趴在他身上，吻着他的脸：“唉，你要生在抗日战争那几年，肯定是个汉奸，太禁不住诱惑了。”

“我还不是怕你着凉，上来暖和你。”

“嘴硬。”夏舟把脸贴在他的胸口，舍不得起来，“这床比宾馆里的舒服多了，等你搬过来，我们就可以天天这样了。”

柏千阳望着天花板发呆，轻轻抚摸夏舟的头发。

“你回宿舍收拾好，晚上就搬过来，别磨磨蹭蹭啊。”夏舟嘱咐着他。

他起来穿好衣服，然后分别给每人发了条短信，邀请大家来参观他的新家，一起吃饭庆贺乔迁之喜。气人的是，只有许愿一个人有空，他说刚通过了面试，马上要去校刊《联大青年》做实习编辑，正巧可以一起庆祝。

“我日理万机，好不容易请一次客，都不来！”他像个孩子一样地抱怨。

“这就是你不对了，我在网上看到北方人说请客，提前两天约，那是请；提前一天约，那是叫；当天约，那叫作提溜，你还好意思怪人家不来？”夏舟对着梳妆镜整理头发，一阵窃喜。她并不想见苏暮雪，尽管她现在已经不是自己的敌人，但她以任何一种方式存在于柏千阳身边，夏舟心里都是抗拒的。

“那你今天把我叫来看房算什么？”

“我这是叫你过来认窝，别以后进错了房，睡错了姑娘。”

夏舟从后面抱住他，又要亲他，他有点不耐烦地推开她，说：“别闹了，我赶紧回宿舍收拾，一会儿许愿过来吃晚饭呢。”

满毅和沙璇接到柏千阳的短信时，他们俩刚在长沙火车站碰上面，所以婉拒了他的邀请。沙璇筹备了很久的北京之行，在这一刻终于画上了句号。她从大三开学那天，便计划去北京看望韩家阅，但对方总是推三阻四，直到两天前，才说工作稍有闲暇，她可以去。于是她马上买了火车票，坐了一个通宵的车去北京，因为太兴奋一宿没睡，匆匆见完面，又坐了一通宵的车回来。她提前告诉了满毅时间，让他到火车站接她。

满毅接到她的时候吓了一跳，她的头发几天没洗，黑眼圈像是用毛笔画上去的，仿佛一夜之间老了10岁。

“你怎么了？”满毅接过她手里的行李，小心翼翼地问。

“先找个地方吃饭吧。”她有气无力地说。

“回学校吃卤蛋还是……”

“现在吧，我好饿，想吃几个炒菜。”

他们在火车站附近找了一家湘菜馆，点了三菜一汤。上菜很快，沙璇大口吃起来，像个刚从监狱里放出来的女囚犯。

她吃完了，擦了擦嘴，喝了口芬达，打了个饱嗝。

“沙璇，你要受了什么委屈，想哭就哭出来。”

“哭？我一点儿也不想哭，我已经没有眼泪了。”

“到底发生什么事了？你不哭我不踏实啊。”

“韩家阅不是个东西！”她从身上摸出个烟盒，点了根烟，可能因为吃饱的缘故，她的气色稍稍好了一些，“半年没见了，我攒了好久的路费去北京看他，还给他买了条金利来的领带，结果下了车他没来接我。我想，他可能刚去北京工作比较忙，我也不想给他添麻烦，结果按照他给我的地址一路找过去，发现他在跟同事打桌球！那也算了，我想反正是我自己贱要来找你，不接我也无所谓。但见了我大老远跑来，好歹给个笑脸吧？他抬了抬头问了句：‘咦，你今天到啊？我还以为你明天到呢。’然后他继续打，没有过来迎接一下，我就坐在旁边等，等了半个小时，他终于打完了，然后他走过来跟我说，他要去上班了，下班了才有时间，让我找个地方待会儿，说完就走了。我第一次来北京，零下10摄氏度，跟冰窖似的，我上哪儿待会儿啊？我只好背着行李去他公司附近的麦当劳坐了一下午，终于等到他下班了。他说约了几个哥们儿一起去吃卤煮，叫我一起，行李都没地方放，我拖着个箱子就去了。卤煮，你知道吗？都是内脏，我不吃那玩意儿的啊，硬着头皮陪他们吃。结果在那家卤煮店碰到一个浓妆艳抹的女的，嘴巴涂得跟刚吃过人似的，那女的竟然跟韩家阅打招呼，他们居然认识！我问他这人是谁，他不肯说，后来趁他上厕所的时候我问他的哥们儿，他的哥们儿说，她啊，繁花的妞。我问繁花是什么，他们就在那儿笑,不告诉我。我急得冲上大街,逢人就问,繁花是什么?繁花是什么?街上的人都以为我是疯子,后来终于有人告诉我了,繁花是夜总会!夜总会知道吗?就是妓院啊!韩家阅在北京居然还去妓院,他以前可是我们文学院组织部的部长啊,他唱的《深秋的黎明》简直跟原版一模一样,他是我们的榜样啊,文学院多少女生想和他在一起呢!结果呢,他在北京居然跟妓女睡觉,也不怕得病!我气得不行,昨天晚上直接买票回来了,又是一宿没睡。"她说得很激动,烟灰掉在身上,也没有察觉。

"怎么会这样呢?按理说,韩家阅不至于啊,你的描述,跟我认识的他,像是两个人。"

"我觉得考研对他影响很大,他要考北师大的风都放出去了,全院都觉得他稳上,结果听说分数差得挺多的,工作也一般。那公司我看到了,感觉不是什么靠谱的地方,他的那些同事,素质都比他低,说句不好听的,他混得不好。其实我不是气他这样对我,更不是气他混得不好,我气的是当初那个韩家阅怎么没了?他怎么会甘于过那样的生活?他曾经是我的理想,他高大英俊,对未来充满希望,他优秀、高贵、乐于助人,为什么现在变成这个样子?我气的是他亲手毁掉了我心中的韩家阅,就好像……就好像亲手抹杀了我的青春!青春,你懂吧?在我最好的几年里爱一个人,现在告诉我,我爱错了,你说我气不气呢?!"说到这里,沙璇的眼睛有些泛红,但始终没有眼泪掉下来。

"唉,这是命,沙璇,你放手吧。"

"放手?我可不这么想!"

"你怎么还对他有执念啊?他都变成那样了,他不能帮你在长沙落户了,那些光环都没了,他现在就是个普通人!"

"我爱的就是这个普通人!他变成什么样子我不管,但我要对我的青春负责。韩家阅现在不仅仅是为他自己而活,他不可以活成这个样子,他应该有一个更好的人生,不然他怎么做我们的榜样呢?"

"你什么意思啊?"

"我要拯救他!"

"拯救?你拿什么拯救他?"

“拿一辈子，别的没有，时间我有的是！”

沙璇吐出一口烟，慢慢在空气中扩散，消失。

满毅算是了解沙璇了，她说出口的都是决定，根本没打算跟你商量，也绝对不会听任何人的意见。她只希望得到支持、认可、掌声，而且她想做的事情最后一定会做成，头破血流都一定要做成。这是她最让满毅害怕的地方，可是，恰恰也是因为这些，才让满毅死心塌地地为她着迷。

满毅无可奈何却又无比坚定地想：“既然沙璇要拯救韩家阅，那就由我来拯救沙璇吧。”

因为在联大的校报表现出色，应晓雨被推荐到了《快报》的娱乐部实习。新闻系大三一周只三天有课，剩下的四天，她都在报社工作。收到柏千阳约吃晚饭的短信时，她正要去开采编会，迅速地回了两个字：开会，然后便急匆匆地去了会议室。她刚坐下，就觉得今天的气氛有些不一样，娱乐部大大小小十多个人全来了，不是普通的采编会吗，怎么这么大阵仗？

《快报》成立不足一年，在省媒体界素来以生猛著称，抢头条、挖猛料，甚至不惜采取制造新闻的方式博取眼球，带动销量。带晓雨的老师是一个名叫闫言的主任记者，年近四十的大叔，发际线很高，戴副金丝眼镜，说起话来很毒舌。她刚来娱乐部时，听几个其他部门的实习生说，很多在娱乐部的实习生都受不了闫言的尖酸刻薄，所以申请换了部门。最初，他对晓雨也毫不客气，并没有因为她是女生就特殊照顾，稿件返工、重写是家常便饭。倘若出了错误，他会当着所有人的面把稿纸拍在桌上，问：“读过书吗？联大新闻系老师死光了啊？”直到有一次，他遇到一个难搞的男演员，专访时极不配合，甚至能感受到他对地方媒体的轻蔑与不尊重，闫言在现场急得直挠头，一旁的应晓雨提前做足了功课，在专访间隙简单地夸赞了他鲜为人知的几部旧作，点评得简洁而精准，让男演员刮目相看，对待采访也不再那么敷衍。这让闫言开始留意这个看起来没有什么存在感的女孩儿。几个月下来，应晓雨用自己的勤奋与隐忍赢得了闫言的信任，经常带着她跑油水丰厚的发布会，主办单位提供给记者的车马费，他也不忘给她多要一份。闫言常鼓励她说：“大四继续在这儿干，拿到毕业证就可以转试用了，试用期三个月，没大问题就能转正了。”她知道这是难得的机会，以联大新闻系本科的学历，像应晓雨这种没什么背景的学生，毕业了能进《快报》几乎是不可能的事情。

她像往常那样坐在会议桌不起眼的角落，拿出笔正要做记录。

闫言：“应晓雨，关上门。”

她起身，轻轻关上门。

闫言：“明天晚上，著名演员叶薇会来长沙，领导交代了，要搞点事情出来。”

这是闫言的口头禅，搞点事情出来，也是他所擅长的。曾经有个歌手来长沙，他去接机，趁歌手上车之前冲过去发问：“您来长沙，会去感受一下长沙的红灯区吗？”歌手的情商很高，不慌不忙地回了句：“长沙有红灯区吗？”结果闫言发了个大头条，标题是“流行巨星抵长　急切询问红灯区地址”。尽管是玩文字游戏，但这个耸人听闻的标题却在各大网站占据了重要的位置，也让《快报》出尽风头。应晓雨在内心是反感这种行为的，但她想，只要没有真正地伤害人，或许这也是这个行业的游戏规则，她在试着去接受这个现实。只是每次听到这个秃顶的中年男子说出这句“搞点事情出来”时，她都会感到心里发毛。

大家面面相觑，各自想着主意。有个经验丰富的女记者提议，因为此前曾传闻有个大老板送过叶薇法拉利跑车，要不安排个实习生去机场围堵她，以粉丝身份在现场送她一辆法拉利车模。以叶薇的高智商，见到旁边有拍摄，一定会伸出双手示意自己没有碰这辆车。这样只要抓到合适的照片，第二天“叶薇见法拉利神色慌张　举手投降暗示与富商情尽”的标题就可以瞬间引爆娱乐圈了。

有人问：“如果她接受了这个礼物怎么办呢？”

女记者白了他一眼，说：“那更好办了啊，我们可以说，‘叶薇心系前男友见法拉利双眼含泪’，怎么样，够绝吧！”

大家交头接耳地讨论，觉得这个主意好。

闫言抽了口烟，皱起眉来，说：“还是不够狠，太常规，就一张照片，没有事件，激不了太大的水花。”

大家陷入沉默，谁也不敢再吱声。按照以往的经验，闫言会这么说，其实是因为他早已经有了计划，所以与其提出想法被他怼回去，还不如直接听他发号施令。

闫言又点了根烟：“这个事儿这么干……”所有人拿起笔开始记录。

他继续说："叶薇明天晚上要参加电视台的直播活动，我们找一个无业人员，给他一笔钱，让他偷偷带一罐大便混进演播厅，趁叶薇表演的时候冲上台去，把大便扣在她的头上。这事儿干成了保证轰动，给那人一笔钱，让他跟我们独家爆料，就说因为叶薇之前在电视剧里演过日本人，而他的祖辈都是在抗日战争时期被日本人杀害的，所以才来寻仇。激起社会舆论，跟电视剧似的，天天有后续，这事儿至少可以炒一个月。你们安排一下，我要三个摄影记者在舞台的不同角度架好机器等着，另外，这个肇事者要找好、故事编好、合同签好，不能让他接受别的媒体访问。"

一群人听得瞠目结舌。

刚才那女记者问："闫主任，这算播出事故，会给电视台跟我们的关系带来负面影响，不合适吧？"

闫言："直播都延时播出，我们干活的时候电视正在播广告，没事。"

有人鼓掌，点头叫好："主任高明，这下连续一周的独家猛料都要被我们《快报》包揽了！"

大家随即纷纷称赞："主任果然是干大事的人！"

女记者："多么精彩的标题，'叶薇扮日本人惹众怒　绝情粉丝扣屎盆'，漂亮！"

闫言眯着眼睛，慢慢地吐了一口烟，猥琐地笑了笑："新闻嘛，也是一种创作，不搞一搞，读者看什么？"

他享受着众人对他的赞美，正要详细部署这次计划。

角落里沉默已久的应晓雨突然站了起来："闫主任，我不同意这么做！"

大家望过去，窃窃私语，不知这个实习期未满半年的大学生哪儿来的胆量当众反驳领导。闫言掐灭了烟头，不慌不忙地问："应晓雨，你不同意？你算老几？"

应晓雨："在这个团队里，我什么都算不上，但这种为了销量不择手段的行为，我的良心告诉我，不能做！"

闫言："你跟我说说，你的良心还告诉你什么了？"

应晓雨："这种行为，本质上已经是一种犯罪。叶薇虽然是公众人物，但她也是一个活生生的人。闫主任，您刚才说的，新闻是一种创作，我不赞成，新闻是严谨、客观、真实地反映与记录当下的社会事件，而不是像您刚才说的那样，去炮制一些原本不存在的东西——"

闫言：“请你出去！”

应晓雨：“不用您请，我说完就出去。谢谢您这半年对我的照顾，如果因为不做假新闻而失去这份工作，我一点儿也不觉得可惜。但是关于叶薇的计划，如果您执意这么做，到时候我会向其他媒体揭发您！作为一名媒体人，请自重！”

她说完转身离开了会议室，同事们惊得目瞪口呆，没有人敢再继续发言。应晓雨回到工位，背上书包，头也没回地离开了《快报》会议室。

电梯到了，她迈进去的一刹那，无比轻松。

像往常一样，她在报社楼下上了公交车，但自己很清楚这是最后一次从报社回学校，因为明天她不会再来了。公交车上人贴着人，因为天冷而门窗紧闭，空气沉闷而污浊，一路颠簸过去，到学校的时候，她有些想吐，坐在图书馆门口的台阶上，好一会儿才缓过神来。

突然想找人聊一聊，她想了想，还是打给了蜗牛。

自从在凤凰相遇之后，蜗牛经常找她，一开始是假借学习上的咨询，后来因为太频繁，他也懒得再找借口，嘴上不说，但明眼人都知道，蜗牛喜欢上应晓雨了。她很果断地拒绝了他，连她自己也不知道原因。蜗牛是一个值得爱的人，或许她还没有从对许愿的执念中走出来，或许她经历一次感情的挫败之后，对于新的恋情更加谨慎，总之，面对这么一个阳光又温暖的男孩儿，她始终无法迈出那一步。但他们并没有因为这个而疏于来往，蜗牛依然有事没事就找她聊天，他开玩笑说，做不了男朋友，做男闺密也不错啊。

蜗牛十分钟之后就出现在她的面前，她打起精神冲他笑了笑。

“今天这么早下班？走，带你去吃好吃的。”他好似早有准备，拉着她朝校门口的一条小路走去。

那里有个小摊卖棉花糖，他买了两个，递给应晓雨，两人边吃边走，在女生宿舍大厅的台阶上坐了下来。

“甜吧？心情不好的时候，吃甜的，什么都好起来了。”蜗牛可爱地笑着。

“你怎么知道我的心情不好？”

“你主动找我，要么心情特别好，要么心情特别不好。我刚过来，见你那么颓，当然是后者喽……怎么，被领导骂了？”

“算吧。”

“没事，谁还不挨骂啊？你们女生面子薄，特走心，其实领导那些老油条，骂完就忘了，你明天去，他一定又对你笑嘻嘻的，别往心里去。”

“明天不用去了。”

“明天你不是没课吗？”

“以后都不去了。”

“不是吧……”蜗牛瞪大眼睛，“你不是被开了吧？”

“准确地说，应该是我自己不干了。他们在策划一个大事件，想趁一个女演员在舞台上表演的时候，派人上台朝她头上扣屎盆子，然后作为独家事件进行恶性炒作。《快报》成立不久，但作假好像成了传统，领导明里不说，其实私底下很鼓励这种行为。我今天当众反驳了我们主任，还威胁他，如果他真这样做，我就揭发他。”应晓雨娓娓道来，说到最后竟忍不住笑了起来。

“你太酷了吧！我挺你，虽然也没什么用，但你一定要相信，在这个世界上，你有我这么一个支持者！”蜗牛惊讶的表情很夸张，他没想到这个瘦弱文静的女孩儿，竟然还有这一面，“但是，这份工作……你觉没觉得有点可惜？而且你这么走，他们一定不会给你实习鉴定，这么长时间，你不是白干了？”

“因为这样的原因离开，我一点儿也不后悔，也没觉得白干了，至少积累了不少经验。你也知道，学校里学的都是纸上谈兵，真枪实弹的时候经常派不上用场。再说了，我其实早就有点意兴阑珊，当初之所以报考联大新闻系，是因为我的理想是做一名职业新闻人。小时候我爸妈受了工伤，因为医生的失职而耽误了最佳救治时间，后来去世了，我爷爷、奶奶找到我们老家的报社，希望可以曝光这件事，结果那个记者开价三千块钱。我永远记得他那张冷漠又丑恶的脸，从那时开始，我就想做一名记者，可是《快报》只有娱乐部招人，我不想把大好的青春都用来研究那些明星爱吃什么，谁跟谁在谈恋爱，谁又跟谁离婚了，这跟我们大学学到的‘普利策’，可差得有点儿远。”

“晓雨，我为你骄傲！”蜗牛看着她的眼睛认真地说，“也谢谢你把我当朋友，跟我说了这么多，我真希望有机会跟你一起搭档，你负责揭露真相，我负责保护你。”

应晓雨很感动，内心充满了遗憾。突然想起开会前柏千阳发的短信约她吃饭，当时草草回了一个开会，她掏出手机，犹豫着要不要告诉他，晚上她也可以参加了。

“一会儿咱们吃火锅吧？我请你，庆祝你重获自由！”蜗牛提议。

“好。”她笑着应了一声，把手机放回书包。

苏暮雪上午接到姑姑的电话时，刚陪许愿去了《联大青年》编辑部面试完。他面试的是责任编辑，负责选稿和统稿的工作。这虽然只是联大的校刊，但办得很好，在湖南的大学群体中很有名。因为是梁文彬推荐，所以在面试之前，对方已经认真看过他发表的作品，对他很满意，面试时简单聊了聊，基本就定下来了。这是他喜欢的工作，而且还有工资，虽不多，但多少都是惊喜，他想要的原本只是一份优质的实习鉴定，大四找工作的时候履历上会更好看一点儿。苏暮雪见他满面春风地从主编办公室走出来时，就猜到了结果。两人商量着去哪儿庆祝一下，正琢磨着是去堕落街喝奶茶，还是坐车过江去城东逛一逛。

姑姑这时便打来了电话，苏暮雪感觉是出了什么事儿，所以稍稍回避了一下。姑姑说墨墨病了，挺严重的，刚查出来是尿毒症，现在在医院。她哭着说，也不知道是造了什么孽，得了这个病，真想代替儿子受罪。苏暮雪对许愿笑了笑，然后继续拿起手机，说一会儿就过去，让姑姑先别着急。

她没告诉许愿这件事，总觉得家里的事情，一环扣一环，干脆都保密，等以后再找机会说。她告诉许愿，没办法陪他庆祝，因为姑姑有点事儿，需要她去帮忙，然后就上了车，直接去了市医院。她在路上接到柏千阳的短信，说晚上一起吃饭，庆贺乔迁之喜。她哪儿来的心情，回了句：家里有事，改天聚。

墨墨躺在病床上，睡着了。姑姑把她拉到走廊上，走廊逆光，显得阴暗而压抑，还有着医院特有的消毒水的味道。她一直很害怕来医院，当年父亲被抓，母亲郁结成疾，就是在这冰冷、苍白的病床上去世的。

“说是要做透析，一个月十三次，每次六百元，一个月差不多要八千块钱，还有些其他七七八八的费用，我现在工资就三千多块钱，怎么办呢？”姑姑心急如焚，尽管她知道苏暮雪还在念书，但她也没有别人可说了。

“咱们家的存款还有多少？”

“不到四万块钱，刚才已经交了三万多块钱，开始做透析了就不能断。”她擦着眼泪，“要是你爸在就好了！他还跟我说，等出来了，就能看到长大的默默，也不知道能不能等到那天。”

苏暮雪在脑子里迅速过了一遍有可能借给她钱的人，但这个钱不是小数目，而且不知什么时候能还。

“小雪，你男朋友家不是条件还可以吗？能不能找他家借点？”姑姑试探着问。

“姑姑，你别急，我会想办法的。”她握着姑姑的手，轻声安抚着，其实她也想不出什么办法。她想，是啊，爸爸如果在就好了。

她出去给姑姑和墨墨买吃的，买完拎着饭盒回到医院，刚走进大门，她突然停下脚步，犹豫了一会儿，拿出手机。

苏暮雪：“金总，我是苏暮雪。”

金岳：“苏老师，有事吗？”

苏暮雪：“是这样，给小驰的参考教材我在我们学校的书店买到了。”

金岳：“哦，好啊，谢谢。”

苏暮雪：“我……我明天带过去。”

金岳：“没问题，还有别的事吗？”

苏暮雪：“那个……金总，您在哪儿，我想去找您一趟。”

金岳其实是北京一家文化投资基金的合伙人，长沙的公司在联大附近的高新科技园，是这家基金投资公司的项目之一。这几年他从北京来到长沙，一直在这边扶持新公司的成长。苏暮雪在公司附近的一个狭小的咖啡店见到了他。

苏暮雪：“不好意思，金总，耽误您时间了。”

金岳：“没事，我不忙，孩子的老师来视察工作，怎么也得抽出时间。”

苏暮雪并没有被这个玩笑逗笑，愁眉不展地犹豫着如何开口。

金岳：“苏老师……”他喊了两声，她才回过神来。

苏暮雪：“哦……对不起。金总，我想能不能给我多预支一些工资，我有急用。”

金岳：“好啊，你要多少？我让秘书现在取给你。”

苏暮雪盘算着需要多少钱，想了想，预支工资能有多少钱呢？墨墨的透析不是一天两天的事，她鼓足勇气，说：“金总，我需要的可能有点多……”

金岳："你说，多少？"

苏暮雪："十万……"

金岳："行，一会儿我的秘书小蔡会把钱给你。还有别的事吗？"

苏暮雪愣住了，没想到他这么快就答应了，她说："您不问问我，这钱是用来做什么的吗？"

金岳："不问。苏老师这样的人，干不了坏事，不够了再告诉我。"

苏暮雪："谢谢……我不知道该怎么表达我内心的谢意，谢谢！"

金岳笑了笑，起身先离开，走的时候在苏暮雪肩上拍了拍。依然如常，他的每个举动都有很好的分寸感，不会让人有丝毫不快。只是今天他的手掌，显得格外温暖。苏暮雪看着金岳离开的身影，他矫健而挺拔，想起爸爸现在颓唐、腐朽的模样，心想："有钱……真好，可以让人显得这么年轻和有生命力……"

咖啡店放着王菲的《誓言》，她慵懒的嗓音，让这个下午显得神秘莫测：天越黑，心越累，我看见你的脸，听着你说不出口的誓言，那一刻我发现我有天经过你的身边，找不到你的视线……

这首歌是窦唯写的，苏暮雪曾经在电视里看过一段表演。王菲在舞台上唱歌，窦唯在她身后打鼓，他看她的眼神很动人，那时他们就像一对神仙眷侣。可现在他们已经分手了，那段不被祝福的感情已经成为娱乐新闻嘲弄的历史。如果万事万物的变化是一种常态，那么还有什么是永垂不朽的呢？

许愿上了车，已经是晚上 10 点了。

柏千阳站在路边发着呆，天很冷，路边行人也渐少。今天是搬离宿舍的第一天，夏舟此刻在家等他，现在他们已经拥有了一个可以称为家的地方了。下午许愿陪他把行李搬过来，两人在楼下一家炒粉店聊了几个小时。租住房离学校并不远，但柏千阳却有种要跟许愿长久分别的错觉，两人的话题从大学报名到辩论赛，再到这几年学校的变化，一直舍不得结束。许愿说："我怎么有种送女儿出嫁的感觉，以后没人来 626 跟我抢被子了。"柏千阳笑了，说："我指不定哪天心血来潮，就回去睡你！"

车渐渐远去，他走到楼下，二楼就是他和夏舟的家，此刻正亮着灯。若不是太冷，他其实还想在楼下晃荡一会儿。一阵风刮过，他打了个哆嗦，还是决定上楼洗洗睡。

推开门，夏舟穿着睡衣，坐在书桌旁，背对着他。晚上吃完饭，她说不打扰兄弟二人聊天,先回了家帮柏千阳归置行李。柏千阳环顾四周,已经收拾得井井有条。他走上前，搂住夏舟，亲了亲她的后脑勺，说：“辛苦了，宝贝儿，我去洗澡。”

“你等会儿。”

“怎么了？”

“这是什么？”她指了指书桌上的一沓稿纸，“保存得挺完好的啊，跟故宫博物院似的。”

他走上前一看，是苏暮雪辩论赛的辩词手稿，娟秀却有力的字体。他有段时间还对照着手稿去模仿，一度练到一模一样，然后幼稚地在课本上写上“柏千阳，我爱你”，看着那以假乱真的字体，想象着是苏暮雪亲笔写给他的话。比赛结束后，苏暮雪把手稿落在应晓雨手里，他顺手藏了起来，留存作为纪念。这是那段时光留给他的唯一信物。

“你怎么乱动我的东西？”他皱起眉头，把有些褶皱的手稿捋得平整。

“我帮你收拾行李看到的，你还留着这老古董干吗？”

“我乐意，你管得着吗？”他反感这样的质问。

“柏千阳，你是不是还喜欢她？”

“不喜欢了，早跟你说过不喜欢了，有完没完！”

“那你把手稿给我扔了！”

“凭什么啊？我想留就留，招你惹你了？”

“几张废纸，又不是什么宝贝，留着擦屁股啊？”

“懒得跟你废话，我洗澡去了！”

“我不管，你给我扔了，不然别想去洗澡！”夏舟伸手去抢手稿。

两人几番争夺，他推开她，把手稿塞进书包，往肩上一搭，拉开门就要走。夏舟见状,冲上去死死地拽住他,这一瞬间她的力气大得惊人,柏千阳怎么也甩不开。

“你松开。”柏千阳面无表情地说。

“我不，我不让你走！”

“你松开，我不走。”

“我不信！”

“松开，我不走，骗你王八蛋。”

夏舟犹豫了一会儿，轻轻松开了手，柏千阳趁机拔腿就跑，朝一楼冲下去。

“柏千阳，你王八蛋！”她追了几步，一脚踩空，顺着楼梯翻滚了下来。

涂抹完万花油，夏舟伸手关了台灯。地上月光如霜。

“还痛吗？”柏千阳问，然后摸了摸她的头发。

“心痛。”

“别这样啊，跟你闹着玩儿呢，我宿舍床铺都没了，上哪儿睡去啊？跟谁睡去啊？已经被你套得牢牢的了，不知道你瞎担心什么。”

“那破手稿有那么宝贝吗？你当个圣旨似的藏那么好。”

“我就想留个纪念而已，谁还没个历史啊？也不能因为现在就把历史给抹杀了呀，尊重过去，就是珍惜现在，才能更好地展望未来。”

“油嘴滑舌，我说不过你，我们外语学院，本来就是输家。”

“行了，别想了，睡吧。”

“你得补偿我。”

“怎么补偿？明天请你吃串串香。”

“不想吃，又脏又辣。”

她转过身来，抱住柏千阳，用身体轻轻地蹭着他的背，从他的脖子吻到耳朵，然后娇嗔地说：“来一次。”

“又来？下午才来的，你是不是有病啊？得去医院看看。”

“我不管，你要不肯，我就一直闹，让你睡不了觉。反正你是落在我手上了，砧板上的肉，还不任我宰割？”

“女流氓啊你，再这样我叫了啊！”他抓住她正挑逗着他的手。

“叫啊，楼上、楼下都没人，叫破喉咙都不会有人理。”她挣脱双手，一把伸进他的内裤，见他已经有了反应，“身体还是挺诚实的嘛！”

柏千阳翻过身，压在她身上，忍不住亲吻起来。

夏舟抱住他，身体随着他的节奏摆动，眼睛却望向窗边的书架，上面放着一个别致的相框，里面是文学院辩论队在枫亭的合影，隐约的光线下，能看见苏暮雪的笑容。

“她要是死了该多好啊。”夏舟悻悻地想。

赶在日出之前拥抱我

大四了，很多恋人在这兵荒马乱的时刻分手了，也有很多人在这顾此失彼的日子里不小心走散了。离别的气息在就业辅导班、在广播的一次次口号里，越来越浓烈。

隔壁宿舍有个失恋的哥们儿经常弹着吉他唱改编过的《同桌的你》："明天你是否会想起，谁他妈作践自己？明天你是否还惦记，谁为你的智商着急？你也曾无意中说起，爱马仕包很便宜，你总说毕业遥遥无期，夜里却钻进奥迪……"听说他谈了三年的女朋友，刚上大四，就跟实习单位的领导好上了，迅速转正，坐着新男友的车回学校参加补考。她见到前任还一副衣锦还乡状，批评他不上进，只知道弹吉他玩物丧志，工作现在还没着落。可她当初也是因为他吉他弹得好才爱上他的。他最后破罐子破摔，真就不找工作，每天对着对面女生宿舍弹琴唱歌。他记得军训的时候，坐在窗台前唱歌，对面的女生会向他招手称赞；大四了，对面没有人再理他，孤单的歌声悲伤地在空中弥散。

像很多人说的那样，很多女孩儿是在大学四年里慢慢长大的，而很多男孩儿是在大四这一年一瞬间长大的。他们发现，在年幼无知的青春岁月里，你可以因为字写得好、篮球打得好、100 米短跑能跑 13 秒、唱歌能飙高音……任何一个原因被女孩们垂青，而到大四了才发现，只要你前途渺茫，无论你有多少优点，都只是个万人嫌的 loser。

大四第一学期快结束，初冬的时候，许愿做了一个梦。

他在一列正在行驶的火车上寻找苏暮雪，能清晰地看见窗外倒退的白桦林，车上空无一人。他进入一节又一节车厢，焦急地大声喊着苏暮雪的名字，双腿无力，柔软得像两根轻飘飘的芦苇。直到他看到最后一节车厢，末端的门是开着的，而苏暮雪就在那里。他继续喊她，可她并没有回应，他用尽全身力气，挪到了她身边，伸出手要抓住她，谁知扑了个空，他从火车上翻滚了下去。落地的那一瞬间，他看见了苏暮雪的脸，是一张模糊的脸，看不清是欢喜还是悲伤，但他十分肯定，那就是她。

落地的时候，他就醒来了。第二天告诉她这个梦，她说可能是临近毕业，压力太大了。她选修了心理学，了解过一些皮毛知识，说这是自己的大脑皮层在暗示自己，人生面临重大选择的时候，两个人要抓牢。听起来很有道理，他也懒得去为一个梦境忧愁。

就业高峰期已经来了，几乎每周都有各个企业的大型校招，还有在学校体育馆举办的大型招聘会，时不时能听见谁谁谁跟哪个单位已经签约了的消息。这样的消息让还没有找到工作的人心慌意乱，害怕自己会是在毕业离校时都还没有找到去处的那一个。

许愿年前参加了《经济报》在联大的校招，报名的人很多，但整个联大只有两个人通过了最后的面试，一个是许愿，另一个是应晓雨。更巧的是，两人都被分到经济新闻部，一个大开间，十来个人，他们俩的工位是紧挨着的。在此之前，其实许愿几乎参加了所有省内文化媒体的招聘，只是这些单位，要么是只招研究生，要么是名额早已被关系户预定，招聘只是走走过场，所以投了简历也是石沉大海，连笔试的机会都没有。最后只剩这家《经济报》，这是一家比较边缘化的媒体，地址在郊区。笔试之后，简单地跟人事部门谈了谈他便进入实习的阶段了，只是工资很低，才五百块钱。人事经理说毕业后试用三个月，就会转正，转正后工资会到八百块钱，但扣掉税和三险一金，到手的也就五百来块钱。他见许愿面露难色，也提醒说，在《经济报》的收入途径有很多，没有谁是靠基本工资生活的。为了尽快找个去处，他也便应允了，跟家里人说，都还挺开心，觉得儿子依靠自己的能力找了家省城媒体的工作，是一件值得庆祝的事。

单位很远，许愿和应晓雨并未约好，但因为作息时间一致，无论谁先到学校的车站，不知不觉都会等一等对方，一起上车、一起转车，再一起走进办公室。

路上他们很少聊天，偶尔说一些单位的琐事。分手之后，他们一直没有找到最合适的相处方式，现在像是突然得到了这样一个机会，逐渐接纳了对方同事的身份。

苏暮雪比较幸运，成了文秘班唯一获得留校资格的本科生，不必去跑招聘会投简历，毕业后她会在文学院学工办工作，同时兼任大一新生的辅导员。这样她多出了时间照顾墨墨，只是留校虽然稳定，但工资不高，她想着欠金岳的十万块钱，这变成了一块心病，沉沉地压在她的心里，又不可能与任何人分担。

柏千阳辞掉了飞轮酒吧的工作，被夏舟拖着一起考研，风里来雨里去，但他志不在此。看着同宿舍的兄弟大部分都找到了实习单位，他也蠢蠢欲动。但夏舟一直教育他，本科学历能找的就那些，与其眼高手低地去挑那些研究生挑剩的职位，不如先把自己含金量提高，选择的空间也更大。最终夏舟考上了联大英美文学专业的研究生，柏千阳不出意外地落榜了。夏舟鼓励他再考一次，他草草地应付着，却偷偷在准备简历，打算过几天也去人才交流中心看看有没有什么机会。

沙璇和满毅揣着十几份简历，游走在各个招聘会的现场。满毅很满意这样的状态，虽然工作还没有着落，但能跟沙璇一起为未来奔波，他很享受这个过程。沙璇很着急，她突然明白了韩家阅当年的改变。刚入校的时候，他们是天之骄子，天大的事不过是学校里头的事，文学院楼顶的屋檐，像一把巨大的伞，把世故与艰难撑在外面，把险恶与庸俗撑在外面。而现在，他们面临毕业，尽管就业辅导班的老师们像打了鸡血似的鼓励大家“未来充满无限可能”，但她很清楚，最大的可能就是庸庸碌碌地过一生。他们俩像大多数应届生那样，走着、看着、挑着，想去的去不了，不想去的……也不见得会要他们。每过一天，距离毕业离校、户口被打回原籍的日子就近了一天，毫不夸张地说，她真是心急如焚。

“其实沙璇也通过了《经济报》的笔试。”应晓雨突然跟许愿说，他们坐在去报社的中巴车上，再过三个路口就快到了。

“那她怎么没参加面试？”

“她临时决定不参加面试了，想破釜沉舟，不给自己任何机会留在长沙，她想去北京找韩家阅。她已经决定了，所以现在找的都是北京的单位。”应晓雨叹息地说，“可北京的工作哪儿那么好找？听说韩家阅也不太如意。”

“满毅都不知道这事儿，还一脑门子热血地投着简历，以为可以跟沙璇去同一个公司。”

“我倒是挺羡慕沙璇的，敢爱敢恨，认准了就不放弃。难是难了点吧，但谁也不敢说她做不到，她有种不达目的不罢休的狠劲，感觉老天见了也会为她开路。”

许愿沉默了，他觉得自己欠缺的正是沙璇这样的狠劲。

“对不起，我没有影射什么，有时候心情低落，看到沙璇这样的状态，反而觉得很振奋。”应晓雨解释道，她觉得是因为自己的表达，让大家陷入了尴尬，所以有些愧疚。

许愿理解应晓雨所说的低落，来了《经济报》几个月，迷茫的感觉从未消失，反而愈演愈烈。经济新闻部的主任薛老师，是个五十多岁的老烟枪，嘴里一口烂牙，笑起来时满脸褶子都在颤抖。他的办公室其实只是把大开间用木板子单隔出来了一间，没事的时候他就走出来溜达，靠在应晓雨工位旁跟她谈心，她无处躲藏，只能硬着头皮跟他聊。而大开间里，说点什么，所有人都能听见，她只能祈祷薛老师不要从他的办公室里出来。部门里几位正式员工，一位是薛老师的侄女，一位是他的姘头，其他几人据说是跟了他多年的门生，像行尸走肉一般，起立、坐下、写稿，从不与人沟通。应晓雨很庆幸这压抑的气氛里，还有许愿陪着她一起。

薛老师在开会的时候念叨得最多的就是：“报社效益不好啊，你们不能故步自封，不能别人报道什么，我们就报道什么，我们要走出去，窝在家里的记者能干出什么大事来吗？要去找企业、找品牌、找有钱的老板，给他们做品牌推广、写软文、树形象，没有经济收益的新闻让别的报纸去写，我们要有饭吃，不能靠报社给，要自己找，听到了吗？！”

“我给自己找饭吃，不给报社添麻烦！”变成了《经济报》的口号。全社没几个正经记者，大部分都有自己的业务线，找企业出钱，写企业的推广文，他们靠提成比别的媒体挣得更多。《经济报》也早已沦为一份睁眼说瞎话、给钱就能办事的广告报。面对就业的压力，应晓雨和许愿不得不勉为其难地对照着黄页信息给各大企业一家家打电话，试图上门去沟通，但几个月下来，能谈成的合作寥寥，在报社能不能转正，变成了未知数。

这天，刚进办公室没多久，薛老师便推开门，叫了声：“应晓雨，你来一下。”

她战战兢兢地走进他的办公室，他示意她坐下。

“晓雨，你的业务不行啊。”薛老师开门见山地说，吐出一口烟，一副忧心忡忡的样子。

“薛老师，之前我没做过这个，您再多给我一点儿时间，我争取做到更好！”

“没学过，报社不是给了你几个月学吗？你是我非常看好的实习生，原本想等你毕业就给你转试用，你现在的表现，要正式聘用你，上面会觉得我搞特殊照顾的！”他一副恨铁不成钢的模样，眼珠子鼓得厉害，直勾勾地盯着应晓雨。

“对不起，我会尽力的！到时候实在不够格转试用，您也不要为难。”

“应晓雨！你怎么这么不上进呢？”他放下手中的保温杯，音量提高了些。

“我……”

“你好好跟着我，我不会亏待你的。”他压低声音说，人慢慢站起，走到应晓雨身边，手放在她的肩膀上轻揉了两下，“现在就业形势多不好，我怎么舍得你又出去背着简历到处跑呢？外面太乱了，我好好照顾你……”他的手顺着肩朝应晓雨的胸部滑下去。

应晓雨胃里一阵翻江倒海，她拨开薛老师的手，站了起来，面对他呵斥道：“你放尊重点！我敬重你是领导，叫你一声老师，你别太过分！”

“我怎么着你了？你声音小点，我知道你是不放心，我答应你的都会兑现的，有几个大企业，我带你去见见，把关系过给你，以后都是你的资源。”他缓和着气氛，又凑过去想搂她。想必是应晓雨柔弱内敛的外形给了他错觉，以为她是个软柿子。

“死变态，别乱动手！”她用力地推开他。

大开间的许愿听到她的叫骂声，冲进薛老师的办公室。

“应晓雨，你给我滚蛋！”薛老师端起保温杯，喝了口水，因为气得手在发抖，溅了好几滴在衣服上。

“晓雨，怎么了？”许愿问。

“他骚扰我！”

“骚扰你，证据呢？我到时候跟你们学校反映情况，就说你勾引领导未遂，还给领导泼脏水。小婊子跟我斗，你嫩了点！”

许愿冲过去，对准薛老师的脸就是一拳，随后拉着应晓雨往外跑。

他们跑了很长一段，确定后面没人追过来，才停了下来。两人大口喘着气，相视一笑，原来都默契地趁乱拿走了自己的书包。

旁边是一个建筑工地，距离公交车站还有一段路程。突如其来的假期让他们此刻闲了下来，于是慢悠悠地朝车站走去。

“总算不用再去了。”许愿心里有种解脱的感觉。

“早不想干了，他怎么不早点儿骚扰我啊？害我在这儿浪费这么多时间。”她说完自己也笑了。其实从第一天走进这个大开间，他们就觉得与这里格格不入，也曾试图融入，却发现这是不可能做到的事情。

“你说他会不会真的跟学校说什么？”

“我才不怕呢，作为一个已经被两家报社开除的不良少女，如果注定还有什么暴风雨要来，那就来吧！”她扬起头，看着不远处报社所在的破旧的写字楼，“再说他不敢把我逼上绝路，兔子急了还咬人呢！事情闹大了，他比我麻烦，我一个学生，贱命一条，他好歹是个主任，现在肯定希望我滚得越远越好。”

“你说，工作怎么这么难啊？有时候我想，是不是问题出在我们身上？是不是这个世界原本如此，只是我们还太天真？如果真是这样，我真希望一辈子都藏在学校里。”

“不会的，我始终相信，这个世界更多的是美好的东西，只是需要我们去发现。”

“也不知道什么时候才能遇见那些美好的东西，我只知道我们失业了。”

“要靠我们出去找，不能靠人给。”应晓雨模仿着薛老师说话的口吻，把许愿逗得大笑。

到了车站，冷风凛冽，寒意袭人。

“许愿，谢谢你！”应晓雨说。

“谢什么呀，早想揍他了，一直没机会。”他打了个寒战，把衣服扣得更紧了些，“更何况，咱们是好朋友，一辈子的好朋友。好朋友，就是要在最冷的时候抱团取暖。”

车到了。

“走吧！”应晓雨笑得很灿烂，全然不像刚失业的模样。

吃过晚饭，许愿去了网吧，在就业网上找求职信息，发了一轮简历之后，来了堕落街的小旅馆。他和苏暮雪每周都会来一次，却一直没有像柏千阳和夏舟那样同居，他们也并未探讨过这个问题，保持着这样的默契，短暂的相会，第二天又各自忙碌。许愿不是不想天天跟苏暮雪腻在一起，但毕业在即，在宿舍住一天少一天，而跟她的日子还有一辈子，他想踏踏实实地把大学最后的时光过完。更何况，他担心柏千阳哪天会回来找他聊天，事实上柏千阳很久没有来过宿舍了，但许愿想，总要留一个地方给他们俩。

在旅馆房间里，他把房间号发给了苏暮雪，然后去洗了个热水澡，吹干头发，打开电视，躺在床上。不知不觉，竟然睡着了，直到床头的窗口插销松了，窗户被风吹开了一点儿，冷风钻进房间，他才被冻醒了，抬头看了看墙上那歪歪斜斜的挂钟，竟然已经 11 点了。

他打了个电话给苏暮雪，无人接听，又打了一个，依然如此。他打了一个去她宿舍，是沙璇接的，她说苏暮雪九点多就出门了，但并没有说去哪儿。

挂断后，他拿着手机出神，却又不知还可以打给谁，正发着呆，电话打过来了，是苏暮雪。

“许愿，对不起，对不起……”她的声音压得很低。

“你在哪儿？没事吧？”

“我正要去找你，姑姑打来电话，我弟弟病了，赶紧来了医院，一直在病房，手机静音了……”

“什么病？要不我过去吧？”

“不用了，没事，这儿不让太多人在，但我肯定过不去了，对不起！”

“好，你小心一点儿，需要我就打给我。”

挂断电话，他靠在枕头上，看着墙上的挂钟发着呆，不一会儿又睡着了。

他竟然又开始做起了那个噩梦，所有的细节一模一样，依然是他在火车车厢里四处寻找苏暮雪，最后他从车尾跌了下去。他猛地惊醒，大汗淋漓，有些心慌意乱，摇摇晃晃地爬起来，脱下湿透的背心，起身正要去冲个澡，感觉下身冰凉，伸手摸了摸，竟然梦遗了，跟苏暮雪在一起之后几乎没有过。他把内裤也脱了，打开淋浴，热水扑面而来，好一会儿，才慢慢放松下来。

苏暮雪是在刚踏出宿舍大门的时候，接到姑姑电话的。墨墨的病情恶化了，很严重，她挂了电话就冲去医院，完全忘了晚上与许愿的约会。

医生说，只靠透析是不行的了，如果三个月之内不换肾，墨墨随时可能死亡。

“姑姑，你年纪太大了，我捐肾给墨墨吧，明天就配型！”苏暮雪坚定地说，两人坐在医院的走廊里面面相觑。

“不行，你爸出来了，我怎么跟他交代？要捐，当然是我这个当妈的捐！”

“没事的，医生也说了，其实对身体不会有太大的影响。”

“小雪，你的心意我懂，你疼墨墨，也疼我，但是我是墨墨的妈妈，当初执意要把他生下来，就要为他负责到底。我知道你一直想找机会报答我，但是你还有大好的前程，换肾除了肾源，手术费也很高，万一你的身体垮了，一家人就真的垮了！”

“那我们明天都去配型，万一你的不行，再换我。”

姑姑点了点头，似乎也没有更好的办法。

好不容易安抚好了姑姑的情绪，苏暮雪一个人走到医院门口透了透气，冰冷的空气瞬间让她变得更清醒。她颓丧地站在那儿，心想着，二十万手术费，要命呢！

清早，苏暮雪一身疲惫地回到宿舍，发现沙璇和应晓雨在等她。

“你可算回来了，昨晚打你电话没接，出事儿了！”沙璇焦急的模样。

“我弟弟生病了，手机静音。怎么了？”苏暮雪觉得她一贯如此，一惊一乍，想必也没什么大事。

“你弟弟生病，你怎么不跟宿管科说一声，提前请个假啊？”沙璇跟应晓雨对视了一眼，继续说，“你被人举报夜不归寝，昨晚突击检查，你被登记了！”

“昨晚太着急，但是我们晚上出去从来没跟人打过招呼的啊，为什么突然这么严？”

“人家针对的就是你。隔壁宿舍也有人没回宿舍，他们不查，就查我们这儿。”应晓雨说，“宿管科就是这样，知道我们大四了，查寝这事儿都是睁只眼闭只眼，但一旦有人举报，他们就必须有作为。咱们别闲着了，去找梁老师吧。”

三人随即急匆匆地赶去文学院，找到梁文彬，说明了情况。梁文彬听完，马上打了电话给宿管科，得知的消息是处分通知已经下了。

“这不就是冲着我来的吗？个个都夜不归寝，就我挨枪！”苏暮雪有些激动，一宿没睡的她原本就攒了一肚子怒火。

沙璇：“谁没有晚上出去过？怎么到苏暮雪这儿就突然处分了呢？”

应晓雨：“谁下的处分通知？这么着急，好像特别迫不及待似的。”

梁文彬皱着眉头，说：“孟思思。”

苏暮雪：“我猜就是她。”

沙璇：“为什么？就因为大二的时候咱们跟她闹过？那她也应该找许愿报仇去啊，凭什么找你撒气！”

苏暮雪：“跟留校的名额有关……如果我在留校聘用书下来之前受了处分，文秘班留校的那个人就会是孟繁华。”

沙璇：“孟繁华个小杂碎，没想到还来这一招，可是……他怎么知道你晚上出去了？”

苏暮雪：“不知道，但我自问与人无冤无仇，没有其他人要害我，最大的受益人就是他。”

“我现在打给孟思思！”梁文彬拿起电话，直接拨给了她。如果处分上报到校办，那就很难撤销了，进了档案，一辈子都受影响。

拨通了，孟思思的声音噼里啪啦地从电话里传来：“梁老师，打给我是为苏暮雪受处分这个事儿吧？”

梁文彬：“孟老师，苏暮雪的事儿想拜托拜托您，如果还没上报到校办，能不能撤了？这事儿关系到学生的前途，她夜不归寝也是事出有因，不是什么大错，万一通报批评，记录在案，对她以后影响太大了。”

孟思思：“梁老师，这事儿您就饶了我吧，我帮不了。我就这么说吧，处分通知根本不用上报到校办，因为这个举报电话是直接打给校办的，是校办派宿管科查的寝。这两年学生不住宿舍的情况越来越严重，之前别的学校出过一次学生晚上爬墙出去打架受重伤，最后家长怪学校宿舍管理不善，社会舆论特别不好，校办早想重视起来。谁让你们班苏暮雪点儿背，撞枪口上了，校办直接查，杀一儆百，这次你们就认栽吧！我还忙，不说了！”

梁文彬：“总不能连个辩解的机会都没有吧……喂？”

电话被挂断，梁文彬一脸歉疚地看着她们三人。

处分通知已经公布，苏暮雪夜不归寝，记过处分，并取消毕业后留校的资格。

“真是快睡醒的时候尿床啊！”

“也不知道是得罪了谁，太倒霉了！”

“我宿舍一哥们儿大一进来就没在学校睡过，也没事啊！”

木兰路的告示旁站满了人，大家议论纷纷，都很好奇一位在联大叱咤风云的优等生，怎么会在大四的时候遭此厄运。

柏千阳怎么也没想到，很久没有聚齐的六人，竟是因为这样的原因聚到一起。他们坐在枫亭，安慰着苏暮雪。

柏千阳眼睛里泛着血丝，握紧拳头，一言不发。

许愿：“能不能请梁老师带我们去校办，跟领导谈谈？”

沙璇：“别做梦了，处分通知是校办下的，他们就是为了抓典型，如果没有更高层的关系，根本不可能直接跟校领导对话。对他们来说，我们学生还不就是蝼蚁之躯？大的管理方针不出错，乌纱帽能保住就行，谁管这一个、两个的处分公不公平啊！”

应晓雨：“梁老师说，他中午又去找过孟思思，沟通结果是，毕业之前打点一下，处分的记录是有机会从档案里拿掉的，只是留校就……”

满毅：“说白了，就是为了保孟繁华留校！欺人太甚！”

沙璇：“破学校，烂学校！”

许愿：“真的没有别的办法了吗？我们只能这样任人宰割？”

大家面面相觑，无人应答。

“你们别担心我了，我没事。”沉默半晌的苏暮雪说，“虽然很生气，觉得不公平，但对我来说，其实并没有损失什么。联大的留校名额，不要也罢，倒不是赌气，在联大工作从来都不在我的人生计划中，无非是当大学老师，更稳定，说出去更好听。我反而更希望出去看看，我想知道凭借自己的力量，可以在这个社会上得到什么。梁老师能帮我把处分在毕业前撤销，已经是不幸中的万幸，其他的，既然改变不了，就接受吧。能有你们在这个时候陪着我，我觉得来联大读书，还是很值的。”

应晓雨轻抚着苏暮雪的头发，用沉默代替了回答。

柏千阳转身冲出枫亭，朝山下奔去。

“许愿，快去拦住他！”苏暮雪焦急地说。

“他会去哪儿？”许愿问。

“还用说嘛，一定去找孟繁华了！”

许愿和满毅朝着柏千阳离去的方向奔跑而去。

孟繁华正在宿舍蹲在床上打扑克，门被踹开，他吓得一颤。

柏千阳：“孟繁华，你给我出来！”

孟繁华：“哟，柏千阳，好久不见！”

柏千阳径直走上前，一把拽住他，往外拖。宿舍其他人目瞪口呆，不知所措。

孟繁华挣脱开来，说：“你干吗？”

柏千阳：“你是不是男人？为了留校举报苏暮雪，靠这种手段竞争，你还要脸吗？”

孟繁华：“去你的，你哪只眼睛看见我举报了？依我看，她自己品行不端，别怪人举报啊，俗话说，常在河边走——”

柏千阳：“你说谁品行不端！”

孟繁华：“你们苏暮雪，一会儿跟你，一会儿跟许愿，人送外号‘苏破鞋’，这事儿你不会不知道吧！”

柏千阳一拳挥过来，打得孟繁华耳鼻开花，两人扭打成一团，其他人劝也劝不开。许愿和满毅赶到的时候，两人都已狼狈不堪，拉开两人，孟繁华还吐了口唾沫，指着柏千阳的鼻子正欲开口说话，许愿冲上前一把将他摁在墙边：“苏暮雪是我女朋友，我警告你，如果她的处分撤不了，我不会放过你的！”许愿的眼神刹那变得凶狠，孟繁华见三人来势凶猛，有些害怕了。

满毅小声跟柏千阳说：“见好就收，别为这事你们俩又受处分，不划算。”说罢，他拉着许愿和柏千阳撤退了。

孟繁华擦了擦鼻血，喘着气，回了宿舍。

夏舟给柏千阳额头上的伤口贴好药膏，有些不满地说：“快毕业了，别冲动，万一落个处分怎么办？来年如果你继续考联大的研究生，本科时的记录很重要。”

“没破相吧？我柏千阳可是靠脸吃饭的。”他没搭理她，对着镜子看了又看。

“我跟你说正经的呢，人家被举报，跟你有什么关系？人有男朋友，你犯得着嘛……”

“她是我的朋友，我是他们的老大。”

“你《古惑仔》看多了吧？大四了，我求求你保个平安。”

“行了，别说了！”

夏舟把擦了药的棉签朝垃圾桶里扔去，赌气坐在床沿，不再说话。

“生气了？”柏千阳回头问。

“不敢。”

“我听你的，以后不打了，好吗？别气了，过来抱一下。”

“你知道我介意的是什么。”

“我知道，苏暮雪嘛。”

“知道你还为她两肋插刀？你就是对她还念念不忘！柏千阳，请你搞清楚，你已经有女朋友了！我不明白，我们都在一起快两年了，为什么这个人依然存在于我们的生活之中？她到底对你下了什么蛊，让你这么执迷不悟？”

柏千阳不出声了，两人相对静默地发着呆，就这样过了很久很久。

他起身了：“吃饭去吧。”

夏舟两行眼泪滑落，依然坐在那里，只有自己知道，为了柏千阳，她放下多少骄傲。但她始终觉得，这段两年的感情中，只有她一个人在努力维系着，而这个她深爱的男人，就像狂风中的风筝，全靠自己拼命拽着那根线，一旦松手，就会消失得无影无踪。她知道他们中间一直隔了一个人，这个人让她每次自以为走进他的内心时都被击得全身而退。她常常想，这种承受着巨大委屈的爱，是不是本来就是错的？可是，似乎也没有别的办法，她离不开柏千阳，像中了生死符一样，被锁住了命脉，于是只能这样艰难地承受着这自找的痛苦。

此刻，她只是想等他帮她把眼泪擦去，然后哄一哄，哪怕是一句谎话，但只要好听一点儿、动人一点儿，骗骗她也是可以的啊。

但他看了看无动于衷的她，说了句："那我自己去吃了，要给你带吗？"

见她依然沉默，他便独自一人出去了。

苏暮雪在打印社复印了十多份简历，开始准备漫长的求职之旅。她想如果能有一份看起来还不错的工作，为墨墨筹钱做手术相对来说也会容易一些，至少借钱的时候更有底气。许愿上午去一家新闻网站面试，下午跟她约好在人才交流中心碰头，一起去看看。她看了看表，时间尚早，于是准备吃碗馄饨再出发。

过了饭点，馄饨店没什么人，她边吃边翻着刚在报刊亭买的报纸，看看中缝的招聘启事上有没有合适的工作。

孟繁华推门进来，一见苏暮雪，便走来坐她对面。

"哟，苏同学，看报纸找工作呢？"他笑眯眯地看着她。

"对。"苏暮雪瞥了他一眼，心生厌恶。

"人生无常啊，本来找工作的人应该是我。"

"你得逞了，恭喜你。"

"怎么你也认为是我举报的？不过也难怪，文秘班就一个留校名额，候选人就咱们俩，连我自己都觉得，真像我干的事儿。苏同学，我可为你背了不少骂名呢！"

"孟繁华，是个男人就敢作敢当，你这样真让我恶心！"苏暮雪站起来准备离开。

"别急着走啊，苏同学，咱俩做个生意呗！"

"什么生意？"她回过头。

"你这处分，找找关系，不出意外，一个月之内能撤。校办就想杀一儆百，打压打压夜不归寝的不正之风，风头过了，处分一撤，只要梁文彬力荐，你照样能留校。"

"文秘班的名额只有一个，别在这儿说风凉话了。"

"我可以退出。"

"退出？你是说，放弃留校名额？"

"对，留校聘用书一个月之内就发放了，只要我退出，这个名额还是你的。"

"你为什么这么做？"

"等等，我刚才不是说，做个生意嘛，我也不是雷锋，不习惯做好人好事。"

"我倒想听听看，你想要什么。"

“我嘛……”他凑得近一点儿，看着苏暮雪的眼睛说，“就要你！”

“要我？恐怕你要不起，一个留校的名额而已，我可没这么廉价。”苏暮雪突然有点想笑，觉得眼前的这个男人傻得可怜，像只无知的臭虫。

“怎么柏千阳要得起、许愿要得起，我就要不起呢？”孟繁华怒目圆睁，他原本以为这个条件至少会让苏暮雪对他低声下气，却被她傲慢的神情激怒，“你是镶了钻啊？到底有多贵你开个价啊！”

苏暮雪端起桌上的碗，扣在他头顶，馄饨汤顺着他的脖子流得满身都是。她不疾不徐地走出去，背后的孟繁华又急又气，拿着纸巾擦着头上的油汁，指着她的背影大骂道：“贱货，你给我等着！”

人才交流中心的招聘会在省展览馆举行。人头攒动，省内各大公司拉着横幅，一派百花齐放、生机勃勃的景象。

一人花了二十元买门票，他们排了很久的队才进入会场。第一次来，苏暮雪的内心有些兴奋，像个无头苍蝇，东走走西看看，不知如何下手，因为人多，好几次和许愿走散了。

许愿走过来，牵住她的手，边走边介绍：“你看，那边那些队伍排得最长的，是最难进的单位，我们根本不用去。因为他们招的人少，而且早就内定了，只是响应一下号召，做做样子，咱们的简历投过去，他们看都不看就扔了。十几份简历，递一份少一份，看准了再下手。还有的单位，根本不招人……”

“不招人干吗在这儿设展位呢？”

“被招聘会的承办单位请过来的呗。有的单位名气大，能吸引更多的应届生买门票。你多来几次就知道了，招聘会，水深着呢。”

苏暮雪指着另一边：“那几家怎么样？”

许愿摇摇头：“那两家日化公司，网上恶评如潮，最爱找应届生，便宜好用，然后一直找各种借口不给转正，用完一年，又去招新的。”

两人兜兜转转了好半天，总算看到一家不错的公司，是电视台下属的广告公司，她拉着许愿走过去，招聘台前一位戴着眼镜的大姐亲切地接待了他们。

简单浏览过简历，大姐说：“你们是联大辩论队的吧？我在电视上见过你们。”

苏暮雪看了一眼许愿，兴奋地点头说：“是啊，是我们。”

大姐：“你们俩条件都挺好的，但我们广告策划的职位已经满了，而你们的专业也不太对口，还有个前台的职位，我想你也看不上，不过我们的广告业务员倒是常年都在吸纳人才，你们有兴趣吗？”

许愿：“有的有的。那我们的工作主要是干什么呢？”

大姐：“这份工作挺考验人的，主要是跟我们的客户打交道，说白了就是给我们几家地面频道拉广告。你们不是参加过辩论赛吗？能说会道的，挺适合。不过我们这个，试用期三个月是没有底薪的，三个月拉到一单才能转正。对了，你们的酒量怎么样啊？这工作性质比较特殊，估计经常会有酒局，基本上是白酒，酒量不行的、酒精过敏的，可能就吃不消了……”

两人对视了一眼，没有说话。

大姐：“你们要有兴趣就在这儿把表填了，没什么问题下周来公司进行业务培训。”

许愿犹豫了一会儿，说：“老师，我们可能不适合这份工作，谢谢您。”

那大姐没好气地应了一声，转身去接待其他应聘者了。

两人沮丧地离开，结果遇到了抱着简历穿梭在人流中的柏千阳。

许愿：“怎么样，有合适的吗？”

柏千阳挠了挠头，说：“有个屁，早知道就努力学习了，要考上研了还能躲几年，这一个个招聘的都牛得跟大爷似的！刚有个招文员的，一个月八百块钱，问我英语有没有过八级，有没有在省级学术刊物上发表过论文，有没有在同级别单位实习的经验。我要都有，我上你这儿拿八百块钱不是有毛病吗？我得走了，再待下去我就抑郁了！”

苏暮雪：“别丧气嘛，刚才还遇到个问我们酒量怎么样的，敢情我寒窗四年苦读，最后成一陪酒小姐了。”

柏千阳：“行嘞，你们继续，我先撤了。我估计再参加几次招聘会，会刺激得我更爱学习，头悬梁、锥刺股，指不定明年就考上研了。”

他垂头丧气地离开了，颓丧的身影消失在这些行色匆匆的人之中。

许愿看出了苏暮雪的失落与慌乱，说：“别着急，其实都是这样，大不了期望值降低一点儿，离校前先随便找个单位落户，毕业以后再换也行。”

苏暮雪：“我现在总算理解韩家阅当年的困惑了。大学把我们保护得很好，一直到大四的时候才让我们亲眼见到生活的残酷。我真不知道，到底什么样的人才可以拥有那些美好的东西……”

许愿：“其实生活一直都很残酷，那些看起来过得很好的人，无非是把伤口藏起来了，所以没有什么好羡慕的。我们不妥协，总会有好结果的。”

苏暮雪看着许愿笑了笑，他并不明白她心里的痛苦，她不怪他。这个世界上并不存在所谓的“感同身受”，再有同情心的人，都无法真实地感受到当事人心里的痛。

许愿：“你等会儿，我去买两瓶水。”

说完他朝自动售货机跑去，苏暮雪看着他的背影，几年了，他好像长大了，更高、更壮了，不像当初在食堂看到的那样，像个跟家人走散的小孩儿。她能从他的眉眼之间，看到一个男人的担当与胸怀，尽管仍然是稚嫩的，但他在朝自己最好的样子慢慢进化。

手机响起，她拿起来一看，是姑姑，心里一颤。

她向人少的过道走去，但依然嘈杂，展览馆像个巨大的菜市场，来往走动的人群只不过是在寻找买家的廉价蔬菜，她接通了电话。

许愿拿着两瓶水回来的时候，没看到苏暮雪，他不敢走远，在周边张望着。

“许愿！”她站在他身后。

“我还以为你又走丢了，给，一下午了，渴了吧？”

“我得先走了，姑姑家有点事儿……”

“要我陪你去吗？”

“不用，我自己去就好了，你回去的路上注意安全。”

她也朝人群中走去，回头看了一眼许愿，笑了笑。

姑姑告诉苏暮雪，配型结果出来了，HLA 配型不成功，姑姑与苏暮雪都不能捐肾给墨墨，长沙没有合适的肾源，只能去北京或者上海等大城市找找看了。医生说，估计得五十万元左右，这还是在一切顺利的情况下，而且不能再拖了，如果两个月之内不做手术，墨墨就被判了死刑。医生说可以帮她们联系一下其他医院，更多的忙也帮不上。

“怎么办？”姑姑已经不再焦急了，她坐在走廊的椅子上，几乎是认命了。

苏暮雪坐在一旁，她知道这个结果等于是直接宣判了。父亲入狱之后，姑姑名下的房子因为是父亲出钱购置的所以也被收押了，此后一直是租房住，家里也没有任何值钱的东西能卖了。她不知道怎么回答姑姑这个问题，因为她也不知道怎么办，她也无法再安慰姑姑说，不用着急，总会好的。因为她不知道什么时候会好，只知道两个月后，墨墨可能就不在了。

“要是你爸在就好了，至少他知道怎么办！”姑姑一夜之间变得苍老，像一片焦枯的叶子。

苏暮雪不说话，站起来，走到走廊尽头，打通了金岳的电话。

“金总，我是苏暮雪。”

“苏老师，我正要找你呢。”

“是吗？”

“我想请你吃饭，我让司机来接你，你在哪儿？”

“我在市医院。”

西餐厅里，小提琴悠扬的音乐都显得刺耳。

苏暮雪端起面前的那杯红酒，一口喝下去。坐她对面的金岳笑了笑，示意服务生为她添上，他说：“你喝得太急了，酒要慢慢品，就像你的青春，一口气过完，有什么意思？”

苏暮雪点点头，看着酒杯发呆。

金岳：“你找我什么事？”

苏暮雪刚开口想说点什么，如鲠在喉，说不出来。她努力地想吐出第一个字，却突然哭了起来，眼泪止不住地落下。她就像一根紧绷的弦，终于断了，不用再用力地维系着了。在这个她信任却又一直保持着距离的中年男人面前，她再也撑不住了。金岳握住她微微发抖的手，她并没有抽回去。

“生活真的好难！”她用另一只手擦了擦眼泪。

“让我帮你吧，可你总得告诉我，你需要什么。”

然后，她开始说起她的故事，这些年背负在她身上的压抑与隐痛，父亲入狱，母亲离世，姑姑与墨墨一直是她想要报答的人。她被举报导致取消留校资格，现在正一直试图找一份收入不错的工作来帮墨墨治病，但现状是，再好的工作对这笔手术费来说都无异于杯水车薪，更何况她并没有找到。她觉得自己垮了，之前她觉得自己像一棵骄傲的冬青，再大的积雪压着她，依然可以傲立在狂风之中。但此刻，这棵冬青倒了。

她说了很久很久，金岳听了很久很久。

金岳温暖地笑着，他似乎一直在等待着苏暮雪将一切倾吐给他的这一天，他说：“你必须承认，这个世界原本就是不公平的。你男朋友说，那些看起来美好的人，是把伤口藏起来了，其实是错的，但不怪他，因为他见识少。你知道嘛，很多人终其一生去追寻的，其实只是另一些人与生俱来的，真正残酷的现实就是如此。这个社会上藏着很多没有伤口的人，他们只有美好，就像我现在这样。”

苏暮雪：“也许我不该跟你说这些，这让我看起来像个无可奈何的乞丐，我看不起自己，更可怕的是，我没有办法改变这一切！”

金岳：“不，我不这样认为。你只是在寻求帮助，这没有错，没有人可以只靠自己的力量去战胜所有生活的重压，你只是在这一刻妥协了，还好不算太晚，让我帮你吧！”

苏暮雪：“你帮我？我已经欠了你十万块钱，就这十万块钱，都不知道什么时候能还清。我经常跟你说，金总，多给我一点儿时间，我一定可以还你，那是骗你的！我根本不知道什么时候可以还，我现在连工作都没有，我就像个无赖，说着不着边际的谎话，并且不知道何时是个尽头……”

金岳：“你还有更好的办法吗？”

苏暮雪沉默了，她为什么坐在这里？不也是想得到他的帮助吗？

金岳：“我要离开长沙了，这边的工作已经结束，我要回去接管总公司，下周我会带小驰回北京，今天约你其实是想告诉你这件事，感谢你这几年对小驰的照顾……”

苏暮雪：“你要走了？”

金岳：“对。不过你不用担心，听好了，我能给你的帮助，是承担你弟弟所有的手术费用，帮你们在北京找最好的医院、最好的医生。这些钱，不用你还，我希望你还是那个骄傲的，甚至有一点儿孤芳自赏的苏暮雪。”

苏暮雪：“为什么这么帮我？我什么都给不了你啊！”

金岳：“因为我喜欢你，你对我来说，是非常重要的一个存在。但我很尊重你，我一直不想让我们的关系变得……变得看起来有些肮脏，不过我是个生意人，我愿意帮你，同时我也希望你有所付出。所以，我要你跟我一起去北京，把你的过去清零，我会带着你重新开始，让你变成那个我最欣赏的、不可一世的苏暮雪，而不是像现在这样，轻而易举地就被生活打倒，轻而易举地就接受平庸。”

苏暮雪：“我有男朋友，我从来没有想过用这些作为交换！”

金岳：“你有选择吗？倘若你有，那么你大可忘记我今天说的话，我们还是像从前一样，互相尊敬。吃完这顿饭，我们互相祝福，来一个感人肺腑的拥抱，从此天各一方。但是你没有。这是唯一的、最科学的帮助你的方式，也请不要用‘交换’这个龌龊的词。我喜欢你，渴望得到你；你疼爱你的弟弟，渴望拯救他，而我，刚好可以做到。苏暮雪，相信我，我会给你最好的生活，跟从前截然不同的生活，你会着迷、会上瘾的。人生本来就会有很多诱惑，你只不过沉沦了一次，这并不可耻，这是命。”

苏暮雪：“我……很爱我的男朋友。”

金岳：“这有关系吗？我知道你爱他，但是爱可以给你带来什么呢？安全感？钱？未来？还是一个健康的肾？如果什么都给不了，那就一文不值。年轻的时候觉得有情饮水饱，其实你们口口声声谈论的并不是爱，而是孤独，是欲望。欲望是美好的，但一切散尽，留给你的是无垠的空虚。现在的我，非常清楚，小孩子才那么在乎爱，成年人在乎的是人生。”

苏暮雪沉默了。

她现在就像一叶在惊涛骇浪里穿梭的扁舟，迫切地渴望停泊靠岸。她无法辨别金岳说的话是不是正确的，但是在这样一个时刻，有个阅尽千帆的男人伸出了手，拽住了惊慌失措的她，无论前行的方向还是不是自己原来的目的地，她都愿意跟随了。

她握紧酒杯，等了很久很久，一直等到西餐厅的客人都快走光了。他并没有不耐烦，好像为了等这样一个答复，他可以一直等下去。

她说：“我跟你走！”

他笑了笑，一如平常那种煦暖的笑。

他开车载她去了宾馆，她看见窗外的霓虹灯与车流，还有路上的人群、戴着破旧帽子的流浪汉、路上打着电话吵架的白领、站在商场外看着橱窗里的婚纱的学生、骑车赶回家给孩子做饭的上班族……他们也许都有自己的故事，只是在这个世界上，大家都只关心自己的故事。她和他并没有太多的交流，仿佛这几年断断续续的来往都只是为这一刻做出的铺垫。

她在那张洁白的床上把自己交给了他。

她似乎并没有经历太多内心的挣扎，正如他说的那样，她只有这一个选择，那么这一切都是很自然的事情。出乎意料的是，当她与他赤裸相见的时候，她竟然没有觉得多么羞耻，抱着眼前这个不惑之年却仍保持着极匀称体形的男人，反而找到了一种前所未有的安全感，仿佛从囚禁多年的、黑暗的小屋子里逃脱，终于见到明净如洗的蓝天。她看着自己这逐渐沦陷的身体，有些厌恶起来，仿佛沾染上了无法清洗的污浊，深入骨髓。她不敢闭上眼，脑海里时刻闪现着许愿那张纯净的脸。

结束后，金岳拥抱着苏暮雪，吻了很久很久。她闻到了金岳身上的气味，是那种淡淡的香烟味，夹杂着古龙水的味道，并不强烈，却迅速霸占了她的嗅觉，竟然使她怎么也想不起来许愿身上的气味了。他搂着她，下巴上的胡楂儿又冒了出来，蹭得她的额头有些痒，她轻轻拨开他的下巴，两人面对面看着对方。

金岳："我爱你。"

她摸着他的下巴，那青色的胡楂儿，是磨砂般的粗糙感，说："我该走了。"

金岳："我送你。"

他开车送她回学校，路上她裹着棉袄，把窗子摇下来，冷风扑面。

金岳看了她一眼，关切地说："小心着凉。"

苏暮雪："不会，车里有点闷。"

她任由风吹着头发。已是初春，湖南的湿冷如锋利的钢刀般刺骨，她被风吹得非常清醒，她想，如此清醒，做的决定总不会错吧？

车停留在距离宿舍还有一段路的路口。

苏暮雪："我下车了。"

金岳："去北京的事，我会尽快安排好，你弟弟的手术，不用担心了，我已经让人联系医院，让你姑姑他们跟我们一起走，直接入院。"

苏暮雪："谢谢，你救了我！"

金岳："应该是我谢谢你，我爱你，你把自己给了我，远远超出了我能给你的。"

他摸了下她的头发，亲吻了她。

她下车了，挥挥手，然后转身走向宿舍了。

不远处的孟繁华，手里拿着相机，看着苏暮雪远去的背影，得意地笑着。他刚从家回学校，带来相机要与同学提前拍毕业合影，却捕捉到了这精彩的一幕。

他叼着烟，回看刚才拍的照片，笑着说："苏破鞋，看你还能嘚瑟到几时！"

回到宿舍，苏暮雪发现手机上有好几个许愿的未接来电，便回了过去。

许愿："你去哪儿了？我好担心你！"

苏暮雪："我没看到，对不起，我有点累了。"

许愿："那你快休息吧！"

苏暮雪挂了电话，提着一桶热水去了水房。她脱了衣服，一遍又一遍地擦洗着自己的身体，忘记在宾馆已经洗过。洗到一半，她突然吐了，歇斯底里地吐了，好半天才缓过来。她以为是因为金岳，想了想其实并不是，她并不反感金岳，她讨厌的是自己。回来的路上，衣服触碰到皮肤，都会使她感觉到像针扎一样难受，此刻赤裸地蹲在水房里，她觉得好受多了。热气袅袅升起，水房的玻璃窗变得模糊，但仍然可以看见天空中那一轮圆月。

洗完后，她钻进被子，应晓雨轻声问："你今天去招聘会，感觉怎么样？"

苏暮雪摇了摇头："糟透了……"

应晓雨："第一次去都会这样想，没事，你多跑几趟，就适应了。"

苏暮雪笑了笑："睡吧。"

她躺下，像是跌入万丈深渊一样地睡着了。她做了一个梦，梦见自己在一列正在行驶的火车上，从一节车厢走到另一节，车上空无一人，她叫着许愿的名字，却无人应答。一直走到车尾，她站在边缘看着两旁的白桦林疾速地倒退着，她正在思索着此行是要去哪儿，许愿从她的身后冲过来，她正要抓住许愿的手，他却从车尾摔了下去。

她从睡梦中惊醒，已经是第二天的早上。

沙璇边吹头发边问："起来了？今天要去趟文学院，院领导要给毕业生开就业动员大会。唉，就知道动员、动员，有屁用？好像我多不乐意找工作似的，我倒是巴不得明天就去上班……"

苏暮雪爬起来，头痛欲裂，坐在床上缓了一会儿，才起来洗漱。

她和沙璇、应晓雨一起走去文学院，还没到院里，便见到沿途的路人指指点点，也不知是在议论和偷笑些什么。

应晓雨："他们在说什么？"

沙璇："谁知道呢？可能是因为我瘦了吧。"

到了文学院门口，看见众人围在铁门边看着什么，她们凑上前去。其他人立即散开，在一旁开始议论她们——"是她，肯定是她！""看不出来她怎么在外干这个！""这人都可以做她爸了！"……她们定睛一看，铁门上贴了一张放大的海报，是苏暮雪在车内与金岳亲吻的照片，上面印了几个字——联大苏暮雪校外做情妇。沙璇像头狮子一样冲上去，撕掉了铁门上的海报，回头大声嚷嚷："看什么看，这是诽谤！都滚开！"苏暮雪定定地站在那里，沉默地看着这些围观的人。

有人在旁边提醒："里面还有。"

沙璇和应晓雨冲进院内，看见教学楼与橱窗上都贴满了海报，她们一张张撕着，有的地方够不着，她们拖来板凳踩上去撕。苏暮雪走了进去，站在其间，她抬起头看着四周都是金岳与她亲吻的照片，那些照片仿佛飘浮了起来，在半空中围绕着她旋转。她好像看见所有嘲讽的笑脸放大了无数倍，在地上、在空中，那些刺耳的笑声连绵不绝。她突然笑了，终于成了一个众人眼里的坏女人，既然如此，也没什么好辩驳的。她面无表情地转身离去了，她觉得自己的步履很轻，不知要走向哪里。

这时许愿和柏千阳并肩走进，见状呆住了。

沙璇："发什么呆？快来撕！"

两人赶紧参与其中，好半天才把这些海报处理干净。

应晓雨："苏暮雪呢？"

许愿："我们进来的时候没看见她啊！"

打电话，无人接听。

她站在湘江边的河堤上，风把她的头发吹得凌乱。她突然觉得被人揭穿的感觉挺好的，与其背负着这样的秘密，压抑地扮演着联大的苏暮雪，不如干脆袒露在众人面前，那些笑声、骂声原本就应该是对她的惩罚，她愿意承受这些。

电话一直在响，许愿的、柏千阳的、应晓雨的……她不想接。自己如何面对呢？编造一个理由，说那些照片都是假的？撒谎太难了，需要用一个又一个的谎言去弥补。可又怎能在他们面前说出真相呢？亲手粉碎他们心里的苏暮雪吗？她看着滚滚江水，想着若是跳进去，该会很冷吧，如果只有零摄氏度，那么很快就毫无知觉了，也不会太难受吧？

她慢慢走过去，再往前一点点，就可以了无牵挂地告别这一切了，所有的难题都迎刃而解。会有人觉得遗憾吧？随便吧，许愿不是说过嘛，上天比较眷顾那些自私的人，自私地死去，总比大方却艰难地活着要轻松很多吧？

电话又响了，是姑姑。她犹豫着要不要接，在最后一声响的时候，接听了。

"小雪，那个金总派人来把医院的费用全部结了，然后准备给我们转院去北京治疗，说是找到了适合墨墨的肾源，简直是老天有眼，没想到墨墨的命这么好！你在哪儿？快回来吧！"凛冽的风中，姑姑的声音听着并不那么清楚，但听得出她的兴奋。

她突然笑了，这样的交换果然是值得的，命运开了个玩笑，用这样的方式去实现她的价值——看看凭借自己的力量，可以得到什么。

她回答道："我一会儿回去，等着我。"

她转身离开了河堤。

"这个世界上，总有一些坏女人活得好好的吧？"她这样想着。

晚上下了场小雪，细小的雪花，像是天上落下的灰尘。

刘科科吆喝着打牌，一群工作还没着落的失意者举手赞同。他问许愿："一起呗？"许愿摇摇头，他坐在床上，眼睛盯着手机，找了苏暮雪一天，一直没有她的消息。他曾想跟梁文彬商量，要不要报警，柏千阳坚决反对，他认为一旦把这件事公开处理，事情愈演愈烈，苏暮雪的名声就没有挽救的余地了。

许愿只好这么等着，每过十分钟给她发一条短信，但手机屏幕依然暗淡，打过去一直是关机状态。

手机响起，他激动地拿起，是柏千阳。

“她联系你了吗？”他问。

“还没呢。”

“别担心，不会有事的。她是谁啊？是咱们联大举世无双的苏暮雪呢，等她闭关修养几天，又是一条好汉！”

挂了。许愿知道柏千阳只是安慰自己，电话里的他听起来更着急。

手机又响起，是一个陌生的座机号，他接听。

“许愿，是我……”竟是苏暮雪。

“终于等到你的电话，我找了你一天！”他的声音都在颤抖。

“我想见你！”

“你在哪儿？我马上来！”

“我在你们楼下的电话亭。”

他冲出宿舍，三步并作两步，迅速跑到了一楼，翻墙出去，看见不远处的电话亭旁边站着苏暮雪。她穿一件黑色的大衣，雪静静地落下，停在她的肩上。

他走过去，抱住了她。

“你去哪儿了？我差点儿就疯了！”

“我今晚哪儿也不去，就想跟你在一起。”

他迫不及待地吻她的嘴唇，好像只有这样才能真切地感受到她的存在。雪越下越大，这场迟到的大雪像一块巨大的幕布，静静地合上，如同宣告故事的结束。

堕落街的小旅馆里，房间的灯坏了，诡异地忽明忽暗，他们也顾不上换房间了。他绝口不提白天发生的事，她也只是像往常那样脱下衣服，迎接他颤抖的身体。

细碎的雪花轻敲着床头的玻璃窗，像一群偷窥他们的精灵。

他们一句话都没有说，结束之后，都沉沉地睡着了。许愿又做了那个困扰他很久的梦，依然是在同一节车厢，苏暮雪站在车尾，他冲过去，却摔了下去。

他醒来的时候已是早上，苏暮雪不在了。

床头留着一张纸条，上面写着：但愿人长久。

雪停了，他走在湿漉漉的堕落街，路旁是掺杂着灰尘的积雪。

他捏着纸条，读着这一句，他知道下一句是，千里共婵娟，突然感觉到，或许从这一刻开始，他真的失去苏暮雪了。

一个人要存心躲起来，是可以消失得很彻底的。早在中学时代，郑小苔就用行动教会了许愿这个道理。他找了苏暮雪三天，甚至找梁文彬查了她的档案，找到了她姑姑的住址，但那里已经没有人住了。

宿舍里依然热闹，他们在最后一学期尽情挥霍着时光。他提着水桶，走到水房，冷水从头顶淋下来的时候，竟然没有知觉。

他的腿颤抖着，伸出手撑住墙面，身上散发着热气。

柏千阳走到他面前："我刚去626，他们说你来洗澡了。"说完，他也脱了衣裤，对着水管冲洗起来，那冰冷的感觉像一根针从他的头顶刺入脊背，他打了个哆嗦，喘着气。

许愿："我找不到她了……"

柏千阳："等她想出现的时候，自然会出现的。"

许愿："你说，那些照片是真的吗？"

柏千阳："你觉得重要吗？"

许愿："是不是真的，我都不管了，只要她回来。"

柏千阳："那不就结了。"

许愿："但是……如果是真的，你觉得她还回得来吗？"

这次柏千阳没有唱歌，狭窄昏暗的水房里只听见哗哗的水声。

不散伙的散伙饭

探监室里，苏世杰跟苏暮雪说起，这些日子他开始学画画了，监狱里组织了绘画爱好者的培训。他年轻的时候一掷千金买别人的画，老了自己在监狱画，谁看上了就大方地送给谁，这样很容易打发时间。

“你想要的话，我最近给你画一幅，你希望我画什么？”他有些“谄媚”地看着女儿。

“爸，我可能有段时间不能来看你了。”苏暮雪似乎并没有听他在说什么，她穿一件褐色的呢子大衣，系一条红色的围巾，这抹明媚的色彩将她的脸衬托得更白皙动人。

“你要忙，不来也行，快毕业了，不像在学校那么自在。”他有些失望，他还没得到女儿的答复，比如说她喜欢风景，那么他就凭自己的记忆画一幅橘子洲头的美景。

“我要去北京了，跟姑姑和墨墨一起。”

“你男朋友去吗？”

“我跟他已经分手了。”

“分了啊……”

“但是，我现在有了新的男朋友。”

“哦，新的这个，对你好吗？”

“很好，我去北京后，会在他的公司上班，姑姑和墨墨也会在北京生活，但我们每年都会回来看你。”

“他的公司？他多大了啊？”

“他比我大十九岁，有一个孩子，但他很爱我，把我照顾得很好。”

“那你爱他吗？”

“爱啊。”她想了一会儿，依然笃定地回答，“人在每个阶段对爱的理解是不一样的，以前觉得爱一个人，是爱一个剥离了社会角色的人，海誓山盟、与子偕老，这些动人的词语固然是很美好的，可是这样的爱保鲜期好像很短。相反，爱上一个人的财富、地位、权势，更能给人安全感，而且似乎会更长久。”

苏世杰想说点什么，却咽了回去。

苏暮雪看着沉默的他，笑了笑，又说：“放心吧，我不会后悔的。”

因为“非典”的缘故，很多大型招聘会都取消了。路上的行人都戴着口罩，学校被一种压抑而阴郁的氛围笼罩着。木兰路上的人们行色匆匆，很少像从前那样遇见相熟的同学停下脚步聊上一会儿。大家好像都在忙碌，但也不知道忙些什么。除了对疾病的恐慌，更多的，可能是即将到来的分别吧。

柏千阳经常挂在嘴边的一句话便是：“弱者才害怕分别，强者都计划重逢。”他急切地盼望着毕业，尽管他并没有找到工作。但他对外的说法是，他并没有去找工作，因为打算明年再考。考研成为他躲避被人追问的借口，多读点书总不是坏事，他也这样自我安慰着。夏舟很高兴，她认为苏暮雪的杳无音信终于让柏千阳彻底死心了，所以他才决定明年继续考研。她打算等正式毕业之后，找她爸爸给柏千阳在公司安排个闲职，她很有信心爸爸会喜欢他。

沙璇早已放弃了在长沙落户的执念，下定决心去北京闯一闯。她爸妈一听就炸了，说：“你不好好回家找份稳定的工作，跑去北京打工你疯了吗？！”她已经想好了，无论未来跟韩家阅会怎样，她都想出去见见世面，哪怕碰得头破血流，那也好过做个井底之蛙。满毅自从知道了沙璇的决定，也开始向北京的公司投简历，无奈都犹如石沉大海，但乐观的他从未放弃。他很高兴自己知道了沙璇的决定，反正无论如何，他都会陪伴在她左右。

应晓雨正面临着一个选择，之前在《快报》实习时一位很欣赏她的师姐去了北京，现在在电视台社会新闻部工作。师姐打给应晓雨，叫她跟着去北京。这是一个很好的工作机会，但同时，《快报》娱乐部的闫言也调离去另一家报纸做副总编，娱乐部的现任主任希望她可以回《快报》。她暗自欢喜，觉得总算不用跑招聘会找机会了。她不想做娱乐新闻，但去北京，一切都是陌生的，生活开销也会更大。她问蜗牛，如果是他会如何选择，蜗牛回答得倒是很客观："我当然去北京，陌生的，是可以慢慢变熟悉，但如果你不喜欢，很难慢慢变得喜欢。至于生活开销嘛，只要做得好，那都不是问题。"应晓雨觉得很有道理，唯一让她迟迟不敢下决定的原因，其实是她还不知道许愿的去向。

许愿自己也不知道。对于苏暮雪突如其来的失踪，他一直没有接受。他认为一定有什么她无法承担的事，导致她离开，但他无从考证。最初大家还在议论这件事，没过多久，苏暮雪的失踪便成为一个历史话题了，几乎所有人都是如此，他们真正关心的只是自己的事儿。苏暮雪为什么消失、去了哪里，对其他人来说，只是饭后的谈资。

他没有再去招聘会，想先弄清楚苏暮雪到底去了哪里，好像这才是当下最重要的事情。罗阿姨打来电话问了好几次他的工作怎么样了，是否需要动用爸爸的关系，找找省城的朋友，许愿总是推托，说暂时不用。他并不介意找关系，最初他想过请爸爸帮忙引荐几家合适的单位，他和苏暮雪一起去，但现在只剩他了，谜底一天没有揭开，他就一天无法安心去面对未来。

一天下午，他接到了流浪狗救助站的电话，说他们得到了官方的支持，帮他们在郊外找了个更大、更好的狗场，可以搬过去，有几家宠物医院还捐款购置了新的用品，想请许愿过去帮忙搬家。他爽快地答应了，现在他很闲，一直想找点事情做。

到了流浪狗救助站，他突然有种豁然开朗的感觉，这里的志愿者仿佛都没有烦恼，这是一个单纯的、没有杂质的地方。也是在这个时刻，他开始明白为什么苏暮雪喜欢来这里了，想必在她心中也有着不为人知的伤痛吧，只是许愿从未试着去了解。

他问那个年纪最小的麻花辫女孩儿："叮咚呢？"

"苏暮雪领走了。"

"她领走了？什么时候的事？"

"前些日子吧，她说她要去北京了，想带叮咚走。"

"她有没有说去北京的哪里？"

"没说，我们也不好问，她愿意收养叮咚，我们当然高兴。"

折腾了一下午，他看着大货车在小院门口离去，挥了挥手。

许愿晚上回到学校，在食堂吃饭时遇到了应晓雨。两人相对而坐，吃饭的时候一直没有人先开口说话，直到站在洗碗池前，他们冲洗着各自的饭盆。

应晓雨："你的工作有着落了吗？"

许愿："还没有。"

应晓雨："也该想想了，离校的日子迫在眉睫。"

许愿："我打算去北京！"

应晓雨："去北京？什么时候决定的？"

许愿："刚刚。"

应晓雨不再说话，饭盆洗好了，他们甩了甩里面的水。

许愿："对了，你呢？"

应晓雨："很巧啊，我也打算去北京。"

许愿："真的吗？这么巧，你什么时候决定的啊？"

应晓雨："我啊……我早就想好了。"

晚上，柏千阳买了台二手 DVD 回家，租了几张碟，在家打发起时间来。刚准备开始看，他接到了许愿的电话，他简单讲了要去北京的想法，说苏暮雪去了北京，他想跟她在同一个城市。柏千阳挂了电话，盯着电视屏幕看了几分钟，才想起来还没按 play 键。他干脆把电视关了，朝床上一躺，刚闭上眼睛，手机响了，是个陌生的号码。

"请问是柏千阳吗？"

"我是。哪位？"

"我叫雅雯，是夏舟在外语学院的同学，辩论赛我也参加了，还记得吗？"

"你好，找我有什么事儿吗？"

"是这样的，夏舟这个人啊，出尔反尔，之前答应帮忙安排我去她爸爸的公司上班，但现在找不到人，不接电话、不回短信，我觉得这样太过分了吧？我把她当朋友，她却只是利用我，我托人问了你的电话，所以想跟你说下这个事儿。”

“她的事儿我管不着，你还是继续给她打电话吧。”他正要挂断。

“喂喂，你等等！你不想知道她为什么答应帮我吗？”

“这跟我有关系吗？”

“当然有。既然她不仁，我就不义了，看样子她是打算一直躲着我了。行，我告诉你吧，苏暮雪夜不归寝是我举报的，夏舟早就对她怀恨在心，我的宿舍离苏暮雪的宿舍很近，她让我观察了很长时间……”

她还没说完，柏千阳就把电话挂了，然后关了机。

他拿出个小旅行包，塞了几件衣服进去，推开门，站在阳台上，看着远处浓郁的黑暗。这是学校附近的民房，四周都是差不多高度的矮楼。他回忆起住在这里的这些日子，若不是这个电话，他真的快要沉迷在这样的生活中了。他日复一日，在这里消磨着时光，跟夏舟做爱、看无聊的小说，享受着这个女人对他的百般宠溺。每当黄昏的时候，这一片住宅区会升起袅袅炊烟，他一度认为那是很美好的景象，他也曾说服自己，生活的本质无非就是如此吧。但是他内心一直在抗拒承认一件事——他所做的一切都是为了适应不爱苏暮雪的日子。但这个电话告诉了他，他在乎的那个人从来都没有变过。

他看见楼下的小路上，夏舟拎着塑料袋走了回来，袋里装的应该是今天的晚饭。她每天都会给他带饭，变着法子换，附近所有的餐馆他都没去过，但都吃了个遍。

她上来了，冲他甜蜜地一笑，举起手里的塑料袋：“想问问你吃什么，给你打电话关机了，所以我自己做主买了工大附近的肠粉和炒牛河，排了很久的队。”他看着她，她没觉察出什么，推开门走进去，找到一张报纸铺开，把饭盒拿出来，甚至连一次性的筷子也掰开，摆好。她看了看站在阳台上的他，问：“你怎么不进来吃啊？”

他走了进来，看着桌上的肠粉和炒牛河，并没有坐下来。他想，如果没有这个电话，其实他就认命了，就跟眼前的这个女人凑合着过一辈子了。人生嘛，谁还能一辈子如愿呢？

她看见床上的旅行包，问：“怎么，你要出去啊？”

“嗯。”

“去哪儿啊？怎么没听你说？来，吃饭吧。”她在玻璃杯里倒了点热水，烫了烫筷子。

“你们学院的雅雯，今天给我打电话了。”

她放下筷子，看着他，不吭声。

“是你让她举报苏暮雪的吧？”

“千阳，这个雅雯她——”

“你就告诉我是不是！苏暮雪被举报，是不是你让人干的？”

空气凝结成冰，一片死寂。

“对！就是我！”她扬起头，那一瞬间她也被激怒了，“我恨这个女人！就是因为她，我没有过上一天安稳的日子，我每天都担心我的男朋友还惦记着她，无论我怎么努力，这个女人都无处不在。她到底有什么能力，让你为她神魂颠倒？她只要在联大一天，我就痛苦一天！”

“你怎么这么无耻呢？”

“我为自己的爱情无耻，我没错！”

“文学院张贴的海报，也是你干的吧？”

“我没有，我只是叫雅雯举报了她。”

“随便了，我也不怪你，从今天起，咱们各走各的，你好自为之吧！”

柏千阳拿起床上的旅行包，推门而出。夏舟冲上前从背后抱住他：“你不要走！你骂我吧，我不该这么做，我们像从前那样，闹一闹，又和好，好不好？你不要真的走，走了谁给你买饭？谁给你洗袜子？谁给你熨衣服？谁都没我会照顾你，好不好？乖，留下来，求求你……”

柏千阳握住她的手，拿开，一把将她推倒在床上。他回头，淡淡地说：“夏舟，我们体面一点儿，好聚好散，再闹下去，就不好看了。”

他自始至终都很冷静，她或许是被他的镇定吓到了，呆呆地看着他。

他离开了。

夏舟冲到阳台上，看见楼下的柏千阳已经走远，她似乎能感觉到他走得很决绝。

她在阳台上站了很久很久，起初以为他只是吓一吓她，或许没多久就想通了，就会像过去那样回来把她抱起来，扔到床上。但他一直没有回来，手机也一直关机。

她突然意识到他不会再回来了，她拿起手机用力砸向梳妆台的镜子。玻璃碎了一地。

她擦了擦眼泪，捋了下头发，坐了下来，拿起筷子开始吃打包带来的肠粉。有点凉了，但她很饿，顾不了那么多。她拼命地往嘴里塞，直到腮帮子鼓得很大，再也塞不进去。她把嘴里的食物吐了出来，眼泪又止不住地往下掉。

她抹了一把嘴边粘的残渣，心想："柏千阳，我做鬼都不会放过你的！"

拍毕业照这天，天气已经很热了。刚拍完，许愿立马把学士帽和学士服脱下，还给班长，从人群里走到树荫下，打开一瓶矿泉水喝了起来。

"许愿！"有人喊他，一看，竟然是妈妈。

"妈，你怎么来了！"

许愿的妈妈急匆匆地从深圳飞过来，是因为刚听许志新说儿子要去北京，过几天就要走了。她在电话里把许志新大骂了一顿，怪他没有及时劝阻许愿。第二天她便请假赶来，正赶上许愿在拍毕业照。许愿把她拉到附近一家喝凉茶的小铺，电扇嗡嗡作响，但风吹得凉快。

"你疯了？去北京干吗？人生地不熟的，谁照顾你？谁帮你啊？好好在长沙不行吗？你爸还能找找关系，回家也方便。"她满头大汗，喝完一口凉茶润润嗓子就噼里啪啦地开说了。

"待久了不就熟了吗？我来长沙读书的时候，也是人生地不熟啊，也没人照顾我、帮我，不照样活得好好的吗？"

"那是念书，当然不同了，你以为步入社会是开玩笑呢？"

"我已经决定了，票都订了。"

"反悔就可以了啊，票退了不就好了？"

"我必须去北京！"

"你不能去北京！"

"妈，当初你为什么去深圳？"

"我为了个人发展，有个很好的工作机会，所以我去了。"

"我也是为了个人发展，现在也有个很好的工作机会，有家出版公司给我回了邮件，愿意录用我。"

“当时有个老家的姐妹陪我去！”

“我现在有好几个兄弟姐妹一起去。”

“总之我不管，你不能去，北京没那么好混！”

“我不是去混的，我是去工作！”

“你别以为我不知道，我听你爸说了，你就是想去找那个女孩儿，人海茫茫，你怎么找？你犯得着为了一个连招呼都不打就离开你的女孩子搭上自己的前途吗？她搞不好已经嫁人了！忘记你了！你还这么一意孤行，傻不傻？”

“我傻。妈，我为什么不可以傻一次？你当初嫁给爸爸的时候傻不傻？”

妈妈听到这话，突然噎住了。

他继续说：“我已经不是小孩子了，去北京这件事，决定是一瞬间做出的，但其实想了很久，我在长沙念了四年大学，这半年去了无数次招聘会，我发现，这里毕竟太闭塞，发展空间很有限，我也不想靠爸爸的关系去获得一份工作。北京是一个包容性很强的城市，工作的机会也更多，不趁年轻去闯一闯，我一定会后悔的！至于苏暮雪，我承认，她让我更坚决地做了这个决定，但一定不是最主要的原因。我也觉得自己很傻，但我这么年轻，傻一回又能失去什么呢？大不了，被撞得头破血流，再回来也不迟啊。”

妈妈眼睛望着外面，又喝了口凉茶：“反正你现在主意正，谁的话也不听！”

“不到毕业的时候，看不到现实的残酷。过去的这些年，我被保护得太好了，这段日子，逐渐接触这个社会，让我发现，当我面对生活的挫败，我的脆弱、敏感、自怨自艾是多么可笑。我现在迫不及待地想去北京，接受更大的考验，可能我会失败、会平庸，但我不希望很多年以后我因为临阵脱逃而后悔！妈，青春时做的决定，没有哪个是错的。”

风扇转着头，吹得妈妈头发扬起，她白了许愿一眼，嘴角有一丝忍不住的笑意。

这个夜晚，堕落街灯火通明。学友餐馆更是人满为患，老板应景地用破旧的音响放着郑钧的《天下没有不散的筵席》，一桌连着一桌，大家喝着大学没喝完的酒，流着没流干的泪，打着没打完的架。这场景，沙璇两年前在韩家阅的散伙饭上见识过，所以当她走进来时，有种穿越到过去的恍惚感。

没有苏暮雪的五个人，在喧闹的人群中，他们这一桌倒显得安静，没有痛哭流涕，也没有倒地撒野。柏千阳举起酒杯：“我宣布个事儿，我要跟你们一起去北京！”

许愿笑了：“老大，什么时候决定的？太好了！”

柏千阳：“你们都走了，我留长沙干吗呢？要不是你们，我真的以为我要提前过上老年人的生活了，每天端一杯枸杞水，听着广播，打发着时间，岂不是白活了？我也要去北京，干一番事业，让我爸妈过上更好的生活！”

沙璇：“夏舟会放过你？她不是考上研究生了吗？”

柏千阳：“我们分手了。”

大家面面相觑，应晓雨说：“行了，不管怎么样，今天是我们在联大吃的最后一顿饭，感谢各位，让我大学四年过得很精彩，感谢命运让我们未来还能继续走下去，我不用一个人孤单地在北京打拼了！”

柏千阳：“去了北京，我们六个又在同一个城市了！”

许愿：“只可惜，这是顿不完整的散伙饭……”

沙璇借了点酒劲，大手一挥说：“去他的散伙饭，我们永不散伙！”

满毅：“北京又是一个新的开始！”

柏千阳晃晃悠悠地站了起来，眼眶有些泛红，他说：“这四年，咱们并肩战斗过，中间有过分裂、有过沮丧，但也有过欢笑、有过拥抱，更多的是，我们有过陪伴。许愿，谢谢你的陪伴，这么多年，你是唯一能听我絮叨还不犯困的人，我无比怀念那些睡你的日子，有时我都忘记我到底住的是622还是626。呵呵，希望未来咱俩都睡上别人了，想起这些时光还会温暖地发笑！满毅，我的好兄弟，谢谢你的不离不弃，谢谢你的火锅，谢谢你经常帮我答‘到’，欺负了你四年，未来还有这么长，你得多担待了，咱俩可没完！谢谢晓雨，谢谢你的隐忍、执着、宽容，在我们几个熊孩子折腾着青春、挥霍着光阴的时候，是你提醒我们，虽然没有准备好，但我们猝不及防、义无反顾地成年了，你就像我们六个人中间的定海神针，有你在，什么样的大风大浪，我们都能淡然地面对！谢谢沙璇，是你的大呼小叫，让我隐约觉得我们的青春还在，总有一天年华逝去，但你一定是最晚变老的那一个！最后，感谢……感谢苏暮雪，虽然不知道你在哪儿，但我知道，你想着我们，不管你在哪儿，你一定想着我们，就像我们现在都想着你！你可能有着没人知道的苦衷吧，不然我相信你绝对不会缺席这顿散伙饭，这是对我们大学时代的总结与告别，是庄重的，是严肃的，是充满激情的！这四年，在我的人生岁月里可能占不了多大的篇幅，却是影响我一生的四年，谢谢这四年遇到你，你改变了我。四年前我不会像现在这样啰唆地说着这么感性的话，但认识你以后，我开始觉得人的感情是如此美妙。你曾经对我说过，爱一个人跟在一起没有关系，因为爱情本身是一种创造力。我以前不理解，现在我懂了。这种力量是存在的，因为它让我变得勇敢、变得自信、变得有担当，我很庆幸遇到了这种力量，我希望等有一天我变老了，这种力量还会依旧存在。说了一堆，最想表达的是，不管未来的路我们六个还能一起走多久，我们永远是最好的朋友！”

大家举起酒杯，音乐像是配合他们似的，越来越大声，在这个平淡无奇的夜晚，显得那么激情澎湃。他们拿起筷子敲着酒杯，跟着一起唱，那并不整齐的嘶吼，越过学友餐馆的玻璃窗，越过联大的一幢幢教学楼，飞向了无边无际的夜空。

天下没有不散的筵席
你的眼泪、欢笑，全都会失去
所以我们不要哭泣
所以我们不要回忆过去
所以我们不要在意
所以我们不要埋怨自己

收拾好行李，准备离校了，许愿是最后一个离开的，故意如此，是想把室友们一个个送走，再打扫一次这间住了四年的宿舍。他看了看626的一切，把十九岁生日时应晓雨送的收音机擦得锃亮，放在了桌上，这是年少时错收的礼物，既然无法交还给她，就留在青春里吧。推开门，外面便是一片期待已久的新天地了。

2003年6月25日，Z18次列车，载着五个人的梦想从长沙开往北京。

幽灵公主和阿西达卡

早上8点，刚下火车，他们把行李堆放在北京西客站的广场上，坐在行李上等车来接。柏千阳托在北京工作的中学同学帮忙租了辆金杯车，刚打来电话，因为堵车所以会稍晚一点儿。大家都是一副还未睡醒的模样，许愿伸了个懒腰，看着眼前的景物，很多人在这个时候抵达，也有很多人匆匆地离开——这就是北京了，很多人梦想开始的地方，也是很多人梦想破灭的地方。

广场上的人越来越多，他突然有种莫名的激动，终于与苏暮雪在同一个城市了，再大的城市，有心就有机会遇到！他想："还能躲一辈子吗？"

有个戴灰色鸭舌帽的矮个男子，路过他们，瞥了一眼离他最近的许愿，突然抢走许愿搭在肩上的挎包，拔腿就跑。许愿和柏千阳见状，跟着那"鸭舌帽"跑去，柏千阳回头跟满毅说："你别走，照看着她俩！""鸭舌帽"是精瘦的身材，跑得很快，从广场跑上天桥，又拐进另一条街，而许愿和柏千阳一直紧紧跟着。他见甩不掉二人，又跑入地下通道，回到地面后钻进茫茫人海中。不知不觉已经过去半个小时，"鸭舌帽"跑到了附近的一个居民区，已是体力不支，大喘粗气地靠在路边的报刊亭，回头一看，那紧追而来的二人又出现了。他们的速度也放慢许多，几乎只能靠慢走前行了。"鸭舌帽"赶紧又朝前跑去，二人渐渐与他的距离只差十余米，三人都以极慢的速度前行。许愿一鼓作气，冲上前，一把拽下他的帽子，那男子倒在地上，满头大汗地喘着气，说不出话来。

他把挎包递给许愿："哥……哥们儿，我还你，你……你把帽子给……给我，我认输了，别……别让我还倒贴个帽子……"

许愿接过挎包，“扑通”一屁股坐地上，他抱着挎包，手一挥，鸭舌帽扔那人怀里。柏千阳见状松了口气，倒在许愿身上，三人东倒西歪的，路人不知发生了什么。

“鸭舌帽”爬起来离开，伸出大拇指说：“牛……牛！”

见他走了，二人也懒得再追赶。

柏千阳好一阵才缓过劲儿来，问：“钱和证件没丢吧？”

“没，都放箱子里了。”

“那你包里都放什么了？”

“什么也没放。”

“跟你追半天，还以为里面放了什么稀世珍宝呢，走吧。”

两人站起来，趔趄地往回走。

许愿边走边将手伸进包里摸了摸，拿出一张纸条，是苏暮雪留给他的，上面写着：但愿人长久。许愿想，不用千里共婵娟了，都在北京了。

金杯车将他们拉到了西三环紫竹桥附近的便民旅社，他们打算先在这里对付几晚。简陋的门面，但好在便宜。前台与服务生是同一个人，穿着一件崭新的工作服，还能看见衣领的线头。她拿着一串钥匙带他们上楼，边走边说：“两个标准间，每间每晚九十元，浴室在三楼，晚上12点停止供应热水。对了，我们这儿隔音不好，你们有特殊活动，声音小点儿。对了，你们互相都认识吧？万一遇到公安查房，说不出对方名字，按卖淫嫖娼给抓了，我们可不负责！”

沙璇瞪大眼睛，想要辩驳什么，想想又放弃了。满毅“扑哧”一声笑了出来。服务生简单交代了一下热水与报警器，便下楼了。

推开门，墙上有些渗水，石灰有些剥落。窗户正对着街，车流的噪声很大。柏千阳把行李朝地上一扔，说：“兄弟姐妹们，吃苦的日子来了。”

满毅却说：“我觉得挺好，我不挑，有床就能睡着。”说完朝床上扑去，那床“轰”的一声塌了下来，掀起一片灰尘，惹得众人一片笑声。

安顿好之后，大家分头行动，每个人都按照自己的节奏开始了属于他们的北漂生活。

满毅是最先搞定工作的那一个，他的表哥开了一家教育机构，得知沙璇决定来北京后，他也决定加入北漂大军，于是第一时间便向表哥求助了，表哥电话里答应让他来试试。下午他去了表哥所在的教育机构，得到了一份文员的工作，工资很低，但管吃管住，他迫不及待地答应了，打算第二天就从旅社搬过去。

应晓雨在师姐的安排下，去了电视台报到，但因为她没有做电视新闻的经验，所以仍然需要从实习做起。办完实习手续，师姐找她私下聊了聊，说现在急缺记者，实习期表现得好一点儿，转正问题也不算大，尤其是电视媒体对从湖南来的年轻人都比较看好，可能与这几年湖南电视行业风生水起有关吧。

许愿此前给好几家图书出版公司投过简历，对他最有兴趣的是在业界较为知名的“骄阳出版”。他联络了一下对方，约了他第二天再去面试，下午便空闲下来，他叫上柏千阳一起去找房子。看着满毅已经有了去处，他们也有点着急，想先找好住的地儿，尽快从旅社搬出来。除了柏千阳，沙璇的工作也暂时还没着落，但她计划了和应晓雨一起合租，见晓雨去电视台报到，自己便去找房子。

黄昏时分，大家又聚集在便民旅社。门口的烧烤摊出摊了，油滋滋的小腰，撒上一层孜然，香味四溢。柏千阳提议晚饭就地解决，大家一致举手赞成。

他们围坐在一张小桌前，聊到了各自下午的经历。

许愿喝了口啤酒，兴奋地说：“我们房子找好了，后天就能搬，离这儿也不远，房子小了点，但看着挺干净的，小区环境也不错！”

柏千阳：“只有一张床，我怎么觉得这辈子走不出626了啊？”

许愿：“对了，老大，明天我去面试，你要没什么事儿，带着简历跟我一起去吧！”

柏千阳一听也觉得可以。他是临时决定来北京的，之前也没上网去了解相关的工作信息，想着先把住处安顿好，再去上网一家家找。所幸他之前在飞轮打工还存了点钱，短时间内还够花，他说：“好啊，要能跟你在同一家公司上班，咱俩配合，互相抬轿子，看谁还敢欺负我们！”

满毅：“真没想到我们就这么在北京住下了。沙璇，你那儿怎么样啊？”

沙璇有些嘚瑟了，说：“工作呢，慢慢找。房子我看到一家很好的，一千块钱一个月，两室一厅，包水电，家电都是新的，离电视台也近，我和晓雨也准备明天搬。”

应晓雨：“今天也多亏沙璇了，我下午忙着办入职手续，出来就接到她的电话，后勤工作都做好，我也不用操心了。”

柏千阳："沙璇，你靠不靠谱啊？我怎么听着觉得有点不对劲呢，我和许愿这套房，一居室也得一千块钱，而且感觉电视机的年纪比我还大，你那么便宜怎么得手的？"

沙璇不屑地笑了笑："我美呗，那中介见了我眼睛都直了，最后就我说啥是啥了。那套房子不是没人要，听说一天有好几家来看，有些人贪心，总想着货比三家，我赶紧定了，押一付三，明天就不用住这个破旅社了呢！"

许愿："不管怎么样，大家今天都是有收获的。这是我们来北京的第一天，不知道未来是什么样子，我们先把明天过好！"

应晓雨举起酒杯："许愿，祝你明天面试顺利！大家也都别着急，工作都会有的。我今天从电视台出来，看着来来往往的人群，只有一种感觉，就是北京太大了，好像任何一个人都有机会在这里找到自己的位置，也许跟我们的预期不太相符，但是梦想本来就是慢慢接近的，希望我们选择来北京，是一个正确的决定！"

老板又端上烤鸡翅和烤牛筋，他们顾不上说话，大快朵颐起来。

第二天，满毅帮沙璇和应晓雨把行李搬到新的住所，正等着中介过来交接。半小时过去了，却始终不见人影，应晓雨看了看表，有些着急，满毅问："沙璇，你要不再打个电话，都半个小时了，不会骗你的吧？"沙璇白了他一眼，说："怎么可能？我早上出来的时候还跟他联系过了，再等会儿吧。"说完，她也着急地走到一旁楼梯口，重拨了一遍中介的电话，但已经是无人接听了。

电梯门开，沙璇兴奋地看过去，出来一个老太太，带着几个年轻人。他们走过来，老太太拿出钥匙打开了沙璇这间房的门。

沙璇冲过去："你们是……"

老太太一脸狐疑地看看她，说："我是业主，带人过来看房。"

沙璇："您是业主？这间房我已经租了啊，钱都交了，您怎么还带人来看房啊？"

老太太："你租了？你跟谁租的？我怎么不知道？别拦着，先让开！"

沙璇："我昨天租的啊，就在小区对面那条街的蜂巢中介公司，一千块钱一个月，押一付三。我给您看，这是我的租房合同！"她手忙脚乱地掏出合同，合同附件上的确有房东老太太的身份证复印件。

应晓雨："您看，这的确是您，我们没有撒谎。"

老太太拿起合同一看，乐了："小姑娘，你们怎么比我老太婆还糊涂？这合同，对方是蜂巢中介没错，但根本没盖章呢！你们被骗了吧？而且，一个月一千块钱，这不是坏了行情吗？我这房一个月两千块钱我都犹豫着呢，你们上哪儿租的找哪儿去吧，别影响我们看房，让开让开！"

说罢，他们走了进去，关上门。

沙璇的手一抖，合同掉在地上，满毅捡起来仔细看了看，说："果真没盖章，对方就签了个字，而且还很潦草，看不出是哪几个字。"

应晓雨："沙璇，你确定是在蜂巢中介租的吗？"

沙璇突然就哭了起来："我确定啊！这合同也是那人拿给我的，我就在他们公司的茶水间签的，他在蜂巢有工位，还有工号牌，写了他的名字叫王剑锋，我不会搞错的！"

应晓雨："咱们去中介看看。"

三人来到蜂巢中介，沙璇冲进去就大声嚷嚷道："王剑锋！王剑锋！你给我出来！"

有个年纪稍长的女主管见状，走了出来拦住他们："你们好，请问有什么需要帮忙吗？"沙璇把合同拍在桌上，将事情的来龙去脉说得清清楚楚。

女主管跟身边的助手对视一眼，无奈地说："抱歉，是这样的，这个王剑锋已经离职了，昨天是他在我们这儿干的最后一天，估计您是被他骗了。您看这合同只签了字，并没有我们公司的公章，所以我们也只能帮您找找他。"

沙璇一听就怒了："你们什么态度！什么叫只能帮我找找他，这事儿是发生在你们蜂巢中介的，就得你们负责！为什么没盖章？是因为你们的员工欺骗我，我不管他现在离没离职，昨天我来这儿，就是他接待的，不给我解决，我跟你们没完！"她像头怒极了的母狮子，歇斯底里地吼叫着。这笔钱是她大四那一年辛辛苦苦攒下来的，也是她来北京的安家费。

女主管一看便是见过些风浪的，气定神闲地说："这位小姐，您凭空拿一份合同，就说事发地是在蜂巢，我也可以质疑您伪造合同来我们这里敲诈。再说了，我们有专门负责收款的同事，您为什么要把钱交给王剑锋，而不是直接支付给公司呢？”

沙璇的嗓音因为激动变得有些沙哑，她说：“我昨天才来北京，上哪儿去伪造合同？我为什么把钱交给王剑锋？因为他是你们的员工啊，他说入他个人的账比较方便，我也听不懂，我想反正在你们公司，他也不会跑！押一付三，四千块钱啊，你们怎么可以随随便便就推卸责任呢！”说完她大哭起来，女主管依然一脸冷漠地看着她。

应晓雨镇定地走上前：“您好，是这样，我是经济频道《整点新闻》的记者，大家在这里争吵是没有意义的。这样吧，满毅，你看住现场，不要允许任何人动这里的监控，我相信昨天在这里发生的一切一定被拍下来了。沙璇，你现在去报警，我通知同事派摄像过来，这种不良事件必须曝光，谢谢你们给我的工作提供了素材。”

说完，应晓雨拨通了师姐的电话，说明原委，师姐兴奋地说：“晓雨，你进入状态很快啊！我马上跟领导说，现在就派人过去。”

女主管一看来真的，也着急起来，她见满毅看起来憨厚，像是好说话的，把他拉到一边说：“小伙子，我看你是个明白人，大家得讲道理，这事儿明明就是你朋友被王剑锋骗了，跟我们公司根本没关系，现在把我们拖下水，公司形象被影响，我的日子就不好过了呀！你跟你朋友说说，我们私下解决，行吗？”

沙璇抹了把眼泪，瞬间又骄傲起来：“现在知道怕了吧，刚才那个横劲儿呢？”

应晓雨：“今天这件事，原本我们可以很友好地解决，但你们欺人太甚，还冤枉我们伪造合同。我相信你们蜂巢中介一定有很多管理上的漏洞，如果私下解决了，那以后还会有更多不知情的租客上当受骗。”

不一会儿，警察和《整点新闻》的摄像都来了现场，师姐也跟着一同到来。

租房被骗的事件成了应晓雨在经济频道的第一个工作任务，不但帮沙璇讨回租金，通过一系列的采访还揭露了不少中介公司不正规的行为。

回便民旅社的公交车上，沙璇惭愧地说：“都怨我，对不起……”

应晓雨挽住她的手，笑着说：“我还得感谢你呢，昨天刚办了入职，本来下周才上班，结果今天就让我立了个功。我师姐说这个新闻做得很棒，有事件、有矛盾冲突，还能切实地为老百姓解决问题，所以，算你帮了我，晚上请你吃饭！”

沙璇：“可惜我们不能马上从便民旅社搬出去了，明天咱俩一起找房子。”

应晓雨："好，别自责了，有点波折挺好的。我一直觉得人生的境遇基本上是守恒的，我们遇到的每一件事，没有绝对的好坏，旦夕祸福，最后都会让我们成长。"

那公交车在拥堵的北京街道上缓慢地行驶着，慢慢远去，就像一只爬行的昆虫，在这个庞大的城市里随波逐流。

骄阳出版在东三环的一栋写字楼里，这里的氛围跟许愿期待的几乎一致，因为公司的属性，从出电梯开始就呈现出文艺、清新的书卷气。柏千阳跟着许愿走进来时，一直在旁边小声念叨："这儿不错，就是不知道工资多少……"许愿说："能来就行，刚毕业能拿多少都是福。"柏千阳点点头，眼睛却直愣愣地看着公司前台，那是个眉眼妩媚的女孩儿，头发染成淡棕色，一双丹凤眼透着一些可爱的邪气。她见二人四处张望，走过来问："请问你们找谁？"

许愿："哦，我跟你们人事部约了面试，我叫许愿。"

柏千阳对她使了个眼色："我也是，我叫柏千阳，你们公司的男同事应该没人会迟到吧？前台这么漂亮，都争着抢着来上班吧？喂，你叫什么名字呀？"

前台有些傲慢地笑了笑，说："我带你们去接待室吧，人事部的王经理在开会，你们可能需要等一会儿。"

她把他们领到了接待室，回头漫不经心地说了句："我叫康一玉，你们可以叫我小玉。"

她走出接待室，关上门。柏千阳对许愿说："她喜欢我。"

许愿："你怎么知道？"

柏千阳："你见的女人太少了，你不懂。她喜欢我，给我三天，就能把她拿下。"

许愿："吹牛！"

人事部的王经理把头探了进来，见有两个男孩儿在接待室，问："你们谁是许愿？"

许愿站起来："我是！"

王经理："你来一下我的办公室，我们简单聊聊，一会儿我们副总编沈芸昭老师还想见见你。"

许愿："王经理，这位是我的同学柏千阳，他跟我一起来的北京，也想试试，但他之前没有投简历，不知道可不可以破例一次……”

柏千阳谄媚地笑着，也站起了身，迫切地等着一个肯定的答复。

王经理皱了下眉头：“你给公司邮箱发一份简历吧，具体要求公司官网上都有，我们看了觉得合适会通知你面试的。许愿，你赶紧的，我还有别的事儿呢。”说完他转身离开，许愿只好抱歉地看了看柏千阳，紧跟着王经理出去了。

跟王经理聊了下职位、入职时间与薪金待遇，许愿很诚恳地表态都听公司安排，能来骄阳出版是很难得的机会，就按照常规来即可。人事部最喜欢这样的员工，于是让他填了个基本资料的表格，拿着这张薄薄的纸，看见职位那一栏里写着“文学编辑”四个字，许愿有些激动。填完后，王经理带他去了沈芸昭的办公室。柏千阳躲在接待室，伸长脖子偷偷看着外面的一举一动，撇了撇嘴，自言自语道：“看我以后怎么收拾你们，一个小小的人事经理，牛个屁！”

沈芸昭是个打扮得体的中年女子，头发梳得讲究，衣服熨得平整，只是脸上痘痕太严重，几乎到了毁容的程度。她努力盖了很厚的粉试图遮住，偏偏适得其反，显得更突出了。她面带和善的微笑，手里拿着打印好的许愿的简历，礼貌地招呼他坐下。

许愿：“沈总好！”

她放下简历，极有亲和力地冲他一笑，说：“我看了你的文章，你是一个对文字很敏感的小朋友，在大学发表了不少文章。现在已经很少有中文系的学生坚持这样的爱好了，所以我特地跟小王说，要见一下你。想问问，你是怎么做到从大一到大四，保持了这么稳定的创作量？这需要坚持的。”

许愿想了想，回答道：“沈总，您刚才用了‘坚持’这个词，可能在我这里，并不是非常准确。”

“怎么说？”

“因为我很喜欢写作，文字对我来说很重要，在写作的状态里，我是最舒适的，所以，其实不存在坚持这一说。坚持本身带有一些抵抗的意味，但我并没有，让我做别的，可能比保持写作的激情更困难吧。”

“这是你选择中文系的原因，对吗？”沈芸昭也是中文系出身，所以在众多简历里一眼就看中了许愿。再花哨的简历对一个中文系的学生来说，都不如作品来得更纯粹、更直接。

“是的，我以为这是一种常态，后来发现，并非如此。大家好像并不都是带着热情来的，我很多同学去考公务员、当秘书、去做销售、去做广告……这些都是个人的选择与机遇，无可厚非，但我总觉得，读了四年的汉语言文学，如果不能从事相关的工作，有点可惜了。”

“很高兴认识你，你会是一个尊重作品的好编辑。”沈芸昭起身跟他握手。

“就结束了？”许愿原本以为还有很苛刻的考核。

“结束了。你有很好的基础，还有丰富的实习经验，用不了多久你就会融入大家了。骄阳是个讲情怀的公司，文学是需要激情的，你有，我就放心了。”

柏千阳偷偷从接待室溜了出来，躲在沈芸昭办公室门口听着里面的谈话。

许愿打开门，看见门口的柏千阳，吓一跳。柏千阳趁机钻进来，关上门。

沈芸昭疑惑地看着他，问：“你是？”

柏千阳一脸堆笑：“沈总，我叫柏千阳，是许愿的同学，陪他一起来的，这是我的简历，想打扰您几分钟。”

沈芸昭接过简历，问：“你为什么不投简历给人事部呢？我想那样会更规范。”

柏千阳：“沈总，请原谅我的无知，之前不知道贵公司，今天陪许愿来，听他一路夸赞，才知道有那么多大神的作品都出自这里，所以我迫不及待地想争取这个机会了。我跟许愿在大学就是好哥们儿，兄弟同心，其利断金，若能一起来骄阳，绝对是件好事儿啊！”

沈芸昭认真地看完他的简历，委婉地说：“你在大学阶段的确挺优秀的，参加了不少社团和实践活动。不过，恕我直言，我觉得这样会显得有些浮躁，一个人的精力是有限的，更重要的是，你好像没有编辑工作的实习经验，我们培养人才是需要成本的，所以很抱歉……”

柏千阳不疾不徐地说：“沈总，我斗胆跟您说说我的观点。我认为经验是全世界最不值钱的东西，那可以用时间、用等待来获得，优秀才是一个人才最应该具备的品质，更何况，我认为现在的图书编辑，迟早有一天会被淘汰。”

沈芸昭心有不悦，但又很好奇：“我想听听看，你最后说的那一句，为什么会被淘汰？”

柏千阳：“现在网络上已经流行图书连载，我相信不久以后，网络阅读会变成主流，图书市场会越来越艰难。这种闭门造车的编辑，总有一天会死于这种故步自封。我在等许愿的过程中，浏览了接待室里陈列的贵公司出版的图书，我觉得有几个很严重的问题。编辑好像只是非常认真地完成了他的专业工作，但对于这些好的作品并没有起到加分的作用。我想成为的编辑，严格意义来说是一个产品经理，出版公司再有情怀，最后还是得卖书。一部好的书稿交给我，我除了做最基本的审读与编辑工作，更多的，我需要根据这本书的个性分析它的受众，然后针对这本书的所有细节做出规划。比如它的包装、质感、封面文案，甚至海报上的宣传语，最大可能地挖掘这部作品的潜在能量，而不是粗糙地把一部书稿简单地变成一本书，扔在书店，随便读者爱买不买，这样才不会辜负一个优秀的作者，也是对公司负责。”

沈芸昭：“你能不能举个例子，刚才你看的书，你有什么想法？”

柏千阳：“比如您身后放的那一本，樱小桃写的《不同班同学》，这本小说在出版之前在网上已经很红了，在我们大学的论坛都有人转载，语言很俏皮，女孩儿很喜欢，还经常拿其中的金句来怼男朋友。可是你看看这本书，封面死气沉沉的，包装得像当年那本《青春之歌》，完全丢掉了它应该具备的网络元素。另外，就是整体的色调，女作者写给女网友看的爱情小说，应该用粉色的，既然有这么多流行金句，就应该包装成一本少女圣经，人手一册，怼男友专用秘籍，再把金句摘出来，做成不同的营销语录，专攻大学校园……”

沈芸昭打断了他：“行了，你别说了！”

柏千阳：“沈总，抱歉，我口出妄言……”

沈芸昭：“你刚才说你跟许愿是同学？”

柏千阳：“不但是同学，还是好兄弟！”

沈芸昭：“你们俩还挺互补，你去人事部报到吧，祝贺你，加入骄阳出版！”

柏千阳听完愣住了，好半天才反应过来：“您是说，要我了？”

沈芸昭：“对呀，骄阳正在发展，需要你们这些有趣的年轻人。”

柏千阳激动得合不拢嘴，来不及说谢谢，突然转身打开门，大声对着在接待室等他的许愿说：“许愿！咱俩能做同事啦！”

办公区的同事们纷纷朝这边看过来，柏千阳全然没有害羞的感觉，冲去接待室搂住许愿，像两个获胜的小孩儿。

从骄阳出来，他们站在十字路口，等着红灯，眼前的车辆川流不息。

许愿："老大，你真神了！"

柏千阳得意扬扬地说："出师告捷，北京也没那么难混吧，嘿嘿！"

许愿："我越来越期待未来了！"

柏千阳："还记得嘛，我曾经说过，我们几个注定是与众不同的一群人，所以，命运安排了我们在每一个重要的时刻都在一起。"

许愿看着他的眼睛，用力地点点头。

眼前有一辆黑色的奥迪驶过，许愿留意到坐在后座的女孩儿像是苏暮雪。只怪那车迅速离去，他不知是眼花，还是真的见到了她。

变绿灯，人群穿过马路。

许愿仍然呆在原处，柏千阳拍了拍他的肩："走吧。"他望着远处，说："我刚才好像看见苏暮雪了。"柏千阳一把拽住他："哪那么巧？你是思念成疾，眼花了。走啦，一会儿又变灯了。"他们沿着斑马线，走入了茫茫人海中。

东四环朝阳公园，大片绿色的草坪上，一个彩色的塑料球被扔得远远的，那只名叫叮咚的小狗朝着小球跑去，一口咬住塑料球，跑了回来，扑在墨墨的怀里。手术后，经过半年的康复治疗，他已经痊愈了，医生说肾脏移植手术并非万无一失，但他幸运地渡过难关，几次复查，各方面的指标都已恢复正常。

坐在旁边长椅上的苏暮雪和姑姑欣慰地看着他。

"小雪，多亏了你，本来还以为墨墨就这么没了，你救了他一条命！"

"又来了，他是我的弟弟，看到他现在的样子，我也备受鼓舞。"她握住姑姑的手，继续说，"我跟金岳说了，你们就别回长沙了，再过段时间，给墨墨找个学校，在北京念书，咱们也好有个照应。"

"我听你的。他对你还好吗？"

"很好的，他爱我，也尊重我，用不了多久，我想我会喜欢上北京。"

"为什么？"

"因为金岳吧，好像在他身边，永远不会发生什么不堪的变故，而在长沙，我每天都觉得岌岌可危，仿佛一不留神，命运就会跟你开一个哭笑不得的玩笑。北京真大，大到觉得自己哪怕做错了什么，也只是一粒无关紧要的尘埃。”

姑姑若有所思地看着在草坪上玩耍的墨墨和叮咚，没有再说话。

“对了，我今天好像看到许愿了。”苏暮雪说。

“你大学的那个男朋友？”

“对啊。可能是我眼花，怎么会在北京遇见他呢？我真是想多了……”

过了一会儿，苏暮雪站起来：“我该走了，他今晚回家吃饭。”

道别之后，她上了车。

车开至顺义天竺别墅区，经过一片茂密的白桦林，停在独栋的别墅前。她下了车，开门进去，客厅里正在看电视的金驰瞥了她一眼，继续看电视。她想跟他打个招呼，想想又放弃了。她和金驰在她还是家庭教师的阶段，关系是很好的，自从她成了他家庭的一员，他开始强烈地抵触她。在发现自己的反抗无效之后，他便一直保持沉默，用这样的方式表达对她这个外来入侵人员的不满。

她看见金岳坐在院子里看书，敲了敲院子的玻璃门，然后推开，说：“我回来了。”

金岳放下手里的书，起来拥抱她，问：“墨墨怎么样？”

“还不错。姑姑这些日子像老了十岁，还好熬过来了。”

“你也可以放松一下了，好好休息几天。”

“嗯，多亏有你，不然墨墨可能看不到朝阳公园那么绿的草坪。”

“想跟你商量一件事。”

“什么？”

“下周开始，你来我的公司上班吧？我说过，希望你成为那个骄傲的、不可一世的苏暮雪。墨墨既然已经痊愈，你也可以考虑考虑自己的发展，你说呢？”

“我都听你的。”

他亲了亲她的额头，他喜欢这样的回答。

纱窗上停着几只蚊子，电风扇噪声很大，它拼命地转动着。

“明天第一天上班，真激动！感觉像是大学时，咱俩报了同一门选修课。”

柏千阳躺在床上絮叨着，手搭在脑后，看着天花板，见许愿没有回应，他回头看了一眼坐在电脑前的他，“喂，你干吗呢？还不睡？”

“你先睡吧，我注册了一个博客，挺有意思的，可以发发文章，像个公开的日记。搞不好什么时候苏暮雪会发现这个地方，这是现阶段唯一可以让她知道我在北京的渠道了。”他认真地刷着网友的评论，屏幕的光映在他的脸上。他的博客叫“许愿池”，头像用的是当年辩论赛几人的合影。

“幼稚，我睡了，你上床的时候动静小点，别吵醒我。”

许愿应了一声，看见有个名叫“幽灵公主”的网友给他留言：“阿西达卡，你好。”

他想起生日时，苏暮雪送的那张DVD，正是《幽灵公主》，而阿西达卡是男主角的名字，也是许愿的QQ网名。他给幽灵公主发了私聊，问她的QQ号。不到一分钟，她便回复了。许愿有点激动地加了她，开始聊了起来。

阿西达卡：Hi，公主。

幽灵公主：你好。

阿西达卡：你也是宫崎骏的粉丝？

幽灵公主：没错。

阿西达卡：你的资料里怎么没有你的学校信息？

幽灵公主：我是山兽神派来保护你的。

阿西达卡：我们认识吗？

幽灵公主：现在认识了。

许愿跟她聊得很投缘，他一直想问：你是不是苏暮雪？但他不敢问，他害怕任何一个答案，如果她是，那么会不会因为他的猜测而止步不前；如果她不是，这个世界上又少了一个关于苏暮雪的希望。所以，不如假装不知情，就这样跟她做着虚拟世界中的朋友。也许，在电脑的那一端，坐着的真是她呢！

他靠在桌上睡着了。

电脑屏幕依然闪烁着，他的博客签名只有一句话：小雪，我的手机号不会换，我在等你。

黎明融化在窗前，新的一天又开始了。

北漂一叶舟

在金岳的 K&T 投资公司工作已经近一年的时间，苏暮雪坐在二楼自己的办公室里，看着窗外的草地与丝杉。公司在四环边上的一个别墅区，院子里散养了十来只孔雀，它们走来走去，有人经过也并不害怕。她看着这些美丽的动物，觉得像一场荒诞的梦，想起在哪本书上读过：孔雀惧飞，恐伤羽毛，猎者近而不动。

她担任的职务是总裁助理，其实金岳有秘书，事务上也有几位副总协助，那么助理便形同虚设。这一年她似乎什么也没做，对于投资一知半解。她也渴望参与其中，但公司上下似乎都了解她与金岳的关系，对她客气得有些生分，刻意地与她保持着距离。她并未成为金岳曾经承诺的那个骄傲的苏暮雪，反而扮演着一个可有可无的美丽的玩偶形象。她有些懊恼："我还不如外面那些孔雀，至少它们自由自在地走着，而我还要扮演着一个不属于自己的角色。"

金岳走进，敲敲门，神游的她才从云端回到办公室里。

"想什么？那么出神。"他关上门，温柔地笑着。

"不知不觉，我已经来了一年了，可我感觉什么也没做。"

"那么从现在开始你可以做点什么了。"

"比如呢？他们都很怕我，我只能躲在自己的办公室里发呆。你看那些孔雀，它们都比我自在，也许我这个年纪，原本就应该像个普通大学生那样，去一个普通的公司，贡献着廉价劳动力，然后过了很久很久，才有机会坐进现在的办公室。"她自嘲地笑着。

"你今天能开口说这些，说明你已经不再安于现状，渴望改变，这就是这一年给你带来的收获。很多人过上这样的生活，是乐于一辈子如此的，但你是苏暮雪，所以你并不愿这样虚度一生，我很高兴等到你的忍无可忍。”

“我应该怎么做？”

“首先，你要接受现状，你要像外面坐着的那些人一样，接受你是我的女人。这并不是什么可耻的事情，如果你背着这个包袱，就真的变成了 K&T 里一个可有可无的花瓶。然后，说出你想说的、争取你想要的。这是我的公司，你可以任性、可以索取、可以试着成为你想成为的样子。有不服你的，你可以让他们走。”

“你这么说，我会认为你是一个不合格的管理者。”

“这恰恰说明我对自己的公司有信心。一个强大的公司，能接受任何人事上的变动，如果对于一名公司总裁的专制都无法接受，那才是管理者的失败，因为这个公司只要有我在，没有谁都无所谓。你太在乎你曾经坚定维护的形象，但那个形象未必是正确的。”

“所以……我应该站起来，走出去，像个女王一样对他们说，嘿，我是你们老板的女人，以后他不在，我说了算，不服的给我滚蛋！”

她说完看着他的脸，他被她的语气逗笑了。

下午，她去茶水间泡咖啡。门外是一个休息区，两个女生走进来，其中一个是投资部新来的实习生秦玉伶，另一个是在公司待了很久的投资部经理缪姐。她们叫了外卖送来甜点在这里边吃边聊，并未看见茶水间里的苏暮雪。

她在咖啡里加了方糖，端起来，吹了吹，尝了一口，听见门外的对话。

秦玉伶：“缪姐，那个苏暮雪什么来头啊？”

缪姐瞥了她一眼：“怎么？对她感兴趣？”

秦玉伶：“听说她是联大毕业的，才毕业一年，凭什么能做金总的助理？就因为她漂亮吗？你看我，长得不比她差吧，学校也比她好，为什么我的运气没这么好？真羡慕她，啥也不用干，还有自己的办公室，工资还拿得高……”

缪姐嘘了一声，示意她小点声，然后压低了声音说：“你可别再说这种缺心眼的话了，隔墙有耳啊。”

秦玉伶一脸困惑：“她怎么了？”

缪姐：“苏暮雪是金总的女朋友，这姑娘不知什么背景，听说在大学就跟金总好上了。现在的女孩儿，真是为了上位什么都肯做，金总大她十几岁呢。”

秦玉伶惊讶得合不拢嘴：“真的假的？我瞬间对这姐姐肃然起敬了！”

缪姐：“得了吧你，好好工作，金总还是一个好老板，争取早点儿转正，以后别背后议论苏暮雪，谁知道哪天她就掌权了，到时候吃不了兜着走……”

茶水间的门被轻轻推开，苏暮雪端着咖啡走了出来。两人瞬间呆住，不知如何是好。

她昂着头，迈着轻盈的步伐，从她们身边走过去，礼貌而克制地对她们点头一笑，走出了休息区。

缪姐脸色苍白：“都怪你，她肯定跟咱们没完！”

秦玉伶却毫不惧怕，她看了看门外，不见苏暮雪的身影，然后偷笑着说：“我看没事，这苏姐姐情商高，不会怪我们。”

苏暮雪回到办公室，刚坐下，打开电视，在重播昨晚的《整点新闻》。她边喝着咖啡，边翻了翻手头的资料，听见电视里的画外音提到一句“由本台记者应晓雨报道”，猛地一抬头，看见电视画面下方那个熟悉的名字。她有些意外，直觉告诉她这并不是巧合，应晓雨来北京了。这个曾与她彻夜长谈的闺密、曾与她爱过同一个男人的好友，也在北京。许愿会不会也来了呢？那些大学时代最熟悉的人，会不会都在呢？

一只孔雀扑扇着翅膀，矫健地飞了起来，落在她窗边的阳台上。她吓了一跳，思绪被打乱，随即她又满怀惊喜地凑近，蹲下，隔着玻璃看着这只美丽的精灵。她忍不住打开门，想伸手去摸一摸，孔雀见状紧张地飞起来，逃离了阳台。因为飞得太急，撞到了墙面，落下一根蓝色的羽毛。

她捡了起来，那根羽毛像一只硕大的蓝色眼睛，她看得出神。

沙璇刚下班，坐在那辆每天都会坐的公交车上。

她在一家商场的市场营销部做策划，每周都要策划和操办各种新品推广活动，尤其是逢年过节，吸引顾客能参与其中，维持商场的客流量。这份工作很适合她，只是她总是不满意一年来都没有提升的生活质量。一个月三千多块钱的工资，付完房租就只剩两千多块钱了，每天紧巴巴地过日子，永远都觉得没有钱花。唯一吸引她一直留在这里的原因，是能以最低的员工内部价购买这家商场过季的衣服和快要过期的化妆品。

她坐在窗边，看着窗外马路上一辆辆飞驰而过的小车，心里有些不甘。网上总有鸡汤说，幸福感跟金钱没有直接关系，她最痛恨这句话。她想，像我这样没有男朋友、没有房子、没有车的女人，幸福感跟金钱没关系，那跟什么有关系？别跟我谈梦想，我的梦想就是不上班，现在只要给我一大笔钱，我能马上幸福起来。

她打了个电话给应晓雨，响了两声就接了。

“晓雨，你晚上回家吃饭吗？”

“回啊，我已经在路上了。”

“天天吃面条我都要吐了，咱们今天出去吃吧？小区门口新开了一家湘菜馆，搞活动，满一百返三十，尝尝呗！”

“好呀，一会儿见。”

应晓雨是她的偶像，曾经胆小羞怯的姑娘，现在已经是经济频道《整点新闻》的记者，每天冲在事件发生的最前线，像个男人一样勇往直前。沙璇把她当成了自己的尚方宝剑，不管是买到假货，还是打车被绕路，她吵架的必杀技就是：“我姐妹儿是《整点新闻》的记者，我要曝光你！”这话还挺管用，让她在北京屡战屡胜。

公交车在安贞附近的车站停下，上来不少乘客，车厢瞬间被挤满了。公交车正要开走，她看了看车站拥挤的人群——这下班的时候，就能明白为什么首都又叫“首堵”了，公交车与地铁，聚集了大部分在北京努力生活的人。尽管人贴人，一身臭汗，有时挤完地铁，出站时还觉得头晕目眩，但没有办法，来北京以后每一笔钱都要十分仔细，因为生活远比她想象中的难多了。

她在车站的人群里看到了韩家阅。他夹着一个公文包，头发又长又乱，焦急地等着另一辆公交车。

她打开窗户，喊了几声，但他没有听见。她很久没有见到他了，来北京后他请客吃过一顿饭，在他公司附近的马兰拉面，之后近一年都疏于联络。北京很大，大到即使是你很想见的人，也可以多年见不上面。她的工作很忙，他似乎也不冷不热，于是她想着，等日子过得好一点儿了再见吧，那时大家的重逢才有意义。等啊等啊，就等到了现在，她并没有变得更好，而他，看起来也没有更好。

她拿起手机，有些激动地拨通了韩家阅的电话。

“喂，家阅！我沙璇！”

“哦，好久不见啊，你在哪儿啊？”

“我在回家路上。你呢？”她原本是想说，我在公交车上看见你了，但鬼使神差地也问了他同样的问题，或许在她的潜意识里，在保护他作为一名优等生的自尊吧。

“我在希尔顿呢，就是三环燕莎的这个酒店。”

“哦，你在干吗呢？”

“我约了一个客户见面谈事呢，不跟你说了，我要上车……哦不，我要吃饭了！”

“好吧。”

她挂了电话回头看了看，离车站已经很远，她看不见韩家阅了。另一辆公交车可能到了，想必他已经上车了吧。他也坐着那一辆公交车，朝着他要去的地方奔波了。

车上摇摇晃晃，沙璇哼着小曲儿，心想那家新开的湘菜馆应该挺好吃的吧。

太阳宫桥旁边的一个老旧的小区，有几个老年人在遛狗，站在路口聊着天，初秋了，偶尔有一片叶子落下来。康一玉走过来问：“请问5号楼在哪里？”老人指了指，她才发现刚才走错了，她穿着十厘米的高跟鞋，噔噔噔地朝5号楼快步走去。

老人们对着她的背影议论。

“天也不热了，穿这么暴露，不是什么正经人家的姑娘。”

“可不嘛，小区门卫什么人都往里放。”

康一玉听见了背后的议论声，她懒得搭理。她从大学的时候就爱打扮，有时候爸妈骂她，胸都要露半个了，不怕被人强奸？她不以为然，难道为了让园子里的苹果不被人偷吃，就要让它们长得干瘪难看？没道理嘛。她不算一个多漂亮的女孩儿，但总能招蜂引蝶，从不缺人追。她很早就明白了，穿得露一点儿，什么事都简单一点儿，这是个浅显的道理。当初也是因为这个，她轻而易举地得到了骄阳出版的这份工作，虽然前台也不是什么耀眼的职务，但说出去好听啊，在一个业界知名的文化公司上班，总比那些苦哈哈搬砖的要强吧？更何况，她从不说自己是前台，有人问，她都答：“我是骄阳出版的行政专员。”听起来特别高大上。

她到了5号楼，乘坐电梯到了七楼。这是个塔楼，楼道里阴暗潮湿，感应灯可能也上了年纪，要使劲拍手才会亮，她看见了706就在前方，走过去，按了门铃。

门打开，柏千阳的笑脸迎面而来。她端详着眼前的他，他穿了件米色的薄毛衣，看得出手臂与肩膀的线条，他的喉结凸出，脖子的线条也很好看。

康一玉："喂，不请我进去啊？"

柏千阳做出一个请的动作："抱歉抱歉，失礼了！"

康一玉坐在沙发上，环顾四周，家里简陋但干净，有一股好闻的味道，像是午后在太阳底下晒着的棉被，那种暖暖的味道。

"你一个人住啊？"她问。

"刚来北京的时候跟许愿合租，那个地儿实在太小了，我跟他得挤一张床，一周前搬了新家，现在一个人住，你是第一个客人呢。"

"是嘛，荣幸啊！"

"你喝什么？可乐、芬达，还是鲜橙多？"他问道，眼睛却注视着康一玉拉得很低的胸口，她的皮肤很白，瘦却显得健康。

"我不喝。你不是说请我吃饭吗？我们是出去吃，还是你在家做？"

"你饿吗？"

"我还好，现在也还早。"

两人竟陷入一阵沉默当中。昨天周五，柏千阳下班之前对康一玉说，搬了新家，庆贺乔迁之喜，问她有没有时间。康一玉当下就答应了，柏千阳还以为她只是说说而已，没想到今天一醒来就收到她的短信，问具体的位置。这一年，他们之间交流不多，无非是收发信件，考勤打卡时会打个照面。他很清楚，刚进入一个陌生的集体，同事之间都有着千丝万缕的联系，要慢慢观察，指不定惹了谁，就给自己以后的路种了苦果。但这些日子，他发现康一玉的生活过得很简单，上班、下班都坐地铁，偶尔在博客上晒晒家里的猫和父母，是个没多大理想、抱负的北方姑娘。

客厅里静得可以听见彼此的呼吸声。

柏千阳坐得更近了一些，试探着凑过来搂住康一玉的肩。她笑了笑，并未拒绝。他亲了下她的额头，她配合地轻轻咬了一口他的脖子。他被惹得兴奋了，贪婪地吮吸着她的嘴唇，手像条鱼一样在她的身上游动。她发出阵阵喘息声，双手勾住他的背，让他的身体贴得更紧一些。

"就在这里吧！"柏千阳说。

她点点头。

他脱了上衣，抱紧她。

他想起夏舟那张倔强的脸，凑近了他，说："柏千阳，我可以为你去死！"竟然一阵激动，浑身颤抖起来。

很快就结束了，有些出乎他的意料。

他有些抱歉："对不起。"

她俏皮地勾住他的脖子，在他的脸上亲了一下，说："下次补上。"

他起身，穿好衣服，在厨房里忙活了半天，做了几个菜。

康一玉："卖相还不错，跟谁学的？"

柏千阳："自学成才，尝尝吧。"

康一玉尝了尝："不错。"

柏千阳："吃吧。"

康一玉吃了一半，停下来："柏千阳，我想问问你……"

柏千阳："问吧。"

康一玉："我们之间算什么？"

柏千阳沉默了一会儿："除了是女朋友，你希望是什么，就是什么呗，我都无所谓。"

康一玉不再问了。

每周一是骄阳出版的选题大会，编辑们会汇报自己策划的选题，领导们进行讨论，决定做还是不做。

柏千阳得意扬扬地坐在会议室，急切地等着会议开始。最近有个网络写手叫叶欢，在天涯上连载商战小说《破局》，半年来赢得了超高的点击量，柏千阳从叶欢刚开始连载便一直关注，并加了叶欢的 QQ，鼓励他完成这部长篇小说，更是在最近即将完结的时候，签下了《破局》的独家出版合约。他铆足了劲儿想干一票大的，如果能做出一本轰动全行业的畅销书，他的职业生涯会因此步入一个全新的阶段。

会议上，副总编沈芸昭先介绍了几本引进版权的图书，然后说："最后要重点说一下叶欢的《破局》，骄阳能拿下它的出版合约，柏千阳功不可没！《破局》在天涯上已经是现象级的网络小说，业界也非常关注这本书的出版动向，我们经过讨论决定，这次由吴锦泉编辑来负责这本书，柏千阳辅助老吴做一些营销、策划的工作。"

柏千阳瞠目结舌，看了看沈芸昭，又看了看吴锦泉。

吴锦泉是骄阳的资深编辑，年近四十，但一直保持着对于书籍的热爱，他手里拿着《破局》的相关资料，说："一定不负众望。千阳兄弟，我们合作愉快！"

沈芸昭正要继续往下说，柏千阳打断了她，他站了起来："沈总，这是什么意思？"许愿拉了他一把，他毫不理睬。

沈芸昭："你有什么想法？"

柏千阳："大家都知道，这本书我跟了半年，叶欢是在我的鼓励下完成连载的。我对这本书有很深厚的感情，这明明是我跟的案子，为什么最后变成吴锦泉负责？麻烦领导给我个解释！"

沈芸昭："柏千阳，我刚才也表示了，这本书我们能拿下，你功不可没，但具体由哪位编辑做，不是你说了算的。叶欢之所以同意把书签给我们，你真以为完全是因为你吗？更重要的，是因为骄阳的品牌打动了他啊！业界对这本书期望值很高，书中有一定的思想深度和社会影响力，考虑到老吴比较擅长做这类题材，会让作者更放心、老板也更放心，综合考量才做出这样的决定，但你并不是跟这个项目毫无关系啊，你——"

柏千阳："算了，我觉得你根本没有尊重我的努力，我不接受这样的决定！"

说完他怒气冲冲地摔门而出。沈芸昭叹了口气。

散会后，许愿回到工位，见柏千阳还坐在自己的位子上发着呆，他打开MSN，点出对话框。

许愿：老大，刚刚过分了啊……

柏千阳：你不懂。

许愿：我懂……对了，你说今晚去你的新家聚餐，还照旧吗？

柏千阳：照旧。

许愿赶紧在MSN上约好了应晓雨、满毅和沙璇，并告诉他们今天在公司发生的事情，让满毅提前买菜带过来，好好做顿丰盛的晚餐。

满桌好菜，但柏千阳依然闷闷不乐。满毅下厨，许愿打下手，两个女生倒是乐得清闲，应晓雨给大家斟酒，沙璇大呼小叫道："满毅，你快点儿，饿死我了！"

满毅端上最后一道麻辣鸡爪，菜上齐了，沙璇捞起一只鸡爪啃了起来。应晓雨举起酒杯，说："千阳，祝贺你搬新家！"柏千阳不吭一声，一口见底。大家都看出他情绪低落。

满毅给他又添上，说："老大，我支持你，什么破玩意儿，咱们不干了！"

许愿听了皱了皱眉，想要说点什么。

应晓雨："满毅，你少说两句。"

满毅："怕什么？此处不留爷，自有留爷处。老大现在有经验了，出版公司那么多，何必待在那儿受气呢？"

沙璇吐了口鸡骨头，说："就是，多大的本事多大的脾气，说明咱们老大有出息！"

应晓雨瞪了沙璇一眼，又说："别瞎起哄，现在工作不好找，逞能可以解决问题吗？依我看，去认个错，大事化小，小事化了，咱们新人就是来找虐的。你们怂恿他离职，能保证他的下一份工作不用受气吗？骄阳出版是业界翘楚，规范、专业，是一个很好的平台。我觉得你们领导说得没错，虽然你有功劳，但如果不是因为骄阳，叶欢未必肯签给你们，我想，这本书在天涯上那么火，找他的编辑一定不止你一个吧？"

柏千阳终于开口说话了："那当众宣布把我的项目给别人，我颜面何存？"

许愿举起酒杯，故意戏谑地说道："老大，咱喝一个，你今天在选题会上，可真是威风八面，我好生佩服！我猜沈芸昭这辈子从没被人弄得这么下不来台，她颜面何存啊？"

柏千阳一巴掌拍在许愿的脑门上，笑着说："你个臭小子，吃你的吧！"说罢也举起酒杯敬大家。

沙璇一口干，说："哎，对了，听你形容那个沈芸昭，长那么难看，肯定心理变态！我跟你们说，我那领导，一个离了婚的更年期妇女，也够二的，有一天下了班让我去帮她接孩子，把她的孩子送回家了，我以为完事了，居然让我给她家客厅换灯泡，我也是个女的啊！”

满毅见风使舵：“也是，老大，咱们大一的时候不也老被大三、大四的学生欺负吗？正常，正常！”

应晓雨：“行了行了，我来总结一下，总之，老大你不能辞职，至少现在不能辞职。”

沙璇：“对，我也每天安慰自己，认不了干爹，就低头做忍者神龟吧！”

许愿：“还要感谢满大厨，今天特地请假提前买菜。”

柏千阳搂了一把满毅，挥挥手说：“各位，谢谢你们！我决定了，不辞职，如果今天得罪了那老妖婆，罚我去做清洁工我也认了。还好北京有你们，我才意识到，不是我一个人在战斗，来！走一个！”

满毅：“我的亲哥哥嘞，好样的！”

沙璇：“满毅，你赶紧的，给我发达起来，把骄阳那破公司收了！”

满毅：“没问题，包我身上！”

柏千阳被逗乐了，这时听见门被用力地敲响。

大家安静下来。

柏千阳：“谁？”

门外传来一个中年女子的声音：“我！房东！给我开门！”

柏千阳起身打开门，果然是房东夫妇。两人铁青着脸，冲了进来，看了看满桌残羹，又四处巡视了一遍，最后把警惕的目光落在四位客人身上。

女房东：“这都什么人？”

柏千阳礼貌得有些谄媚地回答：“阿姨，他们都是我的同学。”

女房东瞥了他一眼，厉声呵斥道：“楼下老太太投诉你们扰民，我特地来察看，不出所料，果然在这里非法聚会，男男女女，伤风败俗！”

沙璇：“喂，现在才八点多，吃顿饭怎么成非法聚会了？”

应晓雨：“您这是在侮辱人，请您收回刚才说的话！”

满毅：“就是，你的房子隔音不好，还赖我们！”

男房东在一旁阴阳怪气地说：“我早说别把房子租给外地人，你不听，迟早出事儿！”

柏千阳：“外地人怎么了？你给我说清楚！”

他捏紧拳头，被许愿一把摁住。

女房东叉着腰，声音又高了八度：“怎么着？打人啊？你打我试试看啊！我在这儿住了几十年，还没人敢打我！你们这群小王八羔子，不守规矩的外地人，用我们的水、用我们的电、呼吸我们的空气、占用我们的资源，国家就应该限制外地人口来北京！”

男房东也盛气凌人地给老婆壮胆：“说得好。谁知道你们一伙人会不会在我家搞什么违法活动！我要报警！”

柏千阳突然大吼一声：“你再说一遍？”

女房东浑身一颤。

柏千阳挣脱许愿的手，冲上前一把抓住男房东的胸口，怒吼道：“我叫柏千阳，你记好了！我是你的租客，通过正规途径签订租房合同，按时付你房租，一分不少。你是本地人，你有优越感，没问题，但请你不要侮辱我和我的朋友！我们是外地人，但我们循规蹈矩，凭本事吃饭，没有比你低一等！你如果不向我们道歉，我今天跟你没完！”

男房东抓住他的手，两人扭打起来。

邻居听见吵闹声，都出来看热闹。

女房东一屁股坐地上，大哭起来：“报警啊，快报警啊！我几十岁的人了，被一群外地来的野小子欺负啊，我不活了！你们快来救命啊，要打死人了啊！”

许愿与满毅上前劝架，现场一片混乱。沙璇欲帮忙摁住男房东，女房东趁乱掐了沙璇一把，沙璇回头一脚踹在她脸上。

没多久，警车鸣笛声响起，小区围观的群众越来越多。

两名巡警闻声上楼，大家这才放开手，屋子里一片狼藉。

女房东原本已经站起来了，一见巡警立马又坐回地上：“警察同志，您可得为我们做主啊！我年纪大了，腰也不好，禁不起这群外地人对我拳打脚踢啊！”

男房东怒气未消：“对，一群外地流氓！今天要不是警察来了，我一定要为民除害！”

柏千阳气得浑身颤抖，挥起拳头又要冲上去，被许愿一把抱住。

应晓雨拿出名片递给巡警："警察同志，我是经济频道《整点新闻》的记者应晓雨。今天是我们同学聚会，来为朋友庆祝乔迁之喜，我们可能大声了点，让人投诉了。这两位房东闯进来指责我们非法聚会，我同学租这个房子是签订了正式合同的，所以有两点我要说明。第一，你们未经允许擅自闯进来，违反了租户保护的条例，我希望你们道歉。第二，你们说我们非法聚会，希望你们拿出证据，否则，我可以告你们诽谤！"

男房东："你个小丫头怎么说话的？这是我的房子我还不能进来了？"

应晓雨："我还没说完呢，我做过一系列关于出租房的报道，如果我没猜错，您二位并不是怪我们扰民，应该是你们遇到了肯出更高租金的租户，又怕付违约款，所以想用这样的方式逼他搬家。"

女房东："你们一群外地人仗着读了点书欺负我们是吧？"

巡警伸手示意她住嘴，他四处看了看，说："你们别一口一个外地人，我也是个外地人，外地人没有比你们低一等！刚才这小姑娘解释得挺清楚了，你们这就是普通的民事纠纷。他们几个年轻人在北京租房不容易，你们房东和租户要互相信任，平白无故说人家非法聚会，往轻了说是人身攻击，严重点儿就是诽谤。但不管怎么说，你们也不能打架！"

女房东立刻配合着巡警，大声哀号起来："警察同志，我站不起来了，腰扭伤了，我要他们带我去医院检查，赔钱！"

正当众人不知如何应对时，沙漩也顺势躺了下来，她的哀号声比女房东更尖锐："哎哟我的妈呀，我浑身疼，我动不了啦，我好像失忆了，是不是脑震荡啊？刚才发生什么我都记不起来了，你们快带我去医院，我明天还要跟客户谈生意啊，几个亿的项目啊，这可如何是好啊？"

巡警忍不住笑了起来，然后对男房东说："为了安全起见，你们都去医院检查一下吧。"女房东见状拍拍屁股站了起来，白了她一眼："算我倒霉！我不去了！"

巡警："互相道个歉吧，这事儿就这么了了。"

女房东："唉，我……我对不起各位了，就当我倒霉，栽在你们外地人手上了！"

许愿见柏千阳无动于衷，只得上前息事宁人：“叔叔、阿姨，对不起，我们不应该动手！”

柏千阳扬起头：“这房，我不租了，我今晚就搬！”

两位房东对视一眼，忍不住偷笑。

许愿依然租住在刚来北京的小开间里，柏千阳当晚便把行李打包好，运了过来。收拾妥当，已经是凌晨时分，日光灯坏了，许愿把立式台灯的灯罩拧得朝上，暖黄色的灯光迅速布满整间房，温馨又写意。

柏千阳洗完澡，钻进被子，一把抱住许愿：“我注定得跟你睡！”

许愿推开他，笑着问：“你今天干吗要搬走呢？那两口子不是服软了嘛！”

柏千阳：“你以为他们会善罢甘休？这帮靠收租过日子的人，都不用上班的，有的是时间，现在看来他们打定主意了不让我住。如果我不搬，以后天天来，各种理由找碴儿，烦都烦死我！所以，得嘞，我认输，惹不起，我躲得起！”

许愿叹了口气，说：“什么时候我们能自己买房，就不用受这窝囊气了。”

柏千阳：“咱们加油呗，总有一天一定能住上自己的房子。不过，这几天我只能寄人篱下了，你现在算我的二房东喽！放心，我找到房子就搬。”

许愿：“你要不嫌挤，住多久都行。”

柏千阳：“我也就客气客气。”

没多久就听到了柏千阳轻微的鼾声。许愿却失眠了，仿佛闭上眼就能看见一叶扁舟，在无边无际的海面上漂泊，随时都会被惊涛骇浪掀翻，然后沉入海底。他想，或许这就是他们的宿命吧。在这个巨大的城市里，他们每个人都像这叶扁舟，逆风前行，却不知需要多久才能抵达目的地。幸运的是，他们能握紧彼此的手，在这柔软与坚硬并存的旅途上，至少不是孤独的路人。可是，苏暮雪又漂向哪里了呢？一年不见了，她还好吗？快乐吗？幸福吗？她有没有在这样失眠的夜里，想起曾经陪伴在她左右的这群人呢？

第二天一早，柏千阳像变了个人似的，不但绝口不提辞职，还催着许愿快点，别迟到了。到了公司，他径直走去沈芸昭的办公室，敲开门，满脸谄媚地走了进去。

柏千阳："沈总，昨天我冲动了，真抱歉。"

沈芸昭原以为他会以辞职要挟公司，面对他的道歉有些诧异，她说："你知道自己冲动就行了，公司的决定不是轻易做出的，希望你以后成熟点，骄阳没有义务教小朋友如何做一个大人。"

柏千阳："您批评得是，我一定改正！"

沈芸昭看了看他，说："行了，你出去吧，我还有事。"

柏千阳点点头。他前脚刚迈出门，许愿后脚便走了进来。许愿拿出一沓打印好的资料，轻放在沈芸昭桌前，问："沈总，昨天选题会上，我提案的系列杂志书《木兰》，您好像没有提到，不知道这个项目，您考虑得怎么样？"

沈芸昭拿起资料看了一眼："许愿，这个资料我看过，相关的文稿我也看了，不过我觉得很难做，你的压力会很大，现在这种散文集都卖得不好……"

"沈总，这不是散文集，其实是类似杂志的系列书，有散文，也有小说，每一期都有一个主题，我——"

"那也没什么区别啊，这些都是没有知名度的作者，写得再好也没用。"

"沈总，作为一本书，写得好不是最重要的标准吗？"

"写得好不好当然是评价一本书最重要的标准，但一本书能不能顺利地出版，写得好倒不见得是最重要的标准。你召集的这些新作者，文笔都不错，大方向也挺好的，但缺少一个点说服我接受它。比如，你告诉我这本书是郭敬明主编的，或者，你收录了余华最新的短篇，那么我觉得能做，甚至可以往大了做，但你没有。骄阳是个公司，有业绩压力，我们没有义务扶持和帮助新作者。"

"沈总，我希望可以再给我一点儿时间，我想做一些更详细的案例分析给您。"

"许愿，这个事情，就先这样吧。你有这工夫，不如把公司分配给你的任务完成好，有几个大作家的书，销量有保证，你可以挑一个来做。"

"明白了。"

他回到工位，刚坐下，MSN 对话框跳了出来。

柏千阳：哥们儿，你怎么看起来比我还丧？

许愿朝他的方向看过去，柏千阳眨眨眼，做了个鬼脸。许愿叹了口气，在键盘上敲下：我策划的《木兰》书系，老妖婆不让我弄。

柏千阳：她眼瞎了，你别气。

许愿：我只是觉得挺有挫败感的，瞬间懂你。

柏千阳：别走心，千万别走心！我昨天就是太走心，所以栽进去了。这就是份工作，跟情怀无关，跟文学也无关，咱们别看得太高尚了，伺候好这些爷，努力往上爬，等我们牛了，再做自己想做的事。

许愿：说得容易……

柏千阳：做起来也容易，哥教你。

许愿：怎么做？

柏千阳：首先……你得学会——不、要、脸！

许愿：滚，不说了。

柏千阳：乖，不气了。

许愿关了对话框，托着腮，看着窗外发呆。

窗外又飞过一只孔雀，那抹浓郁的蓝色借着刺眼的阳光晃过来，苏暮雪缓过神，看了下钟，开会时间快到了。自从上次在电视里看到应晓雨的名字，她常常会发呆，想起一年前在十字路口看到的那个身影，几乎可以肯定他是许愿了。这真是一种奇妙的感觉，原来又在同一座城市了，会不会又在某一个时刻擦肩而过呢？此刻的他，会不会也在某个窗边发着呆？

她依然像从前那样，静静地坐在一角，听着大家高谈阔论。待会议临近结束时，她拿出一个册子，说：“金总，之前有一个项目，是一家主营气象科技的公司，投资部之前做了评估，认为投资意义不大，我去了解了一下，还是值得做的。”

缪姐有些诧异，说：“苏小姐，这个公司做的项目我们都不熟，无从判断啊，而且小公司，孵化起来很花时间。”

苏暮雪放下手中的画册：“缪姐，您来公司比较早，应该知道 K&T 一开始只有三个人，每个公司在一朝成名之前，都是默默无闻的小公司。金总之前在长沙待了四年，为的就是扶持一家创业型公司，现在这家公司已经上市了。如果只投那些我们熟悉、保险，却老龄化的行业，而一味地抗拒新的，我们的眼界会越来越窄，最后变成井底之蛙。我去这家公司考察过了，他们的底子不错，一群年轻人，创业热情很有感染力、很有前景，需要的资金也并不多，相关的数据分析我稍后会发给各位。”

缪姐：“苏小姐——”

苏暮雪：“今天差不多就这样吧，金总还要休息，散会！”

金岳笑了笑，站起身，与其他领导班子成员边聊边走了出去。苏暮雪紧跟其后，路过秦玉伶的工位时，轻叩了一下她的桌面，秦玉伶见状，赶紧跟着苏暮雪走进她的办公室。

苏暮雪坐下，指了指面前的那把椅子：“坐。”

秦玉伶心头似乎有些不祥的预感，说：“苏……苏小姐，我站着就行。”

苏暮雪：“让你坐你就坐啊。”

秦玉伶紧张得腿一抖，像摔了一跤似的，坐了下来。

苏暮雪：“来公司多久了？”

秦玉伶：“半……半年了。苏小姐，我是不是做错什么了？那天在茶水间我只是好奇打听了一下，没……没有恶意的，缪姐说的什么我也不记得了！”

苏暮雪：“K&T 是个务实的公司，在公司有很多值得关心的东西，那些八卦谈资，就留在下班之后吧。你是名牌大学毕业的，你知道嘛，我很羡慕你，我连联大的毕业证都没拿到，大学学的也是个没用的专业，如果我是你，会比你更珍惜现在的这个工作机会。”

秦玉伶：“苏小姐，对不起！我知错了，您不会打算……我可以改的……”

苏暮雪：“我看了一下你这半年的工作记录，你很用功，也很聪明，所以我决定提前给你转正，而且把你调来我身边。”

秦玉伶不敢相信自己的耳朵：“我没有听错吧？”

苏暮雪：“我挺喜欢你的，你有种非常强烈的企图心，不达目的不罢休的劲儿，我需要这样的人。大学时我参加过学校的辩论赛，你让我想起总决赛时，我很欣赏的一位对手，可惜的是那四年我和她都没有成为朋友。但我想，我们可以。”

秦玉伶激动得语无伦次：“谢谢苏小姐，我……我太高兴了！”

苏暮雪：“好了，你出去吧，希望你不会让我失望。”

秦玉伶点头哈腰地离开。

苏暮雪看着那扇刚被合上的门，想起刚才会议上那些人的表情，他们一定在想，什么玩意儿，一个傍大款的小丫头片子敢跟我们这么说话，不就是靠男人吗？即便是刚才满嘴感恩的秦玉伶，堂堂名牌大学的高才生，给一名联大肄业生打工，也一定是不服的。

她笑了笑，心想："真可笑，不靠男人，难道靠命吗？命给过我什么？"

柏千阳在许愿家住了半个月之后，再次搬走了，他的行李不多，两个大包就搞定了。他总跟许愿说，没有买房子的时候不想添置太多东西，不然搬来搬去麻烦。帮他归置好，许愿打车回家了，回家的路上突然接到罗阿姨的电话。

"小愿，吃蛋糕了吗？"

"吃什么蛋糕？"

"笨蛋，今天是你的生日啊！"

许愿这才恍然大悟，曾经那么在意生日的自己，慢慢也忘记了这一天他是唯一的男主角。他在住的楼下买了个小蛋糕，因为太小，只能插一根蜡烛。他吹灭了蜡烛，两三口便吃下肚去。五年前的今天，他也是一个人孤单地度过，不知道明年、后年，或者十年之后，陪在身边的会是什么样的人呢？

他打开电脑，登录博客，很多人给他的"许愿池"留言，祝福他生日快乐。原来注册博客时留下了自己的生日，被这群网上的粉丝注意到了。许愿刚想点击"发表博文"，好好写一篇生日的感怀，QQ突然响了。点开一看，是幽灵公主，她发了一句：阿西达卡，生日快乐。

阿西达卡：谢谢，你也还没睡？

幽灵公主：想等着给你一个祝福。你的生日怎么没庆祝？

阿西达卡：以前觉得生日很重要，担心如果生日不够开心，那接下来这一岁都会不开心。现在觉得无所谓了，一天一天，都是过，路上那么多行人，看他们的表情，也没有几个开心的，可能在这个世界上，不开心是常态吧。

幽灵公主：你还没找到你的女朋友吗？

阿西达卡：还没有，我的博客签名永远都不会变，她看到了如果想见我，会留言给我的；如果不想见我，那我们的见面就没有意义。我现在还是个小兵，找到她也给不了她什么，等我有足够的力量，成了将军之后，我一定会去找她！

幽灵公主：她可能不需要你是个将军。

阿西达卡：她需要，不然她当初为什么要走？

幽灵公主：你很执着……

阿西达卡：一个人如果没有固执地坚持点什么，那么活着也很无趣吧？

幽灵公主：很晚了，你该睡了，将军。

道过晚安，许愿坐在电脑前，看着幽灵公主已经变成黑白的头像发呆。这一年他们已经成为很好的朋友，可他依然不知道她到底是谁。但不管她是苏暮雪，还是某个在某处静静观察着他的老朋友，或者只是一名喜欢听他倾诉的陌生网友，他都很庆幸她的存在。她让他在每个孤独的深夜可以毫无顾忌地袒露自己的一切，就像一个任由他喋喋不休地说着那些别人可能不懂的心事的树洞。

分开旅行

又一年，时间过得比想象中快。大学时，日子是一天天过的；毕业后，是一年年过的。仿佛编了几本书，开了几次会，聚了几次餐，一年就这么过去了。北漂的人，大多没有闲情逸致去感叹时光的流逝，他们只会计算着，这一年我得到了什么、失去了什么。许愿并没有放弃《木兰》这个项目，他通过自己的博客认识了不少作者，交流过关于这套丛书的想法之后，得到了大家的支持。他并不担心沈芸昭的态度，他始终相信，只要写得好，哪怕不在骄阳，也一定有机会出版。

他处理完公司的事情，中午照旧在楼下的餐厅点了个青椒肉丝盖饭，刚开始吃，柏千阳来了。编辑是枯燥、烦琐的工作，在公司只能靠 MSN 交谈，所以格外珍惜吃饭的时间。

“不知道你想吃什么，没给你点。”许愿边吃边说。

“我不吃了，特地来跟你说个好消息，沈芸昭同意我的新项目了！”他手舞足蹈地说着，“还记得我去年跟你提过的写作团队计划吗？她拍板了！”

“真的假的？具体是什么，我有点忘记了。”

“我在网上招募了一群枪手，根据我策划的主题完成书稿的撰写，然后我们自己包装一个作家出来。她什么都不用干，只负责形象宣传，与粉丝交流互动，有任何粉丝爱看的主题，我们就迅速地让团队第一时间写出来。现在我瞄准的市场是中学生，尤其是女生，她们爱幻想，但又没机会早恋，所以需要这样的图书来满足她们的爱情想象，看了绝对上瘾，跟精神鸦片一样！沈芸昭听了很认可，现在已经让团队开始同时写三个故事，下个月就能完成。现在国内急缺言情小说家，当年台湾地区于晴、席绢那帮人，都有着大量的拥趸，一个月出一本，粉丝都觉得不够看，我准备如法炮制一个内地的言情天后！你觉得这个计划怎么样？”

“既然你已经开始了，何必问我的意见？”许愿埋头继续吃着，他对于柏千阳的激情有些不以为然。

“当然要问你，你是我最好的朋友。我跟你说，这个项目做成了，写作、出版就可以程序化生产了，我们也不用受制于作家，市场上需要什么作家，我们就提供什么作家！”

“你别怪我泼冷水。”许愿放下筷子，“让文学出版变成流水化作业，包装那些根本不懂写作的作家欺骗读者，我觉得这是违反市场规律的，它可能会得到一些短暂的成功，但对这个行业来说，是非常可怕的伤害！”

“喂，你今天吃火药啦？我来是想得到自家兄弟支持的，不是来听你上课的！再说了，伤害这个行业，有什么关系？项目成功了，我们才有机会掌握更多的资源。这个社会是很现实的，你赚不到钱，就是个loser，路就会越走越窄。传统出版未来一定会走向末路，如果不开拓新的运作模式，你会被淘汰的！”

“世界永远不会淘汰认真创作的人，能真正得到读者尊重的还是用心写作的作家。你会迷失自己的，我希望你终止这个计划！”

“你丫疯了吧？我好不容易得到沈芸昭的支持，为了这个计划，我前后准备了一年，我可不想又跟《破局》一样功亏一篑。你看看咱俩现在的工作，上班、下班、看稿、校对、伺候作者，日复一日的生活我早就厌倦了，如果不早点儿改变，未来十年、二十年，我们依然在做这些琐碎、无聊的工作，这完全不是我想要的生活！”

“我并没有故步自封，我也在准备《木兰》，出版这套书，是我的职业理想，可能不会在商业上取得多大的成功，但一定是一套被人尊重的作品！”

“省省吧，尊重？得到这一小撮人的尊重有什么意义？沈芸昭说得没错，你离市场太远了，不知道现在买书的都是什么人，也不知道他们想看什么。老百姓太苦了，他们想要美好的、温暖的，哪怕是短暂的，他们喜欢心灵鸡汤，喜欢虚构的童话世界，他们想在书里体验自己没有经历过的快乐，也想在书里爱一个生活中不能爱的人，他们想要很多，唯独没有文学！”

“抱歉，我没办法给你祝福，我先走了！”

许愿拿起背包，离开了餐厅。柏千阳失落地叹了口气，他还以为许愿会跟他一样兴高采烈，没想到碰了一鼻子灰，他原本还订了 KTV 的包厢，打算晚上约大家庆祝一番。

不到三个月，柏千阳组建的创作团队完成了三本书，分别叫《粉红少女爱上我》《恶魔王子的秘密》《公主的诱惑》，语言浅白，剧情狗血。沈芸昭看过书稿之后，把柏千阳叫到办公室，有些疑惑地问："千阳，概念挺好的，但写得太水了，我看得鸡皮疙瘩都起来了，这能行吗？"

柏千阳像打了鸡血似的站了起来，激情澎湃地说："沈总，如果您不喜欢这三本书，那就太好了！"

"怎么说？"

"因为这三本书根本不是给您看的啊！"他喝了口水，继续说，"这次我们做了精准的市场调研，针对的市场很明确，就是那些爱做梦的无知少女。在创作前期，我的团队在不同的中学生论坛里发布了数十个大纲，由她们投票挑选出最想看的故事，根据她们的胃口进行创作，用的也都是中学生熟悉的语言与桥段，完全贴合她们的审美喜好，所以您当然不会喜欢！"

"同时推出三本书，会不会太快了？要不我们先推出一本来试试水？"

"我们要在第一时间迅速占领市场，让读者们突然发现所有书店铺天盖地都是这套书。一本书的影响力有限，三本书同步亮相，这个新作家才会更快地被大众知道！"

"那这位你要推出的新作家是谁呢？关于创作团队的运作，我们是一定要保密的，读者都很敏感，她们也希望对于作者有情感上的依赖与投射。"

"放心吧，这个作家的笔名叫玉蝴蝶，名字也是在网络上投票选出来的。"

"她是谁？能配合我们进行营销宣传吗？"

"当然可以，她就是我们公司的前台，康一玉！"

三本新作被包装得花花绿绿，封面像少女贺卡一样金光闪闪。它们被码成堆，迅速占领了各大书店畅销排行榜。像柏千阳期待的那样，这三本文笔幼稚的小说，变成了小女生们的枕边书，不敢早恋的她们在书本里谈了一次又一次的恋爱。

不出半年的时间，由康一玉"扮演"的新生代作家玉蝴蝶，迅速因为这三本小说打响了知名度，所到之处众星捧月。康一玉在柏千阳的授意下，编造了一套动人的说辞：她是一个来自普通家庭的女孩儿，但从小热爱文学，为了有机会出书，来到了骄阳做前台，白天勤奋工作，晚上潜心写作，最终被公司发现了她的才华。她摇身一变，成了女中学生眼里最能为她们发声的"蝴蝶姐姐"，她草根的身份成为励志的典范，被人们热烈地讨论着。她在不同的场合反复强调："我不是什么作家，我只是潜伏在文坛的普通人，所以你们有的伤感我也有，你们有的痛苦我也有，当然，你们有的甜蜜我也有。"这段话被小女生们奉若圣经，作家不再是一个高高在上的职业，原来她可以诞生在普通人之中。

骄阳出版为这个成功的案例在喜来登酒店召开了一次表彰大会，骄阳的总裁萧天翔也亲临现场。萧天翔刚过五十，年轻时也在体制内的出版社做过编辑，据说当年是因为违规操作被单位开除的，此后加入了创业大军。骄阳属于国内最早的一批民营出版公司，每年畅销榜上总有几本书是由骄阳出品的，萧天翔深谙炒作之道，骄阳在他的掌舵下早已成为业界最知名的图书品牌。

大会开启，沈芸昭在大会上激情万丈地宣布，三本新作的销量已经达到一百万册，玉蝴蝶创下了新人作家的销售奇迹，三个月后，她将再度推出两本新作——《落魄公主的传奇人生》和《豪门穷书生》，这两本书的首印量分别为五十万册，这个数字再度轰动全场。

许愿坐在台下，自言自语道："一群疯子……"

萧天翔被现场的激情打动，他说："新作家一出道能这么受欢迎，实属罕见，我想了解一下其中的运作模式，也来学习学习。"

柏千阳正要开口说话，沈芸昭看了他一眼，抢先说道："萧总，我作为玉蝴蝶的幕后推手，非常高兴您能认可我们的成绩！我们组建了一支写作团队，他们定期收集素材，与女中学生们进行互动，了解她们的喜好和最新的流行元素，最后团队再根据整理来的素材进行创作，所以玉蝴蝶的每一本书都是完全根据市场的需求来进行创作的。读者们觉得自己有参与感，也认为玉蝴蝶是她们的朋友，所以她迅速积累了令人不可思议的人气。我相信，玉蝴蝶这种偶像作家的出现会改变整个行业的格局，写作再也不是闭门造车、十年磨一剑的工作，作家也将被拉下神坛，我们可以根据市场的需求制造作家，批量生产，这一定会成为轰动全行业的现象级事件！”

萧天翔带头鼓掌，现场来了不少发行商，大家对于玉蝴蝶之后的作品都充满了期待，听完沈芸昭的发言更是激动地欢呼，声浪一阵又一阵。许愿迷茫地看着眼前的一切，内心却更加坚定，他知道自己并不想成为那样的人。

柏千阳有些着急了，他站了起来：“萧总，我是柏千阳，是这套书的责任编辑，跟您汇报一下，这个项目我钻研了一年多，玉蝴蝶也是我——”

沈芸昭：“玉蝴蝶是我一手发掘的，萧总，您可能不知道，这位玉蝴蝶其实是我们骄阳出版的前台呢！她根本不懂写作，但我们有一套非常完整的包装方案，所以读者们对此深信不疑。她是一套成功的模板，我对接下来生产新的作家更有信心！小柏，你也为这个项目的成功付出了很多努力，值得表扬！对了，我还没向大家介绍，小柏是一位新编辑，来公司两年了，年轻人很有想法，做事虽然有点毛躁但还是很不错的，没有他辅佐这个项目，不会这么顺利。”

萧天翔看了看柏千阳，大笑道：“我们骄阳真是藏龙卧虎啊！”

沈芸昭：“谢谢萧总创造了骄阳这样的平台，让我们都能发光发热！未来的日子里，希望大家在萧总的领导下，继续努力！加油！”

又是一阵声浪，台上的横幅里，“骄阳出版”四个大字熠熠生辉。

会议结束后，人群散去，沈芸昭路过柏千阳时，拍了拍他的肩膀：“年轻人，不要急，以后有的是机会让你表功呢！”

他看着沈芸昭的背影，小声骂了句：“老妖婆！”扭头一看，许愿正站在他身边。

许愿：“恭喜你，不管怎么样，算是成功了。”

柏千阳耸耸肩：“有什么用？功劳全被老妖婆抢去了，我就是个干活的，不过属于我的，我一定会要回来，现在的一切，说明我做的是对的。”

许愿沉默片刻，说：“作为一名骄阳的员工，我为你骄傲，因为你让公司赚了钱。但作为朋友，我的态度从来都没有改变，我希望你能收手，文学是很神圣、庄重的，你的这些操作手段——”

“许愿！”柏千阳打断了他，双手搭在许愿的肩上，“我知道你想说什么，但你要明白一点，这是我的职业，出版这些受欢迎的书有什么错呢？满足读者的需求才是一个图书编辑应有的职业道德。你是一个对文学有理想、有抱负的人，但我不是你，我没有你那么高尚，文学对我来说什么都不是。我来骄阳从来都不是因为情怀，我只把这当一份工作。你享受的尊重，满足不了我，我喜欢世俗意义上的成功，这让我觉得，北京我没白来。你是我最好的朋友，不过你改变不了我，我会按照我的计划继续走下去，总有一天我会成功，把沈芸昭踩在脚下，到时候，希望你能以我为荣！”

许愿一声不吭，柏千阳拍了拍他的肩膀，转身离去。

他站在原地，很久很久。

阿西达卡：我有点迷茫。

幽灵公主：为什么？

阿西达卡：你能不能告诉我，什么是成功？

幽灵公主：遵从自己的内心，骄傲地活着，这就是成功。

阿西达卡：可是大众往往更认同另一种成功——锦衣玉食、众星捧月、名利双收……我坐在其中，像个异类，我不知道这样坚持的意义在哪里。

幽灵公主：这样的坚持，让你依然是许愿，没有被这个世界改变，如果你因为迷茫而做出妥协与退让，变成了另一个许愿，当你有天与女朋友重逢时，她能接受那样的你吗？

阿西达卡：或许，她也认同那样的成功呢？

幽灵公主：她不会的。

阿西达卡：你怎么知道？莫非……你是她？

幽灵公主：我只是相信你不会看错人。

幽暗的灯光下，柏千阳再次探索着康一玉的身体，他们一次又一次地享受着欲望给他们带来的满足。康一玉每周都会来，她能从这个将她一手捧红的男人身上找到一种被征服的快感。他的每一次触碰都让她兴奋不已，他的每一次拥抱都让她不想结束。

“你怎么会这么懂女人！”她躺在他的怀里，他们习惯了结束之后多抱一会儿，哪怕两个人都大汗淋漓，湿透的身体也要紧紧地贴着。

“有吗？”他并不想回答这个问题，换作是从前他可能会得意地吹嘘起“柏三周”这个外号，但现在他对女人突然有种厌倦感，准确地说是做完之后。

“你今天很沮丧啊，别想了，沈芸昭那人就那样，老女人嘛。听说她老公根本不回家，小三连孩子都生了，但她就是不离婚，总等着老公回心转意，怎么可能？人家小日子都过上了，怎么可能理一个满脸痘坑的黄脸婆？你说，像她这样的女人，能不从别的地方捞点儿成就感吗？你不同了，年轻力壮，前途一片大好！”

“被她踩着太憋屈了，我得想想办法。”

“怕什么？玉蝴蝶是我啊，我是你的，任你差遣！”

“别傻了，玉蝴蝶只是个虚名，她只要再找个替代品，换个笔名，雇一帮新的写作团队来做枪手，玉蝴蝶的成功是完全可以复制的。而且你别忘了，‘玉蝴蝶’的名称使用权是在骄阳，离开骄阳你就是一个名叫康一玉的前台。”

“那怎么办啊？我可不想回去做前台了，我不管，你想办法弄走沈芸昭，我要继续做我的玉蝴蝶！”说完她像条蛇一样缠住柏千阳，让他透不过气来。

“我去洗澡了，你一会儿该回去了。”

“今天我想睡在这里。”

“不行。”

柏千阳挣脱开来，起身走进浴室，水流声传来。

“你为什么从不让我在这里过夜？”康一玉站在浴室旁，娇嗔地问道。她看着眼前这具年轻美好的身体，她不是没想过跟他谈恋爱，但他从来不去触碰他们的关系，仿佛那是个雷区。每次做完之后，他都变得异常冷漠，而她只能落寞地回家。

“我不习惯。”

“那我们到底算什么？”

“你是玉蝴蝶，我是你的编辑。”

“我不想做玉蝴蝶，我要做你的女朋友！”

“你刚才还说想继续做玉蝴蝶。”

“我既要做玉蝴蝶，也要做你的女朋友！”

康一玉推开浴室的门，冲进去抱住他，水流落在她头上，她在水中吻住他的嘴。他不反抗，也并未迎合，对着水流冲洗着头上的泡沫。

两人在水流中抱得越来越紧，她抚摸着这具似远似近的身体，她无数次想要将这个身体据为己有。柏千阳的呼吸渐渐急促起来，他把她按在墙上，激烈地吻下去。

泡沫在地上被水花化开了，顺着他们的脚，哗哗地流走。

关上水龙头，应晓雨抽了两张纸擦干手，对着镜头看了看，黑眼圈越来越严重。走出洗手间，走廊上来来往往的人都跟她打着招呼，她已经是《整点新闻》出色的记者之一。

此时窗外正下着大雪。办公室是地暖，她穿着一件白色衬衣，齐耳的短发更显干练。她走进办公室，脑子飞快运转着。这恶劣的天气，换作是在大学时代，她或许会伤春悲秋好一阵子，在摘抄本上写点关于雪花的句子。那时她是林黛玉，现在却变成了孙悟空。她走过同事的工位，说："今天这么大的雪，把市政如何解决出行问题，作为今天的重点新闻，然后你再关注一下有没有车祸。"同事点点头，她打开一瓶咖啡，喝了一口，这时制片人走进来说："晓雨，你有空吗？方便的话来一下我的办公室。"

她回头做了个 OK 的手势，放下咖啡，起身走来。

"你现在太忙了，组里给你配个搭档吧，之前你不是一直嫌人手不够嘛。"他边走边说。

"什么人？靠谱吗？太差了，我宁愿一个人。"

"挺好的，刚从长沙过来，听说还是你联大的学弟呢！"

"是吗？那估计够呛，联大最优秀的已经在这儿了，哈哈！"

推开门，坐在旁边沙发上的一个年轻男子站了起来，熟悉的平头和笑容。

"蜗牛！"应晓雨惊喜地叫出了声。

"这是我们新来的同事牛渥，他也是联大新闻系毕业的。"制片人介绍道，"你们认识就最好了。"

"学姐好！"蜗牛长高了，但眉眼依然青涩，笑起来还是那么阳光开朗。

"突然袭击，你可真行！"应晓雨一拳打过去，蜗牛娴熟地躲开了。

“那我就不管你了，”制片人拍了拍蜗牛，“一会儿让行政带你熟悉一下环境。”

“蜗牛，你在这儿等我，我先忙，下班了一起吃饭。”她笑着离开了制片人的办公室。

这几年，应晓雨很少见蜗牛，因为家庭的缘故，这几年的除夕，她都没有回湖南，而是选择在北京加班。北漂的人们在头几年都会像失踪了一样，在陌生的城市寻找着自己的位置，毕业后急于建立一个成熟的社会角色。在这样漂泊的时光里，她用繁忙来武装自己，跟蜗牛只是偶尔通个电话，几乎都要忘了他的存在。有一年，蜗牛在北京考研，曾经相约吃饭叙旧，可也是因为突如其来的采访任务而错过。后来听说蜗牛考研失败，回长沙工作了一段时间，没想到他毫无征兆地就出现在了这里。下了班，应晓雨打了个电话给沙璇，说晚上不回去吃饭，然后和蜗牛去了电视台附近的湘菜馆。

“北京的湘菜，都被改良了，总觉得哪里不对，这家还算正宗，至少不勾芡。”应晓雨边点菜边说。对于一个初到北京的湖南人，吃是最需要解决的问题。

“我不挑，好养活，联大的食堂都能吃，全国搁哪儿都死不了！”他笑着说。

“对了，你怎么来了？都没告诉我。”

“告诉你哪来的惊喜呢？还记得在联大的时候，你在《快报》实习，因为不想参与制造假新闻而辞职，那时我就跟你说过，希望有一天我能跟你做搭档，你负责揭露真相，我负责保护你，现在终于实现了！”

“谢谢你，蜗牛，你说的话我都记得。”

“毕业后，我没考上研，然后去了长沙电视台工作，但我知道，我未来一定要来北京的。这两年我也准备得很充分，赶上了《整点新闻》招新，很顺利就过来了。”

“蜗牛，我敬你一杯，欢迎你加入北漂大军！”

两个玻璃杯碰在一起，发出清脆的响声。

接到应晓雨的电话时，沙璇刚被领导骂了一顿。由她参与策划的圣诞亲子活动，因为宣传时没有说明赠品有限，导致现场没有领到赠品的游客们不乐意了，在商场中心广场上闹着要退货，最后紧急调来一批超值的赠品才解决。因为这事儿，她已经被骂好几天了，其实跟她并没有太大关系，但也只有她背了这个黑锅才能平息，被扣年终奖不说，原本她是有机会升任业务主管的，现在看来也没多大希望了。她挂了应晓雨的电话，坐在工位上发呆，心想，这么个破公司，就算提拔了，也就那么回事儿，还能上天啊？

肚子正饿着，她垂头丧气地下了楼，准备回家煮点饺子吃。外面正大雪纷飞，走出商场大门，刚撑开伞，她看见一辆白色的别克轿车停在面前，一个熟悉的身影站在车的旁边，是韩家阅。他穿一件黑色大衣，系着褐色围巾，一头短发显得神采奕奕，站在大雪中冲她灿烂地笑着。

“你……你怎么在这儿？”沙璇蒙了，突然意识到自己灰头土脸的，身上这件黄色的棉袄还沾了油渍，头发也两天没洗了。

“接你下班啊！上车吧。”他绅士地打开车门，把手放在车门上方，以防磕着她的头。

“你……你的车？”

“对，我的车，刚买不久。”

沙璇迷迷糊糊地上了车，暖气袭来，她摸了摸被冻得僵硬的脸，心想着，这不是在做梦吧？

“我们去哪儿？”她小心翼翼地问，生怕声音太大，惊醒了自己的美梦。

“我请你吃饭吧，咱们去希尔顿，东三环燕莎那家酒店，我常在那儿吃。”他开着车，眼睛望向前方。因为下雪的缘故，有些堵。窗外公交车站有很多很多人，他们在大雪中焦急地等着属于自己的那一班公交车，拼命挤上去，那辆车能载着他们去往被称为家的地方。

“等等，你是挖到秦始皇的墓了，还是像电视剧里演的那样，突然发现亲生父亲是李嘉诚啊？”

“我去年开始做书商，跟几个朋友一起做图书生意，专门卖给地方市场，没想到这一年赚了不少钱，而且越做越顺，苦日子算是熬到头了！”他恢复了当年的趾高气扬，不再是那个落魄的失败者，她想起一年多前在公交车上看到的韩家阅，觉得一阵恍惚。

“谢谢你发达了还能想到我。”

“沙璇，知道我为什么来找你吗？”

“为什么？”

“在我最落魄的时候，只有你关心我，逢年过节，你总能找到各种理由给我发短信。这些短信我都没删，每一条内容都不一样，但都很温暖、动人，成为我生活下去的勇气。这几年，我像个孤魂野鬼一样在北京游荡，我经常问自己，这么大的地方，怎么就容不下我呢？我不得不承认，从大学时那个春风得意的少年，变成如今的漂在北京的外地人，我真的失去了很多。大家不屑跟一个 loser 来往，我也害怕面对那些对我抱有希望的旧友。只有你，一直努力维系着我们的关系，你是我在这个无情的城市里唯一的安慰。”

沙璇不说话，眼睛看着前方堵着的长龙，大片的雪花敲打在挡风玻璃上。韩家阅的声音在车里轻轻地响着。

“沙璇，你知道孤独的滋味吗？有一年除夕，我没有回长沙，租的那个房子暖气坏了，零下 10 摄氏度，跟冰窖似的，我只能买了点煤在家烧了取暖，煤火很旺，房间瞬间变得很暖和，我不小心睡着了。醒来的时候，我发现自己的腿不能动了，这才意识到应该是一氧化碳中毒，我拼命地挪到窗边，伸手想去打开窗，但一直站不起来。离窗户的插销只有半米，我用了五分钟才够着，打开之后冷风灌入，我浑身冒着虚汗，叫了救护车，捡回一条命。那天在医院，我几乎已经决定了要回湖南，但是第二天，医生说我没事了，可以出院了，我又改变了主意。我不能回去，我希望有一天离开北京，是因为我足够好，能自由地来去，而不是因为我不够好，不得已才离开。”

“我们都回不去了，再也回不去了，北漂是有瘾的，来了就走不了。”

“沙璇，我害怕孤独，如果你还在等我，那么我现在告诉你，我已经来了，我们在一起吧！”

这句话像电流一样穿透她全身的每一寸肌肤，直抵心脏。她看着他的脸，反复确认着刚才他说的每一个字。

他伸出手，握住她的手。

“你知道我等了多久吗？”沙璇的眼眶湿润了。

“我知道，辛苦了！”

她在车里痛痛快快地哭了起来，她记得上一次这样号啕大哭，还是在韩家阅来北京的前一天，她从旅馆出来，吃着满毅递来的卤蛋。那一天她还以为流干了所有眼泪，没想到过了几年，这些眼泪又这么肆无忌惮地流了出来。

车慢慢地开着，在大雪中一步一步前进。

最终车停在希尔顿门口，韩家阅牵着沙璇的手走了进去。

雪已经停了，但地上已是厚厚的一层，踩上去咯吱咯吱响。满毅抱着一个保温锅，踩着雪一步一步向前走着。保温锅里是他晚上自己在家卤的鸡蛋，沙璇很爱吃，他每过一段时间就会做一些给她送过来。他在表哥的教育机构做得不错，老实、勤奋，又是信得过的亲戚，所以很快就得到了提拔。他不再住集体宿舍，在沙璇和应晓雨的小区附近租了一个单身公寓，走过来只要二十分钟。

他走到楼下，按门牌号，却没有人开门。他正要打电话问沙璇什么时候回家，这时看见门口停着韩家阅的车，借着路灯，能清晰地看见沙璇坐在副驾上，他们拥抱着、亲吻着，好半天才松开手。她依依不舍地下了车，挥手跟韩家阅道别，转身走了过来。满毅见她走来，便侧身躲在楼道的另一边。他看见沙璇一路轻快地走着，到了楼梯口拿出门禁卡刷了一下，然后哼着小曲儿上了楼。

他抱着保温锅，站在原地。他想起了第一次跟沙璇说话，那天她在联大体育馆的台阶上抱膝而坐，路灯下正在哭泣的她美得晃人。他递给她一个卤蛋，她狼吞虎咽，说很好吃。她离开的时候，回头说："他一定会喜欢我的！"很多年过去了，她真的做到了。

楼顶有个雪块儿掉了下来，砸在满毅头上，瞬间脖子一阵冰凉。他伸手把掉进衣领里的雪块儿捞出来，犹豫着还要不要上楼把卤蛋给她。

这时应晓雨回来了，她刚跟蜗牛分开，下了出租车快步走到楼梯口。

"满毅，你站这儿干吗？上去吧。"应晓雨拿出门禁卡。

"我不上去了，麻烦把这个带给她，我又卤了二十个，现在还是热的。"

"怎么？吵架啦？"

"没有。"他憨厚地笑了笑，"我刚看到韩家阅送她回来，他俩好像在一起了。我想既然有人照顾她了，我也就别掺和了，免得以后人家知道了不高兴。沙璇好不容易等到他，我为她高兴呢！"

"我……也挺意外的。"应晓雨接过保温锅，"不过……满毅，你也不要难过，沙璇这几年也挺难的，如果没有韩家阅，她可能很难挨下去，她把对他的爱当成了一种拯救自己的力量，这种力量让她有勇气面对现在不如意的生活。"

"我知道，没事。只是有一些遗憾，不过这些日子能经常看到她、照顾她，我也挺满足的了。以前她和我开玩笑，说如果三十岁还没人要，就跟我在一起，从那天起，我天天祈祷千万别有人要她，这样等到三十岁，我就能顺理成章地做她的男朋友了。真是可笑，她这么好的女孩儿，怎么可能没人要呢？"

"你这么好的男孩儿，也会遇到一辈子善待你的另一半！我上去了，她看到卤蛋，会很高兴的。"

应晓雨开门进去。满毅咯吱咯吱地踩着雪，一步一步离开。

他回头看了看那栋楼，她们家在八楼，正亮着灯。沙璇应该已经拿到了保温锅，打开之后一定很高兴吧，这是按照她的口味做的，跟联大男生宿舍楼下卖的一模一样。他伸手摸了摸自己的书包，里面放着一束玫瑰，他前几天就买了，本想圣诞节送给她，但她那天正忙着商场的活动，塞在书包里放了好几天，都蔫了。走到小区大门口，他把玫瑰花扔进了垃圾箱，然后哼着小曲儿，继续踩着雪回家了。

2006年6月26日晚10点，这个夜晚没有以往热。

五个好朋友又聚集在紫竹桥便民旅社门口的烧烤摊，纪念他们抵京三周年。曾经有人说，毕业离校的那一天可以彻底地改变一个人，前一天他还是校园里意气风发的少年，离开校园，他便进入了一个未知的成人世界。这三年，他们都不知不觉地变了，尽管他们重逢的时候笑着说对方"你怎么什么都没变"，但他们都很清楚，时间在重新塑造着他们——内敛的许愿、张扬的柏千阳、倔强的应晓雨、活泼的沙璇、憨厚的满毅，还有不知所终的美丽的苏暮雪，都在慢慢成为另一个自己。

柏千阳大口嚼着烤羊肉，说："喂，沙璇，这顿你请啊。对了，你跟韩家阅什么时候结婚啊？"

"请就请，蹭你们几位这么多年，今天让我表现表现！"沙璇给大家添上啤酒，"他还没求婚呢，但应该也就这两年吧。他知道我现在不上班了，在家无聊，早点儿结婚生个儿子，我还能有事情做。"

满毅：“在北京养小孩儿可不容易呢，你们没北京户口，只能读国际学校吧？”

沙璇白了他一眼，说：“读国际学校有什么不可以？不就贵点儿嘛，韩家阅现在很能挣钱，都不用我管。满毅，你操心操心自己吧，早点儿找个姑娘吧，别总惦记我。”

满毅笑着端起酒杯：“放心吧您嘞，韩太太，一直没来得及恭喜！”

柏千阳拍了下许愿的肩膀：“咱俩喝一个吧。对了，你的《木兰》怎么样了？有什么需要的，尽管说。”

许愿：“还在准备着，如果沈芸昭不同意，我就去跟别的出版公司谈谈，这些作者都挺理解我的，能得到他们支持，我也很欣慰。你呢？”

柏千阳：“还是那样啊，玉蝴蝶的产量很高，一个月出一本，尽管可以拿到不错的奖金，但我还是不服气功劳全被沈芸昭抢去了。但我也想明白了，玉蝴蝶就相当于我投石问路，既然这样的成功是可以复制的，等时机成熟，我会再推几个新的作者。”

许愿喝了口酒，没再说什么。

应晓雨举起酒杯：“大家别聊工作了，难得聚在一起。三年了，很庆幸我们选择在北京度过这三年的青春。我们即将迎来下一个三年，说说你们未来的规划是怎样的。我先说，我的目标是，在接下来的日子拿到全市优秀记者奖，这是对我这份职业最大的肯定！”

沙璇：“我没晓雨这么远大的抱负，希望接下来结婚、生小孩儿，你们一个个的，都是干爹、干妈啊，红包给我包起来！”

柏千阳：“三年了，我觉得下一个三年，我的目标是在北京买套房子。从中学开始在长沙借读，我就住在出租屋里，来北京以后也一直在租房，我想有了自己的窝，才算真正在北京站稳脚跟吧。”

满毅：“接下来的三年，老天赐我一个美貌娇妻吧，我这一身好厨艺，现在无处施展啊！”

许愿：“我希望这套书能顺利出版。《木兰》，顾名思义，就是为了纪念我们联大的木兰路，对于我们的青春，我有很多话想说，都在这套书里！”

沙璇：“许愿，你的三年计划难道不是要找到苏暮雪吗？”

许愿摇了摇头："不是，找苏暮雪，我准备用更长的时间。"

柏千阳："但她现在杳无音信，也不知道这辈子还能不能见到。"

许愿："一定能找到的，我从没放弃过。三年、五年、十年，总有一天会找到她，我很期待那一天。到时候我们六个人能再聚在一起，吃一顿真正意义上的散伙饭，这才算是对我们的青春一次正式的告别。"

烧烤摊的电视机里传来世界杯中黄健翔的解说："伟大的意大利的左后卫，他继承了意大利的光荣的传统，法切蒂、卡布里尼、马尔蒂尼在这一刻灵魂附体。格罗索一个人，他代表了意大利足球悠久的历史传统，在这一刻，他不是一个人在战斗，他不是一个人！"这段震惊世人的魔鬼五分钟，在这一刻，也让烧烤摊上的人们群情激昂。

柏千阳用力拍着桌子，大声叫好，随即烧烤摊上其他顾客也激动得放声大喊，那声音响彻云霄。

夜幕之下的北京，万家灯火，交相辉映。

这个城市里的人都在用力演绎着自己的故事。

停车暂借问

2006年的冬天，骄阳出版的办公室里热火朝天，大家正忙着准备2007年春季的图书订货会。玉蝴蝶在这次订货会上一口气推出了五本新书，沈芸昭为她组建了更强大的写作团队，并且为她建立了个人官网、粉丝后援会，用自己在圈里的人脉找来一众名家为她写序站台，甚至准备推荐她加入中国作协。《文化报》用“玉蝴蝶：商业社会的文化传奇”这样的标题对她进行了整版报道，“玉蝴蝶”成为这个冬天最热门的文坛关键词。

入戏太深，康一玉一度忘记了自己并不会写作，她接受电台访问时聊起艰难、辛苦的创作过程时泪如雨下，她引用杜拉斯的名言说：“写作是一场暗无天日的自杀。”读者心疼地涌入她的官网留言，导致网站因浏览量过高而瘫痪。引经据典是她的强项，她每天都背诵名家的金句，练习如何在采访的时候更完美地展示自己。尽管都知道其中的奥妙，但出版界都对于骄阳的创举啧啧称奇，夸赞他们在这个需要偶像的时代创造了奇迹。自然也有不愿被收买的媒体揭露真相，一时间“代笔”“假作家”的传闻不绝于耳，可这样的消息很快便销声匿迹了，粉丝们更愿意相信自己看见的，他们对于真相并不关心，玉蝴蝶在一片争议声中越来越红。

柏千阳追在沈芸昭身后，怒气冲天地质问：“沈总，为什么这次订货会不让我参加？玉蝴蝶之后的书，编辑也换了人，她是我一手打造的，怎么可以说换就换？！”

沈芸昭目不斜视地往前走，她正要赶去参加一个图书研讨会：“还是那句老话，这是公司的决定，玉蝴蝶的品牌价值越来越大，经营她需要更完善的品牌管理团队，你已经驾驭不了了。另外，你认为玉蝴蝶是你一手打造的，我认为，你只不过是发现了她而已，要持续发展需要公司的支持，只靠你，红不过一年。”她走到了电梯口，停下脚步。

“那也不能把我完全踢出局啊，您必须给我个解释！”

“我也希望你给我个解释。”沈芸昭微笑地看着柏千阳，她脸上的妆容更浓，那血盆大口好似要一口把他吃掉，“越过我直接去跟萧总邀功，你眼里还有我这个副总编吗？别以为我不知道你是怎么想的，也不想想我跟了萧总多少年，在骄阳混，你还嫩了点，小朋友！”

电梯到了，沈芸昭走了进去。柏千阳呆站在原处，看着电梯门慢慢合上。

尽管离开玉蝴蝶这个项目，早在柏千阳的预料之中，但被换掉还是让他怒不可遏。他确实找过萧天翔，想在玉蝴蝶的运作当中有更大的话语权，没想到姜还是老的辣，沈芸昭很快就知道了他的打算，先行一步找人接替了他的工作。玉蝴蝶的版权都在骄阳，康一玉的十年长约也都签给了骄阳，而玉蝴蝶现在真正的背后操盘手是沈芸昭。柏千阳总算明白了当初沈芸昭说的话，以他现在的实力，离开骄阳这个平台，的确一文不值。

中午吃饭时，他去了楼下餐厅，看到了许愿。他坐了过去。

“你都知道了吧？”柏千阳点了一碗面条。

“你说玉蝴蝶换帅的事情？公司现在传得沸沸扬扬，沈芸昭亲自上阵为她保驾护航，郭敬明都没这待遇。”

“她懂个屁，玉蝴蝶迟早会被她作死。”

“作死又如何？本来就是个冒牌货，得到的都是虚名，那些书毫无文学价值，失去了也没什么可惜，真正的好作家用作品说话，不需要任何人保驾护航。”

“许愿，我有个新的计划。”

“是什么？”许愿吃完了，他倒了杯水，安静地坐着，一副愿闻其详的模样。

“我打算筹备三支写作团队，一支主攻青春科幻，一支写宫斗，一支复制玉蝴蝶的老路子，写少女爱情，推出三种不同风格的新作家。这种模式是我开创的，我最熟悉，如果能做成，这将会是出版界的一股飓风！”

“你还没死心？”

“我打算直接去找萧天翔，让他专门为我成立一个全新的研发部门，他要不同意，我马上另起炉灶，跟别的公司合作。所以，许愿，你跟我一起做吧！这个世界上我只相信你，虽然我知道你并不赞同这样的创作模式，但是你就当帮帮我！”

“我帮不了你，老大……”

“你必须帮我，我现在身边没人，沈芸昭把我架空了，咱们兄弟联手，一定能成功的！还记得我过生日时跟你说过的话吗？命运让我们相遇就是为了让我们干一番大事业，如果不可以很热烈地活一次，活在这个世界上有什么意义呢？”

“我辞职了。”他淡淡地说出这一句，柏千阳愣住了。

“什么？”

“还没来得及跟你商量。我刚向沈芸昭递交了辞职报告，在骄阳的这几年，我学到了不少东西，但随着我的成长，我觉得跟公司在理念上相差太大，我想专心筹备《木兰》，现在已经有几家出版社表达了合作意向，如果我继续留在这里，对我在骄阳的工作也是不尊重的。老大，对不起，不能帮你了！”

“今天我不跟你说，你是不是打算就这么悄无声息地走了？这是我们俩一起奋斗了三年多的地方，你就打算这么放弃？”

“这跟我们的友情无关，既然我们去的目的地是不一样的，就没有必要勉强做个同路人！”

“那我祝你一路走好！”

柏千阳转身离开。餐厅里人越来越多，许愿看着他离去的背影，放下手里的玻璃杯，站起身来，离开了这家他吃了三年的餐厅。

门铃响起，刺耳的铃声划破楼道的黑暗与寂静。

门打开，康一玉站在门口。她容光焕发，现在叫玉蝴蝶，是无数少女心目中的代言人。柏千阳像往常那样把她拉进来，关上门，贪婪地吻着她。两人娴熟地脱下衣裤，在床上激烈地搏斗着，康一玉娇嗔地喘息着，任由这个男人在她身上尝试着各种放纵的姿势。

结束了，他瘫在她的身上，对着她的耳朵小声说：“你永远都是我一个人的……”

康一玉轻轻拨开他，捋了捋头发，起身走进浴室，打开淋浴冲洗了起来。柏千阳抽着烟，看着亮灯的浴室玻璃门里那个曼妙的身影。她走了出来，不声不响地穿上衣服。

“你今天很冷漠，公司刚给你结算了一笔酬劳，你应该开心才是。”柏千阳吐了个烟圈，他从梳妆镜里看到康一玉在补妆，那表情有些清冷。

“这是我应得的，我没少为玉蝴蝶效力，可比前台累多了。”

“你还没回答我呢，刚才我说你永远都是我一个人的，你怎么不理我？”他的目光在她身上游走。眼前的这个女人是他迄今为止在事业上最大的成就，他一手打造了一个并不存在的人，而这个人此刻正拥有百万拥趸。想到这儿，他不禁又兴奋起来。他走过去，从背后抱住她，吮吸着她的后颈，问：“想不想要再来一次？”

“我不是你一个人的，我是骄阳的。你应该知道，你已经不在我的团队了。”康一玉转过身，跟柏千阳保持了距离。

“你什么意思，这么快就要跟我划清界限？”

“柏千阳，我喜欢你，从第一眼见到你，一直到此刻，我都喜欢你。我欣赏你在事业上的闯劲、你的聪明、你的身体，你的一切。但对你来说，我只是事业上的一枚棋子。可我很贪心，要的不仅仅是这样，玉蝴蝶对我来说很重要，但我更想得到你，所以我今天来是跟你谈个买卖的。如果我们在一起，我要做你的女朋友，我会跟萧总说，玉蝴蝶想要继续运营下去，必须由你来主控，否则，我一定有办法让这个品牌身败名裂，谁都用不了；如果你不同意，那么玉蝴蝶将跟你毫无关系，今天就是我们的最后一次做爱，我给你五秒钟，你必须回答我。”

柏千阳看着康一玉挑衅的眼神，她似乎对这场谈判志在必得。全骄阳都知道玉蝴蝶对于柏千阳的重要性，那是他事业的起点，他必将为此付出一切。

五、四、三、二、一。

“告诉我，答案是什么？”康一玉凝视着他的眼睛，她的眼里有着剧烈的火光。

“你跟着沈芸昭那个老妖婆去死吧！”他一口烟喷到康一玉的脸上，然后掐灭了烟头。

她怒目圆睁，摔门而去。柏千阳光着身子，看着她离开，然后又点了根烟，坐在床上看着梳妆镜中的自己，竟然觉得陌生起来。突然，他被烟呛到了，多年来从未如此，此刻却咳得喘不过气来，好半天才恢复平静。

掐灭烟头，躺下，他沉沉地睡着了。

清晨，有一个人穿一件白色棉袄，风把她的红色围脖吹得飘起，走在小区里有些扎眼。她站在一栋公寓面前，确定了这是她要进去的地方，一楼的防盗门紧锁，需要按门牌号，她正迟疑着，这时有人出门遛狗，她趁机走了进去。进电梯，上了六楼，声控灯似乎不够灵敏，楼道阴冷而黑暗，她找到了那间房，站在门前犹豫要不要按门铃。

过了很久，她伸手按了一下，那尖锐的铃声传来，楼道的灯亮起。按了两次，并没有人开门，她决定离开，突然门打开了。柏千阳睁开惺忪的睡眼，他想着，可能是康一玉认输了，回头来找他。如果是这样，他决定利用康一玉，把她作为要挟萧天翔的筹码之一。可是他怎么也没想到，眼前的这个人不是康一玉，他睁大眼睛，瞬间清醒了。

楼道的灯在闪烁，夏舟的脸上露出微笑，她看起来瘦了很多，憔悴了很多。

“好久不见啊。”她的声音也略有些沙哑。

“你来干吗？”

“你不打算让我进去吗？我千里迢迢而来，也算个客吧。”

柏千阳面无表情地看着她，沉默不语。片刻之后他猛地关上了门，把这个许久不见的旧友关在了门外。他并非因为按门铃的人不是康一玉而失望，而是夏舟的出现让他瞬间想起曾经最煎熬的日子。他原以为来北京的这几年已经把那些过往忘得一干二净了，但她那张倔强又骄傲的脸再次出现，他瞬间被击溃了。原来他对她的恨意从来没有因为时间的流逝而消减半分。他深爱的女人苏暮雪，众人眼中联大最有光芒的女孩儿，本来是可以拥有令人羡慕的一生的，她拿到了文秘班唯一的留校名额，毕业后在文学院做辅导员，对一个女孩儿来说，未来的路坦荡而明亮。但她被人举报夜不归寝，因为这个莫名其妙的罪名失去了这个名额，又因海报事件成为全校的笑柄。他不知道那段日子她到底经历了什么，但可以肯定的是，她很痛苦吧，否则怎么会悄无声息地离开学校，连毕业证都不要了呢？她跟所有人断绝了联系，几年来一直是个谜。这一切的始作俑者，就是门外的这个女人——夏舟。他心存对她的感恩，所以体面地跟她分手，来北京后换了手机号，将她的一切信息清空，他强迫自己将这个女人在自己的脑海里删除，否则他将背着沉重的悔恨过一辈子——若不是因为他，夏舟不会认识苏暮雪，也不会改变她的一生。

他倒在床上，闭上眼睛，又睡着了。

夏舟却并没有走。她在门口席地而坐，时不时看着路过的人，他们看着这个坐在地上的奇怪女孩儿，投来诧异的目光。但也仅此而已，没有人关心她为什么而来、为什么坐在这里。只有她自己知道这些问题的答案。

夏舟在柏千阳离开长沙后，得了抑郁症。有很长一段时间，无论是从噩梦中醒来，还是坐在家里的餐桌上喝着汤，或是走在车水马龙的长沙街头，她无时无刻不想着死。她割过一次手腕，学着电视里演的那样，在浴缸里放满温水，用水果刀在左手手腕上划了一道深深的伤口，然后把手放进浴缸的水里，据说这样不会太疼，可以静静地死去。事实上还是很疼，她疼得浑身冒汗，直到后来血流得越来越多，她渐渐觉得冷了，才不那么疼。她的妈妈发现了已经昏厥的她，与同父异母的哥哥一起把她送到医院。她的哥哥当时正带了一些礼物，代表父亲一家来庆贺她考上联大外语学院的研究生。她的妈妈在夏舟醒来之后，告诉她，如果决定死，请务必带上妈妈一起，因为如果她一个人自私地先走，妈妈会恨她一辈子。因为这句话，她决定尝试着活下去。此前态度极为强硬的夏太太，出于对夏家名声的考量，也决定给予这对母女更多的照顾。在一家人的安抚下，夏舟回到联大，开始研究生的学业。夏舟的妈妈在联大附近租了房子，陪伴了她三年，并坚持带她去做心理康复治疗。毕业后，她决定放弃去父亲的公司工作的机会，执拗地来到了北京工作。家人怕她的抑郁症再度复发，只得依了她的决定。

她看了看左手的疤痕。做心理治疗的时候，医生说她心有愧疚，需要把这些洗净，才能面对新的生活。她固执地找到了柏千阳的住所，她决定了，无论面对的是他怎样的态度，她都要用所剩无几的青春来偿还曾经犯下的错。

窗外从白昼到了黄昏，柏千阳一天都这样躺着，什么也没吃。

从当年接到雅雯的电话开始，他便认定了，夏舟对他而言，就是一场避之不及的灾难。尽管她爱得那么热烈，但面对那种来势汹汹、人挡杀人的爱，他已经害怕了。这几年除了康一玉，他没有别的女人，北漂的日子里，他变得异常脆弱，不再像从前那样玩得起。这种孤独感时常会在深夜侵蚀他的心，但他又不得不承受着这种煎熬。只是偶尔想起曾经在联大附近和夏舟租住的那套民房，黄昏时刻，炊烟袅袅，他晾晒着刚洗完的衣服，夏舟拎着饭盒从不远处走来……他一度就打算那么混混沌沌过一生了。

电话突然响起，是物业的负责人。

“喂，请问是6D的住户柏先生吗？”

“我是。”

“您门口坐了个女孩儿，待一整天了，好几户业主都跟我们投诉，说看着怪可怕的，问她也不吱声，担心会出什么事儿，您能跟她说说吗？”

“我不认识她，你们报警吧。”

“没法报警啊，她又没干啥，就坐在那儿，一动不动。”

“行了，知道了。”

他连抽了好几根烟，看着天越来越暗，起身打开门。

夏舟抬头，看着他。

“进来吧。”他说。

夏舟站起来，有些激动，一脚迈进去，差点儿因为腿软而摔倒。柏千阳扶住了她。

他煮了两碗面，切了几片火腿，煎了鸡蛋，两个人面对面坐着吃了起来。如果没记错的话，这应该是柏千阳第一次做饭给夏舟吃。

“你什么时候来的北京？”他饿了，自顾自地吃着，也没看她。

“来一段时间了，刚把工作落实，在一家留学服务中心做英语培训。”

“你打算一直待在北京了？”

“嗯。”

“北京有什么好？”

“北京有你。”

“你怎么就不肯放过我呢？这么多年了，这是孽缘，我们俩好不了的。”

夏舟听了不说话，继续吃着面条。

“你怎么才肯走？”柏千阳看了她一眼，继续问。

“等我把以前造的孽还完了就走。”

“你还不完的，苏暮雪现在在哪儿，连我都不知道，你怎么还？”

“那我就还给你，我搬过来好不好？给你洗衣、做饭，像以前那样照顾你，好不好？你别让我走了，我能帮你的，我爸现在对我很好，给了我钱在北京买房子，我们以后不用租房了。只要我能在你身边，我什么都给你！”她说的时候很激动，手上的伤疤像道闪电。

“这是什么？”柏千阳握住她的左手，盯着那道疤。

“你刚走的时候，我撑不住了！”她随即紧张地抽回自己的手，拼命解释道，“但你放心，我现在已经没事了，几年过去了，我已经不想死了。现在只有一个念头，就是找到你，对你好，弥补我以前做的傻事，不是为你，是为我自己，我这么说可能挺自私的，但我没办法。我现在挺想活着的，如果能弥补点什么，我就会好过一点儿，偿还得越干净，我越有勇气活下去……”

柏千阳不说话，吃完了面条，喝完汤。他见夏舟也吃完了，于是把两个碗拿去厨房，打开水龙头清洗。

夏舟坐在餐桌边，听着厨房的水声，不知所措。

“你搬过来吧。”厨房里传来柏千阳的声音。

许愿在出租车上接到了柏千阳的短信，他说他跟夏舟又在一起了。没想到上次的不欢而散之后，接到的第一条短信是这个。许愿并没有很意外，他一直认为夏舟不会这么轻易地从柏千阳的生活里消失。他问为什么。柏千阳过了很久才回了一句：我太孤独了。许愿知道他的意思，拒绝他的邀请，从骄阳辞职，这对柏千阳来说是一个沉重的打击，他曾不止一次地跟许愿强调过：“只要有你在，我至少不是一个人在战斗。”他想必对许愿很失望吧，因为他突然发现，无论我们的友情多么深厚，无论曾经信誓旦旦地承诺过什么，最终我们都要孤独地面对这个世界。许愿是一个人，柏千阳也是一个人，马路上这么多人，其实他们都是一个人。

许愿想了想，回了一句：希望你们一切都好。

这时车已经到了远洋出版公司的楼下，许愿准备好了相关的资料给远洋出版的杨总提案，这是目前对《木兰》最有兴趣的一家公司。杨总是个有文艺情结的人，原本对许愿的骄阳背景有些顾虑，他很反感骄阳在出版圈横行霸道的做派，后来听说他为了《木兰》从骄阳离职，心里有些赞许，便亲自打给许愿，约他见面聊聊。

杨总的办公室陈列了一些古董与木雕的小玩意儿，在落地窗能见到楼下环线上密集的车辆。他看过了《木兰》的书稿，又仔细研究了相关的文案，眼神里满是欣赏。他泡了工夫茶，娴熟地给许愿斟上。

“杨总，我的计划是，每三个月推出一本，每一本都有自己的主题，比如已经筹备得很完善的第一本，主题是‘回家’。从几百篇稿件中，我最终挑选了这三十篇，来自境遇不同的三十个人。他们都不是传统意义上的作家，但对于文学的态度是非常虔诚的，大家从自己的角度去理解‘回家’这个词，写出的都是真情实感。最让我感动的是一个居无定所的流浪歌手，他是安徽人，在北京的地下通道唱歌已经十年有余，这是他在我的博客上看见征稿启事之后，投来的第一个稿件。他的文字很朴实，但很动人，而且他说，家就是一个永远想念但永远抵达不了的地方。这句话打动了我。当然，其他的作品也都很好，只是他们没有机会让人读到他们的文字，《木兰》是给他们提供的阵地。市面上有很多畅销书，但并不代表大家不需要这些，中国这么多爱书的人，总有一部分人是在期待我们的。”许愿这番话已经跟很多不同的出版公司说起过，大家都很认同，但最终同意出版的并不多。

“文稿我都看了，我觉得很好，也愿意出。不过，培养一个新的图书品牌是有风险的，也需要投入更多的精力与资金，所以我只有一个要求，《木兰》书系的品牌所有权必须在我们远洋，不然万一第一本影响不错，第二本你又拿去给骄阳出，我们怎么办？”杨总开门见山地说，并不像其他出版商那样绕来绕去，这让许愿好感倍增。

“谢谢您的认可，但《木兰》这个项目我倾注了太多心血，我有义务对它负责到底，所以……”

“你不用担心，远洋会善待这个品牌。你作为这套书系的主编，只用完成创作上的工作即可，其他的部分由我们来操心，对于你和这些作者，难道纯粹一点儿不是更好吗？”杨总说话的时候习惯看着许愿的眼睛，这样让他看起来很真诚。

“杨总，我需要时间想一想。”

“好，我给你一些时间，《木兰》值得多花一些时间。”

许愿起身跟他握手，告辞。

走到电梯口，手机又有信息，他打开一看，又是柏千阳。他说：兄弟，我找了萧天翔，他答应了我，正式启动新的作家孵化计划，由我主导，跟老妖婆无关，虽然没有你的帮助，但仍然希望得到你的祝福。

许愿回了一句：恭喜你。然后他收起手机，电梯门打开。他犹豫了一下没有走进去，电梯门又合上了。

他转身往回走去，快步走到了杨总的办公室，敲了敲门。杨总打开门，见是他，还以为是落下了什么东西。

“杨总，我想好了，就按您说的办吧，马上启动《木兰》！”

“合作愉快！”

柏千阳在闯进萧天翔的办公室之前，已经是破釜沉舟的心态。不得不承认，是夏舟鼓励了他。她是个一旦认定就可以玩命的人，不像柏千阳那样瞻前顾后，夏舟说：“就算他不同意又怎么样，大不了你辞职，不在骄阳干了，我手里有钱，咱们可以挥霍好一阵子。”那一刻他突然有些感激夏舟，没想到几年不见，最后竟是她给了自己这种力量，让他觉得自己不是一个人在战斗。

但狡黠如柏千阳，他绝不会真的孤注一掷。见萧天翔之前，他已经谈过了好几家出版公司，每一家都已经深入到了合约阶段，他胸有成竹地杀进萧天翔的办公室，将自己的计划——同步推出科幻、言情和宫斗三位新作者——阐述清楚，等他一句答复。柏千阳想好了，萧天翔一旦摇头，走出这个办公室的门，他就马上跟其他公司展开合作。

“你要求沈芸昭不碰这个项目，对公司来说，有些不合规矩呢。”萧天翔微笑着说。

“萧总自己也不是一个那么守规矩的人，我听说当年您从出版社出来的原因，正是反对单位那些陈腐老旧的观念，才得罪了领导。如果能效仿萧总走同一条路，我没什么可遗憾的。”柏千阳甚至有些挑衅地说。

“你似乎很有把握我会答应你。”

“萧总是个生意人，这么好的生意怎么会不做？沈芸昭只不过是骄阳的一个员工，无非比我资深一些。之前您顾及她的面子，作为管理者要维持公司的平衡，我能理解。但现在面对这样的大生意，如果连她都可以左右您的判断，那么骄阳对于我来说也就没什么值得留恋的了。”柏千阳掏出一根烟，在得到萧天翔的许可之后，他点燃了它。

“你要求在这个项目中，你个人要与公司共同拥有这几个新作者的品牌所有权，这个我需要想一想。”

“萧总，您没有时间想了，我今天来跟您谈，目的只有一个——我绝对不会把他们的品牌所有权放给公司。如果您不答应，明天下午您就会看到其他出版公司发布跟我合作的相关信息了，今天我敢走进来，就敢赌上自己的明天。”

“既然你有其他机会，为什么依然选骄阳？”

“骄阳的各个部门我最熟悉，操作起来不需要磨合，而且不可否认骄阳依然是业界大拿，最关键的是，从哪里跌倒的，我就要从哪里爬起来。”

“有种，我喜欢你！”

“那么答案是？”

“合作愉快，我专门为你成立一个项目研发部，你需要人手直接告诉我。”

“谢谢萧总，当然，您也要谢谢我帮您赚钱。”

“当然，不过有一点我需要纠正一下，当年我被出版社开除，不是传说中所谓的与旧派观念作斗争，那美化了我。我只不过不满意传统出版社的薪金，渴望自己成就一番事业，所以离职创业。这在当时是不可理喻的行为，所以我看好你，你让我看到了当年的自己。”

“谢谢萧总，我希望比当年的您更勇猛！”

柏千阳笑呵呵地吐了口烟，然后迫不及待地发了短信告诉许愿这个好消息。

他们几人越来越少见面。大家内心都知道，短暂的热闹与欢愉带来不了什么，他们都要自己去面对人生的难题。互相勉励、互赠鸡汤这种方式，在毕业之后已经不管用了，他们所要做的，是狠下心肠，不顾一切地往前冲，尽管前方并不一定是他们最初想去的地方。

2007 年秋天，一阵秋雨过后，北京转凉。

柏千阳趁着周末，一个人去逛书店。他走马观花地去了好几家民营书店，在畅销书的专柜上看见重要的位置都被他旗下的作品占据了，随手拿起一本《我回唐朝当皇帝》，再拿起一本《天使街的鲜花店》，都是时下热卖的畅销书。他当然知道这些都是垃圾，他自家的书柜里从不会陈列，但这是他的事业，他的目的很单纯——不走心，只赚钱，他要名要利。这样清清楚楚地分开工作与生活，反而更开心。来北京之前，很多人跟他说，北京是一个包容的城市，不管你是什么样的人，都能在这里找到自己的位置。现在他觉得这句话是放屁，北京很包容，它虽然容得下各种各样的你，但它也只会让一种你过得开心，那就是不停地往上爬，有名有利的你。只有这样，你才能在这个城市里过得快乐风光，否则你就做个底层的loser，又何必赖在这里自取其辱？

他也发现了玉蝴蝶的新书，在层出不穷的新作家打压下，她的热度大不如前，柏千阳拿起她的书翻了翻，笑了笑，放回原位。他猜得没错，过不了多久玉蝴蝶就会被取代。这样的操作模式，策划人才是真正的灵魂，作家只是棋子，棋子是没有生命力的。

同时他也发现了《木兰》，这套系列书一本接一本安静地面世，并未掀起太大的波澜，却默默地出到了第三本。他打听了一下，销量还不错，它制作精良、考究，内容质量很高，精准地抓到了小众文艺青年的心，还有句拽拽的口号：我只想遇见懂我的人。柏千阳摸了摸有点牛皮纸质感的封面，有些欣慰，于是他把市面上已有的三本都买了。距上次在骄阳楼下餐厅不欢而散，他与许愿已经快一年没见了。

“不过咱俩都混得挺好的。”他这样想，心里却感到一阵莫名的感伤。

夏舟任职的这家留学服务中心主要办新西兰的业务，她的工作是给一些基础语言不过关的学生做培训。她看着这些穿着时髦的小孩儿，觉得有些滑稽，高中毕业时她原本是可以去新西兰的，她的父亲想送她出国作为补偿，也得到了夏太太的认可，自己坚持考联大放弃了这样的机会，现在却在这儿服务这群要去新西兰的小孩儿。她的工作并不繁重，每天下午5点就下班了，她会走过一段拥堵的路段，然后再打车，在家附近的菜市场下车，买了菜带回家，确认柏千阳是否回家吃饭后再决定做几个菜。她挺享受这个过程的，渐渐遗忘了在长沙时那些阴郁的过往，每当母亲和在英国念书的哥哥打电话来时，她都千篇一律地回答“挺好的”“没问题”“我们过得不错”。她觉得只要跟柏千阳在一起就很好，以她的想象力也不知道更好的生活是什么样子，至少不会更差了吧？

打开门，夏舟看见柏千阳已经坐在沙发上睡着了。她轻手轻脚地换了鞋，把菜先放在水槽里泡着，给他倒了杯茶放在茶几上，看见茶几上放了几本未拆封的书。

柏千阳醒来了，睡眼惺忪地说：“回来了啊。”

“对不起，把你吵醒了。”

“没事，我本来也醒了，暖气开了，有点犯困。”

“这书叫《木兰》，是指我们联大的木兰路吗？”她坐下，拿起其中一本看了看，“许愿主编？是你那个哥们儿吗？”

“对，是他。”

她见他似乎没有兴致继续聊下去，于是放下书，去厨房做饭。这些日子她厨艺见长，在长沙时偶尔炒个蛋炒饭、煮碗面，来北京后她收藏了一个美食网站，每天照着菜谱来。有一次煎鱼，结果电脑死机，网页刷新不了，只得重启，但鱼已经下锅，重启那会儿生生把鱼给煎煳了。她把这些琐事在电话里讲给她哥哥听，言谈之间轻松欢笑着，哥哥觉得她是真的走出了阴影，至少已经接纳了新的生活。哥哥跟她同父异母，却是个善良的男孩儿，这些年一直很照顾她们母女。这可能是在这样残缺的家庭里长大的她比较幸运的地方吧。

她做了冬瓜排骨汤、青椒猪耳、牛肉炒茭白，还蒸了一条鱼。对于两个人的晚餐来说算是丰盛，柏千阳有点饿了，大口吃了起来。

“好吃吗？”她自己尝了下，觉得发挥稳定。

“挺好的。”

“有个事情跟你商量一下。”

“你说。”

“我来北京的时候，家里给了我钱，一直也没处用，今天我妈跟我说，建议我们把房子买了，明年开始可能会涨价，不如趁早买了踏实。”

柏千阳埋头吃着，没回答她，她猜想他或许是在思考着什么。

“你别担心月供。”她放下筷子，“我看了一下，我们现在的这个小区有个九十平方米的小户型，但公摊面积小，两室一厅还挺不错的，现在才九千块钱一平方米，我爸给的钱，够付全款，我们只用自己花钱装修就行了……”

“我觉得租房挺好，不想寄人篱下，你要买就买吧，不用征求我的意见。”

“房子写你的名字，行吗？安居才能乐业嘛，有了房子……”

“我不要女人的东西。”

他看也不看夏舟的脸，狼吞虎咽地吃着。她没继续说，担心往下说会让他更不耐烦，于是拿起筷子也慢吞吞地吃了起来。

这一年来，他们没有做过爱，尽管他们像情侣一样生活在一起，一起吃、一起睡，但每当她想靠近他的时候，他都会把她推开，侧身睡。三百多个夜晚，她无比渴望重温几年前的那种激动，无奈的是一次也没有，他从不跟她解释什么，仿佛在无声地宣告：你能忍，就这么过；你不能忍，那你就走。有一天她突然发现他在浴室自慰，她躲在门口，听着里面隐约传来他低声的喘息，然后声音越来越急促，一会儿听见抽水马桶的声音。他若无其事地从浴室里走出来，她却不敢问他。她想，可能过去的伤痛对他来说太沉重，需要很长的时间才能治愈吧。她不敢再要求什么，害怕连现在这样努力争取来的生活都失去。但她唯一担心的是，她并不确定两人现在这样的关系算什么。他似乎已经适应并依赖了这样的生活，两人也有了相濡以沫的默契，往后走下去，应该就要结婚了吧？她不知道他是不是也这样想。

他吃完了，放下筷子，坐在沙发上，打开电视，一个主播正聒噪地播报着娱乐新闻。她偷偷看了一眼他，不知是不是错觉，总觉得他的眼眶里闪着晶莹的东西。

她默默地收拾好碗筷，然后在他的身边坐了下来。电视的音量很大，那主播一惊一乍的声音打破了房间里的沉闷。客厅忘了开灯，电视屏幕的光影晃动着，映在他们的脸上，她觉得有些刺眼，站起身想要开灯，他突然伸手拉住了她。

她倒进他的怀中，他毫无铺垫地吻了下来，来得有些突然。但夏舟并不意外，她对曾经在一起的每一次激情都记忆犹新，所以当它再次降临时，她只是觉得稍有些晚而已。

他抱着她走进房间，像从前那样把她放在床上，然后俯下身去。

茶水间里，应晓雨把调料撒在泡面上，准备将就着吃个简单的午饭，同事在外叫了一声：“晓雨，有快递！”她倒好开水，出门拿了快递，拆开一看，是许愿寄来的《木兰》书系第三本，主题是“初恋”。她边翻看着边吃泡面，她见证了每一本《木兰》的诞生，尽管与许愿身处不同的领域，内心对这套书也有着不一样的情感，或许是因为那条曾经走过无数次的木兰路吧，它是她内心很重要的回忆。

蜗牛走了进来，拿了个板凳坐她身边，神秘地问：“准备好没？”

她点点头：“吃完面，就出发，跟他们约的是两点半在昌平的仓库里见。”

一点整，两人坐着电视台的采访车出发了。

刚上车，应晓雨把放在挡风玻璃旁的采访证藏了起来，蜗牛冲着她笑了笑。这是一个艰巨的任务，应晓雨跟了很久的一条线，查出了北京一家做盗版书生意的公司，主要的仓库在昌平。她与蜗牛假扮书商找他们低价拿一批书，并声称接下来还想长期要货，提出要求去仓库看看，对方同意了。蜗牛准备好了偷拍的机器，跟应晓雨对好了台词，准备做一次深入虎穴的暗访。制片人最初担心两人的配合，但见他们准备完善，加上如今盗版猖獗，若能成功报道这一事件，算个轰动业界的大新闻，于是冒险同意了这次的偷拍行动。

距离约定时间还有十分钟，司机把车停在离工厂约五百米的一个巷子口，应晓雨和蜗牛下车步行到了工厂附近的一个小卖部。

几分钟后，一个穿着朴素的中年女子走来，瞄了一眼应晓雨，小声问：“是吴小姐吗？”她点头称是，那女子使了个眼色，让他们跟着她走。

走到那家工厂，晓雨问：“怎么不进去？”中年女子笑了笑，说：“不在这儿，怎么可能在电话里跟你说真地儿。”他们继续朝前走，晓雨看了看蜗牛，有些焦虑，蜗牛知道她担心什么，他们没办法通知司机真实的地方，但眼下这个情况，也只能跟着走了。

大约又走了十分钟，到了一所小学门口，这学校看起来简陋，应该是给外来务工人员的子女读书的地方。中年女子回头看了看他们：“走吧，看你们挺老实的，不然不敢带你们来。”说罢，走进了学校大门。

他们到了学校食堂，从侧门进入，走过食堂后厨，再推开一扇门，发现这里别有洞天，原来那盗版书的仓库藏在这里。中年女子介绍说：“跟我们合作，放一百二十个心，很安全，而且市面上出来什么，我们一周内就能复制出一模一样的，没有错字、漏字，跟正版差不了太多。”

应晓雨随便拿起一本，翻了翻，除了封面的质感略差，内文印刷真的到了以假乱真的地步。她说：“当然放心，东西呢？”

中年女子:“你们要的货在里面,今天能付钱,就可以马上拖走,至于后续的合作,你们要得比较多，所以得跟老板谈。”

蜗牛：“他在吗？”

中年女子：“在，你们等一会儿。”

应晓雨微笑着应了一声，然后偷偷调整了一下藏在包里的针孔摄像机。那中年女子走进里面的办公室，然后带了位个头高大的男子走了出来。

中年女子：“这是我们老板。老板，她就是我跟你说的吴小姐。”

应晓雨刚要伸出手，脸部的表情迅速僵硬起来。那男子也极为错愕。应晓雨怎么也没想到会在这里遇见这位相熟的老朋友。

她很肯定地说出了这名男子的名字：“韩家阅……”

眼前这盗版公司的老板正是韩家阅。他并不是正经书商，两年前发现了这投机取巧的门道，便深陷其中，偏门生意越做越大，而沙璇并不知情。

韩家阅：“应晓雨……你是记者，是来暗访的吧？”

应晓雨和蜗牛对视一眼，蜗牛小声说了句：“跑！”

韩家阅脑门青筋暴出，他大喊一声：“抓起来！他们肯定偷拍了，把摄像机抢过来！”一旁几位正在搬运货物的工人见状，冲了过来，追赶着二人。

蜗牛抓着应晓雨逃出仓库，学校正打上课铃，数百名小学生蜂拥过来，他们钻进人群，追赶二人的工人们被小孩儿挡住，无法靠近他们。

他们拼命地朝前跑去，到了小卖部门口，晓雨突然呼吸急促，摔倒在地。蜗牛回头扶起她，她开始大口喘气，手颤抖着从包里拿出治疗哮喘的喷雾，张开嘴喷了几次，才略有好转。那几名工人已经赶了过来，围住二人，蜗牛上前与他们打了起来，无奈几人身强体壮，蜗牛渐渐处于下风。其中一名指着应晓雨说：“她背了包，摄像机肯定在她身上！”其中一人上前扯住晓雨的包，没料到晓雨力气并不小，使劲拽着包不松手。蜗牛一脚踹开那抢包的男人，又拉起晓雨跑了起来。那追赶的工人操起小卖部的板凳朝他们砸过来，情急之下蜗牛挡住那板凳，砸中了后脑勺。手一摸，见红了。晓雨惊讶：“你流血了！”蜗牛：“不管了！”距离采访车不远了，他拉着她的手冲了过去，司机见到狂奔而来的二人，赶紧发动车子，打开车门，两人上车。

一脚踩油门，采访车扬长而去，身后那追赶而来的工人越来越远。

“报警！”蜗牛突然想了起来。

应晓雨赶紧拿起手机。

天暗了。应晓雨赶到医院时，蜗牛已经包扎好了。

“怎么样？”蜗牛问。

“被公安局一锅端了，对不起，连累你受伤了！”

“没事，一点儿小伤。”蜗牛看着应晓雨一脸担忧的样子，安慰道。

“真惊险，知道嘛，这才是我理想中的记者应该做的。”她笑了笑，“该拍的都拍到了，只是没想到，竟然遇到了熟人。”

“多年前我说过，你负责揭露真相，我负责保护你，没想到我真的做到了。”

医院门口的路灯突然亮起来，应晓雨的笑容很动人。

回到家，打开门，应晓雨见家里一片狼藉，小心地走进去，看见沙璇正翻箱倒柜，像在寻找什么。

应晓雨：“你在干吗？”

沙璇见她回来，冲了过来，伸出手：“给我！”

应晓雨：“给你什么？”

沙璇：“你拍的素材！”

应晓雨：“已经放在单位了，你要素材干吗？”

沙璇一把拉住应晓雨，歇斯底里地咆哮着：“现在带我去你的单位，把素材找出来！你不能报道，你一报道韩家阅就毁了，他现在无非赔点钱，你一报道，他名声都没了，以后怎么办？以后我和他怎么生活？应晓雨，你怎么可以这么狠！”

应晓雨挣脱了她的手：“沙璇，你醒醒吧！韩家阅现在是在犯罪，你怎么可以黑白不分？你现在花的每一分钱都是他做盗版赚来的！”

沙璇：“我懒得跟你讲，你就告诉我，是不是坚持要报道？”

应晓雨：“对，这是我的工作！”

沙璇：“你知不知道你这样会害死他？！”

应晓雨：“韩家阅犯法，必须受到应有的惩罚，他是被自己的贪念害的，我不希望你用我们的感情来绑架我。关于他盗版的新闻，明天《整点新闻》会播出，我一定会报的！”

沙璇：“行，应晓雨，我们俩完了！”

应晓雨：“沙璇，你能不能理智点？”

沙璇：“我告诉你，我可以失去任何人，但我不能失去韩家阅，他刚向我求婚，谁伤害他就是伤害我，所以，对不起，我们没缘分做姐妹了！”

应晓雨：“这个人不值得你托付终身！”

沙璇笑了笑：“但我怀孕了。”

她说完便离开了。

剩下应晓雨站在一片狼藉之中，好半天才缓过神来。

2007年冬天，韩家阅因为侵犯知识产权，被判处有期徒刑一年。沙璇像消失了一样，再也没有接过应晓雨的电话。一个月后听满毅说，他在一间出租房里找到了沙璇，她没有打胎，打算生下这个孩子。满毅问她为什么，她说等孩子出生、等韩家阅出狱，成了她接下来的希望。一个没有希望的人生，比死还难受。

应晓雨想起了2001年，有一天排队打开水，因为有个蛮横的男孩儿插队撞倒了她，手被开水烫伤，那男孩儿见状怕担责任想要逃走。沙璇一把将那男孩儿拽住，让他陪应晓雨去医务室。烫伤不是很严重，涂了药，沙璇放那男孩儿走了。应晓雨笑着说：“沙璇，你真生猛，有你在我就什么也不怕了！”沙璇说：“我最讨厌不守规矩的人了，而且还把我姐妹儿烫伤了。”两个人在医务室笑得很开心。后来应晓雨在书上看到过一句话——人一旦遇到自己想要保护的人，就会变得异常强大。那时的她，应该是沙璇想要保护的人吧……

那一年她们二十岁，天空很蓝，世界很新。她们的人生还只是一张白纸，可以画成任何她们想要成为的样子。

2008年的春天，财经大学的香樟树发了新芽。

苏暮雪已经进入了K&T总裁办，在金岳的支持下她开始在财大读MBA。她已经二十七岁了，在这个班上却是最年轻的一位。她很珍惜在这里的每一分钟，像是弥补当年在联大最后错过的那一段时光。下课了，她收好课本，走在财经大学的校道上。北方的大学，不如南方的大学那么曲径通幽，这条路自然也不如木兰路那么别致。但满眼的新绿让她突然开心起来。

她穿一件米色的大衣，有点薄。春寒料峭，一阵微风拂过，她双手抱在胸前，抚了下手臂。看见不远处一群少年迎面走来，他们竟然不畏春寒，穿着背心玩篮球，苏暮雪不禁有些出神。

少年们路过，篮球飞来，不小心撞到了她。她捡起篮球扔给那带头的少年。他短发，皮肤黝黑，很阳光的样子，接过篮球，喊了一声："Sorry！"

苏暮雪回头笑了笑，说："没事。"

她那美丽的面容迅速成了这几个少年谈论的话题，他们派出那名短发的少年，走上前问："喂，美女，你是我们学校的吗？"他有些故作油滑的样子，其实只是为了撑撑胆量，比起当年胆大包天的柏千阳，实在幼稚得可爱。

苏暮雪看了他一眼，并未停下脚步："不是。"

"你哪个学校的啊？留个电话呗，请你吃火锅啊！"

苏暮雪不回答，继续朝前走，那几个少年一直跟着她。苏暮雪走到了她的车前，是一辆香槟色的卡宴，她上车，摇下窗，对那面露惊讶的少年说："火锅有什么好吃的？要不你上车，姐姐带你吃点儿好的？"

少年一脸木讷地看着她，不吱声。她关上窗，发动车，扬起一阵风。

其他队友看着远去的车，对着那短发少年大声起哄："看什么看，别想啦，天鹅肉，你吃不着！"

踩在香樟枝丫上的一只麻雀，被他们惊着，疾速展翅飞向天空。

正是堵车的时候，苏暮雪看着窗外密集的车辆，心想，北京真像一个巨大的停车场，听说每天增加三千辆新车，什么时候会超负荷呢？

手机响了，她用车载电话接听，缪姐的声音传来。

"苏总，我确定了，秦玉伶确实趁您不在的时候，在金总的办公桌上放了个礼物，我按您的意思偷偷拿走了，拆开看，是个笔筒。"

"笔筒？"

“是的，卡通人物的笔筒，一个瓷质的美少女，背后的书包上有个洞，笔应该是插在这个地方，感觉……”

“感觉什么？”

“感觉性暗示挺重的。”

“缪姐，你应该知道怎么做，这个秦玉伶，再也不能出现在公司了。”

“我知道了。”

“给她一笔钱，让金先生永远也见不到她。”

“明白，放心吧，苏总。”

苏暮雪挂了电话，冷笑了一声，前方的路已经通了。

她踩油门，快速向前飞驰而去。

阿西达卡：为什么曾经信誓旦旦的一群人，说散就散了呢？

幽灵公主：知道什么是“停车暂借问”吗？

阿西达卡：不知道。

幽灵公主：人这一生会遇见很多人，也许有一万个，也许有十万个，但没有两个人是相同的。这些人都扮演着不同的角色和你相遇，有的和你交心，有的让你怨恨，有的只是开着车经过你，下车热情打了个招呼，问个路，然后便上车，去往属于他的方向。你会为问路的过客难过吗？也许会，但那又能怎样，他已经踩着油门，驶上美好的旅途，将一切置之脑后了。我们不必苦恼什么，只要潇洒地说再见即可。

阿西达卡：那我们如何分辨哪些是一起同行的人，哪些是过客呢？

幽灵公主：漂泊的人，只有过客。

阿西达卡：……

幽灵公主：残酷吗？接受吧。

重逢是一种修辞

《木兰》出到第四本便停了下来。准确地说，是许愿主编的《木兰》停了下来，这套书在市场上建立了属于自己的优质品牌，远洋出版认为这个品牌有机会做得更主流，于是换了一位知名度更大、更有影响力的作家来担任主编。许愿在博客上发布了退出《木兰》书系的声明，数百名网友留言安慰他。幽灵公主也担心地给他写来长信，希望他不会被这样的现实击溃，出乎意料的是，许愿非常淡然地接受了这件事。他跟幽灵公主解释道，自从决定把《木兰》的品牌所有权签给远洋，便已经做好了换帅的准备，这是《木兰》在发展的路上必经的变化，但把这个项目做成了，便是实现了自己的心愿，那么未来是不是需要一直陪伴着这个项目，似乎已经不那么重要了。

幽灵公主：一点儿都不觉得可惜吗?

阿西达卡：一点儿都不，但并不是不爱这个项目。

幽灵公主：你付出了很多心血。

阿西达卡：所以它现在枝繁叶茂，说明我的努力没有白费嘛。

幽灵公主：可“木兰”不是你心中的木兰路吗?

阿西达卡：呵呵，但木兰路并不是我一个人的呀！《木兰》以一种独特的姿态存活下来了，我陪伴它的缘分也到此结束。对我来说，也应该再仔细想一想自己的职业规划了，我并不认为他们把我换了是多么不堪的举动，反而我认为他们足够尊重这个品牌，并且愿意投入更多的力量把它做得更好，那么对我来说，好像更让人兴奋呢!

幽灵公主：你长大了。

阿西达卡：说得好像你以前见过我似的。

幽灵公主回了一个笑脸。

许愿又打开博客。他的博客聚集了很多网络文友，大家借助他的阵地交流着文学与写作经验，他也在博客上实时更新关于《木兰》的最新进展。从最初想要通过博客找到苏暮雪，到回忆两人走过的木兰路，再到有了创办《木兰》的念头，许愿的博客“许愿池”变得像个真人秀，让网友们亲眼见证了《木兰》的诞生，面对他的退出，众人不无感伤。

在一大片留言里，有一条吸引了他的注意：许愿，吃过你几年白食，回来报答你了，希望可以联络上你。ID 名为“睡在你上铺的兄弟”。

他给这 ID 发送了一条私聊：你是……

对方马上回复了：死鬼，我是跟你睡了四年的上铺，科科，我在北京。

他对着电脑笑了出来，原来是当年联大的室友刘科科，那个经常抢走他的饭卡、古灵精怪的小男孩儿，他是 626 唯一非中文系的学生，学计算机的，给大家当了四年电脑维修员。毕业后他去了美国留学，许愿记得刘科科是宿舍里第一个离校的，走的那天抱着许愿哭个不停，许愿拍着他的背哭笑不得：“别哭了，他们看到，还以为我把你怎么着了。”他走以后，这几年也断了联系，没想到他已经回国，也正巧在北京。

他回复道：死鬼，这么巧！我也在北京，饭卡在手，快来抢。

在刘科科的建议下，两人约了在丽都附近吃饺子。正是饭点，饺子馆里一片喧哗，许愿一眼就从人群中认出他来，还是那么瘦，脸上的机灵劲也没变。两人来了一个大大的拥抱，几句寒暄话之后，饺子上桌，他们之间仿佛没有时间的断层，直接切换到了 626 宿舍模式。

许愿：“美国好吗？”

刘科科：“好，也不好。美国自由，美国有真正的青春，我舍不得回来；不好，是因为在美国，中国人还不如黑人，工作机会并不多。现在在北京多好，今年奥运会要在北京举行，未来的发展空间更大，我希望有机会能留在北京！”

许愿："那你应该已经开始找工作了吧？按照你的学历应该很好找。"

刘科科："这就是我想跟你聊的，我不打算找工作。"

许愿："不找，你喝西北风啊？"

刘科科："我打算跟你混！"

许愿："什么？你说笑的吧，当年抢我饭卡还不够！"

刘科科："你听我说嘛，这几年其实我一直都关注着你的动向，甚至把你的博客设置成了我的浏览器首页。以前我了解不够，现在才知道原来网络上有这么多热爱文学的人，我研究了一下现在的传统出版业，其实已经在慢慢走下坡路，越来越多的人开始习惯网络阅读，未来或许还会有更多人热衷于手机阅读，而网络写作也变得更严肃、更职业，互联网的文学阵营，其实是一个极其庞大的群体。我在想，既然你退出了《木兰》书系，那有没有可能我们创建一个名叫'木兰'的文学网站，提供一个全新的网络平台给热爱文学的人？我关注了《木兰》书系的诞生过程，太不容易了，但那是传统出版，如果能有这么一个权威的文学网站，也可以给这些作者提供展示自己作品的机会，带来的成就感也是一样的。你的博客有这么好的粉丝基础，而你又是《木兰》的创始人，咱俩联手，你做内容，我管技术，何乐而不为呢？"

许愿沉思了片刻，笑着说："听起来不错，但互联网烧钱那么厉害，咱们这个网站怎么赚钱呢？"

刘科科："咱们可以做付费阅读，也可以与传统出版社合作。网上有很多大神级的写手，咱们把他们招至麾下，成为我们'木兰'的特约作家，未来版权管理越来越规范，木兰能拿下这么多作品的版权，分分钟能变现啊！"

许愿："好主意！但对我来说，是一个巨大的挑战呢。"

刘科科："对我来说何尝不是呢？"

许愿沉默地倒了两杯酒，自言自语地说："就叫'木兰文学网'，也不错。"

刘科科自信而坚决的态度打动了许愿，其实他一直在思索着未来的方向，刘科科刚好出现了。许愿几乎没有花多少时间思考这件事，便匆忙地开始准备了，没有仪式，也没有通知太多人，他拿出了这些年的积蓄，跟刘科科一起步入了创业大军。许愿觉得一切都像是命运安排好的，仿佛做出任何决定都只是顺应它的安排而已，换作从前，他或许会瞻前顾后地担忧一番，但这次他没有，做不了《木兰》，他便一无所有，也没多少东西可以失去了。

他们注册了“木兰科技”，法人和大股东是许愿，没有钱租 CBD 的写字楼，便在附近的小区租了个两居室。公司除了许愿和刘科科，还有两个刘科科的学弟，一个辅助他们的工作，另一个做美工。四个人的公司就这么简简单单成立了。许志新听说儿子创业，自然是担心的，打过几次电话，见许愿态度坚决，也只好说：“我不太懂你们年轻人现在的事情，但的确，现在和我们那个年代不同了，你们认定了就去追吧！成功的定义有很多种，或许你的那一种才是正确的。”

木兰文学网悄无声息地上线了。他只是在博客上草草地宣布了这个消息，谁知到凌晨两点，竟然有两万多名网友在木兰文学网注册了 ID。刘科科半夜打来电话：“我说得没错吧，《木兰》的读者都知道你，他们愿意追随你，网站上不但可以发表作品，还能实时交流，比等待一本书的出版更有参与感。”

他点开幽灵公主的对话框，问：你在吗？

幽灵公主：在，正在看你的木兰文学网，界面很好看，很久不见这样的木兰花，而木兰路现在种的却是无趣的冬青，美好的画面变成了回忆，令人叹惋。

阿西达卡：你怎么知道？只有联大的学生才知道这件事。

幽灵公主：我在你的网站上看见你们联大的校友撰文怀念，写得很动人，相信那条路上发生过很多故事，你也遇到过很多人。

阿西达卡：创办这个网站，你觉得我的决定是正确的吗？

幽灵公主：你没有征求过任何人的意见，说明你内心是笃定的，你看现在这网站短短几日便声势浩大，我想也不必多找一个人的意见了吧？

阿西达卡：当然需要你的认同！这些年，最孤独的时刻都是你在陪着我。

幽灵公主：陪伴是相互的，这个世界上谁又不是孤独的呢？

他打出一句：你是苏暮雪吗？五年了，我一直没问过，我知道你就是她！

正要敲回车键，想了想，又删除了，发了句：很晚了，早点休息。

网站迅速地扩张，急需资金支持，这不是他们俩的积蓄负担得起的。刘科科找到了一个投资人，愿意在这个阶段提供一些帮助，于是约了许愿跟这个投资人见个面。下午一点，许愿提前半个小时到了，打算在附近买个煎饼果子充饥。他突然见到一个熟悉的身影，拎着两个塑料袋从不远处的超市走了出来，她五十上下，头发梳得整齐，穿得简洁但端庄。

他想起来了，那是苏暮雪的姑姑，大学时他曾经见过两面。

他的声音有些颤抖，对卖煎饼果子的摊主说："对不起，我不要了……"然后朝那熟悉的身影奔去，但她上了辆公交车，随后关上门，朝前开去。

他跟着公交车一路狂奔，不断穿过人群与车流，用力地挥着手，可那辆公交车并没有停下来。

如果那真是苏暮雪的姑姑，找到她就一定可以找到苏暮雪了。那一刻，他忘记了自己在哪儿，忘记了接下来要见的投资人。他原本以为随着时间的推移，可以慢慢地安心过上没有她的生活，但任何时刻，只要见到跟她有关的人，得到一丁点儿关于她的消息，自己依然瞬间被击垮，猝不及防。

绕过了两条街，他已经跑得满身大汗，脚步也渐渐慢了下来。在路口拐弯处，他终于停了下来，一辆中巴车开过，没留意到他的出现，撞倒了他。他躺在地上，看着那辆公交车远去，记下来了，是308路公交车。

许愿这才意识到，腿痛得无法直立，那中巴车司机慌张地下车，问："我……我送你去医院吧？"

他试探着动了下，钻心地痛，只好点点头。

轻微骨裂，不算太严重，但医生还是建议许愿今天住院。他丝毫没有为错过投资人后悔，反而暗自高兴，308路，只要按照这趟车停车的路线找每一站附近的小区，总能找到的吧？他把这个想法告诉了应晓雨。

"你有病！"应晓雨坐在病床边削苹果，"真不知道说你聪明好，还是愚蠢好，一条公交车线路，十几站，每站附近有那么多小区，每个小区有那么多户，你怎么找？而且万一她还要转车呢？"

"她肯定不会转车！哪有转车来逛超市的，所以住处不会离超市太远，最多三四站地！"

"找到了又怎样？你愿意让她看见你这个样子？"

两人都不再说话，应晓雨把削好的苹果递给他，他接过来啃了一口。

“我先走了，有需要随时叫我，过几天出院，我来接你。”应晓雨起身，“好好养伤吧，别为了找她连命都不要了！”

应晓雨走后，许愿拿起手机，打通了柏千阳的电话。他们已经很久很久没有通过电话，但他想告诉柏千阳，他看见苏暮雪的姑姑出现在了 308 路公交车上。他现在腿上有伤，如果真的要用这么笨的方法来找她，愿意帮他的人应该只有柏千阳。

电话响了很久，但他没有接。

许愿挂断了电话，心想：“他可能正在忙吧。”

柏千阳看见许愿打过来的时候，原本是要接的，那时他在萧天翔的一个私人 party 上。他听见有人喊他的名字，抬头一看，萧天翔满面红光地向他走来。他想，许愿应该也没什么重要的事，于是把手机调成静音，放回口袋，热情地站了起来。这是萧天翔和朋友搞的一个红酒会所，位置有些偏僻，但每周都能吸引来他那些好酒的朋友。

萧天翔身边跟了个漂亮的女孩儿，瘦小但气质出众，二十出头的样子，眼睛里闪烁着一丝可爱的邪气。柏千阳注意了一下，她手上戴的是卡地亚限量版的手镯，穿了一件香奈儿最新款的小礼服。

“千阳，我介绍一下，”萧天翔声调很高，应是喝了不少，“这是我的女儿萧潇，港大学金融的，刚毕业，你们年轻人多交流交流！”

“嘿！”萧潇毫无顾忌地盯着柏千阳，他是今天这个 party 上唯一没有穿西装的男人。

“你好！”柏千阳有些惭愧地说，“萧总临时通知我来的，所以穿得比较随便，不过……其实他早点通知，也一样，我家根本没有西装。”

萧潇被他逗乐了，萧天翔见他们已经聊上了，便借故去应酬其他客人。

“喂，你根本是懒得穿西装对吧？你也嫌这儿装腔作势？”萧潇俏皮地问，大方地坐在他身边。

“嘘，你爸听见我就惨了，我现在还要靠他赚钱呢！”

“柏千阳……”她小声念着他的名字，“有意思！我爸说你很聪明，像他年轻的时候，但我觉得你比他帅，也没他虚伪。”

“不敢不敢。”

“行了，别装了，这儿太没劲了，咱们走吧，我带你去别的地方玩儿！”她不等柏千阳回答，伸出手拉着他往外跑去。

“你爸一会儿找我怎么办？”

“他马上就喝大了，根本不记得你来过！”

她的司机在门口等着，两人上了车。车在环线上飞快地行驶着，北京的夜晚奇妙而璀璨。

“我们去哪儿？”他问。

“你先闭上眼睛。”

柏千阳疑惑地闭上眼睛，萧潇娴熟地脱掉礼服，从包里拿出一套运动装换上。

“好了。”

他张开眼，见她瞬间像变了个人似的，那套昂贵的礼服被她揉成一团，扔在后座上，笑着问：“你刚才憋坏了吧？”

“对啊，最烦我爸带我来这种地方，还好在人群中发现了你这么有意思的人。”

“哪儿有意思了？”

“哪儿哪儿都有意思！”

一会儿，车在东四环附近的一家卡丁车俱乐部停下。两人换好装备，上了车，开始飞驰起来。这是柏千阳第一次开卡丁车，因为底盘低，所以感受到非常强烈的速度感。那风驰电掣的轰鸣声，让柏千阳找到一种驶离了地球表面的感觉，仿佛所有的烦恼都被抛之脑后，刚才在会所的沉闷一扫而光。

两个小时后，两人累瘫在路边。萧潇从包里拿出两罐啤酒，打开，递给柏千阳一罐。

“爽不爽？”她擦了把额头上的汗。

“爽得不像话！”他的心还在嗓子眼儿，魂儿还没从云端下来。

“那我们以后常来。”

“我还没问你呢，你毕业了打算做什么工作？不会也来我们骄阳吧？”

“来骄阳？我才不来这破地方呢，又老又旧，像个巨大的棺材，我爸公司出的那些书都是垃圾，我从不看。”

“那你去哪儿啊？”

“我还没想好呢，不过……为什么毕业了就要工作？”

“毕业了不都得马上工作吗？不然怎么赚钱？”

“但我不需要赚钱啊，我爸赚那么多钱，总得有人花吧？我又不用养家糊口，他就我一个女儿，那我就勉为其难，慢慢帮他花呗。”

“你倒是挺直接的。”

“拐弯抹角多恶心，我也不想一边花我爸的钱，一边假装自己是个勤奋刻苦的‘五好青年’。被他送去香港读书，我已经完成了任务，现在这几年，什么也不想干，就想踏踏实实地做个社会寄生虫。”

“钱花光了怎么办？”

“花光了再说呗，大不了嫁人，找个比我爸更有钱的！”她喝光了最后一口，然后顺手一扔，易拉罐准确无误地飞进不远处的垃圾桶，“对了，一会儿送你回家，你住哪儿？”

“东四环的瞰都。”

“那房子不错啊，租的买的？”

“买的，小户型，刚搬进去。”

“那你挺牛的啊，这么年轻就在北京买房子了，难怪我爸夸你是青年才俊！”

“全靠你爸提携。”

“那你……有女朋友吗？”

“没有。”

“那你现在有了！”

萧潇在柏千阳的脸上亲了一下，然后得意扬扬地看着他，像个精灵一样，笑得迷人。柏千阳出神地看着她的脸，也凑过去亲了一下。萧潇搂住他的脖子，吻住他的嘴唇。

“去你家吧！”萧潇在他耳边轻声说。

“我爸妈在家。”

“那我们去别的地儿。”

“好！”

2008年5月12日下午2点，许愿办完出院手续，和前来接他的应晓雨一起上了辆出租车。回家路上，应晓雨接到一个电话，挂了电话之后告诉许愿：“出事儿了，我可能得出趟差。”许愿问怎么了，她说：“四川汶川发生了八级地震，台里让我们组建一个报道小组，随时待命，这是大事儿，我必须去！”说罢她中途下了车，换乘了一辆出租车直接飞奔去了电视台。

到家后，他放好行李，拿着一张纸便出门了。

纸上是一个表格，他让刘科科帮他查了308路公交车经过的每一站附近的小区名，打算一个一个去找。他不敢告诉应晓雨，准确地说，他不敢告诉任何人。因为连他自己都觉得，这是一种多么愚蠢的方式，可是这也是唯一可能找到苏暮雪的方式。这突如其来的地震，让等待了五年的他更迫切地想要找到她。谁也不知道意外和明天哪一个会先到来，眼看着青春都快过完了，每虚度一天，就少了一天与苏暮雪相见的时间。

许愿拿着那张纸，走在一些不曾去过的路上。有的小区可以自由出入，他便挨家挨户地敲门；有的小区不让进，被保安驱逐，他便偷偷递上香烟，拿出苏暮雪的照片，问询是否有这样一位住户。他每找完一个小区，就拿笔划掉一个名字，再把那张表格收好，去往下一个。

这几天，全公司都在讨论着这个轰动全国的新闻，柏千阳跟大家一起在网上浏览了现场图片，震惊不已。手机震动了一下，他打开看，是夏舟发来的短信：刚看到新闻，庆幸我们还这么幸福地活着。柏千阳回了句：我在上班，别胡思乱想。然后快速地删掉了短信。这时电话响起，是萧潇。

“柏千阳，我要你现在出来。”

“出来干吗？”

“我要跟你做爱！”

“别闹，我在上班呢！”

“我不管，你现在出来，立刻！马上！”

“你今天怎么了这是？”

“看到地震的消息了吗？有个女孩儿没来得及见她男朋友最后一面，前一小时他们还挺甜蜜的，我觉得好难受，好害怕哪天突然见不到你了！”她的声音带着哭腔，想来是被网上的新闻感动了。

“傻瓜！”他被逗笑了，拿着手机走到无人的角落，“我们在北京好好的，要见随时可以见，别太悲观了。”

“那我今晚要去你家住！”

“跟你说多少次了，不方便。”

“为什么？你干吗总不带我去你家，是不是藏了别的女人？”

“听话啊，我不是早跟你说了吗？我爸妈在家呢，我们老家的传统，没到谈婚论嫁的时候不能见父母……”

“那咱们结婚不就完了吗？这样不就可以见他们了！”

“这不是还没跟你爸说嘛，给我一点儿时间，别太急了，小心你爸断你粮，好吗？”

“行吧，那你亲我一下。”

他对着手机轻声亲了一下，安抚了半天才挂断电话。

他拿着手机发呆。满毅迎面走来：“千阳，开会了，公司想为这次地震捐一些钱，等灾后重建时，再出资在那边修一个图书馆，一会儿商量。”

满毅已经从他表哥的公司离职，被柏千阳拉来骄阳做他的助手。他虽然不够机灵，但做事细致，踏实刻苦，最重要的是他是仅有的一个现在能让柏千阳信任的人。

柏千阳走进会议室，打开电视，《整点新闻》正在播放着灾后的救援工作，应晓雨担任这次的出镜记者，正在采访被安置在安全区的灾民。

许愿路过一家电器城，有些失落，表格上的小区基本上找过了，却没有任何收获。身边的橱窗里摆放了一台电视机，正播放着应晓雨报道的新闻，他停下脚步认真地看了起来。在一个慰问灾民的镜头中，他隐约看见有个志愿者的身影像极了苏暮雪，他把脸凑得很近，贴着橱窗的玻璃，生怕错过一个画面。那个身影正在给安全区的灾民分发矿泉水，一个侧身，她的脸晃过镜头，许愿非常确定那就是苏暮雪。

他拿起手机，打给了应晓雨：“晓雨，你在哪儿？”

“我在成都机场，准备回北京了，台里换另一批记者过来接替我们。”

“我在你的报道里看见苏暮雪了！”

“你确定吗？当时人太多，我没有留意。”

“我确定，我要去找她！”

“什么时候？”

“现在！”

他迅速挂断了电话，冲到街口拦了辆出租车。

到家后，他拿了身份证，匆忙地塞了几件衣服在包里，然后直接往机场跑去，买了张最近的机票，还需要等两个小时。他在登机门踱来踱去，设想着与苏暮雪见面的第一句应该说什么，他的心有些乱，于是他深呼吸，把整件事从头到尾捋了一遍——按照刚才新闻里提示的地点，苏暮雪现在就在都江堰安全区，这个新闻是昨天录制的，那么现在她应该还没走，所以不出意外今天晚上就能见到她。久别重逢，她会激动吗？是否应该若无其事地说一句“好久不见”？还是应该冲过去紧紧地抱住她说“我找了你好久”？他很矛盾，倘若当初海报上的照片是真的，那么应该用什么样的态度来面对现在的她呢？

飞机到了。他忐忑不安地下机，到达成都后他跟几位北京同行的志愿者一起，在成都报名参加了灾后救助队，坐上了去都江堰的大巴。

他跟其他志愿者一起负责救灾物资的搬运，每到一处，他都会问：“你见过一个名叫苏暮雪的女孩儿吗？北京来的，这是她的照片！”他无比期盼着对方肯定的回答，但得到的总是摇头。他非常确定没有看走眼，那个侧脸，就是苏暮雪。休息的空当儿，有人对他挥挥手，叫他去吃饭。他笑着摇头，拿着苏暮雪的照片去了另一个营区。

一直到了晚上10点多，有个战士看了看他手里的照片，说：“刚才有人来问过了。”许愿不解，说：“怎么可能？”那个战士见有新的矿泉水和食物运来，马上冲过去帮忙搬运。许愿见状也过去帮手，只见那卡车上站着的人竟然是柏千阳。

柏千阳搬起一箱水，递给许愿，问：“你什么时候来的？”

许愿接过水：“下午到的，你呢？”

柏千阳："我中午就到了，公司捐赠了一些物资，我也一起过来看看。"

好不容易救灾物资搬完了，柏千阳下车，跟许愿走到人少的一旁。两人面对面站着，谁也不知道应该聊点什么。在此之前，他们已经很久没有见过面了。

许愿："他们说有人也在找苏暮雪，是你吧？"

柏千阳："除了我还能有谁？在电视上看到她了，所以顺便问了问，如果能碰到当然好，没碰到，那也是没缘分，五年多没见了，真见到，也不知道说什么。"

刚说完话，发生了余震，地面晃动起来。柏千阳背后的墙面眼看要倒塌，头顶一块巨大的预制板要砸下来，许愿一把抱住他，扑倒，躲过了那块预制板。一片尘土扬起，其他人涌过来，打着手电筒，问："没事吧？"

柏千阳拍了拍身上的灰，四处摸了摸，说："好像没事。"回头一看，许愿的额头磕破了，正流着血。柏千阳赶紧扶起他，大声说："你们谁有药，我哥们儿受伤了！"有个护士拎着医药箱过来，熟练地为许愿清洗伤口，还好只是磕破了皮，不用缝针。

那卡车发动，即将去另一个营地。

柏千阳："走吧，她不在这儿。"

许愿："是不是我们没找仔细，漏了什么地方？"

柏千阳："不会的，我找一下午了。"

许愿四处看了看，一片废墟，不见那个熟悉的身影。

柏千阳："走吧！"

许愿点点头，两人上了卡车。那车缓慢地行驶着，消失在了夜色当中。

过了一会儿，另一辆卡车抵达。苏暮雪从车上跳下，跟志愿者们说，到了一些药，大家可以跟护士报备一下需求，然后由护士统一领走。

她擦了擦额头上的汗，看着这一片废墟，叹了口气。

阿西达卡：我看见她了，到了都江堰，却还是错过了。

幽灵公主：也许你看错了。

阿西达卡：不可能，我可能会认错别人，绝不会认错她。

幽灵公主：如果你们总是错过，说明她本来就属于跟你相反的方向。

阿西达卡：没关系，如果还没到时间，那我可以再等等。

幽灵公主：值得吗？

阿西达卡：我觉得，人这辈子做的一些事情，并不一定要看值不值得，找到她已经变成了我的一个理想，像太阳那样在那里熠熠生辉，这让我觉得在北京经历的一切都是有意义的。

2008年8月8日，漫天烟花。

北京，让人心碎的北京，缤纷灿烂的北京。七年前，萨马兰奇宣布2008年奥运会在北京举行，这一天终于到来了。整个北京都在这个夜晚沸腾，在四环上飞驰的车、路过鸟巢时正巧看见夜空绽放的巨大烟花，像要把所有的黑暗燃烧殆尽。这是无数人期待的北京，也是无数人想要离开的北京。一座座高楼林立，万家灯火孕育着人们的爱恨情仇。每一盏灯都是一个故事，每一扇窗户都是一个传说，而其中的人，个个都以为自己是主角。

四环上的那辆车里坐着萧潇和柏千阳，他们赶着去盘古大观看奥运会的开幕式直播，萧天翔在那里包了一个厅，邀请亲朋好友共襄盛举。但他们俩迟到了，萧潇一路都在发小姐脾气，责怪晚饭时柏千阳迟到，导致现在赶上堵车的点，看不到开幕式直播。

“早知道晚饭随便吃点。”柏千阳说。

“凭什么晚饭随便吃啊？这家西餐厅，我好不容易订上位的，而且有紧赶慢赶吃西餐的吗？都怪你，都怪你！”

“都怪我都怪我，对不起，我补偿你！”

“怎么补偿？晚上不许回家！”

“本来也没打算回家啊，今天陪你。”

“今天正式跟我爸公开咱俩的关系，你紧张吗？”

“我有什么好紧张的？你爸又不是魔鬼。”

“他养了这么多年的白菜，让你这头猪给拱了，他肯定想掐死你！”

“那我死了，他女儿就得守寡了。”

“我大不了再找一个。”

“这么绝情，那我还是不去了，我可不想死。”

“傻瓜，我怎么舍得你死，我爸要是不同意，我就从盘古楼顶跳下去！”

那辆车消失在车流之中，开幕式已经开始了，他们想必是赶不上开场了。其实萧潇并不是那么在意开幕式，她只是不想第一次和柏千阳以恋人的身份见萧天翔时迟到得太过分。

夏舟此时正坐在电视机前，柏千阳在家匆匆吃过晚饭，急着出去了，他现在事业蓬勃发展，说是老板安排了饭局，不得不去。这些夏舟都理解，她不是不识大体的小女生，天天窝在家里的男人有什么出息。从家里的阳台上，可以遥望鸟巢，也能看见上空的烟花朵朵。这套房子是夏舟出的钱，写了柏千阳的名字，她没有告诉家人，因为他们一定会反对。但这是她唯一能做的让两人关系更稳固的事情了，无论如何，他们在北京有家了。在此之前，柏千阳一定是非常没有安全感的，至少现在，他知道累了、倦了，应该回哪儿。

“只要最后还在一起，难一点儿又有什么关系？”夏舟想了想，看着家里四处都是柏千阳的东西，觉得心头一阵温暖。

美好的北京，薄情的北京，疏离的北京，欢喜的北京。

当李宁飞向天空，点燃圣火的时候，满毅正在接听家里的电话。爸妈开始催婚了，说如果他再不带个女朋友回家，就要安排相亲，他一个劲儿地解释北京的工作艰辛繁忙，没有时间。爸妈说：“那你就回来呗，在老家找个安稳的工作，生了孩子还能两家轮流给你带。”满毅捂着额头说：“我要看开幕式了，求求你们别吵了！我头疼。”爸妈一听，闹心得更厉害：“儿子啊，这么大的北京你就找不到一个姑娘陪你一起看开幕式吗？你要回来，爸妈能给你找一打！”他挂了电话，想了想，然后打给了沙璇，他已经很久没有见她了。之前还想借口照顾她，经常可以上门看看，但她找了老家的表姐来，便没什么理由常去了。她没有接，满毅想，可能孕妇都睡得比较早吧。

沙璇在这一夜被送进了医院，比预产期稍早了一点儿，还好有表姐在。表姐是农村人，干粗活、重活长大的，身强体壮，轻轻松松把她弄上车。沙璇握着表姐的手，激动地说：“这个孩子终于要来了，我等了好久，8 月 8 号，好日子啊，孩子的命好！”分娩的过程很顺利，是个女儿，平安健康，除了孩子的爸爸不在，其他一切都好。她没有通知任何人，只在第二天发了条短信给满毅，说母女平安。满毅或许是在忙，他过了很久才回了一句，恭喜。表姐抱着女儿，沙璇看了看，无精打采地说，不像我也不像她爸，这样好，我俩命都不好。

应晓雨和蜗牛作为这次奥运会开幕式的特派记者，在现场忙碌着，快要结束时，两人在鸟巢外合了一张影。

应晓雨：“还记得2001年吗？我们在湘西，篝火边，一起等萨马兰奇宣布这个让人振奋的结果。”

蜗牛笑了笑说：“当然记得，本来我爸妈要带我去上海玩儿，我打电话到你宿舍道别，沙璇说你们约了去凤凰玩儿，我才临时决定也跟去凤凰的。”

应晓雨打着哈哈说：“少来这套，我才不信！”

蜗牛也笑着，不置可否，仿佛真的只是开了一个玩笑。应晓雨当然知道，每一次的巧遇，一定是有一个人在偷偷地努力。

回到采访车时，应晓雨突然看见停车场有个熟悉的身影。她伸长脖子，慢慢朝那个方向走过去，但那个身影已经上车，离去。

蜗牛：“看什么呢？”

应晓雨：“我好像看到苏暮雪了，不过可能是眼花……”

蜗牛：“走吧，就算真是她，她也走了。”

应晓雨：“我真想知道，我们再一次重逢会是什么样子……”

蜗牛：“听过一句话吗？”

应晓雨：“什么？”

蜗牛：“重逢是一种修辞，用来形容时光荏苒。”

应晓雨：“说得好，时光荏苒，我们都变了，既然重逢有那么多可能，就一定有不快乐的可能，所以不如留下一些美好的回忆吧。”

从鸟巢回家的车上，金岳握着苏暮雪的手。

金岳：“开幕式挺热闹的！”

苏暮雪：“是啊，当年萨马兰奇宣布中国申奥成功的时候，我跟同学在湘西玩儿，大家围着一堆篝火，等他说出那个结果的时候，激动得一起绕着火堆跳舞，今天亲临现场，感觉很特别！”

金岳：“七年了，真快。”

苏暮雪：“小驰呢？今天怎么没带他来看？”

金岳：“不管他，他要跟同学一起，不想来凑热闹，说在电视上比现场看得更清楚。”

苏暮雪：“跟同学？女朋友啊？”

金岳笑了笑：“谁知道呢？他也到了当年你认识我的年纪了。”

阿西达卡：你看开幕式了吗？

幽灵公主：看了啊，我去了现场。

阿西达卡：真的吗？怎么样？

幽灵公主：还不错，不过人太多，或许在电视机前看会更清楚。

阿西达卡：真羡慕你，我倒挺想去凑凑热闹的。

幽灵公主：为什么？

阿西达卡：这对我来说挺有意义的。那一年宣布申奥成功，我跟她在一块儿，七年过去了，当开幕式正式举行的时候，我们却分开了，命运很爱开玩笑。

幽灵公主：回忆是用来分享、珍藏的，不是用来背负的。不要回忆了，往前看吧，作为你的朋友，我希望你慢慢发现北京的美好，既然选择了漂泊，就不要总是提醒自己是为什么而来，不要为了找一个人而忘记了沿途的风景，这才是漂泊的意义。

阿西达卡：谢谢你。

灿烂千阳

夏舟是在柏千阳坚持把房子过户给她的时候，预感他们的缘分走到头了。

那段时间她拗不过柏千阳，只好答应了他过户的要求，还自我安慰着，或许是他打算求婚了，让房产在女方名下会让她比较有安全感吧。当他提出分手的时候，她一点儿也不意外，似乎也没有当年那种崩溃的感觉，很久以后她回想起当时的感觉，觉得可能是北京赠予她的勇气吧。在这座庞大的城市里生活得久了，情感上的迂回与折磨会显得那么多余，人们疲于奔命，像蝼蚁一般穿梭在楼宇之间，爱情变成了微不足道的鸡肋。你的痛苦、失落、不堪、绝望，都逐渐化作一片短暂的雨水，落在地上，流向下水道，去往一个未知的地点。待到晴天，你会发现一个人的表演是多么滑稽可笑，你不但没有对手，连观众都没有。

那几个月，柏千阳回来得越来越少，甚至连普通敷衍的短信和电话也没有了。房子过户之后，他基本上便不回来了，两个人的关系像一张被雨淋过的纸，就等风轻轻一吹，便支离破碎。直到有一天下午，他匆匆约夏舟在家见面，那个下午，窗外出奇地亮，阳光投射进来，将人的面容都照得有些模糊。

也是相识十多年的老朋友了，彼此心知肚明，只是等那个心碎的开场。

柏千阳沉默了很长时间，终于开口了，他用一种冷静到令他自己都觉得可怕的语气说："咱们分手吧，房子我不要，不想欠女人任何东西，咱俩命里没有，硬要在一起都活不长的。"

夏舟只是淡淡地问了句："我们俩的关系就连一次认真的、正式的结束都不能有吗？"

他想了想，说："现在不就挺认真的吗？"

夏舟："为什么跟我分手？"

柏千阳："我从来没有爱过你，这种'不爱'，像根刺扎在心里，越久越痛苦。我以为我可以扛，对付着也能过，现在发现，我扛不了了。"

夏舟："那你当初为什么愿意跟我在一起？"

柏千阳："可能太孤独了吧。那天早上，正好在我很迷茫的时候你敲了我的门，你知道的，在北京，一个人这么漂着，太难了！可能每个人都需要一个陪伴……"

夏舟："看样子，你已经不缺这样的陪伴了。"

柏千阳不说话。

夏舟："好吧，我知道了。呵呵……我觉得自己还不如站街的妓女，你嫖完好歹会跟她礼貌地道个别吧？"

柏千阳："我没嫖过。"

夏舟不再说话，柏千阳坐了一会儿，起身穿鞋下楼了。她看着他的背影，没有再站起来死死地抱住他。大学毕业时，他离开他们租的小民房，她那样抱过他，没有用，该走的一样会走。她在阳台上看着小区大门口停了一辆宝马，柏千阳急匆匆地上了那辆车，那是他最后一次从这个家离开，那车去了四环，消失在她的视野里。她走到卫生间，看着镜子中二十七岁的自己，她似乎很久没有这样认真地看过自己的样子了，真是憔悴得不行。念书的时候她曾经因为这张脸而骄傲跋扈，那时候她不知道输是什么滋味，男孩儿们为她鞠躬尽瘁、死而后已，在她十八岁的美好年华。

夏舟偷偷地跟踪过柏千阳，他常和一个瘦小的女孩儿去工体的一家叫 Fox 的酒吧，出来的时候酩酊大醉，那女孩儿扶着他，两人一起上了一辆宝马。那辆车在他们家小区门口出现过，就是它接走了他，然后一去不回。夏舟在街对面静静地看着这一切，那个女孩儿看起来二十出头，美得像一盏耀眼的霓虹灯，她想，自己曾经也这么美好的啊。

她在一个周末来了 Fox 酒吧，换上了性感的吊带，画了很美的唇彩。她对着镜子想，谁还没有美过啊？她钻进那间喧闹的酒吧，音乐声震得她的心在颤抖，她要了一瓶马爹利，独自喝着，像一只孤独的夜莺突然闯进了人类的帐篷。这里是柏千阳常来的地方，这个她深爱的男人，曾经和她在堕落街的串串香大快朵颐，曾经牵着她的手走在秋天铺满落叶的木兰路上，他还在飞轮酒吧打工，穿着干净的工作服，露出灿烂明媚的笑容。现在他也开始迷恋这里的声色犬马，变成了另一个她无论多么用力都触摸不到的柏千阳。

有几个中年男人凑过来，带头儿的是个戴金链的光头，他轻佻地拍了拍夏舟的肩，问："妹妹，怎么一个人喝酒啊，哥陪你怎么样？"

夏舟笑了笑："好啊，那你买酒去，这是我的酒，不给你喝！"

那光头见她大方又俏皮，也来了兴致，叫手下兄弟买了两瓶酒，给夏舟添满："一会儿跟哥走呗？"

夏舟："走哪儿去啊？"

光头："去哥家，去宾馆也行。"

夏舟冷笑了一声，说："去你家干吗？"

光头伸手搂住她，另一只手朝她的胸部摸过去："去我家想干吗都行啊！"

夏舟推开了他："滚你的！"

光头："好倔强的妹妹，我喜欢，来，亲一个！"

他伸出猥琐的嘴，朝夏舟脸上亲来。他怎么也没想到，迎来的是她举起酒瓶的手。那酒瓶砸在他的头上，鲜血顺着他的脸流了下来，玻璃片撒落一地。音乐继续响着，该跳舞的人继续跳舞，众人举起酒杯，庆祝这个疯狂的世界。光头气急败坏地伸出手摁住夏舟的脖子，手下人也扑过来试图抓住她的双手，但那一瞬间她的力量大得惊人，她举起手里碎裂的酒瓶朝那光头身上扎去，光头疼得松开手。

鲜血溅在她的脸上，她挣脱他的手下人，狠狠握住那锋利的碎片，冲上前，一下又一下。那男人瘫倒在地，满身是血。后来她被人拉开的时候，手里还紧紧地握着那碎片，掌心被割破也不松手，任那血肆无忌惮地流着，也不觉得疼。

她放声大笑着，像是那震耳欲聋的音乐声里独特、凄厉的伴奏。

2008 年 10 月，夏舟因故意伤人罪，被判了五年。后来她跟妈妈说，走进监狱的时候甚至有点轻松，终于有人领着她往前走，终于可以趁机休息休息了。

2008 年的最后一天，韩家阅和沙璇在一家海鲜酒楼举行了婚礼。韩家阅出狱之后，沙璇请满毅帮忙，安排在他表哥的单位工作，因为韩家阅有犯罪前科，所以满毅的表哥算是为他们解决了一个天大的难题。婚礼上，双方家长都没有来，一是为了省钱，二是对他们的结合并不认可。沙璇的爸妈始终不理解，为什么女儿要跟一个劳改犯在一起，沙璇一赌气说："不来就不来，省得来了我还要伺候你们，自己结个婚还得看别人脸色，犯不着。"韩家阅家是书香门第，父母要面子，儿子刚出狱便举行婚礼，老两口觉得脸上挂不住，听说亲家不来，也决定不来了。这和沙璇在少女时代期待的婚礼有些不一样，但不管怎么样，她把自己嫁给了最想嫁的那个男人，这已经比大多数女人幸运了。沙璇的表姐帮他们抱着四个月的女儿，她的名字叫韩静萍。沙璇不奢求女儿大富大贵，只祈祷她像一片平静的浮萍，安安稳稳过一生足矣。

他们邀请了许愿、柏千阳和满毅，大家也很自觉地闭口不提应晓雨。尽管大家都知道应晓雨并没有错，但也理解沙璇内心对她的恨。他们举杯说着客套的祝福，婚礼司仪表演着老套的段子，韩家阅和沙璇牵着手看着这热闹的场面，似乎也很幸福。满毅提前走了，他说公司还有点事没处理完，他走前端起一杯白酒，敬了韩家阅，然后慢吞吞地从椅子下拿出一个保温锅，不好意思地对沙璇说："这个……是我昨天晚上赶工做的卤蛋，有点儿急，不知道味道合不合适。"他笑得傻呵呵，韩家阅让人接过，他挥挥手便道别了。他离去的背影有些落寞，尽管时隔多年，他已不会再把那些遗憾写在脸上，但大家都知道，他虽然祝福得诚恳，但绝不可能真正为沙璇开心。世界上哪有那么大度的人，无非是礼节使然，藏得比较好罢了。

酒足饭饱，大家逐渐散去。

许愿和柏千阳走到酒楼门口，柏千阳点了根烟，对许愿说："聊会儿呗！"

"好啊。"他找柏千阳要了一根烟，也抽了起来。

"你那公司怎么样了？"

"还行，现在注册的人越来越多，开始有品牌投放广告，还有几家出版公司在资金上支持我们，虽然要承担的责任更大，但也更有成就感。"

"有事需要我，随时说！"

"好。"

“没事……你也找找我，你现在都不找我了。”

“以前住得近嘛，626 离 622 就几步路，现在越来越远了。”

“你如果想我了，告诉我，我可以去找你。”

“嗯，行，你还好吗？”

“毕业以后，我好像没什么好不好了，得过且过吧，但也没有很糟糕，我向来也不是多愁善感的人，毕竟拿着联大的文凭，在北京能站稳脚跟，也可以了，再抱怨什么，就矫情了。”

“你和萧潇什么时候结婚？”

“我不想结婚。”

“为什么？”

“我现在给不了任何女人承诺。”

柏千阳的车到了，他把烟头扔进垃圾桶，挥手道别，上了车。许愿在原地站了一会儿，看见有辆出租车路过，也上了车。

出租车的空调坏了，许愿裹紧了身上的棉袄。

半年了，又到了夏天。木兰科技在东三环一个老旧的写字楼租了一间办公室，公司的员工超过了十人，公司急需资金扩大规模。许愿在办公室打开木兰文学网，界面刚更新过，相比之前的风格，更沉静了一些。有人站在办公室的门口，敲了敲门，许愿头也没抬，说了句：“科科，那个数据表已经有了吗？一起给我吧。”

“那也要先吃饭啊！”原来是应晓雨，她的手里提了一袋餐盒。

“你怎么来了？”许愿有些惊喜。

“在附近吃饭，想着你可能也没吃，就顺便上来看看，最近怎么样？”

“还不错，但公司缺钱，需要资金介入，不然很难维持，像这样的小型创业公司，要么做大，要么被其他公司吞并。”

“加油，我相信你可以做到的！”

“你看，”许愿向应晓雨展示木兰文学网的后台，“我们已经有了十万个有效注册用户了，每天流量很高，现有的带宽与数据库已经负荷不了了，一定会越来越好的。”

“改天我也注册一个ID。”

“你说，这十万人里，有没有一个ID是苏暮雪的？”

应晓雨还未回答，许愿的电话响起，是柏千阳。

“喂，老大。”

“你在公司吗？下午来我这儿一趟怎么样？”

“行啊，有什么事吗？”

“没事不能找你啊，兄弟！”

“行，我三点到。”

柏千阳和萧潇正热恋着，在萧天翔的支持下，他创办了一家名为“灿烂千阳”的新型出版公司，是骄阳旗下的子公司，但以流水化生产新作家为主营业务。公司坐落在繁华的CBD，站在柏千阳的办公室，透过巨大的落地窗可以看见三环上拥堵的车流。他和许愿并没有像之前约定的那样，没事也聚聚，许愿知道柏千阳找他一定是有事儿。念书的时候，大家似乎有挥霍不完的青春，一起去食堂吃饭，一起去图书馆上自习，一起绕着联大一圈一圈地走，甚至一起发呆，肆意浪费着光阴，仿佛那都是很有意义的事情。毕业后，如果没什么事，相聚变得如同鸡肋，我们不能一直怀旧，可我们在一起只能怀旧，这就是旧友们疼痛的地方。一个“旧”字，让大家没有未来。

倒了两杯茶，摆在二人面前，旧友的好处是喝一口茶，不需要任何开场白。

柏千阳：“许愿，开门见山地说吧，你的网站做得不错，公司前景也很好，但我听说你们缺钱。”

许愿：“嗯，网站的成长比我预想的要快，没有资金支持，很难走得长远。”

柏千阳：“这样吧，我还是那句话，咱俩一起干吧！把你的网站装进我的灿烂千阳，包装包装，加上我现有的业务，讲个好听的故事，再稀释点儿股份给那些冤大头基金，然后咱们找一家公司收购，估值可以给你做到十倍，当然，我得占30%的股份，三年后套现，能挣不少钱，怎么样？”

许愿像看一个陌生人一样地看着柏千阳，默不作声。

柏千阳：“听明白了吗？我背后有骄阳，维持木兰网的发展是没问题的，现在你缺钱，我的公司业务更丰富，咱们合在一起，一加一大于二！”

许愿：“老大，我听明白了，但我现在还不想卖公司。”

柏千阳：“傻孩子，这怎么是卖公司呢？咱们玩的是资本，你这样苦哈哈做下去，什么时候是个头儿？许愿，你看看，这里是国贸，全北京最贵的路段，你再看看三环，那些堵在路上疲于奔命的 loser，他们每个人都渴望能在这里上班，咱们一起做吧！多少年前我就说过，我们是与众不同的一群人，命运让我们认识是为了让我们更热烈地活着！”

许愿：“我们对未来的期许不一样，请原谅我的执拗，可能苦一点儿、累一点儿，但木兰网必须坚持它独特的气质，我不想被资本绑架。”

柏千阳：“你怎么这么固执？我这是在帮你！”

许愿：“老大，谢谢你，但这样的帮助，我是不需要的。”

柏千阳：“你走吧，真不知道当初苏暮雪喜欢你什么！”

许愿转身离去。

柏千阳拿起桌上的烟灰缸朝门砸去，一声脆响，满毅冲了进来：“你怎么了，没……没事吧？”

“没事。”

他面向落地窗站着发呆，眼眶有些泛红。三环依旧堵着，车一辆紧挨着一辆，他说得没错，这里是大部分北漂每天的必经之路，他们都在为自己的未来奔波，他们路过 CBD，路过柏千阳的脚下。有一点他说得不准确，不是每个人都想在这里工作。

电话响起，是萧潇。

“老公，你在公司吗？我要你现在下楼陪我去买条裙子，就在公司附近的银泰。”

“我忙着呢。”

“我不管，你必须下来，我生气了！”

“我真没空。”

“你怎么这么冷漠，是不是不爱我了？”

“行吧，我五分钟下楼。”

“老公，你最乖了！”

从柏千阳的办公室出来，许愿正好接到刘科科的电话，说晚上有个创业峰会，不少投资人会出席，可以一起去找找机会。对创业者来说，有任何让公司活下去的机会都要前往争取，哪怕是不爱社交的许愿。他看了看时间，回家洗了个澡，换了件稍微正式的衬衣，便赶去了凯宾斯基。

到了大堂，需要拿邀请函签到，但刘科科迟到了，电话里一直说堵在路上，许愿只好在大堂晃悠着。

“许愿！”一个熟悉的声音从背后传来。

他回头，竟然是多年不见的郑小苔，那个在林荫小道上骑着单车，停下回头的郑小苔。那时她扎着马尾，回头骄傲地对许愿说：“喂，跟上来啊！掉队了可没人等你哦。”她的每一次出现都让他惊讶，依稀记得上一次，他们在游乐场坐了三遍过山车，她毫不畏惧，下来依然面不改色。后来她坐上那辆公交车，从车窗里挥手道别，此后再未相见。

“怎么会是你？”他有些惊讶。

“怎么不能是我？我回国了，现在 base 在北京，我在一家基金公司上班，今天陪朋友过来看看有什么合适的项目，你站这儿干吗？”郑小苔穿着黑红相间的套装，显得干练。

“我在等我的合伙人，我没有邀请函。”

“你不用等他了，是我让刘科科叫你来的，你的邀请函在我手上，走吧！”

“什么？”

“你的电话打不通，我托人找到了他，给你一个惊喜，我有个朋友对你的木兰文学网很有兴趣，想跟你见面聊聊。”

许愿被郑小苔拉进会场的时候，大脑都是蒙的。这个女孩儿像一只穿梭在城市楼宇与热带丛林之间的飞鸟，每天自由来去，在她想见你的时候便会出现，而其他的日子，你根本无法探寻她的踪迹。

他们坐在会场较为偏僻的小圆桌旁。郑小苔说，她来北京已经一年了，在英国读完研究生后突然觉得腻了，于是跟着一群中国留学生一起回了国。英国的留学生有个类似老乡会一样的组织，大家戏谑地称为“伦敦帮”，基本上是国内有钱人的子弟，学的专业也都是金融投资之类。这帮人虽说学习一般，但眼界和起点都高，回国后都靠父母铺路，一个个在投资圈混得风生水起。郑小苔借助“伦敦帮”的关系，以她极强的交际能力混迹其间，帮他们寻找适合的项目进行投资。而她的朋友看中了许愿的木兰文学网，决定在“木兰”的创业初期给予一定资金上的支持。

过了一会儿，一位戴着眼镜的年轻男子走来，他皮肤白皙，书卷气十足。郑小苔站了起来，介绍说：“这位是我在英国的同学，夏经年。”

夏经年：“许愿，你好，我对你的创业项目很有兴趣，它现在已见雏形，很不错。”

许愿：“您好，幸会，那需要我介绍一下公司的现状吗？”

夏经年：“其实在见你之前，我们已经找到你的合伙人刘科科了解了大概情况，你们现在处在起步阶段，有些艰难，但没关系，我们会作为你的天使投资人，投资你们的木兰网，这也是我回国后第一个独立投资的项目。”

许愿：“夏总，我有必要跟您说的是，木兰网有它独特的属性，它的核心其实依然是文学创作，这才是它吸引很多人的原因。我也一直在寻找它与商业运营之间的平衡点，不过很遗憾的是，我还没有非常明确地找到它，但我相信一定可以找到。所以我想强调的是，我希望依然保持它原本的气质与诉求，不被资本绑架，我理解您的目的，只是想孵化一个看起来不错的创业公司，未来价值更大以后可以变现卖掉，但木兰网是我的心血，我希望它一直以现有的姿态存在，所以可能会艰难一点儿，但我必须这么做！”

夏经年：“许愿，我欣赏你的决心，也很看好木兰网的发展，对于你们旗下签约的作家也非常有信心。投资其实主要是投人，一个企业未来是什么样的宿命，关键在于它的领航者是谁，所以你放心，我不会参与企业的任何规划与发展。”

许愿：“那么，这会是一个风险很大的投资，您为什么愿意投呢？”

夏经年：“我希望木兰网壮大，然后打得你的好兄弟柏千阳溃不成军。灿烂千阳是个投机公司，柏千阳也是个投机分子，旗下一群大字不识一个的作家，这是一种畸形的生产模式，非常可怕。但现在整个行业被他蒙蔽了双眼，任由他呼风唤雨，大众似乎对这样的道德沦丧并不介意，当然，他爬得越高，到时候会摔得越惨。”

许愿：“可是……您为什么要打垮他？请告诉我！”

夏经年：“我不敢说自己是个道德卫士，尽管他的发达的确让人很气愤。其实……说起来，我跟你也有点渊源，我也是湖南人，你的校友夏舟是我同父异母的妹妹，我们一起长大，因为家庭，她在成长过程中受了很多苦，所以我一直尽我所能地疼她。但她这辈子被柏千阳毁了，此刻她正在监狱度过她最美好的青春，而柏千阳，却在出版界混得风生水起，这种人没有资格享有这样美满的人生！”

许愿：“所以……您是为了报仇才帮我的吗？”

夏经年：“当然也是因为你足够好，我不会为了报仇而去投一家烂公司。”

许愿：“柏千阳是我的兄弟。”

夏经年：“那是过去，未来你们一定是竞争对手，我投不投你，你们未来都有一场恶仗要打，所以你根本不必介意我的目的是什么。你只管拿到你需要的钱，让你的公司变得更好，否则在未来的战役中，你会输得一败涂地，哦……不，你可能都等不到那场战役的到来，木兰网要壮大，启动资金非常大，你们没有钱。”

许愿：“让我想一想。”

夏经年：“OK，后天我要离开北京一阵子，希望你在我走之前想清楚。”

许愿点点头，夏经年推了推鼻梁上的眼镜，站起身，客气地说：“希望我的直接没有让你觉得不舒服，我最后依然想强调一点，我是个生意人，报仇是我的目的之一，但让我坐在这里的原因，是因为我看好你的木兰网。”

道别之后，台上开始进行一个创业论坛，几位北京知名的80后创业者滔滔不绝地讲述着自己与众不同的创业经历。

许愿：“能给我一些意见吗？”

郑小苔：“咱俩是老朋友了，我明说吧。你的公司这么继续下去就彻底玩完了，我拉他过来只有一个目的，他注资你们公司，我要提8%，可能有点儿高，但我一贯的要求是这个数。我常帮很多需要钱的企业找投资，救他们于危难之中，但我不需要什么感谢，溢美之词都很廉价，对我来说没什么比现实的利益更清楚了。”

许愿：“我知道了，他好像很信任你。”

郑小苔：“夏经年曾经是我的男朋友，我们在英国时爱得死去活来，回国以后他想结婚，但我不想，于是我们非常和平而科学地分手了，现在搭档着合作，大家彼此都没有受到伤害，我喜欢这样的男女关系，简单粗暴。”

许愿：“你为什么不想跟他结婚呢？我觉得他不错，应该也有能力给你很美好的生活。”

郑小苔：“我为什么要结婚？我一辈子都不会结婚，很多女人要靠结婚获得一些安全感，在我的价值体系里根本没有这回事。我凭本事过上富足的生活，自由自在地跟各种优秀的男人交往，我不被任何关系束缚，谁都可以约我，我不用专职服务任何人，过得比谁都快活。”

许愿：“这样……也很好。”

郑小苔：“对啊，但并不是每个人都能理解，比如夏经年，他还是个挺正经的男人，不过也都是装的，这个社会就是一群人在那儿装，不装早被淘汰了。”

许愿看着台上发言的创业者，发着呆。

郑小苔突然拍了拍他：“喝酒去吧，该聊的都聊完了，这种一群人吹牛的场合，待着也没意思。”

许愿：“好啊，顺便庆祝一下我们的重逢！”

郑小苔：“重逢没什么好庆祝的，能拿到夏经年的钱比较值得喝一杯。”

他们买了酒来到许愿的家，这里依然整洁，依然是淡淡的香皂味。他们坐在客厅的地上，开了一瓶又一瓶。夜色撩人，两人也渐渐微醺。

郑小苔看见茶几上的烟灰缸：“你抽烟？”

许愿：“偶尔抽，没有上瘾，但完全戒掉，好像也挺难的。”

郑小苔：“你今天没有马上答应夏经年，我挺意外的。”

许愿：“我也挺意外的，其实我现在很需要钱，只是，听到夏经年说起和柏千阳的竞争，我有些疑虑，我很害怕未来我们的友谊会因为公司的竞争而消失殆尽。那是我曾经最看重的东西，但我也知道，无论夏经年投不投我们，我和柏千阳都不可避免地会变成对手。”

郑小苔又开了一瓶酒，淡然地说：“其实吧，友谊这个东西有点被世人捧得太高了，友谊跟永恒并没有多大的关系，就像一列火车，大家在同一节车厢里聊得挺好的，也觉得未来是一辈子的兄弟姐妹，当下大家的确都是真情实感，可是从我们登上这列车的时候就应该明白，每个人的目的地是不一样的，每一站都有人上车有人下车，大家体体面面地道个别，也没有什么不好。能跟你一直抵达终点的友谊是奢侈品，什么是奢侈品？就是稀有的、一般人消费不起的。所以，如果真有一天，你跟柏千阳必须在沙场上见，也没什么可惜、可怕的。”

许愿：“你总能点醒我，而我总是这么扭扭捏捏、瞻前顾后，像个女生。”

郑小苔：“我只是比你现实、比你狠，因为生活比我们更狠，你只有用更强的力量才能凌驾于生活之上，才能不被它打倒。”

许愿：“是啊，十年前你就够狠的，消失得无影无踪。”

郑小苔伸手摸了摸他的脸，说：“十年了，你还生着气啊？其实如果我当初告诉你了，我恐怕就走不了了。”

许愿：“为什么？”

郑小苔：“因为舍不得啊。”

她抱住许愿，亲吻着他的嘴，像是偿还一个未曾履行的承诺一样。许愿没有拒绝，他贪婪地抱住郑小苔，借着酒精的力量，轻轻拨开了她的衣服。十年前他们只是牵过手，少年时的他曾经幻想过和郑小苔的初夜，只是没想到这一天发生在十年后。而此时在他怀抱里的这个女人，已经不再是当年的她了。当年孩子气的他们，如今已步入了成年人的世界，他们可以自由地选择跟谁上床，也可以自由地选择要去的方向。

他们从沙发上吻到了床上，自从苏暮雪失踪前的那一晚开始，他再也没有这样放纵激情了。

他在郑小苔的耳边低语着：“可以吗？”

郑小苔搂着他：“没什么不可以的。”

他俯下身去，开始了这个美好的旅程。

醒来时，已经天亮。

北京下了一场很大的雨，窗外一片混沌，雨声蔓延进房间，许愿睁开眼睛。

见着赤身裸体的自己，他有些羞涩，他听见浴室里传来水流声，便赶紧穿上衣裤，走到客厅点了根烟。

郑小苔吹干头发，也来到客厅。

许愿正嗫嚅着，郑小苔抢先说：“喂，你可千万别觉得把我怎么着了，你开心就好，因为我也挺开心的，没有什么谁对谁负责，大家都别扛着这种责任，不然就没劲了。”

许愿点点头，说：“我刚想说，我还没打算谈恋爱呢。”

郑小苔喝了口水，差点儿喷出来，大笑着：“你也太可爱了，谁也没打算跟你谈恋爱啊，大家情绪到了，一起玩玩儿而已，别动不动就天长地久，我可受不了。”

许愿：“你跟别人也这样吗？”

郑小苔：“如果我愿意，就可以；不愿意，给我多少钱都不行。我这么努力挣钱，混进这个装的圈子，就是为了能保护好自己的身体。”

许愿：“怎么样算是保护好了呢？”

郑小苔：“没办法做到想跟谁就跟谁，但至少可以想不跟谁，就不跟谁。女人在投资圈立足，可不太容易。”

许愿：“对了……我想好了。”

郑小苔：“想好什么了。”

许愿：“我决定跟夏经年合作，其实我也没的选了。”

郑小苔点点头，突然笑了。

许愿：“你笑什么？”

郑小苔：“感觉我特像夏经年为了搞定你，派我来色诱的，现在看来，我的任务完成了，我得回去找他要奖金。”说完两人大笑起来。

雨越下越大，北京医院的病房里，苏暮雪帮金岳略做收拾，便扶着他走了出去。金岳因为胃病手术住院了一段时间，这段日子由苏暮雪代表他处理公司的事务，一切都在意料之中，她做得很好，她渐渐成了他最渴望见到的那个女人的样子。

他们上了车，缓慢地朝前驶着。两人在车里并无交流，似乎有些尴尬。

在一个月前，金岳刚入院，手术前他在病床前向苏暮雪求婚，他说，不知道明天与意外哪一个会先到来，所以希望在手术前得到她的答复。他原本以为这是一场十拿九稳的求婚，出乎意料的是，她婉拒了。她合上钻戒盒说，这只是个小手术，未来还有很长的日子，结婚的事情容后再说。这是个让金岳捉摸不透的女人，换作是别人，恐怕早急于登堂入室成为名正言顺的金夫人，她可以迅速得到巨大的财富。而她只甘愿做个没有名分的陪伴者，就这样不争不抢地待在他身边。

“这些天辛苦你了。”金岳握住她的手，“听他们说，你做得不错。”

“他们似乎也不敢说我做得不好。”苏暮雪笑了笑。

“我看到你做了一个文化创投的五年计划，挺有趣的。”

“未来文化领域一定会迅猛发展，我很关注，具体的我们可以再讨论。”

因为堵车，他们停了下来。

雨水敲打着车窗，苏暮雪透过车窗上的水流看着这个城市。突然想起那一年长沙的大雨，她和许愿一起走过湘江大桥，他们没有打伞，没有雨衣，一前一后地走着，两人淋得狼狈，说话、呼吸都困难，只要张开嘴，雨水便灌入嘴中。想起来觉得青春真是个有趣的东西，那时被淋得酣畅，觉得在经历一段浪漫又勇猛的爱情。而现在，不知从什么时候开始她变得这么身娇肉贵，生怕被雨水打湿了衣服。

车里的广播突然播放了凤飞飞唱的《追梦人》：让青春吹动了你的长发，让它牵引你的梦，不知不觉这城市的历史已记取了你的笑容……

苏暮雪：“马师傅，麻烦音量调大一点儿。”

阿西达卡：我拿到了天使投资，公司能活下来了，我有信心不出五年能获得A轮融资，让木兰网有机会变成一个更有影响力的文学出版网。

幽灵公主：恭喜你!

阿西达卡：谢谢你一直鼓励我。

幽灵公主：你一步一步接近自己的目标，对我而言，也是一种激励，我们在北京都很不容易，你让我相信，一个有梦想的人是会被老天眷顾的。

阿西达卡：不管你是谁，我都想说，很庆幸遇见你。

如果你爱她，把她送到北京去

北京是一个令人向往的城市。很多人因此来到北京。

据说，北京在街上行走的路人里，每十个人里，就有四个就是外地人。

早在2005年，就有人在“两会”上提出了“建立人口准入制度”的建议，主张限制外地人口进京。这在当年引起了极大的争议，这些年过去，人们不再提及当年的提案，因为外地人口越来越多，他们建设了北京、他们保护了北京、他们生活在北京。你们可以不挽留他们的离开，但绝不能拒绝他们的到来。因为他们漂泊在这里，都怀抱着一个令人尊重的梦想。

一个保姆说：“北京挺好的，我老公在工地上干活，我每个月的工资都直接打到四川老家我婆婆的账上，因为她帮我带小孩儿。”

一个白领说：“一个月近两万元的工资，看着还可以吧，其实也过得紧巴巴的，八年前我就开始存钱买房，越存越买不起，租房也越来越贵，未来还是要回老家的。”

一个淘宝店主说：“我来北京是为了离我喜欢的那个女孩儿更近一点儿，她是我的中学同学，现在住在东边，我住在西边，这点距离，我走了三年，现在还没到呢。”

一个大学生说：“我快毕业了，很多人想来北京，但我现在只想回去，今年被称为‘最难就业季’，我读的是二本，不是‘211’高校也不是‘985’高校，在北京很难找到理想的工作，不是我眼高手低，我眼并不高，只是手太低。”

一个演员说：“北京当然好，机会多，跑组见导演基本上在北京，但我一年有三百天都在横店，这样挺好的，既没有离开北京，又能在重度污染的时候逃离北京。”

…………

2013年，雾霾越来越严重，“厚德载雾，自强不吸”成了大家挂在嘴边的玩笑。人们经常期待大雨降临，因为每次雨过天晴，总能迎来短暂的好空气。严重的时候，大街上人人戴着口罩，甚至有恶搞的网友戴上了防毒面罩，这样的盛况只在十年前的非典时期出现过，但在2013年的北京，随时可能发生。

这一年大家越来越少打电话，微信语音已经成了流行的沟通方式；MSN慢慢在中国市场衰落，只有“95后”的小孩子依然用着QQ，微博明显比QQ空间更受欢迎。正如当年刘科科猜的那样，大家的阅读习惯也在慢慢改变，很多人晚上抱着手机可以刷一通宵碎片信息。

过完年不久，禽流感的恐慌刚刚退去。夏舟因为表现良好，提前八个月出狱了。

她穿上了刚入狱时穿的那件加大码的格子衬衫，头发盘了起来，露出她细长的脖子，她已经三十二岁了，听说当年辩论队的队友雅雯的孩子都已经六岁了。监狱地址在大兴区天堂河，她出来的时候，夏经年的车正停在门口。她坐在副驾上，系好安全带，对着夏经年一笑。她从后视镜里隐约看见自己的眼角已经有了皱纹，其实不仔细看根本看不出来，但那并不明显的纹路仿佛一个标签，一旦出现了，便无时无刻不在提醒，这个女孩儿已经不再年轻了。

夏舟开了一点儿窗，想尽可能多地呼吸一点儿室外的空气。

“关上吧，空气不好。”夏经年小心翼翼地提醒着。

“好。”她乖乖地关上。

“对了，你的房子，我上周请人打扫了，你可以直接住进去，水电费都充好了，我还给你换了一台新的电视机。”

“哥，你知道比较靠谱的卖房子的网站吗？”

“怎么？你要卖房？”

“嗯。”

“你疯了啊！现在在北京有套房子多不容易，而且你家门口在修地铁，过两年如果通了能涨不少。”

“帮我卖了吧，我想要一笔钱。”

“不行，你这样损失太大了，你正好没地方住……”

“帮我卖了吧，我不想回那里住了，你不卖，我自己也会卖的。”

“那你卖给我吧。”

“也行，你随便给多少，我随时可以过户给你。”

两人又很久没有说话，在高速公路上又开了半个小时。

“有个事情跟你说一下，”夏经年犹豫再三决定告诉她，“前几年我投资了一个新公司，创始人是你们联大的校友许愿，这几年发展不错，今年会进行A轮融资，业界普遍看好，我想用他的这个公司，打垮柏千阳那个畜生。”

夏舟出神地看着窗外，还未到城区，两边都是高山绿树。

“跟你说话呢，在听吗？”夏经年说。

如果不是因为坐牢，她还真没机会来这边，一点儿也不像北京，像是湖南周边的某个城市。对了，那两侧的山峰，的确有点像湘西。

“哥，”夏舟的声音很小很小，似乎要被汽车发动机的声音完全盖过，需要很仔细才听得见，“听你说这些名字，觉得好遥远，远得好像是另一个星球的故事，我是一个死过两次的人了，这些恩怨，你觉得对我还重要吗？”

夏经年沉默了，许久才突然想起，问：“你要那么多钱干吗？”

夏舟露出少女般的微笑，却并未回答。

一个月后，夏舟买了一台单反，留下一封信给夏经年，离开了北京。

夏经年拿到这封信的时候，是一个午后，春天的北京乍暖还寒。那一天没有雾霾，空气质量指数显示：23，优。他缓缓地展开那封信，如同夏舟在他耳边不疾不徐地诉说。

哥：

谢谢你在我人生的每一个阶段，支持了我每一个决定。

我向来不是一个安分的女孩儿，从小到大给你添了很多麻烦，这一次，依然让你这么不省心。我离开北京，并不是想挣脱你的照顾，这些年如果不是有你照顾，我可能在某一个艰难的节点上就过不去了。我三十二岁了，在我最好的那些年，我都用来挥霍了，我并不怪柏千阳，从头到尾，其实都是我一个人的独角戏，他短暂地配合了我的表演。我们之间没有约定，也必然没有未来。在监狱里，我一直在思考一个问题，那就是，活着的意义到底是什么？等到我快出狱了都没想明白，可是，当我离开监狱的一刹那，我明白了——人生其实是没有意义的。我们终其一生寻找的，最后只是墓碑上的一个名字，无论我们的人生是历经沧桑还是天真到老，伟大或者渺小，其实都不过是上帝眨眼的一瞬间。

所以，未来的日子里，我想带着相机去很多没去过的地方看一看，记录下那些美好的画面。我曾经无比热爱摄影，当初也正是因为这个才认识了柏千阳，可后来，我把所有的青春年华都用来爱一个男人，却没有留下一点点时间来爱自己。那么在我的三十二岁，我希望这个改变还来得及。我会离开很久很久，请不要担心我，我想，这个世界上已经没有什么可以打倒我。

过了这么多年，我终于明白，让人强大的，不是爱情，不是勇气，而是找到了自己。

夏　舟

夏舟坐在去往云南的火车上，期待着玉龙雪山的美景，那是她向往已久的地方。

蜗牛是在晚上送应晓雨回家的时候，在路灯下向她求婚的。

他们确定恋爱关系已经三年了，很淡、很浅地交往着。这个晚上，8 点 10 分，走到了她家楼下的路灯下，那路灯像一束暖色的追光打在蜗牛身上，已过而立之年的他，显得成熟稳重，他单膝跪下拿出了钻戒，说：“晓雨，嫁给我吧！”

其实在蜗牛求婚之前，晓雨已经认定了未来一定是跟眼前的这个男人过了，但这一刻说出口的却是：“我们再等一等吧！”她不知道为什么，甚至有点惊讶自己的拒绝。两人在电视台内部已经是只差一纸婚书的模范情侣，组建家庭仿佛是迟早的事。

“为什么？”蜗牛有些不解，在他看来，两人的相处与沟通都没有问题。他们都属于情商极高的人，工作与生活分得清楚，而他还有家人催婚，在这个年纪结婚，应该是水到渠成的事情了。那么如果她拒绝，想必是有什么难言之隐。

“我可能需要一点儿时间，应该是心理上……心理上还没准备好，你别想多了，没有别的原因，都是我的问题，我现在还没有到非常迫切的状态，结婚应该是很冲动的决定，我还没有找到那种冲动。”她支支吾吾地拼凑着这些话，听起来仿佛很有道理，但她自己都不知道在说些什么。

“好吧，那你早点儿休息，明天一大早还有工作呢。”蜗牛依然温暖如初，他对两人的关系很有信心，而且他也不是太敏感脆弱的男人。跟父母通电话时，还为她解释道，可能是因为家庭的变故，她一直独立长大，对于成家有些恐慌，这都是可以理解的事。

应晓雨回到家中，打开电视，瘫坐在沙发上。

她认真回想起蜗牛今天的求婚，没有任何意外，恋爱这么久，两人年纪都不小了，一切都合情合理。可自己为什么偏偏没有答应呢？她想到了许愿，这个自己爱了很多年，现在依然单身的男人。她不愿承认自己是因为他，但似乎很快就被这样的想法打败了。慢慢地，她越来越确定就是因为他。很难说她现在还有多爱他，但爱过很多年，终归是心里最脆弱的一块领地，多年前她在书上看过一句话：心里的租客不搬走，新来的人无论如何是住不进来的，而那个租客，没有缴房租，却还在那儿损耗着屋子里的一切。这些年她一直以好朋友的身份陪伴在许愿的身边，当年的一群好友，能相聚的人已经所剩无几，她是始终没有离开的那一个。但他不爱她，这个事实在十几年前就已经说得明白，再去翻来覆去地折腾，在这个年纪，真是一个笑话。那么她到底在等什么？她苦恼地思考着这个问题，渴望快一点儿解开谜底，好让蜗牛下一次求婚的时候，她能痛痛快快地说 OK。

这时门铃响了。这个铃声救了她，她正深陷没有答案的疑问中，那个铃声把她从河底捞了回来。

她打开门，有些惊到了，是沙璇。

她们呆呆地看着对方，她发现沙璇的脸是如此憔悴，如果说应晓雨的变化，是更成熟、更利落，那么沙璇就是真的老了。她像张被水浸泡过又慢慢洇干的稿纸，那种无奈的褶皱与枯黄，她那有些讨好的微笑，让人不忍心责怪她这些年的拒而不见。

“好久不见！”应晓雨很快意识到，作为主人，她应该先打个招呼。

“萍萍，叫阿姨！”沙璇招了下手，在楼道里玩耍的小女孩儿跑了过来，甜美地叫了一声“阿姨”。

“进来吧！”她招呼着母女俩进屋，有些手足无措，“不知道你们来，什么也没准备，家里连开水也没有，我先去烧，你们随便坐！”她打开冰箱，冰箱空空如也，她只好去厨房烧水。

沙璇却比她更紧张，进屋后四处看看，不好意思地说：“对不起，来得很唐突，连一点儿水果都没买，问了许愿才知道你住在这里。”

应晓雨烧好开水，倒了两杯茶，把电视音量关小，拿了个 iPad 给小女孩儿在一旁看《熊出没》。一阵忙活之后，她终于坐在了沙璇身边。

“这是你买的房子吧？”沙璇有些羡慕地说。

“是啊，前年买的，再不买更买不起了，房价永远比工资涨得快。你还好吗？一直没有你的消息，一转眼孩子这么大了，长得真像你。”她看着这个聚精会神看动画片的小女孩儿，仿佛就在昨天，沙璇自己还是个小女孩儿。

“刚出生的时候谁也不像，现在倒是越来越像我了，我不希望她像我。”

“为什么？”

“我的命不好啊，呵呵，我真是有趣，自己的女儿难道还指望着像别人吗？”

“你现在……还好吗？”应晓雨原本想为当年的那次报道说句对不起，话到嘴边却咽回去了。她从来没有认为自己做错了，那么即便是重逢，看着眼前这位似乎是主动来求和好的旧友，她也不愿意假惺惺地道个歉，说自己做错了。

“我不……太好。”沙璇低着头不敢看她，然后撸起袖子，露出青一块、紫一块的伤痕，“看，他打的。”

“韩家阅打你？”

“打，经常打，之前只是喝多了吵架才忍不住打我，现在他动不动就打，骂很难听的话，当着孩子的面也打，有时候甚至打孩子。一开始我还能扛，这半年已经扛不住了，他以前可能还觉得我是个活生生的人，怕不小心把我打死了，现在已经不管不顾了，觉得我就像个木头桩子，下手特别狠。我也不敢跟家里说，怕我弟弟一着急把他杀了，最后不是把我弟弟给害了吗……”

“他居然打你？！那怎么办？家暴这种事，有第一次，就有无数次！”

“我知道，我已经提出离婚，他也答应了。我现在才知道他是外面有女人了，想逼我快点儿走。我怎么也没想到，以前他有钱的时候对我很好，毕竟这么多年了，他对我也不是一点儿感情都没有，现在他没钱了，人却变了，我本来想扛着不离，怕萍萍以后没有爸爸，我也堵了口气不想输给一个才认识他一年的女人，但现在真的扛不住了。他已经让那个女人住家里来了。”沙璇缓了缓，用近乎哀求的语气说，“晓雨，我能住到你家来吗？他把我赶出来了，我实在不知道北京还有什么地方可去，又不能带着萍萍回老家，我爸妈该把我嫌死了，当初他们就反对我跟他结婚。我就住一段时间，不会太长的，等我找到工作就搬，行吗？”她似乎是怕女儿听见她近乎乞求的声音，音量越来越小，甚至比《熊出没》的声音还要小。

“为什么现在才来找我？”应晓雨的目光寻找着沙璇的眼睛，但她总在回避。

“那时候，我的话重了些，心里只有韩家阅，结婚的时候想找你来着，但怕你跟他见面也尴尬，后来这几年，就越来越没脸见你了！”她眼眶湿润了，伸手抹了一把，可能是怕女儿看见，“一开始我恨过你，总觉得这么多年的姐妹，不分青红皂白都得站在我这边，哪怕我错了，也得陪着我错，我现在很后悔，你说得没错，他的根儿是坏的，这样的男人不能嫁。晓雨，我现在跟你道个歉……”

“什么都别想了，先住下来，尽快找工作，无论如何你得自食其力。韩家阅是对是错，都已经翻篇了，好好计划未来才是最重要的！”应晓雨的眼神清澈而坚定，像一个火炬，给人鼓舞。

“你答应了？你不怪我了？”沙璇抬起头，有些不敢相信。

应晓雨点点头：“行李都带了吗？”

“都在楼道里呢，我怕你见我带了行李不让我进来……所以……”

“你这个疯女人，从1999年开始，咱们可一起住了好多年，我有什么理由拒绝你呢？我当然怪你，我很生气，发生这么多事，你从来不找我！”

她们的手紧紧握在一起。小女孩儿依然捧着iPad看得认真，并不知道身边的大人已经热泪盈眶。

沙璇在商场找到一份推销员的工作，因为太久没上班，被安排在白色情人节推销情侣巧克力，扮成小熊维尼站在商场门口跟购买了巧克力的顾客合影。她想着自己三十二岁的高龄，跟一群“90后”抢饭碗，最初有些沮丧，当戴上维尼的头罩之后，突然不知哪来的一股力量，让她充满活力。总算又开始自己赚钱了，这么多年，都想着靠韩家阅过上幸福的生活，最后发现还是自食其力最痛快。

她拿着一把五彩缤纷的氢气球，跟每一对情侣合影，再送他们一只气球，很快便成为商场门口的焦点，情侣们抱着刚买的巧克力簇拥着维尼。合影完一对又一对，这一对刚拍完，那男朋友说："这熊真可爱，我们再拍几张，发朋友圈凑九宫格吧！"女朋友举起自拍杆，兴奋地又来了几张。

她恍惚觉得那声音很耳熟，于是拍了拍他的肩，递给他一只气球，趁机看了看。

他扭头接过气球，灿烂地一笑。

原来是满毅。

手一松，剩下的十几个氢气球从手里逃走，飞向天空。门口的小孩子们欢呼雀跃，他们看到这绚丽的一幕，还以为是商场策划的游戏。

满毅回头跟维尼挥了挥手，他还是那傻呵呵的样子，只是身边终于有了人陪伴。他牵着女朋友的手，走进了人群。

"嘿，那些卤蛋，我一个不剩都吃完啦！那么你一定要幸福哦！"沙璇默念着。

她站在原地，心里没有遗憾，反而有些宽慰。

镁光灯闪烁，在威斯汀宴会厅举行的"灿烂千阳 IP 大会"，柏千阳率领旗下三十名超人气偶像作家闪亮登场，吸引了数百家媒体蜂拥而至。这些衣着靓丽的作家在台下坐成一排，他们像拉线木偶似的对着镜头露出美丽的微笑。他们无一例外，没有一个人懂得写作，但他们背后的写作团队协助他们完成了一部又一部畅销佳作。柏千阳站在台上，西装笔挺，器宇轩昂，他看着台下的一切，顿时觉得自己像一个圣人、一个救世主，他创造了这些让世人惊叹的奇迹。

一名记者问道："柏总，现在'IP'这个词越来越被广泛地提及，引起了很大争议，您怎么看待这个现象？"

柏千阳拿着话筒，像当年在圣诞晚会上那样镇定自若地大声说："这有什么好争议的？这是最好的时代，是一个'IP 为王'的时代。我们灿烂千阳旗下拥有三十多个极具市场号召力的偶像作家，拥有上百个知名 IP 的版权，年度发行码洋超过五个亿，据不完全统计，至少有两千万名读者在读我们灿烂千阳出品的图书。我们每推出一个新人，就能迅速在全国范围内引起巨大的轰动，接下来，我们还要培养这些作家去做编剧、做导演，将我们的 IP 全版权开发，IP 是我们灿烂千阳最强大的竞争力！”

那名记者接着问：“这几年来，关于灿烂千阳推出的作家找人代笔的传闻一直不绝于耳，您从来没有官方回应过，任由这样的传闻甚嚣尘上，您能借此机会跟大家说明一下吗？”

柏千阳顿了顿，用笃定的语气说：“我可以非常明确地告诉你，灿烂千阳旗下的作家从没找过人代笔，但我们的确拥有强大的创作团队，就像韩国的编剧团队一样，他们负责收集资料与读者的意见，并且实时与读者互动，了解大家现在关心什么、需要什么，我们的作家再根据这些资料进行创作，这不是代笔，这是尊重我们的读者！”

现场的粉丝们为这番话欢呼，掌声连绵不绝。

另一名记者举手问道：“柏总，听说你们将投资改编旗下作家马修才的作品《少年狮》，将这本书拍成电影，请了最近正在风口浪尖的导演顾名川，您知道他的上一部作品深陷抄袭风波吗？”

柏千阳笑了笑：“当然知道，这有什么关系？有争议才有关注，他能创造这么高的票房价值，一定有他与众不同的魅力，况且我看了他的作品，那不叫抄袭，那是致敬！向不同的优秀作品致敬，天下文章一大抄嘛，谁也别看不起谁！”

全场一片哗然。柏千阳已经深谙炒作之道，有节奏地提供给媒体需要的新闻点，他从不忌讳自己的言论，他向来如此，耀武扬威的柏千阳，从来不懂低调。

又有记者问道：“柏总，接下来灿烂千阳有什么新的计划呢？”

柏千阳的声调变得更高：“接下来，我们会陆续成立‘千阳影业’和‘千阳动漫’，全力开发我们旗下的知名IP。我要告诉大家的是，我们旗下所有作家的作品都将进行影视改编，而我们计划在五年内推出一百位新的偶像作家，这是一个疯狂的时代，我们能做的，就是比这个时代更疯狂！所以，我宣布，今年我们将启动A轮融资计划，首次募集的资金为一个亿！”

全场轰动，满毅站在台下用力鼓掌，柏千阳在台上明亮得像一个太阳。

刘科科“啪”的一声关掉办公室的电视，坐在转椅上转了个圈，面对许愿，然后不屑地说：“最讨厌这货了，装什么大尾巴狼！傻缺！”

新闻里播放的是关于柏千阳在IP大会上的访谈，全行业都在热议灿烂千阳接下来一个亿的融资计划。他和旗下的作家们几乎每天都会上头条、热搜，他上招聘节目用毒舌引发收视狂潮，接受采访时动不动说出惊世骇俗的观点，他创造的流水线作业般生产作家的造星机制越来越成熟……大家都知道这是个让人不齿的行业毒瘤，但他获得了巨大的成功，这个世界似乎是属于成功者的，人们出于种种目的，纷纷变身成为他的拥趸，知名大V纷纷为他点赞、传统名家撰文祝福，灿烂千阳成为出版界的焦点。刘科科有时会纳闷："读者们脑残就算了，这些行业大腕儿怎么也一窝蜂帮衬他？"他不懂，没有人懂。就好像有些抄袭起家的作家，即便法院判定剽窃罪名成立，赔完钱之后一样混得风生水起，继续出书，继续光鲜亮丽地出席各种签售会，这是属于这个时代的玩笑，只是玩笑开得有点大。大众有时候是盲从而无知的，柏千阳恰恰明白这一点，他将无知的大众玩弄于股掌，借助他们的拥戴与疯狂，变得越来越有名，越来越……成功。他曾经对满毅说，知道嘛，人一旦不要脸，那就无敌了。满毅并不赞同这句话，但偶尔又觉得很有道理，因为柏千阳的确用他自己的亲身经历证明这个观点，你不得不服。

许愿像个老年人一样捧着个保温杯，喝了一口水，笑着说："你管别人干吗？中国人口基数这么大，每个人都可以找到属于自己的那帮受众，他做他的，我们做我们的。"

刘科科双脚着地一蹬，滑了过来，凑近许愿说："我听说，这次我们的融资计划，最大的竞争对手就是柏千阳。"

"是吗？"许愿有些诧异，随即又耸耸肩，"那有什么办法，命中注定我跟他会成为对手，夏经年说得没错。"

刘科科："你看看他，多会包装自己，跟他斗，我们没优势啊，伤脑筋……"

"对了，你听谁说的？"

"还能有谁，郑小苔呗，投资圈谁不认识她！"

许愿"哦"了一声，没再搭理刘科科。

郑小苔神出鬼没，一会儿听说她和哪个行业大佬出席芬迪的派对而被正房当众泼果汁，一会儿又在时尚杂志上看见她的专访，标题叫作《郑小苔：我最爱的女人是邓文迪》，一会儿又听说某个知名视频网站的收购计划中她是神秘中间人。

在促成夏经年与许愿的合作之后，她很少出现，或许对她来说，她根本没有帮助任何一方的意思，那只是她众多生意中的一个。而那一夜春宵，对她来说，可能也只是一次礼节性的交流。许愿这样想着，对于与她的疏离便不会觉得遗憾。

许愿仍然很感激郑小苔的帮助，尽管她从中获利，但客观上挽救了他的公司。夏经年从不干涉他们的决策，还提供了不少资源上的帮助，木兰网也在朝着更明媚的方向前进着，木兰文学网已经成为行业标杆，付费阅读、交友、电子出版等为它带来了不少收入。许愿的个性决定了木兰网的内敛，但在今年，木兰网要扩大版图，融资计划也成为水到渠成的事情。在夏经年的协助下，他们悄然启动了A轮融资的谈判，而首次募集的资金，也是一个亿。

许愿再次把电视打开，那条新闻已经结束了，现在播放的是娱乐新闻，背景音乐是张国荣的《沉默是金》，原来是张国荣逝世十周年特辑。不知不觉，十年了。那一年，许愿戴着口罩往返于学校和招聘会之间，寻找着未来，一次又一次地失望着。

突然手机震动了一下，有条微信语音，是柏千阳发来的。

他点开听。

柏千阳那熟悉的声音传来：“兄弟，明天下午3点，我在东坝七棵树高尔夫练习场，你方便来找我一趟吗？”

他想了想，回了句：“好的。”

绿草茵茵，这天碰巧没有雾霾。

柏千阳瞄准，身体微微弯曲，一挥杆，那球像只鸟一样飞向远处。许愿站在他的身边，并没有拿杆，他没有心思打球，其实他也不会打。他知道柏千阳没事不会约他。

柏千阳放下球杆，点了根烟，说：“有人说，好兄弟不要一起做生意，其实不仅如此，要做一辈子的兄弟，最好别干同一行。”

许愿：“你太偏激了，老大。”

柏千阳笑了笑：“你的公司做得不错啊，没想到咱俩现在变成了竞争对手，听说我和你在接洽的投资公司是同一家，募集的资金一样，而对方只打算选一家。”

许愿：“我也是刚知道的。”

柏千阳："别跟我争了，这跟大学时争女人不一样，这得看本事的，我稳赢。"

许愿不吭声，转身想要离开。

柏千阳看着他的背影，提高了音量："我知道苏暮雪在哪儿。"

许愿刹住脚步，回头："你说什么？！"

柏千阳："我找到她了！"

许愿："你怎么找到的？"

柏千阳："对现在的我来说，找个人并不难，但找到她，对你的意义比对我更大，对吧？"

许愿："她在哪儿？"

柏千阳："我可以告诉你，但你要答应我，退出这次竞争。"

许愿："退出？"

柏千阳："你还有时间考虑。说实话，我不怕你的木兰网，但我要让灿烂千阳在这次融资计划中万无一失。你知道嘛，当年我说过的话，现在就要实现了，我能改变世界，我能创造无数的奇迹，这是老天爷让我活在这个世界上的理由，所以我的每一步都不能失败，只是我没想到，这条路上的绊脚石，竟然是你！"

许愿："你真的找到她了？"

柏千阳掐灭烟头，站起身，又拿起球杆，说："我什么时候骗过你啊？她的姑姑也在北京，表弟叫墨墨，她离开长沙的时候带走了救助站的一条名叫叮咚的泰迪，这条狗上周去世了……"

许愿："别说了，我信！"

"你还有时间考虑，不要做我的对手，我可不想踩兄弟！"他拍了拍许愿的肩膀，"希望你今天之内给我一个答复。"

然后一挥杆，又稳，又狠。

2000 年 4 月 15 日晚，在飞轮酒吧，许愿帮柏千阳挡住了孟繁华砸来的酒瓶，后脑勺缝了十三针，血染红了衣领。

飞蛾绕着楼道的灯扑扇着翅膀。

柏千阳："以后谁敢欺负你，我就要他的命！"

许愿：“如果以后欺负我的人是你呢？”

柏千阳：“怎么可能，我柏千阳会欺负自己的兄弟？你不信？我发誓，如果有违誓言，不得好死！”

那天晚上，许愿笑得很开心，那微光映在他脸上，像个孩子。

好久不见

萧天翔的红酒会所开在顺义，在一个意大利庄园中。从市区沿机场高速行驶，两边是一排排整齐而清高的白桦林，出高速口后也要经过一段林荫路，天空被伸展开来的繁茂的树枝遮挡，零星的阳光从中间穿梭而来，落在挡风玻璃上。《格调》里说，真正优雅的地方，是需要走一段曲折的小路的。这家会所自然不会在显眼的路边，找到它得花些工夫。

车停在会所门口，苏暮雪下了车。天略微有些冷，她穿了件长款的棕色风衣、黑色的靴子，踩在煤渣与砂石铺就的小路上，走进会所。

柏千阳起身相迎，他叼着一根雪茄，脸上有微微冒出的胡楂儿。

苏暮雪在他的面前坐下，看了看眼前的红酒杯，并未端起。

“好久不见，这不是客套话，真是好久了啊……”柏千阳看着眼前的这个女人，十年前她悄无声息地失踪，那一年她风华正茂，美得像横在联大上空的一道彩虹。

“见金先生之前约我，不太合规矩。”她的语气微冷，像蒙了一层霜。

他端起酒杯，抿了一口：“我只是想找你叙叙旧，老同学！”

“很高兴看到你如此成功，这是我离开十年之后的第一个惊喜。”苏暮雪想起圣诞晚会上那个张扬的男孩儿，那时他虽狂妄而不自知，但比现在可爱许多。

“什么是成功？”柏千阳收起笑，身子往前倾了一下。

“锦衣玉食，众星捧月，一掷千金，在这样的地方花钱不眨眼，就像现在的你一样，这不就是大家眼中的成功吗？”

“十年了，你变得很彻底。”

"我没有时间跟你讨论人生哲学，更没有时间跟你叙旧，说吧，找我什么事？"

苏暮雪从包里掏出一包烟，点着。

"我喜欢你的爽快，就像当年拒绝我一样，直接、锋利、不留余地。"柏千阳拿出一张支票，摆在她面前，"造化弄人，没想到 K&T 的执行董事居然是你，这是五百万，我要你帮我把许愿踢出局，K&T 的一个亿到位之后，还希望跟你深度合作，灿烂千阳给你股份。"

她吐出一口烟，并没有看这张支票，笑了笑，问："你猜，我会不会要这五百万？"

柏千阳沉默了一会儿，放下手中的酒杯，摆动了一下脖子，舒展双手，想必是坐得有些累了，然后不紧不慢地说："你和金先生的儿子金驰关系很不融洽，你们一直没有结婚，你在 K&T 担任要职，但并不代表你离开这家公司后可以分到一分一厘，没有任何关系是长久而绝对稳固的，只有真金白银才最踏实。五百万对你来说不是小数目，而我们公司的股份，足以让你下半辈子衣食无忧。更何况，我本来就是两个候选人之一，原本就有 50% 的机会，我只是让你协助我，让我拥有百分之百的赢面，因为我的对手是许愿，我不能输！"

"功课做得很好，难怪你这么年轻就在出版圈呼风唤雨！"苏暮雪面带礼节性的微笑，"老实说，当我看到你们两家的商业计划书时，的确很惊讶，过了十几年，又要在你们两人中间做出选择，这次比上次难很多。"

"但许愿已经做了选择。"

"什么意思？"

"我昨天约了他，告诉他我找到了你，他很惊讶，也很兴奋，因为这些年他都在找你。我让他退出这个比赛，然后我会告诉他你在哪儿，但他拒绝我了。我觉得很有意思，这么多年我都以为他对你情比金坚，现在看来，一个亿可以买所有的过去。"

"你在提醒我什么，对吗？"

"我只是告诉你，在我们两人中间做选择，一点儿都不难，你是个聪明人，多年前就是，我希望现在的你，没有退步！"

苏暮雪缓缓伸出手，拿起那张支票，看着上面的数字发呆。

柏千阳轻轻拍着手："很好，很好！"

谁知她拿起打火机，点燃了支票，然后放进烟灰缸，那跳跃的火苗不一会儿便变成一堆灰烬，死气沉沉地躺在烟灰缸底。

她站起来，头也不回地朝门外走去。

柏千阳的手微微有些颤抖，他抽了口雪茄，并未挽留她，自言自语说了声："疯子！"

园丁修剪着道路两侧的灌木丛，自动洒水机向草坪喷着水。

许愿和刘科科并肩走进 K&T 所在的别墅区，看见院子里的蓝孔雀自由自在地走着，时不时还挥动翅膀飞上一小段，满脸惊讶。

刘科科："哇，不知道孔雀好不好吃啊！"

许愿："喂喂喂，严肃点儿，成败与否就在眼前了！"

他们在前台的带领下走进了 K&T 的会议室，等待董事会成员的到来。听见会议室外脚步声，他们立刻站起来，领头的那位想必是 K&T 的总裁金岳先生。

金岳身后，那个熟悉的身影，竟然是苏暮雪！

许愿永远不会忘记十多年前在联大食堂，他从窗口望过去，就像看见了整个世界。那时的苏暮雪像一只鹤一样优雅美丽，她的身上仿佛有光晕，那绝对不是许愿杜撰与想象的，那一层淡淡的、橘色的光晕，真的在闪烁着。

而她，在消失十几年之后，就这样出现在了他的面前。

金岳伸出手："许先生，你好，很荣幸有机会跟你碰面。"

他呆呆地站在原地，看着苏暮雪。可她却镇定自若，像是他们之间从未发生过什么。可这明明是她，最后一次相见，他们在大雪的长沙，在宿舍楼下的电话亭深深拥抱，然后在堕落街的旅馆里度过他们最后的一个夜晚。她留下那张纸条，"但愿人长久"，难道是她早已知道，未来无论多久，他们的结局只能是千里共婵娟？

刘科科碰了碰许愿的手臂，许愿机械地伸出手："金总，您好！"

金岳礼貌地笑了笑，指着苏暮雪说："听说你是联大毕业的，这是我们公司的执行董事苏小姐，她是你的校友呢。"

苏暮雪非常克制地笑了笑，挑不出任何毛病，看不穿她的心事，她说："许总，你好，认识你很高兴，说我是联大的校友，有些惭愧了，我连联大的毕业证都没拿到呢，许总才是我们联大的光荣，希望有机会合作！”

刘科科：“呵呵，各位领导，我……我是他的合伙人，我也是联大毕业的。我们俩，一个做内容，一个做技术，已经搭建了很完善的运营团队，要不，咱们别客气了，就……就直截了当地介绍一下我们的公司，如……如何？”刘科科见其他人都已经落座，便拉了拉许愿的衣角，叫他也坐了下来。

金岳点点头：“好，你们公司的财报我们都研究过，是一家很规范、很有秩序的创业公司，商业计划书也打动了我们，今天请二位来是想听听创始人的想法。”

许愿呆若木鸡地坐在那儿，眼睛直勾勾地看着苏暮雪，却始终找不到她的目光，一直没有办法对视。

刘科科急得如掉入沸水的泥鳅，瞪了许愿一眼。

许愿缓缓地站了起来，看着苏暮雪问：“你怎么会在这里？”

苏暮雪有些惊慌失措，但很快便恢复了平静，她笑了笑：“许总真会说笑，我在K&T很多年了，听您这么说，咱们似乎在联大见过？也难怪，木兰路就那么长，来来回回四年，一定也打过照面，改天再跟您叙旧，咱们还是谈谈木兰网的融资计划吧？”

许愿微微闭上眼睛，过了很久，说了句：“抱歉！”

然后他转身离开了会议室，刘科科慌张地追了出去，大声喊着：“许愿！许愿！你发什么疯？”

会议室里的众人，看着这意外的一幕，面面相觑。

他们俩走出了别墅，许愿走得很急，惊得两只蓝孔雀扑扇着翅膀，朝另一边飞去。

刘科科：“你今天怎么回事？刚才还是你说的，成败与否就在今天了，现在好了，一言不发就走了，到底怎么回事？”

许愿不说话，继续往外走。

刘科科见他依然快步走着，气得怒吼：“许愿！你给我停下来，跟我回去！我去求金总再安排一次会议。”

许愿停下脚步，看着刘科科说：“我不会跟K&T合作的。”

刘科科：“为什么？你疯啦！一个亿，它能让木兰文学网迅速崛起，我们未来所有的计划都能得以开展，全公司都等着这笔钱，这不是你的梦想吗？让木兰文学网发扬光大，更多新作者有公平的机会可以展示自己的才华，这都是你之前亲口说的啊！你没事吧你！”

这时他们已经走到别墅区门口，一辆跑车停在那儿，旁边站着柏千阳。

许愿走到他面前，不吭一声。

柏千阳笑嘻嘻地说：“重逢的感觉如何？”

许愿：“你早就知道 K&T 的执行董事是苏暮雪。”

柏千阳：“我本来想，如果你退出竞争，我再告诉你这个消息，可你还是来了，但你不会赢的。许愿，这个你找了十年的女人，现在是 K&T 总裁金岳的女朋友，我这个人，管不住自己的嘴，已经提前让金先生知道了你们的关系，所以他绝对不会投木兰网，今天他见你，无非是想见见这个让他的女人朝思暮想十年的男朋友到底是谁，有没有觉得很有趣啊？”

许愿：“其实你不用这么处心积虑，我已经放弃了，如果早让我知道金岳就是当年海报上的那个男人，一开始我就不会跟你争！”

柏千阳：“很好，你做得很对。不过那个输赢对我来说，远远没有现在更让我开心，许愿，你知道嘛，所有美好的东西，它能让你乐不思蜀，那么它也能让你万劫不复。这个女人当年就是为了钱离开你的，她不属于我，也不会属于你，这就是现实，可你依然活在梦里。不过，让你亲眼见到她和别的男人相濡以沫，也是我所期待的结局，很痛吧？记住这种滋味，十年前我也有过！”

他拍了拍许愿的脸，笑着上车，扬长而去。

许愿和刘科科站在原地。

刘科科：“刚才那女的，原来就是联大辩论赛的苏暮雪……”

许愿：“走吧。”

刘科科：“干吗去？”

许愿：“喝西北风去，全让我搞砸了，想想怎么跟夏经年解释吧。”

金驰回到家，把包一扔，便上楼去了。他已经是二十岁出头的小伙子，大学刚毕业，正准备开始自己的毕业旅行，金岳要求他尽快来 K&T 实习，但他迟迟不肯答复。

苏暮雪从厨房里把刚烤好的蔓越莓曲奇拿出来，摆在盘子里。今天金岳约了几位朋友来家喝茶相聚。她已熟悉这样的场合，十年了，她成了金岳最好的搭档与伴侣，陪在金岳周围，心思细腻，时而露出得体微笑，时而给出一些让人赞叹的建议。

金岳突然出现在她身边，从身后抱住她。

“要不要尝一个？”她问。

他摇摇头，紧紧贴着她的脸：“今天那个许愿，就是你当年的小男友吧？”

她心里一颤，但随即便淡然地回答：“对啊，你真是神通广大，这也瞒不过你，十年不见了，他也长大了，没想到用这样的方式重逢，还挺新鲜的。”

金岳：“如果我不投他的公司，你介意吗？”

苏暮雪想了想，说：“如果是董事会研究后的决定，我没有意见；如果只是你个人的想法，我希望你再思考一下，从投资的角度，木兰科技是有潜力的，尽管它不如灿烂千阳在业界的影响力深远，但我总觉得灿烂千阳在铤而走险，相反，木兰科技是一家更有态度、更有投资价值的公司，我愿意投那些走得更远的公司。”

金岳：“说这么多，其实是因为你还惦记着他吧？至少，那个小孩儿还是惦记你的，看他今天的表现，骗不了人。”

他松开了手，走到落地窗边，打开窗，室外的空气有些冷。

苏暮雪不再说话，继续把曲奇一个一个放进盘子里。

金岳回头，又问道：“这才是你不肯跟我结婚的原因吧？”

苏暮雪抬起头，笃定而简洁地说：“对！”

下午3点多，金岳的朋友们陆续到来。苏暮雪第一次并未参与其中，她借口头痛把自己关在房间里，坐在阳台上，拿着iPad刷着微博，打发时间。她今天任性地想躲起来，不去扮演一个礼貌得体的金太太，说着那些考究而有趣的话，博得大家的欢喜。

苏暮雪突然看见微博上有一个名叫“芷姜”的网友，她有十几万粉丝，微博上发的都是各地旅行的照片，一篇篇翻下来，有她冒着生命危险走过虎跳峡，赤脚走在墨脱县小镇，对抗着泥地里的蚂蟥，她还去了长白山的火山口，大风把她的头发吹得凌乱，她在冰岛看到了极光，漫天都是绿色的充满希望的极光……

终于翻到一张清晰的正面照，原来那是夏舟。

苏暮雪抱着双膝，心生羡慕。

丽思卡尔顿的会议厅，灿烂千阳的融资发布会即将举行，柏千阳不出意外地拿到了 K&T 的一个亿。媒体悉数到场，柏千阳在贵宾休息室接待着邀请来的嘉宾，这一切似乎都在他的预料之中，他一步一步实现了自己最渴望的样子，那个呼风唤雨的圣人，改变世界的救世主。

苏暮雪在休息室旁边的洗手间，对着镜子里的自己发着呆，她磨磨蹭蹭地洗手，擦手霜，想晚一点儿再去面对那些别扭的应酬。萧潇上完厕所出来，在她身边洗手，瞥了一眼苏暮雪，然后打了个招呼，假惺惺地笑着说："你就是 K&T 的苏总啊？幸会幸会，我是萧潇，柏千阳的女朋友。"

"你好。"苏暮雪从包里拿出口红补妆，她在镜中不小心与萧潇的目光对视。

"苏总是我的偶像啊，听说你和柏千阳大学是校友，那你们以前认识吗？"

"联大有一万两千人，要一个个认识，还挺花时间的。"

"我想你应该比我大吧，叫苏总有些见外了，要不，我叫你苏姐姐吧，希望以后有机会跟你多学习，早就听说 K&T 有位才貌双全的女将军，百闻不如一见啊，苏姐姐，你这么年轻，是怎么坐上这个位置的呀？"萧潇阴阳怪气地问着，眼睛里闪烁着嫉妒与憎恨，她在柏千阳家见过他们辩论队的合影，苏暮雪隐瞒他们是老相识的这件事，一定有蹊跷。

"萧潇是吧？听说过你，萧大翔的女儿嘛，港大学金融的，我想你应该比我懂，找个好男人，什么都有了。我这样的野路子都可以，你这种高级货，肯定无师自通。"苏暮雪收好口红，笑了笑，从萧潇身后走过。

萧潇看着她的背影，白了一眼，小声说："切，装什么白莲花！"

发布会开始了，柏千阳介绍在座各位嘉宾，苏暮雪优雅地走上台，面露得体微笑，坐在金岳的身边。

苏暮雪看见了台下媒体席中的应晓雨。

不近不远的距离，她们四目相对，这是她们重逢的方式，让彼此始料不及。

那一年，她们在宿舍里睡隔壁床，只要换个位置，就能头对头，说一晚上悄悄话。

应晓雨起身离开了，蜗牛跟在她身后问："怎么了？"

应晓雨急匆匆地边走边说："今天这个新闻不报！"

蜗牛："为什么？"

应晓雨："脏！"

在她身后，发布会依然热闹地进行着，柏千阳"手舞足蹈"地讲述着拿到A轮融资之后灿烂千阳将如何继续震惊世人。苏暮雪则坐在一旁，时而礼貌鼓掌，时而面对台下记者的镜头保持美丽的微笑。大家为柏千阳的幽默而鼓掌，镁光灯闪耀，见证着他成功的这一刻。没有人觉察到，刚才在那两个女人的对视中，经历了一场怎样的海啸。

2003年3月6日。

苏暮雪因为被取消了留校资格，不得不去招聘会找工作。第一天去了，毫无收获，晚上她回到宿舍，钻进被子，应晓雨问："你今天去招聘会，感觉怎么样？"

苏暮雪摇了摇头："糟透了！"

应晓雨："第一次去都会这样想，没事，你多跑几趟，就适应了。"

苏暮雪笑了笑："睡吧。"

那是她第一次去招聘会，也是最后一次。

现在她是K&T的执行董事，她的男朋友是K&T的总裁金岳，手里掌管着数亿资金。但在那一年，她曾为无法留校而懊恼，她琢磨着要去找一个薪水高的工作，尽可能给墨墨最好的治疗。她痛苦地向当年的男友隐瞒了自己家庭的秘密，也是在那一年，她开始感受到生活的重压，原来真是可以让人透不过气。

她并不知道明天是什么样子，但绝对没想到是现在这个样子。

回家的路上，车堵在三环上，柏千阳把音乐开很大声，导致萧潇听不清朋友发来的微信语音。

萧潇伸手关掉音乐："吵死了！"

柏千阳没出声，随即又把音乐打开。

萧潇：“你存心跟我作对是不是？”说完，她又把音乐关掉。

柏千阳看了一眼她，没再打开音乐。

萧潇阴阳怪气地说：“那个苏暮雪，长得可真好看呢。”

柏千阳：“好看吗？”

萧潇：“对啊，跟妖精似的，难怪能傍上K&T的金岳，不是一般人呢！”

柏千阳：“这种事别瞎说。”

萧潇：“圈子里谁不知道K&T的苏暮雪是靠男人上位的，这又不是什么秘密！柏千阳，你可别告诉我你们在联大的时候有一腿啊！”

柏千阳：“跟她有一腿？别开玩笑了，我哪儿配得上她啊。”

萧潇：“什么意思？”

柏千阳：“她可是我们联大的女神，我这种三流本科生，根本不入她的眼。”

萧潇自觉受辱：“你是说，你这种三流本科生，跟我就很般配是吗？”

柏千阳忍不住笑出了声。

萧潇：“我要你道歉！”

柏千阳没好气地哼了一声，前面路通了，他一脚油门朝前飞驰而去。

萧潇伸出手，一把拽住方向盘：“道不道歉？！”

车在三环上歪歪斜斜，柏千阳抓紧方向盘：“松手！危险！”

萧潇：“道歉！”

柏千阳：“行行行，对不起！苏暮雪是丑八怪，我上辈子修来的福分，能跟你一个仙女谈恋爱！”

萧潇松开手，得意扬扬地说：“这还差不多。”

夜色如同一桶迎面泼来的浓墨，深邃而不见底。

许愿坐在电脑前发呆。

阿西达卡：我错过了一个很重要的机会。

幽灵公主：你后悔吗？

阿西达卡：不后悔，再来一次，也是这样的结果。

幽灵公主：不后悔就行了，你是一个成年人，对自己的选择负责，比什么都重要。

阿西达卡：但公司需要发展，不进则退，我现在如履薄冰，创业走到这一步，公司承载的已经不再是我一个人的梦想。

幽灵公主：那就勇敢地走下去。你是谁？你可是拯救了幽灵公主的阿西达卡啊，加油！

阿西达卡：谢谢你，十几年了，真心谢谢你！

幽灵公主：你拿什么报答我？

阿西达卡：你需要什么？

幽灵公主：我希望等你成功了，我能目睹你最光荣的那一刻。

阿西达卡：一定的！

国际俱乐部静谧的总统套房里，有种淡淡的暗香，让人闻了觉得安宁温和。南燕资本的总裁燕旭宁接受了他从香港搬来北京后的第一个专访，他对眼前这位气质脱俗的女记者应晓雨很有好感，于是比约定的时间又多了半个小时。他在之后并没有安排更重要的事，只是约了女朋友在酒店的西餐厅吃饭，当然，这也是非常重要的事情。燕旭宁很爱这个女友，她也是他来北京的原因之一。

他在采访的最后聊到了对中国文化行业的期待与向往，并表示，如果有机会很愿意接触这个行业的创业者，投资有时候是为了让自己的眼界变得更开阔，他自己也很喜欢文学，虽然在美国长大，在香港发家，但他最爱看的书竟然是《了凡四训》。

临近尾声，应晓雨带来的摄像人员开始收拾器材。燕旭宁看了看表，跟秘书交代了一些工作上的琐事，然后起身与应晓雨握手。

“谢谢你，应小姐，这次的交流很舒服，国内的记者素质很高。”燕旭宁的普通话在这种ABC里算很标准的，可能因为在香港待很多年的缘故，有一些港腔。

“燕总，我……我还有点事想跟您聊聊。”应晓雨犹豫着，但还是开了口。

“是刚才的采访有什么问题吗？”

“不是，是私事。”

“您说吧，但麻烦请尽快，很抱歉，我女朋友等我很久了。”

“是这样，”应晓雨手忙脚乱地从包里拿出一份商业计划书，全然没有刚才采访时那样利索，“这是我朋友创业的公司，叫作木兰科技，旗下有一家木兰文学网，现在在业界很受欢迎，他们启动了A轮融资计划，想跟您聊聊，看看有没有合作机会。”

燕旭宁简单地翻了翻商业计划书，显然他担心着女朋友生气，着急要出去，他把计划书递给秘书，说：“我认真看看再跟你联系吧。”

应晓雨只好点点头，她知道，像燕旭宁这样的投资界大鳄，错过了就错过了，他每天可能得收到几十份这样的案子。

他们再次道别，燕旭宁正要离开，却听见门外闹腾起来。房间的门打开，他漂亮的女朋友横冲直撞地闯进来，边走边大声念叨着：“什么大事儿把你耽搁了呀，让我等这么久，我最讨厌不守时的人了！”

燕旭宁见状，牵起女友的手说：“这位是《整点新闻》的记者应晓雨小姐，采访结束后她给了我一份商业计划书，是她朋友的公司，所以多聊了一会儿。应小姐，这位是我的女朋友Kelly，也是我未来的合伙人，她很熟悉国内的投资行业，帮了我许多。”

应晓雨不停鞠躬：“抱歉抱歉，耽误二位了，我先走了！”

Kelly有些惊讶，随即从秘书手里拿来商业计划书，翻了翻，说：“你等等！”

应晓雨停下脚步，不知所措。

“木兰科技？这是一家值得投资的公司。”Kelly对燕旭宁笃定地说，“创始人叫许愿，听说这哥们儿前段时间拒绝了K&T的金岳，原本他有机会从K&T拿到一个亿，有个性。”

说完Kelly向应晓雨伸出手：“应小姐你好，我叫郑小苔，很荣幸！”

燕旭宁见女友如此有兴趣，也有了好奇心：“他为什么拒绝K&T呢？”

郑小苔哈哈大笑，说：“剧情特狗血，K&T的金岳和他大学时的女朋友在一起了，所以第一次跟董事会见面时，他扭头就走，太可爱了！我要是他就硬着头皮坐下来，女人也让给你了，要你一个亿，赚了！”

燕旭宁被她逗得大笑，郑小苔继续说：“这家公司我非常看好，我们可以认真研究一下。”

燕旭宁点点头，对应晓雨说：“应小姐，明天上午9点，我在公司，麻烦你通知木兰科技的创始人来见我，谢谢你引荐。”

说罢，这才真正地道别。

郑小苔挽着燕旭宁的手朝电梯口走去，走了几步，她回头对着应晓雨眨了眨眼睛。

世界上的另一个我

柏千阳在宣布完与K&T的合作之后，得知了父亲患脑溢血去世的消息。父母来过一阵北京，住不惯，一定要回湘西，柏千阳又不想让他们继续工作，于是在凤凰老家给他们买了新房子，把亲戚开的农家乐盘下来让老两口经营，日子乐得清闲。柏千阳的妈妈说，他爸是在一个清晨上完厕所，在院子里伸了伸懒腰，然后倒地不起的，就在前一天他还问柏千阳，是不是公司又做大了，给那么多人发工资会不会太累了，赚够钱就回来吧。柏千阳知道父母对他一直不肯结婚颇有微词，他们觉得既然经济自由，也三十多岁了，应该尽快成家。但他依然不屑地敷衍了一下父亲，说明年，明年就结。只有他自己知道，明年他也不会结，他是谁，柏千阳，外号“柏三周”，萧潇已经过期太久了，他早就不爱她了。

他匆忙地赶回了凤凰参加完父亲的葬礼，老家人知道柏千阳衣锦还乡都涌来看看这个湘西走出来的青年才俊长什么样。众人偷偷围在灵堂外，议论纷纷。

“怎么爹死了都不哭，坐在那儿跟木头似的。”

“听说一直都不结婚，不知道是不是有问题，赚那么多钱有什么用，无后啊！”

“不孝顺，北京买了大房子也不接爹妈过去住，柏家两老可怜喽！”

守夜的时候，他让母亲去休息，自己一个人坐在父亲的遗体旁。很奇怪，他没有悲伤得不能自已，大学时父亲做手术，他曾经以为如果这一天真的到来，眼泪可能都会哭干吧，但意外的是，他哭不出来。

小时候他在电视里初次了解到死亡时，非常震撼，突然明白原来人与人之间必然经历永久的离别，于是常偷偷地想，如果爸妈死了那我应该也活不下去了吧？

后来看电影《古今大战秦俑情》，还想着世界上会不会真的有长生不老药，那么等长大了偷一点儿来给爸妈吃，他们就不会死了，我也不用担心了。后来在长沙读书，他经常带父亲去医院，那里是与死亡最接近的地方。他在父亲做检查的时候，悄悄走到过重症监护室门口看了看，有些亲属坐在那里，静静地抹着眼泪，他有些意外，原来经历生死这么大的事，外人也不过是抹了抹眼泪而已。一个人的离去其实对于这个世界而言，连尘埃都算不上，走了就走了，第二天大家该干吗还是得干吗，没多久便会忘记那个离去的人，世上值得永远纪念的人本来就只有那几个，更多的人，其实最后只是一抔黄土，以及墓碑上的一个代号而已。也就是从那时候开始，他越来越渴望成功，他不想做死去的时候，只有零星几人抹眼泪的那种人，生命如此宝贵，他不愿只是一粒连名字也没人记得住的尘埃。

湖南葬礼的风俗，会请乐队在灵堂旁边敲锣打鼓地表演，几个歌手三班倒，一直唱个三天三夜不停歇，这样才算得上风光大葬。那浓妆艳抹的女歌手面无表情地唱了一晚上，灵堂的人渐少，也慢慢有些敷衍，在唱一首新歌的时候，女歌手不记得词便从头哼到尾，她可能也觉察到即便偷懒也没人留意他们。但柏千阳突然站了起来，走到乐队身边，那女歌手一脸茫然，赶紧编了几句词认真地唱了起来。这时柏千阳抢过话筒，乐队的音乐霎时也停了下来，他问那几个乐手：“会弹《假行僧》吗？”那乐手摇摇头。他说：“那行，你们歇会儿吧。”然后他拿起话筒闭着眼睛清唱起来，凌晨2点，现场已经没什么人，只有一只被他吵醒的土狗，走了过来，跟他保持着距离，看他声嘶力竭地唱着歌，那歌声划破长空，朝月亮飞去。

> 我要从南走到北，我还要从白走到黑；
> 我要人们都看到我，但不知道我是谁。
> 假如你看我有点累，就请你给我倒碗水；
> 假如你已经爱上我，就请你吻我的嘴。
> 我有这双脚，我有这双腿，我有这千山和万水；
> 我要这所有的所有，但不要恨和悔；
> 要爱上我你就别怕后悔，因为有一天我要远走高飞；

我不想留在一个地方，也不愿有人跟随。

……

回北京没多久，他逐渐淡忘了父亲去世这件事，其实并不算淡忘，而是一个人的心容量有限，他疲于工作，故意让自己装了很多废物，挤满了它，慢慢也稍稍脱离了失去父亲的痛苦。开了一天会，他回到自己的办公室，喝了口水，看见桌子上放了一封信，打开一看是一张请柬，是萧潇为自己筹办的生日 party。如果这个世界上还有人比柏千阳更浮夸，那应该就是萧潇吧。她为自己的 party 印制了精美的请柬，还要求所有人都穿睡衣前来，并在请柬里标注了睡衣的标准款式。他眉头一皱，把请柬扔回桌上，端起水杯又喝了一口。

晚上他一个人找了间苍蝇小馆吃了顿饭，点了一份爆肚、一份白菜豆腐，吃得起劲。看了看时间，已经到了请柬上要求的时间，他又加了一份炸灌肠、一瓶北冰洋，吃到那小店的客人都走光了，他才结账走人。开车去了钱柜 KTV，刚停好车，他拿出手机，才发现因为静音已经漏接了十几个萧潇的电话。他已经习惯了，一旦找不到他，她就会疯狂地打电话，打到他接为止，刚开始他看到了还回，在电话里哄她，解释为什么会漏接。现在若是第一个没接到，后面的他便都不想接了。

他走到 V1 包厢门口，打了个哈欠，然后推开门，一股热浪扑面而来。一群穿着睡衣的俊男靓女早已喝得五迷三道，包厢被布置得像童话故事中的，他想起在长沙读书时过生日，母亲也会把家里布置得像模像样，但比起这儿当然差远了。

萧潇见到他来了，立刻喜笑颜开，然后又露出生气的神色，拿起话筒大声说：“柏千阳，你怎么没穿睡衣？我就知道你会忘，特地给你准备了！”她从包里翻出一套没拆封的睡衣，塞到柏千阳手里，在众人的起哄下，柏千阳无精打采地去了卫生间换上。这是一身非常卡通的奶牛睡衣，当他走出来的时候，大家笑得前仰后合。萧潇开心地抱住他说：“亲爱的老公，你太可爱了，谢谢你来，我一直在等你切蛋糕呢！”

柏千阳笑了笑，说：“你切吧，大家都等着吃呢！”

朋友推着一个华丽的三层蛋糕出来，点上蜡烛，让萧潇许愿。萧潇想必是有备而来，她突然拿起话筒，从口袋里拿出一枚钻戒，单膝跪地，对柏千阳说：“千阳，我们相爱已经四年了，爸爸一直催我们结婚，你是个男人，专注事业，没有心思去筹划，那我来帮你吧，我已经等不及你求婚了，今天我想破个例，我向你求婚，娶我吧！”

全场轰动，不知是谁点了一首《婚礼进行曲》，气氛变得热烈又温馨。

她睁大那双闪闪动人的眼睛，期待地看着眼前这个穿着奶牛睡衣的滑稽的男人。柏千阳看了看她手里的钻戒，笑了笑，说：“萧潇……”

萧潇的笑容更灿烂了，她一直梦想着这一刻，她向来不是个循规蹈矩的女孩儿，求婚也想与众不同一点儿。既然他不开口，那她就代他完成。

柏千阳：“我们分手吧。”

一片哗然，随即又安静下来，只剩那《婚礼进行曲》独自奏鸣。

萧潇：“你说什么？”她有些不相信自己的耳朵，但柏千阳的眼神坚定而决绝，他不是在开玩笑，那五个字他说得铿锵有力，掷地有声。

柏千阳：“我说，我们分手吧！我不想结婚，也不想再跟你谈恋爱了。”

萧潇忍住眼泪，喘着气，小声说：“你先把戒指收了，这里这么多人，你别让我下不来台……”

柏千阳：“我不会收的，我不爱撒谎，承诺给了就得做到，但对你，我给不了。”

萧潇站了起来，将戒指一把扔在柏千阳脸上，戒指然后又弹到了地上，朋友赶紧捡了起来，她说：“柏千阳，你别给脸不要脸！你别忘了今天所有的一切是谁给的！”

柏千阳叹了口气，懒得争吵，转身要去沙发上拿自己的衣裤。萧潇见状抢走沙发上的衣裤，死死地抱在怀里：“我不让你走！”

柏千阳：“给我！”

萧潇：“不给，除非你杀了我！”

柏千阳环顾四周，见这群穿着睡衣、脸上抹得金光灿灿的少男少女，都瞪大眼睛看着自己。换作是从前，他可能会冲上前，从她手里把衣服抢回来，但他突然觉得好疲惫，觉得多说一句、多走一步，都会累得双腿瘫软。

他在众目睽睽之下，脱下了奶牛睡衣，穿着内裤，像往常那样大摇大摆地走出去了。

一路走到车库，众人注目，他像个机器人一样，丝毫不觉得羞耻。

他光着身子，开车上了三环。环线上没什么人，他开得很快，两旁的高楼大厦像一头头虎视眈眈的狮子盯着他，他突然觉得有些害怕，脚踩油门，飞驰起来，像要摆脱这些巨大的猛兽。但他知道，在这个城市里他只是一只微不足道的蚂蚁，那猛兽随便伸出爪了，都可以挡住他的去路。他打开车窗，风把他吹得很清醒，他想起第一次见萧潇，两人去开卡丁车，那种癫狂的速度感让他短暂地忘掉痛苦。其实他并不知道现在的痛苦是什么，但他非常清楚，他很痛苦。他明明知道自己的家在哪里，但他不知道要往哪里去。

迎着风，他在环线上大声叫喊着，眼泪像山洪，倾泻而出。

柏千阳连续三天没去公司，他在家把自己灌得烂醉如泥。第四天下午，他起床后，洗了个澡，然后换上一身干净的衣服，去银泰挑了一枚钻戒。

他开到了顺义一个别墅区门口，下了车，坐在路边，一直等到天黑。

苏暮雪 8 点多应酬完，陪喝多的金岳回到家，他刚睡下，她收到了一条微信，是柏千阳发来的。他说他在门口，希望她能出来跟他见一面。她犹豫了一会儿，回了句：我马上出来。她洗了把脸，然后轻轻合上门，走到了小区门口，果然见到柏千阳坐在路灯下。

她走到他的面前，问："你来做什么？"

柏千阳突然扑通一声单膝跪在地上，拿出那枚钻戒，说"苏暮雪，嫁给我好吗？"

苏暮雪看着眼前这一幕，无动于衷。

柏千阳："离开他吧，他能给你的，我现在也能给！"

苏暮雪："你还是那么幼稚。柏千阳，你以为你真的爱我吗？你只是不甘心做个输家，你只是被你自以为是的痴情感动了，你爱的是自己，这么多年过去了，你一点儿都没变。"

柏千阳："我知道你怪我这么对许愿，我答应你，我什么都可以不要，把这一切都还给许愿，我只要能跟你在一起，我去跟许愿道歉……"

苏暮雪："说完了吗？"

柏千阳近乎哀求地问："十几年，难道你从来没有爱过我吗？哪怕一天、一小时、一分钟？”

苏暮雪：“没有。”

柏千阳怒吼道：“可是我爱你！我已经没办法爱上别人了，我所做的一切，都是为了证明你当初的选择是错的！你知道嘛，我所有的青春都用来爱你了！”

头顶的路灯，旁边围绕几只虫子，轻快飞舞着。

苏暮雪转身要离开，柏千阳一把拉住她，捧住她的脸用力地吻了上去。苏暮雪挣脱了他，从地上捡起一块石头，狠狠挥去，打在柏千阳的额头上，鲜血顺着他的脸流了下来。

苏暮雪：“你让我恶心！”

柏千阳呆呆地站在那里，看着苏暮雪走远，消失在深邃的黑暗里。

在IFC的办公室里，燕旭宁等南燕资本的高管们一字排开，眼前的投影呈现出木兰科技的商业计划书。许愿站起身，为大家讲解着接下来木兰科技的五年计划。

燕旭宁：“许总，对于业务上的了解，我想我们已经很清晰了，我想听听你为什么要做这个公司。”

许愿想了想，说：“其实我不是一个合格的创业者，原本我一直在传统的出版公司上班，但策划的书系《木兰》始终得不到重视，无论我怎么努力，似乎都无法达成所愿。我也不知道自己还可以做什么，遇见刘科科，便像个愣头青一样开始创业了，所以，我并不是一个从一开始就抱着雄心壮志要做一家非常牛的企业的创业者。‘木兰’这个名字，取自我大学时经常走的一条名叫木兰路的校道，它很普通，但对我来说，它承载了大学四年的全部记忆，我的成长、我的爱情、我的友谊，这条路见证了那一切。创业，虽然它的核心是做生意赚钱，但我觉得如果没有这些情感的支撑，它依然是一个无趣的过程。”

燕旭宁：“这些年，你遇到这么多挫折，是什么给了你力量坚持下去？”

许愿：“我毕业后的第一份工作，面试我的老师问过一个类似的问题，其实能有一个像木兰文学网这样的阵地让我和朋友们可以自由写作，本身是一件非常快乐的事情，‘坚持’这个词带有一些抵抗的意味，创业的这个过程可能不是最舒适的，但对我来说是最快乐、最有安全感的，所以并不存在坚持这一说。我知道自己只能走下去，因为做别的，做那些让我没有激情的事情，可能会更艰难吧。”

燕旭宁站了起来，伸出手：“许总，很高兴认识你，我女朋友果然没有说错。她告诉我，木兰科技的许愿是一个值得长期合作的人，他纯粹、坚韧，有一种让人不可抗拒的力量，今天一见，我觉得很有收获，所以，祝我们合作愉快！”

许愿激动地看着另一侧的刘科科，都忘了礼貌地与燕旭宁握手。刘科科提醒之后，他才伸出手，紧紧地握住燕旭宁的手。

许愿：“谢谢燕总，不过我能不能问问，您女朋友怎么会知道我？”

燕旭宁笑了笑：“她叫郑小苔，比较了解北京的创业者。”

许愿愣了一下，随即也笑了起来。

回公司的路上，许愿路过紫竹桥的便民旅社，发现那里正在拆迁。他从出租车的车窗里看见有人搭了梯子，取下了招牌。那门口原本还有个烧烤摊，每天晚上6点出摊，那一年他们在这里吃着烤串、喝着啤酒，并不知道明天在哪里。

电话响了，是许久未联络的郑小苔。

“谢谢你！”许愿诚恳地说着。

“你的确应该谢谢我，这可是我有史以来第一次不收一分钱的合作呢。”电话那边传来清脆的笑声。

“没想到最后还是靠你帮助。”

“许愿，你记住了，这都是你自己种下的果，是你应得的。”

“谢谢。”

他回头想再看看便民旅社，已经越来越远，再也看不见了。

阿西达卡：我成功了，如果有机会，希望你可以出现在木兰科技的融资发布会上。

幽灵公主：我一定会去。

阿西达卡：十几年了，我终于可以知道你是谁了。

幽灵公主：你不害怕？

阿西达卡：害怕什么？

幽灵公主：就像一条长长的街道上，千堆白雪，这种盛世美景，等到日出的时候便分崩离析，这难道不是一件可悲的事情吗？

阿西达卡：那美景至少真真实实地存在过啊！

幽灵公主：总之不管我是谁，请记得，你都应该拥有自己的人生。

阿西达卡：我明白！

在一个陈旧而狭小的会议厅里，挤了很多人。这两年人气大跌的偶像作家康一玉，召开了一场震惊世人的退出文坛说明会。近几部作品都销量惨淡，灿烂千阳推出的几位少女作家分割了她的粉丝，这位曾经畅销一时的玉蝴蝶陷入了尴尬的局面。但这个发布会依然吸引了近百家媒体，在通知媒体前来的短信中表明，说明会上，玉蝴蝶不但会宣布封笔，还将有大料爆出。

镁光灯闪烁，康一玉脸上依然是一副倔强的神情。

记者："玉蝴蝶，您好……"

康一玉："不好意思，打断一下，请叫我康一玉，玉蝴蝶已经是过去式了，我不想永远活在这个符号之下，我有我自己的人生。"

记者："哦……康小姐，我们想知道您选择封笔，是不是因为最近几本书销量不尽如人意，所以对市场失望而无心恋战呢？"

康一玉："其实我是一个很普通的女孩子，而且……我从来没有热爱过写作，我只是骄阳出版的一个前台，每天做着简单的行政工作，过着大多数女孩子的生活，偶尔会因为买了件新衣服而开心，会因为遇到一个让我心动的男孩儿而激动，爸妈对我也并没有太高的期许。自从玉蝴蝶出现后，我的人生发生了巨大的变化，从此我再也做不了别的工作了，我像个拉线木偶一样扮演着一名畅销作家，在不同的场合配合这个角色说着相关的台词。我已经不再是我，是一个为了给出版公司赚钱的行尸走肉。我要跟所有喜欢过我的读者再次道歉，你们见过的那个视文学如生命的玉蝴蝶是不存在的，因为从出道到现在，近三十本著作，都不是我写的，我背后有几支创作团队，这些都是他们的功劳！我只负责熟读文稿的内容，以免跟读者交流时会露馅，然后在媒体前把出版方给我精心设计的台词声情并茂地表演一番……"

全场引起巨大的讨论声，尽管此前关于代笔的传闻一直不绝于耳，但当事人从未在公开的场合谈及此事。记者们兴奋了，纷纷举起手，抢着提问。

记者：“康小姐，我是否可以理解，您所有的作品都是找人代笔的？”

康一玉：“对，玉蝴蝶这个项目的始作俑者就是灿烂千阳的总裁柏千阳，我是他的一枚棋子，配合了他的整个计划，而且出乎意料地大获成功。最初，我非常享受这种身份的改变，虚荣带给我莫大的快乐，从一个前台变成一名被世人追捧的畅销书作家，我换了另一种更华丽、更灿烂的人生，但现在我已经疲惫了，我不想再做玉蝴蝶，只想做一个普通的康一玉。所以今天非常有必要对喜爱我的读者说声对不起，我欺骗了你们很多年。”

记者：“听说柏千阳自组灿烂千阳之后，并没有邀请你加盟，你们之间是不是发生了什么矛盾？另外，柏千阳在此后推出了几十名偶像作家，是否也是这样的操作方式呢？”

康一玉：“我们没有任何矛盾，骄阳和灿烂千阳本来就是一家，只是我们背后的策划人不同而已。至于他后来推出的作家是不是请人代笔，我不知道，你们应该去问他！”

记者：“康小姐，您是第一个承认代笔的作家，您能对今天说的话负责吗？”

康一玉：“我绝对可以对今天说的话负责，稍后我会提供给各位关于这个项目所有的微信对话截图，以及创作团队的开会记录，在今天之后，世上再也没有玉蝴蝶这个人，我将开启我自己的人生，谢谢各位！”

康一玉站起来，朝台下的记者们鞠了一躬，然后在朋友的保护下离开了现场。

她拿出手机，发了条微信给柏千阳：我的确只是一枚棋子，但我想告诉你，没有这枚棋子，你会满盘皆输。

她得意地笑着，终于用自己的未来换来一个完美的报复。

第二天开始，关于“玉蝴蝶封笔揭露骗局”的报道占据了各大媒体的头条。随后，灿烂千阳组建的几支创作团队，也纷纷曝出代笔的证据，几个被踢出局的代笔写手，在各自的微博发表长篇文章，痛斥柏千阳恶意压榨创作者。事件升级，愈演愈烈，多家媒体推出深度报道，点名批评这种作家生产模式对于行业规则的破坏，大V和名家眼见着风向有变，也赶紧与柏千阳撇清关系，联合签名表示尊重原创，尊重真实的作家。一时间，灿烂千阳风声鹤唳，柏千阳成为出版界的敏感词汇。他构建的文学帝国，一夜之间，坍塌成废墟。

满毅把这些报道整理出来，拿到柏千阳办公室。他正面无表情地泡着茶，手机不停地震动，是萧天翔打来的，作为母公司，灿烂千阳的一举一动都直接牵动着骄阳的利益，萧天翔是生意人，他不管媒体的恶评，他关心的是恶评之后这样的模式是否还有人埋单。

满毅焦急地说："你看看这些，必须重视起来，几家官方媒体都在抨击我们，发行商纷纷退货，说书店都准备把我们的书下架了！"

柏千阳："扔了吧，我都看了。"

满毅："那你不能一直躲在办公室不出来啊！大家现在焦头烂额，再这么下去，我们的名声就完了！"

柏千阳："你出去，我想休息一会儿。"

满毅："你已经休息很久了，老大！"

柏千阳："我让你出去！满毅，我告诉你，我给你发工资，我养活你，要不是我，你还在你表哥那个烂公司拿着一个月三千块钱。我用不着你教我怎么做，别忘了你什么身份，滚！"

满毅呆住了，他放下手里的资料，走出门去。

他走到自己的工位前，开始收拾自己的东西。身边的同事问："你干吗啊？"

满毅不屑地笑了笑说："我不干了！"

K&T 撤资，终止了与灿烂千阳的合作。这原本就是意料之中的事，苏暮雪没说错，他们在铤而走险，这是一条违背创作规律的路，走不长。媒体的声浪已经变成一个严重的社会事件，被欺骗多年的读者们纷纷声讨，甚至人肉出灿烂千阳的投资方 K&T 领导层的个人资料，辱骂他们助纣为虐。骄阳出版集团紧急召开发布会，声称将停止对偶像作家的打造，回归传统出版，并由萧潇接替柏千阳担任灿烂千阳新一任 CEO。

在这一场又一场的轩然大波之中，整个事件的始作俑者——灿烂千阳的创始人、前 CEO 柏千阳，却再也没有出现过。自始至终，他都没有公开发表过任何言论，他从一个创造奇迹的救世主，突然从云端跌下，变成一个人人喊打的过街老鼠。自从事件引爆之后，高调的他便从公众的视野里消失了，彻彻底底，连他的助手满毅都找不到任何蛛丝马迹，如同人间蒸发一样。

他在一个平淡无奇的深夜，开着车，不声不响地离开了北京。

是时候收手了。

他收到康一玉的微信时，心里突然有种豁然开朗的感觉。好像一直在等待这一刻，等待这个所谓的“满盘皆输”，等待某种突如其来的变故，把他打回原点，变成那个可爱的，并不世故的柏千阳。这么多年来，他一直把许愿当成镜子里的另一个自己，他也非常坚定地认为，自己也是镜子里的另一个许愿，他们的相遇是命运精心设计的，为的是让他们成为一辈子互相扶持的兄弟。他不知道从什么时候开始，把这个最好的兄弟当成了假想敌，好像只有战胜他了，镜子外的那个自己才会变得完整。已经有很长时间了，他觉得自己越来越孤独，于是他效仿当年的许愿，一个人坐上了北京深夜的末班车，穿行在这个巨大的城市之中，靠在窗边思索着一个困扰他的问题——现在拥有的这一切，真的是他想要的吗？当他失去了许愿、失去了苏暮雪、失去了自己，这些世人眼中的成功还有意义吗？

他也很意外，被灿烂千阳强行卸任之后，对于这个自己花了数年心血经营的公司，竟然没有什么留恋。萧潇是唯一打通他电话的人，他一直对生日那天的举动让她难堪心怀愧疚，接通电话之后，萧潇并没有怪他，只是求他出现，并表示只要他能回来，她会跟萧天翔说，把 CEO 的位子交还给他，如果萧天翔不同意，她就从盘古楼上跳下来。柏千阳听完就笑了，她总是这样，拿自己的命来要挟自己的父亲。他婉拒了萧潇的请求，他很诚恳地向她道了歉，他说：“萧潇，你总有一天会知道，我拒绝你的求婚，是你的幸运。”挂了电话之后，这个号码再也没有人打通过。

他如释重负，再也不用站在众人面前扮演那个呼风唤雨的圣人，再也不用扮演那个令人作呕的成功者了。他看过康一玉的报道，他理解她所做的一切，她除了恨他的抛弃，更痛恨他给她塑造的那一张虚伪的皮。因为他何尝不是这样，他也在扮演着一个让自己不齿的角色，只是那个角色的名字叫柏千阳。

他开着车，离开了曾经让他魂牵梦绕的北京。

他起初不知应该开往哪里，到了高速公路路口，他决定先开往河北。反正他要去一个没去过的地方、一个没有人认识他的地方，他要慢慢摆脱世人眼中的那个柏千阳，因为他自己也很讨厌他。他开了一个通宵，到了张北草原，这是萧潇嚷嚷了无数次要自驾游的地方，但从未兑现过承诺。他决定在这里停留两天。

在车里睡了一觉，他决定出去走走。

他看见眼前这幕天席地般开阔的美景，天蓝欲滴，绿草如茵，鸿雁与百灵鸟飞过。没有人叫他柏总，一些年轻人自己带了帐篷在这儿露营。他有点儿后悔怎么没早点儿来这里。

他站在那里，静静地站着，仿佛再久一点儿就能够在这样的美景中融化。

突然有人喊了一声："你好，可以让一下吗？我要拍照。"

他赶紧让开，回头一看，两人都呆住了，不远处拿着相机的女人，是已经多年不见的夏舟。她背着包，穿着登山服，头发扎了起来，脸上有些星星点点的雀斑和晒黑的印记。

夏舟："怎么是你？"

柏千阳有些抱歉地笑了笑，像是一个外来人，不小心闯入了别人的领土："没想到在这儿见到你！"

夏舟："你一个人？"

柏千阳："是啊，你也一个人？"

夏舟笑着点点头。

夜晚的张北草原，天空中繁星一片。

柏千阳和夏舟坐在帐篷边，风吹来，有些冷。夏舟从帐篷里拿出一席毛毯，披在柏千阳的身上，说："你穿少了，这里晚上还是有点冷的。"

柏千阳："夏舟……"

夏舟看着他，笑着说："还在感叹怎么会在这里遇见我？"

她拿出两瓶酸奶，递给他一瓶。

柏千阳："对不起，让你受了很多苦！"

夏舟拧开酸奶，喝了一口，说："柏千阳，永远不要跟我说对不起，就好像你永远不会对我说我爱你一样。正如你所说的，我们命里没有，我却硬拉着你上路，这原本就是我的执念。倒是我应该对你说一句对不起，强行闯入你的生活，非要在你的人生里扮演一个重要的角色，最后编剧还是把我给写 out 了。我很感激现在，自由自在地去每一个地方，记录每一处动人的风景，而我现在所做的一切，不是为了别人，是为我自己。知道嘛，现在很多旅行社出钱请我去他们开发的线路呢，还给我酬劳让我发微博记录这些旅行的过程，这么多年了，我到现在才真正地热爱生活。要谢谢你，没有你，我可能还那么任性、那么自私、那么不可一世……不说我了，说说你吧，这些年，还好吗？”

柏千阳：“命运真的很奇妙，这么多年，我一直过不去，我恨许愿抢走了苏暮雪、我恨这个人竟然是我最好的兄弟，所以我用了十几年来证明苏暮雪当年的选择是错的，我一定要赢、不顾一切地赢。后来我发现，其实我从一开始就是个输家，因为他根本没把我当成对手。而我，像个傻子一样一个劲儿地去追赶着什么，等到了目的地才发现，那儿什么也没有。现在我终于知道，苏暮雪的选择是对的，我根本配不上她，许愿才是值得她用一生去等待的人，我不是。只是人生无常，我们每个人似乎都被一种奇怪的力量牵扯着，一直往前走，却不知道到底要去哪儿。”

夏舟：“那你现在找到要去的地方了吗？”

柏千阳：“没有，我想用一些时间去寻找，可能一年，可能两年，或许更久，但我想，只要找到了，无论是什么时候，都不会太晚。你能陪我一起去找吗？”

夏舟点点头。

那个夜晚，他们并排睡在帐篷里，他们只是轻轻地握着对方的手。这些年，柏千阳患上了严重的神经衰弱，常常失眠至凌晨。而这晚，他睡得很沉。他握着这个纤瘦却有着无穷力量的手，安然入睡，他梦见了木兰路，梦见了大礼堂，梦见了枫亭、626 宿舍、飞轮、串串香、环球影院、小旅馆、半山馄饨店……他梦见自己长了一双翅膀，翱翔在长沙的上空，鸟瞰着陆地上的人们，穿梭在这座城市的楼宇之间，演绎着他们的故事。

清晨，夏舟醒了，她侧过身打开帐篷，一阵青草的香味扑鼻而来。

柏千阳也醒了，有只画眉停在帐篷旁边，机灵地四处张望，他伸手想去摸一摸，却把它吓跑了，瞬间钻入天际。

柏千阳突然说："我们去长沙吧！"

夏舟愣住了，随即点了点头。

三环的辅路正堵着，前面不知是出了什么事故，这长龙纹丝不动。太阳很刺眼，此起彼伏的喇叭声让人心绪如麻。

应晓雨从车窗里探出头去，急得额头上冒出细细的汗珠。

蜗牛紧握着方向盘，伸手一把将她拉回来："注意安全！"

应晓雨："快迟到了！"

蜗牛："对女士来说，迟一会儿不碍事儿，十分钟之内都不算迟到！"

应晓雨擦了把汗："不行，今天我不能迟到，一分钟都不能迟到。"

手机震动了一下，是许愿发来的微信：晓雨，你到了吗？

她回了句：马上。

她又看了看窗外，这拥堵的状况看样子一时半会儿根本不会有任何好转，于是拍了拍蜗牛的肩膀，说："我下车，走过去，你到了直接来会场找我！"

"也行，你注意安全！"蜗牛担忧地说。

应晓雨推开车门，穿过那些走走停停的车流，朝人行道跑去。

此刻的长城饭店，木兰科技的融资发布会马上就要开始了。许愿穿上为他量身定制的西装，在台下准备着一会儿的演说，手机上是应晓雨发来的微信：马上。刘科科走来催他："喂，快到点了。"他皱了下眉："再等等吧。"他站起来回头看了看现场的嘉宾，几百个席位几乎都坐满了，除了燕旭宁和郑小苔，沙璇和满毅自然是必到的座上宾，此外，他还请来了爸爸、妈妈和罗阿姨，这是三人的首次同台，他们竟然相处融洽——许愿的成长，是他们唯一、永恒的话题。他看见他们，报以热烈的笑容，他们也伸出手，像三名疯狂的粉丝，期待着偶像的登场。许愿想，这么多人，幽灵公主，你在哪里？

应晓雨脱下高跟鞋，赤着脚一路狂奔。她知道一条近路，于是右转上了个台阶，跑了五分钟，实在太累了，停下来喘了喘气。长城饭店近在眼前了。

走下台阶时，脚一崴，她从那有些陡的台阶上滚了下来，狠狠地摔在地上，包里的物件散落一地。头磕破了，她挣扎着要起来，哮喘却在这时发作。她大口地喘着气，伸出手从那堆物件里找着哮喘喷剂，可那小小的药瓶，却滚入了下水道中。

发布会现场，活动开始了。许愿点开应晓雨的微信，发了句语音：“晓雨，我要开始喽，不等你了，一会儿见。”

微信响起，应晓雨伸手却够不着手机。她艰难地抬起头，在饭店外的大屏幕上，看见了许愿走上台的样子，他自信满满地向在座的嘉宾鞠了一躬，脸上露出的依然是那羞涩的微笑。应晓雨颤抖着，呼吸渐弱，她隐约看见前方有路人朝她跑来，但已经喊不出一个字，她闭上眼睛，世界一片混浊。

三环辅路终于通了，蜗牛拿起手机，发了段语音给应晓雨：“你到了吗？没有错过他上场吧，虽然有点儿吃醋，但还是很为他高兴！”

那太阳高高地悬挂在天边，焦灼地烤在路人的身上。

医院里，洁白的床单和枕头，有些晃眼。

应晓雨睁开眼睛，静静地看着窗外被风吹得摇摆的树叶。

三天前，她晕倒在饭店门口，路人叫了救护车，及时将她送到了医院。虽是老毛病，但若是再晚一些来，的确是有生命危险的。蜗牛对许愿说，可能是老天觉得欠了晓雨太多，所以在这一刻心软了，把命还给了她。她稍作休养，并无大碍，也让大家松了口气。

蜗牛拿着饭盒走了进来，见她醒来，说：“醒了啊，医生说你明天就可以出院了，以后不要这么剧烈地运动，病情还是可以得到有效控制的，还有啊……”

应晓雨打断了他：“蜗牛……”

“怎么了？”

“你上次求婚的那个戒指，还在吧？”

“当然在啊，你不答应我也不能随便给别人嘛。”蜗牛憨厚地笑了笑。

“在哪儿？”

“在我包里。”

蜗牛像是预感到了什么，放下饭盒，手忙脚乱地从包里掏出戒指盒，打开，拿了出来。

“蜗牛……还算数吗？”

"算！当然算，一直算，永远算！"

"给我戴上吧！"

蜗牛把戒指给应晓雨戴上了，他有些惊慌失措，这幸福来得太突然。

"蜗牛，对不起，让你等了这么久，这对你很不公平，可是我想，如果带着对另一个男人的怀念与不舍，戴上这枚戒指，对你更不公平。我一直在等一个机会，让我可以毫不犹豫地对你说，蜗牛，我们结婚吧。可是我总是找不到那个机会，后来我想清楚了，我需要看到青春时爱的那个男人，他长大，他真正地成了一个我心中耀眼的大人，他能拥有那么自信的微笑，承担生活给予他的一切，那是我和他真正告别的日子。我终于看到了，虽然隔得有些远，但我想，命运阻拦了我走近他，是因为知道你还在等我。谢谢你这些年给我最美好的陪伴，现在的我，可以踏踏实实、毫无保留地爱你了，希望不会太晚！"

"不晚，一点儿都不晚！这戒指我随时带着，就等你冷不丁地告诉我，蜗牛，我可以了，我做好准备了。从一开始决定来北京工作，哦……不，从当初我决定去湘西找你，我就认定了，这辈子你是跑不了了，我会死缠烂打，直到这一刻的到来！"

她那戴着戒指的手，紧紧握住了蜗牛的手。

陪爸爸、妈妈和罗阿姨在北京玩了一圈，刚送他们去机场，回来看见被收拾得更整洁的家，少了很多热闹劲儿，没有人在耳边催婚，许愿竟然觉得有些失落。老年人都起得很早，要去看升国旗、要爬长城、要逛鸟巢和水立方。今天总算可以睡个懒觉，上午 11 点才起来，洗漱完，他准备去吃午饭。

打开门，地上有个包装得精致的木盒。拿起来，上面写着：

阿西达卡 亲启

幽灵公主

打开木盒，是那熟悉的曾被他放在宿舍没有带走的收音机。十年了，墨绿色已经逐渐褪去，变得斑驳而粗糙，但看得出，它时常被擦拭，保管得依然完好。

还有一封信，打开它，是应晓雨写来的。

许愿：

对不起，幽灵公主其实是我。

我想你一定会很失落吧？尽管如此，亲爱的阿西达卡，也不要拒绝来自幽灵公主最诚挚的祝福。看到你自信地走上台，我知道你已经步入了人生一个新的阶段，当年那个胆怯地藏在柏千阳背后的小男孩儿，终于长大了。

谢谢命运让我们经历了很多事之后，依然是最好的朋友，未来一定也会长长久久地走下去吧，相识十四年，以后要找个人替代，还真有些难呢。我很尊重这份友谊，从一开始就是如此，那么今天想告诉你的是，这是我最后一次以幽灵公主的名义与阿西达卡对话，因为我已经决定嫁给蜗牛了，我终于可以很确定地告诉自己，他是一个值得我托付终身的男人，那么我不能再错过他了。很遗憾我们没有在一起，但我并不后悔。爱一个人真的可以让人成长，因为要真实地站在爱的人面前，需要比以往更强大的力量。正如当年我鼓起勇气对你说我爱你一样，现在我终于也可以勇敢地说，我不爱你了。在做出这个决定的时候，我找到了当年苏暮雪说过的那种停泊靠岸的踏实感，就像是一艘漂泊了很久的小船，看见了灯塔，而在那个灯塔上面，有一个人等了我很久很久。

毕业离校那天，我去你宿舍找你，但你已经下楼了，我在你桌上看见了这个收音机。它是一个有趣的错误，错是错了，但能不能不要丢弃它？它见证了一段值得珍藏的往事，见证了你的十九岁生日，如今我们都长大了，这段往事已经不再疼痛，留下的都是鲜活的记忆啊。

愿你永远像个少年，不枉我爱你一整个青春。

应晓雨

日不落

世界上的每一个人，对于告别这件事都多多少少有种敬畏感。人们用自己的告别仪式来与另一个人，或者一段时光划清界限，比如许愿十八岁时，在饭盆里多加了一个鸡腿，这是他与少年的自己告别；比如学友餐馆每年毕业前的散伙饭，毕业生们一个接一个喝醉，然后大哭大闹着被抬出去，那是他们与自己的大学时代告别；比如隔壁宿舍那个坐在窗台弹吉他的哥们儿，旋律优美，却唱得无精打采，他是在与一段纯真的爱情告别；还有每一次我们与朋友分开，挥挥手，说改天再见，这是根植于我们生活中的仪式感。我们一直都以为这样的告别是庄重而不可缺少的。很多年以后，许愿才明白一个道理，那些充满激情的告别，都不是真正的告别，人生大部分告别其实是毫无征兆的。或许只有经历了很多告别之后，人才会意识到这一点——不知哪个风和日丽的一天、哪一次匆匆的相见，其实已经注定是最后一面，此后山水无相逢，那并未被认真记住的样子，竟然已成最后回忆里的画面。

“我和柏千阳到底是从什么时候开始形同陌路的？”这是一个困扰许愿很久的问题。

那几个月，柏千阳开车载着夏舟去了很多地方，夏舟的微博更新得更勤了，她还效仿微博上很火爆的男友牵手照，拍了不少类似风格的照片，网友们纷纷在“芷姜”的微博下面留言，说“这就是传说中的虐狗照吗？”“芷姜终于不再一个人旅行啦”“哇，芷姜，松开你的双手让我来”，她在车上读网友们的留言，把柏千阳逗得哈哈大笑。

他们最后一站是去长沙，他们决定去了那里就不走了。

长沙有他们的最美好的青春，那个南方城市，永远是一副湿漉漉的样子，绿树摇曳，青石板路上覆着苔藓，城市上空飘荡着一种聒噪又迷人的烟火气。他们说，该回去了，那就回去吧。一路开往长沙，开往他们的青春。他们用了十年时间寻找的东西，怎么也找不到，那么那个东西应该在长沙吧，既然知道目的地在那里，就马不停蹄地出发吧。早一点儿得到，早一点儿幸福，人生不能再浪费了，他们已经三十二岁了，不再是当年那个可以挥霍、可以任性的小孩儿。

开了很久很久，凌晨2点多，他已经很累了，但他很激动。他告诉夏舟：“喂，喂，快到了，快到我们学校了，我们的联大，就在眼前了！”夏舟本来正在发呆，听见他这么激动，也跟着一起激动起来，凌晨2点多的长沙已经变得非常安静，在湘江大桥上，江面上映出圆月，像是预示着极美好的未来。

夏舟握住柏千阳的手，说：“柏千阳，我要告诉你一件事。”

柏千阳：“什么事？”

夏舟：“我怀孕了！”

柏千阳呆住了，不说话。

夏舟：“你不想要吗？”

柏千阳：“要，要，我要！”

夏舟：“那，我就生下来哦！”

柏千阳突然哭了，眼泪止不住地流，他说：“好，好，生下来，我们在长沙把他养大，然后让他按照我们的轨迹，把我们的青春再过一遍，好不好，好不好？”

夏舟：“千阳，我好开心啊，我们会有一个自己的孩子。”

柏千阳呜咽着说：“希望他健健康康，也不需要有什么梦想，不要去改变什么世界，就开开心心地长大……”

夏舟笑着笑着也哭了，但她真是开心啊。

他想必是真的累了，否则怎么可能在疾速转弯的时候没有看见那辆大卡车呢？

或者，他只是急切地想早一点儿看见联大，跟夏舟一起重新回到这个充满了生命力的地方，枫亭、626、大礼堂、半山馄饨店、堕落街……马上就要见到那些熟悉的场景了。这么多年过去，它们还在吗？会不会被拆掉，或者依然在原地，隆重地迎接他们的到来？

那轰的一声巨响，在这个深夜的长沙，宣告了一切的结束。

他仿佛听见了十几年前，夏舟抱着他说：“柏千阳，我可以为你去死。”还听见那一年他坐在夏舟对面说：“咱俩命里没有，硬要在一起都活不长的。”但不管怎么样，他们违抗了命运，最后还是在一起了。

他动弹不得，只能瞪大眼睛，看着夜空，好多好多有趣的画面在天上飘荡着。

他明明有自己的床，却非要挤在626许愿的床上，拉着他絮絮叨叨地说上一个通宵。他像条癞皮狗一样每天跟着苏暮雪去图书馆，结果被她狠狠地拒绝。他在飞轮酒吧里打工，那身工作服还挺合身，其实当年走的时候他想开口找经理要走那套衣服，但最终没好意思要，他这个时候有点后悔了，那身衣服真好看啊，这么多年过去了，再也没有找到一件那么合身的衣服。对了，半山的馄饨店还在吗？那里的馄饨皮薄，肉馅很美味，每次他都可以吃两碗，如果还在的话，这次要吃三碗，把十年的缺失统统补回来。还有啊，下大雨时不打伞走过湘江大桥，他回头说：“我们六个，永远不要分开哦。”浑身透湿，却不觉得冷，这就是青春啊。年轻时才敢这么嚣张地浪漫，未来一定要再走一次。

怎么全是美好的画面啊，难怪现在一点儿都不疼，那血就像泉水一样汩汩流出，但他竟然觉得很放松，很舒服。他躺在那里，就像十几年前的某一天，他躺在联大的草地上，看着天空，幻想着未来会是什么颜色。他隐约看见夏舟朝他爬过来，躺在他的怀里，他觉得被人需要的感觉真是温暖啊。

凌晨2点45分的长沙，人们都已安睡，过几个小时，就要开始新的一天的生活，面对新的一天的烦恼与忧愁，当然还有为数不多的幸福。

而他死了，没有明天。

凌晨2点45分，那轰的一声巨响，唤醒所有人。

许愿突然睁开眼。他发现电视还没关，电影频道正在播着让·雷诺主演的《这个杀手不太冷》，漆黑的房间里，屏幕上的光亮闪烁着，映在他脸上，剧中的小女孩儿问杀手莱昂：“Is life always this hard,or is it just when you are a kid?”莱昂回答说：“Always like this.”许愿拿起遥控器关掉了电视机，这样房间里变得彻彻底底地黑暗了。

他起身拉开窗帘，窗外淡淡的月光像水银一样洒在地面，他犹豫片刻，拿起手机拨通了柏千阳的电话，这是一个他很久没有拨过的号码，可是响了很久，没有人接。想必他睡得正香吧。许愿又躺在床上，却怎么也睡不着了。

苏暮雪突然睁开眼。她打开台灯，看了看闹钟，还早呢，怎么会突然就醒了过来呢？她想继续睡下去，但怎么也睡不着了。打开床头柜的抽屉，里面放着一个相框，那是联大文学院辩论队的合影，她留意看了看当年的柏千阳，她曾认为他一直是个洒脱不羁的人，却没想到执念最深，真是让人意外呢。她用手擦去相框上的灰尘，舍不得放下，合影里每个人都青涩得可爱，那个年纪真好啊，笑是真的在笑，哭是真的在哭，可那时却傻乎乎地盼着长大，到了现在，却要用一辈子去怀念没有长大的小孩们。

沙璇突然睁开眼。她摸了摸肚子，有点饿，她想起联大堕落街的串串香，来北京后吃过不少串串香，但都没那一家好吃。她想，以后一定要回去再吃一顿，什么时候去呢？其实想想，如果回长沙工作也没什么丢脸的呢，消费比北京低，好吃的也多。在北京这些年，并不如意，虽说不会挨饿受冻，但过得拮据，日复一日，疲倦了，累了。所以，不如干脆地承认自己是个失败者，北京容不下我，打道回府算了。想着想着，她竟然兴奋起来，好像在那一瞬间，人生多了一条路。

满毅突然睁开眼。他拿起手机，打开微信，翻到了柏千阳的名字，那是几个月前柏千阳发给他的一条微信：对不起。但他一直没有回，说实话，他是挺生气的，这么多年的兄弟了，大学时欺负欺负他也就算了，大家三十多岁了，一起经历多少事儿啊，怎么一生气便口不择言呢。不过过去这么久满毅也原谅他了，于是回了句：没关系。发完微信他看了看时间，凌晨 2 点多，这么晚，柏千阳应该也睡了吧。然后他侧身一倒，再次进入梦乡。

康一玉突然睁开眼。她觉得口渴，一种燥裂的渴，感觉喉咙都要燃烧起来，她挣扎着爬起来，在黑暗里摸到了饮水机，倒了杯水，才喝了一口，手一滑，水杯砸在地上，碎成了一地的玻璃片，月光下，碎片显得晶莹可爱。她赤脚站在其间不敢动弹，日光灯的开关伸手够不着，她只得呆呆地站着，像小学时犯了错，被老师罚站那样一动不动。

萧潇突然睁开眼。她胃里一阵痉挛，三个小时前她还在 KTV 跟朋友们喝得酩酊大醉，都不记得是谁送她回来的。她冲进卫生间，掀起马桶盖，翻江倒海地吐了起来。吐完后，她瘫坐在一旁，擦了擦嘴，这才稍稍清醒过来。她自言自语道：“柏千阳，你个人渣，你到底去哪儿了？我好想你啊。”她哭了起来，无力而绝望地坐在那里，像个被长大的主人遗落在墙角的布娃娃。

梁文彬突然睁开眼。接下来他始终无法入睡，只好打开台灯，随手拿起一本书翻了起来，他老婆小声问：“怎么了？”梁文彬说：“睡不着，看看书，一会儿困了再睡。”那本书是凯鲁亚克的《在路上》，他读到一段很有趣的话：在我心中，真正的人都是疯疯癫癫的，他们热爱生活，爱聊天，不露锋芒，希望拥有一切，他们从不疲倦，从不讲些平凡的东西，而是像奇妙的黄色罗马烟花筒那样不停地喷发火球、火花，在星空下像蜘蛛那样拖着八条腿，中心点蓝光砰的一声爆裂，人们都发出“啊”的惊叹声。合上书本，他想到了柏千阳，这段话多像是在形容这位多年前的学生啊，他一直以他为荣，现在依然如此。

到底发生了什么，让这个平淡无奇的夜晚变得神秘而艳丽?

听！远处好像有人在呼喊着什么，喊着谁的名字，那声音青春洋溢，像是遇见了一件让他无比快乐的事。然后，在恍惚之中，他们好像看到很远很远的地方有一点儿光亮，那光亮慢慢扩大，变成了绚烂夺目的万丈光芒，有个人从里面冲了出来。啊！那不就是你吗？柏千阳，人生灿烂无比的柏千阳，像一个不落的太阳无休无止地散发着巨大的能量。他手舞足蹈地向他们跑来，每一步都迈得有力而踏实，他的笑容依然明媚，依然是那个在圣诞晚会上挥着手张扬跋扈的少年。

等等！他要去哪里？怎么又朝另一个方向跑去了呢?

他停下脚步，回头笑了笑，什么也没说。他好像哭了，有眼泪从脸上滑落，是遇到什么让他难过的事情了吗?

巨大的光芒变得更加强烈，很刺眼，他的面容模糊不清。

最后，他消失在那片光芒之中。

2013 年 9 月 27 日凌晨 2 点 45 分，在湖南长沙㮾湾镇路段发生了一起车祸。

一辆沃尔沃汽车撞上了一辆卡车，沃尔沃车上一男一女，男子当场死亡，女子重伤，被送到医院抢救。卡车司机姓丁，丁师傅深夜跑完长途运输回到长沙，正准备收工回家，在滦湾镇拐口处看见那辆小车飞驰而过，他感受到剧烈的一震，心想糟了，出大事了。他颤颤巍巍地下了车，然后慌张地拿出手机拨打 120，大声喊着:“滦湾镇,我在滦湾镇,出车祸了！就在枫林宾馆对面,两个人,对！两个人！不知道！出了好多血！”

他后来跟人说，开了二十几年车，从没出过这么严重的车祸，所以他一辈子也忘不了那个画面——那个开沃尔沃汽车的男人，喉咙被玻璃戳穿了，咕噜噜直往外冒血，浑身抽搐着，眼睛睁得很大很大。那女人挣扎着躺在男人怀里，还伸手捂住那男人冒血的地方，试图不让血流出来。但没有用，救护车到的时候，那个男人已经死了，女人还有心跳。

警方从两人身上找到了身份证，男人叫柏千阳，女人叫夏舟。

那警察还嘀咕着：“柏千阳，这个名字……有点耳熟。”

1999 年 9 月 5 日，十八岁的柏千阳背着一个大包，手里拎着红白蓝的编织袋，装着家里新打的棉絮。他从湘西来了长沙，大摇大摆地走在联大的校道上，在新生接待站,他递上了那崭新的入学通知书,满怀喜悦地开启了新的人生。他意气风发，满面朝气，未来充满无限可能。

“你好，我叫柏千阳，松柏的柏，一千个太阳那个千阳。”

不说再见的人

柏千阳的追悼会在长沙举行，由他大学时的辅导员梁文彬主持，柏千阳曾是他最疼的学生。许愿在追悼会上见到了很多人，应晓雨、蜗牛、沙璇、满毅、康一玉、萧潇、萧天翔……柏千阳这个人有种奇怪的魅力，无论得罪多少人，每个跟他翻脸时恨不得将他千刀万剐的人，分开之后想起他，却都会情不自禁地笑出声来，心里还暗自庆幸："这个人还是蛮有趣的，认识他是件幸运的事儿。"

当然他也见到了苏暮雪，她穿一袭黑裙，手捧一束矢车菊，轻轻地放在柏千阳的遗体前。她缓缓地绕着他的遗体走了一圈，最后走到许愿身边，礼节性地点点头，许愿原本想说点什么，但最终没有开口。苏暮雪站在他身边，许久，两人一直沉默无言。后来，许愿顾着忙前忙后，再看向苏暮雪刚才站着的地方，才发现她已经离开了。

许愿很早就过来帮柏妈妈处理柏千阳的后事，她是一个坚强的女人，同一年失去了老公和儿子，竟然还没有倒下。她并不知道这些年儿子交了多少朋友，赚了多少钱，在出版圈有多么呼风唤雨，多少女人曾投怀送抱……她并不在乎这些，她眼中的柏千阳一直是个善良、懂事、孝顺的小男孩儿，她或许希望他从来没有长大吧，一直生活在他们江边的出租屋里，哪怕家徒四壁，至少他还健康阳光地活着。这些朋友中，她只认识许愿，柏千阳带他来过他们家过生日，也经常跟爸妈提起他。让许愿惊讶的是，柏阿姨竟然不知道萧潇是谁，对这个名字是完全陌生的，说到夏舟，她流着眼泪说："前些天，第一次听到这个名字，他说他打算向这个女孩子求婚，会一起回湖南，我说好好好，平常不敢催他，没想到主动跟我说起来了，现在倒好，回是回来了，人却……"

一个个来送别柏千阳的亲友，短暂停留，然后离开。人越来越少，许愿终于可以喘口气，他喝了口水，坐下，看着睡在鲜花中间的柏千阳，总有种错觉，他会突然坐起来，然后说："哈哈，你们都被我骗了，真是一群笨蛋，好了好了，交钱交钱，真没劲，你们也太容易上当了！"想着想着，突然期待了起来，这个疯狂的柏千阳，指不定真会干出这种事儿。

他等了很久，那个冰冷的身体一直躺在那里，并没有坐起来。

他很奇怪自己没有哭，这在从前是不可理喻的事。他想了很久，可能他内心并没有接受这件事，在他心中，始终认为只是许久不见柏千阳，他睡着了，过来看看他，再分开，大家开始各自忙碌，又会许久不见。原本嘛，柏千阳只是在列车上偶遇的一位过客，他只是换乘了另一辆，未来会不会见到，也不勉强。他这样想着，心里好过了一些，这些年在北京，我们见得也不多，就当你依然恨我当年抢走了苏暮雪，躲起来不肯见我吧，那样也比真的死去好很多啊。

追悼会要结束了，人们慢慢离开，他们中的大多数，过些日子可能会彻彻底底忘记屋子里躺的这个人了吧。许愿走了过去，最后看了看柏千阳的脸，然后小声说了句："喂，什么时候来626睡啊，铺给你留着呢，老大。"

从追悼会现场出来，沙璇抱着萍萍，正准备在路边拦车。她很久没回长沙了，原本还想去堕落街尝尝串串香，但这次回来听梁文彬说才知道，堕落街已经拆了，她有些遗憾，但也来不及感伤，出门带女儿真是个艰巨的工作。

身后有人喊："沙璇，你去哪儿？"

原来是满毅。

沙璇："我准备打车去宾馆，收拾好东西，回趟老家看我爸妈，你呢？"

满毅："我现在没什么事，要不我陪你回老家吧。"

沙璇："你疯了吧，你陪我去，我爸妈问起来，我怎么说？"

满毅："你就说……是萍萍的新爸爸。"

沙璇一下子愣住了，萍萍却笑着喊："新爸爸！"

沙璇捏了一把萍萍的脸，说："你别给我添乱啊，你的女朋友知道了会找我麻烦的。"

满毅："我跟她早分手了……"

沙璇："这样啊……"

满毅："沙璇，我们在一起吧，你也不想萍萍一直没有爸爸啊！"

沙璇："满毅，对不起，我不能拖累你，我已经决定回湖南找工作了，北京的压力太大，我是个没出息的人，以前只想着靠男人，所以我认输了，但你不一样，你在北京好好的，我带着萍萍跟着你，会把你拖垮的。"

满毅："那我回来就是啊，柏千阳不在了，我也不可能再回灿烂千阳啊！"

沙璇呆住了。

满毅："所以……"

沙璇突然面露愠色，又喜笑颜开："所以你还不帮我抱孩子，我手都要断了！"

满毅乐呵呵地从她手里接过萍萍："萍萍，新爸爸抱！"

两人并肩朝车站走去。

沙璇："有卤蛋吃吗？"

满毅："当然，每天都做，想吃多少吃多少！"

没人能料到，苏暮雪竟然去医院看望了夏舟。

夏经年说她再也不会醒来，更让人难过的是，夏舟在出车祸前已经怀孕了，孩子自然是没有保住，经过抢救，她总算捡回一条命，却毫无知觉地躺在那里。

走廊里，夏经年与苏暮雪面对面静默地站着。

夏经年："这样也好，她可能不知道柏千阳死了，就这样让她睡一辈子吧。"

苏暮雪："她一直是个让我钦佩的女孩儿，尽管我们从来不算真正意义上的朋友，但我从大学时就挺喜欢她的，敢爱敢恨，从不伪装自己，活得透彻晴朗，不欠任何人。"

夏经年："我妹妹也跟我说起过你，说她刚认识你的时候，恨你，可久而久之，竟然开始羡慕你，渴望活成你的样子。以后有机会，你也来看看她吧，跟她聊聊天，在她醒着的时候你们没有缘分做朋友，现在做或许也不算晚。"

苏暮雪点了点头。

她在一个风和日丽的午后，悄然离开了金岳的家。

十几年，应该还清了吧，那就上路吧。

她带上一个单反，背了一个大包，独自踏上夏舟曾经走过的路。

芷姜的微博，在很久以后的一天，又开始更新了。发布的新照片与之前的风格略有不同，但依然动人，底下无数粉丝留言："终于来拔草了""芷姜大大继续更啊，好美的照片""敢不敢发无水印版，想做桌面啊"……

苏暮雪坐在火车上，耳边是轰隆隆的响声，她翻阅着粉丝的留言，笑出了声。

几个月后的一天晚上，许愿独自走在北京的街头。路过公交车站的时候，停下了脚步。深夜的公交车已经没有了乘客，他走了上去。

他在这个晚上遇见了好久不见的柏千阳，他觉得不是梦，那种感觉是真真切切的。

坐在窗边，在某一站停靠的时候，柏千阳也上了车，朝他走来，坐在他的身边。两个人就这么并排坐着，公交车摇摇晃晃地往前奔去，在这个庞大而宁静的城市穿行着。窗外偶有还未打烊的小店、冒着烟的烧烤摊，以及星星点点的行人。

许愿不敢说话，怕一说话就醒了。

那车开了很久很久，快到终点站了，许愿忍不住问："喂，这么久你都去哪儿了？"

柏千阳看了看他，那眼神很清澈，又是那很欠扁的语气："嘿嘿嘿，我不告诉你！"

终点站就在眼前了，许愿抓紧时间问："我以后还能见到你吗？"

"当然，你是我的兄弟，我答应过要罩着你的。"柏千阳站了起来，"以后谁他妈敢欺负你，我就要他的命，还记得吗？"

"记得！"

"记得就好！"

车刚停稳，柏千阳脸上有些不舍的神情，回头抱了抱许愿，在他耳边小声说："许愿，我希望你好，比任何人都希望你好。"然后头也不回地下了车，他没有说再见，就像平常那样大摇大摆地离去，消失在无边无际的黑暗之中。许愿突然就哭了，肆无忌惮地大哭起来，眼泪像雨水一样止不住地滴落，那一刻他突然踏实了，原来我不是个不会哭的冷血动物，我终于哭了，酣畅淋漓地哭了。

"柏千阳，我真他妈想你啊！"

尾　声

2017 年 8 月，多年来一直专心为新作家做嫁衣的许愿，终于出版了自己的第一本长篇小说《你是千堆雪　我是长街》，小说讲述了一段美好而残酷的青春故事。

首发式在北京王府井图书大厦举行，这些年都躲在幕后，第一次以作者的身份亮相，他有些紧张，破天荒让造型师帮忙做了个看起来不错的发型，穿着一件灰色的衬衫，纽扣严谨地连第一颗都扣上了。

他拿着话筒，手心微微出汗。放眼望去，台下坐着一群年轻的面孔，恍惚中，仿佛可以在人群里看见当年才十八岁的他们。

有读者提问："许愿老师，您眼中的青春是什么？"

许愿想了想，回答说："青春，应该是一种身在其中而不自知的东西，你们这么年轻，一定不知道青春是什么，到了我这个年纪，突然明白青春是什么的时候，它已经不见了，所以，青春就是一段永远都回不去的时光，它非常短暂，但每一个人都曾埋怨过它的漫长。"

又有个长发披肩的女孩儿举手："许愿老师，我昨天买了这本书，通宵看完了，我特别喜欢，想知道，在联大是不是真有一条木兰路？"

许愿："当然，那是我从宿舍到文学院的必经之路，那条路上发生了很多故事，我经历了其中的一些，应该还有更多的故事正在发生，所以，希望未来我联大文学院的学弟、学妹可以帮我续写《千堆雪 2》。"

现场一片笑声，应晓雨和蜗牛并肩坐着，对视一眼，也跟着大家笑了起来。

活动结束后，应晓雨送了一束百合庆祝他的文学处女作诞生。一起走到楼下，三人道别，许愿还要赶去别的城市做读者见面会。

“下个月你去长沙吗？”应晓雨问。联大百年校庆将在 9 月举行。

“我一定去，梁老师给我打电话了，正好也可以回趟家，你呢？”许愿捧着那束百合，香气扑鼻而来。一周前，梁文彬打电话给许愿，许愿才得知他已经是联大文学院的副院长了，想邀请得意门生回母校与学弟、学妹交流交流，也算让梁老师脸上有光。其实当年他最喜欢的学生是柏千阳，倘若柏千阳没出事，那么第一人选应该不会是许愿吧。

“我和蜗牛都去不了，那几天有采访任务，不过梁老师没打给我，挺让我伤心的，听说新闻系被分出来成立了新闻传播学院，所以我们这届新闻系的学生变得无家可归了，现在新闻传播学院的老师，觉得我们这届算文学院的，文学院的老师觉得我们属于新闻传播学院。”她笑着说。

许愿笑了笑，突然想起什么似的：“对了……小贝贝怎么样？”

“跟她妈一样温柔多情，”蜗牛提到女儿便兴奋起来，忍不住插了句嘴，“三岁不到已经知道心疼爸爸了，昨天偷了她妈妈的口红给我，说是送我的礼物，我这是要还是不要呢，哈哈哈！”他的兴奋劲儿把应晓雨也逗乐了，两人在四年前结婚，随后便怀上了小贝贝。

“许愿，你也早点儿成家吧，你妈已经按捺不住，都给我打电话了，让我侧面催催你，我说这种事儿我可没辙。”应晓雨说。

“行了，你怎么跟我妈似的，再逼我，我就不成家，去出家。”

他们在笑声中分别。

许愿看着二人上车离去，挥了挥手。

一个月后他去了长沙，出了机场，小翼正等着他。这个小孩儿基因不错，从当年那个瘦小羞赧的小孩子，已经长成了一米八的大个子，他伸手默契地接过许愿手里的行李箱，边走边说：“哥，你在长沙待几天，我妈说这次必须回趟家。”

“回，一定回。”许愿说。

他坐上小翼的车，上了高速公路。想必当年流星雨之夜，小翼许的愿望果真是实现了，那时他梦想拥有一辆自己的车，可以自由地开去任何地方。可是许愿的那个愿望呢？似乎也随着流星的陨落，消失不见了。

“你小子车技不错啊，我印象中你连自行车都不会骑。”

“喂，我亲哥啊，我都二十八岁了，你当我还是个小孩儿啊！”

“二十八岁的小伙儿，给我汇报一下，工作怎么样？”

“还不错啊，领导挺器重我的，但我打算过完年离职，自己创业，做软件开发。你可千万别跟我妈说啊，她还不知道呢，她说家里有一个不吃皇粮的就算了，另一个必须老老实实在国家单位待着，我打算先斩后奏。”

“看不出你现在已经开始懂得反抗你妈了啊，那还单着吗？”

“哥，我怎么觉得你是我妈派来刺探军情的啊，你不会转眼就跟她打小报告吧？”

“当然不会，咱俩统一战线，我保证不叛变。”

“我啊，还是跟之前那个在酒吧唱歌的女孩儿好呢，我妈以为我们分手了，其实没分，我很喜欢她，她也很喜欢我，都什么年代了，还对在酒吧工作有偏见，我跟我妈说，我哥当年还在酒吧打过工呢，她说，那能一样吗？你哥当年是大学本科学历，业余时间在酒吧玩玩票，你女朋友，中专生，靠酒吧的工作养家，绝对不行。我说我妈什么脑子，她自己不也是个中专生吗？中专生怎么了，没本事读了博士也是个废材，有本事能养活自己，干干净净，也没差。再说了，千金难买我喜欢，我认定她了。哥，你挺我吗？”

“我挺你，我也不得不挺你啊，我现在还单着呢，连个酒吧唱歌的都没有，我爸说如果过年再不带个女朋友回来，他准备给我介绍老家农村的乡亲们了！”

兄弟二人一路嘻嘻哈哈，飞驰在高速公路上。

刚在酒店安顿好，他打了个电话给满毅，问他和沙璇要不要参加下午的校庆活动。满毅满口拒绝，说完全没时间，他和沙璇在长沙开了个网店，专卖卤蛋，每天中午出锅，下午发货，根本没空去联大，而且听说沙璇还每天做直播，现场表演一分钟吃五个卤蛋，每天在线网友过十万，游艇刷起来，跑车刷起来，她成了炙手可热的新晋网红“卤蛋姐”。满毅说：“兄弟，晚上我们请你吃饭，但学校就不去了，校庆跟我们这些混得不好的有啥关系啊，你代表我们去撑撑场就行了！”

下午小翼开车送他去了联大，到了校门口，他对小翼说：“你先去忙你的吧，我想一个人走一走。”

跟梁文彬约的是晚上，他答应了在文学院为本科生做一个关于创作的讲座。他有几个小时的时间在这个待了四年的校园里逛一逛。他首先来了堕落街，这里已经被拆了，翻修成了真正的“麓山文明商业街”，没有了小旅馆，串串香变成了法式铁板烧。

他来到曾经住的五舍楼下，走了进去，宿管科的老大爷问：“同学，你找谁？”许愿说：“大爷，是我，以前626的许愿，想来看看。”大爷已然忘得一干二净，嘀咕着：“许愿……不知道，你进去吧。”他道过谢之后，走了上去，两边的墙面刷得焕然一新，手扶梯也重新涂了漆。一直走到六楼，路过622，走到了626，大门紧锁。他继续朝前走，是当年洗冷水澡的水房，里面空无一人，他走进去打开水龙头，水哗哗地流了下来，伸出手触碰着这湍急的水流，他想起当年柏千阳很爱在这里边冲澡边唱《单身情歌》，说是水房音响效果好。他忍不住哼了几句，这时有个学弟端着脸盆走进来，见一位大叔在水房哼着歌，瞪大眼睛不敢上前。许愿尴尬地笑了笑，便离开了。

路过大礼堂，里面正在举办新生汇报演出，他见门口无人检票，便偷偷溜了进去，走过有些阴暗的过道，推开门，看见舞台上两个男生正在表演一首嘻哈歌曲，他们台风很炫，只是歌词念得很快，他听不懂他们在唱什么。台下气氛热烈，想起当年他们的圣诞晚会，都是女生弹古筝，男生搞朗诵，他不禁笑出声来。

正要出来，有个熟悉的面孔拦住了他。定睛一看，原来是当年文秘班的孟繁华，他激动地握住许愿的双手，热情地说：“这不是许愿吗？许愿！你是我们文学院的骄傲啊，早就听梁老师说今天你会来，晚上在文学院搞讲座，我一定捧场支持。”听他自我介绍才知道，这厮竟然已是文学院学工办主任，许愿心想，还真是能混啊，小时候还幼稚地以为恶有恶报呢。

寒暄几句后，许愿离开了。

下楼走了两百米，便是木兰路了。路两旁的冬青又被换掉，重新种满了木兰树，听说这条路因为木兰文学网而变成文艺青年推崇的网红景点，学校为了配合这个传说中的故事，又大费周章地恢复了原貌。他暗自得意着：“原来是我拯救了木兰路。”

只是不知道，这些年有没有人像传说中那样，春天的时候，用木兰花瓣在女生宿舍楼下的校道上摆成 I love U的形状，用这样的方法追到女生呢。估计这是高年级学长骗学弟请客的伎俩吧，无所谓啦，反正当年既没有相信，也没有效仿过。

不知不觉走到了食堂。

他走上台阶，推开玻璃门，可能因为年代久远，那木头门框摩擦的声音极为刺耳。他站在其间，环顾四周，现在已经没了洗碗池，大家都用学校准备的饭盆，吃完还有保洁阿姨收拾。他走到窗口，坐在那个熟悉的位子，桌上竟然还张贴着一张学校舞蹈大赛的广告。他发了会儿呆，抬起头来，从那窗口望去，正对着女生宿舍的大门。然后，他看到了一个再熟悉不过的身影，十八年前的这个时候，他也是在这里看见她的。

是她吗？

是她啊！

那个像鹤一样优雅的女孩儿，仿佛吸引了所有的阳光。

他站了起来，朝那个发着光的方向走过去，胸口一阵剧烈地翻涌。

他一定要亲口告诉她，校报上那首诗是特地为她而写的，那个“雪”，就是“苏暮雪”的“雪”啊。

2017 年 10 月 18 日完成于北京

2017 年 11 月 8 日修改于北京